환
재
집

이 책은 2014~2015년도 정부(교육부)의 재원으로 한국고전번역원의 지원을 받아
수행된 '권역별거점연구소협동번역사업'의 결과물임.

This work was supported by Institute for the Translation of Korean Classics - Grant funded by
the Korean Government.

한국고전번역원 한국문집번역총서 / 성균관대학교 대동문화연구원

瓛齋集

환재집 3

박규수 지음　이성민 옮김

朴珪壽

일러두기

1. 이 책의 번역 대본은 한국고전번역원에서 간행한 한국문집총간 312집 소재 《환재집 (瓛齋集)》으로 하였다. 번역 대본의 원문 텍스트와 원문 이미지는 한국고전종합 DB(http://db.itkc.or.kr)에서 확인할 수 있다.
2. 내용이 간단한 역주는 간주(間註)로, 긴 역주는 각주(脚註)로 처리하였다.
3. 한자는 필요한 경우 이해를 돕기 위하여 넣었으며, 운문(韻文)은 원문을 병기하였다.
4. 맞춤법과 띄어쓰기는 한글 맞춤법과 표준어 규정을 따랐다.
5. 이 책에서 사용한 부호는 다음과 같다.
   ( ) : 번역문과 음이 같은 한자를 묶는다.
   〔 〕 : 번역문과 뜻은 같으나 음이 다른 한자를 묶는다.
   " " : 대화 등의 인용문을 묶는다.
   ' ' : " " 안의 재인용 또는 강조 문구를 묶는다.
   「 」 : ' ' 안의 재인용을 묶는다.
   《 》 : 책명 및 각주의 전거(典據)를 묶는다.
   〈 〉 : 책의 편명 및 운문 · 산문의 제목을 묶는다.

환재집 제8권

서독 書牘

환재집 제9권

서독 書牘

환재집

제
7
권

書서 劄자 跋발 綸윤
啓계 文문 문 音음

반남(潘南) 박규수(朴珪壽) 환경(瓛卿) 저(著)

제(弟) 선수(瑄壽) 온경(溫卿) 교정(校正)

문인(門人) 청풍(淸風) 김윤식(金允植) 편집(編輯)

윤음 綸音

재해를 입은 영남과 호남의 백성을 위유하는 윤음[1]
慰諭嶺湖被災人綸音

왕은 다음과 같이 말한다.

아아! 부덕(不德)한 내가 외람되이 어렵고 중대한 자리를 이어받아 밤낮으로 삼가고 두려워하면서 감히 나태해하지 않았다. 오직 다스림이 사람들의 뜻대로 되지 않고 은택이 아래에까지 도달하지 못하여, 하늘의 보살피는 뜻에 보답하지 못하고 뭇 백성들이 사랑하며 받들어 주는 마음에 부응하지 못할까 두려워하면서 밤낮으로 국사(國事)에 힘을 쏟아 온 생각이 여기에 있었다.

지난봄과 여름 이래로 기후가 고르지 못해 농사가 어려울 것을 몹시

---

1 재해를……윤음 : 1865년(고종2) 8월에 지은 윤음(綸音)으로, 《고종실록》 2년 8월 17일 기사에도 수록되어 있다. 당시 환재는 예문관 제학으로 재직하고 있었다.

8월 16일 보고된 경상도 관찰사 이삼현(李參鉉)의 장계에 따르면, 태풍으로 무너진 집이 2040호, 죽은 사람이 257명, 부서진 배가 265척, 손상된 염전이 85곳이나 되었다. 대왕대비(大王大妃)인 신정왕후(神貞王后)는 경주 부윤(慶州府尹) 홍익섭(洪翼燮)과 순천 부사(順天府使) 황종현(黃鍾顯)을 각각 경상도와 전라도의 위유사(慰諭使)로 차하(差下)하여 휼전을 베풀게 하였다. 또 특별히 하유할 윤음을 문임(文任)에게 짓게 하고, 죽은 이들의 넋을 위로하는 여제(厲祭)를 지내라는 명도 함께 내렸다.

걱정하며 불안해했는데, 다행스럽게도 여러 도(道)의 작황이 추수를 바라는 백성들의 마음을 거의 위로하게 되었다.

그런데 생각지 못한 태풍과 폭우가 시도 때도 없이 발생하여 영남(嶺南)이 가장 크게 피해를 입었고 호남(湖南) 역시 재해를 입었다고 보고해왔다. 물에 빠지고 깔려죽은 백성과 떠내려가고 무너진 가옥이 천백(千百)을 헤아리며 배와 염분(鹽盆 소금 굽는 가마) 등에 이르기까지 생활에 없어서는 안 될 것들이 죄다 사나운 바람에 부서지고 큰 물결에 휩쓸렸다고 한다. 놀랍고 끔찍한 보고가 끊임없이 이르니, 이 무슨 까닭이며 이 무슨 재이(災異)란 말인가.

나쁜 기상이 이른 데에는 필시 초래한 이유가 있을 것이니, 조용히 생각해보건대 누가 그 허물을 책임져야 하겠는가? 이는 진실로 나의 어리석음과 부족한 덕이 황천(皇天)의 남몰래 보살펴주는 인자함과 조종(祖宗)의 묵묵히 도와주는 은혜를 감동시키지 못했기 때문에, 마침내 죄 없는 백성들을 이처럼 온갖 재앙에 걸리게 하고도 구제하지 못한 것이다. 두렵고 부끄럽고 비통한 내 마음을 또 어찌 감히 스스로 위로하고 스스로 풀 수 있겠는가.

아아! 이 백성들은 우리 조종의 열성(列聖)께서 사랑과 고생으로 길러서 나에게 맡긴 적자(赤子)들이다. 이들은 평상시에 설령 가뭄과 홍수의 걱정이나 굶주림의 고통이 없다고 하더라도 일 년 내내 부지런히 일을 해도 늘 부모를 봉양하고 처자식을 기를 양식이 부족하여, 열 식구의 생활에 세금을 내고 군포(軍布)를 바치고서 여분이 있기를 기대하지 못한다.

풍년이 든 해에도 오히려 초라한 몰골이 가여울 지경인데, 큰물과 거센 파도에 물고기나 자라와 짝이 될 줄 어찌 생각이나 했겠는가.

허름한 집은 물에 떠내려가 폐허가 되고 부녀자와 아이, 젊은이와 늙은 이들은 소리치며 이리저리 떠돌고 있으며, 요행히 목숨을 건진 자들도 식구들이 흩어지고 골육(骨肉)이 물에 빠져 죽었으니, 그 슬픔과 아픔을 어찌 차마 형언하겠는가. 만 리 밖의 광경이 눈앞에 선하니 맛있는 음식인들 어찌 달게 먹을 수 있겠으며, 한밤중엔들 어찌 편히 잘 수 있겠는가.

방백(方伯 관찰사)과 수령(守令)은 모두 조정이 은혜를 내리고 백성들이 의지하는 자들이니, 고을을 맡아 다스리게 한 나의 뜻과 백성들을 어루만지는 방법에 대해 진실로 최선을 다하지 않음이 없을 것이다. 하지만 걱정스런 내 마음을 스스로 놓지 못해 또 위유(慰諭)하는 사명을 내려 특별히 근신(近臣) 가운데 수령으로 나간 자를 차임(差任)하여 군읍(郡邑)을 두루 돌아다니며 나의 '여상약보(如傷若保)'하는 뜻을 선포하게 하였다.[2]

물에 빠지고 깔려죽은 자를 건져내 묻어주고 떠내려가고 무너진 집을 엮는 일은 본래 영읍(營邑)에서 구제해 주는 법이 있으니, 반드시 죽은 자들은 땅에 묻히는 은택을 입고 살아있는 자들은 몸을 보호할 편안한 집을 얻게 될 것이다. 그러나 슬프게도 저 무너진 담벼락에 깔려죽은 생명과 물에 빠진 혼백들이 이리저리 떠돌고 있으니, 이들을

---

2 위유(慰諭)하는……하였다 : 위유사(慰諭使)를 특별히 차임한 것에 대해서는 앞의 주1 참조. 여상약보(如傷若保)는 '시민여상(視民如傷)'과 '약보적자(若保赤子)'의 준말로, 임금이 백성을 사랑하여 잘 보살핀다는 의미이다. 《맹자》〈이루 하(離婁下)〉에 "문왕은 백성 보기를 다친 사람 보는 것처럼 가엾게 여겨 보살펴주었다.〔文王視民如傷.〕"라고 하였고, 《서경》〈강고(康誥)〉에, "갓난아이 보호하듯 하면 백성이 편안하리라.〔若保赤子, 惟民其康乂.〕"라고 하였다.

어떻게 위로할 것인가. 나의 마음이 비통하여 벽을 돌며 방황하다가 옛 규례를 따라 제단(祭壇)을 만들어 혼백을 크게 불러 제사하게 하였으니,[3] 저승의 원혼이 아마 원통함을 한 번 풀 것이다.

아아! 너희 백성들은 고난 끝에 살아난 생명들이니 서로 뿔뿔이 흩어져 사는 것은 형편상 어쩔 수 없는 일이겠지만, 늙은 부모를 부축하고 어린 것들을 이끌고서 차마 선영(先塋)이 있는 고향을 떠날 수야 있겠느냐. 고향을 편히 여기고 생활을 즐기는 것은 선영이 있는 고을에서 조상의 유업(遺業)을 지키는 것만 한 것이 없다. 그러니 각자 너희들의 밭에서 농사짓고 너희들의 집터에 집을 지어 길에서 고생하고 정처 없이 방황하는 데 이르지 말고, 너희들의 부모가 되고 너희들을 길러주는 내가 여러 방도로 조처하여 구학(溝壑)에서 건져 편안한 집에 놓아주기를 기다린다면, 이때는 바로 너희들에게는 울음을 거두어 웃게 되는 날이며, 또한 나로서는 남쪽 지방의 근심을 조금이나마 푸는 때가 될 것이다.

변방을 안찰하고 부절(符節)을 나눠가진 신하로 말하면, 누가 감히 나의 지극한 뜻을 체행(體行)하지 않을 것인가. 감면할 만한 요역(徭役)과 줄여줄 만한 세금 등 백성을 편하고 이롭게 할 수 있는 모든 것을 사안에 따라 강구하여 조목별로 나열해 보고하라.

모든 백성들이 제집에서 편안히 살며 사방으로 흩어지지 않게 한 뒤에야 나의 뜻을 선양한 실효(實效)가 되고 위임받은 중책을 저버리지 않는 것임을 각자 반드시 알아야 할 것이다. 내가 더 이상 많은 말을 하지 않겠다.

---

3 제단(祭壇)을……하였으니 : 여제(厲祭)를 지내게 했다는 말이다. 15쪽 주1 참조.

발문 跋

《법선도》의 발문[4]
法善圖跋

송(宋)나라 인종(仁宗)은 존귀함으로는 천자가 되고 부유함으로는
사해(四海)를 소유하였으니, 음식을 받들어 올리게 하는 것을 마음
대로 할 수 있었습니다. 그런데 한 번 구운 양고기를 먹고 싶은 생각
이 났다가 끝없이 양을 죽이는 길을 열게 될까 걱정하여 배고픔을 참

---

4 법선도(法善圖)의 발문 :《법선도》는 법도로 삼고 경계로 삼을 만한 역대 제왕들의
훌륭한 행적을 뽑아 그림으로 그린 뒤 이를 책으로 엮은 것이다.《임하필기(林下筆記)》
권27에 수록된 〈법선도에 붙인 설[法善圖說]〉에, "당저(當宁)께서 늘 옥당(玉堂)의
고사(故事)를 통해 열성(列聖)의 좋은 법식과 아름다운 규정을 많이 채납(採納)하였
다.……또 역대의 선적(善蹟)으로서 본보기가 될 만한 것들을 뽑아서 그림으로 그려
책자를 만들고 이름을 《법선도》라고 하고, 이어 문임(文任)에게 명하여 발문을 짓도록
하였는데, 천신(賤臣)도 참여하였다."라고 하였다. 한편《고종실록》1년 11월 17일
기사에《법선도》의 서문을 지어 올릴 사람의 이름에 점을 찍어 내려 보냈다는 기록이
보이는데, 환재의 이름이 들어 있다.
　환재는 당시 예문관 제학으로서 이 발문을 지어 올렸다. 송나라 인종(仁宗)이 한밤중
에 구운 양고기를 먹고 싶은 생각이 났다가 후대에 좋지 않은 전례를 남길 것을 걱정하여
양고기를 먹지 않았다는 고사를 인용한 뒤, 막 왕위에 오른 고종에게 진정으로 백성을
사랑하는 정치를 펼칠 것을 당부하고 있다.

고 끝내 요구하지 않았으니,[5] 지극히 인후(仁厚)하다고 할 만합니다.

하지만 신(臣)은 괴이하게 여긴 점이 있습니다. 한밤중까지 잠들지 않다가 배가 고파 구운 양고기를 생각하는 것은 부지런히 공부하는 서생(書生)의 일과 비슷하니, 존귀한 제왕에게 어찌 이런 일이 있었을까 하는 것입니다.

송나라 왕실 300여 년 동안 태평을 이룬 정사로는 반드시 경력(慶曆)과 가우(嘉祐)[6] 연간을 먼저 꼽습니다. 이것은 인종이 밤낮으로 부지런히 노력하며 소의간식(宵衣旰食)[7] 했기 때문이니, 어찌 아무 까닭 없이 그렇게 했겠습니까.

사관(史官)이 이르기를 "인종 황제는 공손하고 검소하며 어질고 너그러웠으며 유자(儒者)를 높이고 도(道)를 존중하여, 자주 경연(經筵)에 납시어 비록 한여름이라도 조금도 게을리 한 적이 없었고, 간쟁을 받아들여 비록 귀에 거슬리더라도 꺾어버린 적이 없었다. 측은히 여기는 마음과 충후(忠厚)한 정치로 원기(元氣)를 배양하고 국가의 터전을 북돋운 것이 지극히 깊고 두터웠다."라고 하였습니다.[8]

---

5 그런데……않았으니 : 송나라 인종이 어느 날 밤에 시장기를 느끼고 구운 양고기를 먹고 싶다는 생각이 났다. 그러나 한 번 양고기를 먹고 나면 이후로 요리사들이 만일의 경우를 대비해서 항상 양을 잡아 준비해 놓을까 걱정하여 배고픔을 참고 끝내 양고기를 올리게 하지 않았다고 한다. 《宋史 卷12 仁宗本紀4》

6 경력(慶曆)과 가우(嘉祐) : 모두 송나라 인종의 연호이다. 경력은 1041~1048년까지 사용되었고, 가우는 1056~1063년까지 사용되었다.

7 소의간식(宵衣旰食) : 날이 새기 전에 일어나 옷을 입고 해가 진 뒤에 밥을 먹는다는 말로, 임금이 정사에 매진한다는 뜻이다.

8 사관(史官)이……하였습니다 : 이 부분과 일치하는 출전은 찾지 못했다. 다만 《송사(宋史)》 권12 〈인종본기(仁宗本紀)〉의 사찬(史贊) 첫 부분에, "인종 황제는 공손하

이 때문에 경력 이래로 군자들이 조정에 가득하고 해내(海內)가 평안하였습니다. 천년이 지난 뒤에도 사람들로 하여금 당시의 성대함을 상상하게 하니, 이것은 오직 천자인 인종이 어질고 현명한 군주였기 때문입니다. 전(傳)에 '임금이 되어서는 인(仁)에 머물렀다.'라고 하였으니, 인종 황제는 이 말에 참으로 부끄러움이 없습니다.[9]

구운 양고기를 요구하지 않았던 것으로 말하면 다만 작은 일일 뿐입니다. 은혜가 금수(禽獸)에게 미치면서도 그 공효(功效)가 백성에게 이르지 않았다면, 이는 제 선왕(齊宣王)이 두려워 벌벌 떠는 소를 차마 죽이지 못했던 것[10]과 같을 뿐이니, 어찌 훌륭함이 되겠습니까.

고 검소하며 어질고 너그러웠다."라고 하였으며, 인종이 구운 양고기를 먹지 않았다는 내용이 보인다.

9 전(傳)에……없습니다 : 전(傳)은 《대학》을 말한다. 《대학장구》전 3장에 문왕(文王)의 덕을 칭찬하며, "군주가 되어서는 인(仁)에 머물고 신하가 되어서는 공경에 머물렀으며, 자식이 되어서는 효에 머물고 아버지가 되어서는 사랑에 머물렀으며, 백성들과 사귈 때에는 신(信)에 머물렀다.〔爲人君止於仁, 爲人臣止於敬, 爲人子止於孝, 爲人父止於慈, 與國人交止於信.〕"라고 하였다. 또 이 부분 전체의 말은 《송사》권20 〈인종본기〉의 사찬 마지막 부분에 그대로 실려 있다.

10 제 선왕(齊宣王)이……것 : 전국(戰國) 시대 제나라 선왕이 새로 주조한 종(鐘)에 소의 피를 바르기 위해 소를 끌고 가는 자를 보고 말하기를, "소를 놓아 주라. 나는 그 소가 두려움에 벌벌 떨면서 죄 없이 사지로 나아가는 것을 차마 보지 못하겠다.〔吾不忍其觳觫若無罪而就死地.〕"라고 하였다. 이에 맹자는 "지금 은혜가 금수에게까지 미쳤으되 그 공효가 백성들에게 이르지 않는 것은 유독 무슨 이유입니까?〔今恩足以及禽獸, 而功不至於百姓者獨何與?〕"라고 한 뒤, 소를 불쌍히 여기는 마음을 미루어 확장하면 백성을 인(仁)으로 다스리는 왕도정치(王道政治)를 충분히 이룰 수 있다고 말해 주었다. 그러나 제 선왕은 결국 왕도정치를 시행하지 못하였다. 《孟子 梁惠王上》

《인심도심도》의 발문[11]

人心道心圖跋

마음은 하나이다. 그런데 마음의 작용은 의리(義理)로부터 나오는 것이 있고 형기(形氣)로부터 나오는 것도 있다. 의리로부터 나온 것을 '도심(道心)'이라고 하고, 형기로부터 나온 것을 '인심(人心)'이라고 한다.

형기로부터 나온 것이 반드시 모두 인욕(人慾)의 사사로움은 아니지만, 이목구체(耳目口體)의 봉양과 희로애락(喜怒哀樂)의 감정 중 만약 하나라도 그 올바름을 얻지 못하면 인욕의 사사로움을 따르기가 쉬우니, 의리에서 나오는 이 마음이 거의 없어질 것이다. 그러므로 '인심은 위태롭고, 도심은 은미하다.〔人心惟危 道心惟微〕'[12]라고 한 것이다.

형기의 사사로움을 따르는 것으로 말하면, 한 번 가면 돌아올 줄 모른다. 그렇다면 위태로운 것은 더욱 위태로워지고 은미한 것은 더욱 은미해져서 끝내는 인욕을 끝까지 추구하고 천리를 끊어버리는 데에

---

11 인심도심도의 발문 : 1864년(고종1) 11월 26일에 관물헌(觀物軒)에서 권강(勸講) 할 때 고종이 인심(人心)과 도심(道心)의 뜻을 묻자, 강관(講官) 김병학(金炳學)과 시독관(侍讀官) 홍순학(洪淳學)이 그 뜻을 풀이해 대답하였다. 이에 고종이 〈인심도심도(人心道心圖)〉를 첩(帖)으로 만들어 올리고 《법선도》의 서문을 쓴 사람들로 하여금 모두 〈인심도심도〉의 서문을 써서 올리라고 명하였다. 이 명에 의해 환재가 이 글을 지어 올렸다. 《承政院日記 高宗 1年 11月 26日》

12 인심은……은미하다 : 순(舜) 임금이 우(禹) 임금에게 선위(禪位)할 때, "인심은 위태롭고 도심은 은미하니, 오직 정밀하고 일관되어야 진실로 그 중도를 지킬 수 있다. 〔人心惟危, 道心惟微, 惟精惟一, 允執厥中.〕"라고 하였다. 《書經 大禹謨》

이를 것이니, 두려워하지 않아서야 되겠는가.

한 가지 일을 행하고 한 마디 말을 내는 것이 나의 마음에 편안하고 남의 마음에도 편안한 것은 반드시 천리(天理)의 당연함을 따랐기 때문이다. 한 가지 일을 행하고 한 마디 말을 내는 것이 끝내 나의 마음에 편안하지 않고 남의 마음에도 편안하지 않은 것은 반드시 인욕의 작용을 따랐기 때문이다.

성인이 자세히 살피고 한결같이 지키며 형기의 사사로움에 어지러워지지 않고 의리의 올바름을 순수하게 간직하여 일에 능하고 공을 지극하게 했던 이유가 바로 여기에 있다. 요(堯) 임금이 순(舜) 임금에게 명하고 순 임금이 우(禹) 임금에게 명할 때 간절히 경계했던 것이 여기에서 벗어나지 않는다.[13]

위미정일(危微精一)의 가르침[14]은 바로 요 임금과 순 임금과 우 임금이 서로 전한 가르침이며, 또한 우리 조종(祖宗)의 열성(列聖)께서 서로 전한 심법(心法)이다. 그런데 지금 우리 전하께서 〈심학도(心學圖)〉[15]를 그리라고 명하셨으니, 신(臣)이 감히 손을 이마에 대고 머리

---

13 요(堯) 임금이……않는다 : 《논어》〈요왈(堯曰)〉에, 요 임금이 순 임금에게 선위하면서 "아, 너 순아! 하늘의 역수(曆數)가 너의 몸에 있으니, 진실로 그 중(中)을 잡도록 하라.〔咨爾舜, 天之曆數在爾躬, 允執其中.〕"라고 한 말이 있다. 순 임금이 우 임금에게 선위할 때 한 말은 22쪽 주12 참조.

14 위미정일(危微精一)의 가르침 : 순 임금이 우 임금에게 선위하면서 말했던 "인심은 위태롭고 도심은 은미하니, 오직 정밀하고 일관되어야 진실로 그 중도를 지킬 수 있다.〔人心惟危, 道心惟微, 惟精惟一, 允執厥中.〕"에서 한 글자씩 뽑아 만든 말이다. 《書經 大禹謨》

15 심학도(心學圖) : 여기서는 이 글의 제목인 〈인심도심도〉를 가리킨다. 원래 〈심학도〉는 주희(朱熹)의 제자인 정복심(程復心)이 지은 것으로, 양심(良心)과 본심(本心)

를 조아리며 발을 구르고 손뼉을 치며 이를 기록하지 않겠는가.

에서 출발하여 사십부동심(四十不動心)과 칠십이종심(七十而從心)까지의 공부하는
과정을 그림으로 나타낸 것이다.

《선원보략》의 발문 1[16]

璿源譜略跋文

통천융운 조극돈륜(統天隆運肇極敦倫) 주상 전하[17]께서 즉위하신 지
11년째인 갑술년(1874, 고종11) 2월 신사일[18]에, 중궁 전하(中宮殿下

16 선원보략의 발문 1 : 이 글은 환재가 우의정으로 재임하고 있던 1874년(고종11)
5월에 원자인 순종(純宗)이 탄생한 뒤 백일을 맞이하여 개수한 《선원보략(璿源譜略)》
에 붙인 발문이다.

《선원보략》을 새로 만들게 된 경위를 간략히 기록한 뒤, 원자의 교육에 정성을 다할
것을 당부하였다. 《선원보략》은 조선 왕실의 보첩(譜牒)인 《선원록(璿源錄)》을 간략
하게 기록한 책으로, 정식 명칭은 《선원계보기략(璿源系譜記略)》이다. 숙종 5년(1679)
에 종친이었던 낭원군(朗原君) 이간(李偘, 1640~1699)에 의해 개인적으로 작성되었
고 이후 《선원록》을 대신하는 왕실 족보의 대표로 1900년대까지 지속적으로 개수되고
간행되었다. 《선원계보기략》 이전까지 왕실의 세계(世系)를 기록한 보책은 《선원록》,
《종친록(宗親錄)》, 《유부록(類附錄)》으로 나누어 간행되었는데, 《선원록》은 열성의
세계를 기록한 것이고, 《종친록》은 왕실 종실의 자손들을 기록한 것이며, 《유부록》은
종실의 여인과 서얼 자손을 기록한 책이다. 이간은 이렇게 나누어 기록된 것을 하나로
통합하여 모든 종친들을 일목요연하게 보여줄 수 있는 종합적인 족보를 만들고자 하는
의도에서 《선원보략》을 작성해 숙종에게 올렸고, 숙종이 이를 치하한 후 내용을 수정하
여 2권 1책의 《선원계보기략》으로 간행하게 하였다. 그 체제는 범례(凡例), 선원선계
(璿源先系), 열성계서지도(列聖繼序之圖), 선원세계(璿源世係), 선원계보기략(璿源
系譜記略), 발문(跋文)의 순서로 편집되었다. 《선원계보기략》은 이후 114회의 보간(補
刊)이 이루어졌는데, 그 과정에서 수정된 내용과 증보된 내용을 각각의 발문에 자세히
기록하였다. 《漁江石, 선원계보기략 간행의 의의와 서발문에 나타난 계보의식, 역사와
실학 45집, 역사실학회, 2011》

17 통천융운 조극돈륜(統天隆運肇極敦倫) 주상 전하 : 고종(高宗)을 말하는데, 1872
년(고종9) 12월 24일에 고종에게 '통천융운 조극돈륜'이라는 존호를 올렸다.

명성황후(明成皇后))께서 원자(元子)를 낳으셨습니다. 천지가 함께 태평하고 신(神)과 사람이 서로 기뻐하며 성해(星海)와 운일(雲日)을 노래하니[19] 아름다운 상서를 징험할 수 있습니다.

그 이레 뒤인 정해일에 종묘(宗廟)와 사직(社稷)에 고한 뒤, 주상께서 친히 자성(慈聖)[20]에게 전문(箋文)을 올리고 대전에 납시어 축하를 받으시고는, 팔방에 크게 사면령을 내려 허물을 씻어주시고 숙포(宿逋 오래 밀린 세금)를 탕감해 주시니, 은혜를 베풀어 복을 넓히고 화기(和氣)를 이끌어 복을 맞이하는 모든 것들을 지극히 하지 않음이 없었습니다.

원자가 태어난 지 백 일이 되자 종정부(宗正府)에서 법도를 따라 《선원보(璿源譜)》에 기록하기를 청하였고, 신(臣) 규수(珪壽)에게 명하여 발문을 짓도록 하였습니다. 신 규수는 문사(文詞)가 졸렬하여 여러 해 쌓인 성대한 덕을 선양하고 끝없는 홍복(洪福)을 빛나게 하기에는 부족하지만, 나라 사람들이 한마음으로 발을 구르며 춤추며 뛰는 것에 의거해 손을 모아 이마에 얹고서 기원드릴 말씀은 할 수 있습니다.

---

18 2월 신사일 : 2월 8일이다.

19 성해(星海)와 운일(雲日)을 노래하니 : 태자(太子)의 덕을 칭송하는 것을 말한다. 《사기(史記)》 권1 〈오제본기(五帝本紀)〉에 요 임금의 덕을 칭찬하면서, "제요란 분은……가까이 나아가 보면 따스한 햇볕과 같았고, 멀리서 바라보면 촉촉이 비를 내려주는 구름 같았다.〔帝堯者……就之如日, 望之如雲.〕"라는 말이 나오는데, 이 구절에서 '일(日)'과 '운(雲)'을 따온 것이다. 또 《고금주(古今注)》에, 한(漢)나라 명제(明帝)가 태자로 있을 때에 악인(樂人)이 태자의 훌륭한 덕을 칭찬하여 노래하기를, "해는 거듭 빛나고 달은 거듭 차며 별은 거듭 반짝이고 바다는 거듭 윤이 난다.〔日重光, 月重輪, 星重輝, 海重潤.〕"라고 한 데서, 앞의 한 글자씩을 따 태자의 덕을 칭찬하는 노래를 '일월성해'라고 한다.

20 자성(慈聖) : 고종의 모친인 여흥부대부인(驪興府大夫人) 민씨(閔氏)를 가리킨다.

삼가 생각건대, 성인(聖人)의 탄생은 본래 시기가 있습니다. 올해인 갑술년(1874, 고종11)은 바로 우리 영종대왕(英宗大王 영조)께서 탄강하신 지 3주갑(周甲)이 되는 해입니다. 황조(皇祖)께서는 바탕이 빼어난 상성(上聖)으로서 하늘의 아름다운 명에 응하셨으니, 문사(文事)와 무공(武功)은 전대의 임금을 뛰어넘었고, 깊은 인자함과 두터운 은택은 사람들의 골수에 스며들었습니다. 오랫동안 사시며 인재를 양성하시고²¹ 오랫동안 도를 행하여 교화가 저절로 이루어졌으니,²² 왕위를 누리신 것이 52년이었습니다. 지금 우리 원량(元良 원자)께서 탄강하신 해가 성조(聖祖)께서 탄강하신 해와 같으니, 저 하늘이 묵묵히 돕고 남몰래 보살펴 줌이 어찌 우연이겠습니까.

하늘이 밝음을 명할 것인지 길함을 명할 것인지는 태어난 처음에 있지 않음이 없으니,²³ 성조(聖祖)께서 누린 지위와 녹봉, 명성과 장수

21 오랫동안······양성하시고 : 원문은 '壽考作人'인데, 《시경》〈역박(棫樸)〉에, "주나라 임금이 장수하면서 어찌 인재를 양성하지 않았겠는가.[周王壽考, 遐不作人.]"라고 문왕(文王)의 덕을 찬양한 데서 나온 말이다. 여기서 '수고'는 단지 오래 사셨다는 의미를 넘어 '임금이 장수하신 만큼 오랫동안'이라는 의미로 이해할 수 있다.

22 오랫동안······이루어졌으니 : 원문은 '久道化成'인데, 《주역》〈항괘(恒卦) 단사(彖辭)〉에, "성인이 오랫동안 도를 행하여 천하의 교화가 저절로 이루어진다.[聖人久於其道而天下化成.]"라고 한 데서 나온 말이다.

23 하늘이······없으니 : 《서경》〈소고(召誥)〉에 소공(召公)이 성왕(成王)에게 고하기를, "왕께서 처음 일을 시작하시니, 아! 마치 막 태어난 자식이 처음 태어날 때는 스스로 밝은 명을 품부 받지 않음이 없는 것과 같습니다. 그러니 지금 하늘이 우리에게 어짊을 명할 것인지, 길흉을 명할 것인지, 오랜 국운을 명할 것인지는 지금 처음으로 일을 시작하는 데 달렸습니다.[王乃初服, 嗚呼! 若生子罔不在厥初生, 自貽哲命, 今天其命哲, 命吉凶, 命歷年, 知今我初服.]"라고 하였다.

(長壽)를 우리 원량께서 누리시기를 기원합니다. 이것은 바로 온 나라의 신민(臣民)들의 타고난 본성에서 나온 것이며, 신이 말씀드렸던 발을 구르고 춤추며 뛴다는 것입니다.

우리 성상께서 또 위로 조종을 본받아 후손에서 안정을 전해주고자 하시니, 대개 삼대(三代) 이래로 일찍 깨우쳐주고 가르친 것에 그 중요한 방도가 있었습니다.

《대대례(大戴禮)》〈보부편(保傅篇)〉에 이르기를 "태자가 태어나면 본래 예를 거행하고 유사가 현단복(玄端服)과 면류관(冕旒冠) 차림으로 태자를 모시고 남쪽 교외에 가서 하늘에 알현시켰는데, 대궐을 지날 적에는 수레에서 내리고 종묘를 지날 적에는 종종걸음으로 걷는다."라고 하였으니, 이것은 막 태어났을 때의 가르침입니다.

가의(賈誼)가 문제(文帝)에게 고하기를, "태보(太保)를 세워 그 신체를 보호하고, 태부(太傅)를 세워 덕의(德義)를 가르치고, 태사(太師)를 세워 교훈(敎訓)으로 인도하였습니다. 두세 살이 되어 지각이 생기면 진실로 효(孝)·인(仁)·예(禮)·의(義)를 밝혀 지도하여 익히게 하였습니다."라고 하였으니,[24] 이것은 두세 살 때의 가르침입니다.

주자(朱子)가 효종(孝宗)에게 올린 봉사(奉事)에 말하기를, "한가할 때 성상을 모시게 하여 조용히 개도(開導)하십시오. 옛 성왕(聖王)의 정심(正心)과 수신(修身)과 치국평천하(治國平天下)의 요체에 대

---

24 가의(賈誼)가……하였으니 : 《한서(漢書)》 권48 〈가의전(賈誼傳)〉에 나오는 내용을 축약해서 인용한 것이다. 한나라 문제(文帝)가 가의를 양회왕(梁懷王)의 태부(太傅)로 삼자 가의가 문제에게 아뢴 말인데, 인용된 가의의 말은 《대대례》 권3 〈보부(保傅)〉의 내용을 축약하여 전한 것이다.

해 성상께서 실천하여 효험이 있었던 것과 힘써 본받으려 했지만 미치지 못했던 것들을 모두 나열해 자세히 일러 주신다면, 폐하께서 마음에서 마음으로 전하는 묘법을 터득하여 종묘사직의 편안함이 영원히 전해질 것입니다."라고 하였으니,[25] 이는 장성했을 때의 가르침입니다.

저 원량은 나라의 근본입니다. 하늘과 조종이 우리나라를 보살펴주시어 성사(聖嗣)를 태어나게 하였습니다. 영특하고 총명하여 지혜와 사려가 점차 성장할 것이니, 백성을 대하는 가르침은 반드시 키가 약간 자랐을 때부터 시작해야 합니다.

원량의 좌우와 전후에 효제(孝悌)하고 박문(博聞)한 선비를 뽑아 배치하여 항상 정인(正人)들과 거처하여 교화가 마음속에서 이루어지게 해야 합니다.[26] 생지(生知)와 안행(安行)의 자질[27]로 요 임금이 되고

---

25 주자(朱子)가……하였으니 : 《회암집(晦庵集)》 권11에 수록된 〈무신봉사(戊申封事)〉의 내용을 축약하여 인용한 것이다. 〈무신봉사〉는 효종 15년인 무신년(1188)에 올린 봉사로, 그 내용은 첫째 태자를 바르게 인도하고, 둘째 대신(大臣)으로 적임자를 선택하며, 셋째 강유(綱維)를 일으키고, 넷째 풍속을 변화시키며, 다섯째 백성의 힘을 기르고, 여섯째 군정(軍政)을 바르게 하며, 끝으로 임금이 마음이 바르면 천하의 일이 모두 바르게 된다는 것이다.

26 항상……합니다 : 원문은 '習與正居 化與心成'인데, 《한서》 권48 〈가의전〉에 나오는 말을 원용한 표현이다. 한나라 문제가 가의를 양회왕(梁懷王)의 태부(太傅)로 삼자 가의가 문제에게 아뢰면서 한 말 중에, "습관이 지혜와 함께 자라므로 절실하여 부끄럽지 않고, 교화가 마음과 함께 이루어지므로 도에 맞는 것이 타고난 본성과 같습니다.〔習與智長, 故切而不愧, 化與心成, 故中道若性.〕"라고 한 말이 있다.

27 생지(生知)와 안행(安行)의 자질 : 성인의 자질을 뜻하는 말로, 생지와 안행은 태어나면서 부터 알고 편안한 마음으로 행한다는 의미이다. 《중용장구》 20장에, "어떤 이는 태어나면서부터 저절로 알고, 어떤 이는 배워서 알고, 어떤 이는 많은 노력을 한 뒤에 알게 되는데, 그 도를 알게 되는 점에 있어서는 똑같다. 어떤 이는 편안히

순 임금이 되어 태평만세를 이루는 것은 진실로 지금부터 시작됩니다. 도를 지니고 장수한다면 삼대에 못지않을 것이니, 성조(聖祖) 영종(英宗 영조)의 '큰 덕을 지닌 이는 반드시 얻게 된다.'[28]는 성대함을 법도로 삼을 만합니다.

신이 감히 손을 머리에 얹고 머리를 조아리며 큰 소리로 말씀드립니다.

행하고, 어떤 이는 이롭게 여겨 행하고, 어떤 이는 억지로 힘써 행하는데, 공을 이루는 점에 있어서는 똑같다.〔或生而知之, 或學而知之, 或困而知之, 及其知之, 一也. 或安而行之, 或利而行之, 或勉强而行之, 及其成功, 一也.〕"라고 하였다.

28 큰……된다 : 《중용장구》 17장에, "큰 덕의 소유자는 반드시 합당한 지위를 얻고, 반드시 합당한 작록을 얻고, 반드시 합당한 명예를 얻고, 반드시 합당한 수명을 얻는다.〔大德必得其位, 必得其祿, 必得其名, 必得其壽.〕"라고 하였다.

《선원보략》의 발문 2[29]
璿源譜略跋文

을해년(1875, 고종12) 5월 모일에 종정부(宗正府)에서 왕세자(王世子)의 책봉례(冊封禮)가 이루어졌으니 삼가 법도를 따라 마땅히 《선원보(璿源譜)》에 기록해야 한다고 아뢰고서 그 발문을 누구에게 짓게 하시겠냐고 감히 성지(聖旨)를 여쭙자, 주상께서 신(臣) 규수(珪壽)에게 지으라고 명하셨습니다.

신 규수는 두려우면서도 기뻐하며 글재주가 졸렬함을 헤아릴 겨를도 없이 오직 성대한 전례(典禮)에 힘을 다하게 됨을 지극한 영광이요 대단한 행운으로 여겼습니다.

삼가 생각건대, 우리 동궁(東宮) 저하(邸下)께서 태어나 처음으로 조석(肇錫)한 나이에 책봉되어 이극(貳極)의 자리에 오르셨으니,[30] 이는 진실로 하늘이 돌보신 것이며 백성들의 마음이 바란 바입니다. 또한

---

29 선원보략의 발문 2 : 1875년(고종12) 5월에 원자의 세자 책봉례(世子冊封禮)를 거행한 뒤 《선원보략》을 개수하고 붙인 발문이다. 당시 환재는 일본의 서계(書契) 접수 문제로 갈등을 빚으며 우의정에서 물러나 있던 상황이었다.

서두에서 환재는 어린 세자가 늠름한 모습으로 세자 책봉례를 치른 것을 경하하고, 세자의 교육에 정성을 다할 것을 당부하였다.

30 우리……오르셨으니 : 원자가 태어나 이름을 얻고 곧 왕세자로 책봉되었음을 의미하는 말이다. 조석(肇錫)은 좋은 이름을 지어 주는 것인데, 굴원(屈原)의 《초사(楚辭)》에 "황고(皇考)께서 나를 낳으셨을 때에 헤아려 보시고 처음으로 나에게 아름다운 이름 지어 주셨네.〔皇覽揆余于初度兮, 肇錫予以嘉名.〕"라고 한 데서 나온 말이다. 또 이극(貳極)의 자리는 두 번째로 높은 자리라는 뜻으로, 왕세자를 가리키는 말이다.

세자(世子)의 자질이 특출하여 천종(天縱)의 생지(生知)와 같아,[31] 옛날의 성인 중에 태어나자마자 말을 할 줄 알았던 분[32]에 거의 가깝다고 하겠으니, 이는 실로 역대 여러 왕조에서 보기 드물었던 큰 경사입니다.

세자를 책봉(冊封)하는 날 성상께서 대전에 납시어 사신을 보내시니, 세자는 공정책(空頂幘)을 쓰고 칠장복(七章服)을 입고서 희정당(熙政堂)에서 옥책(玉冊)을 받으셨습니다.[33] 부축 받고 보호 받으며 무릎 꿇고 절하는 것이 모두 예법에 맞으니 뜰에 가득한 신료들이 감격스런 얼굴빛으로 서로 돌아보면서 "우리 주상의 아드님은 진실로 성인이시다."라고 하였습니다.

신이 대신(大臣)들의 뒤를 따라 당에 올라 재배하고 공손히 세자의 모습을 뵈니 늠름한 자태가 자연스럽게 그 자리에 맞았고 옷자락을 드리우고 홀을 잡은 모습이 진중하고 편안하였습니다. 대를 이어 비추는 이명(離明)[34]을 우러러보니 막 떠오르는 아침해와 같았습니다. 이날

---

31 천종(天縱)의 생지(生知)와 같아 : 성인(聖人)의 자질을 갖추었다는 말이다. 천종은 '천종지성(天縱之聖)'의 준말로, 하늘이 내린 성인이라는 말이다. 《논어》〈자한(子罕)〉에 자공(子貢)이 공자를 찬양하며 "진실로 하늘이 내신 성인이시다.〔固天縱之將聖.〕"라고 한 데서 나온 말이다. 생지는 '생이지지(生而知之)'의 준말인데, 29쪽 주27 참조.

32 옛날의……분 : 황제(黃帝)가 태어나면서부 터 말을 할 줄 알았다는 기록이 《포박자(抱朴子)》 내편 권3〈변문(辯問)〉에 보인다.

33 세자는……받으셨습니다 : 공정책은 윗부분에 덮개가 없는 모자이다. 칠장복은 화충(華蟲)·화(火)·종이(宗彝)·조(藻)·분미(粉米)·보(黼)·불(黻) 등 7종의 무늬가 장식된 면복(冕服)을 말하는데 왕세자가 입는 복식이다. 황제는 12종의 무늬를 장식한 12장복을 입고, 왕은 9장복을 입는다. 옥책은 제왕(帝王) 또는 후비(后妃)의 존호를 올릴 때 송덕문(頌德文)을 쓴 간책(簡冊)을 말한다.

온화한 봄빛에 경색이 밝아 만물이 되살아나고 상서로운 구름이 고릉(觚稜)과 부시(罘罳)[35] 사이에 아름답게 펼쳐졌기에, 신은 물러나 백관(百官)과 함께 축하하였습니다.

성인께서 탄생하심에 하늘로부터 명을 받아 영특하고 총명하시며 이미 태양 같고 구름 같은 모습[36]을 갖추어 군(君)이 되고 왕(王)이 되기에 마땅하고[37] 중륜(重輪)과 중휘(重輝)의 찬송[38]에 부합하니, 반드시 보통사람보다 크게 뛰어난 점이 있는 것입니다.

저홍(渚虹)이 막 일주(一周)한 해에 동룡(銅龍)을 여는 의식을 거행한 것[39]으로 말하면, 음성은 성률에 맞고 몸가짐은 규범에 맞아 모든

34 대를……이명(離明)을 : 세자를 형용한 말이다. 대를 이어 비춘다〔繼照〕는 것은 세자의 자리에 올랐음을 의미하는데, 왕세자가 조참(朝參)을 받는 곳을 '계조당'이라고 한다. 또 이명은 태양의 밝음을 말하는 것으로, 대개 임금을 가리키는데 여기서는 세자를 가리키는 말로 쓰였다. 《주역》〈설괘전(說卦傳)〉에 "이는 불이 되고 해가 된다.〔離爲火爲日.〕"라고 한 데서 나온 말이다.

35 고릉(觚稜)과 부시(罘罳) : 고릉은 높이 솟은 전당의 지붕을 말하는데 대궐을 의미하는 말로 쓰인다. 부시는 처마 또는 창 위에 새를 막기 위해 쳐 놓은 금속이나 실로 만든 그물이다.

36 태양……모습 : 원문은 '如日如雲之象'이다. 원래는 요 임금의 모습을 칭찬하는 말인데 여기서는 세자의 모습을 형용하는 말로 쓰였다. 26쪽 주19 참조.

37 군(君)이……마땅하고 : 원문은 '宜君宜王'인데, 《시경》〈가락(假樂)〉에 "녹을 구하여 온갖 복을 얻은지라 자손이 천이며 억이로다. 거룩하고 아름다워 제후에게 마땅하고 천자에게 마땅하다.〔干祿百福, 子孫千億, 穆穆皇皇, 宜君宜王.〕"라는 구절이 있다.

38 중륜(重輪)과 중휘(仲輝)의 찬송 : 세자의 덕을 찬양하는 노래로, 한(漢)나라 명제(明帝)가 태자로 있을 때에 악인(樂人)이 태자의 훌륭한 덕을 칭찬하여 부른 노래에서 나온 말이다. 26쪽 주19 참조.

39 저홍(渚虹)이……것 : 원자가 첫돌을 맞이한 해에 세자 책봉례를 거행했다는 말이다. 저홍은 '화저홍류(華渚虹流)'의 준말로 보통 왕의 탄생을 의미하는데, 여기서는

것이 법도에 합당하니, 이것은 전대(前代)에 없었던 바이며 지금보다
성대한 적이 없었습니다.

또 진전(眞殿)에 경건히 알현하던 날과 법궁(法宮)[40]으로 거둥하시
던 날에, 궐 안에서는 진신(搢紳)과 종관(從官)들이 궐 밖에서는 도성
의 남녀들이 공경히 우러르며 모두들 앞다퉈 바라보았습니다. 난여(鑾
輿)[41]가 앞서서 지나가고 학가(鶴駕)[42]가 뒤따라 이르자 목을 늘이고
발돋움하며 기쁘게 춤추지 않는 자가 없었습니다.

하지만 우리 저하께서는 단정히 손을 맞잡고 엄숙히 앉아 깊은 생각
에 잠긴 듯 고개를 돌리지 않으셨고,[43] 가득한 인애(仁愛)의 표정이
안색에 드러났으니, 대성인(大聖人)이 아니고서야 이렇게 할 수 있겠

원자의 탄생을 의미한 말로 쓰였다. 상고 시대 제왕(帝王) 소호씨(少昊氏)의 어머니
여절(女節)이 무지개 같은 별이 화저에 흐르는 것을 보고 얼마 뒤 임신하여 소호씨를
낳았다는 고사에서 나왔다. 화저는 지명이다.《竹書紀年 卷上 注》동룡은 한(漢)나라
태자궁(太子宮)의 궁문인 동룡문(銅龍門)으로, 구리로 만든 용으로 장식했다고 한다.
전하여 세자를 지칭하는 말로 쓰인다.

40 법궁(法宮) : 대궐의 정전(正殿)을 말하는데, 여기서는 세자의 거처인 동궁(東宮)
을 의미하는 말로 쓰였다.

41 난여(鑾輿) : 임금이 타는 수레를 말한다.

42 학가(鶴駕) : 세자가 탄 수레를 말한다. 주 영왕(周靈王)의 태자인 진(晉)이 도술
을 닦아 신선이 된 뒤에 백학(白鶴)을 타고 구씨산(緱氏山)에 내려왔다는 전설에서
나온 것으로 세자의 별칭으로 쓰인다.《列仙傳 王喬傳》

43 깊은……않으셨고 : 원문은 '儼若思不內顧'인데,《예기》〈곡례 상(曲禮上)〉에 "공
경하지 않음이 없는 가운데 깊은 생각에 잠긴 듯하고 말을 안정되게 한다면 백성들을
편안하게 할 수 있을 것이다.〔毋不敬, 儼若思, 安定辭, 安民哉.〕"라고 하였고,《논어》
〈향당(鄕黨)〉에 공자의 수레 타는 예절을 말하면서, "수레 안에서는 돌아보지 않으셨
다.〔車中不內顧.〕"라고 하였다.

습니까.

신은 이로 인해 마음속으로 기원하는 바가 있습니다. 성인의 자질을 지닌 사람은 반드시 성인의 학문이 있어야 하며, 성인의 학문이 있은 뒤에야 성인의 지위에 머물며 성인의 도를 행할 수 있습니다.

지금 우리 세자께서는 성인의 자질을 지니셨기에 장차 성인의 학문에 나아가셔야 합니다. 태사(太師)와 태보(太保)로 현명한 이를 임명하고 좌우에서 보필하는 자가 모두 올바른 사람일지라도, 또한 우리 성상께서 성학(聖學)을 끊임없이 밝혀 몸소 가르치신다면, 장차 성인으로서 성인을 계승하여 자손들에게 무궁한 안정을 전하며 만세토록 태평을 누리면서 이 백성들을 모두 즐겁고 화목한 정치로 기르게 될 것입니다. 성인의 훌륭한 일과 지극한 공효가 바로 여기에 있습니다. 신은 감히 이 말씀을 올립니다.

《선원보략》의 발문 3[44]

璿源譜略跋文

통천융운 조극돈륜(統天隆運肇極敦倫) 주상 전하께서 즉위하신 지
12년째인 을해년(1875) 남지(南至 동지(冬至))에 시임(時任)과 원임
(原任) 대신, 구경(九卿), 삼사(三司)와 예관(禮官)을 입시토록 하여
황고(皇考) 익종대왕(翼宗大王)을 세헌(世獻)하는 전례(典禮)를 미
리 정하셨습니다.[45] 이어 논의를 거쳐 '계천건통 신훈숙모(啓天建統神

---

44 선원보략의 발문 3 : 1876년(고종13) 1월. 효명세자(孝明世子)에게 익종(翼宗)이
라는 존호를 추상(追上)하고 대왕대비 신정왕후(神貞王后)의 존호를 가상(加上)한 뒤
《선원보략》을 개수하고 붙인 발문이다. 당시 환재는 내의원 도제조(內醫院都提調)로
있었다.

서두에서 환재는 자신이 《선원보략》의 발문을 짓게 된 연유를 설명한 뒤 익종의
덕을 찬양하면서, 특히 대리청정 기간에 보여준 훌륭한 정치는 후세 왕들의 모범이
되기에 충분하다고 하였다. 이어 신정왕후가 익종의 비(妃)로서 훌륭히 내조한 사실을
칭찬하고 고종을 대신해 수렴청정하면서 국가의 기틀을 태산과 반석에 올려놓았다고
찬양하였다.

환재는 익종이 세자로 있을 때 남다른 지우(知遇)를 입은 바 있다. 효명세자가 1825
년(순조25) 여름에 창덕궁 후원의 대문을 걸어 나와 환재의 집을 방문한 뒤 삼경(三更)
이 되어서야 돌아갔다는 일은 이를 잘 보여주는 일화이다. 《瓛齋集 卷1 節錄瓛齋先生行
狀草》또 효명세자가 갑자기 승하한 뒤 환재가 과거 공부를 폐기하고 18년간 은둔 생활
로 접어들었던 사실에서 그 정신적 충격을 가늠할 수 있다. 이런 점에서 익종에 대한
환재의 찬양은 단순히 형식적인 찬양에 그치지 않는 것으로 볼 수 있다.

45 을해년……정하셨습니다 :《고종실록》12년 11월 25일 기사에, 익종대왕의 존호
를 추상하는 일로 논의한 내용이 보인다. 구경(九卿)은 육조(六曹)의 판서(判書)와
의정부의 좌우 참찬(參贊) 및 한성부 판윤(漢城府判尹)을 합쳐서 이르는 말이다. 세헌

勳肅謨)'라는 존호를 추상(追上)하고, 대왕대비전(大王大妃殿)의 존호를 '융목(隆穆)'이라 가상(加上)하였습니다.[46]

여러 신하들이 모두 절하여 머리를 조아리며 말하기를 "위대합니다. 성상의 효성이여! 백세토록 관헌(祼獻)[47]하는 것이 오늘로부터 시작되었습니다. 두 분의 책봉을 함께 거행하시니 어찌 감히 그 뜻을 선양하고 삼가 받들어 성덕(聖德)을 빛내지 않겠습니까."라고 하였습니다.

존호를 올리는 성대한 의식을 거행한 뒤에 사향(蜡饗)을 통해 책보(冊寶)를 올림을 종묘(宗廟)에 고하고, 또 동조(東朝)에 책보를 받들어 올렸습니다.[48]

이에 종정부(宗正府)에서 법도를 고찰하여 《선원보(璿源譜)》에 삼가 기록하려 하자, 신(臣) 규수가 태사(太史)의 직임을 지낸 적이 있다 하여[49] 저에게 발문을 지으라고 명하셨습니다. 신은 성대한 시대를 만났기에 문사가 졸렬하다는 이유로 감히 사양하지 못하였습니다.

(世獻)은 대대로 제향을 올리는 것을 말한다.

46 이어……가상(加上)하였습니다 : 《고종실록》 13년 1월 1일 기사에 보인다.

47 관헌(祼獻) : 관(祼)은 향기로운 술을 부어서 강신(降神)하는 것이고, 헌(獻)은 희생(犧牲)으로 잡은 음식을 올리는 것이다. 제향을 의미한다.

48 사향(蜡饗)을……올렸습니다 : 사향은 사제(蜡祭) 또는 납제(臘祭)라고도 하는데, 12월에 모든 신에게 지내는 합제(合祭)이다. 책보(冊寶)는 옥책(玉冊)과 금보(金寶)를 말하는데, 옥책은 제왕 또는 후비의 존호를 올릴 때에 송덕문을 새긴 간책이며, 금보는 추상하는 존호를 새긴 도장이다. 동조(東朝)는 황태후(皇太后)나 왕대비(王大妃) 또는 이들이 거처하는 궁전을 일컫는 말이다. 한(漢)나라 때 태후가 미앙궁(未央宮)의 동쪽 장락궁(長樂宮)에 거처하였으므로 태후를 동조라 칭하기 시작하였다. 여기서는 익종의 비인 대왕대비 신정왕후(神貞王后)를 지칭한다.

49 태사(太史)의……있다하여 : 환재가 예문관 검열을 역임한 것을 말한다.

삼가 생각건대, 우리 익종대왕의 성덕(聖德)과 신공(神功)은 사서 (史書)에 이루 다 기록할 수 없으며 거듭 빛남은 순 임금이 요 임금에 합치됨과 같았습니다.[50] 구가(謳歌)하는 이들이 계(啓)에게 돌아가 4년 동안 국정을 대리(代理)하자[51] 온갖 법도가 바르게 되고 팔방의 백성들 이 감화되었습니다. 하늘을 공경하고 조종을 법도로 삼아 경건히 제사 하고 형벌을 신중히 하는 정치[52]는 지극한 정성과 지극한 인(仁)이 하 늘에까지 닿고[53] 사방으로 전해진 것이니, 모두 후세 왕의 법도가 될 만했습니다. 자손들에게 안정과 큰 계책을 물려주시어 이로써 오늘날 처럼 아름다움을 부르는 데 이르렀으니, 아아! 잊지 못할 성덕(盛德)

---

50 거듭……같았습니다 : 원문은 '重華協堯'이다.《서경》〈순전(舜典)〉에, "옛날 순 임금을 상고하건대, 거듭 빛남이 제요에게 합치되었다.〔曰若稽古帝舜, 重華協于帝.〕" 라는 말이 있다.

51 구가(謳歌)하는……대리(代理)하자 : 익종이 부왕(父王)인 순조의 명을 받들어 세자로서 1827년부터 1830년까지 대리청정을 한 일을 말한다. 계(啓)는 우(禹) 임금의 아들이다. 맹자가 우 임금 때에 와서 제위를 세습하게 된 이유를 말하면서 "우임금이 붕어하신 뒤 3년상을 마치고 익(益)이 우 임금의 아들인 계(啓)를 피하여 기산(箕山)의 북쪽에 가 있었다. 그런데 조근(朝覲)하고 송옥(訟獄)하는 사람들이 익에게 가지 않고 계에게 가며 말하기를 '우리 임금의 아들이다.'라고 하였고, 덕을 구가하는 사람들이 익의 덕을 구가하지 않고 계의 덕을 구가하며 말하기를 '우리 임금의 아들이다.'라고 하였다."라고 하였다.《孟子 萬章上》

52 경건히……정치 : 원문은 '毖祀恤刑之政'인데, 비사는 조종을 경건히 제사함을 말 하며, 휼형은 형벌을 신중히 시행함을 말한다.《서경》〈낙고(洛誥)〉에 "밤낮으로 제사 만 삼갈 뿐이다.〔夙夜毖祀.〕"라고 하였고,〈순전(舜典)〉에 "공경하고 공경하여 형벌을 신중히 하였다.〔欽哉欽哉, 惟刑之恤哉.〕"라고 하였다.

53 하늘에까지 닿고 : 원문은 '昭假'인데, 정성껏 제사하여 하늘의 신을 이르게 한다는 뜻이다.《시경》〈운한(雲漢)〉에, "대부와 군자들이 하늘의 신을 밝게 이르게 함이 남김 이 없도다.〔大夫君子, 昭假無贏.〕"라고 하였다.

과 지선(至善)은 진실로 대대로 제향을 드리며 현가(絃歌)에 올리고 완염(琬琰 비석)에 새김이 마땅합니다.

또한 우리 대왕대비 전하께서는 성인으로서 성인의 배필이 되시어 이남(二南)의 교화를 펼치고[54]와 구여(九如)의 찬송을 들으며[55] 천승(千乘)의 봉양을 크게 받으셨습니다.[56] 구면(裘冕)을 도운 정치[57]로 나라의 형세를 태산(泰山)과 반석(盤石)에 올려놓으셨으며, 숨은 공덕과 두터운 은택으로 보호하고 적셔주어 우리 성상의 성대하고 높은 교화를 크게 도우셨습니다.

그러니 위대한 존호를 현책(顯冊 작위를 높여 책봉함)하는 것은 대서특필하기를 한 번만 해서는 안 되는데, 하물며 건곤(乾坤)같은 덕을 그려내고 공렬(功烈)을 선양하는 때를 당해서야 말할 것이 있겠습니까. 또 마땅히 금에 새기고 옥에 새겨 일월(日月)과 함께 빛남을 아름답게

---

54 이남(二南)의 교화를 펼치고 : 이남은 《시경》의 〈주남(周南)〉과 〈소남(召南)〉을 가리킨다. 이 두 시는 주나라 문왕(文王)의 교화를 노래한 것인데, 여기서는 효명세자가 대리청정할 때 신정왕후가 훌륭히 내조했음을 찬양하는 말로 보인다.

55 구여(九如)의 찬송을 들으며 : 구여는 《시경》 〈천보(天保)〉에서 임금의 덕을 칭송하여, 산과 같고〔如山〕 언덕과 같고〔如阜〕 산마루와 같고〔如岡〕 구릉과 같고〔如陵〕 냇물이 한창 흘러오는 것과 같으며〔如川之方至〕 초승달과 같고〔如月之恒〕 떠오르는 해와 같고〔如日之升〕 장구한 남산과 같고〔如南山之壽〕 무성한 송백과 같다〔如松柏之茂〕라고 비유한 것을 말한다. 이 구절 역시 효명세자가 대리청정할 때 신정왕후가 훌륭히 내조했음을 찬양하는 말로 보인다.

56 천승(千乘)의……받으셨습니다 : 헌종(憲宗) 때 대비(大妃)로서 봉양을 받았음을 말한다. 천승은 제후국을 말하는데 여기서는 조선을 지칭하는 말이다.

57 구면(裘冕)을 도운 정치 : 신정황후가 고종을 대신하여 수렴청정한 것을 말한다. 구면은 천자가 제사를 지낼 때 입는 대구(大裘)와 관면(冠冕)을 말하는데, 여기서는 고종을 지칭하는 말로 쓰였다.

수식하고 사업을 계승하고 뜻을 지켜나가야,[58] 내용과 형식에 모두 합당할 것입니다.

지금 우리 성상께서 크나큰 역복(曆服)[59]을 계승해 소유하시어 황고(皇考)의 덕(德)과 공(功)을 추존하신 것은 진실로 은(殷)나라의 삼종(三宗)과 주(周)나라의 세실(世室)[60]에 부합합니다. 우리나라의 예법에 따라 단행하여 실로 끊임없는 큰 효도를 빛내시고, 대모(玳瑁)로 옥첩(玉牒)을 장식하여 천 대(千代)에까지 빛나게 하셨으니, 성자(聖子)와 신손(神孫)에게 영원히 할 말이 있을 것입니다. 아아! 성대합니다.

《시경》에 이르기를 "영원히 효도하라. 효도하는 것이 법도이다.〔永言孝思 孝思維則〕"[61]라고 하였고, 또 이르기를 "이미 열고를 높이고 또

---

58 사업을……지켜나가야 : 원문은 '述事養志'인데, '계지술사(繼志述事)'의 다른 표현이다. 계지는 어버이의 뜻을 잘 계승하는 것을 말하며, 술사는 어버이의 일을 잘 따라서 하는 것을 말한다. 공자가 "무왕과 주공은 세상 사람들이 모두 칭찬하는 효자일 것이다. 효란 것은 어버이의 뜻을 잘 계승하며, 어버이의 일을 잘 따라 행하는 것일 뿐이다.〔武王周公, 其達孝矣乎. 夫孝者, 善繼人之志, 善述人之事者也.〕"라고 하였다. 《中庸章句 19章》

59 역복(曆服) : '역복(歷服)'으로도 쓰는데, 구원(久遠)한 사업이라는 뜻으로 왕위(王位)를 가리킨다. 《서경》〈대고(大誥)〉에, "끝없이 큰 역복을 이어받았다.〔嗣無疆大歷服.〕"라는 성왕(成王)의 말에서 나왔다. 보통 역(歷)은 구(久), 복(服)은 사(事)로 풀이하는데, 채침(蔡沈)은 역은 역수(歷數), 복은 오복(五福)이라고 하였다.

60 은(殷)나라의……세실(世室) : 불천지주(不遷之主)를 말한다. 은나라의 삼종(三宗)은 중종(中宗)·고종(高宗)·조갑(祖甲)을 일컫는 말로, 이들은 모두 부지런하고 신중하여 은나라에서 불천지주로 모셨다. 세실은 대대로 허물지 않고 신주를 모시는 종묘(宗廟)를 이른다.

61 영원히……법도이다 : 《시경》〈하무(下武)〉에 나온다.

한 문모를 높이게 하셨도다.〔旣右烈考 亦右文母〕"62라고 하였습니다. 신은 감히 그 만분의 일을 찬술(贊述)하여 끝없는 후손들에게 성상의 효성을 드러내 보입니다.

62 이미……하셨도다 : 《시경》〈옹(雝)〉에 나온다. 열고는 황고(皇考)와 같은 말로 주나라 문왕(文王)을 가리키며, 문모는 문왕의 비인 태사(太姒)를 가리킨다.

자문 咨文

자문을 살펴보니 모두 15편인데, 방물(方物), 범월어채(犯越漁採), 전변(展邊) 등에 관한 의례적 자문[63] 8편을 제외하고, 서양 선박 사건 관련 자문 7편[64]만 수록하였다.

63 방물(方物)……자문 : 방물은 중국에 보내는 공물(貢物)이다. 범월어채(犯越漁採)는 중국인들이 우리 국경을 넘어와 어획 행위를 하는 것을 말하는데, 이와 관련된 자문은 범월어채를 금지해줄 것을 요청할 때 보내는 자문이다. 전변(展邊)은 변방을 확장한다는 의미인데, 《동문휘고(同文彙考)》에 나타나는 용례를 살펴보면 중국 측에서 책문(柵門)을 전진 배치하거나 변경 일대의 개간을 늘리고 유민을 수용하는 등의 일이 발생했을 때 이를 막아줄 것을 요청하는 자문에 주로 보인다.

64 서양……7편 : 서양 선박과 관련된 환재의 자문은 1866년(고종3)부터 1871년(고종8) 사이에 지은 것이다. 제너럴셔먼호 사건 및 병인양요(丙寅洋擾), 와츄세트호 및 셰난도어호의 내항과 회항, 오페르트 사건, 신미양요(辛未洋擾) 등에 대한 역사적 사실을 상세히 전해주고 있으며, 당시 환재의 정치적 활동을 파악하는 데 중요한 단서를 제공하는 글이다. 본 번역서의 자문에 붙인 역사적 상황에 대한 주석은 《김명호, 초기 한미관계의 재조명, 역사비평사, 2005》의 연구 성과에 크게 힘입었음을 밝히며, 번거로움을 피하기 위해 일일이 출처를 표기하지 않는다. 수록 자문에 대한 이해의 편의를 위해 7편의 자문에 대한 내용을 간략히 정리하면 다음과 같다.

제목	작성일	주요 내용
擬黃海道觀察使答美國人照會	1866. 12.	와츄세트호 내항 및 회항에 대한 조선의 입장을 서술하여 미국 병선이 재차 내항할 때를 대비해 지은 모의 답서
請開諭美國使臣勿致疑怪咨	1868. 3.	셰난도어호 내항 직전, 제너럴셔먼호의 선원 생존설이 거짓임을 해명하는 자문
美國兵船回去請使遠人釋疑咨	1868. 4.	셰난도어호 회항 직후, 사건의 전말을 해명하는 자문
陳洋舶情形咨(1)	1868.윤4.	오페르트 사건 직후, 사건의 전말을 해명하는 자문
陳洋舶情形咨(2)	1868.윤4.	오페르트 사건 직후, 사건의 전말을 해명하는 자문
美國封函轉遞咨	1871. 4.	신미양요 직전, 미국이 조선 원정에 나설 것임을 알리는 중국의 자문에 회답하는 자문
美國兵船滋擾咨	1871. 5.	신미양요 직후, 사건의 전말을 알리고 중국의 외교적 지원을 요청하는 자문

미국인의 조회에 대한 황해도 관찰사의 모의 답서[65]

擬黃海道觀察使答美國人照會

65 미국인의……답서 : 환재가 평안도 관찰사로 재직하고 있던 1866년(고종3) 12월에 지은 것이다.

1866년 7월에 발생한 제너럴셔먼(General Sherman)호 사건 뒤 미국은 와츄세트 (Wachusett)호를 조선으로 파견해 제너럴셔먼호 사건의 진상을 조사하고 생존 선원을 인수해 오라는 명을 내렸다. 이에 와츄세트호의 함장 슈펠트〔R. W. Shufelt〕가 황해도 장연(長淵) 앞바다에 와서 조선 정부에 조회(照會), 즉 공문서를 보내 협상을 시도했다 가 성과 없이 철수하였다. 슈펠트가 보낸 조회는 본 번역서의 바로 다음 글인 〈미국 사신이 의혹을 품지 않도록 타일러주기를 청하는 자문〔請開諭美國使臣勿致疑怪咨〕〉에 전문이 인용되어 있다. 와츄세트호의 회항 소식을 접한 환재는 제너럴셔먼호 사건에 대한 조선의 입장을 해명할 기회를 놓쳤다고 판단하고, 자신이 황해도 관찰사 박승휘 (朴承輝)의 입장이 되어 이 모의 답서를 작성하였다.

글의 서두에는 모의 답서를 작성하게 된 동기가 간략히 서술되어 있다. 모의 답서의 내용은 크게 네 단락으로 구분된다. 첫 단락에서는 슈펠트가 조선 정부의 회신을 받지 못하고 돌아간 것에 대해 정중히 사과하고, 늦게나마 답서를 작성해 기다리고 있음을 밝혔다. 둘째 단락에서는 표류한 외국 선원을 안전하게 송환하는 것은 당연한 조치임을 밝혔는데, 이는 슈펠트가 보낸 조회에서 자국의 서프라이즈(Surprise)호 선원 송환에 대해 감사를 표한 것에 대한 대답이었다. 셋째 단락에서는 제너럴셔먼호 사건의 발생 원인이 제너럴셔먼호 측의 잘못된 행동에 있었음을 분명히 밝혔고, 제너럴셔먼호 선원 의 생존 여부에 대한 미국의 의혹을 불식시키고자 하였다. 마지막 단락에서는 미국을 '예양(禮讓)'을 숭상하는 나라라고 칭찬하였고, 미국 상선에 대해 상해하는 일이 없도록 하겠다고 약속하였다. 환재의 이 글은 제목에서 알 수 있듯이 원래는 조선 정부의 공식 문서가 아니었으나, 뒤에 제너럴셔먼호 사건 진상에 관한 조선 정부의 견해를 대변하는 문서로 채택되어 미국 측에 전달되었다. 이 글에 대한 분석과 기존 연구의 문제점에 대해서는 《김명호, 초기 한미관계의 재조명, 역사비평사, 2005, 113~133쪽》에 자세히 정리되어 있다.

병인년(1866, 고종3) 12월에 미국[美利堅] 선박이 와서 황해도의 장연현(長淵縣) 경계에 정박한 뒤[66] 투서(投書)하여, 이전에 표류했던 자국의 선원을 호송해준 일[67]에 대해 감사의 뜻을 전하고, 이어 또 올해 가을 무렵에 평양하(平洋河 대동강(大同江))에서 자국 상선(商船)을 불태운 사건[68]의 진상에 대해 물었다. 그런데 해당 현에서 접응(接應)을 잘못하여 미국인이 즉시 돌아갔는데 끝내 회답을 얻지 못하고 떠나버렸으니, 때를 놓치고 일을 그르침이 이보다 심함이 없었다. 당시 나는 평양 감영(監營)에 있었는데, 한창 병이 심해 누워 있다가 이 소식을 듣고 격분을 가누지 못해 벌떡 일어나 이 의답(擬答) 문자를 초(草)하였다.

조선국(朝鮮國) 황해도 관찰사 도순찰사(都巡察使) 박승휘(朴承輝)[69]가 조회(照會)에 답합니다.

살피건대, 이달 18일에 귀국(貴國)의 총병(總兵 슈펠트)이 와츄세트[俄柱嘶; Wachusett]호를 이끌고 나의 경계(境界 관할)인 장연현 해상

---

66 미국[美利堅]……뒤 : 미국 선박은 와츄세트호를 말한다. 황해도 장연 앞바다에 정박한 것은 이곳을 제너럴셔먼호가 항행했던 대동강 입구로 오인했기 때문이다.

67 이전에……일 : 1866년 5월 평안도 철산부(鐵山府) 선천포(宣川浦) 선암리(仙巖里)에 표착(漂着)한 미국 상선 서프라이즈호의 선원을 북경(北京)으로 송환해 준 일을 말한다.

68 올해……사건 : 1866년 8월 발생한 제너럴셔먼호 사건을 말한다. 당시 환재는 평안도 관찰사로서 평양의 군민들을 지휘하여 화공(火攻) 전술로 제너럴셔먼호를 격침시켰다.

69 박승휘(朴承輝) : 1802~1869. 본관은 밀양(密陽), 자는 광오(光五), 호는 사고(社皐)이다. 1829년(순조29)에 문과에 급제하였고, 대사간과 강원도 관찰사를 역임한 뒤, 1866년 6월 황해도 관찰사에 임명되었다. 시호는 문정(文貞)이다.

에 정박하여 편지 한 통과 조회 한 통〔角〕을 보내 오직 우리 조정에 전달해 줄 것을 요청하고 또 변강대신(邊疆大臣)[70]의 회신을 기다린다고 하였습니다. 해당 지방관은 도리로 볼 때 왕복하는 거리가 조금 멀다는 점을 분명히 알리고 좋은 말로 정성을 다해 귀선(貴船)을 머물러 있게 했어야 했습니다. 그런데 지금 회신이 도착하기 전에 멀리서 온 손님을 곧장 돌아가게 만들었으니, 예의와 인정에 어긋남이 이보다 심함이 없습니다. 이에 해당 지방관을 이미 죄인의 신분으로 유임(留任)시키는 조치를 취하는 한편 이번에 회답하는 글을 지어 귀선을 기다리니, 혹시 다시 오게 되면 사정을 헤아려 주기 바랍니다.

본국의 법례(法例)로 보면, 다른 나라의 상선(商船)이 표류해 왔을 때 배가 온전하면 식량과 물자를 제공하고 바람을 기다렸다가 돌려보내고, 배가 온전하지 못해 항해할 수 없는 경우 소원에 따라 육로〔陸路〕로 관리를 딸려 호송해 북경(北京)에 이르게 합니다. 이렇게 한 것이 전후로 한두 번이 아니니, 이는 하늘의 인자함을 본받아 이웃 나라 백성을 우리 백성처럼 보기 때문입니다. 그런데 지금 귀국의 조회에서 성대히 칭찬하니[71] 도리어 매우 부끄럽습니다.

지난 가을의 평양하 사건에 대해 말하면, 그때 다른 나라의 배 한 척이 평양하의 하류에 도착하자 그곳 지방관은 표류해 온 것이라 여겨 나아가서 배에 올라 사정을 묻기〔問情〕를 요구했습니다. 그런데 배에 있던 자들이 관인(官人)을 몹시 혐오하며 대화를 나누려 하지 않고

---

70 변강대신 : 여기서는 황해도 관찰사를 지칭한 말이다. 변강은 변방이다.

71 귀국의……칭찬하니 : 조선이 서프라이즈호의 선원을 북경으로 송환해준 것에 대해 칭찬했다는 것이다.

눈을 감고 누워 모멸하는 모습을 보였습니다. 우리나라 사람들이 치욕과 분노를 참고 공손한 말로 간곡히 요청을 한 뒤에야 비로소 표류해 온 것이 아님을 알게 되었습니다.

선원 중에 최씨(崔氏) 성을 가진 사람이 있었는데[72] 자칭 법국(法國 프랑스)인이라고 했고, 또 영국(英國)인이라고도 했습니다. 그가 말하기를 "법국의 병선이 앞으로 크게 이를 것인데, 만약 우리와 교역을 허락하면 응당 양국을 위해 전쟁을 멈추도록 하겠다."라고 하였습니다. 그 지방관이 '교역하는 일은 일개 지방관이 마음대로 허락할 수 없는 일'이라고 대답했지만, 최씨라는 자는 끝내 그 말을 듣지 않고 더욱 방자하게 화를 내었습니다.

평양하는 물이 얕아 큰 배를 운행할 수 없습니다. 그런데 그는 오히려 이를 무시하고 날마다 조수(潮水)를 타고 몇 리씩 거슬러 올라왔습니다. 우리나라 사람들이 단지 일이 크게 벌어지지 않기만을 바라서 간혹 쌀과 고기와 채소와 과일과 땔감 등을 보내 주면, "내일 곧 돌아갈 것이다."라고 대답하고는 다음날이 되면 도리어 또 거슬러 올라와서 어느새 점차 성성(省城)[73]에 다가오고 있었습니다. 성성의 부장(副

---

72 선원……있었는데 : 영국인 목사 토마스[R. J. Thomas, 1840~1866]를 가리키는데, 그의 한자식 이름이 최난헌(崔蘭軒)이었으며 중국어 통역관으로 제너럴셔먼호에 동승하였다. 원래 토마스는 런던선교회가 중국으로 파견한 개신교 선교사로서, 1865년(고종2) 지부(芝罘)에서 조선인들을 만난 것을 계기로 조선의 사정과 조선어를 익히며 조선 선교여행을 계획하게 되었다고 한다. 1865년 9월 중국 정크선을 타고 황해도 해안으로 밀입국하여 서해안 일대에서 종교서적을 살포하고 조선어를 익히다가 중국으로 귀환하였으며, 이듬해인 1866년 제너럴셔먼호를 타고 조선으로 들어왔다가 죽었다. 《김명호, 초기 한미관계의 재조명, 역사비평사, 2005, 29~32쪽》 한국 개신교에서는 토마스를 개신교 최초의 순교자로 여긴다.

將)74이 날마다 배를 타고 그 배를 호위하면서 저들과 우리나라 사람들이 뒤섞여 어지러워지는 폐단을 막았습니다. 그런데 어느 날 그 배에서 쇠갈고리가 달린 밧줄을 던져 부장이 탄 배를 끌고 가 부장과 인신(印信)을 배 안에 잡아둔 채 왕래하는 상선을 만나면 대포를 쏘아 부수고 물건을 빼앗고 사람을 죽인 것이 부지기수였으니, 원근 사람들이 모두 크게 놀라 도망가는 자들이 이어졌습니다. 언제 서로 교전한 일이 있었습니까? 그런데도 부장을 잡아가니 그 모욕이 너무나 심했습니다. 그러나 오히려 공손한 말로 부장을 풀어줄 것을 간곡히 요청했더니, "우리들이 성에 들어가면 돌려보내겠다."라고 답하였습니다.

그 최씨라는 자는 우리나라 말을 잘했는데 사납고 오만하기 짝이 없었고, 기어코 성성으로 침입하려고 하니 또 그 의도를 알 수 없었습니다. 그래서 온 평양성의 수만 군민(軍民)이 분노를 이기지 못해 일제히 강가로 나와 힘을 다해 싸웠고, 부장을 탈환해 오려 하다가 총탄을 맞고 죽은 자가 또 수십 인이나 되니, 군중의 분노가 일제히 과격해져 그 기세를 막을 수 없었습니다. 총과 대포를 서로 쏘다가 땔나무를 흩어놓고 불을 붙여 던지니 마침내 그 배에 저장된 폭약이 굉음을 내며 폭발하여 시커먼 연기가 하늘로 치솟으며 배가 남김없이 타버렸고 사람은 다 죽어 생존자가 없었으며, 우리는 아직도 이 배가 귀국의 배인지 알지 못합니다. 최씨라는 자가 무단히 남의 나라에 깊이 들어와 이러한 사달을 일으켰는데, 지금까지 그 이유를 조사해 보았지만 그가

---

73 성성(省城) : 행정을 담당하는 기관이 있는 곳으로, 여기서는 평양(平壤)을 가리킨다.

74 성성의 부장(副將) : 중군(中軍) 이현익(李玄益)을 말한다.

무슨 의도였는지 알 수가 없습니다. 귀국의 조회에서 '선객(船客)은 다른 나라 사람이다.'라고 했는데, 저 최씨라는 자를 두고 한 말입니까?

이 사건의 시말은 이상에서 다 말했습니다. 귀국의 풍속이 예의와 겸양을 숭상하며 합성명방(合省名邦)[75]임은 중국이 아는 바입니다. 귀국의 조회 안에 '이전의 우호를 살펴 서로 침해하지 말자.'는 등의 말에 대해서는 원래 추호도 의심과 우려를 둘 것이 없습니다.

이에 삼가 답하니 아울러 헤아리기 바랍니다. 이와 같이 조회에 답합니다. 이상입니다.[76]

---

75 합성명방(合省名邦) : 성(省)들을 합한 명성 높은 나라라는 의미이다. 여기서 '성(省)'이란 미국의 각 주(州)를 표현한 말로 '합중국(合衆國)'이라는 말과 같은 의미이다. 명방은 명성 높은 국가라는 말로 보인다.

76 이상입니다 : 원문은 '須至照覆者'인데, '須至～者'는 외교문서의 끝머리에 오는 상용어구로 문서의 본문이 끝났음을 나타내는 용어이며, '～' 부분에는 문서의 종류가 들어간다고 한다. 《구범진, 조선시대 외교문서, 한국고전번역원, 2013, 37쪽》

미국 사신이 의혹을 품지 않도록 타일러주기를 청하는 자문[77]

請開諭美國使臣勿致疑怪咨

77 미국······자문 : 1868년(고종5) 3월 13일에 조선 정부는 중국 예부(禮部)에서 보낸 자문을 접수했다. 영국과 미국 측에서 제너럴셔먼호 생존 선원의 구출을 요청하며 총리아문(總理衙門)에 보낸 조회 내용을 전하고 나서, 서양인의 조선 억류설에 관해 해명하는 답서를 보내도록 조선에 권하는 내용이었다. 이 자문은《동문휘고(同文彙考)》〈원편(原編) 양박정형(洋舶情形)〉에 〈억류된 본국인을 돌려 보내달라는 영국과 미국의 요구를 알리는 예부의 자문[禮部知會據英美兩國照會索還羈留本國洋人咨]〉이라는 제목으로 수록되어 있다. 조선 정부는 곧 회자(回咨)를 작성하여 보내기로 결정했는데, 환재의 이 글이 바로 그 회자이며,《동문휘고》〈원편 양박정형 회자(回咨)〉에도 수록되어 있다.

환재는 이 자문의 서두에서 1866년(고종3) 12월에 와츄세트호가 황해도 장연현에 정박했다가 이내 돌아간 것에 대해 해명하면서, 접응을 잘못한 해당 지방관을 문책하고 관찰사 박승휘(朴承輝)에게 회답 문자를 지어두어 미국 배가 다시 와서 물을 때에 대비하게 했다고 하였다. 이는 제너럴셔먼호 사건에 대한 미국 측의 진상해명 요구에 조선 정부가 성의 있는 조치를 취했음을 강조한 것이다. 박승휘의 회답 문자는 본 번역서의 바로 앞에 수록된 〈미국인의 조회에 대한 황해도 관찰사의 모의 답서[擬黃海道觀察使答美國人照會]〉를 말한다. 이어 제너럴셔먼호 사건 때 생존한 미국 선원이 조선에 억류되어 있다는 설은 전혀 근거 없는 거짓말이라고 반박했다. 끝으로 제너럴셔먼호의 선원 생존설을 퍼트린 김자평(金子平)을 체포해 처벌하겠다는 뜻을 전하며, 와츄세트호의 수로 안내인으로 왔다가 김자평에게서 제너럴셔먼호의 선원이 생존해 있다는 말을 듣고 이를 중국 측에 유포한 우문태(宇文泰)의 행적을 철저히 조사하여 선원 생존설이 거짓임을 밝혀줄 것을 중국 측에 요청하였다.

이 자문은 3월 25일자로 작성되어 중국에 전해졌는데, 미국은 이미 3월 15일에 셰난도어호를 조선으로 파견하였고, 3월 18일에 황해도 풍천부(豊川府)에 모습을 드러냈다. 자문에 수록된 내용의 전후 사정에 대해서는《김명호, 초기 한미관계의 재조명, 역사비평사, 2005, 136~141쪽》에 자세히 정리되어 있다.

보내준 자문에 답합니다.

동치(同治) 7년(1868, 고종5) 3월 모일에 귀부(貴部)의 자문을 받아보니[78] 그 자문에서 '운운(云云)'하였습니다.[79]

자문을 받들어 생각건대, 우리나라 평양강(平壤江 대동강)에서 서양 선박이 방자하게 포학을 부리다가 불태워짐[80]을 자초한 사정에 대해서는 동치 5년(1866) 8월 22일 보낸 자문[81]에서 이미 그 시말을 구체적으로 진술한 적이 있으니 지금 번거로이 다시 서술하지 않습니다.

뒤이어 동치 5년 12월에 황해도 관찰사 박승휘(朴承輝)의 치계(馳啓)를 받아보니, 장연 현감(長淵縣監) 한치용(韓致容)의 정문(呈文)이 실려 있었는데 다음과 같은 내용이었습니다.

"이양선(異樣船)이 본현(本縣)의 목동포(牧洞浦)에 와서 정박하였습니다. 자칭 등주인(登州人)이라는 우문태(于文泰)와 중윤승(仲允升)[82] 두 사람이, 미국의 수사 총병(水師總兵) 서부(舒富)[83]의 조회(照

---

78 동치(同治)……받아보니 : 자문의 내용은 49쪽 주77 참조.

79 그 자문에서 운운(云云)하였습니다 : 원문은 '節該云云等因'이다. '절해'는 상대편 공문의 해당 구절을 간추려 기재할 때 쓰는 표현으로, 절해 아래에 간추린 내용을 기재한다. 여기서는 '운운'으로 처리하고 구체적인 내용을 적지 않은 것이다. 《이문집람(吏文輯覽)》에, "성지(聖旨)와 공문서에는 반드시 수절(首節)에 절해 두 글자를 덧붙이는데, 이는 요약한다는 것이다.〔聖旨及公文, 必加節該二字於首節, 卽略節也.〕"라고 하였다. 또 '等因'은 인용의 시작과 종결을 나타내는 표지어구이기 때문에 따옴표가 그 번역에 해당한다. 《구범진, 조선시대 외교문서, 한국고전번역원, 2013, 29~31쪽》

80 우리나라……불태워짐 : 1866년(고종3)에 발생한 제너럴셔먼호 사건을 말한다.

81 동치……자문 : 《동문휘고(同文彙考)》〈원편(原編) 양박정형(洋舶情形)〉에 〈서양 선박의 상황을 낱낱이 진술하는 자문〔歷陳洋舶情形咨〕〉이라는 제목으로 수록되어 있다.

會) 및 조선국 변강대신(邊疆大臣)[84]에게 보내는 편지를 현지 주민 김대청(金大靑)을 불러 교부하며 관부(官府)에 전달하도록 요구하였습니다. 그 조회는,

'본 총병이 와츄세트[俄柱斯; Wachusett]호를 이끌고 귀국 경내에 정박한 것은 무력을 움직이고 전쟁을 하려는 등의 일에 있지 않으며, 실은 본국 상선(商船 서프라이즈호를 말함)의 보고 때문입니다. 그 상선의 보고에 의하면, 금년 여름에 본국 상선이 귀국의 경계를 지나다 모래톱을 만나 좌초되었는데 다행히 귀국의 구호를 입어 중화 대국(中華大國)으로 보내어져 모두 평안히 집에 돌아올 수 있었다고 하였습니다. 본국 사람들은 이 일을 듣고 귀국의 자애로운 은혜를 찬미하지 않은 이가 없었습니다.

이번에 조사해보니, 또 본국의 상선(商船 제너럴셔먼호를 말함) 한 척이 금년 가을에 귀국의 평양하(平洋河 대동강), 곧 태평하(太平河)에 정박한 일이 있었습니다. 그런데 본 총병이 소문을 들으니, 그 상선이 귀국 백성들에 의해 불탔으며 선동(船東 선주(船主))과 선과(船夥 선원(船員))는 모두 미국인이고 선객(船客)은 다른 나라 사람인데 모두 상해를 당해 지금까지 한 명도 돌아오지 않았다고 합니다.

본 총병은 본국 수사 제독(水師提督)의 위임으로 파견되어 상세히 조사하라는 명을 받았습니다. 과연 이러한 일이 있었는지, 사실인지

---

82 우문태(于文泰)와 중윤승(仲允升) : 두 사람 모두 1866년 와츄세트호의 수로 안내인으로 동승하여 조선에 왔던 자들이다.

83 서부(舒富) : 와츄세트호의 함장 슈펠트[R. W. Shufelt]의 한자식 이름이다.

84 변강대신 : 여기서는 황해도 관찰사를 지칭한 말이다. 변강은 변방이다.

아닌지, 본국 상선이 혹시 귀국 경내에서 소요를 일으킨 일이 있어 이로 인해 분쟁이 생겨 사망에 이르렀는지, 혹시 현재 생존자가 몇 사람인지 등을 귀국에서 신속히 조사해 분명히 답해주기 바랍니다. 아울러 현재 몇 사람이 살아있다면 본선에 인도해주기를 바라며, 살아있는 사람이 없다면 앞으로 단지 양국이 이전의 우호에 비추어 서로 상해하지 말기를 바랄 뿐입니다.'라고 하였습니다."

이 치계를 받고서야 비로소 평양강에서 소란을 일으킨 것이 미국 배라는 것을 알았습니다. 이 일에 대해 회답이 없어서는 안 되었는데, 해당 지방관이 그 배를 붙잡아두지 못하고 마침내 곧장 돌아가게 만들었습니다. 그 잘못이 적지 않기에 이미 죄인의 신분으로 유임(留任)시키는 조치를 취하는 한편 관찰사 박승휘에게 명하여 회답하는 문서를 작성해 미국 상선이 혹시라도 다시 와서 물을 때를 기다리게 하였습니다.[85]

이번에 총리아문(總理衙門)에 보낸 원주(原奏) 중 미국 영사관(美國領事官)의 신상(申詳)[86]에, "중국 대수인(帶水人) 우문태가 돌아와서"라고 운운한 것은 장연현에 정박한 배에 탔던 사람을 말하는 것이 분명하고, "그가 고려(高麗)에 이르렀다."라고 운운한 것은 분명히 장연현에 이르렀던 것을 말합니다. 그런데 "고려 상인(商人) 김자평(金子

---

85 관찰사……하였습니다 : 이 글 바로 앞에 수록된 〈미국인의 조회에 대한 황해도 관찰사의 모의 답서[擬黃海道觀察使答美國人照會]〉를 말한다.

86 미국 영사관(美國領事官)의 신상(申詳) : 미국 영사관은 총리아문에 제너럴셔먼호의 생존선원 구출에 관한 협조를 요청한 미국 공사대리 윌리엄즈[S. W. Williams]를 말하며, 신상은 하급기관이 상급기관에 올리는 상세한 보고를 말한다. 이 신상의 내용은 중국 예부에서 조선에 보내온 자문에 전재(轉載)되어 있다. 49쪽 주77 참조.

平)[87]을 만났다."라고 한 것은 누구를 말하는 것인지 모르겠으며, 김자평이 "서양인 2명과 중국인 2명이 피양성(披陽省) 아문(衙門) 안에 잡혀 있는 것을 직접 보았다."라고 했다는 등의 말은 전혀 근거 없는 황당한 말입니다.

저장된 화약이 폭발하여 사람과 배가 모두 불탈 때 중국인과 서양인 네 명만이 무슨 수로 벗어날 수 있었겠으며 또 무엇 하러 아문 안에 잡아두겠습니까. 더군다나 천한 상인이 어찌 감히 멋대로 아문에 들어가 여러 사람을 직접 볼 수 있었겠습니까. 그가 말한 '피양성'은 필시 '평양(平壤)'의 잘못일 것입니다. '평(平)'과 '피(披)'도 분간하지 못하는 어리석고 천한 자가 근거 없이 황당한 말을 날조하여 번거롭게 자문을 보내 답하게 만들었으니, 그 죄는 죽어도 용서받지 못할 것입니다.

영국 사신의 조회[88]에서 말한 "법국(法國 프랑스)의 병선이 전에 고려에 가서 교전하였다. 그 뒤에 영국 상선 한 척 역시 고려에 가서 통상(通商)하려는 뜻이 있었는데, 고려인들이 배를 부수고 사람들을 다 죽였다."라는 등의 내용은 더욱 맹랑한 말입니다.

본국 강화부(江華府)에서 법국과 교전한 것은 동치 5년(1866) 9월에 있었던 일입니다.[89] 그 뒤로는 법국이든 영국이든, 악의든 호의든 간에

---

87 김자평(金子平) : 황해도 장연부 육도(陸島)에 살던 80세의 노인이다.《同文彙考 原編 洋舶情形 報洋夷情形咨》

88 영국 사신의 조회 : 영국 사신은 영국 특명전권공사(英國特命全權公使) 올코크 (Alcock)이다. 미국 공사대리 윌리엄즈와 함께 평양에 억류되어있다는 서양인 선원 2명이 영국 국민이라고 주장하면서 그들의 구출을 중국정부에 요청했다.

89 강화부(江華府)에서……일입니다 : 병인양요(丙寅洋擾)를 말한다. 홍선대원군 (興宣大院君)은 병인년(1866) 정초부터 천주교 금압령(禁壓令)을 내려, 몇 개월 사이

한 척의 배도 오거나 지나간 것을 본 적이 없습니다. 애당초 배가 없었는데 어떻게 배를 부술 수 있겠으며, 본래 사람이 없었는데 어찌 다 죽일 수 있겠습니까. 만일 이런 일이 있었다면 어찌 이런 사정을 일찌감치 자문을 보내 귀부에 보고하지 않았겠습니까. 그 말이 황당한 거짓말임은 자세히 변명하지 않아도 알 수 있습니다. 이는 필시 화(禍)를 일으키기 좋아하는 간사한 무리들이 분란을 만들고 소란을 일으킬 계략으로 그렇게 한 것입니다.

김자평이라는 자를 이미 고려의 상인이라고 했으니, 장차 본국에서 수색하여 붙잡을 것입니다. 우문태는 등주(登州) 사람이니, 그가 언제 고려에 이르렀는지 어디에서 김자평을 만났는지에 대해 응당 철저히 조사하는 것이 도리에 합당할 것이며, 가령 그 말이 거짓이라면 먼 곳 사람들[90]의 의혹을 속 시원히 타파하여 원한의 단서를 영원히 끊는 일을 그만두어서는 안 될 듯합니다.

평양강에서 두 개의 돛을 단 서양 선박이 무단히 패악을 부리다가 불태워짐을 자초한 것이지 본국이 원객(遠客)을 잘못 해친 것이 아니라는 사정에 대해, 미국 사신으로 하여금 아직도 자세히 모르고 매양 의심하게 해서는 안 됩니다. 황해도 관찰사 박승휘가 전에 작성해둔 미국 총병에게 회답하는 문서를 이번에 첨부해 올리니, 만약 그들에게 돌려보게 한다면 시비의 소재를 아마 환히 알게 될 것입니다. 그리고

에 프랑스 선교사 9명을 비롯하여 한국인 천주교도 8천여 명을 학살하였다. 이에 대한 보복으로 10월 프랑스의 로즈(Roze) 제독은 순양전함(巡洋戰艦) 귀리에르(Guerriere)를 비롯하여 함대 7척과 6백 명의 해병대를 이끌고 14일 강화부 갑곶진(甲串津) 진해문(鎭海門) 부근의 고지를 점거하고, 16일 전군이 강화성을 공격하여 교전 끝에 점령하였다.
90 먼 곳 사람들 : 미국과 영국 측을 말한다.

바다에 표류하여 조난당한 사람에 대해, 본국에는 그들을 구원하여 호송하는 규례가 있습니다. 지금 만약 이리저리 떠도는 가련한 목숨이 있다면 어찌 떠돌며 외롭게 하겠습니까. 저들이 말하는 중국인 2명과 서양인 2명은 모두 사실무근임은 저절로 알 수 있습니다. 더군다나 영국 배를 부수었다는 것은 원래 이런 일이 없으니 다시 논할 필요가 없습니다.

번거롭지만 귀부에서 이런 사정을 황제에게 아뢰어 주기를 청합니다. 황제가 특별히 유지를 내려 의혹을 해소하여 더 이상 일부러 사달을 찾아내지 못하게 해 준다면, 어디에 있든 보호해 주는 넓고 큰 은덕일 것입니다. 간절한 바람을 이기지 못해 이에 마땅히 자문으로 답합니다.

미국 병선이 돌아갔으니 먼 곳 사람의 의심을 풀어주도록 요청한 자문[91]

美國兵船回去 請使遠人釋疑咨

91 미국……자문 : 1868년(고종5) 3월 18일 미국 군함 셰난도어호가 처음 조선에 모습을 드러내었고, 이후 황해도와 평안도의 접경 해역을 오르내리면서 평양에 억류된 것으로 알려진 제너럴셔먼호 선원들을 구출하기 위한 활동을 벌였다. 그리고 4월 26일 회항하였다. 제목에서 말한 미국 배는 바로 셰난도어호를 말한다. 이 자문은 셰난도어호가 회항한 직후 작성된 것으로, 셰난도어호의 내항과 회항에 관한 자세한 사실을 중국 측에 전하고 있다.

첫머리에서 환재는 제너럴셔먼호 선원 생존설이 우문태와 김자평이 지어낸 거짓말이며, 영국 공사의 주장과 달리 영국 상선은 대동강에 온 적이 없음을 해명한 회자문을 이미 보냈다고 밝혔다. 이어서 자신과 황해도 관찰사가 올린 장계(狀啓)에 의거하여 셰난도어호 내항사태의 전말을 서술했다. 셰난도어호의 부함장 페비거[J. C. Febiger]가 제너럴셔먼호 선원 석방문제를 협상하기 위한 특사 파견을 요구한 조회문과 억류된 선원들을 넘겨주지 않으면 평양으로 소항(溯行)하겠다고 선언한 편지를 장련 현감(長連縣監)에게 교부한 사실, 그 뒤 소항하다가 피격당한 일을 항의하면서 임무를 완수하지 못하고 헛되이 돌아가게 한다면 여름 어름에 상사(上司)가 군함을 이끌고 다시 올 것이라고 위협한 사실을 전했다.

다음으로, 이에 맞서 조선 측은 3월 중국에 보낸 회자문 등본과 병인년 슈펠트의 조회에 답한 황해도 관찰사의 편지를 셰난도어호에 보내 제너럴셔먼호 사건의 진상과 선원 생존설에 관한 해명을 대신했다는 것, 이와 아울러 페비거의 조회에 대해 장련 현감 명의의 답서와 삼화 부사(三和府使) 명의의 답서를 보내 페비거의 조회는 국서가 아니라서 조정에 상달할 수 없음을 밝히고 김자평을 체포하여 조사한 결과 제너럴셔먼호 선원의 생존설이 거짓말임이 판명되어 김자평에 대한 대질심문을 셰난도어호 측에 제안했다. 또 외국 병선의 무단 입항을 막는 것은 국경을 지키는 군율상 어느 나라나 마찬가지라는 논리로써 총격사건에 대한 항의로 응수했음을 진술했다. 또 김자평을 셰난도어호 측이 보는 앞에서 참수한 사실도 덧붙였다.

서양 선박의 상황을 자세히 진술하는 사안으로 자문을 보냅니다.

동치(同治) 7년(1868, 고종5) 3월 모일에 귀부(貴部)에서 보낸 자문을 받아보니, 운운하였습니다.[92]

이 자문을 받고 조사하여 이미 전후의 사정을 자세히 진술해 우문태(于文泰)와 김자평(金子平)이 거짓으로 맹랑한 말을 만들었음과 영국 상선은 본래 본국의 영토로 오거나 지나간 일이 없었음을 분명히 밝히고, 번거롭지만 귀부에서 황제에게 이런 사정을 전하여 특별히 널리 유지를 내려 의혹을 푸는 방법으로 삼아 줄 것을 부탁하는 내용으로 올해 3월 모일에 이미 자문을 작성하여 회답하였습니다.[93]

뒤이어 평안도 관찰사 박규수와 황해도 관찰사 조석여(曹錫興) 등의 연이은 치계(馳啓)를 받아보니, 삼화 부사(三和府使) 이기조(李基祖)[94]와 장련 현감(長連縣監) 박정화(朴鼎和) 등이 올린 정문(呈文)이

마지막으로 중국에서 미국 측의 의혹을 남김없이 풀어주기를 기대한다고 하였다. 그런데 이 자문은 단독으로 중국에 보내지지 않고, 1868년 윤4월 16일 보낸 〈서양 오랑캐의 상황을 알리는 자문[報洋夷情形咨]〉의 일부로 통합되었다. 셰난도어호의 내항과 회항에 관한 전후 사정은 《김명호, 초기 한미관계의 재조명, 2005, 역사비평사, 135~250쪽》에 자세히 정리되어 있다.

92 동치……운운하였습니다 : 자문의 내용은 49쪽 주77 참조.

93 이 자문을……회답하였습니다 : 이 글 바로 앞의 〈미국 사신이 의혹을 품지 않도록 타일러주기를 청하는 자문〉을 말한다. 우문태는 1866년(고종3) 와츄세트호의 수로 안내인으로 동승하여 조선에 왔던 자이며, 김자평은 황해도 장연부 육도(陸島)에 살던 80세의 노인이다.

94 이기조(李基祖) : ?~?. 병인양요 때 별군관(別軍官)으로 한성근(韓聖根)・양헌수(梁憲洙) 등과 함께 광성진(廣城鎭)에 주둔했으며, 덕적포(德積浦) 주변에서 프랑스 군함을 격퇴시키는 전과를 올려 방어사(防禦使) 이력을 허용받았고 삼화 부사를 지냈다. 신미양요 당시에는 부평 도호부사(富平都護府使)로서 직접 미국함대와 교섭하

실려 있었습니다. 그 정문에 이르기를,

"돛대가 세 개 달린 이국(異國)의 큰 배가 장련과 삼화 두 읍의 경계에 있는 항구로 들어와 정박하여 '이것은 미국의 화륜(火輪) 병선이다.'라고 하였고, 수사 부장관(水師副將官) 비미일(費米日)[95]이 조회(照會) 문자를 보내 차례차례 위로 전달되기를 요구하였습니다. 그 조회 문자에 이르기를,

'병인년(1866, 고종3) 7월에 미국 상선 한 척이 통상(通商)하려는 생각으로 평양하(平洋河 대동강)의 하류에 이르렀는데 지금까지 돌아오지 않았습니다. 풍문을 들으니, 불법을 저지르는 무리를 만나 선원이 살해되고 재물을 겁탈당하고 선척(船隻)은 침몰했다고 합니다. 1년 전에 미국 병선 한 척이 평양하 남쪽에 이르러 그 사건을 조사하였으나,[96] 그때 보낸 조회에 대해 귀국의 관리가 회답하지 않았기에 확실한 사정을 알 수 없었습니다. 그 후에 미국의 수사 제독(水師提督)이 새로운 한 소식을 들었는데, 「그 배에 있던 사람 중 아직 죽지 않은 몇 명이 있는데, 귀국 관원에게 붙잡혀 하옥되어 있다」는 것이었습니다. 그래서 특별히 본 부장(副將)을 파견해 휘하의 병선을 이끌고 이곳에 이르러 옥에 갇힌 사람들을 찾도록 하였습니다. 반드시 안전을 위해 선상에서 만나야 할 것이니, 본 부장은 대군왕(大君王)께서 뽑아 파견한 인원이 와서 이 일을 회의하여 처리하기를 간절히 바랍니다.'라고 하였고, 또 이르기를,

기도 하였다.

95 비미일(費米日) : 셰난도어호의 부함장 페비거[J. C. Febiger]의 한자식 이름이다.
96 1년······조사하였으나 : 와츄세트호의 내항을 말한다.

'만약 조속히 네 명을 내주지 않는다면 우리는 곧장 성성(省城)[97]으로 거슬러 올라갈 것입니다. 비록 이처럼 거슬러 올라간다 하더라도 또한 이것은 화목(和睦)을 위한 것이니, 한 사람도 해를 입히지 않을 것입니다.'라고 하였습니다."라고 하였습니다.

지방관이 미처 회답하기도 전에 그 병선이 조금씩 거슬러 올라왔기에, 항구의 수장(守將)이 몇 차례 포를 쏘아 우리가 대비하고 있음을 알게 하였습니다. 그러자 그 배의 부장이 또 글을 보내 왔는데, "적을 방어하는 이런 등의 거조를 도리어 화목하게 일을 처리하려는 나라에 가해서는 안 됩니다. 만약 일이 완결되지 않았는데 강제로 소득 없이 본 부장을 돌아가게 한다면, 여름 어름의 날을 정해 상사(上司)가 반드시 휘하의 병선을 거느리고 함께 와서 이 일에 힘쓸 것입니다."라는 내용이었습니다.

지방관 등은 이미 귀부에 회답했던 자문과 병인년 겨울 황해도 관찰사가 미국 총병에게 전하지 못했던 답서[98]를 함께 보내 보여주며, 글을 작성해 다음과 같이 회답하였습니다.

"금년 2월 도경(都京 북경)의 예부(禮部)에서 보내온 자문에 귀선(貴船)이 이곳으로 올 것이라는 내용이 있었기에, 우리나라는 이미 회답 자문을 보내 애초에 사람을 억류한 일이 없었음을 상세히 밝혔습니다. 이는 상국(上國)에 이미 전달한 믿을 만한 공문이며 필시 귀국 사신에

---

97 성성(省城) : 행정을 담당하는 기관이 있는 곳으로, 여기서는 평양을 가리킨다.

98 귀부에……답서 : 회답했던 자문은 본 번역서 자문 두 번째에 수록된 〈미국 사신이 의혹을 품지 않도록 타일러주기를 청하는 자문〉을, 답서는 자문 첫 번째에 수록된 〈미국인의 조회에 대한 황해도 관찰사의 모의 답서〉를 말한다.

게 전달되었을 것입니다. 또 황해도 관찰사가 병인년에 쓴 회답에 평양

하에서 배를 불태운 사건의 시말을 자세히 말했으니, 귀 부장은 저절로

남김없이 알 수 있을 것입니다.

우리 조정에 전달해 줄 것을 요구한 문서[99]는 국서(國書)가 아니므로

변신(邊臣)이 감히 경솔하게 즉시 상부에 전달할 수 없습니다. 그리고

우리 조정에서 관원을 파견해 이곳에 와서 일을 처리하도록 하더라도

더 이상 이보다 더 자세히 밝힐 것은 없을 것입니다.

이른바 김자평이란 자가 공연히 거짓말을 해 의심을 만들어 이 지경

에까지 이르렀으며, 이미 황해도 관찰사의 감영에서 김자평을 붙잡아

조사해 그 정상이 드러났습니다. 이제 김자평을 귀선(貴船)으로 압송

해 조사하면 저절로 의혹이 풀릴 것입니다.

병사들이 총[鎗]을 쏜 일로 말하면, 귀선은 바로 병선(兵船)이며

국경을 지키는 군대의 군율(軍律)은 각국이 똑같으니, 어찌 감히 이국

의 병선이 항구에 들어오는 것을 멋대로 허락할 수 있겠습니까. 이

일을 괴이하게 여기는 것은 실로 이해할 수 없으니, 마음에 담아두지

마십시오."

이어 김자평을 뱃머리로 압송해 가서 저들이 보는 앞에서 거짓으로

지어낸 경위를 조사한 뒤 참수형에 처해 경계를 보였습니다.[100] 저들이

이에 다시 며칠간 닻을 내려 머물다가 4월 24일에 닻을 올리고 서쪽을

---

99 우리⋯⋯문서 : 당시 셰난도어호의 부함장 페비거가 조선 측에 전달한 문서를 말
한다.

100 김자평을⋯⋯보였습니다 : 김자평은 황해도 장연부 육도(陸島)에 살던 80세의
노인으로 이때 고향에서 붙잡혀 와 효수되었다. 《同文彙考 原編 洋舶情形 報洋夷情形
咨》《高宗時代史 1집, 1868年 4月 25日》

향해 배를 몰아갔습니다.

그들이 처음 왔을 때부터의 경과(經過)를 헤아려보니 이 일을 처리하는데 한 달 남짓 소요되었고, 그동안 지방관 등은 멀리서 온 사람들을 염려하여 때때로 닭과 돼지 등의 음식물을 보내 주었습니다. 또 우문태와 김자평이 사실무근의 거짓말을 퍼뜨렸고 이에 대해 이미 예부에 회답한 자문에 구체적으로 아뢰었다고 하니, 저들은 곧 "우문태가 누군지 모르고, 북경의 예부는 우리와 아무 상관이 없다."고 하였습니다.[101]

생각건대, 연전(年前)에 불탄 배[102]는 실로 죽음을 자초한 것입니다. 그러나 그 나라 입장에서는 사건의 진상을 탐문하는 것은 괴이할 것이 없으며, 또 이미 풍문을 잘못 전해 들었으니 또한 죽지 않은 사람이 있을까 의심하여 물은 것도 괴이할 것이 없습니다. 하지만 이미 총리아문을 번거롭게 만들어 귀부로 하여금 조선에 자문을 보내게 했으니, 응당 천천히 회답을 기다려야지 바다를 건너 온 것은 옳지 못합니다. 바다를 건너와 정박했을 때 또한 이미 전후로 사실에 근거한 문서들을 보내 보여주었으니, 스스로 응당 분명히 깨닫고 의심을 풀었어야 합니다. 사리로 미루어 볼 때, 결코 아무런 은원(恩怨)도 없는데 멀리서

---

101 저들은……하였습니다 : 셰난도어호에 대한 4월 15일 초도(椒島) 문정에서 역관 이훈모(李訓模)가 "우문태가 누구냐?"고 물었을 때 미군 측에서 모른다고 답한 일이 있으며, 4월 12일 김자평과 대질심문 시 조선 측이 회자문 등본과 장련 현감의 답서를 보지 않았느냐고 문자, 미군측은 그 문서를 보았지만, "중국 예부와 우리는 아무 상관이 없다."라고 답한 사실을 가리킨다. 《김명호, 초기 한미관계의 재조명, 역사비평사, 2005, 166~171쪽》을 참조하기 바란다.

102 연전(年前)에 불탄 배 : 제너럴셔먼호를 말한다.

온 사람을 해칠 이유가 없고, 또 결코 죽지도 않은 사람을 공연히 구금할 이유도 없으니, 이는 다시 번거롭게 변론할 필요도 없습니다.

지금 저들이 돛을 올리고 노를 돌려 돌아간 것은 그 의도가 어디에 있는지 모르겠습니다. 하지만 저들이 "우문태가 누구인지 모른다."라고 한 것은 몹시 의심스러우며, 저들이 "북경의 예부는 우리와 상관이 없다."라고 한 것은 더욱 사리에 맞지 않음을 드러낸 것입니다. 아마도 저들은 미국 사신이 보낸 조회 안에 우문태와 김자평이라는 말이 있음을 본래 알지 못하고 귀부가 본국에 자문을 보낸 일도 알지 못한 채, 한갓 풍문만 믿고 일부러 사달을 만들어 낸 듯합니다. 또 그들이 말끝마다 스스로 "우리의 의도는 화목(和睦)에 있다."라고 했지만, 조금씩 거슬러 올라온 것만 살피더라도 기필코 내지(內地)까지 깊이 들어오려 한 것이며, 몰고 온 것은 병선이고 실린 것은 무기였으니, 헤아리기 어려운 속내를 장차 누가 믿겠습니까.

우리나라는 근년에 누차 서양 선박으로 인한 소요가 있어 그때마다 번거롭게도 우리 황제에게 동방을 보살피는 걱정을 끼쳤으니, 감격스럽고 부끄러운 마음을 이기지 못하겠습니다. 그러나 무릇 변방의 위급한 일에 속하는 해상 선박의 왕래에 대해 감히 즉시 보고하지 않아서는 안 되니, 이는 진실로 중외(中外 중국과 조선)의 중요한 일에 대해 지체 없이 대응하고자 해서입니다.

지금 미국 병선이 이미 돌아가기는 했지만 의혹을 풀었는지의 여부는 여전히 알 수 없습니다. 귀부의 대인(大人)께서 자세히 더 헤아려 보고 앞서 보낸 회답 자문을 황제에게 상주하여 총리아문으로 하여금 어떻게 처리할 것인지에 대한 조치를 내리기를 바랍니다. 그리하여 미국에서 온 먼 곳 사람들이 말끔히 의심을 풀고 다시는 근거 없는 일로 부질없이 왕래하지 말도록 해 주신다면, 이는 모두 온 천하에 은혜를 베풀어 어떠한 일도 이루어주지 않음이 없는 성대한 인(仁)과 지극한 덕(德)일 것입니다.

　너무도 간절한 바람을 이기지 못해 이에 마땅히 자문을 보내 답합니다.

서양 선박의 정황에 대해 진술하는 자문 1[103]

陳洋舶情形咨

자문을 통해 서양 선박의 정황을 진술하고 이어 황제의 권위에 의뢰하여 혼란의 근원을 씻어내기를 요청하는 사안입니다.

---

103 서양……자문 1 : 1868년(고종5) 4월 18일 충청도 덕산(德山) 구만포(九萬浦)에 상륙한 오페르트 일당이 대원군의 부친 남연군(南延君)의 묘를 도굴하려다가 실패하였고, 이후 다시 인천의 영종진(永宗鎭)에 상륙하여 통상을 요구하는 서한을 조선 정부에 보냈다. 조선 정부와의 협상이 불가능해지자 영종도(永宗島)에 상륙하여 약탈을 자행하다가 영종 첨사(永宗僉使) 신효철(申孝哲)이 이끄는 조선 수비대의 저항을 받고 중국으로 돌아갔다. 이른바 오페르트 도굴사건이다. 이 자문은 오페르트 사건 직후인 1868년 윤4월 2일 이후 어느 시점에 지어진 것이다.

환재는 중국 예부에 오페르트 사건의 전말을 보고하면서, 아울러 중국으로 망명한 조선인 천주교도의 체포와 인도를 요청하였다. 첫 부분에서는 충청도 관찰사의 장계를 인용하여 오페르트 일당의 도굴미수 사건을 보고하였다. 이어 영종 첨사의 장계에 의거하여 영종도 앞바다에 나타난 오페르트 일당이 편지를 보내왔으며 조선 측의 공격을 받고 패주한 사실을 보고하였다. 그리고 오페르트가 보냈다는 편지는 그 문체가 졸렬한 것으로 보아 조선인 천주교도가 날조한 것이며, 남연군 묘의 도굴미수 사건 역시 서양인의 소행이 아니라 현지 지리에 밝은 천주교도의 소행이라고 단정하였다. 또한 조선인 천주교도 7명이 서양인과 내통하여 중국에 잠입해 있고 지금까지 서양 선박으로 인한 소요는 모두 이들이 빚어낸 것임을 주장하면서, 이들을 모두 체포하여 압송해 줄 것을 요청했다. 마지막에서는 이 사건을 계기로 서양 선박에 대한 종전의 유화정책을 모두 철회할 것임을 밝혔다.

이 자문은 단독으로 중국에 보내지지 않고, 1868년 윤4월 16일 보낸 〈서양 오랑캐의 상황을 알리는 자문[報洋夷情形咨]〉의 일부로 통합되었다. 오페르트 사건의 경과와 환재의 대응에 대해서는 《김명호, 초기 한미관계의 재조명, 역사비평사, 2005, 251~275쪽》에 자세히 정리되어 있다.

동치(同治) 7년(1868, 고종5) 4월 21일에 공충도 관찰사(公忠道觀察使 충청도 관찰사) 민치상(閔致庠)의 치계(馳啓)를 받아보니, 덕산 군수(德山郡守) 이종신(李種信)이 올린 정문이 실려 있었습니다. 그 정문에,

"이국의 배 한 척이 와서 포구에 정박하더니 서양인 수백 명이 갑자기 본군의 읍치(邑治)에 난입하였습니다. 관청의 창고를 때려 부수고 군기(軍器)를 약탈하여 곧장 본군 북쪽 가야산(伽倻山)으로 가서 남연군(南延君)의 묘[104]를 훼손하였는데, 그 기세가 매우 흉악하였습니다. 관병의 추격을 받고 쫓겨 가 다행히 광중(壙中)을 깊이 파헤치지는 못했지만, 묘역의 봉분과 나무가 훼손되어 어지러워졌습니다." 라는 말이 있었습니다.

당직(當職 고종(高宗))은 갑작스럽게 이 보고를 듣고 몹시 놀라고 분개하여 어찌할 바를 몰랐습니다. 남연군의 묘는 당직의 본생(本生) 조부모의 묘입니다. 지금 이 도적의 배는 어느 나라에서 왔는지 모르며 또 무슨 깊은 원한이 있는지 모릅니다만 갑자기 뭍에 올라 내달려가 오로지 남의 조상의 묘를 범하고자 했으니, 그 지극한 흉악함은 고금의 서적에서 찾아볼 수 없는 것입니다.

뒤이어 4월 모일에 영종진 방어사(永宗鎭防禦使) 신효철(申孝哲)의

---

104 남연군(南延君)의 묘 : 남연군은 이구(李球, 1788~1836)로 고종의 생부(生父)인 흥선대원군 이하응(李昰應)의 부친이다. 인조의 아들인 인평대군(麟平大君)의 6세손 병원(秉源)의 둘째 아들이다. 처음 이름은 채중(宋重)이었으나, 은신군(恩信君)의 양자로 들어가면서 개명하였다. 그의 묘는 원래 경기도 연천(漣川)에 있었으나, 1846년(헌종12)에 흥선대원군이 충청도 예산군 덕산의 가야사라는 절이 있던 자리에 절을 없애고 이장하였다.

치계를 받아보니, "적선(敵船)이 와서 본진(本鎭) 앞바다에 정박하여 한 통의 편지를 전하였는데[105] 그 말이 몹시 패악하고 거만하였기에 이미 엄한 말로 꾸짖었습니다. 그러자 많은 적들이 마침내 다시 뭍에 올라 패악을 부리다가 본진 병졸의 틈을 노린 공격을 받아 칼에 베이고 탄환에 맞아 많은 자들이 죽자 급히 도망쳐 배에 올라 닻을 올리고 달아났습니다."라고 하였습니다.

조사해보니, 그들이 보낸 오만한 편지에 자칭 '아리망(亞里莽) 수사독(水師督)'이라고 하였는데, 아리망이 국호인지 지명인지 모르겠습니다.[106] 또 그 글은 중국인이 번역한 한문(漢文)과 전혀 다르고 그저 우리나라의 누추한 시골사람의 말투 같았습니다. 이는 필시 본국의 부정한 무리가 이역(異域)에 몰래 들어가 재앙을 일으키고 간사함을 부릴 계책을 세우다가 이렇게 그들을 부추겨 앞잡이 노릇을 한 것일 것입니다. 만약 그렇지 않다면 이른바 아리망이라 하는 저들은 우리와 아무 원한도 없고 상관도 없는데, 이처럼 상정(常情)과 상리(常理)를 벗어난 짓을 한 것이 끝내 설명이 되지 않습니다. 더군다나 그들이

---

105 적선(敵船)이……전하였는데 : 오페르트가 전한 편지의 내용은 《고종실록》 5년 4월 23일 기사에 실려 있다.

106 그들이……모르겠습니다 : 《고종실록》 5년 4월 23일 기사에 실려 있는 오페르트가 보낸 편지 말미의 발신자 표시에 "年月日 亞里莽水軍督吳拜"라고 기록되어 있다. 《해국도지(海國圖志)》에 '아리망'과 유사한 국호로 '아리만(亞里曼)'이 종종 등장하는데, 이는 '독일'을 뜻하는 프랑스어 Allemagne의 음역(音譯)이다. 또한 오페르트가 독일 통일 전의 함부르크 자유시(自由市) 시민이었고, 1868년 4월 18일 남연군 묘를 도굴할 때 타고 온 차이나호는 프로이센 선적으로 북부독일연방의 기를 달고 있었던 점을 아울러 감안하면, 오페르트는 '독일 해군 제독'의 직함을 참칭한 것으로 보인다. 《김명호, 초기 한미관계의 재조명, 역사비평사, 2005, 264쪽》

구불구불한 차항(汉港)[107]에 몰래 들어와 지름길을 신속히 달려갔으니, 다른 나라 사람이 어찌 이처럼 익숙히 알 수 있겠습니까.

살피건대, 올해 4월에 본국에서 사악한 무리인 장치선(張致善)을 체포했는데,[108] 그의 공초(供招)에 의하면 본국의 부정한 백성인 최선일(崔善一), 김학이(金學伊), 심순여(沈順汝), 이성집(李聖集), 이성의(李聖儀), 박복여(朴福汝), 송운오(宋雲五) 등 일곱 사람이 서양인과 몰래 내통하여 바다를 건너 중국에 잠입해 현재 강소성(江蘇省) 상해현(上海縣)과 산동성(山東省) 연대구(烟臺口) 지역에 머물고 있으니, 전후로 일어난 서양 선박의 소요는 모두 이 무리들이 빚어내고 유도하여 만들어낸 것이라고 했습니다. 누차 더 반핵(盤覈 세밀하게 캐물음)하니 그 혐의가 다 드러났습니다. 도망친 자를 부르고 반역자를 받아들인 저 서양인의 마음은 이미 참으로 헤아리기 어려우며, 나라를 배반하고 난리를 만든 이 간당들의 죄는 어찌 몹시 원통하지 않겠습니까.

생각건대, 천조(天朝)의 위엄과 덕망이 멀리까지 덮여 강역을 잘 다스리고 있으니, 아마 이 종적을 숨기고서 나라를 배반해 도적을 불러들인 무리들은 왕법(王法)에서 요행히 벗어나지 못할 것이며, 우리나라에 있어서도 또한 감히 황제의 위령(威靈)에 의지하여 국법을 시행하지 않을 수 없습니다. 생각건대 대조(大朝)에서는 우리나라를 보호해 주고 가련히 여겨 하소연한 일이 있을 때마다 곡진히 따라주지 않음

---

107 차항(汉港) : 물길이 갈라지는 곳에 있는 항구를 말한다.

108 사악한……체포했는데 : 사악한 무리는 천주교도를 말한다. 장치선은 병인양요 때 프랑스 군함에 승선하여 탈출했다가 돌아온 뒤 체포되어 처형당했다.

이 없었습니다. 그런데 지금 일이 생긴 날에 한갓 경외하는 마음만 품은 채 아랫사람의 말도 잘 들어주는 천조(天朝)를 스스로 멀리한다면, 황조에서 우리나라를 사랑해 준 은혜를 저버림이 되지 않겠습니까.

이에 번거롭겠지만 부당(部堂)[109]의 대인(大人)들께서 특별히 하량하여 이 사실을 황제에게 아뢰어, 해당 성(省)의 독무(督撫)[110]에게 특명을 내려 상해현과 연대 지역의 국경을 침범한 일곱 명을 철저히 색출해 붙잡아 압송해주어 우리나라가 형벌을 바로잡고 난리의 근원을 제거할 방법으로 삼게 해 주기를 청합니다.

이밖에 다시 아뢸 것이 있습니다. 종전에 서양 선박이 표류해 왔을 때 구휼하고 물자를 주어 송환한 것은 본래 우리나라에 법이 있기 때문이었습니다. 근래 다른 나라의 배가 출몰하는 것은 그 종적이 비록 표류한 배와 같지 않더라도 또한 다시 일률적으로 잘 대해주었으니, 이는 바로 대조(大朝)에서 원인(遠人)을 회유하는 덕의(德意)를 우러러 본받았기 때문입니다. 그런데 침범하여 방자하게 굴고 능멸하는 저들의 버릇이 갈수록 심해졌고 이번에 선조의 묘를 훼손하는 참변에 이르러 극에 달했습니다. 이제부터는 원한이 매우 깊어졌으니 결단코 이전처럼 잘 대우하고 용서해서는 안 된다는 뜻을 군신 상하가 이미 논의해 결정했으니, 이 사정도 아울러 아뢉니다.

본국의 차관(差官)이 자문을 받들고 가서 나의 충정을 대략 진술할 것이기에 감히 장황히 말하지는 않으며, 또한 대인들께서 황제에게 자세히 아뢰어 이해하도록 해주기를 바랍니다.

109 부당(部堂) : 청나라 각부(各部)의 상서(尙書)와 시랑(侍郞)을 가리키는 말이다.
110 독무(督撫) : 총독(總督)과 순무(巡撫)를 일컫는 말이다.

이외에, 아리망이 국호인지 지명인지도 아울러 조사해서 답변해 주
시기를 바랍니다. 이에 마땅히 자문을 보냅니다.

서양 선박의 정황에 대해 진술하는 자문 2[111]
陳洋舶情形咨

서양 선박의 정황은 갈수록 사달이 불어나 부정한 백성들이 몰래 저들과 결탁하여 더욱 헤아리기 어렵기에, 삼가 이 사실을 갖추어 예부(禮部)에 자문을 보내고, 이어 이런 사정을 천자에게 대신 아뢰어 천자가 굽어 살펴 난리의 근원을 척결해 주기를 요청하는 사안입니다.

동치(同治) 7년(고종5, 1868) 3월 18일에 미국의 수사 부장관(水師副將官) 비미일(費米日)이라고 하는 자가 화륜 병선(火輪兵船)을 이끌고 평안도와 황해도 두 도 사이의 항구에 와 정박하여 지난해에 죽지 않은 네 사람을 방환(放還)할 것을 요구하였습니다.[112]

이 일은 실로 등주(登州) 사람 우문태(宇文泰)와 본국인 김자평(金子平) 등이 거짓으로 꾸며낸 황당한 말이라는 것은 이미 자문을 통해 예부에 회답하였습니다.[113] 본국의 지방관들이 이 사건의 시말을 분명

---

111 서양⋯⋯자문 2 : 이 자문 역시 앞의 자문과 마찬가지로 오페르트 사건 직후에 지어진 것이다. 셰난도어호 내항 사건과 오페르트 사건을 요약해 정리한 뒤 미국 군함이 더 이상 조선에 오지 않게 하고 중국에 망명한 조선인 천주교도 7명을 체포하여 압송해 줄 것을 중국 측에 요청한 자문이다. 이 자문도 앞의 자문과 함께 1868년(고종5) 윤4월 16일 보낸 〈서양 오랑캐의 상황을 알리는 자문[報洋夷情形咨]〉의 일부로 통합되었다.
112 미국의⋯⋯요구하였습니다 : 셰난도어호의 부함장 페비거가 내항한 것을 말한다. 56쪽 주91 참조. 비미일(費米日)은 페비거[J. C. Febiger]의 한자식 이름이다.
113 이 일은 ⋯⋯회답하였습니다 : 본 번역서의 앞에 수록된 〈미국 병선이 돌아갔으니 먼 곳 사람의 의심을 풀어주도록 요청한 자문〉을 말한다. 우문태는 1866년(고종3) 와츄세트호의 수로 안내인으로 동승하여 조선에 왔던 자이다. 김자평은 황해도 장연부

히 알려주었고, 이어 김자평을 잡아다가 저들이 보는 앞에서 거짓으로 꾸며낸 경위를 엄히 조사한 뒤 참수형에 처해 경계를 보였습니다.

그런데 그 부장 비미일은 완강히 물길을 거슬러 올라와 대동강으로 들어오려 하며 항구에 의지해 한 달여 간 머물러 있었습니다. 지금은 배를 돌려 돌아가기는 했지만 의심을 풀고 간 것인지 아직 알 수 없습니다. 또 기어이 물길을 거슬러 대동강으로 들어오려 한 것은 그 의도가 무엇인지도 모르겠습니다.

뒤이어 4월 18일에 이양선 한 척이 공충도(公忠道 충청도)의 홍주(洪州) 앞바다에 와서 정박하더니 서양인 백여 명이 갑자기 덕산군(德山郡)에 들이닥쳐 군기(軍器)를 노략질하고 가야산(伽倻山)으로 달려가 신의 본생(本生) 조부 남연군(南延君)의 묘를 파헤쳤습니다.[114] 우리 병졸들의 추격을 두려워하여 곧 달아나기는 했지만, 묘역의 봉분과 나무가 어지러이 무너지고 훼손되었습니다.

이어 영종진(永宗鎭)에 오만한 편지 한 통을 보내왔는데, 자칭 '아리망(亞里荇) 수사독(水師督)'이라고 하였습니다.[115] 본국에서는 천지간에 이른바 아리망이라는 나라를 들어본 적도 없으니 다시 무슨 원한을 논할 수 있겠습니까. 그런데 저들이 미치광이처럼 사납게 갑자기 와서 분묘를 파헤쳤으니, 신의 놀라움과 원통함을 어찌 다 하소연하겠습니까.

육도(陸島)에 살던 80세의 노인으로, 고향에서 붙잡혀 와 효수되었다. 《同文彙考 原編 洋舶情形 報洋夷情形咨》《高宗時代史 1집, 1868年 4月 25日》

114 뒤이어……파헤쳤습니다 : 오페르트 일당의 남연군 묘 도굴 사건을 말한다. 64쪽 주103 참조.

115 이어……하였습니다 : 66쪽 주106 참조.

살피건대, 그 오만한 편지는 본국의 부정한 무리들이 저들의 배에 타고 있으면서 저들을 부추겨 앞잡이 짓을 한 것임은 의심할 것도 없이 분명합니다. 지금 적선이 비록 영종진장(永宗鎭將)의 공격을 받고 패퇴하기는 했지만, 앞으로 환난을 방비하는 일을 조금도 허술히 하거나 늦출 수가 없습니다. 아울러 전후 서양 선박의 자세한 정황에 대해 자문을 갖추어 예부에 올리니, 천자께서 굽어 살피고 가엽게 여겨주기를 바랍니다.

미국 병선이 황당하고 근거 없는 말을 잘못 듣고 쓸데없이 자주 왕래하는 폐단에 대해, 총리아문에 명을 내려 어떻게 처리할 것인지를 분명히 하교하여 저들의 의심을 풀어 다시는 분란이 생기지 않도록 해 주기를 바랍니다.

상해현(上海縣)과 연대구(烟臺口) 등지에 있는 조선의 부정한 백성이자 나라를 배반해 도적을 불러들인 최선일(崔善一) 등 일곱 명에 대해,[116] 각 성(省)의 독무(督撫)에게 명을 내려 그들을 체포해 우리나라로 보내 주어 국법을 바로잡고 난리의 싹을 끊어 버리게 해 주십시오. 신의 간절한 바람 이루 말할 수 없습니다.

생각건대, 신의 국토가 동쪽 변방에 치우쳐 있지만 선대(先代) 이래로 유독 열조(列朝)의 은혜와 보살핌을 입었고 융성한 총애가 남달리 두터워 내복(內服)[117]과 똑같이 여겨 주었습니다. 이에 우리 군신과

---

116 상해현(上海縣)과……대해 : 중국으로 달아난 천주교도 7명을 말한다. 그들의 이름은 앞의 〈서양 선박의 사정을 진술하는 자문 1〉에 보인다.

117 내복(內服) : 중국의 내지(內地)를 말한다. 복(服)은 구복(九服)으로 왕기(王畿)를 중심으로 사방 천 리 밖 오백 리마다 차례로 구역을 정하여 후복(侯服), 전복(甸服), 남복(男服), 채복(采服), 위복(衛服), 만복(蠻服), 이복(夷服), 진복(鎭服), 번

백성들은 그 보호와 보살핌 속에서 서로 편안히 지내며 지금까지 이르렀습니다.

해외 이국(異國)의 상민(商民)들이 표류해 왔을 때 구휼해주고 물자를 주어 송환해 준 것은 본래부터 정해진 예(例)가 있어서, 혹시라도 어려움과 위험을 만난 위태로운 목숨을 소홀히 대한 적이 없었습니다. 이것은 바로 천조(天朝)에서 먼 곳 사람이든 가까운 사람이든 보호해 주고 다독여 준 덕을 우러러 본받은 것이며, 또한 우리 선조들의 인민애물(仁民愛物)[118]하는 지극한 뜻을 생각했기 때문입니다.

그런데 어찌 생각이나 했겠습니까. 이국의 풍속은 교화하기 어렵고 이국의 무리들은 예의가 없으니, 일부러 사달을 찾아내어 번번이 와서 엿보는 자가 있고, 애초에 아무 원한도 없는데 대뜸 와서 흔단을 만드는 자도 있었으며, 저들의 세력을 믿고 우리를 업신여겨 패악한 짓을 함부로 저질러 마침내 우리의 묘소를 파헤치려고까지 하였습니다. 이제부터는 더 이상 인간의 도리로 그들을 대우할 수 없습니다. 이러한 사정은 감히 사실대로 진달하지 않아서는 안 되기에, 이에 차관(差官)에게 자문을 들고 천자의 조정으로 달려가게 하였습니다.

삼가 생각건대, 황제의 총애와 위령(威靈)에 의지해 외람되이 번복(藩服)을 지켰으나 방비를 엄격히 하지 못해 부정한 무리들로 하여금 법망을 빠져나가 끝내 이처럼 의외의 사변이 있게 하였으니, 이는 신이

복(藩服)이라 부른 것을 말한다.

118 인민애물(仁民愛物) : 친족을 사랑하는 마음을 미루어 사람들에게 인(仁)을 베풀고, 만물을 애호하는 것을 말한다. 《맹자》〈진심 상(盡心上)〉에 "군자는 친한 이를 친하게 대하고 나서 다른 사람들을 인자하게 대하며, 사람들을 인자하게 대하고 나서 다른 살아 있는 것들을 아껴준다.〔親親而仁民, 仁民而愛物.〕"라고 하였다.

방비를 소홀히 한 실수가 아님이 없습니다. 그리고 성조(聖朝)에 동쪽을 돌보는 근심을 끼쳤으니, 반성하고 자책하며 마음을 가눌 수 없습니다. 이에 삼가 주문을 갖추어 알립니다.

미국의 봉함을 전달해 준 것에 대해 답하는 자문[119]

美國封函轉遞咨

119 미국의……자문 : 1871년(고종8) 1월 17일에 북경(北京) 주재 미국 공사 로우〔F. F. Low〕는 조선 국왕 앞으로 보내는 편지를 작성하고, 중국의 총리아문에 나아가 이 편지를 조선 정부에 전달해 줄 것을 부탁하였다. 이 부탁을 받은 중국이 자문과 함께 미국의 봉함(封函)을 조선 측에 전달해 주었는데, 환재의 이 자문은 여기에 대한 회답으로 지어진 것이다.

중국 측을 통해 전해진 미국의 봉함에는 미국 공사 로우가 수사 제독(水師提督)과 함께 군함을 거느리고 조선 원정에 나설 것이라는 내용이었으며, 자국의 조난선원 구휼 문제를 상의하는 것을 명분으로 내세웠다. 또 협상을 거부할 경우 무력 사용도 불사할 뜻을 내비쳤다. 이 봉함의 원문은 《동문휘고(同文彙考)》〈원편(原編) 양박정형(洋舶情形) 미국신함(美國信涵)〉에 수록되어 있다. 한편, 미국의 봉함을 동봉한 중국의 자문을 받은 조선 정부는 미국의 편지에 한 번 답신을 보낼 경우 차후 미국과 직접적인 교섭이 개시될 것이 우려되므로 중국 측 자문에만 답신하는 것으로 결론을 내렸는데, 이 과정은 《고종실록》 8년 2월 21일 기사에 보이며 환재의 자문 내용도 축약되어 실려 있다.

자문의 첫머리에서 환재는 중국이 조선의 안위를 염려하여 특별히 미국의 편지를 대신 전해준 데 대해 감사를 표한 다음, 로우의 편지 내용을 요약하고 나서 그에 대한 조선 정부의 견해를 밝혔다. 우선 외국의 조난선원을 구휼하는 것은 조선의 오래된 규례이며, 미국의 조난선원들을 구조하고 호송한 것만도 전후 세 차례나 된다고 했다. 다음으로 제너럴셔먼호 사건의 진상에 관해서는, 중국에 보낸 두 번의 자문과 와츄세트호 함장 슈펠트의 조회에 대한 황해도 관찰사의 답서 및 셔난도어호 내항 때 페비거의 조회에 답한 장련 현감과 삼화 부사의 편지 등을 통해 충분히 해명했다고 주장했다. 이어 사대질서를 내세워 로우의 협상 제의를 거부했는데, 《예기》의 '인신무외교(人臣無外交)'라는 구절을 인용하며 조선 국왕은 중국 황제의 신하이기 때문에 사대의 의리상 어떤 외국과도 직접 교섭할 수 없다는 논리를 내세웠다. 이는 미국과의 분쟁 해결에 중국이 적극 중재에 나서 줄 것을 요청하기 위한 의도가 내재된 발언으로 보인다. 이 자문의 내용과 전후 상황의 분석에 대해서는 《김명호, 초기 한미관계의 재조명, 역사비평사, 2005, 277~290쪽》에 자세히 정리되어 있다.

자문에 회답하는 사안입니다.

　동치(同治) 10년(1871, 고종8) 2월 21일에 귀부(貴部)의 자문을 받아보니, "주객사(主客司)에서 올린 안정(案呈)[120]에 이르기를, '동치 10년 2월 초2일에 본부(本部)에서 조선에 서함(書函)을 전달할 것을 아뢰는 한 통의 주접(奏摺)을 갖추어 올렸고,[121] 이날 군기처(軍機處)의 편교(片交)[122]에, 「『알았다』는 유지(諭旨)를 받았으니,[123] 삼가 준행하라.」라고 하였습니다. 편교가 본부에 이르렀으니, 응당 본부의 원주(原奏)를 초록하고 유지를 삼가 기록하며, 아울러 총리각국사무아문(總理各國事務衙門)의 원주[124] 및 미국의 봉함 한 건을 초록하여 자문과 함께 보내 조선 국왕이 살펴 알도록 해야 할 것입니다.'라고 하였습니다."라

120　주객사(主客司)에서 올린 안정(案呈) : 주객사는 명・청대 예부(禮部)에 소속되어 외교 사무를 전담하던 기관의 하나이다. 안정은 어떤 아문(衙門) 내부에서 속사(屬司)가 직속상관에게 올리는 문서이다.

121　본부(本部)에서……올렸고 : 본부는 여기서는 예부를 말한다. 서함은 미국 공사 로우[F. F. Low]가 조선에 전달해주기를 총리아문에 요청한 서함을 말한다. 75쪽 주119 참조. 주접(奏摺)은 신하가 황제에게 공무로 올리는 서류를 말한다.

122　군기처(軍機處)의 편교(片交) : 군기처는 청나라 때 군사상의 비밀사무를 맡아보던 기관을 말한다. 편교는 군기처의 대신이 황제를 만나 관련 사항을 의논하고 황제의 명을 하급 관서에 전달하는 문서로 보인다.

123　알았다는 유지를 받았으니 : 원문은 '奉旨知道了欽此'인데, '欽此'는 황제가 내린 유지의 인용이 끝났음을 나타내는 표지이므로, 번역문에서는 인용부호인 '『 』'로 처리하였다. '欽此'의 기능에 대해서는 《구범진, 조선시대 외교문서, 한국고전번역원, 2013, 3쪽》을 참조하기 바란다.

124　총리각국사무아문(總理各國事務衙門)의 원주 : 미국 공사 로우의 요청을 받은 총리아문에서 미국의 봉함을 조선에 전달해주기를 황제에게 요청한 주문을 말한다. 75쪽 주119 참조.

는 내용이었습니다. 아울러 총리아문의 주본(奏本)과 본부의 원주를 함께 초록하고, 이어 미국 사신의 봉함과 함께 보내 주었습니다.

귀부의 자문과 초록을 하나하나 받드는 이외에, 생각해보니 서함을 전달하는 것은 진실로 격식을 벗어난 일인데, 특별히 중대한 사안이라 혹시라도 잘못될까 염려하여 황제가 우리나라를 사랑하는 은혜를 살펴 이처럼 임시방편의 조치를 취한 것이었습니다. 곡진히 은혜를 베풀어 줌이 주도면밀하니, 감사한 마음을 금할 수 없습니다.

살피건대, 미국 사신이 보낸 봉함은 오로지 병인년(1866, 고종3)에 자기 나라 상선 두 척이 우리나라의 경내(境內)에 왔을 때 한 척은 풍랑을 만나 도움을 받았고 한 척은 사람이 죽고 화물도 없어졌으니,[125] 한 번은 구해주고 한 번은 해를 입힌 이처럼 현격히 다른 조치에 대해 그 까닭을 모르겠으니 이유를 알고 싶다고 하였습니다. 이어 뒷날 자기 나라 상선이 만약 우리 경내에서 조난을 당했을 때 방법을 강구하여 구조해주고 화목하게 대해 주기를 원한다는 것 등의 내용이었습니다.

우리나라는 삼면이 바다입니다. 다른 나라의 객선(客船)이 조난을 당해 정박하면 양식과 물품을 제공하고 바람을 기다려 돌려보냈고, 혹 배가 부서져 온전치 못하면 육지로 호송하여 황경(皇京)으로 보내 본국으로 돌아가게 해 주는 등 각각 그들이 원하는 대로 따라주며 전혀 저지함이 없었습니다. 이는 우리 성조(聖朝)의 천지처럼 덮어주고 실어주며 어떠한 사물도 뜻을 이루지 못하게 함이 없는 지극한 인과 성대

---

125 병인년에……없어졌으니 : 1866년 5월 미국 상선 서프라이즈호의 선원을 북경으로 송환해 준 일과 1866년 8월 발생한 제너럴셔먼호 사건을 말한다. 44쪽 주67·주68 참조.

한 덕을 본받은 것이며, 이것이 번방(藩邦)의 정해진 법도가 된 지도 그 유래가 오래되었습니다.

또 미국 난민을 구조하고 호송한 일을 거론하면, 함풍(咸豐) 5년, 동치 4년(1865), 동치 5년(1866)에도 있었습니다.[126] 전후 3차례 보낸 자문이 모두 귀부(貴部)에 있을 것이며, 오래된 일이 아니니 그 나라 사람 또한 응당 보고 들은 바가 있을 것입니다. 먼 나라 사람이 풍랑을 겪어 위험에 빠진 것은 가련히 여길 일이니, 어찌 해칠 리가 있겠습니까.

저들이 편지에서 '조선 경내에서 해를 입어 사람은 죽고 화물이 없어졌다.'라고 한 것은 필시 병인년(1866, 고종3) 가을 무렵의 평양하(平壤河) 사건[127]을 가리킨 것일 것입니다. 그때의 정황에 대해서는 동치 5년 8월 22일 보낸 자문[128]에서 자세히 진술했으니 지금 다시 말할 것이 없습니다. 또 동치 7년(1868) 3월 25일에 회답한 자문[129]에서 다시 상세히 진술하고 황해도 관찰사 박승휘(朴承輝)가 작성해 두었던 미국 총병에게 답하는 글을 아울러 첨부해 올리며, 미국 사신을 잘 깨우쳐 의혹을 해소시켜 다시는 분란을 일으키지 말도록 해 주기를 청하였습

---

126 미국……있었습니다 : 함풍 5년인 1855년 미국의 포경선 투브라더스호의 선원, 동치 4년인 1865년 경상도 연일(延日)을 거쳐 강원도 삼척에 표류해 온 미국인, 동치 5년인 1866년 서프라이즈호 선원을 구조하여 호송한 일을 말한다.

127 평양하(平壤河) 사건 : 제너럴셔먼호 사건을 말한다. 평양하는 대동강이다.

128 동치 5년……자문 : 《동문휘고(同文彙考)》〈원편(原編) 양박정형(洋舶情形)〉에 〈서양 선박의 상황을 낱낱이 진술하는 자문[歷陳洋舶情形咨]〉이라는 제목으로 수록되어 있다.

129 동치 7년……자문 : 본 번역서의 앞에 수록된 〈미국 사신이 의혹을 품지 않도록 타일러주기를 청하는 자문〉을 말한다.

니다. 또 동치 7년(1868) 3월에 미국 수사 부장관(水師副將官) 비미일(費米日)이라는 자가 이 일을 탐문한다고 하며 평안도와 황해도의 각 지방관에게 조회(照會) 문자를 보내왔습니다.[130] 해당 지방관 등은 병인년(1866) 가을에 이국 선박이 갑자기 들어와 백성을 해치고 관리를 억류해 욕보이다가 군민(軍民)을 격노케 해 화를 자초했던 사정을 명백히 회답해 알려 의혹을 남김없이 풀어주었고, 비미일은 회답을 받은 뒤에 곧장 돌아갔습니다. 그래서 이후로는 그 나라 사람들이 이 사건을 환히 알고 시비를 분명히 이해하여 다시는 의심을 품고 와서 탐문하는 사달이 없을 것으로 생각하였습니다.

그런데 지금 미국 사신이 보낸 봉함에서 또 '한 번은 구원해주고 한 번은 해쳤으니 그 이유를 모르겠다.'고 한 것은 무슨 이유입니까. 그들은 봉함에서, '본국은 우리의 상인과 선원을 사랑하므로 타국이 임의로 그들을 모욕하고 학대하는 것을 심히 원하지 않는다.'라고 하였는데, 이는 실로 사해(四海)의 모든 나라가 다 그렇습니다. 그 나라가 남의 능멸과 학대를 받기 싫은 것처럼 본국도 남의 능멸과 학대를 받기 싫은 것은 처지를 바꿔 생각한다면 실로 다름이 없으니, 그렇다면 이런 점에서 평양하에 왔던 배가 죽음을 자초한 것임은 변설할 필요도 없이 그 이유를 알 수 있습니다. 천하 사람들에게는 본래 공론(公論)이 있으며, 상제(上帝)와 귀신이 지켜보고 있음은 두려워할 일입니다. 미국

---

130 동치……보내왔습니다 : 셔난도어호의 내항을 말한다. 당시 비미일이 보낸 조회 문자의 내용은 본 번역서 앞에 수록된 〈미국 병선이 돌아갔으니 먼 곳 사람의 의심을 풀어주도록 요청한 자문〉에 실려 있다. 비미일은 셔난도어호의 부함장 페비거〔J. C. Febiger〕의 한자식 이름이다.

상선이 만약 우리 백성을 능멸하고 학대하지 않았다면 조선의 관민이 어찌 먼저 그들에게 해를 가했겠습니까.

이번에 보내온 저들의 편지에서 이미 화목하게 서로 대하기를 희망하였습니다. 바다로 가로막힌 서로 다른 지역이 만약 호의적인 관계를 맺자고 한다면, 대조(大朝)에서 먼 곳 사람을 위무하는 덕의(德意)를 본받아 대접해 전송하는 데 방법이 없지 않습니다. 그런데 저들이 '상의해 처리하자〔商辦〕', '교섭하자〔交涉〕'라고 하니, 상의해 처리하자는 것이 무슨 일인지, 교섭하자는 것이 무슨 일인지 모르겠습니다.

무릇 신하는 사적으로 외교(外交)하는 의리가 없습니다.[131] 그러나 조난을 당한 객선이 있으면 이를 구휼하고 호송하는 것은 본국에 정해진 법도가 있을 뿐만 아니라 또한 성조(聖朝)의 깊은 인덕(仁德)을 본받고 있으니, 상의해 처리하기를 기다리지 않더라도 우려할 것이 없음을 보장할 수 있습니다. 혹시 호의를 품지 않고 와서 멋대로 능멸하고 학대한다면, 막아내고 쳐서 없애는 것 역시 천조(天朝)의 변방을 지키는 이의 직분일 뿐입니다. 미국의 관리는 단지 제 나라의 백성을 단속하여 도리에 어긋나게 침범하지 말게 하면 될 뿐이니, 교섭 여부를 어찌 다시 논할 것이 있겠습니까.

이전부터 타국이 조선의 풍토와 물산을 모르면서 늘 통상하자는 말로 찾아와 분란을 일으킨 것이 여러 번이었으나, 본국이 결코 통상할 수 없음과 외국의 상인 역시 얻을 이익이 없다는 것에 대해서는 동치 5년(1866)에 보낸 자문에서 진술한 적이 있습니다.

---

131 신하는……없습니다 : 《예기》〈교특생(郊特牲)〉에 "신하가 된 자는 사적으로 외교하지 않는다.〔爲人臣者無外交.〕"라고 하였다.

우리나라가 바다 모퉁이의 작은 나라임은 천하가 모두 알고 있습니다. 백성은 가난하고 재화는 적으니, 금은(金銀)과 주옥(珠玉)은 원래 이 땅에서 나지 않고 곡식과 포백(布帛)은 넉넉한 적이 없었습니다. 한 나라의 물산이 한 나라의 수요를 버티기에도 부족한데, 만약 다시 해외로 유통시켜 역내(域內)를 고갈시킨다면 조그마한 이 강토는 필시 위태로워져 보존되기 어려울 것입니다. 더군다나 우리나라의 풍속은 검소하고 소박하며 장인(匠人)들의 솜씨는 거칠고 졸렬하여 하나의 물건도 다른 나라와 교역할 만한 것이 없습니다. 본국이 결코 통상할 수 없음이 이와 같고, 외국의 상인 역시 이익을 얻을 것이 없음이 이와 같은데 늘 통상하려는 뜻을 가지고 있으니, 이는 먼 타국 사람들이 자세한 내막을 몰라서 그런 것일 것입니다.

지금 이 미국 사신의 봉함에 비록 이런 의도[132]를 드러내지는 않았지만 이미 우리 관원에게 상의해 처리하고 교섭하자고 요구했으니, 그렇다면 이러한 일을 하려는 것이 아니겠습니까. 조난당한 객선을 규례에 비추어 구호함은 다시 번거로이 의논해 확정할 필요가 없고, 그 외의 일도 따로 상의해 처리할 것이 없으니, 쓸데없이 내왕할 필요가 없습니다.

바라건대 귀부에서 이런 여러 사실을 천자에게 아뢰어 특별히 밝은 교지를 내려 그 나라 사신들을 깨우쳐 의혹과 염려를 풀고 각자 평안무사하게 해 주신다면 참으로 다행일 것입니다. 사랑하고 돌봐줌만 믿고 외람되이 속마음을 다 아뢰었으니, 더욱 황공할 뿐입니다.

우리가 받은 미국 사신의 봉함에 원래 회답을 바란다는 등의 말이

---

132 이런 의도 : 조선과 통상하려는 의도를 말한다.

없고, 번방(藩邦) 제후의 법도상 감히 답신을 전달해 달라고 부당(部
堂)[133]을 번거롭게 할 수도 없으니, 두루 헤아려 주기 바랍니다.

---

133 부당(部堂) : 청나라 각부(各部)의 상서(尙書)와 시랑(侍郞)을 가리키는 말이
다.

미국 병선이 일으킨 소요를 알리는 자문[134]

美國兵船滋擾咨

미국 병선이 소요를 일으킨 정황을 하나하나 진술하는 사안으로 자문을 보냅니다.

올해(1871, 고종8) 2월 초2일 귀부(貴部)에서 미국의 봉함 한 통을 보내준 지난번의 자문에 의거해, 이미 상의해 처리할 필요가 없는 사리(事理)와 서로 교섭할 수 없는 사세(事勢)를 하나하나 명백히 밝히고 실정을 자세히 진술하고, 천자께 전달하여 특별히 밝은 교지를 내려 미국 사신을 깨우쳐 주어 각자 편안히 아무 일 없게 해 달라는 내용으로

134　미국……자문 : 이 자문은 신미양요(辛未洋擾) 직후에 보낸 것으로, 신미양요를 총 결산한 대단히 중요한 자문으로 평가받는다. 《동문휘고》〈원편(原編) 양박정형(洋舶情形)〉에는 〈미국 병선이 소요를 가중시킨 정황을 하나하나 진술하는 자문〔歷陳美國兵船滋擾情形咨〕〉으로 수록되어 있으며, 《고종실록》 8년 5월 17일 기사에도 내용이 요약되어 실려 있다.

서두에서 환재는 미국 공사 로우의 편지를 전한 중국의 자문에 대해 회자문을 보내 미국과의 교섭 거부 의사를 밝힌 사실을 언급한 뒤에, 경기도 관찰사와 강화 진무사(江華鎭撫使)의 장계에 의거하여 신미양요의 전말을 상세히 밝히고 있다. 이 자문은 조선 정부에 입장에서 신미양요의 진상을 해명한 글로, 미국 측이 취한 일련의 행동들이 위선적이고 오만무례하며 난폭했음을 성토하는 한편, 손돌목에서 선제공격을 가하고 대신 파견이나 로우의 친서 접수를 거부한 조선 정부의 대응이 정당했음을 주장하였다. 그리고 종주국인 중국에 이러한 진상을 알림으로써 미국과의 분쟁을 종식하기 위한 외교적 지원을 얻어 내려는 것이 이 자문의 목적이었다. 신미양요의 진행과정과 환재의 대응, 그리고 환재의 이 자문이 갖는 의의 등에 대해서는 《김명호, 초기 한미관계의 재조명, 역사비평사, 2005, 290~391쪽》에 자세히 정리되어 있다.

회답 자문을 보냈습니다.[135]

생각건대, 그 나라 사신이 이미 배를 출발하여 곧장 우리나라로 향했으리라는 우려가 없지 않았습니다. 그래서 연해(沿海)의 관리들에게 경계하여, 혹시라도 이국의 배가 우리 바다에 이르면 절대 먼저 사달을 만들지 말고 신속히 보고하게 하였습니다. 과연 올해 4월 11일 경기도 관찰사 박영보(朴永輔)와 강화 진무사(江華鎭撫使) 정기원(鄭岐源) 등의 치계(馳啓)에 부평 도호부사(富平都護府使) 이기조(李基祖)의 정문(呈文)이 실려 있었는데, 그 정문에 이르기를,

"본월 초 3일에 이국의 배 5척[136]이 서남쪽으로부터 와서 본부(本府)의 바다에 정박한 뒤 글을 보내왔는데, 자칭 미국 흠차대신(欽差大臣) 및 수사 제독(水師提督)[137]이라는 자가 '상의해 처리할 일이 있어 고관(高官)을 만나기를 원하는 것이지 결코 해치려는 뜻이 없으니 놀라지 말라.'라고 하였습니다."라고 하였습니다.

이에 즉시 의정부에 명하여 먼저 3품 관원을 파견해 바다를 건너온 노고를 위문하고 상의해 처리할 일이 무엇인지를 대략 물어보게 하였습니다. 의정부에서 올린 장계(狀啓)에 실린 차송관(差送官)의 보고에 "문안총판(文案總辦) 두덕수(杜德綏)[138]라는 자가 나와 우리를 맞이하

---

135 올해……보냈습니다 : 이 글 바로 앞의 자문인 〈미국의 봉함을 전달해 준 것에 대해 답하는 자문〉을 말한다.

136 이국의 배 5척 : 기함(旗艦)인 콜로라도(Colorado)호, 순양함(巡洋艦)인 알라스카(Alaska)호와 베니시아(Benicia)호, 포함(砲艦)인 모노카시(Monocacy)호와 팔로스(Palos)호를 말한다.

137 흠차대신(欽差大臣) 및 수사 제독(水師提督) : 흠차대신은 북경 주재 미국 공사 로우〔F. F. Low〕이고, 수사 제독은 아시아 함대 사령관 로저스〔J. Rodgers〕를 말한다.

고는 곧 '해당 관원은 품계와 직위가 낮아 그 나라 공사(公使)와 만날 수 없다'라고 하고 손을 내저어 물리치고 받아들이지 않았으며, 더 이상 대화하지 않고 다만 항구로 거슬러 올라갔습니다.'라고 하였습니다.

연이어 관찰사 박영보와 진무사 정기원 등의 치계에, "미국의 이범선 (二帆船) 두 척이 손돌목〔孫石項〕에 갑자기 들어왔습니다. 이곳은 내항(內港)의 중요한 요새인데,[139] 무기를 실은 이국의 배가 본국에 지회(知會 통보)하지도 않고 멋대로 행동한 것이니 결코 손 놓고 좌시할 수 없었습니다. 이에 요충지를 지키던 장수와 군졸들이 대포를 쏘아 막자 저들의 배가 곧장 물러나 부평(富平) 해상에 정박하였습니다."라는 내용을 보내왔습니다.

생각건대, 그림자를 보아 형체를 살피고 자취를 더듬어 실상을 논하는 것은, 천하의 사리 가운데 여기에서 벗어나는 것이 없습니다. 지금 미국 배가 오면서, 오기 전에는 중국에 먼저 봉함을 보내고[140] 온 뒤에

---

138 문안총판(文案總辦) 두덕수(杜德綏) : 문안총판은 수석 통역을 말하며, 두덕수는 드루〔E. B. Drew〕의 한자식 표현이다. 드루는 당시 미국 공사 로우의 임시 비서 겸 통역을 맡고 있었다.

139 이곳은……요새인데 : 《동문휘고》〈원편 양박정형〉에 실린 〈미국 병선이 소요를 가중시킨 정황을 하나하나 진술하는 자문〔歷陳美國兵船滋擾情形咨〕〉과 《고종실록》 8년 5월 17일 기사에 수록된 자문에는, 이 부분 뒤에 "병인양요를 겪은 뒤부터 수비를 증강하고 계엄을 행하고 있어, 비록 본국의 공사(公私) 선박이라 해도 노인(路引)이 없으면 통과를 허용하지 않는다. 그런데 지금〔自經丙寅兵擾, 增戌戒嚴, 雖本國公私船隻, 如無路引, 不許放過. 今玆,〕"이라는 내용이 더 붙어 있다. 노인은 통행허가증을 말한다.

140 오기……보냈고 : 1871년 1월 17일 북경 주재 미국 공사 로우가 총리아문에 보낸 봉함을 말한다. 75쪽 주119 참조.

는 이어 우리에게 글을 보내며 그때마다 '화목을 도모하려고 왔다', '의심하고 걱정하는 마음을 품지 말라.', '결코 해칠 생각이 없다.', '놀라거나 두려워하지 말라.'라고 하는 등 한껏 떠벌리는 것이 모두 이런 말들이었으며, '예로써 서로 대하자.'는 것은 더욱이 저들이 요구한 것이었습니다.

저들이 호의로 나오면 우리도 호의로 대하고, 저들이 예의로 나오면 우리도 예의로 대하는 것이 바로 인정상 당연한 것이자 국가 간의 일반적 관례입니다. 그런데 저들은 우호를 명분으로 삼으면서 왜 무기를 싣고 왔으며, 예의로 대하기를 요구하면서 왜 손을 내저어 우리 관원의 위문을 물리친단 말입니까.

저들의 지려(智慮)로 보아 우리의 관애(關隘 요충지)에 반드시 방비가 있으리라는 것을 이미 헤아렸을 것이니, 입이 닳도록 '의심하고 걱정하는 마음을 품지 말라.', '결코 해칠 생각이 없다.'라는 등의 말을 한 이유는 오로지 우리의 방비를 느슨하게 하여 빈틈을 노려 깊이 들어오려는 간계(奸計)에서 나온 것일 뿐입니다. 만약 그렇지 않다면 우리를 능멸하고 모욕하며 남의 나라를 마치 무인지경으로 여겼음을 더욱 잘 알 수 있습니다. 우호라는 것이 이런 것이며, 예로 대하는 것이 이런 것입니까. 저들의 의도는 분란을 만드는 것에 있고, 저들의 생각은 협박하여 맹약을 맺는 것에 있음을 여기에서 알 수 있습니다.

저들이 우리의 위문을 거절하고 항구로 돌입하면서부터 온 나라 백성 중 분개하지 않은 사람이 없었습니다. 우리나라가 동쪽 바다[左海]의 구석진 땅에 있고 부끄럽게도 피폐하긴 하지만, 또한 중국의 울타리를 막으며 천자를 호위하는 나라입니다. 그러니 어찌 백성들이 모두 우러러 보는 배신(陪臣)[141]으로 하여금 말과 풍속이 다른 나라가 오만하게 침범해왔다고 해서 허둥지둥 달려가게 할 수 있겠습니까. 저들이 요구한 대신(大臣) 접견은 불허하기로 결정했고, 연해의 관리들에게 명하여 명백히 타일러 즉시 돌려보내도록 하였습니다.

이어 4월 24일에 강화 진무사 정기원이 치계하기를, "미국 배가 다시 항구로 들어와 광성진(廣城鎭)을 습격해 함락시켰습니다. 중군(中軍) 어재연(魚在淵)이 힘을 다해 싸우다 전사했으며,[142] 사망한 병사들도 매우 많습니다. 적병이 초지포(草芝浦) 주변에 모여 있을 때 그곳 진장 (鎭將) 이공렴(李公濂)이 밤을 틈타 갑자기 공격하자, 저들이 마침내 정박한 배로 물러갔습니다."라고 하였습니다. 뒤이어 경기도 관찰사 박영보의 치계를 받아보니 부평 도호부사 이기조의 정문(呈文)이 실려 있었는데, 그 정문에 "저들 군대가 성보(城堡)를 부수어 불을 지르고 약탈하니 무엇 하나 남은 것이 없었습니다. 또 저들 배를 정탐해보니 우리나라 사람들이 매우 많았는데, 모두 나라를 배반한 간악한 무리들 로서 저들의 앞잡이가 되어 온 자들이었기에 놀라움과 분통함을 금하 지 못해 글을 보내 힐책하였습니다.[143]"라고 하였습니다. 또 인천 도호

---

141 배신(陪臣) : 제후국의 신하를 일컫는 말로, 여기서는 조선의 신하를 말한다.

142 중군(中軍)……전사했으며 : 어재연(魚在淵, 1823~1871)의 본관은 함종(咸從), 자는 성우(性于)이다. 1841년(헌종7) 무과에 급제하여, 공충도 병마절도사를 지냈고, 1866년(고종3) 병인양요 때 광성진(廣城鎭)을 수비하였다. 1871년(고종8) 신미양요 때 진무중군(鎭撫中軍)에 임명되어 광성보로 급파되어 미군과 대치하였고, 초지진(草芝鎭)과 덕진진(德津鎭)을 함락시킨 미군이 광성보 공략에 나서자 끝까지 항전하다가 전사하였다. 병조판서 지삼군부사(兵曹判書知三軍府事)에 추증되었으며, 시호는 충장(忠壯)이다.

143 놀라움과……힐책하였습니다 : 광성진 전투 직후인 1871년(고종8) 4월 25일에 부평 도호부사 이기조가 미국 측에 편지를 보내, 화호를 내세우면서도 조선의 매국노들

부사(仁川都護府使) 구완식(具完植)의 정문을 받아보니, "이연구(李蓮
龜)와 이균학(李筠鶴)은 본래 사교(邪敎)의 우두머리 이승훈(李承薰)
의 자손인데,[144] 저들의 배가 정박해 있는 해안에 출몰하며 오랫동안
바라보았습니다. 현장에서 이들을 붙잡아 엄하게 심문하니, 장차 저들
배로 들어가 앞잡이가 되려했다는 사정을 남김없이 자복(自服)하였습
니다."라는 내용으로 보낸 것이었습니다. 이에 즉시 효수(梟首)하여
사람들을 경계하게 하였고, 부평 등지의 관원에게 엄히 명하여 저들의
배와 감히 두 번 다시 글을 왕래하지 말도록 하였습니다.

이어 올해(1871, 고종8) 5월 14일 경기도 관찰사 박영보의 치계에
부평 도호부사 이기조의 정문이 실려 있었는데, 그 정문에,

"지난 달 27일 저들의 배에서 한 통의 글을 보내와 조정에 전달해주
기를 요구하였습니다.[145] 그 글에서 진술한 것이 무슨 말인지는 모르겠

을 앞잡이로 삼아 침범하여 조선 군민을 살해한 것에 대해 항의한 것을 말한다. 이기조
의 편지는 《동문휘고》 〈원편 양박정형〉에 〈부평 도호부사 이기조가 미국 공사에게
보낸 조회〔富平都護府使李基祚送美國公使照會〕〉로 수록되어 있다.

144 이연구(李蓮龜)와……자손인데 : 이연구와 이균학은 이승훈(李承薰, 1756~
1801)의 증손이다. 이승훈의 본관은 평창(平昌), 자는 자술(子述), 호는 만천(蔓川)이
다. 천주교인으로 세례명은 베드로이며, 최초의 한국인 영세자이다. 1780년(정조4)
진사시에 합격하였으나 벼슬을 단념하고 학문에만 전념하였다. 정약용(丁若鏞)과 처남
매부 사이이며, 북경으로부터 들어온 서학(西學)이 남인 소장학자들 사이에 활발히
연구되고 있었기 때문에 그도 역시 서학에 접하였다가, 1801년 신유박해(辛酉迫害)
때 참수되었다. 문집으로 《만천유고(蔓川遺稿)》를 남겼다. 이연구와 이균학은 1871년
5월 6일 제물포에서 효수되었다.

145 지난……요구하였습니다 : 두덕수(杜德綏, 드루)가 부평 도호부사에게 보낸 편
지로, 《동문휘고》 〈원편 양박정형〉에 〈미국 공사가 부평 부사에게 보낸 조복〔美國公使
送富平府使照覆〕〉으로 수록되어 있다.

지만 봉투 겉면에 쓴 글자로 보아 아마 서로 대등한 관계로 대하는 듯했으니, 이 어찌 본국의 신하로서 감히 상부에 올릴 수 있는 것이겠 습니까. 이미 물리쳤음에도 저들은 여전히 따지기를 그치지 않았고, 장차 따로 방도를 마련해 다른 통로로 전달하겠다고 하였습니다. 그러 므로 부득이 다시 글을 보내 논변을 주고받았으나 저들이 말한 따로 방도를 마련해 다른 통로로 전달하겠다는 것이 무슨 말인지 이해할 수 없었습니다. 그리고 이달 초7일에 저들의 배 한 척이 먼 바다를 향해 급히 떠났다가 13일에 다시 돌아와 정박하였습니다. 그들이 떠났 다가 다시 온 것은 반드시 이유가 있을 것입니다."라고 하였습니다. 또 16일에 경기도 관찰사의 치계에, "부평 부사의 정문을 받으니, '닻을 내려 머물던 미국의 배들이 본부(本府)에 한 통의 글을 보낸 뒤 일제히 닻을 올리고 먼 바다로 가버렸습니다.'라고 하였습니다."라고 하였습 니다.

　살펴건대, 미국의 배들이 우리 경내에 닻을 내리고 머문 것이 전후로 총 40여 일이었습니다. 그들은 지방관들과 글로 논쟁을 주고받다가 떠날 때가 되자 글을 남겨놓고 가버렸습니다. 지금 그동안의 정황을 하나하나 알리는 날에 귀부에서 자세히 살펴주시기를 청하지 않을 수 없습니다. 이에 초록한 내용을 거두어 첨부해 올리니, 진위(眞僞)의 자취를 거의 살필 수 있을 것입니다.

　저들이 겉으로는 우호를 내세워 달콤하고 좋은 말만 하지만 속으로 는 위험한 생각을 품었고, 실제로 교활하고 간사한 계책이 많았습니다. 우리의 위문을 거절한 이유는 필시 대관(大官)으로 하여금 허겁지겁 달려와 맞이하게 하려는 것이며, 관애(關隘 요충지)를 습격한 것은 곧 '방비가 우리를 어쩌지 못할 것이다.'라고 여긴 것이니, 저처럼 교만하고 저처럼 사납습니다. 더군다나 또 나라를 배반한 비적(匪賊)[146]들을 숨겨주어 우리 국경으로 들어오는 앞잡이로 삼기까지 하였습니다. 이렇게 하면서도 스스로 우호하자고 떠들며 서로 예의로 대하기를 바라니, 우리가 믿지 않을 것을 기다릴 것도 없이 저들은 이미 벌써 반드시 일이 성사되지 않으리라는 것을 알고 있었던 것입니다.

그런데 지금 떠날 때 보낸 편지에는 공연히 멋대로 으르렁대며 공갈과 협박을 마구 쏟아내었습니다. 저들이 이미 제 뜻을 이루지 못했으니 절로 이러한 원한이 있는 것은 당연합니다. 그러나 거짓말로 비방을 만들어 사람들을 현혹시켜 천하 각국으로 하여금 우리나라가 먼 나라 사람들을 잘 대우할 줄 모른 것으로 잘못 의심하게 하려한 것이라면, 그 또한 매우 수치스러운 일입니다.

생각건대, 우리나라는 멀리 있는 동쪽 바다 끝의 한줌의 땅일 뿐이고 재화와 무기는 견줄 만한 곳이 없습니다. 하지만 성명(聲明)[147]과 문물(文物)로 오히려 자립할 수 있었으니, 이는 성조(聖朝)가 보호하고 감싸준 큰 은혜이자 동쪽으로 스며든 성교(聲教 교화)에 힘입은 것이 아님이 없습니다. 군자들이 익히는 것은 수사낙민(洙泗洛閩)의 학술[148]이며, 소인(小人 백성)들이 의지해 살아가는 것은 농사짓고 길쌈하는

---

146 비적(匪賊) : 여기서는 천주교도를 가리킨다.

147 성명(聲明) : 성음(聲音)과 광채(光彩)를 의미하며, 훌륭한 교화(教化)와 문명(文明)을 비유하는 말로 쓰인다.

148 수사낙민(洙泗洛閩)의 학술 : 유학(儒學)을 말한다. '수사'는 공자가 제자들에게 도를 가르치던 곳에 있는 수수(洙水)와 사수(泗水)로, 곧 공자의 학문을 뜻한다. '낙민'은 송(宋)나라 때의 학자 정호(程顥)·정이(程頤) 형제가 살던 낙양(洛陽)과 주희(朱熹)가 살던 민중(閩中)을 가리킨다.

본업입니다. 그 청빈과 검소함으로 이처럼 순후(純厚)함을 이루었고 국가와 사직이 이에 힘입어 편안해졌습니다. 그런데 만약 하루아침에 신기하고 이상한 물건으로 눈을 어지럽히고 궤탄(詭誕)한 이설(異說)로 물들여 뜻을 빼앗고 풍속을 변화시켜 나날이 경박한 데로 나아가고 재화와 물산을 다 써버려 날로 더 고갈되게 한다면 백성을 위한 나라의 계책이 또한 매우 위태롭게 될 것입니다.

지금 온 미국 공사(公使)가 구실로 삼은 '상의해 처리하자'는 일은 바로 조난당한 상인(商人)을 잘 돌봐주고 구원하는 것에 불과한데, 이는 우리나라에 정해진 규례가 있으니 부탁할 필요가 없습니다. 이 밖에 저들이 숨긴 것 중에 필시 교역(交易)에 관한 말이 있을 것인데, 우리나라가 깊이 우려하며 멀리 생각해보면 결코 가벼이 받아들일 수 없습니다. 가령 저들이 능멸하는 기색과 해치는 행동이 없어서 우리 관원에게 명해 나가서 대면하여 상의해 처리하게 했더라도 반드시 그 일을 받아들이지 않았을 것인데, 하물며 다시 능멸을 행하고 해치는 행동까지 한 자들이겠습니까.

번거롭지만 부당(部堂) 대인(大人)께서 이 사정을 천자에게 아뢰어 특별히 지난봄에 자문으로 답했던 정황에 비추어 밝은 유지(諭旨)를 내려 저 나라 공사로 하여금 이해(利害)를 환히 알고 양국에 이로울 바가 없음을 분명히 알게 하며, 상인의 구호에 대해 걱정을 풀고 다른 일의 교섭에 대해 단념토록 하여, 다시는 분쟁을 만들고 소요를 가중시키지 말고 각자 편안히 아무 일 없도록 해 주기를 바랍니다. 이렇게만 된다면 이보다 큰 소원은 없습니다.

우리나라는 대대로 동쪽 울타리를 지키며 오래도록 특별한 은혜를 입었고 내복(內服)[149]과 똑같이 여겨 주었습니다. 병이나 고통이 있으

면 곡진히 돌봐주면서도 오히려 혹시라도 다치지 않을까 걱정해 주었
으니, 그 보살핌과 은혜는 천지처럼 커서 헤아릴 수 없습니다. 그런데
지금 우환이 매우 급박하니 어찌 큰소리로 급히 호소하지 않을 수 있겠
습니까. 번거롭게 자문을 올리는 것이 이 지경에 이르렀으니 더욱 너무
도 황공할 뿐입니다. 이에 응당 자문을 보내 아룁니다.

사역원(司譯院) 전 첨정(前僉正) 이응준(李應俊)을 파견하여 자문
을 가지고 가게 하니, 살펴보시고 대신 상주하여 시행해 주시기를 청합
니다. 이상입니다.

윤식(允植)이 삼가 살피건대,[150] 우리나라는 궁벽하게 한 모퉁이에
치우쳐 있어 외교(外交)라는 일을 듣지 못했다. 병인년(1866, 고종3)

149 내복(內服) : 중국의 내지(內地)를 말한다. 72쪽 주117 참조.

150 윤식(允植)이 삼가 살피건대 : 윤식은 김윤식(金允植, 1835~1922)으로, 본관은
청풍(淸風), 자는 순경(洵卿), 호는 운양(雲養)이다. 환재의 문인으로, 《환재집》을
편찬하고 교정하여 1913년 간행하였다. 김윤식의 이 안설은 그의 문집인 《운양집(雲養
集)》 권12에 〈환재집의 양박 자문 뒤에 쓰다〔書瓛齋集洋舶咨後〕〉라는 제목으로 수록
되어 있으며, 작성 시기는 신해년(1911)으로 기록되어 있다. 김윤식은 이 안설에서
스승 환재가 외교문서들에서 미국과의 협상을 거부한 것은 그의 본의가 아니었으며,
병인년(1866, 고종3) 무렵부터 이미 대미수교에 대한 구상을 지니고 있었다고 주장하였
다. 그러나 김윤식의 이 안설이 신미양요 이후 40년이나 지난 시점이자 일본에 강제
병합되어 나라가 망한 직후인 1911년에 작성된 점, 갑오개혁기(甲午改革期)에 친일적
인 김홍집(金弘集) 내각에서 핵심 인물로 활동했고 1910년 강제 병합 직후에는 유공자
의 한 사람으로 작위와 은사금을 받았던 점을 감안할 때, 김윤식의 안설에는 망국에
대해 누구보다 큰 책임을 느껴야 할 개화파 정치가로서 자신의 과거 행적을 합리화하려
는 동기가 작용했을 가능성이 다분하다는 평가가 있다. 《김명호, 초기 한미관계의 재조
명, 역사비평사, 2005, 395~400쪽》을 참고하기 바란다.

에 미국의 배가 조난을 당한 이후부터[151] 미국 사신이 여러 차례 협상을 간청하며 양국이 우호하기를 힘썼지만, 온 나라가 시끄럽게 떠들며 모두 척화(斥和)를 높이 여겼고 조정의 논의도 이와 같았다. 선생이 비록 문병(文柄)을 잡고 있었지만 홀로 자신의 견해만을 주장할 수 없었다. 그래서 외교 문서를 보내고 답할 때 이치에 의거해 상세히 진술하며 표현을 완곡하게 하여 국가의 체면을 잃지 않게 할 뿐이었다. 문호를 닫아걸고 우호를 물리친 것은 선생의 뜻이 아니라 부득이한 일이었다.

그때 내가 선생을 모시고 앉은 적이 있었는데, 선생이 한숨 쉬고 탄식하면서 이렇게 말씀하셨다.

"지금 세계를 돌아보니 정세가 날로 변해 동서의 열강이 나란히 대치하고 있어 옛날 춘추(春秋) 열국(列國) 시대와 같으니, 동맹과 정벌 등 앞으로 그 분쟁을 이루 말할 수 없을 것이다. 우리나라가 비록 작기는 하지만 동양(東洋)의 중요한 곳에 있으니, 정(鄭)나라가 진(晉)나라와 초(楚)나라 사이에 있는 것과 같다. 내치와 외교에 적절한 조치를 잃지 않는다면 그나마 스스로 보존할 수 있겠지만 그렇지 못하면 어리석고 나약해 먼저 망하는 것[152]은 하늘의 도리이니 또 누구를 탓하

---

151 병인년에……이후부터 : 제너럴셔먼호 사건을 말한다.

152 정(鄭)나라가……것 : 정나라는 강대국인 진나라와 초나라 사이에 끼어 줄타기 외교로 국운을 유지하였다. 그러다가 대부 정자산(鄭子産)이 간공(簡公)·정공(定公)·헌공(獻公)·성공(聲公) 등 네 조정에서 40여 년간 재상으로 국정을 담당하여 훌륭한 정치를 펼쳤으며, 외교적 수완을 발휘하여 당시 패권다툼을 벌이는 진나라와 초나라 사이에 처한 정나라를 무사하게 보전하였다. 그러나 정자산이 죽자 얼마 뒤 정나라는 한(漢)나라에 의해 멸망당하였다. 《史記 卷42 鄭世家》

겠는가.

내 들으니, 미국은 지구에 있는 나라들 중 가장 공평(公平)한 나라로 불리고 분쟁을 해결하는 데 뛰어나며, 또 부유함이 육대주(六大洲)에서 으뜸이고 영토를 넓히려는 욕심이 없다고 한다. 저들이 비록 말을 하지 않더라도 우리가 마땅히 먼저 결교(結交)에 나서 맹약을 체결한다면, 고립되는 우환을 거의 면할 수 있을 것이다. 그런데 도리어 밀어내고 물리치니 어찌 나라를 위한 방법이겠는가."

이 말씀으로 보자면 당시 자문(咨文)으로 보고한 문서들은 선생의 뜻이 아니었다.

혹자는 말하기를, "선생이 만약 이해를 자세히 안 것이 이처럼 분명했다면 왜 뭇사람의 논의를 힘껏 물리치고 국가를 위해 이런 좋은 계책을 건의하지 않았는가?"라고 하는데, 나는 이렇게 말한다.

"이것은 쉽게 말할 수 있는 것이 아니다. 뭇사람들이 귀머거리 상태를 깨치지 못했을 때에 선생이 비록 힘을 다해 말하고 논한다고 하더라도, 일에는 보탬이 없이 수모만 당했을 것이다. 그대는 저 청(淸)나라 이소전(李少荃)의 일을 보지 못했는가? 이소전은 지나(支那)의 위인(偉人)이다. 천하의 대세를 자세히 살펴 서양과 우호하자는 논의를 힘껏 주장했다가 온갖 비난을 한 몸에 받았고 진회(秦檜)가 나라를 망친 경우에 비교되기까지 했다가, 군주의 깊은 지우를 입었기 때문에 다행히 무사할 수 있었다.[153] 그런데 선생이 무엇을 믿고 감히 이렇게

---

153 그대는……있었다 : 이소전(李少荃)은 청나라 이홍장(李鴻章, 1823~1901)으로, 소전은 그의 자이고, 호는 의수(儀叟)이다. 1870년 직례성(直隷省)의 총독(總督) 및 내각 대학사(內閣大學士)로 임명된 이후 25년간 중국의 외교를 담당하였다. 베트남

할 수 있었겠는가."

그 10년 뒤인 을해년(1875, 고종12)과 병자년(1876) 사이에 또 일본
(日本)의 서계(書契)를 거절하는 사건이 발생하여[154] 나라의 안위가

에 대한 지배권을 놓고 벌어진 청불(淸佛)전쟁의 와중에 이홍장은 시종 화의를 주장하
고 프랑스 측의 요구에 대폭 양보하는 굴욕적인 협정을 맺었다가, 주전파(主戰派)로부
터 진회(秦檜)와 같은 간신에 비유되어 탄핵을 당했는데, 서태후(西太后)의 비호로
무사할 수 있었다. 진회(秦檜)는 남송 초기 강녕(江寧) 사람으로 자는 회지(會之)이다.
소흥(紹興) 12년(1142)에 회하(淮河)와 진령산맥(秦嶺山脈)을 잇는 선을 국경으로 하
여, 금나라와 남송이 중국을 남북으로 나누어 점유하기로 합의하여 그 조건으로 송나라
는 금나라에 대하여 신하의 예를 취하고 세폐(歲幣)를 바치게 하였다. 정권 유지를
위해 반대파를 억압하였기 때문에 후대에 많은 비난을 받았다. 죽은 뒤 신왕(申王)에
추증되었고, 시호는 충헌(忠獻)이다. 영종(寧宗) 개희(開禧) 2년(1206)에 왕작을 추
탈당하고 시호도 유추(謬醜)로 고쳐졌다.

154　일본(日本)의……발생하여 : 서계(書契)는 예조(禮曹)의 관원과 일본의 외교담
당자 사이에 주고받는 외교문서를 일컫는 말이다. 조선 후기에는 조선 전기와 달리
대부분의 외교 관계가 최고 통치자간에 이루어지기보다는 조선의 예조 관원, 동래 부사
(東萊府使), 부산 첨사(釜山僉使)와 일본의 대마도주(對馬島主) 및 각종 통교자(通交
者)의 명의로 이루어졌기 때문에 조선후기 한일 간에 주고받았던 외교 문서는 거의
대부분 서계라고 할 수 있다.
　일본은 명치유신(明治維新)을 단행한 뒤 1868년(고종5) 12월에 왕정복고(王政復
古)를 알리는 내용의 서계를 보내왔다. 동래부(東萊府)의 왜역 훈도(倭譯訓導) 안동준
(安東晙)은 서계의 형식과 자구(字句) 등이 종전의 격식에서 벗어났다는 이유로 접수
를 거부하였고, 이 사실을 보고받은 조선 조정에서는 1년 간의 협의 끝에 1869년 12월에
서계를 수정해 올리도록 책유(責諭)하고 접수를 거부하라고 지시했다. 이후 서계의
격식과 연향의 복식 문제 등 서계 접수를 둘러싸고 외교적 공방을 벌이다가 1875년(고
종12) 5월 10일 어전회의에서 서계 접수 거부를 최종 결정하였다. 그리고 이해 8월
운양호(雲揚號) 사건이 일어나자 위협을 느낀 조선 정부는 결국 좌의정 이최응(李最
應)의 건의를 받아들여 일본의 서계 접수를 허락하게 되었다. 이 과정에 대해서는《손승
철, 조선시대 한일관계사 연구, 경인문화사, 2006》《孫炯富, 朴珪壽의 開化思想硏究,

경각에 닥쳤으나, 온 세상 사람이 오히려 몽롱한 채 모두 서계를 접수
하지 않는 것을 옳다고 하였다. 이때 선생은 비록 정치하는 자리에
있지 않았지만 의리상 입을 다물고 있을 수 없어 시비(是非)와 안위의
형세를 누차 일을 담당한 자에게 설명하면서 입술이 타고 혀가 닳도록
크게 소리치고 급히 부르짖기를 멈추지 않았는데도,[155] 받아들여지지
않았다. 그 뒤 마침내 협박을 받고서야[156] 서계를 접수하여 간신히 도탄
에 빠지는 화를 면했다.

저 일본은 예전부터 수교(修交)해 온 나라이자 같은 인종에 같은
문자를 쓰는 나라이다. 국서를 거절하는 일은 사체(事體)가 중대하고
이웃나라가 가까이 닥쳐오면 재앙의 기색이 즉시 나타나는데도 오히려
저처럼 세월을 허송하며 질질 끌기만 했다. 더군다나 병인년(1866,
고종3) 때는 나라 사람들이 한 번도 들어보지 못한 서양인을 처음 보고
모든 사람이 눈을 휘둥그렇게 뜨며 의심이 마음속에 가득 차 있었다.
그런데 이런 때 만약 입을 열어 친인(親仁)과 선린(善隣)[157]의 방도를

—潮閣, 1997》《김홍수, 한일관계의 근대적 개편과정, 서울대학교출판문화원, 2009》
등을 참고하기 바란다.

155 이때……않았는데도 : 《환재집》 권11에 수록된 총 5편의 〈대원군께 답해 올리는
편지〉와 9편의 〈좌의정에게 답해 올리는 편지〉는 모두 일본의 서계 접수 문제와 관련하
여 보낸 편지로, 1874년(고종11)에서 1875년 사이에 지은 것이다. 환재는 이 편지에서
서계 접수를 거부하는 흥선대원군과 좌의정 이최응의 논의를 하나하나 반박하며 일본의
서계 접수를 주장하였다.

156 협박을 받고서야 : 1875년 8월 발생한 운양호 사건을 말한다. 서계 접수와 운양호
사건에 대해서는 《김홍수, 한일관계의 근대적 개편과정, 서울대학교출판문화원, 2009,
387~423쪽》을 참고하기 바란다.

157 친인(親仁)과 선린(善隣) : 《춘추좌씨전(春秋左氏傳)》 은공(隱公) 6년에 "인자

말했다면 외구(外寇)를 불러들여 나라를 팔아먹었다는 죄를 면할 수 있었겠는가.

선생이 돌아가신 뒤 6년째 되던 임오년(1882, 고종19)에 이소전이 나에게 먼저 미국과 조약을 체결하고 이어서 각국과 수호하기를 권하였는데,[158] 이는 바로 선생이 미처 펴지 못하신 뜻이었다. 옛사람이 말하기를, "천하의 지략을 지닌 선비는 그 소견이 대략 같다."라고 했으니[159], 어찌 옳은 말이 아니겠는가.

(仁者)를 가까이하고 이웃나라와 사이좋게 지내는 것이야말로 나라의 보배이다.〔親仁善隣, 國之寶也.〕"라는 말이 있다.

158　임오년에……권하였는데 : 김윤식은 1881년(고종18) 9월에 영선사(領選使)로 중국에 갔을 때 북양대신(北洋大臣) 이홍장을 만나 3차에 걸친 회담을 벌이며 조미수호조약(朝美修好條約) 체결을 논의하였고, 1882년 조미통상수호조약이 체결되는 바탕을 마련하였다. 김윤식이 1881년 겨울 중국에 있으면서 이홍장에게 보낸 편지에서, 조선이 먼저 미국과 평등한 조약을 맺고 이 조약을 법도로 삼아 다른 나라와 조약을 맺는 것을 말하면서 이것이 모두 이홍장의 계책임을 언급한 대목이 보인다. 《雲養集 卷11 上北洋大臣李鴻章書》

159　옛사람이……했으니 :《자치통감(資治通鑑)》 권66 〈한기(漢紀)〉에 "천하의 지모를 지닌 선비는 견해가 대략 같다.〔天下智謀之士, 所見略同.〕"라는 말이 보인다.

서계 書啓

경상좌도 암행어사 때 올린 서계[160]
慶尙左道暗行御史書啓

신이 본년(1854, 철종5) 정월 초4일에 봉서(封書) 한 통을 받들었는
데, 성지(聖旨)는 다음과 같았습니다.

---

160 경상좌도……서계 : 환재는 1854년(철종5) 1월 4일에 경상좌도 암행어사로 임명
되었다. 그리고 11월에 암행어사 활동의 결과를 보고한 《수계(繡啓)》 2책을 작성하였
는데, 《환재총서(瓛齋叢書) 5》에 그 전체 내용이 수록되어 있다.

《수계》 1책은 경상도 관찰사 김학성(金學性)을 비롯한 전현직 지방관들의 잘잘못을
조사해 보고한 내용이다. 2책은 환정(還政)을 중심으로 전결(田結), 조운(漕運), 우전
(郵傳), 염정(鹽井) 등의 폐단과 그 개선책을 논하였고, 또 충신, 효자, 열녀에 대한
포상을 건의하고 숨은 인재를 발굴하여 천거한 별단(別單)이다. 이 자료는 진주농민항
쟁(晉州農民抗爭)이 발발하기 수년 전 영남 지방의 민정과 시정(施政) 상황을 구체적
으로 보여줄 뿐 아니라, 환재의 내정 개혁론이 드러나 있는 귀중한 자료로 평가받는다.
《김명호, 瓛齋叢書 解題, 성균관대 대동문화연구원, 1996》 한편, 《환재집》에는 《수계》
의 서문과 2책의 별단(別單)의 일부만 수록되어 있다.

《수계》 서문 뒤에 붙은 김윤식(金允植)의 언급에 의하면, 《수계》에서 제시한 환재의
건의는 당시의 위급함을 구제할 수 있는 시의적절한 내용이었으나 거의 받아들여지지
못했고, 또 영남 지역에 대한 정책이 지난날과 크게 달라져 폐단을 구제하기 위한 환재
의 논의가 도리어 시의적절치 않으므로 2책의 별단의 일부만 간추려 《환재집》에 수록했
다고 하였다.

"너를 영남 좌도(嶺南左道) 암행어사로 임명하노라. 백성은 나라의 근본이니, 근본이 튼튼해지는 도리는 장리(長吏 고을의 수령)에게 달려 있다. 장리가 선하면 백성은 그 이익을 받고 장리가 선하지 못하면 백성은 그 해를 받는다. 그러므로 백성의 이익과 백성의 해는 국가의 안위(安危)이다. 직지(直指)[161]는 나의 이목(耳目)이니, 어찌 밝게 보지 못하고 밝게 듣지 못하여 대궐 섬돌 앞에서 내린 나의 명을 어겨서야 되겠는가. 장리의 선치(善治) 여부는 오직 너의 이목에 달려 있으니, 아부하지도 말고 두려워하지도 말며 유능한 자를 상주고 무능한 자를 벌주어[162] 나의 적자(赤子)들을 보호하라.

영남 좌도와 우도에서 지금 한창 대대적인 구휼을 실시하고 있는데, 방백(方伯 관찰사)과 수령(守令)들이 마음을 다해 어려움을 구제하고 있는지의 여부를 전부 자세히 살펴 보고하라. 이에 사목 책자(事目冊子)[163] 한 권과 유척(鍮尺)[164] 두 개와 마패(馬牌) 하나를 내리노라."

신은 두 손으로 받들어 아홉 번 머리를 조아리며 황공하고 두려워했습니다. 미복(微服)에 가벼운 차림으로 말을 달려 길에 올라 복리(腹

---

161 직지(直指) : 암행어사를 가리키는 말이다. 중국 한(漢)나라 때 조정에서 직접 지방에 파견하여 문제를 처리하게 했던 직지사자(直指使者)를 줄여서 이른 명칭이다.

162 유능한⋯⋯벌주어 : 원문은 '黜陟幽明'인데, 출척은 상과 벌을 시행하는 것을 말하며, 유명은 현우(賢愚)와 같다. 《서경》〈순전(舜典)〉에 "3년에 한 번씩 성적을 고과하고 세 번 고과한 다음 무능한 자를 내치고 유능한 자를 승진시키니, 여러 일들이 모두 제대로 되었다.〔三載考績, 三考, 黜陟幽明, 庶績咸熙.〕"라고 하였다.

163 사목책자(事目冊子) : 원래는 공사(公事)에 관하여 정한 관청의 규정 또는 규칙을 기록한 책을 말하는데, 여기서는 암행어사로서 수행해야 할 항목을 기록한 책이다.

164 유척(鍮尺) : 놋쇠로 만든 자로, 지방 수령이나 암행어사가 검시(檢屍)할 때 사용한다.

裏)[165]의 주현(州縣)을 하나하나 살펴보고 다음으로 바다와 강을 따라 3, 4천 리를 두루 돌아다녔습니다. 정위(情僞 병폐)와 간난(艱難)을 또한 고루 맛보았으나 성상의 은총에 힘입어 다행히 실패를 면하였으며, 추위와 더위를 겪고 나서 이제야 겨우 돌아오는 길에 올랐습니다.

모든 대소 장리(長吏)들이 맡은 문무(文武)에 관한 일들의 잘잘못에 대해 도로에서 탐문하고 문서에서 조사한 내용을 사실에 근거해 하나하나 논하여 계문(啓文)으로 작성해 보고하였으며, 기호(畿湖) 지방의 연로(沿路)에서 보고 들은 것도 이미 특명을 받든 터라 또한 모두 계문을 통해 보고하였습니다. 사목(事目)에 있는 여러 조항 이외에 아뢸 만한 모든 이로움과 폐단을 아울러 별단(別單)에 기록하여 재처(裁處)하시는 데 도움이 되도록 하였습니다.

신이 삼가 보건대, 영남 일대는 작년 가뭄에 혹독한 피해를 입었는데 처음 경내(境內)에 들어갔을 때는 기근이 든 상황이 눈에 가득하였습니다. 다행히 조정에서 구제해 주는 은혜에 힘입어 끝내 구학(溝壑)에 나뒹구는 백성이 없었고, 봄과 여름 이후 때맞춰 비가 내리고 해가 비춰 사방 들판에 모두 풍년이 들어 백곡(百穀)이 일제히 익었습니다. 큰 흉년 끝에 이런 풍년을 만났으니, 이는 모두 우리 성상께서 소의간식(宵衣旰食)[166]하며 원원(元元 백성)을 딱하게 여겨 염려하신 고심과 지극한 정성이 천심(天心)을 감동시켜 재앙을 상서로 바꾸게 하였고,

---

165 복리(腹裏) : 내지(內地), 즉 왕의 직할지인 경기도(京畿道)를 의미하는 말이다. 원래는 원(元)나라 때 중서성(中書省)의 직할지를 통칭하는 말로 쓰였다.

166 소의간식(宵衣旰食) : 날이 새기 전에 일어나 옷을 입고 해가 진 뒤에 밥을 먹는다는 말로, 임금이 정사에 매진한다는 뜻이다.

온 천하의 창생(蒼生)들이 저도 모르는 사이에 성상의 화육(化育 교화하고 길러줌) 속에 보호받고 은혜를 입은 것입니다.

신은 도착한 곳에서 서울에서 온 나그네[京城客子]라고 말하곤 하였는데, 저와 이야기를 나누는 부로(父老)와 사민(士民)들은 성주(聖主)의 공검(恭儉)하고 인애(仁愛)한 덕과 하늘을 공경하고 백성을 위해 고생하는 정사를 듣고 싶어 했고, 말해주면 감격하고 기뻐하여 감동스런 표정으로 서로 돌아보며, "우리의 고통과 걱정을 우리 임금께서도 이미 알고 계시고, 우리의 어려움과 위급함을 우리 임금께서도 이미 염려하고 계신다. 도탄(塗炭) 속에서 우리를 구제해 편안한 자리 위에 올려 주실 날이 반드시 올 것이며, 태평성세의 정치를 아마 내 살아생전에 다시 보게 될 것이다."라고 하지 않는 사람이 없었습니다.

신은 묵묵히 백성의 마음을 들을 때마다 '임금을 아끼고 떠받드는 본성은 먼 곳이건 가까운 곳이건 이처럼 차이가 없고, 목을 빼고 치세(治世)를 바라는 마음이 또 저처럼 깊고도 간절하구나.'라고 속으로 감탄하고 탄식하였습니다.

이어 생각건대, 우리나라는 영남에 대해 중국에 제(齊)와 노(魯)가 있는 것과 같이 여깁니다. 나라를 지키는 든든한 울타리[167]이자 물산(物産)의 보고(寶庫)이며, 풍속의 훌륭함과 인재의 배출은 일찍부터 여러 도 가운데 가장 으뜸이었습니다. 그러나 지금 삼정(三政)이 모두 병들어 온갖 폐단이 고질(痼疾)이 된 것이 또 여러 도 가운데 가장 심하다고 할 수 있습니다. 옛 현인들의 유풍이 점점 멀어져 습속이

167　든든한 울타리 : 원문은 '屛翰'이다. 《시경》〈상호(桑扈)〉에 "병풍이 되고 기둥이 되니, 모든 제후들이 법으로 삼도다.[之屛之翰, 百辟爲憲.]"라고 한 데서 나온 말이다.

비루한 데로 빠지고, 장리의 다스림이 방향을 잃어 이로 인해 사욕이 멋대로 흘러넘치니, 백성이든 관리든 분주히 다투는 것은 재물의 이익 아님이 없고 앞서거니 뒤서거니 답습하는 것은 모두 법도에 어긋나는 것입니다.

이러한 때에 부월(斧鉞)을 잡고 수의(繡衣)를 입은 신하[168]는 진실로 마땅히 세상을 정화시키려는 의지를 다잡고[169] 세찬 바람과 서릿발 같은 위엄을 떨쳐서, 내리치면 호강(豪强)한 자들이 자취를 감추고 싹둑 자르면 간활(姦猾)한 자들이 숨을 죽이도록 하며, 탄핵할 때는 고관(高官)을 두려워하지 않고 상을 줄 때는 작은 선(善)이라도 빠뜨리지 않아야 하며, 어두운 곳까지 샅샅이 뒤져 억울한 자가 있으면 반드시 억울함을 풀어주고, 미천한 곳까지 찾아가 재주 있는 자가 있으면 모두 천거해야 합니다.

무릇 사람의 이목을 시원하게 하고 백성의 마음을 크게 위로하는 방법은, 장부를 샅샅이 조사하고 전곡(錢穀)의 출납을 자세히 살피는 것에 있지 않습니다. 엄숙히 임금의 위령(威靈)으로 덕의(德意)를 선포하기를 우레가 울리고 바람이 불고 벼락이 치고 불꽃이 타오르듯이 하여 산골짜기와 바닷가에 사는 사람들까지 조정의 존엄함과 기강(紀綱)의 건재함을 알게 하는 데 있으니, 이것이 바로 암행어사의 직분입니다.

---

168 부월(斧鉞)을……신하 : 암행어사를 말한다. 한 무제(漢武帝) 때 수의어사(繡衣御史) 폭승지(暴勝之)가 황제가 내린 부월을 쥐고서 군국(郡國)의 도적 떼를 일망타진했던 고사가 있다. 《漢書 卷66 王訢傳》

169 세상을……다잡고 : 후한(後漢) 범방(范滂)이 기주 자사(冀州刺史)로 부임할 때, "수레에 올라 고삐를 잡고서는 천하를 정화시킬 뜻을 개연히 품었다.〔登車攬轡, 慨然有澄清天下之志.〕"는 고사가 있다. 《後漢書 卷67 黨錮列傳 范滂》

그러나 신은 변변치 않은 몸으로 외람되이 중책을 맡았고 유약한 자질로 강극(剛克)하지 못해[170] 끝내 성상의 명에 만분의 일도 부응하지 못했습니다. 오고가는 사이에 한갓 시간만 허비하고 규례에 따른 보고는 소략함을 면치 못해 성상의 은혜와 보살핌을 저버렸으니, 지극한 부끄러움과 황송한 마음을 견딜 수 없습니다.

윤식(允植)이 살피건대, 별단(別單) 16조(條)는 대체로 환정(還政)의 폐단이 대부분을 차지하며, 기타 전결(田結)과 조운(漕運), 우전(郵傳)과 차정(醝政)[171] 등 여러 폐단은 모두 당시 백성들의 뼈에 사무치는 폐막(弊瘼)들이었다. 공의 논의는 조리가 치밀하고 조치들은 모두 시의적절하여 당시의 위급함을 구제하기에 충분하였으나, 한 가지도 채용되지 않았다. 지금은 영남 지방에 대한 정책이 크게 달라져 지난날 폐단을 구제하기 위한 공의 논의가 도리어 시의에 적절치 않다. 그러므로 모두 우선 삭제하고 단지 충신과 효자와 열녀의 포상을 청한 계문과 인재(人才)를 찾은 조목만 기록한다.

---

170 강극(剛克)하지 못해 : 순종하지 않는 사람을 굳건하게 다스리지 못했다는 말이다. 《서경》〈홍범(洪範)〉에서 삼덕(三德)을 논하며, "첫째는 정직이요, 둘째는 강함으로 다스리는 것이요, 셋째는 부드러움으로 다스리는 것이다. 평화롭고 안락한 자는 정직으로 대하고, 강경해서 따르지 않는 자는 강함으로 다스리고, 온화하여 순한 자는 부드러움으로 다스리고, 뒤로 물러나 숨으려 하는 자는 강함으로 다스리고, 높이 드러내려 하는 자는 부드러움으로 다스린다.〔一曰正直, 二曰剛克, 三曰柔克. 平康正直彊弗友剛克, 燮友柔克, 沈潛剛克, 高明柔克.〕"라고 하였다.
171 전결(田結)과……차정(醝政) : 전결은 논밭에 매기던 조세이며, 조운은 세금으로 거둔 곡식의 운송, 우전은 역마 제도를 말한다. 차정은 염정(鹽政)과 같은 말로, 국가에서 전매사업으로 소금을 생산하는 것을 말한다.

포계별단

褒啓別單

하나. 신이 대구(大邱)를 지날 때 성 남쪽 밭 사이에서 이끼 낀 작은 비석을 발견했는데, 바로 영묘(英廟 영조) 무신년(1728, 영조4) 변란 때 역적을 토벌했던 본도 관찰사 황선(黃璿)의 공을 기록한 것이었습니다.[172]

당시에 적도(賊徒)들이 안팎으로 규합하여 호남과 영남에서 함께 일어나니,[173] 인심은 흉흉해지고 조야(朝野)는 벌벌 떨며 놀랐습니다.

---

172 영묘(英廟)……것이었습니다 : 무신년의 변란은 이인좌(李麟佐, 1695~1728)의 난을 가리킨다. 이인좌의 본관은 전주(全州), 본명은 현좌(玄佐)이다. 남인 가문 출신으로 소론과도 연대하였다. 영조의 즉위로 소론이 정계에서 배제되자 소론 과격파인 정희량(鄭希亮)·박필현(朴弼顯) 등과 함께 갑술환국(甲戌換局) 이후 정계에서 물러난 남인들과 공모하여 소현세자(昭顯世子)의 증손인 밀풍군(密豊君) 이탄(李坦)을 추대하고 무력으로 정권쟁탈을 꾀하였다. 이인좌는 대원수라 자칭하고 청주성을 점령한 뒤 안성과 죽산에까지 이르렀다가 패하여 처형당했다.

황선(黃璿, 1682~1728)의 본관은 장수(長水), 자는 성재(聖在), 호는 노정(鷺汀), 시호는 충렬(忠烈)이다. 1710년(숙종36)년에 문과에 급제하였고, 1719년(숙종45)에 통신 부사(通信副使)로 일본에 다녀왔다. 이인좌의 난 때 경상도 관찰사로서 정희량의 부대를 진압하다가 죽었다. 황선의 공로를 기록한 비석은 〈평영남비(平嶺南碑)〉를 말한다. 1780년(정조4) 경상도 감영 앞에 세운 것으로, 대사헌 이의철(李宜哲)이 짓고, 이조 판서 황경원(黃景源)이 글씨를 썼다. 현재는 행방을 알 수 없다.《조선금석총람(朝鮮金石總覽)》에 비문이 실려 있다.

173 당시에……일어나니 : 이인좌가 난을 일으키자 영남에서는 정희량(鄭希亮)이 거병하여 안음·거창·합천·함양을 점령하였으나 경상도 관찰사가 지휘하는 관군에 의해 토벌 당했다. 호남에서는 거병 전에 박필현(朴弼顯) 등의 가담자들이 체포되어 처형

만약 영남의 적도들이 조령(鳥嶺)을 넘어 한 발짝만 왔더라면 국가의 일이 진실로 위태로웠을 것입니다. 그런데 황선이 왕실(王室)에 힘을 다해 난적(亂賊)을 평정했으니, 그 공은 오직 영남 일대를 보전한 데 있을 뿐만이 아니었습니다.

지금 그 비문을 읽어보니, 내용은 대략 다음과 같습니다.

"황선은 먼저 안동(安東)과 상주(尙州)의 병사를 징발하여 충주(忠州)에 모은 뒤, 여러 고을의 병사를 더 조발(調發)해 12개의 부대로 나누어 강과 언덕의 요해처에 주둔시켜 이인좌(李麟佐)의 세력을 막았다. 성주 목사(星州牧使) 이보혁(李普赫)에게 격문(檄文)을 보내 그를 우방장(右防將)으로 삼고 조정좌(曺鼎佐)[174]를 토벌하게 하였다. 또 다섯 갈래의 길로 진군시켜 이웅보(李熊輔)[175]를 막게 했으며, 또 따로 정예 병사 3백 명을 파견하여 우방장의 병사와 합세해 합천(陜川)으로 빨리 달려가게 하여 마침내 조정좌의 목을 베었다. 또 선산 부사(善山府使) 박필건(朴弼健)을 지례현(知禮縣)으로 달려가게 하고, 또 고령 현감(高靈縣監) 유언철(兪彦哲)을 몰래 보내 우두산(牛頭山) 서쪽 계곡에 복병을 만들어 이웅보를 맞이해 공격하게 하여, 이웅보와 정희량(鄭希亮)[176]과 나숭건(羅崇健)을 함께 사로잡으니 영남의 적의 세력이

당했다.

174 조정좌(李鼎佐) : 이인좌의 난 때 합천(陜川)에서 형인 조성좌(曺聖佐)와 함께 역모를 일으킨 인물이다.

175 이웅보(李熊輔) : 이인좌의 동생인 이능좌(李能佐)를 가리킨다. 원래 이름이 능좌였으나, 조정에서 미련한 놈으로 왜곡하기 위해 능을 웅으로 바꾸었다고 한다.

176 정희량(鄭希亮) : ?~1728. 본관은 초계(草溪), 본명은 준유(遵儒)이다. 이인좌의 난에 공모하여 역모를 일으켰다가 거창(居昌)에서 선산 부사(善山府使) 박필건(朴

모두 평정되었다.

　이어 옥사를 안문(按問)하였는데 일이 끝나기 전에 황선이 사망하자, 영남의 백성들이 황선을 위해 대구 감영의 성 남쪽 귀산(龜山)[177] 아래에 사당을 세우고 이름을 민충사(愍忠祠)라고 하였다. 그 이듬해에 조정의 명으로 각 도의 새로 세운 사원(祠院)을 철폐할 때[178] 이 사원 역시 철폐되었다. 영남의 인사(人士)들이 다시 그 유허에 제단을 쌓고 비석에 새겨 그의 공적을 기록하였고 나라 사람들의 그리워하는 마음을 담았다."

　태평한 세상이 오래되어 백성들이 전쟁을 몰랐는데, 갑자기 변란이 일어나 적의 기세가 사납게 펼쳐져 주군(州郡)을 잇따라 함락시키니, 이때는 토붕(土崩)의 형세였습니다.[179] 황선이 자리에 앉아 일대를 진무(鎭撫)하고 여러 군대를 지휘하며, 관방(關防)의 험이(險夷)와 민심

弼建)과 곤양 군수(昆陽郡守) 우하형(禹夏亨) 등에게 체포되어 참수되었다.

177 귀산(龜山) : 일명 연귀산(連龜山)이라고도 한다. 《신증동국여지승람(新增東國輿地勝覽)》 권26 대구도호부(大邱都護府)에, "대구부성(大邱府城) 남쪽 3리에 있는데, 진산(鎭山)이다."라고 하였다.

178 사원(祠院)을 철폐할 때 : 1741년(영조17)에 단행한 서원 철폐를 말한다. 영조는 자신의 탕평정책을 확대하기 위해 붕당의 근거지로 활용되는 서원 및 사우(祠宇)의 사사로운 건립과 제향을 금지시키면서, 170여개의 서원과 사우에 대한 철폐를 단행하였다. 영조는 "무릇 법령이 해이해지는 것은 오로지 흔들고 어지럽히는 데에서 연유한다. 갑오년(1714)에 정식(定式)한 뒤에 조정에 아뢰지 않고 사사로이 건립한 사원(祠院)과 사사로이 추향하는 경우 대신이나 유현을 논하지 말고 모두 철거하도록 하라."는 교령을 내렸다. 《英祖實錄 17年 4月 8日》

179 토붕(土崩)의 형세였습니다 : 토붕은 흙이 무너진다는 뜻으로, 지극히 혼란스러워 도저히 수습할 수 없는 상황에 이른 것을 빗댄 말이다.

의 향배(向背)에 대해 상황에 따라 적절히 대응하여 한 번도 실책이 없었습니다. 이에 한 달이 지나는 사이에 흉적의 괴수가 머리를 내놓으니, 일대가 편안해졌습니다. 사직을 보존한 그 공적과 백성을 감싸준 그 은혜가 이와 같은데, 그의 공적이 막 펼쳐지던 차에 불행히도 세상을 떠나고 말았습니다. 지나간 행적을 회상하는 것도 오히려 슬퍼할 일인데, 영남의 인사들이 건립한 사당마저 또한 철폐되어 복구되지 않아 현재 그가 남긴 공적을 찾을 곳이 없으니, 백수십여 년이 흐르는 사이 영남의 인사들 중 다시는 그 일을 아는 자가 없어졌습니다. 우뚝한 공적을 끝내 매몰시켜 세상에 전해지지 않게 한다면 이는 진실로 태평성세의 흠전(欠典)이라고 하겠습니다.

직무에 힘을 다해 환란을 막아낸 사람을 모두 향사(享祀)할 수 있게 한 것은 삼대(三代)의 예입니다. 지금 직무에 힘을 다해 환란을 막은 황선의 공적은 묻히게 해서는 안 될 것이 있는데, 그 덕을 높이고 공적을 보답하는 은전(恩典)에는 오히려 부족한 점이 있으니, 후세에 그 공적을 전해줄 방법이 없을까 두렵습니다.

특별히 도신(道臣)에게 명하여 황선을 위해 사당을 세워 제향하게 하시고 이어 편액(扁額)을 내리신다면, 공적을 보답하고 충근(忠勤)을 장려하는 성대한 은전에 대해 이를 보고 들은 원근 사람들로 하여금 진실로 마땅히 감동하여 우러러보게 할 것이며, 또한 온 고을을 흥기시키고 권면할 수 있을 것입니다. 묘당으로 하여금 품의하여 처리하게 하소서.

하나. 신이 동래부(東萊府)에서 일을 조사하던 날에 충렬사(忠烈祠)를 두루 살펴보았는데, 바로 만력(萬曆) 임진년(1592, 선조25)에 순절한 여러 신하들을 제향하는 곳이었습니다. 동래 부사(東萊府使)로 찬성(贊成)에 추증되고 시호가 충렬인 송상현(宋象賢)[180]과 부산 첨사(釜山僉使)로 찬성에 추증되고 시호가 충장(忠壯)인 정발(鄭撥)[181]을 함께 제향하고, 다대 첨사(多大僉使)로 병조 참판에 추증된 윤흥신(尹興信)[182]과 양산 군수(梁山郡守)로 호조 참판에 추증된 조영규(趙英圭)[183]를 배향(配享)하였으며, 당시 난리에 전사한 여러 사람들을 나란히 모두 종향(從享)하였습니다. 공훈에 보답하는 열성조(列聖朝)의 은전(恩典)이 극진하니 지금 더 이상 나열해 진술하는 것이 옳지 않지만, 다만 그 사이에 아쉬운 점이 없지 않았습니다.

송상현이 조용히 의(義)를 지켜 순절한 것과 정발이 몸을 던져 순국한 것에 대해 모두 누차 추증하고 정려(旌閭)하고 녹용(錄用)하는 은혜를 내리고 역명(易名 시호(諡號))을 하사하며 사액하였으니, 충절(忠

180　송상현(宋象賢) : 1551~1592. 본관은 여산(礪山), 자는 덕구(德求), 호는 천곡(泉谷)이다. 1576년(선조9)에 문과에 급제하였고, 1591년(선조24)에 통정대부(通政大夫)에 올라 동래 부사에 임명되었다. 임진왜란 때 동래성을 지키다 전사하였다.

181　정발(鄭撥) : 1553~1592. 본관은 경주(慶州), 자는 자고(子固), 호는 백운(白雲)이다. 1579년(선조12) 무과에 급제하였고, 1592년 절충장군(折衝將軍)의 품계에 올라 부산진 첨절제사(釜山鎭僉節制使)에 임명되었다. 임진왜란 때 부산진 전투에서 전사하였다.

182　윤흥신(尹興信) : ?~1592. 1582년(선조15)에 벼슬이 진천 현감(鎭川縣監)에 이르렀으나 문자를 해득하지 못한다고 하여 파직되었다. 외직으로 전출되어 1592년 다대포 첨사에 부임하였고, 임진왜란 때 전사하였다.

183　조영규(趙英圭) : ?~1592. 본관은 직산(稷山), 자는 옥첨(玉瞻)이다. 무과에 급제한 뒤, 용천 부사(龍川府使)를 거쳐 양산 군수가 되었다. 임진왜란이 일어나자 동래 부사 송상현을 찾아가 생사를 함께 하기로 다짐하였고, 양산으로 돌아간 뒤 전사하였다.

節)을 기리는 모든 은전에 빠진 것이 없습니다. 윤흥신과 조영규 두 신하가 충성을 지켜 순국한 대절(大節)은 실로 송상현과 정발과 다름이 없지만, 다만 그 실제 행적이 당시에 드러나지 않아 선양과 표창이 가장 늦게 이루어졌습니다. 그러므로 화고(華誥)[184]가 다만 아경(亞卿 참판(參判))에 그쳤고 은수(恩數)가 절혜(節惠)에는 이르지 않았습니다.[185]

두 신하가 국난에 순절한 사실로 말하면, 윤흥신은 처음에는 힘써 싸우며 적을 물리쳤고, 마지막에는 구원병이 끊어져 성이 함락되고 부하들이 다 흩어졌지만 장렬한 기운을 더욱 가다듬어 하루 종일 적을 향해 활을 쏘다가 활집에 엎어져 죽었습니다. 이것은 고(故) 판서 조엄(趙曮)이 고찰했던 《징비록(懲毖錄)》,《번방지(藩邦志)》,《조망록(弔亡錄)》 등의 믿을만한 자료[186]와 고(故) 동래 수(東萊守) 강필리(姜必

184　화고(華誥) : 오화관고(五花官誥)의 준말로, 증직을 의미한다. 옛날 증직을 내리는 조서를 오색의 금화(金花) 무늬가 있는 비단으로 썼다고 하여 붙여진 이름이다.

185　은수(恩數)가……않았습니다 : 시호를 내리지 않았다는 말이다. 절혜(節惠)는 시호를 말한다. 《예기》〈표기(表記)〉에 "선왕이 시호로써 이름을 높이고 한 가지 선으로써 요약했다.〔先王諡以尊名, 節以壹惠.〕"라고 한 데서 나온 말이다. 이는 아름다운 시호를 내려 이름을 높이되 여러 가지 선행을 다 들기 어려우므로 가장 큰 것을 요약하였음을 이른다.

186　조엄(趙曮)이……자료 : 조엄(1719~1777)의 본관은 풍양(豊壤), 자는 명서(明瑞), 호는 영호(永湖)이다. 1752년(영조28)에 문과에 급제한 뒤, 1763년(영조39)에 통신 정사(通信正使)로 일본에 다녀왔으며, 이조 판서에까지 올랐다. 조엄은 〈윤공유사(尹公遺事)〉를 지어 윤흥신의 행적을 기록하였는데, 엄숙(嚴璹)이 편찬한 《충렬사지(忠烈祠志)》 권3에 수록되어 있다. 《번방지》는 화은(華隱) 신경(申炅, 1613~1653)이 지은 《재조번방지(再造藩邦志)》를 말하는데, 《재조번방지》 1에 윤흥신의 순절 사실이 기록되어 있다. 《조망록》은 팔곡(八谷) 구사맹(具思孟, 1531~1604)의 《난후조망

履)의 서술[187]에 드러나 있습니다. 이 기록에 의거하면 윤흥신의 굳은
충절과 큰 절개는 분명하게 드러났습니다.

조영규는 말을 달려가서 동래 부사 송상현을 만나 함께 성을 지키기
로 약속한 뒤 집으로 돌아가 모친에게 작별 인사를 하고 아들 정로(廷
老)에게 모친을 모시고 고향으로 돌아갈 것을 명하였습니다. 그리고
말을 달려 동래로 돌아오자 성이 포위되어 이미 위급한 상황이었습니
다. 그럼에도 그 포위를 뚫고 성으로 들어갔고, 성이 함락되자 송상현
과 북쪽을 향해 네 번 절을 하면서, "신은 살아서 적을 토벌하지 못했지
만 죽어서는 마땅히 장순(張巡)처럼 여귀(厲鬼)가 되어[188] 적을 죽이겠

록(亂後弔亡錄)〉을 말하는데, 《팔곡잡고(八谷雜稿)》로 간행되었다. 약옹(藥翁) 이해
수(李海壽, 1536~1599)가 〈난후도망록(亂後悼亡錄)〉을 지어 임진왜란 때 순절한 인
물 28인에 대한 시를 읊었는데, 구사맹은 〈난후도망록〉의 시에 차운하고, 다시 58인을
추가하여 시를 읊고 간략한 행적을 부기하였다. 윤흥신은 《난후조망록》〈사절(死節)〉
에 기록이 실려 전한다. 한편, 《영조실록》48년 1월 14일 기사에, 비국 당상(備局堂上)
조엄이 임진년에 다대포 첨사였던 윤흥신의 순절 사적이 《징비록》, 《번방지》, 《조망》
등의 책자에 실려 있으므로 충렬사에 향사할 것을 주청한 내용이 보인다.
187 강필리(姜必履)의 기술 : 강필리(1713~1767)의 본관은 진주(晉州), 자는 석여
(錫余)이다. 1747년(영조23)에 문과에 급제하였고, 호조 참의를 거쳐 1764년(영조40)
동래 부사를 지냈다. 〈윤공사절기(尹公死節記)〉를 지어 윤흥신의 충절을 널리 알렸는
데, 엄숙이 편찬한 《충렬사지》 권4에 수록되어 있다. 저서로 《감저보(甘藷譜)》가 있다.
188 장순(張巡)처럼 여귀(厲鬼)가 되어 : 장순은 당(唐)나라 현종(玄宗) 때의 장군
이다. 안녹산(安祿山)의 난이 일어나자 수양 태수(睢陽太守) 허원(許遠) 등과 함께
강회(江淮)의 보장(保障)이라고 일컬어지는 수양성을 굳게 지키며 2년을 버텼으나,
성이 고립되고 원군이 이르지 않아 결국 사로잡혔다. 장순이 독전할 때면 크게 고함을
지르고 눈꼬리가 찢어져 얼굴에 피가 흥건하였으며 이를 깨물어 모두 부서졌다고 한다.
장순은 죽으면서, "나는 군부(君父)를 위해 의리로 죽지만 너희들은 역적에게 붙었으니
개돼지만 못하다. 어찌 오래 가겠느냐. 나는 죽어서 여귀가 되어 적을 죽이겠다."라고

습니다."라고 하고는 마침내 죽었습니다. 이 내용은 선정신(先正臣) 송시열(宋時烈)이 지은 〈충렬비(忠烈碑)〉[189]와 고(故) 동래 수(東萊 守) 엄숙(嚴璹)이 지은 〈조영규유사(趙英圭遺事)〉[190]에 실려 있습니다. 이 기록에 의거하면 조영규의 높고 우뚝한 충절은 고금에 밝게 빛납니다. 동래를 지키지 못하면 양산은 이미 왜적에게 유린당하는 곳이 될 것이며 영남 전역도 장차 지켜내지 못할 상황이었습니다. 그러므로 동래를 함께 지킨 것은 바로 장순이 강회(江淮)를 막고 수양(睢陽)을 함께 지키려는 계책을 세웠던 것과 같은 의리입니다.[191] 여덟 고을을 맡아 다스리며 청백리로 이름이 났고 천성이 지극히 효성스러워 그 효성이 이물(異物)을 감동시켰으니,[192] 비록 말위(韎韋) 출신이지만,[193] 평소 그가 지켰던 것에 확고함이 있었기에 위험을 당해 큰

하였다. 《新唐書 卷192 張巡列傳》

189 송시열(宋時烈)이 지은 〈충렬비(忠烈碑)〉 : 《송자대전(宋子大全)》 권172에 수록된 〈동래남문비(東萊南門碑)〉를 말한다. 송상현의 사적을 중심으로 동래성 전투의 내용을 기록하였으며, 말미에 조영규의 사적을 덧붙여 놓았다.

190 엄숙(嚴璹)이 지은 〈조영규유사(趙英圭遺事)〉 : 엄숙(1716~1786)의 본관은 영월(寧越), 자는 유문(孺文), 호는 오서(梧西), 시호는 숙헌(肅憲)이다. 1757년(영조33)에 문과에 급제하였고, 형조 참판, 대사헌 등을 역임하였다. 1773년(영조49)에 동지부사(冬至副使)로 중국에 다녀와 《연행록(燕行錄)》을 남겼다. 또 《충렬사지》를 편찬하였는데, 〈조영규유사〉는 《충렬사지》 권4에 수록된 〈조공유사기(趙公遺事記)〉를 말한다.

191 장순이……의리입니다 : 110쪽 주188 참조.

192 천성이……감동시켰으니 : 《충렬사지》 권4 〈조공유사기〉에 따르면, 조영규가 용천 군수를 지낼 때 기르던 개가 천리 먼 길을 왕래하며 모친에게 편지를 전해 위로하였다고 한다.

193 말위(韎韋) 출신이지만 : 무과(武科)로 출신했다는 말이다. 말위는 붉은색 가죽

절개를 세운 것이지, 창졸간에 이루어 낸 것이 아닙니다.

어지러운 와중에서 국난에 목숨을 바친 여러 신하들의 일은 드러나기도 하고 묻히기도 하였는데, 윤흥신은 경묘(景廟 경종) 때 처음으로 정려와 추증의 은전을 입었고, 영묘(英廟 영조) 임진년(1772, 영조48)에 충렬사에 추향하라는 명이 내렸습니다.[194] 조영규는 현종 때 비로소 선정신 송준길(宋浚吉)의 계청(啓請)을 통해 정문(旌門)을 세우라는 명이 내렸고,[195] 숙종 때에 또 추증을 명하였으며, 그 뒤 또 조정의 명을 통해 충렬사에 추향하게 되었습니다.[196]

윤흥신과 조영규가 의리를 드높이고 충성을 바쳐 순절한 것은 애초에 송상현과 정발 두 신하와 우열을 가릴 수 없습니다. 윤흥신이 잔약한 병사를 이끌고 강한 왜구를 막은 것은 이미 정발에 못지않으며, 조영규의 충효와 염근(廉謹)은 또 송상현에 부끄럽지 않습니다. 만약 이 네 신하가 순절한 사적이 당시에 나란히 드러났다면 윤흥신과 조영규 두 신하에게 은전을 베푸는 것이 어찌 송상현과 정발 두 충신과 달랐을 리가 있겠습니까. 게다가 윤흥신과 조영규 두 신하는 모두 본래

옷이라는 뜻으로 장수의 군복을 가리킨다. 춘추 시대 진(晉)나라 장수 극지(郤至)에게 초(楚)나라 임금이 감사의 뜻을 전하면서 "전투가 격렬한 때 붉은색 가죽으로 지은 융복을 입은 이가 있었으니, 이는 군자였다. 나를 보자마자 빨리 피하였으니, 혹시 부상을 당하지 않았는가.〔方事之股也, 有韎韋之跗注, 君子也. 識見不穀而趨, 無乃傷乎?〕"라고 한 데서 유래하였다. 《春秋左氏傳 成公16年》

194 영묘(英廟)……내렸습니다 : 《영조실록》 48년 1월 14일 기사에 보인다.

195 조영규는……내렸고 : 《현종실록》 10년 3월 11일 기사에 보인다.

196 숙종……되었습니다 : 《숙종실록》 36년 11월 10일 기사에 동래 부사 권이진(權以鎭)이 사액을 청하는 글이 보이고, 39년 12월 2일 기사에 조영규를 충렬사에 배향하라는 명령이 보인다.

품계가 당상관인데 그들에 대한 포증(襃贈)이 한 자급(資級)을 더해준 것에 불과하니, 이는 특별히 우대하는 은전이 전혀 아닙니다.

그러니 전조(銓曹)에 특별히 명하여 정경(正卿)을 더 추증하고 또 자손들을 녹용(錄用)하게 하시며, 또한 태상시(太常寺)에 명하여 아름다운 시호를 내리게 하신다면, 절의를 높여 기강을 바로세우고 풍성(風聲 교화)을 수립하여 보고 듣는 사람들을 감동시키는 도리에 있어 아마 적절한 조치가 될 것입니다. 묘당에 명해 품의하여 처리하게 하소서.

하나. 임진년(1592, 선조25)에 의병(義兵)을 일으킨 사람 중 당시에 포상 받지 못한 자들에 대해 열성조 이래로 찾아내어 널리 알리기를 지극히 하지 않음이 없었습니다만, 그래도 간혹 다른 사람이 이미 받은 은전을 아직 받지 못한 자가 있습니다. 이는 드러나고 묻힘의 다름이 있거나 자손들의 영락(零落)으로 인한 결과일 것입니다.

신이 일을 살필 때 각 자손들이 억울함을 하소연하거나 여러 고을 선비들이 글을 안고 찾아오는 경우가 많았습니다. 그러나 시간이 오래 지난 일이라 끝내 근거할 만한 사실을 얻지 못하면 진실로 감히 경솔하게 계문(啓聞)하지 못했는데, 그 중 한 사람은 분명히 근거할 만한 사실이 있습니다.

동래(東萊)의 김호의(金好義)는 한림(翰林) 김수문(金秀文)[197]의 현손(玄孫)으로, 굳센 힘과 활쏘기와 말을 모는 재주로 선발되어 훈련원 첨정(訓鍊院僉正)에 임명되었습니다. 왜구가 갑자기 들이닥치자 부친

---

197 김수문(金秀文) : 본관은 경주(慶州)이다. 단종(端宗) 때 세조의 왕위 찬탈을 반대하였고, 동래의 서동(書洞)으로 피신하여 화를 면했다고 한다.

김립(金岦)이 먼저 동래부의 성으로 들어가 병사(兵事)를 의논하였습니다. 부산(釜山)이 함락되자 김호의는 아내 송씨(宋氏)와 작별하며 말하기를, "이 나라에 장부로 태어났으니 나라에 난리가 생기면 전쟁터에서 죽는 것이 마땅하오. 하물며 부친께서 진중(陣中)에 계심에랴."라고 하였습니다. 당시 그에게 두 살 먹은 아들이 하나 있었기에 다시 말하기를, "나는 이 몸으로 나라에 보답하고 그대는 이 아이를 지켜 나에게 보답한다면 아마 서로 유한(遺恨)이 없을 것이오."라고 하였습니다. 드디어 몸을 떨쳐 성으로 들어가 동래 부사의 곁에서 칼을 잡고 사졸들을 독려하며 왜적 수십 명을 사살(射殺)하였습니다. 다음날 아침에 왜적이 성을 넘어 들어오자 김호의는 부사를 호위하여 자신의 몸으로 칼을 막았고, 화살이 다하자 이어 기왓장을 던지다가 부사 송상현과 정원루(靖遠樓)에서 함께 전사하였습니다.

갑진년(1604, 선조37)에 부사(府使) 홍준(洪遵)이 사실을 아뢰어 선무훈(宣武勳) 3등에 책록되었습니다. 《동래부지(東萊府志)》에 실린 기록은 그 집안의 문적(文蹟)을 참조한 것인데, 순묘(純廟 순조) 갑오년(1834, 순조34)에 도신(道臣)이 자세히 고증해보니 조금도 의심할 것이 없기에 글을 엮어 계문(啓聞)했던 것입니다.[198] 그렇다면 근거가 분명한 사실임은 더 이상 의심할 것이 없는데도 아직 포상하고 선양하는 은전을 입지 못했으니 억울한 마음을 품는 것이 당연합니다.

응당 표창하는 거조를 시행하여 충신에게 보답하고 후손을 권면하는 바탕으로 삼아야 할 것입니다. 해조(該曹)로 하여금 품의하여 처리

---

198 순묘(純廟)……것입니다 : 관련 기록은 찾지 못했다. 도신(道臣)은 관찰사를 말하는데, 당시 경상도 관찰사를 지낸 이는 조병현(趙秉鉉, 1791~1849)이다.

하게 하소서.

하나. 지난 선묘(宣廟 선조) 임진년(1592, 선조25)에 왜구가 처음 상륙했을 때, 그들의 전모장(前茅將) 사야가(沙也可)[199]가 우리의 풍속과 의관(衣冠)을 보고 '삼대(三代)의 예의(禮儀)가 이곳에 다 있다.'라고 여겨, 변방 장수에게 글을 보내고서 정예병 3천 명을 거느리고 그날로 귀화하였고, 창을 반대로 겨눈 채 선봉에서 우리 군대를 이끌며 여러 차례 큰 공을 세웠습니다. 선묘께서 불러 보시고 김충선(金忠善)이라는 성명을 하사하여 장려하였습니다. 김충선의 중화(中華)를 사모하는 마음과 충의(忠義)로운 진심은 천성에서 나온 것이며, 우리 조정에 들어와 50년 동안 나라에 위급함이 생길 때마다 충성을 바쳐 공을 세웠습니다. 그의 큰 공적은 야승(野乘)과 여러 사람의 기록에 자주 보이며, 신 역시 그 대략을 잘 알고 있습니다.

지금 보니 대구 땅 산골짜기에 우록동(友鹿洞)이라는 곳이 있는데, 김충선의 묘가 그곳에 있고 자손들이 살고 있습니다. 영남의 사민(士民)들이 그의 의리를 가상히 여기고 공을 사모하여 몇 칸의 사우(祠宇)를 세웠습니다.

삼가 살피건대, 한ㆍ당(漢唐) 이후로부터 황조(皇朝)에 이르기까지

---

199 전모장(前茅將) 사야가(沙也可) : 전모는 선봉 부대가 앞에서 정찰하며 모정(茅旌)의 깃발을 들어서 후군(後軍)에게 경계하게 하는 것을 말하는데, 옛날에 행군할 때 적병의 동향을 파악하기 위해서 본대(本隊)에 앞서 가는 척후병을 말한다. 여기서는 선봉장(先鋒將)의 의미로 쓰였다. 사야가는 가등청정(加藤淸正)의 부대에 소속되어 군사 3천을 거느리고 좌선봉(左先鋒)이 되어 먼저 조선에 들어왔다가 귀화하여 김충선(金忠善)이라는 이름을 하사받았다. 본관은 김해(金海)이다.

중국으로 귀순(歸順)한 외이(外夷) 중에 왕왕 기록할 만한 공적을 세운 자가 있으면 높은 지위를 주어 보답하고 아름다운 작록을 내려 격려하였으니, 당시 사람들을 감동시키고 또한 후손들을 격려하고 권면하기에 충분하였습니다. 역사 기록을 살펴보면 분명히 셀 수 있습니다.

지금 김충선이 전후로 수립한 공이 이처럼 남다르고 큰데, 여러 차례 받은 보답은 단지 자급(資級)일 뿐입니다. 품계가 정헌대부(正憲大夫)에 이르렀으니 높지 않은 것은 아니나 일컬을 만한 명칭이 없습니다. 이것은 실로 중요한 명기(名器)[200]를 신중히 여기고 아끼며, 또한 투항한 천한 포로로 똑같이 귀속시켜 결국 이류(異類)의 행적으로 여기는 데서 벗어나지 못했기 때문입니다.

그러나 생각건대, 이적(夷狄)이라도 중국으로 나아오면 중국 사람으로 대접해 주는 것이 《춘추(春秋)》의 법도입니다.[201] '왕자무외(王者無外)'[202]의 정치와 공을 세우면 반드시 상을 내리는 법도로 볼 때, 본국인과 외국인의 차이를 따지고 구별하는 것은 아마도 옳지 않을 듯합니다. 더군다나 김충선이 우리 조정에 귀순한 것은 애초에 힘이 모자라 사로잡힌 것도 아니고 또 길이 막혀 투항한 것도 아니며, 오직 중화(中華)를 사모하는 마음으로 스스로 교목(喬木)으로 옮겨가는 뜻[203]을 드

---

200 명기(名器) : 존비와 귀천의 등급을 표시하는 관직과 작위를 말한다.

201 이적(夷狄)이라도……법도입니다 : 당나라 한유(韓愈)의 〈원도(原道)〉에 "공자가 《춘추》를 지을 때에, 제후가 이적(夷狄)의 예법을 쓰면 이적으로 폄하했고, 이적이 중국의 예법으로 나아오면 중국으로 대우하였다.〔孔子之作春秋也, 諸侯用夷禮則夷之, 進於中國則中國之.〕"라고 한 말이 있다.

202 왕자무외(王者無外) : 왕이 된 자는 천하를 집으로 삼기 때문에 외방(外方)으로 여기는 나라가 없다는 말이다. 《春秋公羊傳 隱公元年》

러낸 것입니다.

미친 왜적들이 하늘을 향해 활을 쏘던 날[204]에 김충선은 홀로 한 발의 화살도 우리에게 쏘지 않고 제 무리와 맹세하고 와서 귀순했으니 이미 기이한 일입니다. 그리고 의병과 함께 모의해 몰래 전략을 도와 동래 (東萊)와 울산(蔚山) 두 곳의 왜구를 크게 격파하고 양산(梁山)과 기장 (機張) 사이로 추격하여 한 달 사이에 7, 8번이나 승전을 보고하였습니다. 계사년(1593, 선조26)에 왜구 3백 명의 목을 베어 바친 일과 정유년 에 증성(甑城)[205]에서 크게 승리한 것은 모두 세상에 드문 큰 공적입니다. 전후 8년 동안 힘으로는 곤경에 빠진 왜적을 토벌하고 지혜로는 적정(賊情)을 헤아려 왕의 군대가 큰 공을 이루는 것을 도왔으니, 그

---

203 교목(喬木)으로 옮겨가는 뜻 : 원문은 '遷喬之志'인데, 여기서는 야만에서 문명으로 옮겨가는 뜻으로 썼다. 《시경》〈벌목(伐木)〉에, "깊은 골짜기에서 나와 높은 나무로 올라가도다.〔出自幽谷, 遷于喬木.〕"라고 하였고, 또 《맹자》〈등문공 상(滕文公上)〉에, "나는 어두운 골짜기에서 나와 교목으로 옮겨 간다는 말은 들었으나, 교목에서 내려와 어두운 골짜기로 들어간다는 말은 듣지 못했다.〔吾聞出於幽谷, 遷于喬木者, 未聞下喬木而入於幽谷者.〕"라고 하였다.

204 하늘을……날 : 원문은 '射天之日'인데, 보통 반역을 일으키는 것을 말하며, 여기서는 왜적이 명나라를 침범한다는 명분으로 조선을 침략한 것을 두고 한 말이다. 은(殷) 나라의 무도한 임금 무을(武乙)이 하늘과 경쟁을 벌였는데, 우상(偶像)을 만들어 놓고 박혁 놀이로 승부를 다투면서 하늘이 지면 욕을 하였고, 또 가죽 주머니에 피를 담아서 공중에 매달아 놓고 활로 쏘면서 '하늘을 쏘는 것〔射天〕'이라고 한 데서 나온 말이다. 《史記 卷3 殷本紀》

205 증성(甑城) : 임진왜란 때 왜군이 울산에 축성한 울산왜성(蔚山倭城)을 말한다. 산의 이름을 따라 도산성(島山城)이라고도 하고, 그 모양을 따라 증성이라고도 하였으며, 조선 후기에는 학성(鶴城)이라고도 하였다. 정유재란 당시 최전선으로 두 차례에 걸친 울산 전투가 벌어진 곳이다.

공적이 매우 많습니다.

화포(火砲)와 조총(鳥銃)의 사용법을 전수하고 중외(中外)의 군제(軍制)를 교습(敎習)하였으니, 지금까지 그 덕을 보고 있습니다. 몸을 떨쳐 왜적을 베어 김응서(金應瑞)의 죽음을 벗어나게 하였고,[206] 방수(防戍)를 자청해 서북쪽 변방의 근심에 대비하였으니, 그 강개함은 옛 명장(名將)의 풍모가 있었습니다. 갑자년(1624, 인조2)에 역적 이괄(李适)이 반란을 일으켰을 때 처음에는 그의 유세객을 막아 목을 베었고, 마지막에는 또 그의 날랜 장군을 없애버렸습니다.[207] 남한산성(南漢山城)에서 화의(和議)가 이루어지자 칼을 던지고 통곡하며 남쪽으로 돌아갔습니다.

그의 정대한 충의(忠義)와 탁월한 업적으로 보아 그가 만약 우리나라 사람이었다면 성조(聖朝)의 포상과 칭찬의 은전을 받은 것이 또한

---

206 몸을……하였고 : 정유재란 당시 김충선은 김응서(金應瑞)의 휘하에 있었는데, 명나라 제독(提督) 마귀(麻貴)는 왜적의 꾀에 넘어가 명나라 병사를 위험에 처하게 한 김응서를 엄격하게 군율로 다스리려 했다. 그러자 김충선은 자신이 전공을 세우면 김응서의 죄를 용서해 줄 것을 청하는 군령장(軍令狀)을 보냈으며, 실제로 3개월 후인 1598년(선조31) 1월 울산 증성에서 왜적을 대파하여 김응서를 죽음에서 구한 일이 있었다. 《慕夏堂集 年譜》

207 갑자년에……없애버렸습니다 : 이괄(1587~1624)은 인조반정(仁祖反正)에 가담했던 무장(武將)이다. 1624년에 일부 공신의 횡포에 반항하여 반란을 일으켜 서울을 무혈점령했으나 안현(鞍峴) 싸움에서 패하여 부하에게 죽임을 당했다. 이괄이 반란을 일으킨 뒤, 김충선에게 격문(檄文)을 보내 반란에 동참할 것을 권유하자 김충선은 격문을 찢어버렸고, 다시 이괄이 협박하는 글을 보내오자 그 글을 들고 온 자의 목을 베었다. 또 이괄이 도원수(都元帥) 장만(張晚)에게 죽음을 당한 뒤 함께 반란을 일으켰던 항왜(降倭) 서아지(徐牙之)가 도망쳐 밀양(密陽)으로 내려왔다가 김충선에게 쫓겨 김해에서 죽음을 당했다. 《慕夏堂集 卷2 附錄 行錄》

이미 오래되었을 것이며, 결코 쓸쓸하게 그 사적이 묻혀 지금에까지 이르지 않았을 것입니다. 그런데 지금 그의 잔약한 자손들은 오히려 떠돌이로 자처하여 향리(鄕里)에 끼이지도 못하고 왕왕 군보(軍保)에 침해를 당하기도 합니다.[208]

오늘날 여리(閭里)의 평범한 무리들이라도 재물과 곡식을 조금 바치는 일이 있으면 오히려 추부(樞府)의 직함과 영광스런 추증의 화고(華誥)를 얻어[209] 마을에서 빛나게 됩니다. 김충선은 진실로 외국인이긴 하지만, 그를 이런 무리들과 비교하면 어떠합니까. 옛날에는 왜구를 정벌하는 데 공을 세운 승려들에게도 그 충성을 기려 표충사(表忠祠)라는 편액(扁額)을 내린 적이 있습니다.[210] 김충선은 진실로 외국인이긴 하지만 그를 이런 승려들과 비교하면 어떠합니까. 충성에 보답하고 공적을 기술하는 정사에서 응당 포상하고 기리는 은전이 있어야 할 것입니다. 특별히 묘당에 명해 상량하여 품의해 처리하도록 하소서.

---

208 왕왕⋯⋯합니다 : 김충선의 후손들이 공신의 자손이면서도 군역(軍役)의 의무까지 지는 경우가 있다는 말이다. 군보는 현역에 복무하지 않고 정군(正軍)이 현역에 복무하는 데 드는 비용을 부담하는 장정(壯丁)이다. 원래는 군역을 면제받는 대신 정병(正兵)의 농사를 대신 지어 주던 조정(助丁)을 가리키는 말이었는데, 뒤에는 군역을 면제해 주는 대가로 삼베나 무명 등을 받아들여 군대의 비용으로 충당하였다.

209 추부(樞府)의⋯⋯얻어 : 추부는 중추부(中樞府)로 현직이 없는 당상관들을 속하게 하여 대우하던 관아인데, 추부의 직함을 얻었다는 것은 중추부의 직함을 적은 공명첩(空名帖)을 받았다는 말이다. 화고(華誥)는 오화관고(五花官誥)의 준말로, 증직을 의미한다.

210 옛날에는⋯⋯있습니다 : 해남(海南) 대흥사(大興寺) 경내에 세워진 표충사와 사명대사(四溟大師)를 제향하는 밀양(密陽)의 표충사를 말한다. 의병을 일으켜 공을 세운 휴정(休靜)과 유정(惟政)을 향사한다.

하나. 안동(安東) 노림원(魯林院)[211]의 고(故) 양인(良人) 김덕순
(金德淳)은 어려서부터 훌륭한 성품이 있었습니다. 그의 부친이 시력
을 잃고 폐인이 되어 문밖을 나서지 못한 것이 12년이나 되었는데,
김덕순은 4, 5세부터 밤낮으로 부친 곁을 떠나지 않고 좌우에서 부축하
며 요강을 제 손으로 받들어 올렸습니다.

김덕순의 나이 겨우 8세 때에 부친의 병이 심해져 곡기(穀氣)를 끊고
오직 술만 마셨다고 합니다. 한번은 김덕순이 비를 무릅쓰고 술을 사서
돌아오다가 불어난 계곡 물 때문에 술 항아리를 안고 울고 있었는데,
때마침 밭 사이에서 떠내려 오던 큰 대나무 홈통이 외나무다리처럼
시내를 가로질러 놓였기에 마침내 붙잡고 시내를 건넜으니, 이를 본
사람들이 신이 도운 것이라고 여겼습니다. 나이 14, 5세 때 남의 머슴이
되었는데, 자신이 먹을 밥을 가지고 돌아와 부친에게 드리고 자신은
나물죽을 먹었고, 새 옷을 가지고 돌아와 부친에게 입혀드리고 자신은
낡은 옷을 입었으며, 틈틈이 땔나무를 해서 부친의 방을 따뜻하게 해
드렸습니다.

부친이 돌아가시자 염습하고 장례 치를 물건이 없었는데, 이웃 사람
들이 그의 참된 효성에 감동하여 포목(布木)을 부의(賻儀)하여 가까운
곳에 장례를 치르게 하였습니다. 하지만 남의 머슴살이를 하는 몸이라
낮에는 여가가 없었기에 비가 오나 눈이 오나 밤마다 묘소에 가서 통곡

---

211 노림원(魯林院) : 안동시 남선면(南先面) 원림리(院林里) 서원마의 동쪽 천지산
(天地山) 밑에 있는 마을로, 노림서원(魯林書院) 근처에 있다고 하여 서원 이름을 따라
노리마 또는 노림이라고 하였다고 한다. 노림서원은 비지(賁趾) 남치리(南致利, 1534~
1580)의 학문과 덕행을 추모하기 위해 1649년(인조27)에 창건한 서원이다.

하기를 그치지 않고 삼년상을 마치니, 몸이 나무토막처럼 야위어 거의 숨이 끊어질 지경에까지 이르렀습니다. 훗날 가산(家産)이 조금 넉넉해졌지만 부친을 봉양하지 못함을 애통히 여겨 맛있는 음식을 한 번도 가까이한 적이 없었습니다.

모친이 부종(浮腫)을 앓았는데, 김덕순은 몇 년 동안 치료하며 정성과 힘을 다하였고, 날마다 시장에서 고기를 사서 솜씨 좋은 사람의 손을 빌려 음식을 만들어 돌아와 모친께 올렸습니다. 모친이 돌아가셨을 때 김덕순의 나이가 이미 예순 살이었지만, 슬픔으로 몸이 야윈 것이 부친이 돌아가셨을 때와 같았습니다. 마을 사람들이 그를 위해 관청에 포상을 청하는 글을 올리려 하자 김덕순이 눈물을 흘리며 막았습니다. 김덕순이 세상을 떠난 뒤에 공의(公議)가 일제히 일어나 여러 차례 영읍(營邑)에 유장(儒狀)[212]을 올렸습니다.

울산(蔚山)의 고(故) 사인(士人) 김종기(金宗驥)는 고 효자(孝子) 김극일(金克一)[213]의 후손입니다. 어려서 부친을 여의고 효성으로 모친을 섬겼으니, 출곡반면(出告反面)[214]과 신혼온청(晨昏溫凊)[215]의 법

---

212 유장(儒狀) : 선비들이 올리는 진정서를 말한다.

213 김극일(金克一) : 1522~1585. 본관은 의성(義城), 자는 백순(伯純), 호는 약봉(藥峰)이다. 경상도 안동 출신으로 아우 김명일(金明一), 김성일(金誠一)과 함께 이황(李滉)의 문하에서 수학하였다. 1546년(명종1)에 문과에 급제하였고, 평해 군수(平海郡守), 성주 목사(星州牧使), 사헌부 장령 등을 역임하였다. 효성이 매우 지극하였으며, 안동의 사빈서원(泗濱書院)에 배향되었다. 저서로 《약봉일고(藥峰逸稿)》가 있다.

214 출곡반면(出告反面) : 외출할 때 반드시 부모에게 아뢰고 돌아와 반드시 얼굴을 뵙고 인사하는 것을 말한다. 《예기》〈곡례 상(曲禮上)〉에, "자식은 집을 나갈 때 반드시

도를 모두 배우지 않고도 할 줄 알았습니다.

모친이 갑작스런 병을 얻어 몇 년 동안 그 증세가 간질병과 같아 발작하면 반드시 정신을 잃고 쓰러져 말을 하지 못하였습니다. 김종기가 의원을 찾아가 약을 물어 힘을 다해 치료하였으며, 병세가 심각해질 때마다 급히 의원에게 달려갔는데 길을 돌아가야 할 걱정이 있으면 간혹 남의 담장을 넘어 가기도 하였습니다. 밤마다 머리를 조아려 하늘에 기도하며 자신을 대신 죽게 해 달라고 빌었고, 또 치술령(鵄述嶺)²¹⁶ 위 신사(神祠) 곁에 제단을 쌓아놓고 밤마다 얼음을 깨고 목욕한 뒤 홀로 그곳에 가 울면서 기도하였습니다. 의원이 화사(花蛇)²¹⁷로 병을 치료할 수 있다고 하자, 끝내 화사를 구해 시험해 보았더니 모친의 병이 드디어 나았습니다. 뒤에 또 가래를 토하는 병을 앓아 증세가 매우 심각하여 백방으로 치료하였으나 효험이 없었습니다. 때마침 소매에 산삼(山蔘)을 넣어 온 사람이 이르러 김종기가 가산을 털어 산삼을 사려하니, 산삼을 가진 사람이 그 효성에 감동하여 본값만 받고 팔았으며, 한 번 산삼을 써보니 먹자마자 효험이 있었습니다. 일찍이

어버이에게 가는 곳을 아뢰고 돌아와서는 반드시 얼굴을 보인다.〔夫爲人子者, 出必告, 反必面.〕"라고 한 데서 나온 말이다.

215 신혼온청(晨昏溫淸) : 아침저녁으로 부모님께 문안인사를 올리고, 겨울과 여름에 부모의 방을 따뜻하고 시원하게 해 드리는 것을 말한다. 《예기》〈곡례 상〉에 "겨울에는 따뜻하게 해 드리고 여름에는 시원하게 해 드리며, 저녁에는 잠자리를 보살펴 드리고 아침에는 문안 인사를 올린다.〔冬溫而夏淸, 昏定而晨省.〕"라는 말이 나온다.

216 치술령(鵄述嶺) : 경상북도 경주시 외동읍과 울산광역시 울주군 두동면의 경계에 있는 산이다.

217 화사(花蛇) : 산무애뱀을 약재로 쓸 때 이르는 말로, 문둥병, 풍약 따위에 쓰인다고 한다.

아우에게 말하기를, "자식이 부모를 섬길 때 하루라도 삼가지 않는다면 종신(終身)의 한이 될 것이니, 그래서야 되겠느냐."라고 하며, 형제가 서로 힘을 다해 봉양하니 모친이 건강해졌습니다. 86세까지 사시고 세상을 떠나자, 김종기는 연로한 나이에도 정해진 법도보다 훨씬 더 슬퍼하여 몸이 수척해졌습니다. 마을 사람들이 감탄하여 함께 관청에 아뢰려 하였으나 김종기가 힘을 다해 막았습니다.

김종기의 누이는 강롱(姜壟)의 아내가 되었는데, 남편이 죽자 따라 죽어 이미 정려(旌閭)의 은전을 입었습니다. 남매에게 모두 효자와 열녀의 행실이 있었으니 극히 가상한 일입니다. 많은 선비들이 그의 행적을 여러 차례 영읍에 아뢰었고, 전(前) 현감 이종상(李鍾祥)은 그를 위해 전(傳)을 지었습니다.[218]

경산(慶山)의 고(故) 호장(戶長) 안덕기(安德器)는 부모에게 효도 하였습니다. 부친이 등창을 앓자 피고름과 진물을 밤낮으로 빨아내었고 변이 단지 쓴지를 맛보았습니다. 부친의 숨이 끊어지려 할 때 왼쪽 손가락을 찢어 그 피를 목구멍으로 흘려 넣어 다행히 한 달 동안 목숨을 연장하였습니다. 부친이 돌아가시자 현(縣)의 동쪽 10리에 장사지냈는데, 낮에는 현의 일에 복무하느라 감히 자리를 떠날 수 없었기에 한설(寒雪)이 내리고 풍우가 몰아쳐도 언제나 첫닭이 울면 묘계(墓階)

---

218 전(前) 현감······지었습니다 : 이종상(李鍾祥, 1799~1870)의 본관은 여주(驪州), 호는 정헌(定軒)이다. 1831년(순조31)에 진사시에 합격한 뒤, 장릉 참봉(莊陵參奉)을 거쳐 1847년(헌종13)에 용궁 현감(龍宮縣監)을 지낸 바 있다. 문집으로 《정헌집(定軒集)》이 있는데, 김종기의 전은 수록되어 있지 않다.

로 달려가 통곡한 뒤 바삐 달려 조사(朝仕)에 참여하며 삼년상을 마쳤습니다.

또 모친이 병환으로 3년 동안 누워 있었는데 의대(衣帶)를 풀지 않고서 하늘에 기도하고 변을 맛보았으며, 오른쪽 손가락을 찢어 피를 흘려넣어 또 5개월 동안 목숨을 연장하게 하였습니다.

형을 공경하여 옷이면 옷, 밥이면 밥을 형과 함께 하지 않는 것이 없었고, 또한 감히 재물을 사사로이 쓰거나 제 몸을 마음대로 하지 않았으며,[219] 매사를 반드시 아뢴 뒤에 행하였습니다. 미천한 사람임에도 이와 같은 독실한 행실이 있었으니 실로 가상합니다.

안동의 고(故) 첨추(僉樞) 권창식(權昌植)은 어려서부터 부모를 섬길 줄 알아 온 고을 사람들이 '효동(孝童)'이라고 칭찬했습니다. 장성한 뒤에 모친이 이상한 병에 걸려 3년 동안 낫지 않았는데, 한 번도 곁을 떠난 적이 없었고 목욕재계하고 하늘에 기도하며 자신이 대신 죽기를 청하였습니다. 모친의 병이 위태로워지자 칼로 손가락을 자르려 하였으나 부친의 명으로 그만두었습니다. 장례[慎終] 절차는 반드시 예법에 맞게 하였습니다. 뒤에 부친상을 당했을 때는 그의 나이 예순을 넘었지만 오히려 어린아이가 부모를 사모하는 것보다 더 애절해하였고, 비바람이 불거나 추위와 더위가 닥쳐도 묘소에서 통곡하고 절하는 일을 거르지 않았습니다.

---

219 감히……않았으며 : 《예기》〈방기(坊記)〉에, "부모가 살아 계시면 자식은 감히 제 몸을 마음대로 하지 않으며, 감히 재산을 사사로이 쓰지 않는다.〔父母在, 不敢有其身, 不敢私其財.〕"라는 구절이 있다.

계모(繼母)를 생모처럼 섬기며 늙은 나이에도 오히려 어린 자식이 지켜야할 직분을 행하였습니다. 이복의 두 동생과 우애하여 길러주고 가르쳐 모두 성취시켰고, 가산을 나누는 날에는 옥토(沃土)와 완전한 기물을 양보해 아우들에게 주었습니다.

성리서(性理書)에 더욱 마음을 다해 은미한 말과 깊은 뜻을 연구해 찾아내고 반드시 실천하려 하였으며 늙어서까지 게으름을 부리지 않았습니다. 예학(禮學)에 조예가 깊어 고을의 사대부들이 서로 의문점을 물었으며, 만약 벼슬에 나아가고 물러나는 것을 질문하는 이가 있으면 반드시 옛 성현들의 출처(出處)를 인용해 주었습니다. 그의 학식이 온 고을에서 신임을 얻었기에 일찍이 포상을 청하는 도신(道臣)의 계문(啓聞)이 있었습니다.

대구(大邱) 수남면(守南面)[220] 사방산리(四方山里)에 양가(良家) 이씨(李氏)의 딸이 있었는데, 나이 열두 살 때 부모가 포대기에 싼 아들 하나를 딸에게 맡겨 돌보게 하고 들에 나가 일을 하였습니다. 저녁이 되어 돌아오니 불이 나서 집이 다 타버렸고, 재를 헤집어보니 딸아이가 옷가지로 어린 아이를 감싼 채 죽었고 어린 아이는 무사하였습니다. 마을 사람들이 가엾게 여겨 그 딸의 무덤에 돌을 세워 '의로운 누이〔義姊〕'라고 새겨주었습니다. 신이 지나는 길에 실제로 목격한 것이어서 그곳에서 한참동안 서성였습니다.

삼가 생각건대, 효성과 의리의 탁월한 행실은 본래 모두 돈독한 천성에서 나오는 것이며, 사족(士族) 가문이나 성인(成人)과 관련된 일이

---

220 수남면(守南面) : 현재의 달성군(達城郡) 가창면(嘉昌面) 지역이다.

라면 또한 견문이나 공부를 통해 많이 접해보았습니다. 그런데 호적에 편입된 일반 백성이자 다박머리 어린 나이에 이런 일을 할 수 있었으니, 그 일의 기특함이 다른 경우에 비해 더욱 특별합니다. 갑작스런 화염 속에서 제 몸이 불타는 것을 생각지 않고 한 조각 고심(苦心)이 오직 이 동생을 살리는 데 있었으니, 그 마음을 생각하자니 감탄의 눈물이 줄줄 흐릅니다. 누이와 동생이 모두 온전할 수 없자 제 목숨을 버리고 이 남동생을 살렸으니, 의리에 밝고 경중을 살필 줄 아는 자와 같습니다. 비록 그의 지혜가 여기에서 나오지 않았다고 하더라도 천륜에 돈독한 한 조각의 본성이 어찌 어린아이와 성인(成人)의 구별이 있겠습니까. 끝내 부모의 부탁을 저버리지 않고 이 하나의 자손을 보존하였으니, 효녀라고 해도 또한 지나치지 않을 것입니다. 그렇다면 정려문(旌閭門)으로 표창하는 은전을 내리는 것이 인륜을 돈독히 하는 성조(聖朝)의 정사에 합당할 듯합니다.

밀양(密陽)의 고(故) 사인(士人) 손인수(孫仁秀)의 처 김씨(金氏)는 고 대사간 김취문(金就文)[221]의 후예입니다. 문자를 알아 경서(經書)와 사서(史書)를 섭렵하였습니다. 시집간 지 3년 만에 효순(孝順)하다고 칭찬받았습니다.

---

221 김취문(金就文) : 1509~1570. 본관은 선산(善山), 자는 문지(文之), 호는 구암(久菴)이며, 시호는 정간(貞簡)이었다가 문간(文簡)으로 바뀌었다. 1537년(중종32)에 문과에 급제한 뒤, 외직을 거치다가 호조 참의와 대사간을 역임하였다. 어려서부터 성품이 강직하여 벼슬길에 나가서도 권세가에게 아부하지 않았으며, 이로 인하여 자주 외직으로 밀려났다. 외직에 있으면서도 청렴결백하여 백성들을 침탈함이 전혀 없어 성균관 사성으로 있을 때 청백리에 뽑혔다.

손인수가 역병에 걸려 병세가 심각하자 향을 사르며 하늘에 기도하여 자신을 대신 죽게 해 달라고 빌었으나 끝내 남편의 병을 낫게 하지 못했으며, 염빈(殮殯)에 필요한 물품과 제사에 쓸 음식을 손수 정갈하게 준비하여 예법에 맞도록 하였습니다. 얼마 지나지 않아 또 시할아버지의 상을 당하니 시부모가 마치 목숨을 보전하지 못할 것처럼 위태로웠는데, 김씨가 곁에서 위로해 드리고 미음을 권해 올리니 그에 힘입어 목숨을 보전하게 되었습니다.

그리고 마침내 남편의 장례를 치르는 날 약을 마셨는데, 그에 앞서 시할아버지의 영궤(靈几)에 절하며 하직인사를 올리고 시부모에게 나아가 울며 작별인사를 올리면서, "위로 시부모가 계시고 아래로는 어린 자식이 남아 있으니 어찌 염려되지 않겠습니까마는, 또한 죽지 않을 수 없습니다. 다만 부모님 봉양은 소랑(小郞 둘째아들)이 있고 자식을 지키는 것은 유모가 있기에, 서방님을 따라 죽겠다고 스스로 맹세한 지 오래되었습니다."라고 하였는데, 죽음을 앞두고도 부드러운 음성이 평소와 다르지 않았습니다. 상자를 찾아 열어보니 시부모의 옷 몇 벌을 곱게 지어 봉함에 표시하여 담아 두었습니다. 많은 선비들이 그 행적을 글로 갖추어 일제히 호소하였습니다. 신이 어사의 직분으로 탐문할 때 실제의 행실을 자세히 들었습니다.

대구의 고(故) 사인(士人) 이익상(李翼祥)의 처 최씨(崔氏)는 시어머니가 괴이한 병에 걸리자 정성을 다해 보살폈고, 병이 심해지자 젖을 짜 즙을 모아 입에 넣어 드리고 손가락을 찢어 피를 모아 목에 흘려 넣어 며칠 동안 생명을 연장할 수 있게 하였으니, 마을에서 효부로 칭송되었습니다.

남편의 병이 위독했을 때 당시는 한겨울이었는데 밤마다 얼음물에 목욕하고 하늘에 기도하여 자신을 대신 죽게 해 달라고 빌며 반년 동안이나 이렇게 하였습니다. 아들이 열세 살이었는데 남편에게 권하여 급히 아들을 장가들게 했으나 남편이 끝내 일어나지 못했습니다. 염습에 필요한 옷과 이불 등의 물품을 손수 정돈하며 예법을 따르는 데 힘썼습니다.

성복(成服)하는 날 저녁에 닭고기를 가져와 시부모에게 드시도록 권하고 위로하기를, "두 시숙(媤叔)이 있고 또 어린 고아까지 있으니, 부디 너무 상심하고 걱정하지 마십시오."라고 하였습니다. 또 아들에게 말하기를, "네 부친이 살아계실 때 다행히 네가 장가들었고 또 신부가 현숙(賢淑)하니, 내 마음이 놓인다."라고 하였습니다. 마침내 며느리를 데리고 창고로 들어가 쌀과 소금과 생활에 필요한 물품 등을 하나하나 알려주고 이어 힘쓸 것을 신신당부하였습니다.

다음날 새벽에 최씨가 아들을 부르며 "날이 밝으려 하니 제물(祭物)을 빨리 갖추어라."라고 하였습니다. 그 아들이 깜짝 놀라 일어났는데 모친이 보이지 않아 황급히 찾아보니, 최씨는 시집 올 때 입은 옷을 입고 영궤 앞에서 목을 매 죽어 있었습니다. 대개 아들을 장가보낼 계획을 세웠을 때 이미 죽기로 결심했고 조용히 의리를 따른 것이 바로 이와 같았습니다.

대구 수북면(守北面)[222]의 고(故) 한량(閑良) 정일동(鄭日東)의 처 구씨(具氏)는 효성으로 시부모를 봉양하였습니다. 온순한 자태와 부

222　수북면(守北面) : 현재의 대구시 수성구(壽城區) 범어동(泛魚洞) 일대이다.

드러운 얼굴로 시종 게을리 하지 않아 항상 신부가 처음 시집온 날과 같았고, 곁에서 봉양하는 범절(凡節)에 한 번도 고생스런 표정을 짓지 않았으니, 마을 사람들이 모두 그의 효순(孝順)함을 칭송하였습니다.

남편이 한번은 병에 걸려 넉 달 동안 앓으며 회생할 가망이 없었습니다. 구씨는 밤마다 정결히 목욕하고 북두칠성을 향해 절을 올리며 기도하여 자신을 대신 죽게 해달라고 빌었습니다. 남편의 병세가 위태로워지자 칼로 손가락을 잘라 피를 흘려 입에 넣어 주니 마침내 소생하여 3년을 더 살았습니다. 남편이 세상을 떠나자 슬픔에 겨워 거의 숨이 끊어질 뻔했으나, 어린 자식을 키우기 위해 죽지 않았습니다. 3년 동안 죽을 먹으며 한 번도 웃은 적이 없었고, 종신토록 나물만 먹고 거적에서 잠을 자며 일생을 마쳤습니다.

구씨가 죽은 지 이미 수십 년이나 되었는데도 사림(士林)들이 한목소리로 칭찬하기를 아직도 이처럼 그치지 않고 있습니다. 그 문지(門地)는 미미하지만 행실은 높으니 더욱 가상합니다.

안동의 고(故) 사인(士人) 권적부(權迪孚)의 처 이씨(李氏)는 일찍 남편을 잃고 삼종(三從)이 모두 끊어지자[223] 친정으로 돌아가 홀어머니에게 몸을 의탁하였습니다.

이웃에 임국량(林國良)이라는 자가 살았는데, 본래 관서(關西 평안도)에서 온 떠돌이였습니다. 어느 날 임국량의 제부(弟婦)가 떡과 음식

---

223 삼종(三從)이 모두 끊어지자 : 여인으로서 지켜야 할 삼종지도(三從之道), 즉 시집가기 전에는 아버지를 따르고, 출가한 뒤에는 남편을 따르며, 남편이 죽은 뒤에는 아들을 따라야 하는데, 부친과 남편이 이미 죽고 아들마저 없다는 말이다.

을 차려 억지로 이씨를 불렀는데 임국량이 갑자기 방 안으로 뛰어들었습니다. 이씨가 다급히 크게 소리쳐 끝내 겁탈을 당하지 않았습니다. 두 번이나 관청에 하소연하여 임국량과 그 제부가 나란히 하옥되었습니다. 이씨는 며칠 동안 음식을 먹지 않다가 어느 날 저녁에 몸소 밥을 지어 노모(老母)를 위로하였고, 이날 밤에 집안사람들이 근심을 풀고 잠자리에 들자 이씨는 마침내 깊은 연못에 뛰어들어 죽었습니다. 이른바 임국량이라는 자는 이미 법의 처벌을 받았으나 슬프게도 저 이씨는 끝내 죽음을 택하였으니, 의리를 안 것이 분명하다고 하겠습니다. 그렇다면 이씨의 정조를 지킨 행동은 인멸되어서는 안 되니, 선행을 칭찬하는 은전을 내리는 것이 또한 악을 징계하는 도리입니다.

안동의 향리(鄕吏) 권문일(權紋一)의 처 김씨(金氏)는 남편이 일찍 이상한 병에 걸리자 시집올 때 가져온 의복을 다 팔아 힘을 다해 간호하며, 하늘에 기도해 울고 하소연하여 자신을 대신 죽게 해 달라고 빈 것이 8년이나 되었습니다. 끝내 살아나지 못하자 울부짖고 가슴을 치며 숨이 막히면서도 염습하는 물품을 오히려 직접 만들었습니다. 졸곡(卒哭)한 뒤에 몰래 자결하려 하다가 사람들에게 발견되어 그만두었습니다. 일찍이 시동생에게 말하기를 "지아비가 묻힌 곳에 합장할 수 있습니까?"라고 하고 함께 가서 살펴보자고 요구하였고, 돌아와 시누이에게 말하기를 "사람의 삶은 응당 죽음이 있지요. 내가 죽거든 남편과 합장해야 마땅하니, 부디 이 뜻을 아주버님께 전해 주세요."라고 하였습니다.

어느 날 친정에 일이 있어 자매가 모두 모였는데, 김씨는 평소처럼 담소를 나누었습니다. 얼마 뒤 다락에서 내려와 어머니를 불러 말하기를 "이제 저는 죽습니다."라고 하고는 한 손으로 어머니의 손을 잡고 한 손으로는 어머니의 젖을 만지면서, "자식이 어머니와 영결을 앞두고 잠시 어린아이 짓을 해 보았습니다. 지금까지 구차히 연명했으니 또한 너무 늦은 것이 한스러울 뿐입니다. 이미 소주(燒酒) 두 사발을 마셨습니다. 만약 또 죽지 않는다면 칼로 자결할 뿐이니, 술 깨는 처방을 쓰지 말아 주십시오."라고 하였습니다. 그리고 이불을 뒤집어쓰고 누워 순식간에 세상을 떠났습니다. 김씨의 이불과 옷은 모두 새로 세탁하여 정돈한 것이라 다시 염습할 필요가 없었습니다. 김씨의 매서운 절개를 온 지역 사람들이 전해 칭송하면서 혀를 차지 않는 사람이 없었습니다.

진보(眞寶)의 공생(貢生) 임왈귀(林曰貴)의 처 신씨(申氏)는 영해(寧海) 아전의 딸입니다. 말을 할 줄 알 때부터 이미 삼강오륜(三綱五倫)의 명칭과 의미를 외워 말할 줄 알았습니다. 조금 장성한 뒤에는 부모에게 효도하고 순종하였는데, 부친이 일찍이 병에 걸렸을 때 효성을 다하였기에 마을 사람들이 칭송하였습니다.

출가한 뒤 친정 부모에게 다른 자식이 없었기 때문에 친정에 있을 때가 많았는데, 남편이 병이 들었다는 소식을 듣고 돌아가니 병으로 이미 세상을 떠났기에, 몸을 던져 계단에서 떨어져 거의 숨이 끊어질 뻔했습니다.

남편의 장례를 치른 뒤 친정으로 가서 마침내 음식을 끊었고, 벽에 써 둔 남편의 수적(手蹟)을 손으로 잘라내 가슴에 넣었습니다. 세상을 떠나는 날 모친의 팔을 잡고 스스로 다섯 손가락을 굽히며 "이것은 오륜(五倫)입니다."라고 하였고, 세 손가락을 굽히며 "이것은 삼강(三

綱)이니, 삼강 가운데 삼종(三從)이 가장 큽니다."라고 하여, 남편을 따라 순절하는 것이 의리임을 아뢰고, 부모를 끝까지 봉양할 수 없음을 깊이 자책하며 세상을 떠났습니다. 그의 문지(門地)는 낮지만 그의 행실은 탁월하니 더욱 아름답게 여겨 감탄할 만합니다.

진보(眞寶)의 고(故) 사인(士人) 권양중(權養中)의 처 이씨(李氏)는 열아홉의 나이에 혼례를 올렸는데, 수십 일이 되기도 전에 남편의 병이 심해졌기에 손가락을 잘라 피를 먹였고 끝내 살려내지 못하자 물 한 방울 입에 넣지 않았습니다.

장례를 치르는 날이 되어 자결하려 하자 시아버지가 말하기를, "내가 의지해 살아갈 사람은 너뿐이다. 네가 죽으려 한다면 내가 너보다 먼저 죽어야 할 것이다."라고 하니, 이씨가 말하기를, "감히 명을 따라 자식의 직분을 행하지 않겠습니까."라고 하였습니다. 이때부터 효성이 더욱 돈독해져 밤낮으로 고생하며 시어머니를 대신해 물 긷고 방아 찧고 밥을 하였고, 시아버지가 외출했다가 늦게 돌아오면 문 밖에 나가 기다렸으며, 시부모가 식사를 하지 않으면 이씨도 밥을 먹지 않았습니다.

이웃에 사는 계아(桂娥)라는 요망한 무당이 말을 붙이고 음식을 건네며 이씨에게 은근한 뜻을 전하며 "복스러운 관상이 매우 좋다."고도 하고 "꿈에 길조(吉兆)가 있었다."라고도 했으니, 은밀한 말로 속내를 떠보고 억지로 수절하는 뜻을 빼앗으려 한 것이었습니다. 이씨가 크게 꾸짖자 계아가 무함하고 모욕하는 말을 퍼부으며 위협해 제압하려고 하였습니다. 이씨가 말하기를, "지금까지 죽지 않은 것은 끝까지 시부모를 봉양하기 위해서였는데, 며느리 때문에 요망한 무당의 무함과 모욕이 시부모에게까지 이르렀으니 어찌 차마 살겠는가."라고 하고,

음식을 먹지 않다가 깊은 연못에 몸을 던져 죽었습니다. 당시는 여름이었는데 죽은 지 30여 일이 지나도록 시신이 부패하지 않았습니다. 현(縣)의 관리가 그 일을 아뢰어 계아는 옥에 갇혀 죽었습니다.

이씨의 절개를 지킨 행실은 이미 매우 칭찬을 받았고 효성의 순수하고 지극함은 천성에서 나온 것이니, 효성과 절개의 두 가지 행실이 모두 우뚝하고 남다릅니다.

이상 효자 네 명, 효녀 한 명, 열부(烈婦) 일곱 명에 대해 포상하는 은전을 시행해야 마땅하니, 담당 부서에 명을 내려 품의해 처리하도록 하소서.

하나. 독서하며 재주를 품은 선비와 무용(武勇)이 빼어난 사람을 특별히 더 찾아내는 일이 사목(事目)에 적힌 일 중에 가장 앞선 조건이었습니다. 삼가 생각건대, 우리 성조(聖朝)의 법제와 정책이 간절히 인재를 찾아 등용하는 것을 가장 급선무로 삼고 있으므로 어사(御史)를 파견하는 날 가장 먼저 인재를 찾아내는 일을 사목의 첫머리에 둔 것이니, 신은 경모함을 이기지 못하고 만분의 일이라도 성상의 뜻을 선양하려고 생각했습니다.

그러나 신은 견문이 고루하고 지식이 천박하여 이미 인물을 감별하기에도 부족한데, 더군다나 또 경박한 풍속이 순수하지 않아 비방과 칭찬에 일정함이 없는 상황이니 말해 무엇 하겠습니까. 또 전문(傳聞)에 의거할 수 없다면 초야(草野)에 묻힌 사람이 없지 않겠지만, 밝은 시대에도 버려진 인재에 대한 탄식은 많이 있었습니다.

인재를 찾는 도리에서 전혀 의심할 것이 없는 실제의 행실과 실제의 사실을 얻는 것이 가장 어렵습니다. 그렇다면 진실로 감히 함부로 선발

해 천거해서도 안 되지만 그렇다고 또한 감히 전혀 행하지 않아서도
안 되니, 삼가 직접 보고 들은 한 두 사람을 덧붙여 아룁니다.

안동(安東)의 유학(幼學) 유형진(柳衡鎭)[224]은 전적(典籍)을 정밀
히 연구해 고금에 널리 통하였는데,《시경》과《서경》및 경례(經禮)[225]
의 학문을 공부하였고 병서(兵書)와 농서(農書)와 율력서(律曆書)와
같은 것들까지 두루 미쳤습니다. 몸가짐은 청빈하고 엄격했고 공부는
근엄하고 치밀했으니, 곤궁함 속에서도 도를 지키며 늙어서까지 게으
름을 부리지 않았습니다. 그가 자신을 수양한 실상을 보니 세상에 필요
한 인재에 합당합니다.

대구(大邱)의 유학 최효술(崔孝述)[226]은 일찍 과거를 포기하고 오로
지 경학(經學)을 연구하였습니다. 신기하고 특이한 논의는 없지만 독
실하게 실천한 행실이 있으며, 더군다나 부모를 섬긴 것이 가장 효성스
러워 오랫동안 많은 선비들의 인정을 받았습니다.

---

224 유형진(柳衡鎭) : 1796~1864. 본관은 전주(全州), 자는 은로(殷老), 호는 동와
(同窩)이다. 정재(定齋) 유치명(柳致明, 1777~1861)의 문인으로, 문장에 능하였다.
문집으로《동와집(同窩集)》이 있다.
225 경례(經禮) : 예의(禮儀)와 같은 말로 예(禮)의 강령과 원칙을 뜻한다.《예기》
〈예기(禮器)〉에, "경례가 3백 가지이고 곡례가 3천 가지이다.〔經禮三百, 曲禮三千.〕"
라는 말이 있다.
226 최효술(崔孝述) : 1786~1870. 본관은 경주(慶州), 자는 치선(穉善), 호는 지헌
(止軒)이다. 외조부인 정종로(鄭宗魯)의 문하에서 수학하였다. 환재 및 동래 부사 이휘
령(李彙寧) 등이 천거하여 1860년(철종11)에 장릉 참봉(莊陵參奉)에 임명되었고, 돈
녕부 도정(敦寧府都正)을 거쳐 부호군(副護軍)에 이르렀다. 저서로《지헌집》이 있다.

그의 증조인 고 익찬(翊贊) 최흥원(崔興遠)이 고을에서 정한 조약 (條約)[227]은 매우 짜임새가 있었는데, 최효술이 이어받아 선대의 사업을 지키며 옛 규례를 준행하니 마을 사람들이 그 덕분에 고향을 편히 여기고 자신의 일을 즐겼습니다.

일찍이 학문이 독실하여 가업을 계승하고 사람들을 구제할 재주까지 겸비했다는 것으로 도신(道臣)이 특별히 천거하여 아뢰었으나, 아직 등용되지 않아 사람들이 안타까운 마음을 품고 있습니다.

대구의 전(前) 첨사(僉使) 손해진(孫海振)은 책론(策論)에 아주 뛰어나 본래는 과거를 준비하는 수재(秀才)였는데, 도략(韜略)[228]에까지 두루 통달했기에 마침내 무과(武科)로 벼슬에 진출하였습니다. 경륜 (經綸)의 넓음과 산수(算數)의 정밀함으로 일찍부터 품은 뜻이 있었으나 한 번도 제대로 펼치지 못한 채 읍진(邑鎭)에서 조금 시험해 보았을 뿐입니다. 늙어서 고향으로 돌아온 뒤에도 뜻과 기개가 쇠하지 않아

---

227 최흥원(崔興遠)이……조약 : 최흥원(1705~1786)의 자는 태초(太初) 또는 여호 (汝浩), 호는 백불암(百弗庵)이다. 1778년(정조2)에 학행으로 천거되어 참봉과 교관 (敎官)이 되었고, 장악원 주부, 공조 좌랑을 거쳐 1784년(정조8) 세자익위사 좌익찬(世 子翊衛司左翊贊)이 되었다. 대대로 달성의 칠계(漆溪)에 살았기 때문에 칠계 선생(漆 溪先生)으로 불린다. 대산(大山) 이상정(李象靖)과 교유가 깊었다. 최흥원이 만든 조 약은 팔공산(八公山) 부인동(夫仁洞)에서 실시한 향약(鄕約)을 말한다. 남전향약(藍 田鄕約)에 의거하여 규약을 세우고 강학과 근검으로 저축에 힘쓰게 하며 선공고(先公 庫)와 휼빈고(恤貧庫) 등을 두어 백성들의 생활을 안정시켜 주었다. 사후 효행으로 정문이 세워졌고, 승지에 추증되었다. 문집으로 《백불암집》이 있다.

228 도략(韜略) : 병법서인 《육도(六韜)》와 《삼략(三略)》을 합칭한 말로, 병법을 의 미하는 말로 쓰인다.

늘 강개한 의지를 가다듬고 근력도 잃어버리지 않았으니, 여전히 확삭(矍鑠)²²⁹의 용모가 있습니다. 무용(武勇)이 매우 뛰어날 뿐만 아니라 충실(忠實)한 지려까지 있는데도 임용되지 못했으니 진실로 애석한 일입니다.

---

229 확삭(矍鑠) : 나이 든 사람이 여전히 강건하여 젊은이처럼 씩씩하게 행동하는 것을 말한다. 동한(東漢)의 복파장군(伏波將軍) 마원(馬援)이 62세의 나이에도 불구하고 말에 뛰어올라 용맹을 보이자, 광무제(光武帝)가 "이 노인네가 참으로 씩씩하기도 하다.〔矍鑠哉是翁也.〕"라고 찬탄했던 고사가 있다. 《後漢書 卷24 馬援列傳》

환재집

제8권

서독
書牘

반남(潘南) 박규수(朴珪壽) 환경(瓛卿) 저(著)
제(弟) 선수(瑄壽) 온경(溫卿) 교정(校正)
문인(門人) 청풍(淸風) 김윤식(金允植) 편집(編輯)

서독 書牘

온경에게 보내는 편지 1¹ 선생이 부안으로 부임했을 때 보낸 것이다.
與溫卿 先生任扶安時

1 온경에게 보내는 편지 1 : 이 편지는 환재가 1850년(철종1) 6월 전라도 부안 현감(扶安縣監)으로 부임한 뒤, 8월에 둘째 아우 박선수(朴瑄壽, 1821~1899)에게 보낸 것이다. 온경(溫卿)은 박선수의 자(字)이고, 호는 온재(溫齋)이다. 환재는 1849년(헌종15) 5월 황해도 용강 현령(龍岡縣令)으로 나갔다가 이때 부안으로 부임하여 1851년 3월까지 재임하였다. 《日省錄 哲宗 1年 6月 26日》

편지 서두에는 낯선 고을로 부임하는 마음과 함께 부안까지의 여정을 기록하였다. 이어 인조(仁祖) 때 부안으로 유배되었던 8대조 박동량(朴東亮, 1569~1635)을 회고하면서, 유배 당시 머물렀음직한 곳을 추정하였다. 환재에게 부안은 가문의 아픈 역사가 있는 곳이었기에 감회가 남달랐던 것이다.

별지(別紙)에는 박동량의 아들이자 환재의 7대조인 박미(朴瀰, 1592~1645)가 지은 시의 내용을 통해 박동량이 유배 당시 머물렀던 곳을 구체적으로 추정하였다. 또 전라도 관찰사로 재직하고 있던 벗 남병철(南秉哲, 1817~1863)과의 만남을 전하고, 부안 감영 주변의 풍광을 자세히 알려주었다. 마지막으로 부안에서 지은 박미의 여러 시를 등사해서 보내달라고 요청하였다.

박선수는 1864년(고종1) 별시 문과에 장원급제하였고, 경상도 암행어사, 이천 부사(伊川府使), 이조 참의, 형조 판서 등을 역임하였다. 저서로 《설문해자익징(說文解字翼徵)》이 있다. 환재의 첫째 아우 박주수(朴珠壽, 1816~1835)가 요절하였으므로, 박선수는 환재의 유일한 동기(同氣)로서 환재의 많은 사랑과 학문적 지도를 받았다. 이하 환재의 서독에 대한 번역은 《김명호, 환재 박규수 연구, 창비, 2008》의 연구 성과에 크게 힘입었음을 밝혀둔다.

성환역(成歡驛)²에서 공주 판관(公州判官)³을 만나 부친 편지는 이미 받아보았을 것으로 생각하네. 집을 떠난 지 겨우 열흘인데 아득한 이역(異域) 같으니, 서쪽 현(縣)⁴이 남쪽 지방보다 나음이 이와 같네.

요사이 안부는 어떠한가? 온 집안이 편안하고 대교(大嬌)와 소교(小嬌)⁵도 모두 점차 나아가는지? 이런저런 걱정을 잠시도 잊을 수가 없네. 그러나 멀리서 생각만 할 뿐이니 무슨 도움이 되겠는가. 한결같이 마음에 담아 두지 않으려 애쓰지만 갑자기 잊을 수도 없으니, 어찌하면 좋겠나.

나는 오는 동안 내내 편안하였네. 16일에 완산(完山)에 도착했고 17일에 김제(金堤)에서 하룻밤을 묵었으며 18일에 부임하였네. 공산(公山 공주(公州)) 이남은 평야가 아득히 펼쳐졌고 김제와 부안(扶安) 사이는 더욱 평탄하고 탁 트여, 나지막하고 먼 산과 유유히 맑게 흐르는 강물은 참으로 강남(江南)의 풍경이 있었네. 하지만 며칠 전부터 늦더위를 만나 마치 시루 속에 들어있는 듯했고, 짙은 구름과 소낙비가 좀처럼 그치지 않았네. 그런데 현(縣)의 경계에 들어서자 갑자기 하늘이 맑아지고 햇볕이 나서 부임할 때는 비에 젖지 않을 수 있었으니,

---

2 성환역(成歡驛) : 현재의 천안시(天安市) 서북구(西北區) 성환읍에 있던 역원(驛院)이다.

3 공주 판관(公州判官) : 당시의 공주 판관은 안응수(安膺壽, 1804~?)로 추정된다. 안응수의 본관은 죽산(竹山)이고, 자는 복경(福卿)이다. 《外案考 卷2 忠淸道 公州判官》

4 서쪽 현(縣) : 환재가 처음 벼슬살이를 했던 용강현(龍岡縣)을 가리킨다.

5 대교(大嬌)와 소교(小嬌) : 박선수의 두 딸을 지칭한 표현이다. 박선수의 장녀는 광산(光山) 김영원(金永瑗)에게 출가하였고, 차녀는 한산(韓山) 이승옥(李承玉)에게 출가하였다. 《潘南朴氏世譜 卷5》

이 또한 정해진 인연이 있어서일까.

생각건대, 우리 선조(先祖)께서 이 고을에 귀양살이 하실 때,[6] 분서 (汾西) 할아버지께서 말 한 필과 홑옷 차림으로 백 번이나 왕래하면서[7] 겪은 갖은 고생을 시로 읊으셨으니, 물줄기 하나 봉우리 하나마다 남기 신 자취가 있었을 터이지만 지금은 상고해 찾을 수 없으니, 서글픈 마음을 이루 말할 수 없네. 읍치(邑治)에서 3리쯤 못 미친 곳에 큰 연못이 있는데, 연못에는 연꽃이 많고 연못가에 작은 산이 있으며 수풀 사이로 마을이 은은히 보이니, 아마도 그 당시 머무시던 곳이 이 사이 인 듯하네.

공무(公務)에 임하기 사흘 전이라서 아직 일을 살피지 않아 이런저

6 우리……때 : 선조(先祖)는 환재의 8대조인 박동량(朴東亮)을 가리키는데, 자는 자 룡(子龍), 호는 기재(寄齋)·오창(梧窓)·봉주(鳳洲)이다. 1590년(선조23)에 문과에 급제하였고, 임진왜란 당시 병조 좌랑으로서 의주(義州)까지 선조(宣祖)를 호종하여 신임을 받았으며, 1604년(선조32)에 호성 공신(扈聖功臣) 2등으로 금계군(錦溪君)에 책봉되고 호조 판서에 임명되었다. 선조가 승하할 때 영창대군(永昌大君)을 잘 보호하 라는 명을 받은 이른바 '유교칠신(遺敎七臣)'의 한 사람이었다. 광해군 때 대북파가 소북파를 제거하고자 역모를 날조한 계축옥사(癸丑獄事)와 관련하여, 박동량은 선조의 계비(繼妃)인 인목대비(仁穆大妃)가 선조의 원비(元妃)인 의인왕후(懿仁王后)의 능 에 저주를 했다는 사건이 무고임을 알면서도 이를 묵인함으로써 폐모(廢母)의 구실을 삼게 만들었다는 죄로, 인조반정 직후 강진(康津)으로 유배되었다가 5년 뒤인 1627년에 부안(扶安)으로 양이(量移)되었다. 《淸陰集 卷24 錦溪君兼判義禁府事朴公神道碑銘幷 序》《谿谷集 卷11 錦溪君朴公墓誌銘》《仁祖實錄 10年 6月 25日》

7 분서(汾西)……왕래하면서 : 분서는 박미(朴瀰)의 호로, 자는 중연(仲淵)이고, 시 호는 문정(文貞)이며, 박동량의 아들이자 환재의 7대조이다. 선조의 다섯째 딸인 정안 옹주(貞安翁主)와 혼인하여 금양위(錦陽尉)에 봉해졌다. 백사(白沙) 이항복(李恒福, 1556~1618)의 문인이다. 박미는 박동량의 유배 기간 동안 서울과 유배지를 오가며 귀양살이를 보살폈다. 《汾西集 附錄 有明朝鮮崇德大夫……朴公自誌幷後叙》

런 형편이 어떤지 잘 알지 못하지만, 대체로 백성들의 살림과 물산(物産)이 용강(龍岡)보다 훨씬 쇠잔해 보이네. 세상에서 말하는 '좋은 관직[好官]'을 내가 두 번씩이나 맡았지만 두 곳 모두 이 꼴이니, 또한 이상한 일이네. 나머지는 별지(別紙)에 자세히 썼으니, 이만 줄이네.

경술년(1850, 철종1) 8월 19일, 가형(家兄) 환경(桓卿)이 쓰다.

별지

내가 떠나올 때 백교(伯嬌)[8]가 눈물을 거두고 웃음을 지으며 참으로 이별의 마음을 애써 억누를 줄 알았으니, 기특하고 기특하네. 이 때문에 말에 올라서도 줄곧 그 일이 생각나 더욱 마음을 떨칠 수가 없었네. 차교(次嬌)[9]는 내가 관하(關河)[10]에서 천리 길을 오는 동안 온 마음을 기울이며 반걸음도 떼어놓지 않았고, 온전히 보호하여 서울에 도착했지만 아직 병이 완쾌된 것을 보지 못했는데, 다시 이 아이를 남겨두고 떠나오자니 자꾸 마음에 걸려 더욱 잊을 수가 없네.

생각건대, 자손들을 위해 절절히 사랑하는 마음을 늘 시문(詩文)에 드러낸 것으로는 우리 문정공(文貞公 박미(朴瀰)) 할아버지 같으신 분이 없었네. 지금 내가 2백 년이 지난 뒤 이 고을의 수령이 되어 선조(先祖 박동량(朴東亮))께서 유배 생활을 하셨을 때의 일을 생각해 보았네. 문정공께서 말 한 필에 홑옷 차림으로 백번이나 왕래하시며 지은 시에,

---

8 백교(伯嬌) : 박선수의 장녀를 지칭한 말이다. 140쪽 주5 참조.

9 차교(次嬌) : 박선수의 차녀를 지칭한 말이다. 140쪽 주5 참조.

10 관하(關河) : 변방을 의미하는데, 여기서는 환재가 재직했던 용강현(龍岡縣)을 말한다.

바닷가 외로운 성, 성 가엔 봉우리	海畔孤城城上岑
봉우리 꼭대기 고목엔 아직도 그늘 남았네	岑頭朽樹尙餘陰
김제 남쪽 언덕에서 처음 바라보니	金堤南畔初相望
집은 부풍의 큰 연못가에 있네.[11]	家在扶風大澤潯

라고 하였네. 당시의 정경이 눈에 선하지만 세대(世代)가 멀어 그 유적을 지금은 상고할 수 없네. 하지만 읍치(邑治)에서 3리쯤 못 미친 곳에 큰 연못이 있는데, 연못 속의 연꽃은 이미 다 졌지만 바람에 펄럭이는 연잎이 사람을 향해 맑은 향기를 보내네. 연못가에 줄지어 선 버드나무 사이로 인가가 은은히 보이는데, 산에 의지한 촌락이라 매우 그윽하게 느껴지네. 마을 이름은 '신덕(新德)' 혹은 '신덕(申德)'이라고 하네. 내가 생각할 때 당시 유배 생활하시던 집이 북적대는 읍내에 있지 않았을 것이고 또 야외의 외따로 떨어진 곳도 아니었을 것이니, 그렇다면 시에서 읊은 성 가의 봉우리와 큰 연못가 사이가 아마 바로 그곳이 아니었겠나. 선조의 자취를 생각하니 감개를 누를 길 없네.

　여산(礪山)에 이르렀을 때 그 날은 중추절(仲秋節)이었고, 나는 지금 두 번이나 수령이 되었는데도 아직 제수(祭需)를 갖추어 선조의 묘소에 성묘하지 못했으니, 객점(客店)의 새벽달 아래 이리저리 뒤척이며 잠들지 못했네. 언제나 가묘(家廟)에 차(茶)를 올릴 수 있을지

11　바닷가……있네 : 박미가 지은 〈신미년 4월에 귀근하며 망향의 세 가지 기쁨을 읊다〔辛未四月歸覲 賦得望鄕三喜〕〉라는 시의 3수 중 두 번째 수이다. 부풍(扶風)은 부안(扶安)의 옛 이름이다. 《분서집》에는 이 시 원문 첫 구절의 '해반(海畔)'이 '해상(海上)'으로 되어 있다. 《汾西集 卷7》

모르겠네.

전주(全州)는 큰 들판 가운데 있는데 갑자기 몇 겹의 산이 병풍처럼 주위를 둘러싸 아늑하네. 가운데는 평탄하고 지대(地帶)가 낮은데〔窪〕 낮은 곳에 성(城)이 있네. 풍수가 좋기는 하지만 시원하고 건조한 곳이 전혀 없으니, 내가 보기에 평양(平壤)에 한참 못 미치네. 나는 본래 평양을 좋은 강산이라고 생각하지 않았는데 지금 이곳은 저 평양보다 도 못하니, 그렇다면 이곳은 또한 별다른 풍취가 없음을 알 만하네.

안사(按使)와 만난 지 하도 오랜만이라 서로 목이 메어 반가움을 억누르지 못했네.[12] 안사의 병세는 전해들은 것이 아마 지나친 듯했네.

이 부안 고을도 쌀밥에 생선국 먹는 고장이지만 전체가 평원(平原) 인 김제(金堤)만은 못하여 보이는 것이 매우 쇠잔하네. 읍치는 삼백 호(戶)에도 못 미치며, 성문(城門)이라고 하는 것도 무엇 때문에 만들 었는지 모르겠네. 성 안으로 들어가면 더욱 황량하여 썩은 지붕과 무너 진 울타리 사이로 한 줄기 길이 열려 있는데, 이리저리 구불구불 가노 라면 마치 맹원동(孟園洞)[13]에 들어가는 것 같아 산속 집으로 봄놀이

---

12 안사(按使)와……못했네 : 안사는 관찰사의 이칭인데, 여기서는 전라도 관찰사를 지내고 있던 환재의 벗 남병철(南秉哲)을 가리킨다. 남병철의 본관은 의령(宜寧), 자는 자명(字明) 또는 원명(元明), 호는 규재(圭齋)이다. 1837년(헌종3)에 문과에 급제하 였고, 특히 수학(數學)에 뛰어나 수륜지구의(水輪地球儀)와 사시의(四時儀)를 제작하 였다. 저서로 《해경세초해(海鏡細草解)》, 《의기집설(儀器輯說)》, 《성요(星要)》, 《추 보속해(推步續解)》, 《규재유고(圭齋遺稿)》 등이 있다. 헌종(憲宗)으로부터 '규재'라 는 호를 하사받았을 만큼 총애를 입었다. 이 당시 남병철은 헌종이 급서한 사건으로 인해 비탄에 젖어 지내다가, 전주 감영으로 찾아온 환재를 만나 헌종의 옛 은총을 이야 기하며 함께 울었다고 한다. 《瓛齋集 卷4 圭齋集序》

13 맹원동(孟園洞) : 맹원은 한양 가회방(嘉會坊), 즉 지금의 가회동(嘉會洞) 북쪽에

가는 행차인 양하니, 관청에서 만든 길로서의 풍모는 전혀 없네.

길이 끝나는 곳에 가파르고 거대한 바위가 있는데 바위 위는 편편하여 3, 40명이 앉을 만한 곳이 두 층으로 되어 있는데, 바위 앞면은 동이를 엎어놓은 것 같아서 발도 붙일 수가 없네. 계단을 만들어 놓은 곳으로부터 돌아서 가노라면 갑자기 '봉래동천(蓬萊洞天)'이라고 깊게 파 놓은 큰 글씨[14]가 보이고 또 '취석(醉石)'이라는 글씨도 있는데, 이것은 모두 실상에 어울리지 않는 이름들이니, 그 누가 술을 들고 관청 문 밖에 있는 길가에 와서 취한단 말인가.

바위를 마주하여 이른바 고각루(鼓角樓)라는 것이 있는데 누각은 남향이네. 그 안쪽이 내삼문(內三門)인데 동향이고, 문으로 들어서면 관청 마당은 진흙탕이라 논과 같고, 아주 좁은 마당을 정당(政堂)이 거의 다 차지하고 있네. 정당은 새로 지었고 역시 동향인데 아주 화려하거나 크지 않지만 새로 지은 것이라서 사람들은 거처가 훌륭하다고 칭찬하네. 하지만 내가 보기에는 방들이 너무 좁아 용강(龍岡)에 미치지 못하며, 웅장하게 솟은 것만이 나을 뿐이네.

안사(按使 남병철)가 이번 달 28일에 순행(巡行)을 떠나려하면서 나

있던 높은 고개인 맹현(孟峴)을 말하므로, 맹원동은 맹현 부근의 삼청동(三淸洞)을 가리키는 것으로 보인다. 《김명호, 환재 박규수 연구, 창비, 2008, 319쪽》

14 봉래동천(蓬萊洞天)이라고……글씨 : 현재의 부안 군청 후원에 초서(草書)로 '봉래동천'이라고 새겨진 큰 바위가 있다. 이 바위는 1999년 부안 옛 관아 터에서 발굴되었고, 2009년 군청 청사를 신축할 때 이곳을 후원으로 조성하였다. 그 글씨는 1810년(순조 10)에서 1813년까지 부안 현감을 지낸 박시수(朴蓍壽, 1767~1834)의 글씨로 추정된다. 《노재현 외, 바위글씨로 본 부안 관아와 상소산 일대의 장소정체성, 한국전통조경학회지 Vol.30. No.2, 2012》 이 바위가 환재가 말하는 것과 동일한 것인지는 확실치 않다.

에게 광주(光州) 등지를 함께 유람하자고 청하였네. 나는 금년 정월 이후 이번까지 길을 걸은 것이 4천 3백여 리나 되어 심신이 고달프고 피로하여 아마 견딜 수 없을 듯하기에 이런 말로 사양하니, 안사도 나를 위해 안타깝게 여겼네. 그러나 앞으로 형세를 살펴가며 움직이다 보면 응당 왕복할 수도 있을 것이네. 만약 광주에 간다면 내친김에 나주(羅州)까지 가서 시조(始祖)의 묘소에 참배(參拜)할 것이네.[15]

정당 동남쪽의 서까래가 서로 닿은 곳에 작은 정자가 있는데 마치 북영(北營)의 사정(射亭)[16]같았으며, 제법 단청도 칠해져 있었네. 정당의 동북쪽 언덕 위에 작은 정자가 있는데 무성한 잡목들로 둘러싸여서 전혀 머물고 싶은 생각이 없었네. 서림정(西林亭)이라 불리는 곳은 그나마 조금 아름답고 관아 뒤쪽 활 한 바탕 거리[17]에 있는데 아직 가보지 못했네.

분서 할아버지의 시 가운데 부풍(扶風)과 변산(邊山)을 읊은 여러 작품들을 바빠서 살펴보지 못하고 왔으니 답답하네. 변산에는 실상사(實相寺)·내소사(來蘇寺)·월명암(月明庵)·개암사(開巖寺) 등이

---

15 안사(按使)가 이번……것이네 : 이 부분은 문맥의 흐름상 본 번역서 144쪽의 "안사의 병세는 전해들은 것이 아마 지나친 듯했네."의 뒤로 옮겨야 할 것으로 보인다. 문집 편집과정에서 착오가 생긴 것이 아닌가 한다. 시조의 묘소는 고려 때 반남현 호장(戶長)을 지낸 박응주(朴應珠)의 묘소로, 현재 전라남도 나주시 반남면 흥덕리(興德里)에 있다.

16 북영(北營)의 사정(射亭) : 북영은 창덕궁(昌德宮) 북쪽 요금문(曜金門) 밖에 있던 훈련도감(訓鍊都監)의 분영(分營)이고, 사정은 활쏘기를 연습하는 곳에 세운 정자를 말한다.

17 활 한 바탕 거리 : 원문은 '一帿地'인데, '후'는 '사후(射帿)'로 활을 쏘아 살이 미치는 거리를 의미하며, 우리말로는 '바탕'이라고 한다.

있는데, 모두 분서 할아버지의 시 제목에 보이네.[18] '실상사에서 이 고
장 수령(守令) 한흥일(韓興一)과 회합하였다.'라고 운운한 것도 시 제
목에 있었던 것 같은데,[19] 반드시 등사(謄寫)해 보내 주면 좋겠네.

혹시 분서 할아버지께서 우거(寓居)했을 때의 마을 이름에 대해 근
거로 삼을 만한 자료가 있으면 참 좋겠는데, 아마 상고할 만한 것이
없을 듯하네.

18 변산에는……보이네 : 1631년(인조9)에 박미는 이명한(李明漢)과 함께 박동량을
모시고 변산을 유람하며 많은 시를 남겼다. 이명한은 박동량의 사위이다. 박미가 이때
남긴 시로 〈월명폐사(月明廢寺)〉, 〈실상사(實相寺)〉, 〈별실상사(別實相寺)〉, 〈유변
산 종소래사하 숙원효암(遊邊山從蘇來寺下宿元曉菴)〉, 〈실상사 여설형상인화별……
(實相寺與雪瑩上人話別……)〉 등이 있으며, 개암사와 관련된 시는 현재 《분서집》에
보이지 않는다. 《汾西集 卷2·卷3》

19 실상사에서……같은데 : 《분서집》권5에 수록된 〈6월 15일에 수령 한진보 흥일과
성문 남쪽 누각에서 만나 술을 마시며 짓다〔六月十五日 主守韓振甫興一 邀飮城門南樓
有作〕〉라는 시를 말하는 듯하다. 한흥일(韓興一, 1587~1651)은 본관은 청주(淸州),
자는 진보(振甫), 호는 유시(柳市), 시호는 정온(靖溫)이다. 1624년(인조2)에 문과에
급제한 뒤 우의정에까지 올랐다. 《樊巖集 卷43 大匡輔國崇祿大夫議政府右議政兼領經
筵事監春秋館事韓公諡狀》 한흥일이 부안 현감을 지낸 것은 1624년이고 박미가 변산을
유람한 것은 1631년이다. 또 《분서집》의 시 제목에도 실상사에서 박미가 한흥일과 만난
사실은 보이지 않는다.

온경에게 보내는 편지 2[20]

又

어제 읍리(邑吏)의 사적인 인편을 통해 25일에 보낸 편지를 받고서, 기거가 편안하고 온 집안이 무고한 것을 알았으니 매우 기쁘네.

나도 줄곧 편안하게 잘 지내고 있지만, 체증(滯症)이 좀처럼 시원히 사라지지 않네. 대변은 견실하게 보는데 늘 뱃속이 편안하지 않네. 하루에 먹는 것은 아침과 저녁밥뿐이지만 밥은 반 넘게 먹으니 어찌 아무것도 먹지 못한다고 말할 수 있겠나. 아마도 기(氣)가 꽉 막혀서 그런 것 같으니, 걱정할 정도는 아닐세.

〈청림종가(靑林鍾歌)〉[21]는 필세(筆勢)가 높고 힘차며 의론(議論)이 아주 훌륭하니 매우 법도에 맞는 작품이네. 염재(念齋)[22]의 작품은 진

---

20 온경에게 보내는 편지 2 : 1850년(철종1) 11월 2일 보낸 편지이다.

전반부에서는 박선수가 보내준 〈청림종가(靑林鍾歌)〉에 대해 칭찬하며 앞으로 계속 노력할 것을 주문하였다. 후반부에서는 니동(泥洞)으로 이사하려는 생각이 있으면서도 망설이는 박선수에게 개의치 말고 하루바삐 이사할 것을 권하였다. 박선수가 망설인 이유는 이사하려는 시점이 환재가 용강 현령을 지내고 부안 현감으로 나간 직후였으므로, 지방관을 지내며 부정축재한 것이라는 의심을 살지도 모르기 때문이었다. 하지만 환재는 자신이 떳떳하기 때문에 아무런 문제가 될 것이 없다는 뜻을 전하였다.

21 청림종가(靑林鍾歌) : 박선수가 지은 작품으로 보이는데, 정확한 것은 미상이다.

22 염재(念齋) : 이정관(李正觀, 1792~1854)의 호로, 자는 치서(稚瑞) 또는 관여(盥如)이고, 다른 호는 치창(癡蒼)·치원(痴園)·잠실산인(潛室山人) 등이다. 환재의 척숙(戚叔)이며, 연암(燕巖) 박지원(朴趾源, 1737~1805)의 처남이자 지기(知己)였던 이재성(李在誠, 1751~1809)의 둘째 아들이다.

운(趁韻)[23]을 면치 못했으니, 자네의 작품이 그만 못지않네. 이렇게만 꾸준히 나아간다면 얼마 지나지 않아 스스로 문호를 열 수도 있을 것이니, 그 기쁨과 즐거움을 가눌 길 없네. 무릎을 치며 한바탕 읽었지만 이 의미를 말할 사람이 없으니 참 한스럽네.

집을 옮기는 일[24]에 대해서는, 26일에 인편을 통해 편지를 보냈으니 아마 이달 5, 6일쯤이면 도착할 것이네. 혹시라도 내가 보낸 그 편지를 보고 계획을 중지하지는 말게나. 지금 자네의 편지와 이사할 집의 그림을 보고 다시 더 생각해 보았네.

대개 머리가 닿을 비좁은 집에 살던 늙은 선비가 현령(縣令) 한 자리를 얻어 약간의 녹봉이 생기면, 우선 겨우 무릎을 들여놓을 만한[25] 집을 찾고 죽이라도 끓여먹기 위해 조그마한 밭뙈기를 구하네. 그래도 남은 돈이 있으면 한강(漢江)가의 부자에게 은밀히 부탁하여 몇 년 치의 땔감과 쌀과 장(醬)과 소금을 장만하네. 그런 뒤에 내직(內職)으로 들어와 벼슬에 종사하다가 자급(資級)과 관력(官歷)이 조금씩 불어나면 큰 고을을 맡기도 하고 큰 번진(藩鎭)으로 나가기도 하면서 점차 재물을 보태고 늘여 나가네. 이리하여 평생토록 부러워하던 종로(鍾路) 남쪽의 큰 저택을 비로소 얻게 되네. 이와 같이 하면 크게 조리가

---

23 진운(趁韻) : 그저 운자(韻字)만 맞추어 지었다는 의미이다.

24 집을 옮기는 일 : 환재는 원래 박지원의 거처였던 한양 북촌(北村)의 계산초당(桂山草堂)에 살았던 것으로 추정되며, 이 편지를 쓸 무렵 박선수가 니동(泥洞) 즉 현재의 운니동(雲泥洞)으로 이사하였다고 한다. 《김명호, 환재 박규수 연구, 창비, 2008, 26～28쪽》

25 무릎을 들여놓을 만한 : 원문은 '客膝'로 되어 있으나, 문맥을 고려하여 '容膝'로 수정하여 번역하였다.

있고 자신의 용의주도함을 다하게 되는 것이네. 나도 이런 방법을 힘껏 써보고 싶지 않은 것은 아니지만, 괴이하게도 막상 벼슬할 때가 말할 때와는 같지 않았네.

금년 봄에 만약 니동(泥洞 현재의 운니동(雲泥洞))의 집을 사지 않고 값이 반밖에 되지 않는 집을 샀더라면 집을 사고 남은 돈이 과연 지금까지 남아 있겠는가. 이른바 땔감과 소금과 장(醬)과 식초, 그리고 죽이라도 끓여먹을 작은 밭뙈기를 마련하는 일이 내가 할 수 있는 일이 아님을 분명하게 안다면, 그것은 긴요하지 않은 일에 낭비한 것이나 마찬가지이네. 전혀 보탬 될 것이 없는 일상의 수응(酬應)에 돈을 낭비하기 보다는 차라리 눈앞에서 우뚝하게 이 집을 보는 것은 또한 하나의 즐거움이 될 것이네. 대축(大祝)이 예를 행하는 청사(廳事)로 삼을 수도 있고, 재상이 말을 돌릴 청사로도 삼을 수 있으며²⁶, 형제를 즐겁게 하고 처자식을 보호할 수도 있네. 편안히 거처하고 노닐며 쉬는 것은 우리 임금의 은혜가 아님이 없으니, 다시 안 될 것이 무엇이 있어서 많이 생각하고 헤아리겠는가.

내가 처음 경사에 올 적에   我始來京師

---

26 대축(大祝)이……있으며 : 북송(北宋) 때의 명재상인 이항(李沆)이 봉구문(封丘門) 밖에 집을 지었는데, 청사(廳事)가 너무 좁아 겨우 말 한 마리가 몸을 돌릴 만하였다. 어떤 사람이 너무 좁은 것이 아니냐고 묻자, 이항이 웃으며 "거처하는 집은 당연히 자손에게 물려줄 것이다. 이 집이 재상의 청사라면 참으로 협소하지만, 대축(大祝)으로 예(禮)를 받드는 자의 청사로는 아주 넓은 것이다."라고 했던 고사가 전한다. 《宋名臣言行錄 前集 卷2》 청사는 사무를 보는 대청이나 그 앞의 공간을 이르고, 대축은 재상의 자제(子弟)가 처음 벼슬하는 음직(蔭職)이다.

한 묶음 서책만 가져왔을 뿐인데   只携一束書

30년을 고생하고 근면하여   辛勤三十年

이 집을 장만하게 되었네   以有此屋廬

하였는데, 바로 이 시 때문에 창려(昌黎 한유(韓愈))가 회옹(晦翁 주희
(朱熹))에게 비난을 받았네. 자네가 지금 머뭇거리며 너무 사치스럽다
는 비난을 받을까 걱정하니, 정말 우스운 일이네.[27]

　나 환경(桓卿)은 본래 고상한 사람이 아니라서 부귀하고 싶은 생각
이 늘 가슴속에 있는 것을 면치 못하였지만, 다시 또 하나의 환경(桓卿)
이 그 곁에 있으면서 벼슬할 때와 물러나는 사이에 간절히 경계하기만
하면 되는 것이네. 하찮은 집 한 채를 두고 어찌 빨리 옮길지 천천히
옮길지를 논란할 가치가 있겠는가. 이와 같이 하는 것은 죽 먹을 방법

---

27 내가……일이네 : 소개된 시는 당나라 한유(韓愈)의 5언 장편고시인 〈시아(示
兒)〉의 첫 부분이다. 《한창려집(韓昌黎集)》에는 첫 구의 '我始'가 '始我'로, 둘째 구의
'只'가 '止'로 되어 있다. 《韓昌黎集 卷7》 주희는 평소 한유의 시문을 즐겨 읽었고 한유
시문에 대한 주석서인 《한문고이(韓文考異)》10권을 직접 엮었다. 주희는 《한문고이》
마지막 부분에 왕안석(王安石)이 한유를 평가한 〈한자(韓子)〉라는 시를 덧붙였는데,
"어지러이 백년 세월 쉬이 보냈으니, 온 세상에 도의 참맛 아는 사람 없어라. 힘써
진언 없앴노라 말세에 자랑했으니, 가련타 보탬 없이 정신만 허비함이여.〔紛紛易盡百
年身, 擧世無人識道眞. 力去陳言誇末俗, 可憐無補費精神.〕"라는 내용이다. 그런데 주
희의 이러한 편집 의도에 대해 송(宋)나라 황진(黃震)은 "다만 한유가 시와 술을 즐기며
부화함에서 벗어나지 못하였고, 그 뜻을 이록에 두어 탄식하는 말이 조금 있었기 때문이
다.〔獨以其未免詩酒浮華, 志在利祿, 而微有嘆息之辭.〕"라고 하였다. 《黃氏日抄 卷59》
환재는 30년 고생 끝에 집 한 채를 얻었다는 한유의 시를 인용하여 그의 뜻이 이록에
있었음을 보여주고, 나아가 자신의 뜻은 이록에 있지 않으므로 지금 당장 이사해도
아무 문제될 것이 없다는 뜻을 전한 것이다.

을 꾀하지 않고 한갓 자랑만 일삼은 나를 비웃은 것에 불과할 뿐이네. 가령 계산(桂山)에 그대로 살면서 이른바 '논 한 뙈기'도 없다면 어찌 비방과 의심을 크게 불러오지 않겠는가. 두 번이나 기름진 고을을 맡으면서 빙벽(氷蘗)의 명성[28]을 얻지 못했으니, 어찌 나를 세상물정에 어둡고 재물에 냉담하다고 여기겠는가. 그러므로 한 번 생각해 본 적도 없고 한 번 해본 적도 없는 일에 대한 비방이 뒤따라 모여들 것이니, 또 그 누가 일일이 그것의 진위를 따져보기나 하겠는가. 참으로 우습네.

이미 집을 옮길 기회가 생겼는데 이런 걱정 때문에 주저하다가 때를 놓칠 필요는 없으니, 즉시 도모하는 것이 좋겠네. 나머지는 별지에 쓰네.

이 편지가 도착하는 날은 13, 4일 사이가 될 것이네. 먼 곳의 사정은 말로하기 어려우므로 이만 줄이네.

경술년(1850, 철종1) 지월(至月 11월) 초2일.

---

28 빙벽(氷蘗)의 명성 : 빙벽은 얼음과 황벽나무라는 뜻으로, 춥고 괴로운 가운데서도 굳게 절조를 지키며 청백하게 사는 것을 비유할 때 쓰는 말이다. 즉 청빈하다는 명성을 말한다.

온경에게 보내는 편지 3[29]

又

인편이 없지 않아 집안 소식이야 이어지고 있지만, 이 세모(歲暮)에 먼 고을에서 달빛 아래 거닐며 구름을 바라보자니[30] 마음을 가누기가 더욱 어렵네. 요사이 모든 일이 한결같이 편안한가? 매화는 얼마쯤 꽃을 피웠는가? 여대(汝大)[31] · 기지(畿止)[32]와는 모임을 가지는가?

29 온경에게 보내는 편지 3 : 1850년(철종1) 12월 17일에 보낸 편지이다.

전반부에는 세모에 잡무로 고생하며 쓸쓸히 지내는 상황을 전하였다. 후반부에는 전주 판관(全州判官)이 환재 집안 선조의 문집을 등사해 가지고 싶다고 간청하니 벗 이수경(李壽卿)의 가장본(家藏本)을 그에게 빌려줄 것과 이수경의 가장본에 빠진 낙권을 신석우(申錫愚, 1805~1865)에게 빌려 함께 전해주면서 그 김에 낙권을 등서해 두는 것이 좋겠다는 뜻을 전하고 있다. 또 전주 판관이 소장한 〈동원아집도(東園雅集圖)〉를 빌려 보고 명화(名畵)라고 칭찬하였다.

30 달빛……바라보자니 : 고향 집과 형제를 그리워하는 마음을 뜻한다. 두보(杜甫)의 〈한별(恨別)〉시에, "고향 집 생각하며 달 아래 거닐다 맑은 밤에 서 있고, 아우를 그리워하며 구름 보다가 한낮에 조노라.〔思家步月清宵立, 憶弟看雲白日眠.〕"라고 한 데서 나왔다. 《杜少陵詩集 卷4》

31 여대(汝大) : 오창선(吳昌善, 1829~?)의 자로, 본관은 해주(海州)이다. 미산(眉山) 한장석(韓章錫, 1832~1894)의 벗으로, 1852년(철종3) 진사시에 급제한 것이 확인된다. 한장석의 기록에 의거하면, 환재가 용강 현령 시절 〈동여도(東輿圖)〉를 제작할 때 함께 참여하여 도움을 주었으며, 1860년대에 요절했던 것으로 보인다. 《眉山集 卷7 東輿圖序》 본문의 내용으로 보아 박선수와도 가까운 사이였던 듯하다.

32 기지(畿止) : 김민수(金民秀, 1828~?)의 자로, 본관은 연안(延安)이다. 1855년 (철종6) 진사시에 급제한 것이 확인되며, 한장석과 교유가 있었던 것으로 보인다. 《眉山集 卷1 浴佛日提燈訪金畿止民秀于洪園山榭》

나는 세모에 온갖 잡무가 몰려들고 아울러 형옥(刑獄)을 다스리자니, 청한(淸閑)한 정취가 전혀 없네. 하루 종일 방안에 있으면서 앉았다 일어났다할 뿐 만나서 대화를 나눌 사람이 없네. 밤이 되면[33] 얼른 잠이 오지 않아 억지로 산책을 해보지만 내동헌(內東軒 관아의 안채)을 벗어나지 못하네. 그래도 눈앞에 보이는 경치가 정당(政堂)보다는 나은 편이네. 이 일대는 낮은 산봉우리가 이어져 있고 몇 그루의 성근 버드나무가 있으며, 흰 눈에 비친 달빛이 밝고 밤하늘은 소슬하여 마음 맞는 친구와 함께 술 마시며 즐기기에 참으로 좋네. 하지만 그런 사람이 없을뿐더러 나는 술도 못하기에, 뒷짐지고 한 번 바라보다 돌아올 뿐이니 무료하기 그지없네.

전주 판관(全州判官)[34]이 우리 집안 선조(先祖)의 원고를 등서(謄書)해 소장하고 싶어 하는데, 그의 청이 자못 간절하네. 이번 기회에 원고 한 본(本)을 늘려 보태는 것도 좋을 듯한데, 자네의 생각은 어떠한가? 나의 벗 이수경(李壽卿)[35] 집안에 소장된 원고가 아직 있는지 모르겠네. 그 중의 낙권(落卷)에 대해 항상 등서해서 보충해 달라고 요청했고 나 역시 그렇게 해야겠다고 마음먹고 있었지만, 아직 실행에 옮기지 못했네. 지금 이수경이 가진 본을 전주 판관에게 빌려주면서,

---

33 밤이 되면 : 원문은 '八夜'로 되어 있는데, 문맥을 고려하여 '入夜'로 바꾸어 번역하였다.

34 전주 판관(全州判官) : 이 당시 전주 판관을 지낸 사람은 윤규석(尹奎錫, 1807~?)으로 확인된다. 본관은 해평(海平), 자는 문백(文伯)이며, 동몽교관, 부사과(副司果), 의령 현감(宜寧縣監) 등을 역임하였다.《承政院日記 憲宗 9年 9月 17日, 12年 4月 13日, 13年 5月 6日》《外案考 卷4》

35 이수경(李壽卿) : 누구인지는 미상인데, 수경(壽卿)은 자로 추정된다.

그 중에 낙권을 신성여(申聖汝)[36]에게 다시 빌려 전주 판관에게 채워 보내 주고, 그 김에 등사해서 낙권을 보충해 줄 것을 요구해도 무방할 듯한데, 어찌 생각하는지 모르겠네. 만약 불가하다고 생각하지 않는다면 즉시 도모해도 무방하겠네. 전주 판관이 소장한 〈동원아집도(東園雅集圖)〉[37]가 지금 내 곁에 있네. 선배들의 모습이 눈에 역력하니 참으로 명화(名畵)일세.

청양(靑陽 미상(未詳))에서는 간간히 서신이 오는데 대체로 평안하다고 하네. 연우(淵友)[38]는 자주 만나는가? 요사이 공부는 어떠한가?

36 신성여(申聖汝) : 신석우(申錫愚)로, 성여는 그의 자이고, 본관은 평산(平山), 다른 자는 성예(成睿)·성여(聖如) 등이며, 호는 해장(海藏)·금천(琴泉)·이당(頤堂)·맹원(孟園)·난인(蘭人) 등이다. 시호는 문정(文貞)이다. 환재의 평생지기였다. 1834년(순조34)에 문과에 급제한 뒤 형조와 예조의 판서에까지 올랐고, 1860년(철종11)에 동지 정사(冬至正使)로 청나라에 다녀왔다. 문집으로 《해장집》이 있다.

37 〈동원아집도(東園雅集圖)〉 : 영조 말년에 탕평책에 반대한 이른바 노론 청류(淸流)에 속하는 인사 10여 명이 이유수(李惟秀, 1721~1771)의 동원(東園)에서 가진 모임을 그린 그림으로 추정되고 있다. 이유수의 본관은 전주(全州), 자는 심원(深遠), 호는 완이(莞爾), 시호는 정익(貞翼)이다. 또 〈동원아집도〉에 그려진 윤경증(尹慶曾)은 앞서 나온 전주 판관 윤규석의 생부이다. 《燕石 冊二 東園雅集圖小記甲午·冊四 東園雅集圖贊戊子》《金陵集 卷12 李尙書東園雅集圖記》《김윤조, 薑山 李書九의 생애와 문학, 성균관대 박사논문, 1991, 21~25쪽》

38 연우(淵友) : 윤종의(尹宗儀, 1805~1886)로, 본관은 파평(坡平), 자는 사연(士淵), 호는 연재(淵齋)이다. 환재의 평생지기였다. 1852년(철종3)에 음직으로 종부시 주부가 되었고 이후 김포 군수(金浦郡守), 대흥 군수(大興郡守) 등 외직을 전전했으며, 만년에 공조 참의, 호조 참판 등을 역임하였다. 1882년(고종19)에 파광군(波光君)에 습봉(襲封)되었다. 병(兵)·농(農)·율력(律曆) 등에 조예가 깊었으며 예학(禮學)에도 밝았다. 저서로 《상서도전변해(尙書圖傳辨解)》, 《벽위신편(闢衛新編)》, 《방례고증(邦禮考證)》, 《고사통휘(古史統彙)》 등이 있다.

세시(歲時)에 편지를 보내지 못해 참으로 서글프네.

이 심부름꾼이 돌아갈 때쯤이면 새해가 시작되었을 것이니, 새해에 집안과 나라가 태평하기만을 기원할 뿐이네. 이만 줄이네.

경술년(1850, 철종1) 12월 17일, 형 환재가 쓰다.

온경에게 보내는 편지 4[39]

又

16일에 부친 편지를 22일에 받아보았네. 생활이 편안하고 집안도 태평하다고 하니 몹시 기쁘네. 요사이 집안의 모든 일들은 어떠한가? 이곳도 요즘 변함없이 잘 지내네. 며칠 전에 감영(監營)에 갔다가 어제서야 돌아왔네. 세모(歲暮)도 며칠 남지 않아 이별해서 지내는 마음이 더욱 견디기 어렵네. 새해에 집안과 나라가 태평하기를 멀리서나마 기원하네.

이곳은 북극(北極)의 고도가 한양(漢陽)에 비해 2도쯤 낮으니 그렇다면 남극노인성(南極老人星)[40]을 볼 수 있네. 여러 차례 관측했는데 연해(沿海)에 구름이 끼어 청명(淸明)한 밤이 전혀 없다가, 대한(大寒)날 밤 해시(亥時) 정각[41]이 되어서야 비로소 볼 수 있었네.

크기는 북두성(北斗星) 가운데 가장 큰 별과 같고, 그 색깔은 짙은 황색에 약간 붉은 빛이 돌았으며, 번쩍이는 빛줄기는 나오지 않았지만

---

39 온경에게 보내는 편지 4 : 1850년(철종1) 12월 27일에 보낸 편지이다.
대한(大寒)날 밤에 부안현(扶安縣) 관아에서 남극노인성(南極老人星)을 관측하는 데 성공한 사실을 전하며, 한라산 정상에서만 남극노인성을 볼 수 있다는 속설이 과장된 것이라고 하였다. 환재의 천문지리에 대한 관심을 엿볼 수 있는 편지이다.

40 남극노인성(南極老人星) : 동양의 별자리인 28수(宿)에서 남방 7수 중 정수(井宿)에 속하는 별이다. 예로부터 인간의 수명을 맡은 별자리로 알려졌다. 서양의 별자리로는 용골좌(龍骨座)의 알파성이다. 우리나라에서는 양력 2월 무렵에 남쪽 지평선 가까이에 잠시 나타났다가 사라진다고 한다.

41 해시(亥時) 정각 : 밤 10시이다.

낟알 같은 한 덩어리가 환하게 빛났네. 지평선에서 한 길도 되지 않는 높이에 잠깐 나왔다가 이내 사라졌으니, 아마 험준한 언덕이나 산이 없는 지세와 구름으로 덮이지 않은 날씨라야 볼 수 있을 것이네.

이곳은 북극 고도가 낮기는 하지만 다행히 남쪽에 높은 산이 없으므로 보인 것이니, 이곳 이웃의 여러 고을들이라 해도 곳곳마다 다 볼 수는 없을 것이네. 대개 한라산(漢拏山) 정상에서 춘분(春分)날 밤에만 볼 수 있다고들 말하지만, 나는 지금 부안현(扶安縣) 관아의 동헌(東軒)에서 대한날 밤에 보았으니, 그 일이 매우 과장된 것이네.[42] 그러나 속인(俗人)들에게는 말해 줄 수 없네. 아마 자네와 연우(淵友 윤종의(尹宗儀))와 규재(圭齋 남병철(南秉哲))는 분명히 믿을 테지만, 그 밖의 사람들은 믿지 않을 것이네. 쓸데없이 말만 많아질 것이니 번거롭게 이야기하지 않는 것이 좋겠네.

때마침 공사(公事)가 있어서 읍교(邑校 지방 고을의 장교)를 뽑아 경조(京兆 서울)로 보내게 되었기에 이 사람을 통해 안부를 전하네. 이만 줄이네. 오직 태평하기만을 바라네.

경술년(1850, 철종1) 납월(臘月 12월) 27일, 형 환재가 쓰다.

온경에게 보내는 편지 5[43]

又

초6일에 보낸 편지는 받아 보았네. 이곳에서 초2일과 4일에 보낸 편지를 보았는가? 요사이의 생활은 어떠하며, 집안은 편안한가? 병은 없는가? 오늘 과거(科擧) 시험장에는 잘 갔는가? 염려가 끝이 없네. 이곳은 그럭저럭 지내는데, 세금을 거두고 순찰사(巡察使)를 모시는 일로 날마다 몹시 바쁘네.

봄철의 경물이 한창 새로워지고 춘풍(春風)이 비를 몰고 와 관청의 버드나무는 노랗게 간들거리고 마을의 살구나무는 붉은 빛을 뿜어내며, 비탈 밭이 성곽을 에워싸고 맑은 물이 강을 이루었네. 누대에 올라 한번 바라보노라면 완연히 강남(江南)의 춘색(春色)을 그린 그림과 같으니, 호남(湖南)의 명승지라 이를 만한데도 지금껏 칭찬하는 이가 없었고 걸핏하면 변산(邊山)만을 일컫는 것은 무엇 때문일까? 우리 집 정원의 경물을 회상해 보노라니 또한 바람을 타고 돌아가고픈 생각을 금하지 못하겠네.

부쳐준 장구(長句) 시는 사나운 매가 창공으로 솟는 기세가 있으니, '참으로 자연스럽다'[44]고 말할 만하네. 결구(結句)에서 전고(典故)를

43 온경에게 보내는 편지 5 : 1851년(철종2) 3월 13일에 보낸 편지이다.

부안의 봄 풍광이 훌륭해 호남의 명승지가 되기에 손색이 없는데 사람들이 변산(邊山)의 경치만 칭찬함을 아쉬워하였고, 박선수가 보내온 장구(長句) 시의 장단점을 평하였다. 또 김긍연(金肯淵)이 전시(殿試)에 나아간 일을 축하하였다.

44 참으로 자연스럽다 : 원문은 '行其所無事'이다. 《맹자》〈이루 하(離婁下)〉에 "우

운용한 부분에는 간혹 기이(奇異)하지 못한 부분이 있네만, 이런 방법을 아는 자가 드무니 어찌하겠는가. 이런 생각을 할 때마다 사람들이 깨치지 못하는 것을 늘 안타깝게 생각하네. 7언시는 체재(體裁)가 이미 갖추어졌으니, 5언시에 더욱 힘을 쓰는 것이 좋겠네.

김사긍(金士肯)[45]이 전시(殿試)에 나아갔다니 통쾌하네. 친구 몇몇 사람들이 뒤를 이어 급제한다면 더욱 마음에 흡족할 것이지만, 세상일이란 모두 그 때가 있는 법이니, 이 말로 축원할 뿐이네.

며칠 사이로 다시 인편이 있을 것이네. 이번 편지는 상납(上納) 편에 보내느라 우선 바빠서 대충 쓰고 이만 줄이네.

신해년(1851, 철종2) 3월 13일, 형 환재가 쓰다.

(禹) 임금이 물을 흘러가게 한 것은 자연의 형세에 따른 것이다.〔禹之行水也, 行其所無事也.〕"라고 한 데서 나온 말이다.
45 김사긍(金士肯) : 김긍연(金肯淵, 1804~1852)으로, 사긍은 그의 자이며, 본관은 연안(延安)이다. 1851년(철종2) 춘당대(春塘臺)에서 행한 춘도기(春到記)에 표(表)로 합격하여 직부전시(直赴殿試)하였으며, 이해 문과에 급제하였다. 그 이듬해에 세상을 떠났다.《哲宗實錄 2年 3月 2日》《鳳棲集 卷4 金士肯哀辭》

온경에게 보내는 편지 6[46]

又

초2일과 11일에 보낸 두 통의 편지를 연이어 받고서 생활이 평안하고
집안에 별일 없음을 두루 알게 되었으니 몹시 기쁘게 생각하네.

나는 11일에 은해사(銀海寺)의 운부암(雲浮菴)[47]에 도착했네. 암자
가 만 겹의 푸른 봉우리 속에 자리하여 멀리 한 점의 산도 보이지 않아
답답함을 견디지 못하겠네. 이 때문에 체증이 생겼다가 지금 다행히
조금 나았네.

정안복(鄭顔復)[48]이 며칠 내에 이리로 올 것인데, 아마 병 때문에

---

46 온경에게 보내는 편지 6 : 1854년(철종5) 2월 25일에 쓴 편지이다.

환재는 1854년 1월 경상좌도 암행어사에 임명되었는데, 이 편지는 경상북도 영천(永
川)의 은해사(銀海寺) 운부암(雲浮菴)에 머무르며 쓴 것이다. 조선 말기의 화가 정안복
(鄭顔復)과 환재의 교류를 확인할 수 있는 자료이기도 하다.

47 은해사(銀海寺)의 운부암(雲浮菴) : 은해사는 경상북도 영천(永川) 팔공산(八公
山)에 있는 절로 809년(신라 헌덕왕1)에 혜철국사(惠哲國師)가 해안평(海眼坪)에 창
건한 해안사(海眼寺)를, 명종(明宗) 원년에 지금의 터로 옮겨 은해사로 이름을 바꾸었
다. 운부암은 은해사의 암자로 711년(성덕왕10)에 신라의 의상대사(義相大師)가 창건
하였다. 추사(秋史) 김정희(金正喜)가 머물면서 남긴 현판이나 주련(柱聯)이 많으며,
운부암의 '운부난야(雲浮蘭若)'라는 현판 글씨는 환재가 쓴 것이다.

48 정안복(鄭顔復) : 생몰년 미상. 호는 석초(石蕉). 조선 말기의 화가로 대구에서
살았다. 난초와 대나무를 잘 그렸으며, 송나라 미불(米芾)을 사모하고 청나라 정섭(鄭
燮)의 난법(蘭法)을 따랐다고 한다. 강위(姜瑋, 1820~1884)에게 묵죽(墨竹)을 그린
부채를 선사하는 등 교유가 있었다. 작품으로 〈패교건려도(覇橋蹇驢圖)〉가 전하는데,
이 그림은 조선 초기적인 구도에 남종(南宗) 문인화풍(文人畵風)을 보여준다. 《古歡堂

그런 것 같네. 요사이 그의 아들이 와서 유숙(留宿)하고 있고, 안상권 (安常權)도 와 있네. 산사의 승려들 중에 시승(詩僧)이 많은데, 추사 (秋史)에게 참료(參寥)가 되어 주고 하전(夏篆)에게 원공(遠公)이 되어 주었던 자도 있으니[49] 적막하지 않아서 좋네. 여러 객들이 아직 모이지 않았지만 며칠 내로 모두 도착할 것이네.

문서를 처리한 뒤에야 비로소 다른 곳으로 나아갈 수 있겠네. 모든 일에 대해 지나치게 걱정하지 않아도 되네. 때마침 우천(牛川)의 노비를 만났기에 이 편지를 부치네. 나머지는 이만 줄이네.

갑인년(1854, 철종5) 2월 25일.

收艸 卷2 大丘城中訪鄭石樵》《한국민족문화대백과사전》

49 추사(秋史)에게…있으니 : 은해사의 승려 가운데 당대의 명사(名士)인 추사와 하전(夏篆)과 시를 창수했던 뛰어난 시승이 있다는 말이다. 추사는 김정희(金正喜, 1786 ~1856)의 호로, 본관은 경주(慶州), 자는 원춘(元春)이다. 제주도 유배에서 풀려난 뒤 은해사의 운부암에 머문 적이 있으며, 은해사에는 현재까지 김정희의 필적이 많이 남아 있다. 참료(參寥)는 송나라의 시승 도잠(道潛)의 호인데, 속성은 하(何)이다. 소식(蘇軾)과 시우(詩友)로서 친하게 지내며 많은 시를 창화하였다. 문집으로《참료자집(參寥子集)》이 있다. 하전은 김익정(金益鼎, 1803~1879)의 호로, 본관은 청풍(淸風), 자는 정구(定九)이며, 청은군(淸恩君)에 봉해졌다. 운양(雲養) 김윤식(金允植, 1835~1922)의 숙부이며, 연암 박지원의 장남 박종의(朴宗儀, 1766~1815)의 딸을 아내로 맞이하였다. 김익정이 은해사에 머문 행적은 분명하지 않다. 원공(遠公)은 동진 (東晉) 때의 고승 혜원법사(慧遠法師)를 가리키는데, 여산(廬山)에 있는 동림사(東林寺)에서 평생을 정진하였고 도잠(陶潛) 등과 교유하였다.

온경에게 보내는 편지 7[50] 경상좌도 수의어사 때 보낸 것이다.

又 嶺左繡衣時

밀주(密州 밀양(密陽))에 도착하여 한 통의 편지를 부쳤는데 받아 보았는가? 5월의 더위[榴熱]가 점점 대단해지고 있는데, 모든 일들은 두루 편안한가? 나는 여전히 잘 지내네.

서원예(徐元藝)는 내가 평소 흠모하던 벗인데, 어찌하여 하루아침에 절교한단 말인가.[51] 세상에 이런 이치가 있는가. 이 적막한 세상에서 문자(文字)에 대해 대화를 나눌 사람이 몇 명이나 되겠는가. 이 일 때문에 마음은 근심스럽고 머리는 아프고 복잡하네. 잠도 오지 않고 밥맛도 느끼지 못한 채 벽을 돌며 방황하니, 이런 일은 평생 처음 당하네. 아내는 언제나 내가 객지에서 병이 생길까만 걱정할 뿐 이런 괴로

50　온경에게 보내는 편지 7 : 1854년(철종5) 5월 15일에 쓴 편지이다. 환재가 경상좌도 암행어사로서 임무를 수행할 때이다.

　밀양에서 자신의 절친한 벗인 서승보(徐承輔, 1814~1877)의 부친인 전 부사(府史) 서유여(徐有畬)의 부정을 조사하여 파직시켰는데, 이 일 때문에 서승보가 절교를 선언한 일로 몹시 괴로운 심경임을 피력하였다. 또 경주(慶州)로 가게 되면 반남 박씨의 시조인 박혁거세(朴赫居世)의 능을 참배하겠다는 뜻도 전하였다.

51　서원예(徐元藝)는……말인가 : 서원예는 서승보(徐承輔)로, 원예는 그의 자이고, 본관은 대구(大丘), 호는 규정(圭庭)·기산(基山)이다. 1856년(철종7)에 문과에 급제한 뒤 형조 판서와 홍문관 제학 등을 역임하였다. 글씨에 능하였으며, 시호는 문헌(文憲)이다. 환재는 암행어사로서 밀양에 도착한 뒤 자신과 교유가 깊었던 서승보의 부친인 전(前) 밀양 부사 서유여(徐有畬)의 부정을 조사하여 파직시켰다. 서승보는 환재의 이러한 조처에 앙심을 품고 절교를 선언했던 것이다.《瓛齋叢書 冊5 繡啓, 성균관대 대동문화연구원, 1996, 415~426쪽》《哲宗實錄 5年 11月 28日》

운 심정은 전혀 모르고 있네.

또 장차 나경(羅京 경주(慶州))에 있는 우리 선조의 묘소[52]에 가서 참배하고 길을 돌려 위로 올라가려고 하는데, 날씨는 점점 더워지고 갈 길은 여전히 머니, 머리를 긁적인들[53] 어쩌겠나.

남녘 고을의 보리는 대풍인데, 모내기 할 비가 조금 늦어져서 농부들의 심정이 타는 듯하네. 기내(畿內)의 상황은 어떠한가? 나의 기거와 음식은 걱정하지 말게. 이만 줄이네.

갑인년(1854, 철종5) 5월 15일.

---

52 우리 선조의 묘소 : 반남 박씨의 시조인 박혁거세(朴赫居世)의 묘소를 말한다.

53 머리를 긁적인들 : 원문은 '搔首'인데, 그리움이나 번뇌 따위로 마음이 괴로운 모습을 형용한 말이다. 《시경》〈정녀(靜女)〉에 "사랑하되 만나지 못하여 머리 긁적이며 머뭇거리노라.〔愛而不見, 搔首踟躕.〕"라고 하였다.

온경에게 보내는 편지 8[54]

又

청도(淸道)에 있을 때 부친 편지는 받아 보았는가? 가뭄과 더위가 극심한데 요사이 기거는 평안하고, 집안의 여러 일은 두루 편안한가? 이런 걱정을 떨칠 수가 없네.

〈등석(燈夕)〉이라는 장편(長篇) 시는 입이 떡 벌어지고 눈이 휘둥그레지네. 시를 엮어낸 기력(氣力)에 참으로 솥을 번쩍 들어 올릴 만한 기세가 있음을 기뻐하는 것이지, 문자(文字)를 얼마나 잘 엮었는가를 두고 기뻐하는 것은 아니니, 걱정하지 말게.

나는 지금 서야벌(徐野伐 경주(慶州))에 도착하였네. 옛 나라의 이름난 도읍이라서 참으로 장관(壯觀)이네. 패성(浿城 평양(平壤))과 숭양(崧陽 개성(開城))인들 어찌 이곳만 하겠는가. 중국의 제왕(帝王)의 도읍이라도 결코 여기보다 낫지는 않을 것이네.

이곳에 도착한 다음날 아침 먼저 선조의 묘소에 참배하였네. 만약

---

54 온경에게 보내는 편지 8 : 1854년(철종5) 6월 3일에 쓴 편지이다.

　박선수가 보낸 〈등석(燈夕)〉이라는 장편 고시(古詩)에 굳센 기상이 있음을 칭찬하였고, 경주에 도착하여 시조 박혁거세의 묘소를 참배하며 느낀 감회를 전하였다. 또 암행어사로서 전 경주 부윤(慶州府尹) 남성교(南性敎)의 부정을 탄핵하여 파직시킨 일로 시끄러워질 것임을 언급하면서, 지방관들의 위법 행위를 그냥 보아 넘길 수 없다는 뜻을 전하였다.

　마지막 부분에는 《환재집》을 간행한 환재의 문인 김윤식(金允植)의 의론이 첨부되어 있는데, 박선수 역시 암행어사로서 절친한 벗의 친척을 탄핵한 일이 있음을 거론하여, 공적인 일에 사사로운 친분을 고려하지 않은 강직한 성품을 찬양하였다.

이번 걸음이 아니었다면 이곳에 이를 수 없었을 것이네. 성대하게 위의(威儀)를 갖추고 침원(寢園)에 배알하며 골육(骨肉)을 깊이 생각하고 임금의 은혜에 감사하니, 경계하고 두려워하는 마음을 스스로 금할 수 없었네. 지난달 21일에 보낸 편지가 때마침 또 도착하여 집안이 평안하다는 것을 알게 되어 다행스럽네.

밀성(密城 밀양(密陽))의 일[55]이 있은 뒤에도 꽤나 시끄러워질 것이라고 생각했는데, 지금 다시 한 번의 일을 만들었으니[56] 또 어찌 크게 구설(口舌)을 불러오지 않겠는가. 아마도 이 모두 근래 없던 일이기 때문일 것이네. 분명히 나를 미친 사람으로 여길 것이니 장차 어찌하면 좋겠나.

이곳은 세금을 감면받지 못한 재결(災結)[57]이 500결이나 되며, 계속 조사해 내면 드러날 것이 또한 400결 이하로는 내려가지 않을 것이니, 어찌 놀랄 만한 일이 아니겠나. 대개 이런 일들을 모두 당연하고 마땅한 것으로 인식하여 크게 위법(違法)한 행위임을 알지 못하고 있으니, 내 어찌 그 중에 큰일을 거론하지 않을 수 있겠으며, 또한 요즘 사람들

---

55 밀성(密城)의 일 : 환재가 암행어사로서 서유여(徐有畬)의 부정을 조사하여 파직시킨 일을 말한다. 163쪽 주51 참조.

56 지금……만들었으니 : 환재는 경주에서도 전 부윤(府尹) 남성교(南性教)의 부정을 탄핵하여 파직시켰는데, 그 일을 두고 한 말이다.《瓛齋叢書 冊5 繡啓, 성균관대 대동문화연구원 1996, 398~403쪽》《哲宗實錄 5年 11月 28日》

57 재결(災結) : 재해(災害)를 당한 전답 또는 재해를 당한 전답의 세금을 감면해 주는 것을 말한다. 흉년이 들어 고을의 원이 감사(監司)에게 재해를 보고하면, 감사는 재해의 정도가 심한 순서대로 각 고을을 우심(尤甚)·지차(之次)·초실(稍實)로 등급을 판정한 뒤, 조정에 보고하여 조세 감면 대상으로 배정받은 급재결수(給災結數)를 다시 각 고을에 할당한다.

의 이목을 크게 놀라게 하지 않을 수 있겠는가.

때마침 달성(達城)의 인편[58]이 있기에 우선 이렇게 적어 부치네. 이만 줄이네.

갑인년(1854, 철종5) 6월 초3일.

윤식(允植)이 삼가 살피건대,[59] 서공 승보(徐公承輔)는 자가 원예(元藝)이며, 환재 선생과는 문자(文字)와 도의(道義)로써 교분을 맺었다. 서공의 부친 유여(有畬) 씨가 당시 밀양을 맡아 다스리면서 부정을 저지른 일이 있자, 선생은 암행어사로서 탄핵하며 조금도 관용을 베풀지 않았다. 당시 사람들이 친구에게 박절하게 한다고 선생을 비방하였지만, 역시 고려하지 않았다. 하지만 오히려 그 일로 인해 좋은 벗에게 절교를 당한 것에 대해서는 한탄해마지 않았다. 선생의 아우 온재공(溫齋公 박선수(朴瑄壽))이 영남 어사(嶺南御史)가 되었을 때, 경대(經臺)의 종형인 김증현(金曾鉉) 씨를 탄핵하여 파직시켰는데,[60] 경대 역시 선생

---

58 달성(達城)의 인편 : 원문은 '達便'인데, 정확한 의미는 미상이다. 그런데 다음 편지인 〈온경에게 보내는 편지 9〉의 마지막 부분에 나오는 '대구편(大邱便)'이라는 말을 참고하여, 우선 이렇게 번역하였다.

59 윤식(允植)이 삼가 살피건대 : 윤식은 김윤식(金允植)으로, 본관은 청풍(淸風), 자는 순경(洵卿), 호는 운양(雲養)이다. 환재의 문인으로,《환재집》을 편찬하고 교정하여 1913년에 간행하였는데, 이 부분은 자신의 견해를 덧붙인 것이다.

60 온재공(溫齋公)이……파직시켰는데 : 온재 박선수는 1866년(고종3) 8월에 경상도 암행어사에 임명되어 1867년 7월까지 경상도 여러 지방관들의 탐학을 규찰하였는데, 이때 김증현(金曾鉉)을 탄핵하여 파직시킨 일이 있었다.《壬戌錄 玉靈漫筆抄 卷21 丙寅》《高宗實錄 4年 7月 23日》《承政院日記 高宗 4年 7月 18日》경대(經臺)는 김상현(金尙鉉, 1811~1890)의 호로, 본관은 광산(光山), 자는 위사(渭師), 시호는 문헌(文獻)

형제와는 지극한 친분이 있었으니, 선생 집안의 가법(家法)이 사사로운 친분 때문에 공적(公的)인 의리를 폐기하지 않았음을 알 수 있다.

이다. 정약용(丁若鏞, 1762~1836)·홍석주(洪奭周, 1774~1842)·김매순(金邁淳, 1776~1840)의 문인이며, 환재의 절친한 벗이다. 1859년(철종10)에 문과에 급제하였고, 대사성·공조 판서·예조 판서·경기도 관찰사·대사헌 등을 역임하였다. 저서로 《경대집》이 있다. 박선수가 김상현의 종형인 김증현을 탄핵하여 파직시킨 일로 인해 환재 형제와 사이가 소원해졌던 것으로 보이는데, 《환재집》에 김상현과 주고받은 편지가 한 통도 수록되어 있은 것도 이와 무관하지 않은 듯하다.

온경에게 보내는 편지 9[61]

又

밀성(密城 밀양) 이후로 연이어 부친 세 통의 편지를 받아보았는가?
5월 27일에 보낸 편지를 지금 막 받고서 기거에 아무 문제가 없고 집
안도 편안하다는 것을 알았으니, 매우 다행이네.

나는 월성(月城 경주)에서 길을 돌려 위로 올라오다가 지금은 비 때
문에 옥산서원(玉山書院)[62]에 머물고 있네. 가뭄 끝에 단비가 내리니
백성들을 위해서 크게 다행스럽네. 또 낙하(洛下 한양)에도 연이어 단
비가 내렸다니 매우 기쁘게 생각하네. 양식이 매우 부족할 것이라고
생각되는데 멀리서 생각만 할 뿐 도움이 되지 못하네.

옥산(玉山)의 명승에 대해서는 전부터 익히 들어왔네. 석대(石臺)
가 평평하게 깔려 있고 맑은 물이 잔잔히 흐르며 무성한 숲과 긴 대나무
가 있으니, 진실로 그림 속에서 보았던 난정(蘭亭)[63] 한 굽이 보다 못하

---

61 온경에게 보내는 편지 9 : 1854년(철종5) 6월 12일에 쓴 편지이다.
경주에서 올라오다가 비를 만나 옥산서원(玉山書院)에 머물게 된 사실을 전하였고,
옥산의 주변 경치가 난정(蘭亭)에 못지않다고 칭찬하였다.

62 옥산서원(玉山書院) : 회재(晦齋) 이언적(李彦迪, 1491~1553)을 모신 서원으로,
현재의 경상북도 경주군(慶州郡) 안강읍(安康邑) 옥산리(玉山里)에 있다. 1572년(선
조5)에 경주 부윤 이제민(李齊閔, 1528~1608)이 창건하였고, 1574년 사액(賜額) 서원
이 되었다. 흥선대원군(興宣大院君)이 사원을 철폐할 때 훼철되지 않고 존속된 47개
서원 중 하나이다.

63 난정(蘭亭) : 중국 회계(會稽) 산음(山陰)에 있는 정자이다. 동진(東晉) 때 회계
내사(會稽內史)로 있던 왕희지(王羲之)가 손작(孫綽)·사안(謝安) 등 당시의 명사 42

지 않네.

시냇가의 정자와 숲속의 당(堂)에 선현의 유적이 완연하네. 이곳은 왜란(倭亂)을 겪지 않았기 때문에 선생의 수택(手澤) 서적들이 모두 무사하였네. 서원의 규모는 가지런하고 엄정하네. 선생의 고상한 풍모를 우러르고 선고(先故)를 추념하느라 한참을 배회하다보니, 날이 저물어 서원에서 유숙하였네. 오랜 가뭄 끝에 큰 비가 밤새 퍼부어 모든 폭포에서 앞다투어 물이 쏟아지는 것도 이 산의 신령(神靈)이 도운 것이지 우연은 아닐 터, 아마도 내가 현인(賢人)들에게 버림받지는 않았나보네.

여러 이씨(李氏)들을 만났는데 모두들 내가 어떤 사람인지 알아채지 못하니, 또한 맑고 고요한 정취에 방해되지 않네. 내 앞에서 동경(東京 경주)에 암행어사가 출도한 일을 신나게 이야기하니, 얼마나 우습던지!

때마침 대구(大邱)의 인편을 만났기에 이렇게나마 적어 부치네. 이만 줄이네.

갑인년(1854, 철종5) 6월 12일.

인과 함께 계제사(禊祭祀)를 행한 뒤에 술을 마시고 시를 지었던 곳으로 유명하다. 이때의 모임을 읊은 왕희지의 〈난정기(蘭亭記)〉에 "높은 산과 험준한 고개와 무성한 숲과 긴 대나무가 있다.〔有崇山峻嶺, 茂林脩竹.〕"라고 하였다.《古文眞寶 後集 卷1》

온경에게 보내는 편지 10[64] 열하 문안사(熱河問安使)의 부사로 연경에 갈 때 보낸 것이다.

又 以熱河副使入燕時

따로 전할 만한 말은 없지만, 이미 유성마(流星馬 파발마) 편이 있으니 몇 글자 전하지 않을 수 없네. 며칠 동안의 기거는 진중(珍重)한지, 아이들은 평안한지 모르겠네.

나는 오늘 순안(順安)을 출발하여 숙천(肅川)에 당도하였네. 내일은 안주(安州)에 도착할 것이니, 백상루(百祥樓)에 올라 북해공(北海公)을 회고할 것이네.[65]

64 온경에게 보내는 편지 10 : 1861년(철종12) 2월 2일에 쓴 편지이다. 환재는 1861년 1월 열하 문안사(熱河問安使)의 부사(副使)로 연행을 떠났는데, 당시 청나라가 제2차 아편전쟁에서 패하여 북경(北京)이 함락되고 황제가 열하로 몽진했다는 소식을 접한 조선 정부에서 위문 사절단을 파견한 것이었다. 정사(正史)는 조휘림(趙徽林, 1808~?)이고 서장관(書狀官)은 신철구(申轍求, 1804~?)였다.《哲宗實錄 11年 12月 9日, 12年 1月 18日》

안주(安州)에 도착하면 백상루(百祥樓)에 올라 조종영(趙鍾永, 1771~1829)의 유적을 찾을 것이라고 하였고, 봄바람에 화재를 조심하라고 당부하였으며, 연행 도중에 본 조선 백성들의 가난한 살림에 가슴 아픈 마음을 전하였다.

65 백상루(百祥樓)에……것이네 : 백상루는 평안도 안주(安州)에 있던 유명한 누각이다. 북해공은 조종영(趙鍾永)으로, 본관은 풍양(豊壤), 자는 원경(元卿)이고, 호는 북해이다. 조종영은 많은 나이 차에도 불구하고 환재의 재능을 알아보고 망년지교(忘年之交)를 맺었으며, 환재 역시 조종영의 제문을 지어 애틋한 심정을 토로하였다. 조종영은 1810년(순조10) 11월 28일 안주 목사에 임명되었고, 1811년에 일어난 홍경래(洪景來)의 난을 진압하는 데 큰 공을 세웠다.《瓛齋集 卷1 節錄瓛齋先生行狀草, 卷5 祭北海趙公文》《承政院日記 純祖 10年 11月 28日》《純祖實錄 11年 12月 26日》

봄바람이 매우 쌀쌀하니 부디 온돌을 신중히 단속하라고 내간(內間
부녀자의 거처)에게 거듭 일러두는 것이 어떻겠나.

나의 피곤한 증세는 날로 점점 회복되어 건강해지고 있으니 또한
이상스러운 일이네.

연도(沿道)에서 유민(流民)들을 보았는데 젖먹이를 안고 살림살이
를 지고 가는 이들이 매우 많았네. 매양 수레 안에서 가슴이 찢어져
몰래 눈물을 흘리지만 무슨 도리가 있겠나. 바빠서 이만 줄이네.

신유년(1861, 철종12) 2월 2일.

온경에게 보내는 편지 11[66]

又

며칠 사이 기거는 진중(珍重)하며, 집안은 평안한가? 의주(義州)에
서 출발하는 파발은 한양(漢陽)으로 가는 것은 빈번한데 오는 것은
드물어, 자네의 편지를 본 것이 세 번 밖에 되지 않으니 참으로 울적
하네. 압록강(鴨綠江)을 건넌 이후의 노정기(路程記)가 아직 나오지
않았네. 나오면 응당 한 본(本)을 보내겠네.

나는 어제 안릉(安陵 안주(安州))에 도착하여, 가장 먼저 백상루(百祥
樓)에 올라 조공(趙公 조종영(趙鍾永))의 기적비(記績碑)를 어루만졌네.
서쪽으로 천 리를 오는 동안 외롭게도 말할 상대가 없었는데, 고갯마루
의 비석 하나만이 내 마음을 뜨겁게 격동시켰네.

당시 이교(吏校)[67]의 후손들을 불러 물어보려 했지만 아무도 찾을
수 없었네. 마을 사람들과 우리 일행들은 내가 이렇게 하는 것이 무슨
의도인지 전혀 알지 못하였네. 차례대로 처음부터 끝까지 설명했지만
또한 그 취지를 알지 못하니, 어쩌겠나.

---

66 온경에게 보내는 편지 11 : 1861년(철종12) 2월 4일에 쓴 편지이다.

예정대로 안주(安州)에 도착한 뒤 가장 먼저 백상루(百祥樓)에 올라 조종영(趙鍾
永)을 추억한 일과, 조종영이 안주 목사로 재직할 당시에 아전을 지낸 자의 후손을
찾아 조종영의 행적을 물으려 하였지만 아무도 찾지 못한 안타까움을 전하였다. 백상루
와 조종영에 대해서는 171쪽 주65 참조.

67 이교(吏校) : 지방 관아에 딸린 아전과 군교(軍校)로, 직업과 신역(身役)을 세습
하는 관료와 평민의 중간 계급이었다.

사대(査對)[68]한 뒤 장계(狀啓)를 보내는 인편에 간략히 쓰네. 이만 줄이네.

신유년(1861, 철종12) 2월 4일.

---

68 사대(査對) : 중국에 가는 표문(表文)과 자문(咨文)의 내용을 최종적으로 점검하는 일을 말한다.

온경에게 보내는 편지 12[69]

又

초8일에 보내준 편지는 받아 보았네. 초6일과 9일에 보낸 편지는 차례로 받아 보았는가?

변방에 봄눈이 내려 깊이가 한 자나 되어, 멀리 바라보니 그 경치가 뛰어나네. 어제 통군정(統軍亭)[70]에 올랐는데 눈앞에 펼쳐진 장관이 연광정(練光亭)[71]이나 백상루(百祥樓)와 감히 비교해서 논할 바가 아니었으니, 참으로 망양지탄(望洋之歎)을 느꼈네.[72] 명가(名家)의 시를 새긴 편액(扁額) 역시 별로 많지 않지만,

의주는 우리나라의 문호　　　　　　　　　　　　　義州國門戶

69　온경에게 보내는 편지 12 : 1861년(철종12) 2월 14일에 쓴 편지이다.
　　의주(義州)의 통군정(統軍亭)에 올라서 느낀 감회를 전하고, 정몽주(鄭夢周)가 의주에서 지었던 시의 일부를 읊으며 진실한 시라고 칭찬하였다. 또 조부 박지원(朴趾源)이 연행할 때 마두(馬頭)로 따라갔던 장복(張福)의 후손을 만나 데려가게 된 기쁨도 전하였다.

70　통군정(統軍亭) : 의주(義州)의 압록강 가에 있는 정자이다.

71　연광정(練光亭) : 평양(平壤)의 대동강(大同江) 가 바위 위에 있는 정자이다.

72　망양지탄(望洋之歎)을 느꼈네 : 통군정에서 연광정이나 백상루에서 볼 수 없었던 새로운 경관을 보게 되었다는 말이다. '망양지탄'은 바다를 보고 탄식한다는 의미인데, 도저히 넘볼 수 없는 위대한 경지를 접하고서 자신의 역량이 부족한 것을 한탄함을 비유한다.《장자(莊子)》〈추수(秋水)〉에, 황하(黃河)의 신(神)인 하백(河伯)이 끝이 보이지 않는 북해(北海)에 처음 이르러서 자신의 좁은 소견을 탄식했다는 고사에서 나온 말이다.

예로부터 중요한 관문이었네	自古重關防
장성은 어느 해에 쌓았나	長城何年起
굽이굽이 산언덕을 따르고 있네	屈曲隨山岡
넓고 넓은 말갈의 강물이	浩浩靺鞨水
서쪽에서 흘러와 국경이 되었네	西來限封疆
나는 이미 천 리 길을 와서	我行已千里
이곳에 이르러 방황하고 있네	到此仍彷徨
내일 아침 강을 건너가면	明朝過江去
학야의 하늘이 아득하리라[73]	鶴野天茫茫

라는 포은 선생(圃隱先生 정몽주(鄭夢周))의 제영(題詠)이 있었네. 도처
의 제영 가운데 매양 이 노인(老人)의 시편을 보건대, 바야흐로 '말에
진실이 있다.〔言有物〕'[74]고 말할 만하네.

사신 일행은 매양 의주에서 행장을 다시 꾸리므로 어쩔 수 없이 지체

---

73 의주(義州)는……아득하리라 : 이 시는 포은(圃隱) 정몽주(鄭夢周, 1337~1392)
의 〈의주에 도착하여 말을 점검하고 강을 건너다〔到義州 點馬渡江〕〉라는 시의 일부분
으로, 정몽주가 1372년(공민왕21) 사행을 마치고 귀국할 때 지은 것이다. 위에 인용된
시의 8구와 9구 사이에 원시(原詩)의 몇 구절이 빠져있다. 《圃隱集 卷1》학야(鶴野)는
요동(遼東)의 큰 들판을 지칭하는 말이다. 한(漢)나라 때 요동 사람 정령위(丁令威)가
선도(仙道)를 배워 터득한 뒤 천 년 만에 학으로 변해 고향 땅에 돌아와 화표주(華表柱)
에 앉아 울었는데, 아무도 알아주는 사람이 없었다는 고사가 전하는데, 여기에서 유래
하여 요동을 '학 벌판〔鶴野〕'이라고 한다. 《搜神後記 卷1》
74 말에 진실이 있다 : 말이 공허하지 않다는 의미이다. 《주역》〈가인(家人) 상(象)〉
에 "바람이 불로부터 나옴이 가인이니, 군자가 보고서 말에 진실이 있고 행동에 변함없
음이 있게 한다.〔風自火出家人, 君子以, 言有物而行有恒.〕"라고 하였다.

되는데, 초조하고 울적함을 견디지 못해 당장에 강을 건너가고 싶지만 상황이 어쩔 수 없네. 주인(主人)이 길손을 기쁘게 하려고 소박하게나마 죽육(竹肉)[75]을 베풀어 주었는데 참으로 들어주지 못할 가관이었네.

며칠 사이로 밥을 먹는 것이 조금 나아졌고 앞으로의 일정에 대해서도 별다른 염려는 없네. 고생스러운 여행길의 조섭(調攝)에도 묘리가 있는데 조금씩 그 방법을 터득해 가고 있으니, 우습네.

일행 중 집에서 온 편지를 받아본 사람마다 서울이 유언비어로 술렁인다고 떠들어 대네. 그런데 자네는 전혀 그것에 대해 언급하지 않으니, 내가 멀리서 걱정할까 그런 것인가? 또한 우스운 일이네.

창문 아래 파초(芭蕉)는 청명(淸明) 때가 되면 마땅히 먼저 짚으로 만든 싸개를 제거하고 작은 울타리를 쳐 보호하는 것이 어떻겠나.

아이들이 외가(外家)에 갔다고 하는데 부디 왕래하면서도 글공부를 거르지 말도록 하게나.

나는 18일에 강을 건널 것이니, 강을 건널 때 편지를 부치겠네. 이번 편지는 책문(柵門)에서 객점에 머물 때에나 그 답장을 볼 수 있을 것이네. 장복(張福)[76]의 후손 한 사람을 찾아서 만났는데, 데리고 가게 되어 기쁘네. 이만 줄이네.

신유년(1861, 철종12) 2월 14일.

---

75 죽육(竹肉) : 연회(宴會)를 말한다. 죽(竹)은 관악기를 가리키고, 육(肉)은 육성으로 노래하는 것이다.

76 장복(張福) : 1780년(정조4)에 박지원이 연행할 당시 박지원의 마두(馬頭)로서 고락을 함께 했던 사람이다. 박지원은《열하일기(熱河日記)》에서 장복의 미욱하고 어릿광대 같은 모습을 해학적이고 애정 어린 필치로 그려놓은 바 있다.

온경에게 보내는 편지 13[77] 임술년(1862, 철종13) 진주 안핵사 때 보낸 것이다.

又 壬戌晉州按覈使時

동명원(東明院)[78]에서 경대(經臺 김상현(金尙鉉))를 만나 편지를 부쳤는데 아직 도착하지 않았을 듯하네. 요즈음 봄 경물이 점점 아름다워지고 있는데, 서울도 그러한가? 기거는 평안한지, 아이들도 편안한지 모르겠네. 김실(金室)을 이번에 떠나보내고 사흘 동안 촛불을 끄지 않았으리라 생각되니,[79] 옛 사람들도 곧 우리들과 다르지 않았을 것이네.

---

77 온경에게 보내는 편지 13 : 1862년(철종13) 3월 12일에 쓴 편지로, 달성(達城)의 경상 감영(慶尙監營)에서 보낸 것이다. 1862년 2월 14일에 진주(晉州)를 비롯한 삼남(三南) 일대를 중심으로 이른바 '임술민란(壬戌民亂)'으로 불리는 농민 항쟁이 일어났는데, 이때 환재는 부호군(副護軍)으로 있다가 진주농민항쟁을 수습하라는 명을 받아 진주 안핵사(晉州按覈使)로 임명되었다. 《哲宗實錄 13年 2月 29日》

서두에서는 달성에 도착하여 들은 진주의 소식을 알려주며 동요하지 말 것을 당부하였고, 이어 자신이 진주에 도착하더라도 민란의 범인이 잡히지 않은 상태이므로 일을 처리하는 데 많은 시간이 소요될 것임을 전하였다.

78 동명원(東明院) : 경상북도 칠곡군(漆谷郡)에 있던 지명이다.

79 김실(金室)을……생각되니 : 김실(金室)은 박선수의 장녀로 광산(光山) 김영원(金永瑗)에게 출가한 딸을 가리킨다. 《潘南朴氏世譜 卷5》 사흘 동안 촛불을 끄지 않았으리라는 것은 박선수가 딸을 시집보내고 난 뒤 여러 가지 감회에 젖어 있을 것이라는 말이다. 《예기》〈증자문(曾子問)〉에서 공자(孔子)가 말하기를, "딸을 시집보낸 집에서 사흘 동안 촛불을 끄지 않는 것은 서로 이별한 것을 생각하기 때문이다.〔嫁女之家, 三夜不息燭, 思相離也.〕"라고 하였다.

초10일에 달성(達城)에 도착하였네. 진양(晉陽 진주(晉州))의 소식은 서울에서 들은 것보다 심한 경우도 있기는 하지만, 노상(路上)에서 들은 불분명한 내용이니 모두 마음에 동요를 일으킬 만하지 않네. 생각건대, 과거(科擧)를 보이는 날 영남(嶺南)의 선비들이 몰려들어 소요가 크게 일어날 염려가 없지 않네. 동지(同志) 여러 분들에게, 이러한 소문으로 인해 놀라 동요하지 말도록 말을 전하게.

다만 영남 지역의 사태는 어디를 가더라도 진주와 마찬가지라서 여러 명의 안핵사(按覈使)를 뽑아두었다가 곳에 따라 대처해야 할지도 모르겠네만, 이런 계책은 내가 어찌 할 수 있는 것이 아니니 한숨이 나오고 눈물이 흐르네. 단지 조종(祖宗)과 열성(列聖)께서 갖은 고생으로 부지런히 길러준 적자(赤子 백성)들을 위해 하는 말이니, 장차 어찌하면 좋겠나.

임자년(1852, 철종3)에 이노수(李魯叟)가 안핵사가 되었을 때[80]의 문서를 가져다 살펴보니, 그때의 일은 진영(鎭營)과 감영(監營)의 조사가 충분히 완료되었으므로 안핵사가 행차했을 때에는 곧장 일을 마무리하는 것에 불과하였는데도 한 달 남짓의 시간이 걸렸네. 그런데 지금 나의 경우는 미처 범인을 잡지 못한 상태에서 서둘러 달려와 먼저 도착한 것이네. 모든 일이 마치 바람을 붙잡는 듯 불분명하여 그 마무리가 늦어질지 빨라질지 알 수 없으니, 이것이 크게 걱정스러

---

80 이노수(李魯叟)가……때 : 이노수는 이시우(李時愚, 1804~1853)로, 노수는 그의 자이며, 만년에는 석지거사(石芝居士)로 자호했다. 이시우는 1852년(철종3)에 영양(英陽)에서 발생한 정우룡(鄭禹龍) 등의 역모 사건을 조사하기 위해 경상도 안핵사로 파견된 바 있다.《哲宗實錄 3年 8月 22日, 9月 28日》《眉山集 卷13 吏曹參議石芝李公時愚行狀》

운 점이네.

이곳에 예전의 마을 사람들이 차례로 모두 모여드는데, 여론을 듣자 하니 자못 나를 믿고 안도한다고 하네. 또 어떤 사람들은 '이분이 오신 것은 진양의 한 가지 일 때문이 아니니, 아울러 도내(道內)의 여러 가지 폐단이 바로잡힐 것이다.'라고 하면서 바야흐로 목을 늘이고 발돋움하며 기다린다고 하니, 그 정경이 애절하여 또한 나도 모르게 절로 웃음이 나오네.

남토(南土)의 날씨가 일찍 뜨거워져 가지고 온 옷가지가 매우 적합하지 않지만, 이미 집안으로부터 보내 올 방법이 없으니 이것 역시 고민이네. 이순기(李洵基)[81]의 일족 중에 감영(監營)의 막료(幕僚)로 있는 자가 있어 그 편을 통해 편지를 전하네. 믿을 수 있는 사람이니, 약간의 옷가지를 이생(李生) 편에 전해주면 순조롭게 나에게 전해질 것이니, 잘 헤아려서 실행함이 어떻겠나.

탁연(卓然 미상(未詳))에게서는 아직도 소식이 없으니 답답하네.

나는 15일에 이곳에서 진주로 갈 것이네. 병사(兵使)[82]는 16일에 부임할 것이라고 하는데, 목사(牧使)[83]는 아직 그 행보를 듣지 못했네.

---

81 이순기(李洵基):《승정원일기》고종 12년 12월 18일과 19년 5월 26일 기사에, 압물통사(押物通事)와 한학 당하역관(漢學堂下譯官)으로 그 이름이 보인다.

82 병사(兵使):당시 경상우도 병마절도사(慶尙右道兵馬節度使)에 새로 임명된 사람은 신명순(申命淳, 1798~1870)인데, 본관은 평산(平山), 자는 경명(景明)이다.《哲宗實錄 13年 3月 1日》

83 목사(牧使):당시 새로 진주 목사에 임명된 사람은 정면조(鄭冕朝, 1803~1862)인데, 본관은 동래(東萊), 자는 양중(陽中), 호는 석천(石川)이다.《外案考 卷3 慶尙道 晉州牧使》

바빠서 우선 이렇게만 쓰고 이만 줄이네.

임술년(1862, 철종13) 3월 12일.

온경에게 보내는 편지 14[84]

又

일전에 보낸 편지는 받아 보았는가? 꽃과 버들이 한창 새로워지고 있는 이즈음, 기거가 더욱 편안한지 모르겠네. 초5일에 보내준 편지는 어제서야 보았는데, 기쁘고 위로가 되었네.

이씨(李氏)의 아들[85]은 자못 진실하여 염려할 것이 없으니, 매우 다행이네. 하지만 오직 내가 돌아가기를 기다려야 할 것이네.

나는 달성(達城)에 나흘 동안 머물렀네. 진주 목사는 이미 부임한 듯한데, 아직 그 소식을 듣지는 못했네. 우병사(右兵使)는 오늘 도임한다고 하네. 그래서 나도 오늘 진주로 출발하는데 여정을 헤아려보니 18일이면 진주에 당도할 것이네.

진주의 사태에 대해서는 점차 들리는 소식이 있네. 당초의 상황은 몹시 놀랄 만했지만 실제로 다른 우려는 없으니, 먼 곳의 소동과 유언

---

84 온경에게 보내는 편지 14 : 1862년(철종13) 3월 15일에 쓴 편지로, 환재가 경상 감영에서 진주로 출발하면서 보낸 것이다.

자신의 벗인 신석우(申錫愚)가 경포교(京捕校)를 진주로 보내 민란을 진압할 계획을 세운 것에 대해, 자신은 백성들을 어루만지는 방식으로 다스리겠다는 뜻을 피력하였다. 진주 민란을 대하는 환재의 마음을 엿볼 수 있는 자료이다.

별지에서는 윤정현(尹定鉉, 1793~1874)에게 빌려온 오중(吳中) 선현상(先賢像)과 《상우기(尙友記)》를 잘 보관해 줄 것을 당부하였고, 중국의 벗들에게 혹시 편지가 오면 잘 보관해 달라는 부탁도 전하였다.

85 이씨(李氏)의 아들 : 박선수의 차녀를 아내로 맞은 한산(韓山) 이승옥(李承玉)을 가리키는 듯하다. 《潘南朴氏世譜 卷5》

비어에 절대 흔들리지 말게. 그리고 이러한 나의 뜻을 부디 오랜 친구들 사이에 두루 전하는 것이 좋겠네.

금천(琴泉 신석우(申錫愚))이 교시(敎示)해 준 말은 염두에 둘 만하네. 이 몸을 위해 주선하며 어떠한 일도 다 해주니, 이 얼마나 감탄스러운 일인가. 하지만 나는 부드러운 방법으로 다스리고자 하는데, 만약 경포교(京捕校)[86]들이 모여든다면 이 또한 풀밭을 건드려 뱀을 놀라게 하는 격[87]이 되지 않을까 걱정스러우니, 그 계책은 실행하지 않는 것이 도리어 무방할 것이네. 이 편지도 금천에게 올려 한 번 보게 함이 좋겠네.

연경(燕京)에 있는 벗들의 서신이 오래지 않아 당도할 것인데, 받아볼 방법이 없어 참 안타깝네. 부디 내가 돌아갈 때까지 잘 간수해 두는 것이 어떻겠나. 정신이 산란하여 이만 줄이네.

임술년(1862, 철종13) 3월 15일.

별지

오중(吳中) 선현상(先賢像)[88]과 《상우기(尙友記)》[89] 이 두 가지는 침

---

86 경포교(京捕校) : 도성의 좌우 포도청(左右捕盜廳)에 소속된 군관(軍官)인 포교(捕校)를 이르는 말이다.

87 풀밭을……격 : 원문은 '打草驚蛇'인데, 경거망동으로 계획이나 계책이 사전에 누설되어 상대방으로 하여금 미리 대비하게 만들어 버리는 것을 비유하는 말이다. 환재는 진주의 농민반란을 부드러운 방법으로 진압하고자 했는데, 만약 신석우의 제안대로 경포교를 파견한다면 도리어 반란자들의 경계심을 높여 진압하기 어렵게 될 것이라는 말이다.

88 오중(吳中) 선현상(先賢像) : 오중은 중국의 양자강(揚子江) 이남, 즉 강소성(江蘇省) 남부와 절강성(浙江省) 북부 일대를 가리킨다. 아마 이 지역에 살았던 중국 선현들의 초상화를 말하는 듯하다.

장(梣丈)[90]에게 빌려서 가져온 것이네. 아직 한 장도 펼쳐보지 못한 채 곁방 시렁 위에 두었으니, 남에게 보여주지 말기 바라네. 이것은 원래 추사(秋史)의 물건이므로,[91] 침장이 웬만해선 남에게 빌려주지 않는 것이네.

중국의 여러 벗들의 편지가 오면 부디 남에게 보여주지 말고 하나하나 거두어 보관해 두기 바라네. 가장 잃어버리기 쉬운 것이기도 하려니와, 그 내용을 아는 자라고 할지라도 별로 긴요할 것이 없네.

89　상우기(尙友記) : 청나라 왕희순(王喜荀, 1786~1847)이 편찬한 책으로 총 4권이다. 왕희순의 자는 맹자(孟慈)이며, 옹방강(翁方綱)·완원(阮元)·단옥재(段玉裁) 등을 종유하였다. 추사 김정희와도 서신을 통해 친교를 맺었다. 《藤塚鄰 著, 朴熙永 譯, 추사 김정희의 또다른 얼굴, 아카데미하우스, 1994, 419~428쪽》

90　침장(梣丈) : 윤정현(尹定鉉)으로, 본관은 남원(南原)이고, 자는 계우(季愚), 호는 침계(梣溪), 시호는 효문(孝文)이다. 이조 판서를 지낸 윤행임(尹行恁, 1762~1801)의 아들이다. 51세 때 출사하여 이조·예조·형조의 판서를 두루 거치고, 1856년(철종7) 9월 판의금부사를 겸직하였으며, 1858년 이후 지중추부사·판돈녕부사가 되었다. 환재와 평생에 걸쳐 교유한 벗으로, 경사(經史)에 박식하고 문장으로 명성이 높았는데 특히 비문(碑文)에 능하였다. 문집으로 《침계유고》가 있다.

91　이것은……물건이므로 : 왕희순은 김정희에게 편지를 보내 《상우기》를 기증하며 자신은 가난하여 출판할 수가 없으니 영원히 소장해 주기를 부탁했다고 한다. 《藤塚鄰 著, 朴熙永 譯, 추사 김정희의 또다른 얼굴, 아카데미하우스, 1994, 427~428쪽》

온경에게 보내는 편지 15[92]

又

서신이 막힌 것이 다른 나라에 있는 것보다 심하네. 정신을 온통 공무 (公務)에 쏟고 있으니, 집과 고향을 떠난 쓸쓸함을 느낄 겨를이 없네.

어느 날 저녁 이정갑(李貞甲 미상(未詳))이 왔을 때 자네가 보낸 편지 를 받았고 입으로 자세히 전해 준 내용도 들었으니, 그 기쁨과 후련함 을 말로 다할 수 있겠나. 그 뒤로 예전처럼 기거가 편안한지, 집안 식구들도 모두 평안하게 지내는지 모르겠네.

나는 마음만 바쁘고 일처리는 더뎌 헛되이 시간만 낭비하고 있네. 모든 일이 더디고 서툴러 시원스레 해결할 방법을 얻지 못하니, 그 걱정과 두려움을 말로 표현할 수가 없네. 잡아들인 난민(亂民)을 어루 만져 주면서 진상을 조사해야 하므로 사세(事勢)가 그럴 수밖에 없네. 일처리가 늦어지는 데 대해 이미 의심을 품고 비난하는 자가 있을 것이 라고 생각되지만, 또한 어쩌겠나.

이전의 안핵(按覈)은 모두 영읍(營邑)에서 충분히 사전 조사를 한

---

92 온경에게 보내는 편지 15 : 1862년(철종13) 3월에 보낸 편지이다. 정확한 날짜는 알 수 없지만 3월 27일에 일어난 익산(益山)의 농민 항쟁에 대해 걱정하고 안핵사를 파견해야 한다고 한 점, 조정에서 익산으로 안핵사를 파견한 것이 4월 3일이라는 점으로 미루어 3월 말경에 보낸 것으로 보인다.

진주농민항쟁을 안핵하는 일이 늦어지는 이유에 대해, 체포한 난민을 무마하면서 진상을 조사하고 이전의 안핵과 달리 사전 수사가 충분히 이루어지지 못했기 때문이라 고 해명하였다. 또 농민 항쟁이 널리 확대되고 있음을 전하며, 그 이유로 관리들의 부정부패를 거론하고 있음이 주목된다.

뒤에 명을 받들고 임하여 사체가 엄중하게 되었으므로, 그 안건을 쉽게 심리할 수 있었네. 그런데 지금은 한바탕 소동을 일으키고 모두 흩어진 뒤에 갑자기 와서 자리 잡았고, 진장(鎭將)이 잡아서 대령한 자는 고발에 의거하거나 외모가 비슷한 몇몇 사람을 잡아온 것에 불과하네. 그래서 그림자를 쫓고 바람을 붙잡는 것〔逐影捕風〕과 같아서, 진범을 체포하지도 못했을 뿐더러 주동자와 추종자를 분별하는 것도 애초에 분명하지 않네. 이것이 시일이 늦어지는 까닭이네. 뜻하지 않게 조정에 하직 인사를 올린 뒤 시간을 보내다가 아직도 사건을 마무리 하지 못했으니, 마음이 송구함은 말할 것도 없고, 조정에서의 기대가 어떠하겠나. 이 때문에 좌불안석하지만 또한 어쩔 도리가 없네.

경상우도(慶尙右道)의 여러 고을 중에 동요하지 않는 곳이 없으니, 함양(咸陽)·단성(丹城)·거창(居昌)·성주(星州)·창원(昌原) 등지에서 모두 이미 한바탕 준동(蠢動)했네. 하지만 분수를 넘어 사람을 죽이는 데는 이르지 않고, 이민(吏民)의 집만 손상시킨 채 순영(巡營)에 집단으로 하소연하고 가거나 또는 안핵사에게 찾아와 호소했을 뿐이네. 그들이 나열하여 적은 조목들은 뼈에 사무치도록 원통해 할 만한 일이 아닌 것이 없지만, 실제로는 대부분 이치에 닿지 않는 주장이거나 촌스럽게 떠들어대는 이야기인지라 가슴만 답답하게 할 뿐이네.

지금 익산(益山)에서 일어난 변고를 들었는데 진주의 사태와 비교해 보면 더욱 놀랄만하니, 저곳에도 안핵사를 파견해야 마땅하네.[93] 이런 일들이 한꺼번에 일어나니 이것이 무슨 징조일까? 무릇 이런 사태를

---

93 저곳에도……마땅하네 : 익산의 반란 소식을 들은 조정에서 이정현(李正鉉)을 안핵사로 임명하였다. 《哲宗實錄 13年 4月 3日》

초래한 이유가 백성에게 있는가 아니면 관리들에게 있는가. 울분이 극에 달해 통곡하며 눈물을 흘리더라도 지나친 일이 아니네.

서생(書生)의 사사로운 걱정과 주제넘은 생각이 어찌 일찍이 여기에 미치지 않은 적이 있었던가. 지금도 여전히 나의 생각을 기우(杞憂)라고 생각하는 것인가. 걸핏하면 '대대적으로 징벌해야 한다.'고 말하지만 어떤 방법으로 징벌하자는 것인지 모르겠으며, 또한 징벌하고 난 뒤에 장차 어떤 방법으로 백성들을 열복(悅服)시킬지도 모르겠네. 이 문제까지 강구(講究)한 사람이 있었던가. 크게 탄식할 뿐이네. 내홍(內訌)이 이와 같으니 외환이 생길까 두렵네. 장차 어찌하면 좋겠나.

온경에게 보내는 편지 16[94]

又

장계(狀啓)를 보내고 돌아오는 인편을 통해 편지를 받고서, 근자의
안부를 자세히 알게 되었으니, 기쁘고 속이 후련하네. 어제 병영(兵
營)에서 절선(節扇)[95]을 바치는 인편에 편지를 부쳤는데, 아마 이 편
지와 함께 도착하리라 생각하네. 그렇지만 편안하다는 소식을 들었
으니 어찌 답서를 보내지 않을 수 있겠나. 요사이 기거는 더 편안하
며, 집안도 태평한가? 나는 어제와 마찬가지인데, 공사(公事)가 완
료되지 않아 날마다 그 때문에 걱정스럽고 두렵네.

이곳의 여러 고을이 준동(蠢動)했는데, 또 호남(湖南)도 편안하지
않다는 소식을 들었네. 내가 걱정하는 것은 서울에서 소동이 있을까
하는 것이네. 백성의 피폐한 삶이 또한 극에 달했으니, 어찌 이런 사태
가 없을 수 있겠나. 그런데 묘당(廟堂)의 계책이 장차 어찌하려는지
모르겠네.

연경에서 보낸 벗들의 서신은 도적에게 빼앗길 염려는 결코 없을

---

94 온경에게 보내는 편지 16 : 1862년(철종13) 4월 10일에 쓴 편지이다.
　삼남 지역의 농민 항쟁으로 인해 서울에서도 소동이 생길까 염려하면서 조정의 조처
를 궁금해 하였다. 별지에서는 안핵 사업을 마무리하는데 시간이 조금 더 걸릴 것이라는
점과 장계(狀啓)를 작성하는 데에도 시간이 소요될 것이라는 소식을 전하였다.
95 절선(節扇) : 단오절(端午節)에 선사하는 부채로, 부채를 생산하는 지방의 지방관
이 해마다 단오절에 왕실(王室)과 조정의 중신(重臣), 관찰사 및 병수사(兵水使) 등에
게 선물하는 것이다.

것이네. 화물(貨物)과 함께 부친 것도 아니고 만 리 밖의 지기(知己)가 정신을 쏟아 쓴 편지들이니, 쇠퇴한 세상의 이런 일에 어찌 귀신의 도움이 없을 수 있겠나. 나는 이 때문에 걱정하지 않네. 현첨정(玄僉正 미상(未詳))이 벌써 와서 전했을 것이라고 생각하는데, 부디 잘 거두어 보관해 주기 바라네.

병영(兵營)의 인편이 있다는 것을 듣고 대략 적어 보내네. 이만 줄이네.

임술년(1862, 철종13) 4월 10일.

별지

안핵(按覈)하는 일은 조금씩 단서가 잡혀가지만 끝내 명쾌하게 해결되지는 않았네. 다시 며칠 동안 심력을 기울여야 겨우 그 실정을 파악할 수 있을 것이네. 그 뒤에 장계(狀啓)를 작성하는 데 며칠이 더 소비될 것이고, 또한 사포(査逋)와 감포(勘逋)의 방략에 대한 장계[96]까지 한꺼번에 작성하려면, 또 며칠이 소비될 것이네. 서울에서는 오직 신속히 즉각 처리하라고 독책하니, 이것이 괴롭기는 하지만 또한 어쩌겠나.

---

96 사포(査逋)와……장계 : 사포는 포흠(逋欠)의 실태를 조사하는 것이다. 사포의 방략에 대한 장계는 환재가 진주목(晉州牧)과 우병영(右兵營)의 포흠 실태를 조사하고 그 대책을 건의한 〈사포장계(査逋狀啓)〉를 말한다. 감포(勘逋)는 환곡의 포흠 문제를 바로잡는 것을 말한다. 감포의 방략을 논한 장계는, 감포의 한 방략으로서 환정의 폐단을 개혁하기 위한 특별기구 설치를 건의한 〈강구방략 이정환향적폐소(講究方略釐整還餉積弊疏)〉를 가리키는데, 이 글은 《환재집》 권6에 〈청설국 정리환향소(請設局整釐還餉疏)〉로 수록되어 있다. 이들 장계의 자세한 내용에 대해서는 《김명호, 환재 박규수 연구, 창비, 2008, 535~553쪽》에 정리되어 있다.

온경에게 보내는 편지 17⁹⁷

又

며칠 동안 날씨가 맑고 온화하여 비로소 맥추(麥秋)의 서늘한 천기 (天氣)를 보았네. 서울은 어떠한가? 생활은 여전히 편안하고 온 집 안도 무고한가? 초5일에 계문(啓聞)하는 인편을 통해 보내준 편지를 받고서 매우 기뻤네.

 남쪽 고을 백성들이 가는 곳마다 안정되지 못하여, 날마다 이로 인해 걱정이네. 생각건대 서울도 시끄러운 유언비어가 날마다 일어날 것이 니 어찌 그렇지 않을 수 있겠는가. 하지만 절대 동요하지 말게. 이번 사태는 한 번의 운수가 그렇게 된 것이니, 길흉의 조짐이 먼저 드러난 것〔吉凶之先見者〕⁹⁸이라고 말한다면 괜찮겠지만, 바로 이것이 혼란의 싹〔亂萌〕이라고 말한다면 옳지 않네. 지금 당장 큰 정령(政令)을 내려 많은 사람들의 마음을 열복(悅服)시킬 수 있다면 안정시키는 것은 어

---

97 온경에게 보내는 편지 17 : 1862년(철종13) 4월 17일에 쓴 편지이다.
 진주를 안핵하는 일의 단서가 잡혔지만 문서를 작성하는 일로 시간이 더 걸릴 것이라 는 소식을 전하였다.
 별지에서는 진주농민항쟁의 주동자를 양반 토호라고 주장하며, 잡혀온 백성들이 양 반 토호의 죄를 실토하지 않아 죄를 입증하는 데 어려움이 있음을 토로하였다. 또 열하 문안사(熱河問安使)로 북경에 갔을 때 교유한 정공수(程恭壽)와 심병성(沈秉成)이 태 평천국운동의 내란 때문에 고생을 겪을 것이라고 걱정하였다.

98 길흉의……것 : 《주역》〈예괘(豫卦) 단(象)〉의 《정전(程傳)》에 "기(幾)라는 것 은 처음 동(動)하는 기미이니, 길흉의 단서를 미리 볼 수 있으나, 아직 드러나지 않은 것이다.〔所謂幾者, 始動之微也, 吉凶之端, 可先見而未著者也.〕"라고 하였다.

럽지 않을 것이네만, 소문이 어떠한지 모르겠네.

　나는 이전처럼 그럭저럭 지내네. 안핵하는 일은 이제야 비로소 단서가 모두 드러났네. 문서를 수정하고 방략을 강구하는 데 또 며칠이 걸릴 것이니, 이달 안으로 장계(狀啓)를 마무리할 수 있을지 아직 몰라 날마다 초조함과 괴로움을 실로 견디기 어렵네.

　하인 세 명이 괴로이 나를 따라다니지만 이미 쓸 데도 없고 오래 머물 이유도 없어서, 이번에 돌려보내네. 그 편에 잠깐 쓰고 이만 줄이네.

　임술년(1862, 철종13) 4월 17일.

별지 1

병영(兵營)의 인편을 통해 보낸 편지는 받아보았을 것으로 생각하네. 이곳에서 일을 일으킨 자 가운데 중범(重犯)들은, 처음에는 모조리 달아나 열에 하나도 잡기 어려울 것이라고 생각했지만 지금 보니 그렇지 않았네. 체포하는 사람을 보내면 잡히지 않는 자가 없어서 순순히 즉시 다 잡혀 들어왔네. 아마 당초에 어루만져주면서 부드럽게 다스렸기 때문에 백성들이 놀라거나 두려워하지 않아서 그런 듯하네. 하지만 아직 백성을 속 시원히 열복시키는 정령(政令)을 내놓지도 못하면서, 단지 놓치지 않고 잡아들인 것만을 기뻐한다면 마치 백성들을 그물질하는 꼴이니, 이것이 마음에 걸리고 부끄러운데 어찌하면 좋겠는가.

　그들을 처형하려고 들면 이루 다 처형할 수가 없으니 주동자만을 처벌해야 마땅한데, 그 주동자는 땔나무나 하던 무리가 아니네. 본래 한 고을을 압도하는 명성과 위세를 지니고 제 뜻대로 사람을 부리던

자라서 모두 입을 닫고 말하지 않네. 내가 그들의 간악함을 분명히
통찰한 지가 오래되었는데도, 죄수들의 공초(供招 범죄 사실을 실토함)에
이름이 나오지 않으니 어쩌면 좋겠나. 매우 가증스럽기는 하지만 그래
도 엄혹한 형벌로 다스릴 수는 없네. 죄수들을 어루만져주며 진상을
규명하고 있으므로, 며칠 더 늦어진 연후에야 저절로 드러나게 될 것이
네. 옥사(獄事)가 오래 되면 간사한 일이 생긴다[獄老生奸][99]는 것은
사람들이 항상 하는 말이지만, 지금 그 간사한 일을 알고 있으니 그들
의 계획을 역이용하여 진상을 알아내는 데 문제될 것이 없네. 대개
사안을 확정할 수 없는 것이 이와 같네.

지금 걱정하는 것은 개령(開寧 상주(尙州))의 사태가 진주에 비해 더
욱 심하다는 점인데, 감사(監司)가 이미 장계를 올려 보고했네. 이
일을 또 내가 담당하게 된다면,[100] 돌아갈 날짜가 점점 늦어지고 고생스
럽고 바쁜 일은 더욱 많아질 것이니 진실로 난감하네. 이를 장차 어찌
하면 좋겠나.

울산(蔚山)과 군위(軍威) 등지에서도 모두 사태가 발생했는데 가벼
운 경우도 있고 심각한 경우도 있네. 대체로 동요가 일어난 곳은 모두
12, 3개 고을이니, 이는 무슨 징조일까? 가장 우려되는 곳은 경주(慶
州)네. 본래 백성의 삶이 가장 고달픈 고을인 데다 수령이 염치가 없고
위엄도 없으니, 백성이 편안히 살지 못하는 것이 일대에서 가장 심하

---

99 옥사가……생긴다 : 재판이 오래 진행되면 그 사이에 수많은 부정이 끼어들게 된다
는 말이다.

100 내가 담당하게 된다면 : 환재의 예상대로, 진주 안핵사의 임무가 끝나는 즉시 개
령에 가서 철저히 진상을 규명하여 보고하라는 명을 받았다. 《日省錄 哲宗 13年 4月
17日》

네. 이런데도 변란이 없다면 도리어 이것이 변괴(變怪)일세. 이곳이 만약 준동한다면 그 사태는 필시 진주보다 심할 것이니, 이것이 염려스러울 뿐이네.

별지 2

중국에 있는 벗들의 서신은 유실되지 않고 당도했는가? 항주(杭州)가 함락되어[101] 용백(容伯)[102]의 집안이 몹시 처참하다고 하니, 그렇다면 중복(仲復)[103] 역시 항주가 있는 절강성(浙江省) 사람으로 어찌 무고하다고 할 수 있겠나. 현생(玄生 미상(未詳))이 여태 오지 않았는

---

101 항주(杭州)가 함락되어 : 당시 청나라에서 발생한 농민 항쟁인 태평천국운동으로 남경(南京)을 비롯한 많은 지역이 농민군에게 점령되었는데, 항주 지역은 1861년 농민군에게 점령당했다.

102 용백(容伯) : 정공수(程恭壽, 1804~미상)의 자로, 호는 인해은거(人海隱居)이다. 도광(道光) 때 거인(擧人) 출신으로 광록시 소경(光祿寺少卿)을 지냈으며, 글씨에 뛰어났다. 환재가 열하 문안사로 북경에 갔을 때 정공수와 교유한 일이 있는데, 당시 정공수는 환재에게 행서로 된 대련(對聯)을 써 주었다고 한다.《유홍준·이태호 편, 만남과 헤어짐의 미학, 학고재, 2000》《환재집》권10에 정공수에게 보낸 편지 한 통이 수록되어 있다.

103 중복(仲復) : 심병성(沈秉成, 1823~1895)의 자로, 호는 우원(耦園)이다. 진사 급제 후 한림 편수(翰林編修)·시강(侍講)·시독(侍讀)을 거쳐 지방관으로 나가 선정을 펼쳤으며, 광서 순무(廣西巡撫)·안휘 순무(安徽巡撫)·양강 총독(兩江總督) 등을 역임하였다. 금석(金石)과 서화(書畵)를 애호하여 고기(古器)와 고서를 많이 수장했으며, 만년의 안휘 순무 시절에는 경고서원(經古書院)을 창설하여 고증학풍의 진작에도 힘썼다. 환재가 1861년(철종12)에 열하 문안사로 북경에 갔을 때 그와 교분을 맺었고, 심병성에게《입택총서(笠澤叢書)》를 선물 받고〈제수화증도서 증별심중복(題手畵贈書圖 贈別沈仲復)〉이라는 시를 적어 주기도 하였다.《瓛齋集 卷3》《환재집》권10에 심병성에게 보낸 편지 7통이 수록되어 있다.

데, 아직 서울에 도착하지 않아서 그런 것인가? 들은 소식이 있다면
알려주기 바라네.

온경에게 보내는 편지 18[104]

又

편지를 써서 내일 아침에 보내려고 했다가, 초8일에 전족(專足)[105]으로 보낸 편지를 받고 매우 기쁘고 위로가 되었네. 집안이 모두 태평하고 등불 밝히고 즐겼다하니, 해마다 객지에서 나그네 신세로 보내는 내가 참 서글프네. 김실(金室)[106]이 편안히 지낸다고 하니 더욱 다행스럽네.

자네의 편지 속의 말은 참으로 우습지도 않네. 이 일은 예로부터 본래 그러한데, 자네가 웃으며 대처하지 못하고 이처럼 멀리까지 알려 오다니, 이것이 한스럽네. 내가 비록 용렬하기는 하지만 어찌 이런 말에 권면되기야 하겠는가. 오직 사리를 짐작하고 헤아려 백성과 국가

---

104 온경에게 보내는 편지 18 : 앞의 편지와 같은 날인 1862년(철종13) 4월 17일에 보낸 편지이다.

환재가 진주 안핵사의 일을 수행하며 올린 장계(狀啓)에서 전 병사 백낙신(白樂莘)만 논죄하고 전 목사 홍병원(洪秉元)은 거론하지 않았는데, 이를 두고 홍병원의 처벌 수위를 높이라는 여론과 환재의 일처리를 비방하는 여론이 일었던 모양이다. 이에 환재는 별지에서 홍병원의 평소 행적을 들어 자신의 조처를 해명하였다. 또 기강(紀綱)의 확립만을 내세우며 백성을 잘 보살피지 않는다면, 기강이 입을 열어 하소연할지도 모른다고 풍자하였다.

105 전족(專足) : 어떤 소식이나 물건을 전하기 위해 특별히 사람을 보내는 것을 말하며, 전인(專人)·전팽(專伻)이라고도 한다.

106 김실(金室) : 박선수의 장녀로 광산(光山) 김영원(金永瑗)에게 출가한 딸을 가리킨다. 《潘南朴氏世譜 卷5》

를 위해 나의 직분을 다할 뿐, 그 나머지는 논할 필요가 없네. 원 편지에 이미 다 말했으므로 여기서는 번거롭게 중복하지 않네. 이만 줄이네.

임술년(1862, 철종13) 4월 17일.

별지

전(前) 목사(牧使)[107]가 만약 아직까지 직책에 있었다면, 일찌감치 이미 논죄하여 파직되었을 것이네. 백성들을 진무하고 안정시키지 못했다는 이유로 묘당(廟堂)에서 상주하여 이미 쫓아내었는데, 지금 만약 이것으로 다시 질책한다면 거듭 처벌하는 쓸데없는 일일 뿐이네. 게다가 병사(兵使)[108]처럼 낭자하게 뇌물을 받아먹은 혐의도 없네. 그가 앞으로 어떤 일을 할지 내가 보장할 수는 없지만, 이미 지나간 일에서 지적할 만한 죄가 없으니, 어찌 꼭 이번 장계(狀啓)에서 갑자기 논할 필요가 있겠는가.

그에 대해 논한다면 그가 도결(都結)하고 결렴(結斂)[109]한 등의 일이 해당되는데, 이러한 일 역시 그가 처음 범한 것이 아니지만 포흠(逋欠)을 조사한 문서에서는 장황하게 논책하지 않을 수 없네. 그러나 지금

---

107 전(前) 목사(牧使) : 진주농민항쟁의 책임을 지고 파직당한 홍병원(洪秉元)을 가리킨다.

108 병사(兵使) : 경상우도 병마절도사로 있다가 전라도 강진현(康津縣) 고금도(古今島)로 유배된 백낙신(白樂莘)을 가리킨다.

109 도결(都結)하고 결렴(結斂) : 도결은 고을 아전들이 공전(公錢)이나 군포(軍布)를 개인적으로 쓰고 그것을 채워 놓으려고 결세(結稅)를 정해진 액수 이상으로 물리던 일을 말하며, 결렴은 결에 따라 매기던 토지세인 결세에 덧붙여 돈이나 곡식을 징수하던 일을 말한다.

만약 병사보다 아래에 있는 사람의 죄를 먼저 언급한다면, 잘하는 처사가 아니네. 지금 변란을 격동시킨 것은 병사이지 목사가 아니네. 일의 처리에는 완급(緩急)의 구별과 선후의 차례가 있으니, 멀리서 조치하면서 누가 이런 실정을 헤아려 그렇게 할 수 있단 말인가. 진실로 변론할 가치조차 없네.

목사가 양·초(梁楚)에서 탐학하다는 오명(汚名)을 얻은 지 오래되어[110] 하마터면 불행에 빠질 뻔했었네. 그런데 그가 홍천 현감(洪川縣監)을 맡을 수 있었던 것[111]은 헌종(憲宗)의 특별한 은혜 덕분이었고, 이 은혜에 감격하여 지난날의 잘못을 씻고자 했으니, 나는 그 점을 깊이 잘 알고 있네. 그가 호남(湖南) 이웃 고을을 다스릴 때 과연 아무 사건을 일으키지 않았으므로, 이 때문에 마음속으로 기이하게 생각하였네. 그런데 지금 가혹하게 적발할 만한 죄는 없지만 포흠을 조사하는 한 가지 일에 있어서는 참으로 그 죄를 모면할 길이 없네. 훗날 내가 그를 대하여 이 말을 하더라도 그도 나를 원망하지 않을 것이네. 이런 사람들이 하는 말[112]은 내가 말하고자 하는 것과 다르니, 어쩌면 이렇게

---

110 양·초(梁楚)에서……오래되어 : 한(漢)나라의 계포(季布)가 신용이 있다는 명성이 높자, 조구(曹邱)가 계포에게 찾아와서 말하기를, "초나라 사람의 속담에 '황금 백 근(斤)을 얻는 것이 계포의 한 번 승낙을 얻는 것보다 못하다.'고 하니, 족하께서는 어떻게 양·초 사이에서 이런 명성을 얻었습니까?〔楚人諺曰, 得黃金百斤, 不如得季布一諾, 足下何以得此聲於梁楚間哉?〕"라고 했던 고사가 전한다. 《史記 卷100 季布列傳》 원래는 훌륭하다는 명망을 얻었다는 의미로 쓰이는데, 여기서는 계포의 고사와 정반대의 의미로 탐학하다는 오명을 얻었다는 말로 쓰였다.

111 그가……것 : 홍병원은 1846년(헌종12)에 홍천 현감을 지낸 바 있다. 《外案考 卷6 江原道 洪川縣監》

112 이런……말 : 목사 홍병원에게 더 가혹한 처벌을 요구하는 사람들의 말을 가리킨다.

도 현명한 안목을 지닌 사람들이 많단 말인가.

오늘날 군자들은 항상 '기강이 서지 않았다.[綱紀不立]'고 말하네. 저 기강이란 천하에서 가장 허약하고 취약한 물건이네. 스스로 설 수 없어서, 반드시 충실히 길러주고 부축해 준 뒤에야 겨우 설 수 있네. 예의(禮義)와 염치(廉恥)로 충실히 길러주고, 충후(忠厚)와 은신(恩信)으로 붙잡아 세워주며, 올바른 상벌(賞罰)과 호오(好惡)로써 채찍질하고 격려해 준 연후에야 겨우 일어서서 수백 보를 갈 수 있네. 그렇게 하고서도 한 번 실수하기만 한다면 기우뚱거리고 자빠지는 우환이 금방 닥칠까를 걱정해야 하네. 그런데 지금 충실히 길러주고 붙잡아 세워주는 것들을 모조리 제거하고, 기강에 대해 오로지 '서지 않았다.[不立]'고만 나무라니, 기강에게 만약 입이 있다면 '아아, 억울하다!'라고 말하지 않겠는가.

이 백성들은 우리의 열성(列聖)과 조종(祖宗)들이 갖은 고생을 겪으며 길러낸 적자(赤子)들이네. 그런데 지금 제대로 입히고 먹이지 못하고 또한 가르치지도 못해서, 마침내 예의와 법도를 모른 채 존장(尊長)에게 화를 내는 지경에까지 이르게 되었네. 그 죄는 매질해야 마땅하지만 측은한 생각이 드는 것은 측은히 여기지 않을 수 없어서이네. 그런데도 '도륙(屠戮)하라.'라고 말한단 말인가. 그렇게 말하는 사람들 역시 '인(仁)하지 못하여 지혜롭지 못한 자[不仁而不智]'[113]일 뿐이네.

지금 도(道) 전체가 모두 동요하고 이웃 고을 역시 동요하고 있으니,

---

113 인(仁)하지……자 : 《맹자》〈공손추 상(公孫丑上)〉에 "인(仁)하지 못하기 때문에 지혜롭지 못하고, 지혜롭지 못하기 때문에 예(禮)가 없고 의(義)가 없는 것이니, 그러면 남에게 부림을 받는다.[不仁不智, 無禮無義, 人役也.]"라고 한 데서 나온 말이다.

이것은 무엇 때문인가. '도륙(屠戮)'이라는 두 글자로 처리해 버리고자 한다면 아마 어려울 것이네. '말 한 마디로 나라를 잃는다.〔一言喪邦〕'[114] 는 것은 이런 경우를 말한 것이니, 한심하네. 어쩌면 좋단 말인가.

무릇 내가 하는 일의 지속(遲速)과 상략(詳略), 관급(寬急)과 강유(剛柔)의 대략에 대해서 자네는 알 것이요, 벗들 중에도 역시 알아주는 이가 있을 것이네. 그 밖에 귀 따갑게 떠드는 소리는 모두 신경 쓸 가치도 없네. 갑인년(1854, 철종5)에도 한 해 동안 시끄러운 비방을 겪은 적이 있지 않았나.[115] 내가 마땅히 해야 할 바를 하면서, 조종(祖宗)과 상천(上天)의 뜻을 저버리지 않을 뿐, 다른 것은 논할 필요가 없네.

촛불 아래에서 눈이 침침하여 글자를 제대로 쓸 수 없네. 이만 줄이네.

---

114 말……잃는다 : 춘추 시대 노(魯)나라 정공(定公)이 "한 마디 말인데 나라를 잃어버리게 되는 그런 말이 있습니까?〔一言而喪邦, 有諸?〕"라고 묻자, 공자가 대답하기를, "사람들의 말에 '나는 임금 노릇하는 것을 즐거워하지 않고, 오직 내가 말을 하면 내 말을 어기는 사람이 없는 것을 즐긴다.'라는 것이 있으니……만약 임금의 말이 선하지 않은데 그 말을 어기는 사람이 없다면 한 마디 말로 나라를 잃게 됨을 기필하지 않겠습니까?〔人之言曰, 予無樂乎爲君, 唯其言而莫予違也……如不善而莫之違也, 不幾乎一言而喪邦乎?〕"라고 하였다. 《論語 子路》

115 갑인년에도……않았나 : 환재가 경상좌도 암행어사로 임명되어 밀양에서 자신의 벗인 서승보의 부친 서유여의 부정을 조사하여 파직시켰다가 많은 사람들의 비방을 받은 일을 말한다. 163쪽 〈온경에게 보내는 편지 7〉 참조.

온경에게 보내는 편지 19[116]

又

어제 보낸 세 하인들은 걸음이 느린 자들이라, 이 편지보다 먼저 도착할 수 있을지 모르겠네. 요사이 기거는 더욱 좋은가? 온 집안은 모두 편안한가? 나는 여전히 편하게 지내고 있네.

안핵하는 일은 점점 끝나가고 있지만, 문서를 작성하는 일은 아직 시작도 하지 못했네. 그 일이 방대하고 정신을 많이 소모해야 하니, 지체될까 더욱 염려되네.

중국 벗들의 서신은 도착했는가? 너무도 정신없고 바쁘기는 하지만 한 조각 섭섭함과 그리움을 누를 길 없네. 작년 이맘때는 일마다 흡족하여 뜻에 맞지 않은 날이 없었는데, 지금은 밤낮으로 골머리를 앓느라 근심과 걱정이 눈에 넘쳐나니, 어찌 마주치는 상황마다 감회가 일지 않을 수 있겠나. 이곳의 공사(公事)를 끝마치고 나면 아마도 다른 곳으로 옮겨가서 안핵하라는 명이 있을 것 같네. 지금 이 때문에 두렵고 고민스럽네.

대체로 동요하지 않은 고을이 없지만, 왕왕 억지로 사달을 만들어

---

116 온경에게 보내는 편지 19 : 1862년(철종13) 4월 21일에 쓴 편지이다.

안핵하는 일이 마무리되어 가지만 작성할 문서가 많아 고생하고 있음을 전하였고, 호남(湖南)과 호서(湖西)에서도 민심의 동요가 있어나고 있음을 염려하였다. 별지에서는 전 경상우도 병마절도사 백낙신(白樂莘)의 처벌이 너무 지나치다는 여론에 대해 해명하였는데, 중대한 사안이므로 엄히 처벌할 수밖에 없고 자신의 사심이 전혀 개입되지 않은 처벌이었음을 말하였다.

그저 소동 일으키기만을 즐긴 지역이 있어, 질고(疾苦)를 견디지 못해서 동요를 일으킨 것이라고 일률적으로 단정할 수는 없으니, 참으로 통탄스럽네.

호남(湖南)과 호서(湖西)에서 모두 날마다 놀랄 만한 소식이 들리는데 잘못 전해진 것이 많다고 해도, 남도(南道) 백성들이 이처럼 불안하기는 매한가지니, 이는 무슨 까닭일까? 곰곰이 이를 생각하면서 벽을 따라 서성이며 잠을 이루지 못하니, 장차 어쩌면 좋겠나.

전팽(專伻)[117]이 떠난다고 아뢰기에, 대략 이렇게 답장을 쓰고 이만 줄이네.

임술년(1862, 철종13) 4월 21일.

별지

허튼소리나 하는 자들의 근거 없는 논의는 본래 마음에 담아 둘 것이 없으니, 부디 동요하지 않는 것이 어떻겠는가. 한씨(韓氏) 집안의 종이 이곳에 온 일로 사람들이 모두 괴이쩍게 여기고 있지만, 이 형도 많은 일을 겪었으니 결코 염려하지 말게.

전 병사(兵使 백낙신)를 논계(論啓)한 것은 어쩔 수 없는 일이었네. 이른바 '안핵'이 어찌 다만 백성의 범죄만을 조사하는 것일 뿐이겠나. 무릇 이런 형국의 이런 변고에 대해서 일체를 모두 살피고 조사해서 그 죄과에 따라 처리할 뿐이네. 선후와 경중은 모두 사리에 따라야 하니, 어찌 털끝만큼이라도 안배(按排)하는 마음을 가지겠는가. 멀리

---

117 전팽(專伻) : 어떤 소식이나 물건을 전하기 위해 특별히 사람을 보내는 것을 말하며, 전인(專人)·전족(專足)이라고도 한다.

서 비방과 칭송을 헤아려서 그 좋은 평판을 취하려 한다면, 평소에 왜 남의 입술을 바라보고 안색을 잘 살펴보지 않았겠는가. 참 우습네.

　백낙신(白樂莘)과는 평소 아무런 은원(恩怨)이 없을뿐더러 얼굴도 모르는 사이이네. 지금 듣자니 '처분이 지극히 엄중하다.'라고 하는데, 이는 중대한 사체(事體)로 보아 당연하네. 나의 마음으로는 크게 불행한 일이라 여겨 그 때문에 하루 종일 유쾌하지 않았네만, 이것은 사심(私心)일 뿐이니, 어찌 감히 사심으로 공사(公事)를 처리하겠는가.

온경에게 보내는 편지 20[118]

又

병영(兵營)의 인편과 선무사(宣撫使)의 인편으로 보낸 두 통의 편지를
차례로 받아 보았네. 그 후로 여러 날이 지났으니, 기거가 평안한지,
온 집안 식구들이 잘 지내는지 다시 묻네. 나는 한결같이 잘 지내네.

이제 겨우 진주의 안핵 장계(狀啓)를 마무리해 올렸네. 내일은 대구
로 옮겨 가서 개령(開寧 상주(尙州))의 일을 안핵할 것이네.[119] 개령은
잔약한 고을로 난을 겪어 영락한 데다 남아있는 이졸(吏卒)도 얼마
없으니, 그 밖의 사세(事勢)야 모양을 갖추었을 리 만무하네. '안핵하
는 방법은 종전의 여러 고을의 경우와 같고, 조사하는 일은 대부분
대구(大邱)의 예에 따라 행할 것이다.'라는 내용으로 장계를 작성했으
니, 들은 사람들은 분명히 '전날처럼 겁을 먹었구나.'라고 여길 것이네.
그러나 무엇을 걱정하겠는가. 오직 걱정하지 않고 알맞게 처리하는
것을 원칙으로 삼을 뿐이네.

이른바 '제 할아비와 제 아비를 욕보였다.'라는 말은 또한 '선생은

---

118 온경에게 보내는 편지 20 : 1862년(철종13) 5월 10일에 보낸 편지이다.
진주의 안핵을 마무리하여 장계를 올린 일과 다시 개령으로 가서 안핵할 계획임을
말하였다. 또 3월 말 도내 각 고을에 발송한 관문을 등서해 보낸다고 하면서, 그와
관련된 물의에 대해 해명하였다.

119 내일은……것이네 : 개령을 안핵하는 일은 신임 안동 부사(安東府使)인 윤태경
(尹泰經)에게 겸하도록 하는 명이 내렸는데, 아마 환재는 이를 몰랐던 듯하다. 《哲宗實
錄 13年 5月 5日》 윤태경은 윤정현(尹定鉉)의 아들인데, 바로 다음 편지에 윤태경에게
자신이 파악한 개령의 상황을 전해주겠다는 내용이 보인다.

어떤 사람인지 모른다.〔先生不知何許人〕'라는 것과 같은 말이네. 나는 당연히 난리를 만든 부류의 부형과 장로(長老)를 책망한 것이지, 어찌 독서하는 군자들의 할아비와 아비를 책망한 것이겠는가. 이것은 나와 관계없는 일이네. 이러한 말을 만들어낸 자는 나를 심하게 책망하며 제 할아비와 아비에게 바치고자 하는 것이니, 또한 이상하지 않은가. 그 관문(關文)을 자네에게 보내 보여주지 않은 듯하니, 이번에 등서하여 보내네.

자네의 편지는 그들이 비방을 일으키려는 의도를 헤아린 듯하네. 만약 관문의 초안을 보지 않고 그 의도를 헤아렸다면 진실로 '밝은 눈으로 가을터럭까지 살필 수 있는 것〔明足以察秋毫〕'[120]과 같다고 하겠네. 옥안(獄案)이 올라가면 온 세상 사람들이 모두 다 알 수 있을 것인데, 과연 어떻게 처리될지 모르겠네. 대부분이 너무도 지루하여 그 일을 신속히 처리하기 어려운 것이 이와 같을 줄을 나 역시 헤아리지 못했네. 이만 줄이네.

임술년(1862, 철종13) 5월 10일.

---

120 밝은……것 : 맹자가 제 선왕(齊宣王)에게 왕도정치(王道政治)를 하지 않는 것과 할 수 없는 것의 비유를 들면서, "밝은 시력이 가을터럭까지 살필 수 있는데, 수레에 실은 나무 섶을 볼 수 없다고 한다면 왕께서는 이것을 인정하시겠습니까?〔明足以察秋毫之末, 而不見輿薪, 則王許之乎?〕"라고 했던 데서 나온 말이다. 《孟子 梁惠王 上》

온경에게 보내는 편지 21[121]

又

핵실(覈實 사실을 조사함)한 장계를 보내는 인편과 올리려다 보류했던 장계를 보내는 인편에 보낸 편지가 차례로 들어갔을 것으로 생각하네. 어제 저녁에 초9일에 보내준 답서를 받고 몹시 기뻤네. 관직을 버리고 한가롭게 지낸다고 하니, 이것이 바로 자네의 본색(本色)이라 이보다 기분 좋은 일은 없을 듯하네. 때마침 병사(兵使)와 본관(本官 수령)이 술을 들고 찾아왔기에 그 일을 이야기하며 큰 술잔[太白]을 당겨 마셨네.

김군 보경(金君保卿)[122]이 어버이의 병환 소식을 듣고 올라갔으니, 객지에서 만나고 이별하는 심정을 더욱 견디기 어렵네.

요사이 기거와 여러 일들은 모두 좋은가? 녹음이 우거지고 꾀꼬리 우는 이때 글을 읽으며 즐기는 것이 마땅하지, 이 형을 위해 근거 없는 비방을 근심하며 번뇌하느라 잠 못 들어서야 되겠는가. 어찌 관직을

121　온경에게 보내는 편지 21 : 1862년(철종13) 5월 15일에 쓴 편지이다.
　　개령(開寧) 안핵사가 윤태경(尹泰經)으로 교체된 사실을 알고 자신이 이미 탐지해 둔 상황을 알려주고 싶다는 생각을 전하였고, 윤육(尹堉)이 경주 부윤(慶州府尹)에 임명된 사실을 듣고 경주의 심각한 실태를 전하였다. 별지에서는 진주의 포흠을 조사하여 이를 채워 넣을 방법을 계문에 적어 올렸다고 했으며, 단성(丹城) 농민 항쟁의 주동자로 알려진 양반 김령(金欞)의 죄상을 상세히 기술하며 비난하였다.

122　김군 보경(金君保卿) : 누구인지 미상이다. 다만《문과방목(文科榜目)》에 자가 보경인 사람으로 김영석(金永奭)이라는 이름이 보이는데, 생년은 1837년이고, 본관은 광산(光山)이며, 1864년(고종1) 증광시에 급제한 것으로 나와 있다.

버린 방법으로 가슴속의 근심을 버리지 못해서야 되겠는가.

나는 조금 휴식을 얻었으니 달리 걱정할 것이 없네. 요사이 집안은 어떻게 꾸려가고 있는가? 하루의 길이가 1년과 같으니 모든 일이 염려스럽네. 부디 존수(尊嫂)께 이곳에는 별다른 번민과 걱정이 없다고 말씀드려 마음을 풀어주고 위로해 드리는 것이 어떻겠나.

개령의 사태는 일찌감치 이미 정력을 기울여 탐지해 두었으니, 편지를 써 윤유상(尹幼常)에게 보낸다면 아마 도움을 줄 수 있을 듯한데,[123] 끝내 마음이 놓이지 않네. 침장(梣丈 윤정현)의 걱정과 근심이 절절할 것으로 생각되는데, 어쩌면 좋겠는가. '춘천(春川)을 맡아 노인을 편안히 모시는 것이 나았을 텐데, 안동(安東)을 맡게 되었으니 분명 대사(臺事)[124]를 겪을 것이다.'라고 하지만, 어찌 꼭 그렇게 말할 필요가 있겠나.

치옥(致沃)[125] 영감이 경주 부윤(慶州府尹)을 맡게 되었다고 하는데, 조상을 추증(追贈)하는 영화를 누리고 그칠 것인가? 아니면 부임하려는 것인가?[126] 그곳은 황폐한 지역이 되어 쉽사리 담당할 수 없고, 전

---

123 편지를……듯한데 : 윤유상은 윤태경(尹泰經, 1833~?)으로, 본관은 남원(南原), 유상은 그의 자이며, 환재의 절친한 벗이었던 윤정현(尹定鉉)의 아들이다. 당시 안동 부사(安東府使)로 재직하고 있던 윤유상이 환재를 대신하여 개령 안핵사로 차출되었으므로, 환재가 도움을 주려 한 것이다. 《哲宗實錄 13年 5月 5日》

124 대사(臺事) : 대각(臺閣) 즉 사헌부(司憲府)나 어사대(御史臺)의 탄핵을 말한다.

125 치옥(致沃) : 윤육(尹堉, 1803~?)의 자로, 본관은 파평(坡平)이고, 시호는 효헌(孝憲)이다. 환재의 벗인 윤종의(尹宗儀)의 숙부이다.

126 조상을……것인가 : 경주 부윤(慶州府尹)에 임명만 되고 실제로 부임하지는 않을 것인지, 아니면 실제로 부임할 것인지 모르겠다는 말이다. 경주 부윤은 다른 고을의 부윤과 달리 품계가 종2품에 해당하여 3대 추증의 은전(恩典)을 받게 되므로 이렇게

부윤(府尹)이 경주에서 탐학을 저질렀을 뿐만 아니라, 심지어 왜인(倭人)의 많은 재물을 빼앗기까지 하였네.[127] 이 일은 분명히 변방의 분쟁을 일으킬 듯한데, 조정에서 장차 어떻게 대처할지 모르겠네. 이는 모두 시운(時運)에 따라 일어난 일이니, 어쩌면 좋겠는가. 이만 줄이네.

임술년(1862, 철종13) 5월 15일.

별지 1

심중복(沈仲復)이 역주(易州)에 간 것[128]은 틀림없이 나의 이번 걸음과 대략 서로 같은 이유일 것이니, 이 또한 시운(時運)일 것이네. 하거(霞擧)[129]의 영련(楹聯 주련(柱聯))은 감정이 진실하고 말이 절실하여 읊기에 싫지 않네.

진주에서 포흠을 조사해보니 4만여 석(石)이었고, 포흠에 이른 원인

말한 것이다.

127　전 부윤(府尹)이……하였네 : 전 경주 부윤은 송정화(宋廷和, 1796~?)를 가리킨다. 송정화는 경주 부윤으로 있던 1861년(철종12) 8월 수념포(水念浦)에 표류한 왜인들을 곧장 돌려보내지 않고 그들의 물건을 탈취한 일이 있었다고 한다.《망원한국사연구실, 1862년 농민항쟁, 동녘, 1988, 233~234쪽》

128　심중복(沈仲復)이……것 : 심중복은 심병성(沈秉成)이다. 193쪽 주103 참조. 역주(易州)는 하북성(河北省) 역현(易縣)을 가리킨다. 정확한 이유는 알 수 없지만 당시 중국은 태평천국군의 기세가 높을 때였고, 또 뒤이어 나오는 환재의 말로 보아, 심병성이 태평천국군의 진압과 관련된 일로 역주에 파견된 듯하다.

129　하거(霞擧) : 왕헌(王軒, 1823~1887)의 자로, 호는 고재(顧齋)이다. 병부 주사(兵部主事)를 역임했고, 굉운서원(宏雲書院)·진양서원(晉陽書院) 등의 주강(主講)을 지냈다. 시문에 뛰어났고 문자학(文字學)과 수학(數學)에 밝았다. 저서로《고재시록(顧齋詩錄)》등이 있다. 환재는 1861년(철종12) 연행에서 왕헌과 교분을 맺었다.《환재집》권10에 왕헌에게 주는 편지 7통이 수록되어 있다.

은 전혀 조리가 없는 일이었네. 법으로 다스려서 일제히 떨구고 나니, 남은 것은 1만 3천여 포(包)였네. 본읍(本邑)의 부정(不正)한 명목(名目) 중에 '관황(官況)'[130]이라 불리는 것이 있는데 해마다 4, 5천금을 거두어들이네. 이 돈이면 10년 내에 포흠한 숫자를 채울 수 있으므로, 계문(啓文)에서 직접 거론하였네. 이제 진주에는 한 말[斗]이나 반 되[升]의 포흠도 없으니 일의 정상이 이보다 통쾌한 것이 없네. 다만 요사이 민간의 천한 부류들도 모두 조정을 견제할 수 있으니, 형세가 막혀서 이 일을 실패하게 만드는 것은 내가 알 바가 아니네. 나는 오직 내가 마땅히 해야 할 일을 할 뿐이지, 전 목사와 옛 경저리(京邸吏)들에게 원한을 사는 문제까지 또 어찌 논할 가치가 있겠는가. 감포(勘逋)[131]의 초안을 보면 자세히 알 수 있을 것이네.

이른바 옛 경저리 양재수(梁在洙)·백명규(白命圭)·이창식(李昌植) 등은 모두 어떤 사람들인가. 조사에 참여한 수령들이 모두 머리를 흔들고 혀를 내두르며 종이 위에 적힌 그들의 성명조차 감히 똑바로 보지도 못하니, 참으로 두려워할 만한 자들이네. 만약 이 자들의 머리를 장대 끝에 달아 대중들의 마음을 후련하게 풀어주지 못한다면, 남쪽 고을의 소요는 말로써는 승복시킬 수 없을 것이니, 어찌하면 좋겠는가?

---

130 관황(官況) : 읍징(邑徵) 또는 읍황(邑況)이라고도 하는데, 고을의 각종 판공비 명목으로 전세(田稅)에 부가하여 거둬들이던 쌀이나 돈을 가리킨다. 《牧民心書 戶典 稅法下》

131 감포(勘逋) : 환곡(還穀)의 포흠(逋欠) 문제를 바로잡는 것을 말한다.

별지 2

단성(丹城) 고을에 김령(金欞)이라는 자가 있는데, 또한 이 고을의 이명윤(李命允)이네.[132] 전관(前官) 임병묵(林昺默)을 몰아내었다가 그도 역시 읍리(邑吏)에게 구타를 당했으며, 그의 자식 전 정언(正言) 김인섭(金麟燮)도 그 아비와 똑같은 악인(惡人)이네. 신임 현감 이원정(李源鼎)을 새로 맞아온 이졸(吏卒)들은 모두 김령이 모집하여 보낸 역속(驛屬)과 무부(巫夫)들인데 임시로 충원한 자들이었네. 읍속(邑屬)들은 일찌감치 김령에 의해 쫓겨나 감히 머리도 내밀지 못했네.

신관(新官)이 고을에 도착한 뒤에는 김령의 수하들이 관청에서 나오는 지공(支供)을 금하게 하고 주막의 음식을 사다 바치면서, 정당(政堂)에 홀로 앉혀놓은 채 손발도 움직이지 못하게 하였네. 사령(使令) 하나를 매질하려고 하니, 김령의 수하들이 일제히 분을 내어 면전에서 현감을 질책하며 "향원(鄕員) 중에서 차출한 사령을 어찌 감히 매질하려 하시오."라고 하였네. 감사가 조사관을 정하여 현(縣)의 포흠 실태 및 아전들과의 분쟁 사건을 조사하려고 하자, 또 조사를 행하지 못하게 방해하였네. 그들이 조사를 못하게 방해하는 술책은 어떠한 것인가.

---

132 또한……이명윤(李命允)이네 : 단성 고을 민란의 주동자라는 말이다. 이명윤 (1804~1863)은 본관은 전주(全州), 자는 치백(致伯), 호는 안호(安湖)이며, 진주 민란의 주동자인 유계춘(柳繼春)과 6촌 간이었다. 환재가 이명윤을 진주 민란의 주모자로 조정에 처벌을 요구하였고, 이명윤은 결국 전라도 강진현(康津縣) 고금도(古今島)로 유배되었다. 그러나 이명윤은 유배지에서 자신의 혐의가 무고임을 기록한《피무사실 (被誣事實)》을 짓기도 하였다. 이듬해 사면령이 내려졌으나 풀려나기 전에 유배지에서 사망하였다.

대체로 한 사람의 아전도 명을 받들어 거행하는 자가 없었으니, 이미 '나타나면 죽인다.'는 말로 협박한 지가 오래되어서이네.

단성은 진주와의 거리가 50리인데, 그 말을 전해 듣고 경악하였네. 김령의 수하들이 찾아와 구타당한 일을 하소연하고 명분을 바로잡아야 한다는 등의 설을 내세우며 기세등등해 마지않았기에, 다만 그들의 말에 따라 '사실착보(査實捉報)'[133]라고 제사(題辭 판결문)를 만들어 주었지만, 뒤이어 해당 관청에 도부(到付)하지는 않았네. 대개 그들의 생각은 억울함을 설욕하는 데 있지 않았고 단지 안핵사에게 위세를 과시하는 데 있었을 뿐이네.

이곳에 머문 지가 오래되었지만 경악을 금치 못하는 이외에 저 고을의 사태를 진실로 사문(査問)할 길이 없었네. 그래서 어제 교졸(校卒)을 보내 김령을 잡아오도록 했더니, 김령이 잡아오라는 관문(關文)을 찢어 불태우고 팔뚝을 휘두르며 크게 욕을 하는 바람에, 파견했던 교리는 단지 김령의 측근 몇 놈만 잡아서 돌아왔네. 찾아온 저들이 말하는 '문서(文書)'라는 것도, 배결(排結 결수를 헤아려 배분함)에 해당하는 돈에 멋대로 수천 금을 걷어 향회(鄕會)[134]의 술과 음식을 마련하는 비용으로 귀속시켜 마치 대동법(大同法)의 전세(田稅)로 부과하는 것처럼 꾸며놓은 것이었네. 그리고 신관(新官)이 백성의 마음을 위로하기 위해 거의 천금에 가까운 아록(衙祿 수령에게 주던 녹봉)을 줄이겠다고 민간에 명을 내렸는데, 이 또한 숨기고 공포하지 않았으니, 그들의 속셈은 몰래 취하여 삼키려는 것이었네.

---

133 사실착보(査實捉報) : 사실을 조사하여 체포·심판한다는 말이다.

134 향회(鄕會) : 고을 일을 논의하기 위한 향인(鄕人)들의 모임을 말한다.

이런 자들이 어찌 백성을 위해 폐정(弊政)을 말할 자들이겠는가. 이처럼 기괴하고 분통터지는 일은 바로 홍경래(洪景來)의 연전(鉛錢)이니[135] 처분해 달라고 계청(啓請)하고 싶은 마음이 간절하지만, 도신(道臣)이 재직하고 있고 내가 그 일을 들추어낸다면 사단(事端)을 만들기 좋아한다는 혐의를 받을 것 같아 우선 마음속에 담아두고만 있네.

이런 자들이 모두 '제 할아비와 아비가 모욕을 당했다'고 말하는 자들이네. 궁궐 뜰에 임금이 친림(親臨)하여 과거 시험 제목을 높이 내건 자리에서 무리를 지어 소동을 일으킨 자[136]들이 어느 지역 사람이었던가. 만나서 물어보면, 천연덕스럽게 낯빛을 바꾸며 말하기를, "영남 선비 중에는 한 번도 이런 짓을 한 사람이 없소. 이는 다른 사람이오." 라고 하네. 이 사건을 제 눈으로 본 적이 없단 말인가. 내가 발송한 관문(關文)에서 이번 과거장의 소동을 들어 책망하였으니, 이것은 지극히 긴요한 말이었네. 그런데 온 세상 사람들이 모두 말하기를, "이 말은 긴요하지 않다."라고 하니, 긴요한 말을 잘하는 사람을 나는 모두 본 셈이네.

---

135 홍경래(洪景來)의 연전(鉛錢)이니 : 역적의 무리인 홍경래의 아류(亞流)라는 말이다. 연전(鉛錢)은 납을 많이 섞은 가짜 돈을 말한다.

136 궁궐……자 : 1862년(철종13) 3월 10일에 춘당대(春塘臺)에서 거행된 경과(慶科) 정시(庭試)에서 영남 출신 선비가 노비를 타살한 소동이 발생한 것을 말한다. 《日省錄 哲宗 13年 3月 10日》

온경에게 보내는 편지 22[137]

又

지난 달 27일에 이성운(李成雲 미상(未詳))을 통해 보내 준 전서(專書)[138]를 보았네. 그 다음날 일행보다 먼저 출발하여 화양동(華陽洞)에 있는 선조의 묘소[139]에 들러 배알하고, 추풍령(秋風嶺)을 넘었네. 오늘 회덕(懷德)에서 점심을 먹다가 초1일에 보내준 편지를 받고 참으로 기뻤는데, 또 용야(龍也 미상(未詳))의 편지까지 보게 되어 더욱 더 기뻤네.

처음에 합천(陜川)으로 향하는 길에서 심합(心閤)[140]의 편지를 보았는데, 말이 분명치는 않지만 아마도 7명의 죄수를 모두 극형에 처할 작정인 듯하여 깜짝 놀라고 마음이 즐겁지 않았네. 이렇게 한다면 형정

---

137 온경에게 보내는 편지 22 : 1862년(철종13) 6월 5일에 쓴 편지이다.

진주 안핵사의 임무를 마치고 돌아오면서 합천(陜川)에 있는 박소(朴紹, 1493~1534)의 묘소를 참배한 일과 추풍령(秋風嶺)에서 삭직된 소식을 들었음을 전하였다. 또 환재에 대한 처벌의 수위를 높이라는 경상도 벼슬아치의 상소가 있음을 전해 듣고 분노와 우려를 표시하였다. 아울러 서울로 돌아와 어디에 머물러야 할지 고민하고 있는 상황을 전하였다.

138 전서(專書) : 특별히 사람을 시켜 보내온 편지를 말한다.

139 화양동(華陽洞)에……묘소 : 박소(朴紹)의 묘소를 말하는데, 경남 합천(陜川)의 야로현(冶爐縣) 서쪽 화양동(華陽洞)에 있었다. 《宋子大全 卷206 冶川朴公行狀》

140 심합(心閤) : 조두순(趙斗淳, 1796~1870)을 가리킨다. 본관은 양주(楊州), 자는 원칠(元七)이며, 그의 호가 심암(心庵)이기에 이렇게 지칭한 것이다. 조두순은 당시 좌의정을 지내고 있었다.

(刑政)의 큰 잘못이라고 생각했네.

추풍령에 도착했을 때 정규복(鄭圭復) 등 여러 사람이 감영(監營)에서 내려왔는데 그들 역시 회하(回下)한 관문(關文)을 등사해 오지는 않았지만 내가 삭직(削職) 처분을 받았음을 상세히 전해주었고, 또 7명의 죄수에 대한 처리는 특별히 안핵사의 장계를 따르기로 재가(裁可)되었다는 소식도 전해주었네. 그때 속이 후련하면서 감사하던 심정을 어떻게 표현하겠나. 나는 비록 삭직되었지만 이는 벌을 받는 것이 아니라 영광이네.

경상도 벼슬아치가 또 상소를 냈으니, 어찌 수치를 모르는 자들이 아니겠나. 어찌 패륜의 무리의 부형(父兄)을 끌어다가 이들을 '사림(士林)의 선배'라고 말할 수 있는가. 내가 이미 삭직 처분을 받았는데도 또 이렇게 물고 늘어지니 아마도 필시 이번 처분보다 더한 것이 있을 듯한데, 여러 사람들의 논의는 어떻게 될 것이라고 생각하는가?

내가 진주 사건에 대해 시일을 지체했기 때문에 형정(刑政)이 제대로 수행되어[141] 민심이 안정되었네. 조정에서 많은 사람을 죽이고자 했지만 상(上)께서 특별히 나의 장계를 따라주는 은혜를 베푸셨으니, 이런 조치는 또 영남 사람들을 크게 열복(悅服)시킨 것이라서 일마다 자신들의 뜻대로 되었다고 말할 만한데, 무엇 때문에 경상도 벼슬아치가 이처럼 무리한 소요를 일으킨단 말인가. 심합(沈閤)이 편지에서 '또한 하나의 변괴'라고 말한 것도 과연 온당한 평론일세.

처음에는 우천(牛川)으로 가서 며칠 머물려고 했다가 지금 이런 소

---

141 제대로 수행되어 : 원문은 '平反'인데, 다시 조사하여 죄를 공평하게 처리하는 것을 말하므로, 이렇게 번역하였다.

식을 듣고 보니 반드시 괴이한 사건이 생길 것 같아 곧장 수원(水原)으로 향해가서 동작(銅雀) 나루를 건널 계획인데, 어디에 머물러야 할지 막연하여 근심이네.

25일에 소장이 올라갔는데 그에 대한 비답(批答)을 왜 내게 보여주지 않는 것인가? 만약 행견(行遣 추방)하라는 명이 있었다면 도중에 더욱 지체해서는 안 되네. 자네가 하는 일이 늘 이렇게 엉성하니 한탄스럽네. 만약 다른 일이 없다면 안암동(安巖洞)에 나아가 머무는 것이 좋을 듯하네. 아니면 용산(蓉山)에 아무개의 정자가 있는데 내가 잘 알지 못하는 사람이긴 하지만 가면서 알아볼 계획이네. 압구정(狎鷗亭)은 규재(圭齋 남병철)의 소유물이라서 그곳으로 가볼까도 했지만, 강 건너편에 있고 도와줄 사람도 없어 잠시 머물러 있기 어려울까 걱정되었기에 그곳으로 갈 것을 결정하지 못했네. 규재에게 한 번 물어봐도 좋을 듯하네. 하지만 결국 길이 멀고 외롭게 기거해야 하는 것이 싫어 온당하지 않을 것이니, 안암동이 가장 좋을 듯하네.

자네가 말한 '마중 나와서 만나 뵙고 상의해 결정하겠다.'고 한 것은 무슨 일인가? 멀리까지 올 필요 없이 다만 동작강(銅雀江) 강변에서 만나는 것이 좋겠네. 강을 건너 멀리까지 더 올 필요 없네.

나의 걸음은 별다른 어려움이 없네. 진주목(晉州牧)에서 관아의 말을 빌렸고 합천 군수(陜川郡守)가 여비를 도와주어 편안히 올라가고 있네. 이성운을 먼저 돌려보내며 객점(客店)에서 어지럽게 쓰고 이만 줄이네.

임술년(1862, 철종13) 6월 초5일.

온경에게 보내는 편지 23[142] 평안도 관찰사로 있을 때 보낸 것이다.

又 任西伯時

지금 막 북경에서 돌아오는 서장관(書狀官) 김석릉(金石菱)[143] 학사(學士)와 다경루(多慶樓)[144]에 앉아 석양의 한 줄기 먼 산을 바라보니 소이장군(小李將軍)의 금벽필(金碧筆)[145]이 생각났고, 뒤이어 연경(燕京)의 옛 친구들에 대해 이야기하자니 뜻이 참으로 유쾌하였네.

한 통의 편지가 도착해 영감(令監)의 안부[146]가 편안하고 좋다는 것

---

142 온경에게 보내는 편지 23 : 환재가 평안도 관찰사로 있으면서 쓴 편지이다. 편지를 보낸 시기가 적혀 있지 않지만, 평안도 관찰사로 부임한 것이 1866년(고종3) 2월이고, 편지 내용에 언급한 김창희(金昌熙, 1844~1890)가 서장관(書狀官)의 임무를 마치고 복명(復命)한 것이 1866년 4월 22일인 점을 감안하면, 4월 초에서 22일 사이에 쓴 것으로 보인다. 《高宗實錄 3年 2月 4日, 3月 22日, 4月 22日》

143 김석릉(金石菱) : 김창희(金昌熙)로, 본관은 경주(慶州), 자는 수경(壽敬), 석릉은 그의 호이다. 1864년(고종1)에 문과에 급제하였고, 1865년 동지사(冬至使) 이홍민(李興敏)의 서장관에 임명되어 청나라에 다녀왔다. 1878년(고종15)에 이조 참의를 역임한 다음 병조·이조·형조의 참판과 공조 판서 등 육조(六曹)의 요직을 역임하였다. 저서로는 문집인 《석릉집》을 비롯하여 《회흔영(會欣穎)》,《육입보(六入補)》,《담설(譚屑)》 등이 있으며, 편서로는 《월성가사(月城家史)》,《김씨분관록(金氏分貫錄)》,《동묘영접록(東廟迎接錄)》 등이 있다.

144 다경루(多慶樓) : 평양(平壤) 감영 서쪽의 양명포(揚命浦) 위에 있던 누각이다.

145 소이장군(小李將軍)의 금벽필(金碧筆) : 소이장군은 당(唐)나라의 화가 이소도(李昭道)를 말한다. 그의 부친 이사훈(李思訓)은 산수화의 대가로 이름났고 우무위대장군(右武衛大將軍)을 지냈기에 대이장군(大李將軍)이라 불렸고, 그 아들 이소도역시 산수화에 뛰어나 소이장군(小李將軍)으로 불렸다. 금벽필(金碧筆)은 금색과 푸른색을 많이 쓴 그림을 의미하는 듯하다.

을 알게 되었으니, 그 기쁨은 말할 수가 없네.

겸인(傔人)[147] 박윤식(朴允植)의 편지를 보았네. 그가 선산(善山)으로 가지 않은 것은 잘 생각한 것이네. 이 겸인의 이름을 윤덕(允德)이라고 고치는 것이 좋겠네. 연재(淵齋 윤종의(尹宗儀))의 부친의 휘(諱)[148]와 같은 것이 마음에 걸리고, 또 순경(洵卿 김윤식(金允植))의 이름자와도 같으니, 이것이 이름을 고쳐야 할 이유이네. 이 편지를 그에게 보여주도록 하게.

---

146 영감(令監)의 안부 : 원문은 '令履'이다. 영(令)은 보통 정3품 이상의 관원을 지칭하는 표현인데 여기서는 박선수를 가리킨다. 박선수가 1864년(고종1)에 증광별시문과(增廣別試文科)에 장원급제하고 1865년 정3품 당상관인 사간원 대사간에 임명되었으므로, 이전의 편지에서 보이지 않던 존칭을 붙여서 부른 것이다.

147 겸인(傔人) : 양반집에서 잡일을 맡아보고 시중을 드는 사람을 일컫는 말이다.

148 연재(淵齋)의 부친의 휘(諱) : 연재는 환재의 벗인 윤종의이고, 윤종의의 부친의 휘는 '식(埴)'이다. 《眉山集 卷13 工曹判書淵齋尹公宗儀行狀》

온경에게 보내는 편지 24

又

15일에 보낸 편지를 어제 낮에 받아 보고, 영감(令監)[149]의 안부가 계속 편안하고 집안이 평온하다는 것을 자세히 알았네.

김실(金室)[150]의 근심이 풀렸다고 하니 매우 다행이네. 김서방[151]도 돋았던 반점이 말끔히 사라졌는가? 이번 마마는 아마 누구나 다 겪었을 터이지만 알고 있는 친척과 붕우들이 곤궁하고 빈한하여 의약(醫藥)을 구하기 어려운 사람들이니, 어찌 찾아와 다급하게 호소하지 않을 수 있었겠는가. 수고와 번거로움을 참으며 편안한 마음으로 부응(副應)한다면 이 또한 볼 만한 덕행이 있는 것이네. 이것이 바로 도리의 당연함이니, 범연히 처리하지 않았을 것으로 생각하네.

---

149 영감(令監) : 박선수를 가리킨다. 216쪽 주146 참조.

150 김실(金室) : 박선수의 장녀로 광산(光山) 김영원(金永瑗)에게 출가한 딸을 가리킨다. 《潘南朴氏世譜 卷5》

151 김서방 : 박선수의 장녀와 혼인한 광산(光山) 김영원(金永瑗)을 가리킨다. 《潘南朴氏世譜 卷5》

온경에게 보내는 편지 25[152] 온재공이 경상도 암행어사가 되었을 때 보낸 것이다. 선생은 평안도 관찰사로 있었다.

又 溫齋公爲嶺繡時 先生按節關西

암행어사로 떠나는 아우 온경 보게나.

헤아려보니 근일(近日)에 경윤(景允 미상(未詳))·탁연(卓然 미상(未詳))과 서로 만났을 것이고, 이 시각에는 아마 이미 충추(忠州) 등의 도중에 있을 것으로 생각되는데, 그러한가? 하늘에는 불덩이 같은 해가 이글거리고 땅이 질편할 것이니, 산을 넘고 물을 건너는 수고를 어느 때나 잊을 수 있겠나. 하지만 가고 멈춤이 나의 의지에 달려 있어 호탕하여 얽매이지 않는 장쾌함을 차츰차츰 깨달아가지 않겠는가. 오직 이런 점만이 암행어사의 흥취이니, 우습고 우습네.

나는 편안히 지내고 있고, 집안 소식도 편안하다고 하네. 용인(龍仁)과 만의(萬儀)에서 보낸 세 통의 편지를 24일에 받아 보고 많은 것을 잘 알았네.

그런데 협지(夾紙 동봉하여 보내는 별지)에서 오히려 괴로워하고 슬퍼

---

152 온경에게 보내는 편지 25 : 편지를 쓴 시기가 나와 있지 않지만, 박선수가 경상도 암행어사에 임명된 것이 1866년(고종3) 8월인 점, 또 박선수로부터 24일에 편지를 받았다는 내용이 있는 점으로 보아 1866년 8월 말 경에 보낸 것으로 보인다. 《壬戌錄 鍾山集抄 玉靈漫筆抄 卷21 丙寅》

암행어사의 임무를 수행하기 위해 경상도로 떠나는 아우의 안부를 염려하였고, 나라를 위한 일임을 명심하여 고생으로 여기지 말고 맡은 바 임무를 충실히 수행할 것을 주문하였다.

하는 뜻이 보이고, 또 나를 염려하여 너무 많은 걱정을 하고 있으니, 무엇 때문에 그렇게 하는가. 늙어서 머리가 허연 형제가 침상을 마주하여[153] 서로 함께 지내는 것도 인생의 지극한 기쁨이지만, 본래 누런 잎 숲 사이의 깊은 산골에서 문을 닫아 건 자가 아니라면 이렇게 할 수 있는 사람이 드무네.

조정에 나아가면 일을 맡는 것을 영광으로 여기니, 재주를 시험해 볼 기회도 여기에 달려있고, 임금의 은혜에 보답하여 힘을 바칠 것도 여기에 달려있네. 지금 자네의 걸음에 비록 숱한 어려움이 있으나 그 임무의 중대함이 도리어 어떠하겠나. 평안도와 경상도에 113개의 주군(州郡)이 있으니 우리나라 지도의 3분의 1에 해당하네. 형제가 이제 그곳의 일을 나누어 맡았으니, 비록 일 처리를 잘하고 못하고에 대해서는 감히 딱 잘라 말하지 못할지라도, 자신의 직분상 마땅히 해야 할 일에 능력을 바칠 수 있는 것은 바로 여기에 있네.

총계(叢桂)의 비새는 집[154]에서 그저 서권(書卷)을 끌어안고 마치

---

153 침상을 마주하여 : 당(唐)나라 백거이(白居易)의 시에, "이곳에 와서 함께 묵지 않으려나, 빗소리 들으며 침상 마주해 자세나.〔能來同宿否, 聽雨對牀眠.〕"라는 구절이 있는데, 이를 '풍우대상(風雨對牀)'이라고 하여 벗이나 형제끼리의 정겨움을 나타내는 말로 쓰인다.《白氏長慶集 卷26 雨中招張司業宿》

154 총계(叢桂)이 비새는 집 : 연암 박지원의 옛 집인 계산초당(桂山草堂)을 말한다. 박지원이 안의 현감(安義縣監)을 지낸 뒤 상경하여 잠시 산직(散職)에 있을 때인 1796년 무렵에, 장차 전원으로 돌아가 책을 저술하면서 여생을 보낼 계획으로 계산동(桂山洞)에 과수원을 매입하고 여기에 지은 집이며, 북악산 동남 기슭의 '계산(桂山)'이라 불리던 고지대에 자리 잡고 있었다. 중국의 제도를 모방하여 흙벽돌을 찍어 집을 지었으며 그 집 서쪽에 '총계서숙(叢桂書塾)'이라 명명한 서루(書樓)를 만들었다. 지금의 계동 중앙중학교 부근에 있었다. 환재는 어린 시절 오랫동안 이 집에서 살았을 뿐만 아니라

그대로 늙어갈 것처럼 지내던 때를 추억하면 어떠한가. 나는 비록 공명(功名)을 사모하는 선비가 아니기는 하지만, 이 일을 영광으로 여기지 괴로움으로 여기지는 않네. 오직 걱정하는 것은 형제가 공사(公事)를 잘 처리해 내지 못할까 하는 것일 뿐이네. 서로 이별하는 서글픔 같은 것은 진실로 마음에 담아두지 않고 있으니, 내 아우도 마땅히 이와 같이 생각해야 할 것이네.

언덕과 습지[原隰]를 다니며[155] 멀리 서로 그리워하면서 달빛 아래 거닐며 구름을 바라보자니[156] 참으로 헤어져 있음이 괴롭기는 하지만, 이런 삶 속에도 오히려 성대하여 다른 어떤 것과 비교할 수 없는 훌륭한 경지가 있네. 다만 우리 형제는 이런 한 가지 그리움일랑 구름 밖에 흔쾌히 접어두기로 하세.

1840년대 말까지 살았던 것으로 추정된다.《김명호, 환재 박규수 연구, 창비, 2008, 26~28쪽》

155 언덕과 습지[原隰]를 다니며 : 원래는 사신의 임무를 수행하는 어려움을 말하는데, 여기서는 암행어사와 관찰사의 고된 임무를 의미하는 말로 쓰였다.《시경》〈황황자화(皇皇者華)〉에 "찬란하게 핀 꽃들, 저 언덕과 습지에 있도다. 무리지어 질주하는 사신 일행이여, 해내지 못할까 걱정이 태산 같네.[皇皇者華, 于彼原隰, 駪駪征夫, 每懷靡乃.]"라고 한 데서 나온 말이다.

156 달빛……바라보자니 : 고향 집과 형제를 그리워하는 마음을 뜻한다. 153쪽 주30 참조.

온경에게 보내는 편지 26[157]

又

서신이 끊긴 지 자못 오래되어 참으로 견디기 어려웠는데, 동짓달 17
일에 보낸 편지를 받고 매우 기뻤네. 길을 가는 어려움 속에서도 다
행히 크게 손상됨이 없다니 이 모두가 성상의 은덕이 아님이 없을
터, 무엇을 걱정할 것이 있겠는가. 지금은 어느 곳에 머무는지 모르
겠네. 이해도 바뀌려 하는데 천리 밖에 떨어져 있으니 늙은 몸이라
마음에 걸리지 않을 수 없네. 감영(監營)의 여러 사람들이 여전히 편
안하여 안온(安穩)하게 지낸다고 말할 만하니, 염려하지 말게나.

보내준 문판(文判)과 공이(公移)[158]는 모두 잘 지어졌으니 매우 좋
네. 암행어사의 직분에 점점 익숙해지고 있음을 알 만하네. 이 일은
없어서는 안 될 경력(經歷)이니 이른바 '백성의 진실과 거짓을 다 알고,
세상의 험하고 어려운 일을 모두 겪었다.〔險阻艱難 備嘗之矣 民之情僞
盡知之矣〕'[159]는 것이네. 이 일을 통해 얻는 이로움이 적지 않으니, 조금

---

157 온경에게 보내는 편지 26 : 1866년(고종3) 12월 17일에 쓴 편지이다.
　박선수가 보내준 판결문을 보고 훌륭하게 잘 지었다고 칭찬하였고, 암행어사의 직분
을 수행하며 억울한 백성과 아전들이 생기지 않도록 하라고 당부하였다.
158 문판(文判)의 공이(公移) : 문판은 판결문을 의미하는 듯하고, 공이는 관아 상호
간에 왕래하는 공용문서를 일컫는 말이다. 아마도 박선수가 암행어사의 임무를 수행하
며 작성한 판결문과 공문인 듯하다.
159 백성의……겪었다 : 춘추 시대 초자(楚子)가 신(申)으로 들어가 거주하면서 신
숙(申叔)에게는 곡(穀)에서 떠나게 하고 자옥(子玉)에게는 송(宋)나라에서 떠나게 하
면서 말하기를, "진(晉)나라를 추격하지 말라. 진후(晉侯)가 망명하여 국외에 19년

젊은 나이에 이 임무를 수행하지 못했던 것이 한스러울 뿐이네.

힘없는 백성을 괴롭히지 않고 간사한 아전들에게 도로 빼앗지 않는 것이야말로 중요한 도리이고 다스림의 대체(大體)이니, 시종일관 이 뜻을 잊지 않는 것이 어떻겠는가. 힘없는 백성들을 꾸짖어 다스린다면 그 어지러움이 반드시 더러운 명성을 많이 얻는 데 이를 것이고, 간사한 아전들에게 도로 빼앗는다면 그 폐단은 결국 군현(郡縣)에 끼쳐져 시끄럽게 다시 추악한 의심을 얻고 말 것이네. 지금까지 전후로 나간 어사(御史)들의 수많은 폐단이 언제나 여기에서 생겼으니, 이 두 가지 일이 없다면 관리와 백성들이 열복(悅服)할 것이네. 내가 거행할 직분도 본래 여기에 있지 않네. 그런데 근래에 이 직책을 맡은 사람들은 모두 자신이 맡은 임무가 어떤 일인지를 모르기에 저처럼 일을 그르치네. 내 아우는 이를 알고 있고 탁연(卓然 미상(未詳)) 등 여러 사람들도 또한 모두 나의 입론(立論)을 익숙히 하는 자들이니, 나는 이 때문에 이 두 가지 일에 대해 다시 의심을 두지 않네. 지금 중겸(仲謙 미상(未詳))의 편지를 보니 "백성들은 억울하게 법망에 걸리지 않았고, 아전들은 원통하게 빼앗긴 것이 없어 일대가 편안하여 칭송의 소리가 길에 가득하다."라고 하니, 이것이 바로 그 효험일 것이네. 다행스럽네.

나는 한결같이 편안하지만, 한창 연말의 사무가 몰려들어 에워싸니 쇠약해진 기운이 다시는 지난날과 같지 않음을 깊이 느끼네. 세밑에

동안 있었으나 끝내 진나라를 얻었으니, 세상의 험하고 어려운 일들을 빠짐없이 경험하였고, 백성들의 진실과 거짓을 모두 알고 있다.〔險阻艱難, 備嘗之矣, 民之情僞, 盡知之矣.〕"라고 하였다. 진후는 진 문공(晉文公)이다.《春秋左氏傳 僖公28年》

아마 다시 편지를 보낼 수 있을 듯하니, 여기서 다 말하지는 않네.

병인년(1866, 고종3) 납월(臘月 12월) 17일 밤에 쓰다.

온경에게 보내는 편지 27[160]

又

2월 초3일에 보내준 편지를 받았고 아울러 자획(字畫)과 문장의 운치를 살펴보았네. 내 아우가 큰일을 해 내었음을 알았으니, 참으로 훌륭하고 훌륭하네. 형제로서 서로를 잘 알고 있지만 쓰이기 전에는 이렇게 훌륭할 줄은 일찍이 기대하지 못했는데, 나로 하여금 기분이 상쾌하고 마음이 태평하게 하여 병도 이에 따라 얼마간 줄어들었네. 내병은 본래 울화(鬱火)가 오래 막힌 때문인데, 지금은 여러 증세가 모두 평온해졌고 다만 기침만 아직 그치지 않았네. 이 때문에 인삼(仁蔘)[161]을 많이 쓸 수 없으므로 완전히 회복되기까지는 필시 지체될 듯하네.

18일에 보낸 편지를 보았는가? 협형(峽兄 미상(未詳))이 아직 머물러서 위로되고 기쁨이 넘쳤는데, 오늘은 도로 떠나보내지 않을 수 없어서 지금 막 강가에서 전송하자니 몹시 서글프네.

자네가 편지에서 말한 '천 리 밖에서 놀라 허둥대며 안정되지 못한다

---

160 온경에게 보내는 편지 27 : 1867년(고종4) 2월 26일에 쓴 편지이다.

정확한 내막은 알 수 없지만, 박선수가 전한 내용에 대해 훌륭하다고 칭찬하였고, 공무 처리에 사심을 개입시키지 말 것을 당부하였다. 또 편지의 내용으로 보아 박선수가 암행어사의 일을 빨리 마무리 짓고 환재가 있는 평양으로 찾아오겠다고 한 듯한데, 환재는 서두르지 말고 천천히 마무리하라고 당부하였다.

161 인삼(仁蔘) : 원래는 '人蔘'으로 썼으나, 순조 중엽에 내의원(內醫院)의 탕제 약방문에 대하여 '仁' 자로 고치도록 명하여 그대로 정규(定規)가 되었고, 공사(公私) 문서에 모두 '仁' 자를 쓰게 되었다고 한다. 《林下筆記 卷29 春明逸史 仁蔘之稱》

면 공사(公私)간에 도움이 없다.'는 말은 참으로 이치를 통달한 말이
네. 모름지기 우리가 담당하고 있는 것은 임금의 명령임을 생각해야
하니, 어찌 사사로운 정 때문에 공무를 폐기해서야 되겠느냐. 게다가
비록 급히 마무리 짓고자 한들 칡덩굴처럼 얽히고설켜 벗어나지 못한
채 다만 마음만 혼란스럽게 할 뿐이니, 끝내 무슨 도움이 되겠나. 큰
의리(義理)를 자세히 헤아린다면 자네도 모두 알 수 있을 것이네. 그
당시에는 이미 잘못 전해진 소문으로 인해 사람을 놀라게 했지만, 지금
은 전혀 우환이 없으니, 부디 천천히 여유를 가지고 생각을 다해 처리
하게나. '늦봄까지 하겠다.'느니 '초여름까지 하겠다.'느니 기한을 정하
지 말게. 비록 늦어져 가을이 되더라도 나는 걱정하지 않을 것이니,
이것은 지난번 편지에서도 이미 말한 바 있네. 천 번 만 번 생각하게나.

　다만 패강(浿江 대동강)의 봄 경치를 함께 감상할 방법이 없으니 이것
이 아쉽지만, 이 또한 어쩌겠나. 체부(遞夫)[162]가 앞에 있어 바쁘게
몇 자 적어 안부만 전하네. 이만 줄이네.

　정묘년(1867, 고종4) 2월 26일.

162　체부(遞夫) : 각 역(驛) 사이에 공문서 따위를 전달하던 역졸(役卒)을 말한다.

온경에게 보내는 편지 28

又

풍문을 들으니 요사이 통영(統營)에 있다고 하는데 사실인가? 창칼을 휘두르는 사이에[163] 필시 일이 법도에 맞지 않는 괴로움이 있을 것이고, 그곳의 잡다한 폐단도 솜털처럼 몹시 번다할 것인데, 어떤 식으로 대략 응수(應酬)하여 제거해 나가는지 모르겠네.

봄도 이미 늦었으니 지금 여러 문서를 싸들고 산으로 들어가 정리한다고 하더라도 많은 시일이 걸릴 것으로 생각되니, 4월 안에 복명(復命)하는 것도 오히려 제때에 미치지 못할 염려가 있는데, 과연 어떻게 생각하고 있는지 모르겠네.

내 몸의 병은 이제 회복되어가고 있지만, 마음의 병이 생기지 않을 수 없네. 자네도 이처럼 오래 지체하고 만에 하나 다시 소모관(召募官)이 되어 머물게 된다면, 패강(浿江 대동강) 가에서 침상을 마주하고 술 한 잔 마실 날이 없을 듯하니, 이 일이 염려스러울 뿐이네.

집안 식구들은 다행히 모두 편안히 지내고 있네. 봄 경치도 이처럼 아득해져 도무지 한 글자도 흥을 붙일 곳이 없으니, 하물며 변경이야 말해 무엇 하겠나. 어찌하면 좋겠나. 이 편지가 언제쯤 도착할 수 있을지 모르겠지만, 우선 서울로 부쳐 보내네. 나머지는 이만 줄이네.

정묘년(1867, 고종4) 3월 초6일.

---

163 창칼을⋯⋯사이에 : 원문은 '騰稜戈矛之間'인데, 암행어사가 출두할 때 역졸들이 무기를 휘두르는 상황을 말하는 듯하다.

온경에게 보내는 편지 29[164]

又

요사이 다시 서신이 끊어져 날마다 답답하다가, 지금 이달 초4일과 10일에 보낸 두 통의 편지를 막 받고서 매우 기뻤네. 서신을 보낸 이후로 많은 날이 흘렀는데, 기거가 더욱 좋은가? 지금은 분명 용문(龍門)[165]의 높은 곳에 앉아 짙은 녹음과 꾀꼬리 울음 속에 벼루를 펼치고 있을 것이니, 이러저러한 번뇌와 고생은 모두 따질 필요가 없네. 생각을 허비하다보면 나도 모르게 심혈(心血)이 쓰여 병이 생기는 것은 잠깐 사이의 일이니, 참는 것보다 잊는 것이 더 낫네. 가슴을 활짝 열어 호호탕탕(浩浩蕩蕩)하게 시름을 한 번 해소할 유희(遊戱)의 묘법으로 삼는 것이 어떻겠나.

계절이 여름이니 6, 7월의 길을 가는 일은 진실로 유의해야 하네. 다만 청정(淸靜)한 마음가짐으로 조바심 내지 말기 바라네. 진실로 내년까지 이른다고 한들 어떻겠나. 실제로도 정해진 기한이 없으니 어찌 마음을 조급하게 먹을 필요가 있겠나. 일찍 도착하여 패강(浿江 대동강) 가에서 한 번 즐기는 것에 불과할 뿐이네.

탁연(卓然 미상(未詳))의 병세는 참으로 근심할 만하네. 본래 허약한 체질에다 지금은 나이도 많고 객지의 고생도 많이 겪었으니 어찌 그렇

---

164 온경에게 보내는 편지 29 : 1867년(고종4) 5월 21일에 쓴 편지이다. 내용으로 보아 박선수가 암행어사의 임무를 마치고 서울로 돌아오는 시점인 듯하다.

165 용문(龍門) : 지명인 듯한데, 어디를 말하는지 분명하지 않다.

지 않을 수 있겠나. 만약 억지로 일으킬 수 없다면 일찌감치 올려 보내는 것도 안 될 것이 뭐가 있겠나.

이곳은 한결같이 편안하네. 나는 밥도 잘 먹고 잠도 잘 자서 조금씩 회복되고 있네. 관서(關西) 일대에 풍년가가 넘치고 질병이 깨끗이 사라져 백성들이 편안하니 참으로 좋은 세상일세. 나머지는 이만 줄이네.

정묘년(1867, 고종4) 5월 21일

별지

여러 장의 별지를 하나하나 살펴보았네. 이렇게 써서 보내는 것도 정력을 허비하는 일이니, 그 사이의 걱정과 번뇌를 또한 상상할 수 있네. 어찌 이렇게 할 필요가 있겠나. 마음을 편히 갖고 뜻을 안정시켜 다만 자네가 할 일만 하면서 나머지는 생각하지 않는 것이 어떻겠나. 이 일은 본래 곡절(曲折)도 많고 비방도 많고 원한을 맺는 일도 많아서 언제나 많이 뉘우치고 후회하지 않은 적이 없네. 만약 하나하나 끊임없이 생각한다면 반드시 일을 그르치고 목숨까지도 해칠 것이니, 어찌 이와 같이 해서야 되겠는가.

온경에게 보내는 편지 30[166] 온재공이 이천 부사로 부임했을 때 보낸 것이다.

又 溫齋公任伊川宰時

저리(邸吏)[167] 편에 보낸 편지는 이미 도착했으리라고 생각하네. 가마꾼〔轎夫〕 편에 보낸 답장을 어제 저물녘에 받아보고 매우 기뻤네. 지금 또 도임장(到任狀)이 차례도 도착하는 편에 초10일에 보내준 편지를 받았으니, 비록 패강(浿江 대동강)에서 보낸 파발처럼 신속하지는 못하나 늦었다고는 할 수 없네. 기거는 여전히 편안한가?

홍을 돋우고 취미를 붙여 홀로 소요(逍遙)하기를 잘하니, 황량한 골짜기와 어지러운 봉우리들이 비록 우울하고 답답하지만 또한 내가 시름을 달래는 데는 나쁠 것도 없네.

166 온재에게 보내는 편지 30 : 1871년(고종8) 2월 12일에 쓴 편지로, 이때 박선수는 강원도 이천 부사(伊川府使)로 있었다. 박선수는 1871년(고종8) 1월 13일에 이천 부사에 임명되어, 1872년 11월 29일에 병으로 체직되었다. 《承政院日記 高宗 8年 1月 13日, 9年 11月 29日》 환재는 1869년(고종6) 4월 평안도 관찰사에서 해임되어, 이 편지를 쓸 당시에는 승문원(承文院) 유사당상(有司堂上)으로 있었다.

친경(親耕) 의식에 참여하고, 강관(講官)으로서 《중용》의 강에 참여하였음을 전하였다. 별지에서는 자신이 곡산 부사(谷山府使)로 있을 때 지은 《곡산도임수지(谷山到任須知)》의 예를 모범으로 삼아 이천 백성의 질고를 파악하기 위한 책을 한 권 지어보라고 권하였다. 또 성급하게 동포(洞布)를 시행하지 말고 이웃 고을의 상황을 살펴가며 잘 조처하라고 당부하였다.

167 저리(邸吏) : 경저리(京邸吏)와 영저리(營邸吏)를 합쳐서 부른 말로, 서울이나 감영(監營)에 있으면서 지방 관청의 사무를 연락하고 대행하던 서리(胥吏)를 일컫는다. 경주인(京主人)·영주인(營主人)이라고도 한다.

집안은 평안하네. 친경(親耕)하시는 성대한 일을 기쁘게 보고서 돌아왔네. 《중용》의 강(講)이 비로소 시작되어 조정에 또 등연(登筵)[168]했는데, 자네에게 자랑할 수 없으니 몹시 답답하네.

이 인편은 원주(原州)로부터 곧장 본읍(本邑)으로 향해간다고 하네. 또 13일에 인편이 있을 것이라고 하는데, 그가 돌아갈 날짜를 헤아려보니 분명히 이 인편보다 먼저 도착할 것이므로 이번 편지에서는 길게 쓰지 않네.

오늘 누님[169]이 와서 집안사람들이 모두 큰댁에 모였으니 매우 기쁘네. 이만 줄이네.

신미년(1871, 고종8) 2월 12일.

별지 1

《곡산도임수지(谷山到任須知)》[170]는 여러 가지 일 가운데 민력(民力)에서 나오는 것들을 알아보고자 하여 지은 것이네. 이천(伊川)이 비록 한가한 고을이기는 하지만 관리하고 다스리는 자는 먼저 백성들의 질고(疾苦)를 아는 것이 좋네. 이 책을 모방하여 한 권 만들어보는 것이 좋겠네. 그런데 종이가 매우 귀하니 그 비용을 마련하기가 응당 어려울 것이네.

168　등연(登筵) : 관원이 일을 위해 임금에게 나가 뵙는 것을 말한다.

169　누님 : 환재의 백부인 박종의(朴宗儀)의 딸을 일컬은 말이다. 박종의의 딸은 박종의가 세상을 떠난 후 박종채의 집에서 환재 형제와 함께 자랐으며, 뒤에 청은군(淸恩君) 김익정(金益鼎)의 아내가 되었다. 《김명호, 환재 박규수 연구, 창비, 2008, 28쪽》

170　곡산도임수지(谷山到任須知) : 환재가 1858년(철종9) 황해도 곡산 부사(谷山府使)로 있으면서, 곡산 고을 백성들의 질고를 이해하고자 지은 책이다.

별지 2

이 고을도 당연히 종전부터 동포(洞布)를 시행하여 허군(虛軍)을 충

당하였는데,¹⁷¹ 지금 팔로(八路)에 동포를 두루 시행하게 되었으니

이 고을도 응당 그렇게 할 것이네. 역근전(役根田)¹⁷²으로 이식을 늘

려 보충하는 규례(規例)도 예전부터 각 고을에 있었는데, 지금 이 돈

을 거두어 올려 보내라는 명을 각 도(道)에 똑같이 내렸으니, 수령이

된 자들은 누구나 크게 고민하지 않는 이가 없네. 계전(桂田)¹⁷³이 떠

날 때도 이 일을 결코 시행해서는 안 된다고 크게 걱정하고 탄식하면

서 떠났네. 그러니 성급하게 거두어 올리는 것을 급선무로 삼을 것이

아니라 우선 근처 여러 고을의 동정(動靜)을 살펴보고 또한 순사(巡

使)에게 탐문하여 시행하는 것이 어떻겠는가.

전 동백(東伯 강원도 관찰사)의 말을 들어보니, 고매탄(古昧呑)은 몹

---

171 동포(洞布)를……충당하였는데 : 동포는 조선 말기에 양반과 상민에게 공동으로
부과된 군역세(軍役稅)를 말한다. 조선 후기에 평안도에서 군포(軍布)를 납부해야 할
사람이 도망가거나 사망하는 등의 결원이 생겼을 때 신분의 구별 없이 마을에서 공동으
로 군역세를 대신 부담하는 이정법(里定法)을 시행하였는데, 철종(哲宗) 때에 이를
삼남(三南) 지역으로 확대해 동포라고 불렀다.

172 역근전(役根田) : 조선 후기 신분제의 변동이 대대적으로 전개되는 가운데 부족
한 군역가(軍役價)를 마련하기 위한 방책의 하나로서 마을 단위로 마련했던 토지를
말한다.

173 계전(桂田) : 신응조(申應朝, 1804~1899)의 호로, 본관은 평산(平山), 자는 유
안(幼安), 다른 호는 구암(苟菴)이며, 시호는 문경(文敬)이다. 1852년(철종3)에 문과
에 급제하여 형조와 이조와 예조의 판서를 지냈다. 임오군란(壬午軍亂) 이후 재집권하
게 된 흥선대원군에 의하여 우의정에 임명되었으나 끝내 출사하지 않았다. 뒤에 좌의정
에 올랐다. 저서로 《구암집》이 있다.

시 치우치고 후미진 곳이라서 잡류(雜類)들이 달아나 모여들 폐단이
없지 않으므로 우려가 적지 않다고 하네. 이곳은 안변(安邊)과 덕원(德
原)의 접경 지역인데, 기영(箕營 평안도 감영)에 있을 때 양덕(陽德) 태
수를 만날 때면 늘 이것을 근심하곤 하였네. 그런데 이곳들은 모두
고매탄과 마주한 지역이니 어찌 숨어있는 도적의 우려가 없으리라고
보장하겠는가. 이것은 살피지 않아서는 안 되니, 부디 세밀히 탐색하는
것이 어떻겠는가.

별지 3

방백(方伯 관찰사)이 머무를 때에는 모두 직접 밭을 갈아 경작하는데,
응당 감영(監營)으로부터 온 행회(行會)의 의절(儀節 절차나 규정)이
있을 것이니, 또한 그에 따라 한 번 시행해 보는 것이 어떻겠는가.
이 또한 한가로움 속의 한 가지 훌륭한 일일 것이네.

온경에게 보내는 편지 31[174]

又

도명(道明 미상(未詳))이 내일 새벽에 다시 출발한다고 하네. 한철(漢哲 미상(未詳))과 양주(楊州) 길에서 만나기로 약속했다고 하는데, 과연 어긋나지 않을지 모르겠네.

요사이 모든 아문(衙門)이 편안한가? 날마다 천유당(天遊堂)[175]에 앉아서 중거(仲車)[176]와 선조의 문집을 읽되, 교정하는 것에만 그치지 말고 또한 이 아이에게 우리 선왕부(先王父)의 바른 절개를 알도록 한다면 매우 즐거울 것이네.

이 형은 하루 종일 무료하게 한가히 앉아 있지만 속마음은 얽힌 실처

---

174 온경에게 보내는 편지 31 : 1871년(고종8) 4월 20일에 쓴 편지이다.

이천(伊川)의 천유당(天遊堂)에서 조카인 박제응(朴齊應, 1833~1900)에게 선조들의 문집을 읽고 선대의 바른 절개를 알려 줄 것을 당부하고, 또 박제응의 자(字)인 '중거(仲車)'를 '중거(仲居)'로 고치도록 하고 그 이유를 자세히 설명하였다. 별지에서는 관상감(觀象監)에 있는 해시계인 간평구(簡平晷)와 혼개구(渾蓋晷)를 탁본하여 보내면서, 자세히 살펴볼 것을 당부하였다.

175 천유당(天遊堂) : 정재(定齋) 박태보(朴泰輔, 1654~1689)가 이천 부사(伊川府使)로 있을 때 관아의 서쪽 언덕에 지은 누각이다. 박태보는 박세당(朴世堂, 1629~1703)의 아들로, 자는 사원(士元)이다. 1677년(숙종16) 문과에 장원급제하여 벼슬을 시작하였고, 1682년(숙종21) 11월부터 이천 부사를 지낸 바 있다. 《定齋集 卷4 天遊堂記》《雙溪遺稿 卷10 天遊堂記》

176 중거(仲車) : 박제응(朴齊應)의 자인데, 요절한 환재의 아우 박주수(朴珠壽, 1816~1835)의 아들이다. 옥천 군수(沃川郡守)를 지냈고, 통훈대부(通訓大夫)에 올랐다.

럼 어지러워 '뱃속에는 글이 있지만 주머니 속에 약이 없네.[腹裏有書
囊中無藥]'[177]라는 것과 같으니, 다시 어찌하겠나.

　석로(石老) 조카가 삼등(三登)을 출발하여 오늘 밤에야 비로소 도착
했는데, 내일 집으로 떠나간다고 하네. 말을 나누다가 중거 조카 얘기
가 나왔는데, 중거는 어떻게 지내는가? 중거의 자를 '중거(仲居)'라고
고치는 것이 좋겠네. '군자가 평소에 방에 앉아 말을 하더라도 그 말이
선(善)하면 천리 밖에서도 호응하는 것[君子居其室出其言 善則千里之
外應之]'[178]이니, 선이란 본래 부고(枹鼓)처럼 호응하는 것[179]이네. 그
리고 '거기실(居其室)'의 '거(居)' 자는 또한 크게 음미할 점이 있네.
'거'는 '평거(平居 평소)'라는 의미로 '평소에 말하는 것이 선하다'는 것이
니, 이는 어느 한순간에 갑자기 얻을 수 있는 것이 아니네. 그러니
'진실함이 축적되고 오랫동안 힘쓰는[眞積力久]' 공부는 평소의 노력에
달려있는 것이네. 어떻게 생각하는가? 나머지는 별지에 쓰고 이만 줄
이네.

177　뱃속에는……없네 : 포은 정몽주(鄭夢周)의 7언 율시인〈언양에서 구일날 느낌이
있어, 유종원의 시에 차운하다[彦陽九日有懷 次柳宗元韻]〉의 함련(頷聯)인 '뱃속에는
글이 있으나 오히려 나라를 그르치고, 주머니에는 목숨 연장할 약이 없다네.[腹裏有書
還誤國, 囊中無藥可延年.]'의 구절을 줄인 것이다. 정몽주는 1376년(우왕2) 성균관 대
사성으로서 이인임(李仁任)・지윤(池奫) 등이 주장하는 배명친원(排明親元)의 외교
방침에 반대하며 논핵(論劾)했다가 언양(彦陽)으로 유배되어 1377년 3월까지 생활했
는데, 이 시는 그 당시에 중구일(重九日)을 맞아 언양의 반구대(盤龜臺)에서 지은 것이
다. 《圃隱集 卷2》《高麗史 卷117 鄭夢周列傳》

178　군자가……것 :《주역》〈계사전 상(繫辭傳上)〉에 나오는 공자의 말이다.

179　부고(枹鼓)처럼 호응하는 것 : 부고는 북채로 북을 두드리는 것을 말하는데, 북을
두드리면 바로 소리가 나는 것처럼 그 효과가 즉시 나타난다는 의미이다.

신미년(1871, 고종8) 4월 20일.

별지

운관(雲觀 관상감(觀象監))에 있는 어떤 돌조각에 간평구(簡平晷)와 혼개구(渾蓋晷)[180]가 조각되어 있는데, 아무리 보아도 이해할 수가 없네. 지금 탁본해서 오기는 했지만 역시 이해할 수가 없네. 이에 한 본을 보내니 부디 세심하게 연구해 보는 것이 어떻겠나. '천정(天頂)'이라는 글자가 십자(十字)로 교차하는 곳에 표목(表目)을 끼울 구멍이 있으므로, 탁본한 곳에 흰색 점이 둥글고 크게 나있네. 간평구도 하나의 방법이고 혼개구도 하나의 방법이니,[181] 이 두 가지는 모두 일구(日晷 해시계)로 서로 의지하는 것이 아니라는 점을 두루 헤아려야 할 것이네. 또 반드시 평면이고 입체면이 아니니, 이 또한 헤아리게나.

그런데 '건륭(乾隆 송 태조(宋太祖)의 연호) 몇 년에 세웠다.'고 한 것은 이상하네. 이 말은 이미 이런 해시계의 법도가 있었으므로 돌조각에 새겨 후세에 보여주기 위해 비석 모양으로 세워서 만들었다는 의미이지, 반드시 이 해시계를 세워 시간을 측정했음을 말하는 것은 아닐 것이네.

---

180 간평구(簡平晷)와 혼개구(渾蓋晷) : 모두 해시계의 일종으로, 간평일구(簡平日晷), 혼개일구(渾蓋日晷)라고 한다. 현재 보물 제841호로 지정되어 국립고궁박물관에 소장되어 있다. 두 개의 해시계를 한 비석면에 함께 새겨 그 주조가 독특하고, 시계면의 선들이 정교하고 섬세하게 조각되어 있다. 평면 원의 중심에는 천정(天頂)이라 새겨져 있다. 또 '건륭오십년 을사중추립(乾隆五十年乙巳仲秋立)'이라는 명문(銘文)이 있어 제작연대도 분명하다. 건륭 50년은 1785년이다.

181 간평구도……방법이니 : 시간을 측정하는 방법이 서로 다르다는 말이다.

온경에게 보내는 편지 32[182]

又

이용칠(李用七 미상(未詳))이 와서 요즈음 온 집안이 평안하다는 것을
이야기해 주었기에 듣고 매우 기뻤네. 이미 집안 조카 석기(錫琦)를
전송했으니 더 적막해졌으리라 생각하네. 아마도 홀로 앉아 있을 때
보다 걱정이 더하여 견디기 어려우리라 생각하네.

나는 여전히 별일 없이 지내네. 안식구[室]의 견비통(肩臂痛)이 아
직도 줄어들지 않았네. 이것은 노인들에게 으레 나타나는 증세라서
갑자기 말끔히 낫기는 어렵다하니, 먼저 이 병을 앓은 누님[183]의 말씀이
이러하네. 이로 말미암아 원기(元氣)가 더욱 쇠약해져 보기에 매우
민망하네.

서양 선박이 15일 진시(辰時) 정각에 일제히 물러가면서 부평(富平)

---

182 온경에게 보내는 편지 32 : 1871년(고종8) 5월 18일에 쓴 편지이다.

　주된 내용은 총 4편의 별지를 통해 전하였다. 첫 번째 별지에서는 신미양요(辛未洋
擾) 후에 미군(美軍)이 자진 철수한 이유에 대해 자신의 판단을 전하였다. 두 번째
별지에는 조선을 '예의의 나라'라고 부르는 것에 대해 이 세상에 예의 없는 나라는 없다
고 하였고, 양반 행세하는 자들에 대해 예의를 모르는 자들이라고 비판하였다. 신미양
요와 관련한 첫 번째와 두 번째 별지의 구체적 내용에 대해서는 《김명호, 초기 한미관계
의 재조명, 역사비평사, 2005》에 자세하게 정리되어 있으므로 이를 참조하기 바란다.
세 번째와 네 번째 별지에서는 당시 조정에서 보폐전(補弊錢)과 역근전(役根田)을 수
납하려는 계획에 대해 부정적 견해를 피력하고, 아울러 이천 부사(伊川府使)로 나가
있는 아우에게 지방관으로서 백성들의 입장에 서서 신중히 생각하여 처리하도록 당부하
고 있다.

183 누님 : 환재의 백부인 박종의(朴宗儀)의 딸을 지칭한 표현이다. 230쪽 주169 참조.

에 한 통의 글을 보냈다고 하네.[184] 모두들 시원하게 생각하지만 내 생각으로는 걱정이 지금부터 더욱 심해질 것으로 보이니, 끝내 어떻게 될지 모르겠네.

17일에 주상께서 친림(親臨)하여 대맥(大麥 보리)과 소맥(小麥 밀)을 수확하는 것을 보았는데 나 역시 반열에 참여하여 성대한 의식을 보았네. 이리(李吏)가 돌아가는 인편이 있다고 하기에 간략히 이렇게 쓰고, 이만 줄이네.

신미년(1871, 고종8) 5월 18일.

별지 1

그 사이에 이범선(二帆船)[185] 한 척이 떠나갈 때 나머지 배들이 모두 이미 외양(外洋)에 이르렀다가 돌아와서 예전 장소[186]에 돛을 내렸네. 이범선은 며칠을 보내고 돌아왔는데, 그 배가 돌아오자 저들은 마침내 부평(富平)에 문서를 던지고는 일제히 떠나갔네. 이범선은

---

184 서양……하네 : 1871년(고종8) 4월 신미양요(辛未洋擾)가 발생한 뒤 장기간 대치하던 미국 함대가 자진 철수한 일을 말한다. 또 철수에 앞서 미국 측에서 5월 15일에 부평 부사(富平府使) 이기조(李基祖)에게 편지를 보내 자진 철수의 이유를 밝혔다고 한다. 자세한 내용에 대해서는 《김명호, 초기 한미관계의 재조명, 역사비평사, 2005, 339~353쪽》을 참조하기 바란다.

185 이범선(二帆船) : 돛대 두 개짜리 군함을 말한다. 신미양요 당시 우리나라에 주둔한 미국 함대는 2척의 '이범선'과 3척의 '삼범선(三帆船)'으로 구성되었는데, 이범선은 손돌목 전투와 초지진(草芝鎭)·덕진진(德津鎭)·광성진(廣城鎭) 전투에 동원되었던 팔로스호와 모노카시호였다. 《김명호, 초기 한미관계의 재조명, 역사비평사, 2005, 343쪽》

186 예전 장소 : 여기서는 작약도(芍藥島)를 지칭한다. 《김명호, 초기 한미관계의 재조명, 역사비평사, 2005, 343~345쪽》

북경(北京)에 요구하러 갔다가 저지당하고 온 것이 거의 틀림없네.[187]
그리하여 제 나라에 돌아가겠다고 보고하고는 떠나간 것이네.

어떤 이[188]가 말하기를 "공친왕(恭親王)[189]이 지금 화륜선(火輪船)의
건조(建造)를 감독하며 천진(天津)에서 여름을 나고 있는데, 저 오랑
캐들이 갔다가 돌아온 날짜가 천진을 왕래하는 시간과 맞아떨어진다.
그렇다면 북경에 이르기 전에 곧장 공친왕에게 요구했다가 저지당한
것일 것이다."라고 하는데, 그 말도 그럴 듯하네. 이른바 '예의의 나라
〔禮義之邦〕'가 먼 오랑캐에게 모욕을 당한 것이 끝내 이 지경에 이르렀
으니, 이것이 무슨 일이란 말인가.

별지 2
'예의의 나라'라고 일컬을 때마다 이 말을 나는 본래 비루하게 생각했
네. 이 세상에 만고토록 나라를 이루고서 예의가 없는 나라가 어디에

---

187 이범선은……틀림없네 : 북경 주재 미국 공사 로우(Low)가 조선 정부에 친서를
전달하려던 계획이 부평 부사의 거부로 실패하자, 중국 예부(禮部)의 협조를 얻기 위해
다녀온 것으로 환재가 판단한 것이다.《김명호, 초기 한미관계의 재조명, 역사비평사,
2005, 343~345쪽》

188 어떤 이 : 영의정 김병학(金炳學)을 지칭한다.《김명호, 초기 한미관계의 재조
명, 역사비평사, 2005, 343~345쪽》

189 공친왕(恭親王) : 1832~1898. 청나라의 황족(皇族)으로, 이름은 혁흔(奕訢)이
다. 1860년에 베이징 조약의 체결 임무를 맡았고, 총리아문(摠理衙門)을 창설하여 열강
과의 화친을 꾀하였다. 태평천국운동 등 여러 내란을 진압하고 전통적 체제를 회복하였
다. 내외에 평화가 회복되자 관직에서 물러났으나, 청일 전쟁이 일어나자 군기처 대신
이 되어 전쟁을 치르고 전후의 정치계를 지도하였다. 저서로《낙도당시집(樂道堂詩
集)》,《화금음(華錦吟)》 등이 있다.

있었는가. 이 말은 중국인이 이적(夷狄) 가운데 이런 나라가 있음을 가상하게 여겨 '예의의 나라'라고 칭찬했던 것에 불과하니, 이것은 본래 수치스럽게 여겨야 할 것이지 세상에 스스로 자랑할 만한 것은 못 되네. 조금이라도 지벌(地閥)이 있는 자들은 번번이 '양반, 양반'하고 일컫는데, 이것은 가장 수치스러운 말이며 가장 무식한 말이네. 지금 번번이 '예의의 나라'라고 자칭하는 것은 '예의'가 어떤 물건인지도 모르면서 하는 말이네.

별지 3

보폐전(補弊錢)과 역근전(役根田)[190]을 거두어들이는 일은 본래 팔로(八路)에 행회(行會 공문을 보내서 알림)한 것인데, 그 괴로움을 말하지 않는 사람이 없네. 면전에서 간청하기도 하고 편지를 써서 호소하기도 하여 우선 보류하고 거행하지 말도록 한 경우가 있으니, 춘천(春川)이 바로 그곳이고 동백(東伯 강원도 관찰사)이 바로 그 사람이네. 그 외에도 응당 이와 같이 하는 곳이 있을 것이네.

　대개 거두어들이려는 본래 의도는, 보폐전과 역근전 등이 본래 군포(軍布)의 부족분을 메우려고 만든 것인데 지금 동포(洞布)[191]가 시행되어 군포의 부족이 이미 채워져, 군포의 부족을 메운다는 이전의 조건이 이제 소용없다고 생각한 때문이네. 그런데 거두어들이려는 계획은,

---

190 　보폐전(補弊錢)과 역근전(役根田) : 보폐전은 재정이 부족하여 운영이 어려운 기관을 돕는다는 명목으로 지급되는 돈을 말한다. 역근전은 조선 중기 이후에 도망간 자의 세금을 부담하기 위하여 마을에서 공동으로 경작하던 토지를 말한다.

191 　동포(洞布) : 조선 말기에 양반과 상민에게 공동으로 부과된 군역세(軍役稅)를 말한다. 231쪽 주171 참조.

군포의 부족을 메우는 이외에 수많은 호역(戶役)들도 모두 이 돈과 이 밭으로 마을 가운데에서 메우고 있음을 전혀 모르는 것이네. 더군다나 동포의 시행이 비록 각호(各戶)에 따라 분배해 징수하는 것이기는 하지만 마을에 만약 이 돈과 이 밭이 있으면 각호에 분배하는 숫자가 또한 조금 가벼워져 백성의 힘을 줄일 수 있네. 이러한 것을 어찌 하루 아침에 다 거두어들인단 말인가.

이천(伊川) 고을의 군정(軍政)은 이전에 어떠했는지 모르지만, 또한 일찍부터 동징(洞徵)[192]의 폐단이 있었기 때문에 보폐전과 역근전을 설치했던 것이네. 보폐전과 역근전은, 간혹 관청에서 도와서 만들어준 것이 있다고 해도 또한 당연히 본래 민간(民間)에서 내는 것이 있었을 것이니, 지금 만약 거두어들인다면 필시 원망이 일어날 것이네. 설령 매우 당당하게 거두어야할 것이라고 해도, 지금의 민정(民情)이나 과거의 민정이나 주면 좋아하고 빼앗으면 원망하는 법이네. 그런데 지금 인심(人心)이 크게 무너진 이때에 만약 부득이하여 조정의 명령을 받들어 행한다면 백성들 역시 노여움을 품은 채 감히 말은 못할 것이네.

하지만 이미 관동(關東) 일대는 도백(道伯 관찰사)의 주선으로 인해 다행히 거두어들이는 일을 면제받았는데, 지금 관(官)에서 거두어들인다면 이 산골의 우둔한 백성들이 어찌 태평스레 원망하는 말을 하지 않을 수 있겠나. 그 비용이 쓰일 곳은 삼문(三門)[193]을 수리하고 노령

---

192 동징(洞徵) : 조선 말기에 군역(軍役)을 피하여 도망한 사람이 부담해야 할 세금을 마을 사람들에게 억지로 물리던 일을 말한다.

193 삼문(三門) : 관아(官衙) 앞에 있는 세 개의 문으로, 정문(正門)·동협문(東夾

(奴令)[194]을 보살피는 것이니 긴급하고 긴요하지 않은 것은 아니지만, 소민(小民)들이 어찌 이것을 다 헤아리겠는가. 그저 자신들에게 털끝만큼이라도 손해가 된다면 원망하네.

더구나 이 돈과 이 밭을 붙들고서 이익을 삼는 자는 반드시 그 고을의 두민(頭民)[195]이네. 이 무리들은 또 그 정령(政令)에 대해 원망과 비방을 가장 잘하는 자들이어서, 백성들의 이목을 현혹시키기 쉽네. 하루아침에 자신들의 돈 줄을 잃게 되면 어찌 입술과 혀를 놀려대지 않겠나. 두렵고 두렵네. 반드시 무턱대고 시행하지 않음이 어떻겠나.

혹시 이미 명령을 내었더라도 도로 중지한다는 명을 반포하는 일에 어찌 '소각(銷刻)'[196]의 혐의가 있겠는가. 소각은 본래 좋지 않은 것이 아니라, 바로 선정(善政) 중의 선정이네. 요즘 사람들은 늘 '소각의 혐의[銷刻之嫌]'라고 말을 하여 마치 결코 해서는 안 될 것처럼 여기니, 이것은 내가 평소에 더욱 이해하지 못한 말이네.

별지 4

門)·서협문(西夾門)을 말한다.

194 노령(奴令) : 지방 관아의 관노(官奴)와 사령(使令)을 통틀어 이르던 말이다.

195 두민(頭民) : 나이가 많고 식견이 있어 한 마을을 좌지우지 할 수 있는 토호(土豪)를 말한다.

196 소각(銷刻) : 인장(印章)을 새겼다가 도로 녹이는 일로, 처음 내린 결정을 번복하는 것을 말한다. 한 고조(漢高祖)가 항우(項羽)와 대결하면서 역이기(酈食其)에게 계책을 묻자, 역이기가 말하기를, "육국(六國)을 다시 세워 주면 천하가 복종할 것입니다."라고 하였다. 이에 한 고조가 그 말을 좇아 각국의 인장을 새겨 보내게 하였는데, 장양(張良)이 들어와 그 일의 불가함을 논하자, 다시 그 말에 따라 새겨놓은 인장을 도로 녹였던 고사가 전한다. 《史記 卷55 留侯世家》

혹시 동포(洞布)가 백성들의 힘을 균등하게 징수하는 데 염려가 없고 상납(上納)에 충당하는 데 충분하며, 보폐전과 역근전이 힘을 줄이고 백성을 돕는 데 별다른 보탬이 없다면, 또한 일리가 있는 것이니, 반드시 향인들을 일제히 모아 어떻게 하면 좋을지 한번 물어보는 것도 좋은 방법이네.

'군읍(郡邑)'이라고 불리는 곳의 이른바 '사령(使令)'이라는 자들은 바로 기강지복(紀綱之僕)[197]인데 열 명에도 못 미치니 어떻게 고을의 모양새를 갖출 수가 있겠는가. 예로부터 관문(官門)에서 명을 기다리며 사환(使喚)에 충당되었던 자들은 민부(民夫)를 고용하였으니, 바로 당송(唐宋) 시대의 법제이네. 그런데 지금은 이런 제도가 없어서 항상 역(役)에 응하는 사람에게 따로 급료를 제공하네. 예전에 곡산(谷山)에서 사령들의 급료를 각 면리(面里)에서 마련하는 것을 보았는데, 그 명칭을 '고가(雇價)'라고 하였으니 바로 정다산(丁茶山 정약용(丁若鏞))이 정한 것이네. '고가'라고 이름붙인 것은 식견 있는 이가 지은 명칭이네.[198] 지금 만약 이 돈과 밭을 노령(奴令)의 급료로 귀속시키려고 한다면 그 돈과 그 밭을 본면(本面)과 본리(本里)에 그대로 남겨두고 그 소출을 취하여 노령의 급료에 충당하더라도 안 될 것이 뭐가 있겠는가. 백성들도 의심하거나 원망할 일이 없을 것이네.

지금 만약 따로 돈을 걸고 밭을 판다면 필경 귀속되는 곳이 아무리 분명하고 정대할지라도 끝내 반드시 옳지 못하다는 구설을 취하게 될

---

197 기강지복(紀綱之僕) : 재간이 있어 일을 주선하며 드나드는 인원을 말한다.

198 고가(雇價)라고……명칭이네 : 정약용이 당송(唐宋)의 법제에 민부(民夫)를 고용했음을 알고 그와 같이 이름을 지었다는 뜻이다.

것이니, 부디 결코 그렇게 하지 말게. 삼문(三門)을 수리할 방법은 없겠지만, 또한 어쩌겠는가.

당초 윤일(允日 미상(未詳))이 이 수납(收納)의 논의를 내었을 때 그 설이 안 될 것도 없을 듯이 여겼는데, 자세히 살펴보니 더욱 그것이 손을 대서는 안 될 것임을 알았네. 자네 역시 응당 마음속으로 의심을 품은 채 우선 억지로 그것을 행하려 하는 것이네. 이것이 바로 평생 나와 자네의 병통이니, 이는 강단(剛斷)이 부족하기 때문일세. 조심하고 조심하게.

온경에게 보내는 편지 33¹⁹⁹

又

그날 출발이 너무 늦어 어제 저녁에서야 비로소 읍에 도착했을 것으로 생각하네. 어찌 고달프지 않았겠는가. 정무를 보는 근황은 편안하고, 모든 관아는 태평한가? 염려되는 마음 가눌 길 없네.

이곳은 여전히 편안하네만, 어젯밤에 대비전(大妃殿)²⁰⁰의 환후(患候)가 심해졌기 때문에 특별히 약원(藥院)의 분사(分司)²⁰¹로 차출되어 놀랍고 두려운 마음으로 숙직하였네. 오늘은 다행히 차도가 있어 이렇게 평안하기를 기원하고 있네. 이만 줄이네.

신미년(1871, 고종8) 10월 16일.

별지 1

태탕만년(駘蕩萬年)²⁰²은 마땅히 숫돌로 그 불룩한 부분을 갈아야 하

199 온경에게 보내는 편지 33 : 1871년(고종8) 10월 16일에 쓴 편지로, 조대비(趙大妃)의 병환을 간호하기 위해 숙직한 일을 전하였다. 또 별지에서는 태탕만년(駘蕩萬年)이라는 기와로 벼루를 만들어 시험해 본 일을 전하였으며, 녹용(鹿茸)과 녹각(鹿角)과 녹혈(鹿血)의 효능을 설명하였다.

200 대비전(大妃殿) : 여기서는 고종(高宗)의 양어머니인 조대비(趙大妃)를 지칭한 말이다.

201 약원(藥院)의 분사(分司) : 약원은 내의원(內醫院)이고, 분사는 급한 일이 생겼을 때 담당 관청의 일을 임시로 나누어 맡는 관청 또는 그 일을 담당한 사람을 일컫는 말이다.

202 태탕만년(駘蕩萬年) : 기와 이름으로 태탕만세와(駘蕩萬歲瓦)라고도 하는데,

는데, 갈아 나온 물이 밀가루처럼 뻑뻑한데도 기와는 전혀 갈린 흔적이 없고 다만 약간 반들거리는 흔적만 있을 뿐이었네. 이에 건장한 종을 시켜 곧장 섬돌[階石] 표면에 물을 붓고 모래를 뿌려 갈도록 했더니, 팔이 아프고 기운이 빠진 뒤에야 비로소 평평하게 다 갈렸네. 시험 삼아 먹을 한번 갈아보았더니 바람처럼 줄어드는데, 기와는 본래 거친 진흙으로 만들어 사석(砂石)이 섞인 것이어서 갈아서 벗겨내자 구멍이 숭숭 뚫렸고 또한 간혹 반 알갱이의 사석이 남아있기도 하여 그 거칠고 졸렬함을 차마 볼 수 없었네. 지금 만약 고운 진흙을 걸러서 만든다면 곧 하나의 좋은 징니연(澄泥硯)[203]이 되어 그 아름다움을 이루 말 할 수 없을 것이네. 게다가 넓이와 두께와 크기를 내가 원하는 대로 만들 수 있어서 석재(石材)에 구애되어 임의대로 만들지 못한다는 탄식도 없을 것이니, 어찌 좋지 않겠나. 지난번에 '오석(烏石)으로 큰 벼루를 만들 수 있다'고 말한 것은 역시 졸렬한 생각이네. 지금 만약 징니로 이렇게 큰 벼루를 만든다면 어찌 좋지 않겠나.

별지 2

근래에 생각해보았는데, 녹용(鹿茸)은 기이한 약이 될 만하지 못하니 온전한 공효를 지닌 녹각(鹿角)만 못한 것이 분명하네. 왜 그럴까? 녹혈(鹿血)이 녹용과 비교해 어떠한가를 물어보면, 사람들은 분명히 "녹혈은 녹용만 못하다. 녹용은 응결되어 형체를 이루었으니 아

기와 문양이 아주 예스럽고 전아하다고 한다. 《林下筆記 卷3 瓦甄之屬》

203 징니연(澄泥硯) : 고운 흙으로 빚어 구워서 만든 벼루의 하나로, 물에 넣고 휘저어 잡물을 없앤 고운 흙으로 구워서 만든다.

직 형체를 갖추지 못한 피보다 낫다."라고 말하네. 그렇다면 형체는 이루었으나 무른 것과 형체를 이루고 단단한 것 중 어느 것이 더 나은 것인가.

무릇 초목이나 오곡(五穀)의 열매, 그리고 금수와 육축(六畜)[204] 가운데 사람을 보양시키고 이롭게 만드는 것은, 반드시 모두 성숙하여 건장한 것을 취하는가? 아니면 연약하고 어린 것을 취하는가? 덜 익어 푸릇푸릇한 벼와 보리는 누렇게 익은 것만 못하며, 풋밤과 풋대추는 8, 9월에 딴 것만 못하네. 어린 닭이 사람의 기를 보(保)하는가? 늙은 닭이 사람의 기를 보하는가? 송아지 고기가 늙은 소의 고기만 못하니, 온갖 물건이 모두 그렇지 않음이 없네.

이로써 논하면, 녹용은 뿔의 형태를 이루었지만 아직 완성되지 않은 것이니, 어찌 뿔이 이루어져 견실한 것만 하겠나. 녹용은 약에 넣기는 간편하고 쉽지만, 녹각은 오래 달여야 하니 힘을 들이지 않으면 복용할 수 없네. 이 때문에 사람들이 힘을 들이기 싫어하여 그것을 천시하는 것이니, 이것은 하찮은 견해일 뿐이네.

또한 녹각을 달여 진액을 먹는 사람들은 반드시 생각(生角)[205]을 쓰고 저절로 빠진 뿔은 취하지 않는데, 이 또한 옳지 않네. 저절로 빠진 뿔은 사슴의 머리 위에 1년을 있다가 떨어져 나온 것이네. 어찌 사슴이 죽지 않았는데 뿔이 먼저 죽을 리가 있겠나. 이것은 뿔이 완전히 이루어지고 난 뒤에 새로운 뿔이 자라나기 위해 오래된 뿔이 저절로 빠지는

---

204 육축(六畜) : 집에서 기르는 소·말·돼지·양·닭·개 등 여섯 가지 가축을 말한다.

205 생각(生角) : 저절로 빠지기 전에 잘라낸 사슴의 뿔을 말한다.

것에 불과하므로, 그 사이에 영고(榮枯)와 사생(死生)이 있는 것은 아니네. 반드시 잘라낸 뿔만을 귀하게 여긴다면 이것은 밤송이에서 저절로 떨어진 밤을 먹지 않고 기어코 밤송이를 까서 껍질을 벗긴 것만 먹는 것과 같네. 저절로 빠진 뿔은 또한 저절로 떨어진 밤과 같으니, 어찌 사슴을 죽여 그 뿔을 자른 것만 못하겠나. 이제 잘라낸 뿔이냐 저절로 빠진 뿔이냐를 따지지 않고 모두 달여서 진액을 만들고 많이 복용한다면 그 효과는 몇 근의 녹용에 못지않을 것이니, 이것은 반드시 급히 해 보아야 할 일이네.

근래에 여러 사람들과 모였을 때 내가 두진(痘疹)에 신기(神奇)한 효험이 있는 것을 이야기하다가 두증(痘症)에 약을 쓰는 일까지 언급하게 되었네. 어떤 사람이 말하기를 "녹용보다 신기한 것은 없다."라고 하니, 모두들 "그렇다."고 했네. 또 어떤 사람이 말하기를 "어느 궁벽한 시골의 가난한 사람이 녹용을 얻을 수가 없었는데, 집에 몇 년이나 된 녹각으로 만든 베개가 있어 이를 부수어 달였다고 하네. 달인다고 해서 어찌 그 진액을 얻을 수 있었겠나. 하지만 달인 물만 복용했는데도 신기한 효험을 보았다고 하네."라고 하였네. 내가 이 말을 듣고 녹각이나 녹용이나 매한가지라는 것을 더욱 분명히 알게 되었네.

온경에게 보내는 편지 34[206] 두 번째로 연경에 사신 갈 때 보낸 것이다.

又 再使燕京時

나는 지금 의주(義州)에 도착하여 새로 수정한 하표(賀表)가 내려오기를 기다리고 있으니, 다음 달 초3, 4일 쯤에 강을 건너게 될 것이네. 자네는 나를 애처롭다고 생각하는가? 먼 길을 가는 사람이 집안 식구들을 마냥 생각하는 것은 달인(達人)의 일이 아니네. 나는 전혀 개의치 않으니, 자네도 내가 이러하다는 것을 알고 쓸데없는 생각으로 걱정하지 말게나. 나는 식사량이 집에 있을 때 보다 줄지 않았고, 가슴이 호호탕탕(浩浩蕩蕩)하여 마음과 눈이 조금씩 틔고 있으니, 이 것도 양생(養生)의 한 방법이라 세상 사람의 많은 녹녹한 소견이 우스울 뿐이네.[207] 이것이 이번 걸음의 제일의 기사(奇事)이네.

---

206 온경에게 보내는 편지 34 : 1872년(고종9) 7월 23일에 쓴 편지이다.

환재는 이해 4월 대원군(大院君)에게 직접 청원 편지를 올려 청나라 동치제(同治帝)의 혼인을 축하하기 위한 진하 겸 사은사(進賀兼謝恩使)의 정사로 임명되었고, 7월 출발하여 12월에 귀국하였다. 《高宗實錄 9年 7月 2日, 12月 26日》이해 환재의 나이가 66세였으므로 많은 사람들이 사행을 떠나는 환재의 건강을 걱정했던 것으로 보이며, 이에 아우에게 전혀 걱정할 것이 없노라고 하였다. 또 박선수가 지은 《설문해자익징(說文解字翼徵)》을 가지고 가서 중국의 벗들에게 직접 보이고 그들의 글을 받아오겠다는 뜻을 전하였다.

207 가슴이⋯⋯뿐이네 : 가슴이 호호탕탕해 진다는 것은 의주(義州)의 압록강(鴨綠江)을 보고 드넓은 대륙으로 넘어가려는 감회를 말하는 듯하며, 세상 사람들의 녹녹한 소견이란 늘그막에 중국 사행을 자청한 자신을 비웃거나 염려하는 사람들의 소견을 말하는 듯하다.

나는 그 사이 10여 년 동안 중국의 사대부들에게 자랑할 만한 글이 한 편도 없고, 설령 있다고 한들 또한 어찌 특별한 글이 있겠나. 이번에 가지고 온《설문익징(說文翼徵)》[208]은 이 세상 어디에도 아직까지 있지 않았던 책이네. 이것을 마음 맞는 사람에게 내 손으로 직접 건네주어 한 번 보게 하지 않을 수 없으니, 먼 곳에서 편지로 고재(顧齋)[209] 등에게 부탁할 수는 없는 것이네. 이것이 내가 이번 행차를 하게 된 이유이니, 이 또한 어찌 기사(奇事)가 아니겠는가. 조물주가 묵묵히 도와줌이 이와 같으니, 나의 말을 망령되다고 생각하지 말게나. 어떻게 생각하는가?

강을 건너기 전에 다시 마땅히 한 번의 인편이 있을 것이며 책문(柵門) 안에서도 장차 두 차례의 계문(啓聞)하기 위한 인편이 있을 것이니, 모두 미루어두고 이만 줄이네.

임신년(1872, 고종9) 7월 23일.

---

208 설문익징(說文翼徵) : 박선수가 편찬한《설문해자익징(說文解字翼徵)》으로, 총 14권 6책으로 이루어져 있다. 그 내용은 허신(許愼)의《설문해자》를 금석문(金石文)을 통해 수정·보완한 것이다.《김혜경, 박선수의 설문해자익징에 대하여, 동북아문화연구 제20집, 동북아시아문화학회, 2009》

209 고재(顧齋) : 왕헌(王軒, 1823~1887)의 호로, 자는 하거(霞擧)이다. 환재가 첫 사행에서 교분을 맺은 사람이다. 207쪽 주129 참조.

온경에게 보내는 편지 35[210]

又

7월 29일에 의주(義州)에서 출발하는 파발이 있어 편지를 적어 봉함하고 나니, 21일에 자네가 보낸 편지가 도착하였네. 거기에 '빨리 이천(伊川) 고을로 돌아가야 합니다.'라는 말이 있었네. 이날 날이 저문 뒤에 다시 24일에 보낸 자네의 편지를 받았더니 '고을로 돌아가지 않을 수 없습니다.'라는 말이 있었고, '강을 건널 때 보내 주신 편지를 받은 뒤에 즉시 관직으로 돌아갈 것이며, 10월 상순 쯤 올라올 것입니다.'라고 하였네. 그렇다면 그 사이 집안에 관리할 사람이 없는 것이 60여 일이나 되니 너무나도 허술해 질 것이네. 먼 길을 가는 사람이 이러한 집안일을 근심하는 것도 견디기 어렵네. 모든 일이 멀리에서 헤아려 지휘할 수 있는 것이 아니니, 내버려두고 다시 마음을 쓰지 않는 것이 좋을 것이네. 하지만 또한 어찌 그렇게 할 수 있겠는가.

게다가 마음이 편치 않은 것이 오로지 집안사람들 때문만은 아니네. 자네가 홀로 궁벽한 산골에 앉아 이야기 나눌 사람도 없어 이 때문에

---

210 온경에게 보내는 편지 35 : 1872년(고종9) 8월 2일에 쓴 편지로, 두 번째 연행을 위해 압록강을 건너기 직전에 보낸 것이다.

환재의 연행 준비를 돕기 위해 잠시 서울로 돌아와 있던 아우로부터 고을살이하는 이천(伊川)으로 돌아가야 한다는 내용의 편지를 연이어 받고 이를 걱정하였으며, 객지에서 외로이 살아갈 아우의 생활도 염려하였다. 또 자신이 지니고 가는 《설문해자익징(說文解字翼徵)》은 세상 어디에도 없는 책이므로 중국 벗에게 부탁하여 출판하고 싶다는 뜻을 전하였고, 만약 출판이 된다면 금전적으로도 큰 이익을 얻게 될 것이라고 하였다. 그러나 이일은 결국 성사되지 못하였다.

근심과 울적함으로 인해 분명히 병이 생길 것이니, 이 어찌 내가 견디거나 잊어버린 채 전혀 생각지 않을 수 있는 것이겠나. 제일 좋은 방법이야 그냥 내버려 두는 것이겠지만, 이 또한 이러저러한 빚에 시달려 용감히 결단할 수 없으니, 우연히 한 번의 어려운 곤액을 만났다고 할 만하네. 이러지도 못하고 저러지도 못하니, 그렇다면 오직 마음을 편히 가지고 순리대로 응대하며 의도적으로 안배(安排)하지도 말고 조심조심 물 흐르듯 천천히 지나가면 허물도 없고 후회도 없을 것이니 부디 힘쓰기 바라네.

내 일찍이 말하지 않았나. 관록(官祿)과 질병이 서로 비슷하다는 것은 바로 '세응(世應)의 점법(占法)'이네.[211] 질병이 생기면 그저 신중히 약을 먹고 신중히 행동하며 시간을 잘 보내면 자연스럽게 조금씩 차도가 생겨 편안해지는 것처럼, 관직의 일도 그러하네. 기한이 차서 오이가 익으면[212] 저절로 떨어지는 법이니, 반드시 그런 날이 올 것이네. 이것은 관리가 되어 임무를 맡은 자에게 더없이 좋은 묘전(妙詮)이니, 이렇게 마음먹고 견뎌 나간다면 다른 우환이 없을 것이네.

그러나 고을로 돌아갔을 때 달리 어울릴 사람이 없을 것이므로 겸인(傔人)[213]이 반드시 필요할 것이네. 왜웅(矮雄)을 데리고 갈 것인가?

---

211 세응(世應)의 점법(占法)이네 : 한(漢)나라 원제(元帝) 때의 역학자(易學者)인 경방(京房)이 창시한 역법(易法)을 일컫는 말이다. 《前漢書 卷75 京房傳》

212 기한이……익으면 : 원문은 '限滿瓜熟'인데, 관리의 임기가 다 찼다는 말이다. 춘추 시대 제(齊)나라 양공(襄公)이 연칭(連稱)과 관지보(管至父)를 규구(葵丘)로 보내 그곳을 지키게 하면서 "내년에 오이가 익을 때 교대시켜 주겠다.〔及瓜而代.〕"라고 약속한 고사에서 나온 말이다. 《春秋左氏傳 襄公8年》

213 겸인(傔人) : 좌우에서 여러 가지 잡일을 맡아보고 시중드는 사람을 말한다.

집안 살림이 허술해 지는 것이 가장 걱정스럽지만, 이 또한 멀리서 지휘할 수 있는 것이 아니니 어쩌겠나.

형산(亨山)이 늘 집으로 돌아가고 싶어 한다는데, 그 또한 노인의 심정이니 그럴 수밖에 없네. 그런데 자네가 이미 고을로 돌아가고, 이 사람마저 또 고향으로 내려가는 것은 전혀 말이 되지 않네. 여러 가지 어려움을 견뎌내기 어렵더라도 부디 잠시 머물게 하여 조급하고 울적한 마음을 품지 않게 하는 것이 어떻겠나. 이 편지를 보여주는 것이 좋겠네.

나는 편안하게 잘 지내네. 초6일에야 비로소 강을 건널 수 있을 것이네. 요사이 파발 편이 매우 지체되어, 반드시 가는 데 6일 오는 데 6일이 걸려 12일이나 지난 뒤에야 왕복할 수 있네. 지금 이 편지의 답장이 빨리 오더라도 꼬박 12일이 걸릴 것이니, 이 기한으로 헤아리면 연산관(連山關)에 이르러서야 답장을 볼 수 있을 것이네. 강을 건널 때의 계문(啓聞)과 책문(柵門)에 들어갈 때의 계문을 보내는 인편은, 가는 편지는 있어도 오는 답장을 받아볼 수는 없네.

《설문익징(說文翼徵)》은 유수(有數)의 작품이네.[214] 나의 이번 걸음이 본래 이 책을 위한 것은 아니지만, 조물주가 묵묵히 도와줌이 있어 반드시 천하에 이 보물을 전하고자 하여 자연스럽게 나를 흥기시켜 용감하게 가도록 했으니, 참으로 기이하고 기이한 일일세. 자네가 한 때 나그네로서 외롭게 지내는 걱정이 있고, 나에게도 한 때 고생하고

214 설문익징(說文翼徵)은 유수(有數)의 작품이네 : 《설문익징》에 대해서는 249쪽 주208 참조. 유수(有數)는 인력으로 되지 않는 신의 도움이나 계시가 존재한다는 말이다.

염려하는 고뇌가 있으나 이 모두가 걱정할 것도 아니니, 큰소리치는 것이 아니라 사실이 이러할 뿐이네. 이 책을 만약 간행한다면 책값으로 큰 이익을 볼 것이니, 나는 비록 이 책을 간행할 재물이 없긴 하지만 뜻있는 사람과 이 일을 계획한다면 성사될 가망이 있네. 이 때문에 생각이 끝이 없네.

천 마디 만 마디 말로 당부하며 떠든다고 해도 전혀 아무런 도움이 되지 않을 것이네. 왕복 3천 리 길이고 그 기간은 다섯 달 정도 걸릴 것이니, 어찌 이처럼 여러 말 하겠는가.

나는 입에 맞지 않는 음식도 잘 먹고, 불편한 잠자리에도 잘 자네. 의주의 객관에 며칠 머무는 동안 동료와 주인과 어울려 날마다 정자에 오르고 배를 타며 기쁘게 날을 보냈네. 정신과 기운이 맑고 상쾌하여 조금도 손상된 바가 없으니, 나 때문에 염려하지 말게. 이 뜻을 비록 형수와 집안사람들에게 말하더라도 결코 모두 그렇지 않을 것이라고 여길 것이니, 참으로 괴로운 일이네. 우습네. 이만 줄이네.

임신년(1872, 고종9) 8월 초2일.

온경에게 보내는 편지 36[215]

又

9월이라 가을도 이미 깊었는데, 예정대로 집으로 돌아왔는가? 온 집 안 식구들은 평안히 잘 지내는가? 바라는 것은 공사(公私) 간에 평안 하고 길함이요, 알릴 것은 일행이 편안하고 잘 지낸다는 것이네. 나 머지는 자세히 말할 필요 없네.

이번 인편은 조칙(調勅)의 내용을 정확히 탐지하여 먼저 부쳐 보내 는 인편이네. 고각(雇脚)[216]이 달려가 의주(義州)에 이르면 상원(上院) 의 합서(閤書)를 즉각 올려 보낼 것인데, 한 장을 등사해 보내 자네와 여러 사우(社友)들이 함께 보도록 한 것이니, 이 등사한 내용을 보면 모든 일과 내가 돌아갈 시기를 가늠할 수 있을 것이네.

연초(研樵)[217]의 아우 운감(雲龕)은 이름이 문찬(文燦)[218]이고 나이

---

215 온경에게 보내는 편지 36 : 1872년(고종9) 9월 24일 쓴 편지로, 북경에서 보낸 것이다.

　동문환(董文渙, 1833~1877)의 아우인 동문찬(董文燦, 1839~1876)에게 《설문해자 익징(說文解字翼徵)》을 보여주자, 청나라 완원(阮元)과 송나라 설상공(薛尙功)의 관 련 저서의 내용을 채록한 것을 대번에 알아차린 사실을 전하였으며, 책의 출판을 부탁하 려 했던 왕헌(王軒)이 북경에 없고 또 북경의 물가가 올라 출판은 엄두도 내지 못했다고 한탄하였다.

216 고각(雇脚) : 품삯을 주고 보내는 사람을 말한다.

217 연초(研樵) : 동문환(董文渙)의 호로, 자는 요장(堯章)·세장(世章)이고, 다른 호는 연추(研秋)이다. 진사 급제 후 감숙성(甘肅省)의 감량병비도(甘凉兵備道) 등을 지냈다. 환재의 벗인 신석우(申錫愚)와의 교유가 있었고, 환재도 1차 연행 때 그와

는 34세이며, 관직은 내각 중서(內閣中書)이네. 육서(六書)[219]를 힘써 공부하였기에 《설문익징(說文翼徵)》[220]을 보여주었더니 잠시 동안 펼쳐 보고 그 범례(凡例)를 이미 다 알고서, "이 책은 완씨(阮氏)의 《적고관지(積古款識)》[221]와 설씨(薛氏)의 《관지》[222]를 채록하였는데, 완씨

교분을 맺고 이후 편지로 교유를 이어갔다. 후일에 동문환은 조선 문인의 시선집(詩選集)인 《한객시록(韓客詩錄)》을 편찬하기도 했다. 저서로 《연초산방시집(硯樵山房詩集)》, 《연초산방문존(硯樵山房文存)》등이 있다. 《환재집》 권10에 동문환에게 보낸 편지 7통이 수록되어 있다.

218 문찬(文燦) : 동문찬(董文燦)의 자는 운감(芸龕)·여휘(藜輝)이고, 호는 허재(許齋)이다. 함풍(咸豐) 11년(1861)에 거인(擧人)이 되고 동치(同治) 2년(1863)에 내각 중서(內閣中書)가 되었으며, 국사관 교대(國史館校對)·평예방략관교대(平豫方略館校對)를 역임하였다. 금석(金石)과 옛 화폐의 수장을 좋아하였다. 저서로 《운감시집》, 《운감일기》, 《운향서실옥시초(芸香書室屋詩草)》, 《고천폐고(古泉幣考)》, 《화폐수장록(貨幣收藏錄)》, 《산서금석비목(山西金石碑目)》, 《종정문자(鍾鼎文字)》 등이 있다. 《환재집》 권10에 동문찬에게 보낸 편지 한 통이 수록되어 있다.

219 육서(六書) : 한자(漢字)의 구성 원리에 관한 여섯 가지 법칙으로서, 상형(象形), 회의(會意), 전주(轉注), 지사(指事), 가차(假借), 형성(形聲)을 가리킨다.

220 설문익징(說文翼徵) : 박선수의 《설문해자익징(說文解字翼徵)》을 말한다. 249쪽 주208 참조.

221 완씨(阮氏)의 적고관지(積古款識) : 완씨는 청대의 학자인 완원(阮元, 1764~1849)으로, 자는 원백(伯元), 호는 운대(芸臺)·적고재(積古齋)이다. 경학(經學)과 금석(金石)·음운(音韻)·천문(天文)·지리(地理) 등에 뛰어났다. 《십삼경주소(十三經注疏)》를 교감하였고, 문집으로 《잠연당집(潛硏堂集)》이 있다. 《적고관지》는 《적고재종정이기관지(積古齋鐘鼎彝器款識)》를 말하는데, 종정(鐘鼎) 및 이기(彝器)에 남아있는 문자를 연구한 저술이다. 종정은 종과 솥인데, 국가에 큰 공을 세우면 종정에 새겨 후세에 전하였다. 또 이기는 고대 종묘(宗廟)에서 늘 사용하던 청동으로 만든 제기의 총칭이다. 또 관지는 청동에 새겨진 글을 총칭하는 말이다.

222 설씨(薛氏)의 관지(款識) : 설씨는 설상공(薛尙功)으로, 자는 용민(用敏)이며

의 책은 고증이 상세하지만 오자(誤字)가 자못 많고, 설씨의 책은 필획에 잘못이 많다."라고 하였네. 그의 영민하고 정묘함이 이와 같으므로 마침내 그에게 《설문익징》을 맡기고 평론을 붙여 돌려달라고 했네. 고재(顧齋 왕헌(王軒))가 북경(北京)에 있지 않으니 한스럽네. 더군다나 온갖 물건 값이 뛰어올라 간행할 엄두를 낼 수 없으니 더욱 한스럽네.

대혼(大婚)의 전례(典禮)[223]로 인해 모든 사람들이 여가가 없었으므로 이번 걸음의 즐거운 연회는 완전히 내 생각과 어긋났으니, 더욱 한스러운 일이네. 오늘 운감을 만날 것인데, 여러 사람들을 새로 알게 될 것이네. 이만 줄이네.

임신년(1872, 고종9) 9월 24일.

전당(錢唐) 사람이다. 남송(南宋) 소흥(紹興) 연간에 통직랑(通直郎)을 지냈고, 다른 행적은 자세하지 않다. 《관지》는 《역대종정이기관지법첩(歷代彝器鐘鼎款識法帖)》을 말하는데, 주로 은나라와 주나라 때의 명문(銘文)을 수록하였다.

223 대혼(大婚)의 전례(典禮) : 청나라 동치제(同治帝)의 혼례 의식을 말한다.

온경에게 보내는 편지 37[224]

又

낭자산(狼子山) 눈 속에서 집에서 보낸 편지를 받아 모두 평안하다는 것을 알았으니, 내 마음이 기쁘고 속이 시원해졌음을 자네도 알 것이네.

우리의 걸음은 참으로 순조로웠다고 할 만하네. 날씨가 맑고 따뜻하여 한 점의 눈도 보지 못하였네. 동팔참(東八站)[225]에 도착하고 보니 이곳부터는 산골길이었네. 이때에 눈이 많이 쌓여 울퉁불퉁하던 바위 길이 모두 눈에 묻혀 평탄해져서 수레와 말이 가는 길이 탄탄대로와 같아 마치 달리는 별, 바람 탄 범선(帆船) 같았네. 그리고 또 아주 춥지도 않아 가마의 창을 열고 사방을 바라보았더니, 선명하고 깨끗하기가 한 폭의 '설잔행려도(雪棧行旅圖)'[226] 같았으니, 또한 기가 막힌 경치였네.

---

224 온경에게 보내는 편지 37 : 1872년(고종9) 12월 2일에 쓴 편지로, 북경에서 귀국하며 국경을 넘기 전에 보낸 것이다.

많이 내린 눈 덕분에 오히려 울퉁불퉁한 길이 다 덮여 귀로가 순탄하다는 소식을 전하였고, 가마 속에서 바라본 설경(雪景)이 한 폭의 설잔행려도(雪棧行旅圖)와 흡사하다고 하였다. 또 백부 박종의(朴宗儀)의 딸로 어린 시절 한 집에서 살았고 후에 김익정(金益鼎)에게 출가한 누님의 병환 소식을 듣고 걱정하는 마음도 전하였다.

225 동팔참(東八站) : 요동(遼東)에서 탕참(湯站)에 이르기까지의 여덟 곳의 역참으로, 중국 동쪽에 있다고 하여 이렇게 부른다.

226 설잔행려도(雪棧行旅圖) : 눈 쌓인 잔도(棧道)를 지나는 나그네를 그린 그림이라는 의미인데, 어떤 특정 작품을 지칭하는 것인지는 분명하지 않다.

늙은 누님[227]의 병환이 이처럼 깊고 심하니, 어찌 잠시 증세가 호전되었다고 해서 마음을 놓을 수 있겠나. 이 때문에 심사(心思)가 안정되지 않으니 오직 묵묵히 기도할 뿐이네. 편지를 보내 주셨으나 남에게 대필(代筆)시킨 것이고 봉함한 곳에 날짜만 직접 쓰셨으니, 편지로나마 나를 만나보려 하신 것이네. 지금 답장을 올리지만 두려운 이 마음을 무엇으로 비유할 수 있겠나. 천행(天幸)으로 보내준다면 한 번 서울로 들어갈 수 있으련만 마음만 급하고 일은 더디기만 하니, 어찌할까.

강을 건넌 뒤에 다시 편지를 보낼 것이므로 이 편지는 이만 쓰고 줄이네.

임신년(1872, 고종9) 납월(臘月 12월) 초2일.

---

227 늙은 누님 : 환재의 백부인 박종의(朴宗儀)의 딸을 지칭한 표현이다. 230쪽 주169 참조.

온경에게 보내는 편지 38[228]

又

초2일에 책문(柵門)에 도착하여 보낸 편지는 먼저 보았을 것으로 생각하네. 짐수레를 기다리느라 지체해 있다가 지금에서야 비로소 강을 건너왔네. 노년에 먼 길을 다녀오느라 지루한 나머지 병주(幷州)도 고향이라[229] 이 또한 다시 즐거울 만하니, 이것은 오로지 노쇠하여 지난번과 같지 않기 때문에 그러한 것이네.

항민(恒敏 미상(未詳))이 이곳에 와서 나를 기다렸네. 그에게 들으니, 패상(浿上 평양)에서 용강 현령(龍崗縣令)을 만났는데 처음에 다급한

---

228 온경에게 보내는 편지 38 : 1872년(고종9) 12월 6일 쓴 편지로, 북경에서 돌아와 압록강을 건넌 뒤 보낸 것이다.

별지의 첫 부분에서 다시 고국으로 돌아오게 된 감회를 전하고, 북경에서 옛 벗들과의 만남을 이루지 못한 것에 대한 실망감과 함께 새로 교분을 맺은 사람들이 이전 사행 때보다 뛰어나지 못해 보인다는 생각을 전하였다. 또 증국번(曾國藩)의 추천을 받아 정계에 진출한 팽옥린(彭玉麟)을 만나 대화를 나눈 사실을 전하면서 그의 훌륭한 인품을 칭찬하기도 했으나, 남다른 경국제세의 책략은 없는 듯하다는 평가를 내렸다. 그리고 서양의 정세를 알아보기 위해 숭후(崇厚)를 만나게 된 과정을 상세히 설명하였고, 당시 국제 정세에서 가장 큰 영향력을 행사하는 나라로 러시아를 거론하였다. 아울러 물가가 폭등하여 책을 마음대로 구입할 수 없는 안타까움도 전하였다.

229 병주(幷州)도 고향이라 : 타향살이가 오래되면 타향도 고향처럼 느껴진다는 말인데, 여기서는 오랜 타국 생활 끝에 고국 땅을 밟으니 의주(義州)가 마치 고향처럼 느껴진다는 말로 쓰였다. 당나라 가도(賈島)의 〈도상건(渡桑乾)〉 시에 "병주의 타향살이 십 년 세월 흘렀으니, 밤낮으로 함양 고향 돌아갈 맘 간절했네. 무단히 다시 상건수를 건넜다가, 병주를 돌아보니 저곳이 고향인 듯.〔客舍幷州已十霜, 歸心日夜憶咸陽, 無端更渡桑乾水, 却望幷州是故鄕.〕"라고 한 데서 나온 말이다. 《全唐詩 卷472》

소식을 듣고 길을 떠났다가 연이어 모친의 병환에 차도가 있다는 말을 듣고서는 인삼을 사서 떠났다고 하므로,[230] 멀리서 우려하던 마음이 조금 놓였네. 요사이 더욱 편안해 지셨는지 모르겠네.

　나의 걸음은 자연히 세밑이 되어야 도성으로 들어가게 될 것이네. 듣자니 우리나라 땅이 눈과 얼음으로 몹시 힘들다고 하니 또한 걱정스럽네. 도성 밖으로 멀리까지 나와 마중할 생각은 아예 하지 않는 것이 좋겠네. 계문(啓聞)하는 인편이라 대충 급하게 쓰고 이만 줄이네.

　임신년(1872, 고종9) 납월(臘月 12월) 6일.

별지

나의 걸음은 한여름에 출발하여 한겨울에 돌아오게 되었네. 처음에는 장맛비로 인해 길이 물에 막히는 괴로움도 없었고, 지금도 눈보라에 옷 솜이 꺾이는 추위[231]도 만나지 않았네. 날씨는 초봄과 같고 들판은 넓고 하늘은 낮으니 그 호탕(浩蕩)함이 마음에 꼭 맞았네. 지금 용만(龍灣)에 도착하니, 고향에 가까워지자 마음이 두려울 뿐만 아니라[232] 조금씩 다시 세상일에 얽매이게 되니 매우 유쾌하지 못하네.

230　용강 현령(龍岡縣令)을……하므로 : 당시 용강 현령은 김만식(金晩植, 1834~1900)이다. 김만식은 김익정(金益鼎)의 아들로, 바로 앞 편지에서 환재가 병환을 걱정한 누님의 아들이다.《承政院日記 高宗 7年 1月》《김윤조, 역주 과정록, 태학사, 1997, 82쪽》누님에 대해서는 230쪽 주169 참조.

231　옷……추위 : 원문은 '折綿之寒'인데, 모진 추위를 의미한다. 강추위에는 솜옷이 얼어붙어 부딪치면 꺾어지기 때문에 생긴 말이다. 삼국시대 위(魏)나라 완적(阮籍)의 〈대인선생가(大人先生歌)〉에 "따스한 양기 미약하고 음기가 극도로 심하니, 바다가 얼어 흐르지 않고 옷 솜이 꺾어지네.〔陽和微弱陰氣竭, 海凍不流綿絮折.〕"라고 한 데서 나왔다.《漁隱叢話 後集 卷32》

이번 걸음이 유람을 목적으로 삼은 것이 아니고 단지 중원(中原)의 명사(名士)들과 교분을 맺고자 해서인데, 예전에 교분을 맺었던 사람들이 모두 북경(北京)에 있지 않고 오직 연초(研樵 동문환(董文渙))의 아우 문찬(文燦)만이 있었을 뿐이네.[233] 대혼(大婚)[234]이 9월 15일이라서 그 이전에는 조사(朝士)들과 모두 서로 어울릴 겨를이 없었네. 또 15일 이후가 되자 반차(班次)에서 사람을 만나기도 하고, 내 이름을 듣고 먼저 객관(客館)으로 찾아와 준 사람도 있었으며, 다른 자리에서 교분을 맺은 자도 있었네. 한 번 이상 만난 자들을 헤아려보면 모두 80여 명이나 되니 또한 널리 교유했다고 말할 만하네.

그러나 요즈음의 풍기(風氣)를 살펴보니 또한 지난날에 미치지 못하네. 노성(老成)한 자들은 모두 좋은 형편이 아니었고, 또 뜻있는 자들은 대부분 왕고재(王顧齋 왕헌(王軒))처럼 고향으로 돌아가 집에서 지내고 있었네. 연소한 신진(新進)들은 모두 글이나 짓고 글씨나 쓰는 자들에 불과하여 아주 빼어난 자도 없었네. 교유한 사람이 많다고는 하지만 그저 술과 음식을 마련하고 서로 초대하여 농담이나 하고 즐길 뿐이었

---

232 고향에……아니라 : 오랜만에 돌아온 고향에 행여 좋지 않은 소식이 있을까 두려운 마음이 생긴다는 말이다. 당(唐)나라 송지문(宋之問)의 〈도한강(渡漢江)〉시에 "고개 밖에서 고향 소식 끊어진 채 겨울 지나고 또 봄이 지났네. 고향이 가까워지자 마음이 두려워 오는 사람에게 묻지도 못하네.〔嶺外音書斷, 經冬復歷春. 近鄕情更怯, 不敢問來人.〕"라는 구절이 보인다.《全唐詩 卷53》한편《당시삼백수(唐詩三百首)》에는 이 시가 당나라 이빈(李頻)의 시로 수록되어 있다.

233 오직……뿐이네 : 동문환(董文渙)과 동문찬(董文燦)에 대해서는 254쪽 주217과 255쪽 주218 참조.

234 대혼(大婚) : 청나라 동치제(同治帝)의 혼례를 말한다.

으니 어찌 뜻에 맞는 일이 있었겠나.

사신으로서의 공무(公務)가 끝나지 않았기 때문에 11월 초순까지 북경에 머물러 있었는데, 이리저리 수응(酬應)하는 일이 잡다하여 겨를이 없었으니, 이 또한 피곤한 일이었네.

팽옥린(彭玉麟)[235]이란 자가 있는데, 호는 설금(雪琴)이고 호남(湖南) 사람이네. 수재(秀才)로서 향용(鄕勇 향병(鄕兵))을 모아 훈련시켜 강중(江中)의 수전(水戰)에서 큰 공을 세웠고, 남비(南匪 태평천국군(太平天國軍))를 평정할 때에도 이 사람의 공이 매우 많았네. 상국(相國) 증국번(曾國藩)[236]의 추천으로 발탁되어 관직이 병부 시랑(兵部侍郞) 태자 소보(太子小保)에 이르렀으나 관작이나 상도 받지 않고 경사(京師)에 오지 않았네.

---

235 팽옥린(彭玉麟) : 1816~1890. 청나라 말의 장군이자 정치가로, 호남(湖南) 사람이다. 자는 설금(雪琴), 호는 퇴성암주인(退省庵主人)·음향외사(吟香外史) 등이다. 태평천국운동이 일어났을 때 호남의 뇌양(耒陽)에서 향병(鄕兵)을 모집하여 방비하였다. 그 뒤 증국번(曾國藩)이 황제의 명으로 상군(湘軍)을 조직하자 그 휘하에서 상군 조직의 기초를 다졌다. 상군은 청나라 말기 호남 지방 군대의 명칭으로 상용(湘勇)이라고도 한다. 증국번의 추천으로 중앙 벼슬에 진출하여, 병부 상서(兵部尙書)에까지 이르렀다. 증국번·좌종상(左宗裳)과 함께 '대청삼걸(大淸三桀)'로 일컬어지고, 청나라 중흥의 4대 명신(名臣) 중 한 사람으로 일컬어지기도 한다. 환재는 팽옥린의 호를 설금이라고 하였으나, 《청사고(淸史稿)》 권197 〈팽옥린열전〉에는 설금이 그의 자로 기록되어 있다.

236 증국번(曾國藩) : 1811~1872. 자는 백함(伯涵), 호는 척생(滌生), 초명은 자성(子城), 시호는 문정(文正)이다. 청나라 말의 정치가로, 호남에서 상군(湘軍)을 조직하여 태평천국운동을 진압하는 데 큰 공을 세웠다. 이후 양강총독(兩江總督)·직예총독(直隷總督)·영무전 대학사(武英殿大學士) 등을 지냈다. 팽옥린과 함께 청조 중흥 4대신으로 일컬어진다.

그런데 이번에 부름을 받아 북경에 이르러 송균암(松筠庵)[237]에 머물고 있었네. 어떤 사람이 나를 위해 그의 이야기를 해주기에, 그날로 가서 만나보고 서로 의기가 투합하였네. 그러나 모습은 보통 사람에 지나지 않았고 남보다 특이한 점도 없었네. 며칠 뒤에 반차(班次)에서 만났는데, 나의 앞으로 다가와 공손히 읍을 하기에 기쁘게 서로 이야기를 나누자 반열에 있던 사람들이 그것을 보고 안색이 변하였네. 이 사람의 시망(時望)이 대단하여 온 세상 사람들이 모두 앙모하고 있다가 그가 나에게 읍을 하는 것을 보고서 안색이 변하였으니, 이 사람에 대한 기대가 과연 그러하다는 것을 알 수 있었네. 그 후로 네댓 차례 서로 만났고 또한 객관으로 찾아오기도 했으니 모두 쉽게 얻을 수 없는 일이었네. 그러나 그의 마음속에 품은 경륜을 가만히 가늠해보건대, 매우 뛰어나거나 특별한 경국제세(經國濟世)의 책략은 없는 듯했네.

서양(西洋)의 정세는 전과 다름이 없어 서로 왕래하는 사이에 특별히 논할 만한 것이 없었네. 그런데 몇 년 전에 중국 사람 가운데 영국(英國)과 법국(法國 프랑스) 등 여러 나라에 갔다가 온 자가 있었는데, 사신(使臣)의 자격이 아니라 다만 개인의 자격으로 다녀온 것일 뿐이었지만, 사실은 국가에서 보낸 것이라고 하네. 경오년(1870, 고종7) 겨울에 천진 흠차대신(天津欽差大臣) 숭후(崇厚)가 명을 받들고 법국

---

237 송균암(松筠庵): 양초산사(楊椒山祠)라고도 불리며 북경 선무문(宣武門) 밖에 있었다. 이곳은 원래 명나라 양계성(楊繼盛, 1516~1555)의 옛집인데, 양계성은 세종(世宗) 때 병부 원외랑(兵部員外郎)을 지냈고, 환관 엄숭(嚴崇)의 전횡을 탄핵했다가 처형된 인물이다. 양계성의 충절을 기리기 위해 이곳에 양계성의 사당을 건립했으며, 언관(言官)들이 탄핵 상소를 올릴 일이 있을 때면 사전에 모여 논의하는 곳이 되었다고 한다. 또 조선 사행 인사들이 중국 인사들과 만나는 장소로도 쓰였다.

에 간 것은[238] 저 오랑캐가 사신을 파견하여 통호(通好)하기를 여러 차례 요청하여 어쩔 수 없이 보낸 것이었다고 하네. 금년 여름에 비로소 돌아왔는데, 영국과 법국, 포국(布國 프로이센)과 미국(美國) 등 각국을 두루 둘러보고 돌아왔다고 하네. 만약 이 사람을 만난다면 저 오랑캐의 일을 들어볼 수 있을 것인데, 만나보기가 쉽지 않은 데다 또 만나도록 주선해 줄 사람도 없었네.

이어 생각해보니 이 사람은 숭인경(崇麟慶)의 둘째 아들인데, 숭인경이 소유한 반묘원(半畝園)[239]은 내가 익히 밟아본 것이나 다름이 없네. 듣자하니, 숭후의 형인 숭실(崇實)[240]이 사천 장군(四川將軍)으로 있다가 해임되어 돌아와 지금은 몽고상 백기도통(蒙古廂白旗都統)이 되었다고 하네. 우리나라 사람 가운데 이 자들과 서로 교유한 사람이 없었기에 내가 한 번 가서 만나보고자 했네. 숭실의 문객(門客) 중에 복문섬(濮文暹)[241]이라는 자가 있는데, 서은경(徐殷卿)[242]이 아는 사람

---

238 숭후(崇厚)가……것은 : 숭후(1826~1893)는 성은 완안(完顔), 자는 지산(地山), 호는 자겸(子謙)·학사(鶴槎)이다. 1861년 삼구통상대신(三口通商大臣)이 되어 서양과 관련된 일을 담당하였고, 1870년 천진교안(天津教案) 사건이 일어난 뒤 이를 사죄하기 위해 프랑스에 다녀온 일이 있다.

239 반묘원(半畝園) : 청나라 초기 병부 상서 가한복(賈漢復)의 정원으로 북경 자금성 동북쪽에 그 유허가 남아 있다.

240 숭실(崇實) : 1820~1876. 청나라의 대신으로 본명은 완안숭실(完顔崇實), 자는 박산(樸山)·자화(子華), 호는 적재(適齋), 실명(室名)은 반묘원(半畝園)이다. 도광(道光) 30년에 진사에 급제하여 좌찬선(左贊善)·시강학사(侍講學士)·성도 장군(成都將軍)을 역임하였고, 1876년 서성경 장군(署盛京將軍)을 지내다가 그곳에서 죽었다. 저서로 《견정행술(見亭行述)》이 있다.

241 복문섬(濮文暹) : 1830~1909. 자는 청사(青士), 호는 수매자(瘦梅子)이다.

이었네. 서은경의 편지를 보고 내방해 주었기 때문에 복문섬을 통해 숭실의 아들 숭신(崇申)을 만났고, 또한 반묘원에서 한번 만나 놀자고 약속하였네. 숭실이 자기 아들에게 내 이야기를 듣고 날을 잡아 모이기를 약속해 주었기에, 이를 통해 비로소 숭실을 만나게 되었네.

들자하니, 그의 아우가 사명을 받들고 법국에 갔을 때, 법국의 왕이 포국에 포로로 잡혀갔으므로[243] 새로운 임금이 서기를 기다렸다가 명을 전하고 돌아왔다고 하네. 포국의 강성함이 서역(西域)보다 대단하지만 또한 아라사(俄羅斯 러시아)의 비밀스런 도움을 얻어 승리한 것이라고 하네. 그의 말은 들을 만한 것이 많았는데, 대체로 천하의 대세(大勢)를 논한다면 가장 큰 근심은 아라사 오랑캐이네. 지금의 소용돌이는 바로 신강(新疆)에 일이 생겼기 때문인데, 이것 역시 아마도 아라사 오랑캐의 도움이 있었기 때문인 듯하네.[244] 중조(中朝)의 사대부들이

1865년 진사가 되었고, 남양부지부(南陽府知府)를 지냈다. 시서(詩書)에 뛰어났고, 천문 · 지리 등에도 두루 능통했다고 한다.

242 서은경(徐殷卿) : 서상우(徐相雨, 1837~1903)로, 은경은 그의 자이며, 본관은 달성(達城), 호는 규정(圭廷)이다. 환재의 제자로, 1882년(고종19) 통리기무아문부주사(統理機務衙門副主事)로 조미수호통상조약과 이듬해 조영수호통상조약을 체결할 때 종사관으로 참여하였다. 1882년 12월에 문과에 장원급제하였고, 1883년과 1885년에 동지사로 청나라에 다녀왔다. 1886년 협판교섭통상사무의 자격으로 천진(天津)에 파견되어 이홍장(李鴻章)에게 제1차 조러밀약사건을 해명했다. 형조와 공조의 판서를 지냈다.

243 법국의……잡혀갔으므로 : 1871년에 프랑스가 프러시아와의 전쟁에서 패배하고 나폴레옹 3세가 포로로 잡혀갔다가 폐위된 일을 말한다.

244 신강(新疆)에……듯하네 : 신강은 현재의 위구르 자치구 지역으로, 이 지역은 1795년에 청나라의 지배하에 들어갔다가 1864년 독립 정권을 세웠으며, 1872년 러시아로부터 독립 정권의 승인을 받았다.

이 점을 염려하지 않은 적이 없었는데, 만인(滿人)들은 쾌락만을 즐기며 아무것도 하는 일이 없고, 한족(漢族) 선비들은 문약(文弱)에 빠져 오랑캐를 소홀히 여기고 있으니 천하의 일이 결국 어떻게 될지 모르겠네.

돈 가치가 떨어지고 물건이 귀한 것은 어디나 마찬가지지만, 이곳은 아마 우리나라보다도 더 심한 듯하네. 평범한 서적들도 모두 귀한 데다, 남비(南匪)가 조금 안정되고 서적이 깡그리 없어져 현재 각처의 책을 출판하는 곳에서 모두 북경에 있는 선본(善本)을 취해 가버렸기 때문에 서점의 좋은 책은 그 값이 극히 비싸졌다고 하네. 이미 행낭의 주머니는 깨끗이 비었고 게다가 책값마저 뛰어 마음껏 책을 구입할 수도 없으니, 매우 한탄스럽네.

인편을 세워 두고 급히 쓰다 보니 열에 하나도 쓰지 못하네.

환재집

제9권

서독
書牘

반남(潘南) 박규수(朴珪壽) 환경(瓛卿) 저(著)

제(弟) 선수(瑄壽) 온경(溫卿) 교정(校正)

문인(門人) 청풍(淸風) 김윤식(金允植) 편집(編輯)

서독 書牘

윤사연에게 보내는 편지 1[1] 기유년(1849, 철종 즉위년)
與尹士淵 己酉

1 윤사연에게 보내는 편지 1 : 1849년(철종 즉위년) 연말에 쓴 편지로, 이때 환재는 그의 첫 벼슬인 용강 현령(龍岡縣令)을 맡고 있었다.

윤사연(尹士淵)은 윤종의(尹宗儀, 1805~1886)로, 사연의 그의 자이고, 본관은 파평(坡平), 호는 연재(淵齋)이다. 1852년(철종3)에 음직으로 종부시 주부가 되었고 이후 김포 군수(金浦郡守)와 대흥 군수(大興郡守) 등을 지냈으며, 만년에 공조 참의와 호조 참판을 역임하였다. 1882년(고종19)에 파광군(波光君)에 습봉(襲封)되었다. 율력(律曆)과 예학에 조예가 있었다. 저술로《상서도전변해(尙書圖傳辨解)》,《벽위신편(闢衛新編)》,《방례고증(邦禮考證)》,《고사통휘(古史統彙)》등이 있다.

편지의 서두에서는 헌종(憲宗)의 장례식에 참석하지 못한 안타까운 마음을 전하였다. 이어 용강현의 위도(緯度)를 측정한 사실을 전하면서, 용강에 겨울에도 간혹 더운 날씨가 생기는 이유가 적도로부터 불어오는 바람 때문이라는 견해를 피력하였다. 또 용강의 위도와 경도를 알고 용강과 같은 위도상에 있는 중국의 산동(山東) 지역을 알기 위해 윤종의가 만든〈삼계도(三界圖)〉를 보내달라고 부탁하였다. 이는 환재의 천문 지리에 대한 관심을 확인할 수 있는 대목이다. 또 용강현 읍지의 편찬 계획을 전하면서, 《한서(漢書)》〈지리지(地理志)〉에 낙랑군(樂浪郡)의 속현으로 증지현(曾地縣)이 있는지 조사해 줄 것을 부탁하였다. 마지막으로, 자신이 직접 벼슬을 해보니 관리들이 임금에게 아뢸 때 '대죄모직(待罪某職)'이라고 한 것이 상투적인 말이 아니라 실심과 실정에서 나온 말임을 깨닫게 되었다고 하였다. 처음으로 벼슬살이를 하게 된 감회와 두려움을 읽을 수 있는 부분이다.

산릉(山陵)의 일[2]이 끝나고 졸곡(卒哭)도 어느새 지나갔습니다. 우리 선대왕(先大王)의 성명(聲明)[3]과 문물(文物)이 천고에 영원히 묻히게 되었으니, 하늘을 우러러 통곡해도 원통한 눈물은 미칠 길이 없습니다. 그러나 관직에 매인 몸이라 상엿줄을 잡으려던 계획이 어긋나 길러주신 은혜를 저버리고 말았으니, 나는 어떤 사람이란 말입니까.

어느덧 한 해도 저물어 눈이 깊게 쌓인 즈음에, 어버이를 모시는 형의 체후(體候)는 두루 편안하신지요? 관산(關山 변방)에서 홀로 떨어져 지내자니 요즈음 참으로 괴로운데, 어찌하여 오랫동안 한 통의 편지도 보내 주지 않으십니까? 생각나실 때마다 편지를 적어 계동(桂洞)의 집[4]으로 보내는 것이 좋은 방법이 될 것입니다. 만약 인편이 있다는 소식을 기다렸다가 편지를 쓰신다면, 그 인편을 얻기가 아마 쉽지 않을 것입니다.

---

2 산릉(山陵)의 일 : 산릉은 임금의 분묘를 말하는데, 여기서는 1849년 6월 6일 승하한 헌종(憲宗)의 분묘를 조성하는 일을 의미한다.

3 성명(聲明) : 성음(聲音)과 광채(光彩)를 의미하며, 훌륭한 교화(敎化)와 문명(文明)을 비유하는 말로 쓰인다.

4 계동(桂洞)의 집 : 연암(燕巖) 박지원(朴趾源, 1737~1805)의 옛 집인 계산초당(桂山草堂)을 말한다. 박지원이 안의 현감(安義縣監)을 지낸 뒤 상경하여 잠시 산직(散職)에 있을 때인 1796년 무렵에, 장차 전원으로 돌아가 책을 저술하면서 여생을 보낼 계획으로 계산동(桂山洞)에 과수원을 매입하고 여기에 지은 집이며, 북악산 동남 기슭의 '계산(桂山)'이라 불리던 고지대에 자리 잡고 있었다. 중국의 제도를 모방하여 흙벽돌을 찍어 집을 지었으며 그 집 서쪽에 '총계서숙(叢桂書塾)'이라 명명한 서루(書樓)를 만들었다. 지금의 계동 중앙중학교 부근에 있었다. 환재는 어린 시절 오랫동안 이 집에서 살았을 뿐만 아니라 1840년대 말까지 살았던 것으로 추정된다.《김명호, 환재 박규수 연구, 창비, 2008, 26~28쪽》

저는 다섯 달 동안 오랜 이질(痢疾)에 시달렸으니, 평생 처음 겪는 일이었습니다. 이제 겨우 편안해졌지만 원기(元氣)의 손상을 말로 표현할 수가 없습니다. 공적인 사무와 사적인 일이 어지러이 얽히고설켰으니, 이는 당연한 형세이므로 다시 어찌 하겠습니까.

이곳은 춥고 더움이 특이한 기후라서, 여름에 해당하는 달이라도 서풍(西風)이 불면 곧 몸이 움츠러드는 것을 느낍니다. 사람들은 아마 '북극(北極)에 가깝기 때문이다.'라고 할 것입니다. 그런데 겨울에도 남풍(南風)이 조금 불기만 하면 곧 찌는 듯한 더위를 견딜 수 없는 것이 영외(嶺外 영남(嶺南))에 있을 때보다 심합니다. 형께서는 이것이 무슨 이유라고 생각하십니까? 아마도 대만(臺灣)과 유구(琉球)로부터 곧장 이 지역에 도달하기까지 만 리의 푸른 바다에 막힌 것이 없어서, 남풍이 한 번 불면 적도(赤道)의 열대(熱帶)가 높은 산이나 거대한 고개 밖으로 흩어지거나 머물지 않고 순식간에 곧장 이곳까지 도달하기 때문일 것입니다. 형은 이런 저의 말을 어떻게 생각하시는지요?

이곳은 극출(極出)[5]이 39도 반강(半强)[6]이 되는데, 동짓날 측정해 본 것입니다. 한양에 비해 2도가 더 높으며, 겨울 해는 짧고 여름 해는 기니 당연히 일각(一刻 15분)이 서로 차이가 나겠지만, 아직 확인해보

---

5 극출(極出) : '북극출지(北極出地)'의 준말로, 지면으로부터 북극성까지의 각도를 말한다.

6 반강(半强) : 12를 분모로 하는 분수의 명칭 중 하나로, 12분의 7을 의미한다. 참고로 강(强)은 12분의 1, 소약(少弱)은 12분의 2, 소(少)는 12분의 3, 소강(少强)은 12분의 4, 반약(半弱)은 12분의 5, 반(半)은 12분의 6, 태약(太弱)은 12분의 8, 태(太)는 12분의 9, 태강(太强)은 12분의 10, 약(弱)은 12분의 11을 나타낸다. 《한영호 이은희 강민정 역주, 칠정산내편1, 한국고전번역원, 2016, 49쪽》

지는 못했습니다. 〈삼계도(三界圖)〉[7]에 나오는 이곳의 북극 고도와 연경(燕京)으로부터의 편동(偏東 경도(經度))이 몇 도인지 부디 적어 보내 주시는 것이 어떻겠습니까. 이곳이 중국 산동(山東)의 어느 주부(州府)와 수평선상으로 일치하는지도 적어 보내 주시기 바랍니다. 그렇지 않으면, 이번 인편은 믿을 만한 사람이니 〈삼계도〉의 첩(帖)을 곧장 보내 주신다면 더욱 고맙겠습니다.

읍지(邑誌) 한 권을 만들고자 합니다만, 옛 사적을 수집할 방법이 없고 또 빼어난 유적도 없습니다. 그리고 시골 사람들이 전하는 이야기는 대부분 황당하여 웃음만 나오는 것들이니, 어쩌겠습니까.

반고(班固)의 《한서(漢書)》〈지리지(地理志)〉에 낙랑군(樂浪郡)의 속현(屬縣) 가운데 증지현(曾地縣)[8]이 있는지 꼭 조사해 주십시오. 지난번에 김산천(金山泉)[9]과 작별하고 문을 나서 말에 올라타니 그분이

---

7 삼계도(三界圖) : 조선과 중국 및 유구(琉球)의 삼계(三界)를 그린 지도로 윤종의의 《벽위신편(闢衛新編)》 권4 〈연해형승 하(沿海形勝下)〉에 수록되어 있다. 상도(上圖)는 제주도를 포함하여 전라도 순천(順天)에서 평안도 의주(義州)에 이르는 조선의 서해안과 요동(遼東)에서 강남(江南)에 이르는 중국 동해안의 지도이고, 하도(下圖)는 중국 절강(浙江)에서 광동(廣東)에 이르는 중국 남해안과 대만(臺灣) 및 유구의 지도이다.

8 증지현(曾地縣) : 원문은 '曾池縣'으로 되어 있는데, 《한서》에는 '池'가 '地'로 되어 있다. 《漢書 卷28下 地理志 8下》

9 김산천(金山泉) : 김명희(金命喜, 1788~1857)로, 산천은 그의 호이다. 본관은 경주(慶州), 자는 성원(性源)이며, 추사(秋史) 김정희(金正喜, 1786~1856)의 아우로, 1822년(순조22)에 동지 겸 사은정사인 부친 김노경(金魯敬, 1766~1840)을 따라 연행하여 유희해(劉喜海)·진남숙(陳南淑)·오숭량(吳嵩梁)·이장욱(李璋煜) 등 청나라 학자들과 교유하였다.

멀리서 말하기를 "그곳이 바로 한(漢)나라의 증지현이네."라고 하셨는데, 갈 길이 바빠 미처 다시 여쭙지 못했습니다. 이렇게 말씀하신 것에는 분명히 근거가 있을 것이니, 형께서 고증하여 알려줄 수 있을는지요?

옛사람들이 임금에게 아뢸 때 매양 '모직에서 대죄합니다.[待罪某職]'라고 칭한 것을 읽을 때마다, 단지 겸손하고 조심하겠다는 관례적 표현이겠거니 생각했습니다. 그런데 지금 제가 한 고을의 수령이 되고 보니, 옛사람들의 그 말이 실심(實心)과 실정(實情)에서 나온 것임을 점차 깨닫게 되었습니다. 옛사람들이 글을 지을 때 한 글자도 대충대충 소홀히 하지 않았음이 이와 같습니다.

배불리 먹고 편히 앉아 관례에 따라 도장이나 찍으며 크게 놀랄 만한 일이건 조금 괴이한 일이건[10] 간에 모두 제쳐놓고 심리(審理)하지 않는다면, 이것은 진실로 죄가 될 것입니다. 만약 이런 방법과 정반대로 하고자 하더라도 이 또한 죄를 얻음이 적지 않을 것이니, 형께서는 무슨 방법으로 저를 가르쳐 주실는지요?

지금 막 들으니 칙사(勅使)가 오늘 압록강(鴨綠江)을 건넜다고 하므로 즉시 행장을 준비해 역참으로 마중 나가야하기 때문에 온 고을이 물 끓듯 소란스러워 마음이 바빠 회포를 다 쏟아낼 수가 없습니다. 새봄에 하늘의 복을 많이 받으시기 바랍니다.

---

10 크게……일이건 : 원문은 '大驚小怪'인데, 이 말은 원래 별것도 아닌 일에 크게 놀란다는 의미로 쓰인다. 문맥을 고려하여 이렇게 번역하였다.

윤사연에게 보내는 편지 2[11] 정사년(1857, 철종8)

又 丁巳

한 해가 저물어 추운 날씨에 벗들이 멀리 떨어져 있으니 노년의 회포
를 홀로 풀기가 더욱 어렵습니다. 더군다나 형께서 상(喪)을 당하
여[12] 바닷가의 황량한 마을에서 외롭게 지내고 계시니, 이런 때의 이
런 심정을 어떻게 달래고 계시는지요? 계절은 훌쩍 흘러서 애도하는
마음이 미칠 길 없으니 더더욱 권면드릴 방도를 모르겠습니다.

얼마 전에 영윤(令胤)[13]이 영남에서 찾아왔기에 잠깐 대면하였는데,
더욱 충실해 보였습니다. 또 상중에 계시는 형의 모든 정황을 보고
와서 나에게 이야기해 주는 길손이 있어, 아울러 근심하는 저의 마음
이 위로되었습니다. 하지만 한스러운 점은 땅이 외지고 길이 어긋나
일이 있을 때마다 두루 찾아갈 방법이 없다는 것이니, 이것이 더욱

---

11 윤사연에게 보내는 편지 2 : 1857년(철종8) 연말에 쓴 편지이다. 이해 10월 환재는
진주 목사(晉州牧使)에 임명되었으나 신병을 이유로 상소하여 11월에 파직되었으므로,
벼슬 없이 서울 집에 거처했던 것으로 보인다. 환재는 모친상을 당하여 거상(居喪)
중인 윤종의를 위로하고, 벗을 그리워하는 자신의 마음을 전하였으며, 윤종의의 아들
윤헌(尹瀗)을 만나 마음에 위로가 되었음을 전하였다.

12 상(喪)을 당하여 : 원문은 '苫塊'인데, '침점침괴(寢苫枕塊)'의 준말이다. 거적으로
자리를 삼고 흙덩이로 베개를 삼는다는 뜻으로, 거상(居喪)하는 예를 말한다. 당시에
윤종의는 모친상을 당하였다. 《儀禮 旣夕禮》《眉山集 卷13 工曹判書淵齋尹公行狀》

13 영윤(令胤) : 윤종의의 아들인 윤헌(尹瀗, 1841~?)인데, 자는 선기(善紀)이다.
윤종의는 자식이 없어서 족형(族兄)인 윤기의(尹夔儀)의 아들을 양자로 들였다. 《眉山
集 卷13 工曹判書淵齋尹公行狀》

답답합니다.

형께서 이곳에 오래 계실지 형께서 이곳에 오래 계시지 않을지 알수 없는 마음이, 마치 인심(人心)과 도심(道心)이 번갈아 왕래하는 것과 같아 끝내 이 일에 대해 종잡을 수가 없습니다. 이 아우가 어찌 주장(主張)이나 정견(定見)이 없는 사람이겠습니까마는, 그런데도 이와 같으니 진실로 그 이유를 모르겠습니다.

윤사연에게 보내는 편지 3[14]

又

열하(熱河)로 가는 사신이 오늘 압록강(鴨綠江)을 건너니, 집과 나라를 떠나면서 그리움이 어찌 없을 수 있겠습니까. 형제와 벗들에 대한 나의 회포와 그대의 그리움 중 어느 쪽이 더 큰지 모르겠습니다.

　강 너머의 산들이 눈앞에 웅대하게 펼쳐져 있으니, 우리나라에서 보았던 것과 다르다는 것을 이미 느낍니다. 이제부터 마음과 안목이 날로 새로워질 것이니, 이것을 유쾌함으로 삼으려 합니다.

　천한 이 몸은 이미 천 리 길의 고생을 겪어 보았는데[15] 다행히 심한 손상은 없었으니, 부디 염려하지 마십시오. 기거가 더욱 편안하기를 기원합니다. 때때로 제 아우를 찾아가 보살펴 주십시오.

14　윤사연에게 보내는 편지 3 : 1861년(철종12) 2월 열하 문안사(熱河問安使)의 임무를 띠고 북경으로 가면서 압록강을 건너기 직전에 쓴 것이다. 정확한 날짜는 나와 있지 않지만, 《환재집》 권8에 수록된 〈온경에게 보내는 편지 12〉에 "2월 18일에 압록강을 건널 것이네."라고 한 언급을 통해 1861년 2월 18일을 전후하여 쓴 것임을 알 수 있다. 고국을 떠나는 감회와 첫 사행에 나선 기대를 전하였다.

15　천한……보았는데 : 용강 현령(龍岡縣令)과 부안 현감(扶安縣監)으로 부임했던 것과 경상좌도 암행어사로 나갔던 것 등을 두고 한 말이다.

윤사연에게 보내는 편지 4[16]

又

'법제(法制)의 경장(更張)은 치란과 크게 관련되어 있으므로 대충대충 결단을 내렸다가 후회할 일을 불러와서는 안 된다.'는 뜻을 반드시 적극 주장해야 합니다. 이것은 좋은 주제가 되니, 노성(老成)한 문장으로 전편에 걸쳐 이것을 주제로 삼는 것이 어떻겠습니까? 이렇게 한다면, 진실로 무언중에 제가 소장(疏章)[17]을 올릴 때에 애초부터 오늘날처럼 급박하게 밀어붙일 것을 요구하지 않았다는 뜻을 분명히 드러내게 될 것이니, 어찌 크게 좋은 일이 아니겠습니까.

제가 크게 두려워하는 점은, 오늘날의 조치에 대해 저의 상소로 인해

---

16 윤사연에게 보내는 편지 4 : 1862년(철종13) 5월에 환재가 진주 안핵사(晉州按覈使)의 임무를 마치고 복명(復命)하면서 삼정(三政)의 폐단을 열거하여 논하였는데, 이것이 이른바 〈강구방략(講究方略)〉이다. 조정에서는 환재의 건의를 대부분 받아들여 5월 25일 삼정 개혁을 위한 이정청(釐正廳)을 설치하도록 지시하였다. 또 6월 12일에 왕은 3품 이하 음관(蔭官)과 유생을 대상으로 삼정의 폐단을 바로잡는 일에 대한 책문(策問)을 내리면서 열흘 안에 시권(試券)을 지어 바치도록 하는 한편, 2품 이상의 고관에게도 의견을 구했다. 그리고 8월 27일부터 이정청은 삼정 개혁을 위한 절목을 작성하는 작업에 본격적으로 착수하였는데, 환정(還政) 문제에 대해 대신들 간에 이견이 생겼다. 이 편지는 이 무렵 보낸 것이다. 《김명호, 환재 박규수 연구, 2008, 창비, 535~545쪽》

17 소장(疏章) : 1862년(철종13) 진주(晉州)에서 민란이 발생하였을 때 환재가 안핵사(按覈使)로서 일을 마무리한 뒤, 민란의 원인이 삼정(三政)의 문란에 있음을 파악하고 환정(還政)의 폐단을 개혁하기 위한 특별기구 설치를 건의한 〈강구방략 이정환향적폐소(講究方略釐整還餉積弊疏)〉를 가리킨다. 《환재집》 권6에는 〈청설국 정리환향소(請設局整釐還餉疏)〉라는 제목으로 수록되어 있다.

출발한 것이 아니라고 말하지만 사실은 저의 상소에서 시작되었다는 것입니다. 제가 사람들의 거동을 살펴보고 여론을 들어보니, '이 조치들이 사실은 좋은 계책은 없고 단지 소란만 더한다.'라고들 하는데, 안위(安危)의 기틀이 바로 여기에 달렸으니, 많은 근심을 진실로 떨칠 수가 없습니다. 형께서는 신중히 숙려해야 한다는 취지로 부연하여 역설하셔야 합니다. 이렇게 해야 형의 직분에 합당하며[18] 시대의 급선무가 되니, 소홀히 하지 않으심이 어떻겠습니까?

윤식(允植)이 삼가 살피건대,[19] 임술년(1862, 철종13)에 선생께서 진주 안핵사(晉州按覈使)로서 복명(復命)하며 삼정(三政)의 폐단을 열거하며 논하였다. 이에 조정에서 이정청(釐整廳)을 설치하여 경장(更張)하고자 했지만, 백 가지 조치 중에 한 가지도 이루어진 것이 없고 한갓 번잡한 소요만 더했을 뿐이다. 이에 선생께서 크게 우려하며 말하기를 "이것이 어찌 나의 본래 의도이겠는가. 일을 추진하면서 점진적으로 진행하지 않는다면 어떻게 뒷마무리를 잘하겠는가."라고 말씀하셨다. 그러므로 윤공에게 보낸 편지의 내용이 이와 같았던 것이다.

---

18 형의 직분에 합당하며 : 환재가 올린 〈강구방략〉을 조정에서 받아들여 이정청(釐整廳)을 설치하고 개혁을 추진할 때, 윤종의가 그 일에 선발되어 참여하고 있었기에 이렇게 말한 것이다. 《眉山集 卷13 工曹判書淵齋尹公行狀》

19 윤식(允植)이 삼가 살피건대 : 윤식은 김윤식(金允植, 1835~1922)으로, 본관은 청풍(淸風), 자는 순경(洵卿), 호는 운양(雲養)이다. 환재의 문인으로, 《환재집》을 편찬하고 교정하여 1913년에 간행하였는데, 이 부분은 편지의 내용에 대해 자신의 견해를 덧붙인 것이다.

윤사연에게 보내는 편지 5[20]

又

금빛 물결과 채색 무지개가 지난날 보다 더욱 좋기는 했지만 '기이(奇異)하다'고 말할 만하지는 못했습니다. 기이하다고 말할 만한 것은 진실로 고깃배가 달빛 속에 가는 광경인데, 눈 속에 삼삼할 뿐 직접 보지 못한 것이 한스럽습니다. 대개 경치의 천변만화는 물가가 산중(山中)보다 나으니, 그래서 지자(智者)가 물을 좋아하지요.[21]

저는 그날 편안하게 도착하였고 심한 고생도 없었습니다. 굴포(掘浦)[22] 다리를 지나올 때 비석이 있었는데, '천등교(天登橋)'라는 세 글

20　윤사연에게 보내는 편지 5 : 편지의 내용으로 보아 1862년(철종13) 윤8월 이후에 지은 것으로 보인다. 환재는 당시 김포 군수(金浦郡守)를 역임하고 있던 윤종의의 초대를 받아 1862년 윤8월 13일에서 16일까지 신석우(申錫愚, 1805～1865)·조면호(趙冕鎬, 1803～1887)·장조(張照)와 함께 한강의 서강(西江)에서 출발하여 김포까지 다녀오는 뱃놀이를 했는데, 아마 이 유람을 마치고 돌아와서 쓴 것인 듯하다. 김포 유람의 경위는 신석우의 〈금릉유기(金陵遊記)〉에 자세히 밝혀져 있다. 금릉은 김포의 옛 이름이다. 《海藏集 卷12》

유람을 마치고 돌아오는 길에 굴포(掘浦)에서 '천등교(天登橋)'라고 적힌 비석 하나를 보았다고 하면서, 그 뒷면에 '숭정(崇禎) 8년'이라고 적힌 기록으로 미루어 김안로(金安老)가 이 다리를 만들었다는 속설이 잘못되었음을 알았다고 하였다. 나아가 금석(金石)을 통한 고증을 폐기할 수 없다는 뜻을 전하였다.

21　지자(智者)가 물을 좋아하지요 : 《논어》〈옹야(雍也)〉에 "인자는 산을 좋아하고 지자는 물을 좋아한다.〔仁者樂山, 知者樂水.〕"라는 공자의 말이 있다.

22　굴포(掘浦) : 부평(富平)과 부천(富川) 일대를 거쳐 김포의 한강으로 합류하는 하천을 말한다. 삼남(三南) 지역의 세곡(稅穀)을 운송하는 배들이 손돌목에서 자주

자가 새겨져 있고, 또 시주(施主)한 사람들의 성명이 나열되어 있었습니다. 뒷면에는 '숭정(崇禎) 8년'이라고 새겨져 있었으니 이 기록을 통해 이 다리가 김안로(金安老)가 만든 것이 아님을 알았습니다.[23] 그러니 금석(金石)을 통한 고증을 어찌 폐기할 수 있겠습니까.

전복되자 위험한 뱃길을 피하기 위해 이 하천을 따라 운하를 파려는 공사가 조선 중종 때 김안로(金安老)에 의해 시도된 이후 '굴포천'이라 불리게 되었다고 한다. 《한국민족문화대백과사전》

23 뒷면에는……알았습니다 : 숭정(崇禎) 8년은 1635년(인조13)이므로, 김안로(1481~1537)의 생몰년과 그 시기가 다르다.

윤사연에게 보내는 편지 6[24]

又

송설(松雪)이 쓴 〈난정서(蘭亭序)〉[25]를 빌려 드립니다. 이것은 자앙
(子昂)이 가장 심혈을 기울여서 쓴 글씨입니다. 저의 조부(祖父 박지
원(朴趾源))께서 평생 이 체본(體本)을 임서(臨書)하기를 좋아하셨으
니, 바로 수택(手澤)이 가장 많은 것입니다. 장정(裝幀)을 바꿀 때
점검하지 못해서 빠지고 뒤섞인 것이 많기는 합니다만 또한 무슨 문
제가 되겠습니까.

예로부터 글씨를 배우는 사람들이 가장 먼저 공부한 것은 바로 영모
(影摹)[26]이니, 한번 힘을 들이기만 하면 곧 신수(神髓 정신과 골수)를

---

24 윤사연에게 보내는 편지 6 : 언제 쓴 편지인지 알 수 없다. 다만 앞의 편지가 1862년
(철종13)에 쓴 것이고 이 편지의 다음 편지가 1867년(고종4)에 쓴 것이므로, 그 사이에
쓴 것으로 보인다.

　조부 박지원이 임서(臨書)한 조맹부(趙孟頫, 1254~1322)의 〈난정서(蘭亭序)〉를
빌려 주면서 조부의 수택(手澤)이 가장 많은 것이라고 하였고, 윤종의의 아들로 하여금
영모(影摹)하게 해 보도록 권하였다. 구양순(歐陽詢, 557~641)의 〈예천명(醴泉銘)〉
을 10년 만에 보게 되어 기쁘다는 말도 전하였다. 또 이덕무(李德懋, 1741~1793)의
《사소절(士小節)》을 빌려준다고 하며, 세간에 떠도는 본(本)과 달리 이덕무의 아들
이광규(李光葵)가 단 주석이 있는 본이므로 급히 등사할 것을 권하였다.

25 송설(松雪)이 쓴 난정서(蘭亭序) : 송설은 원나라 조맹부(趙孟頫)의 호로, 자는
자앙(子昂)이다. 〈난정서(蘭亭序)〉는 원래 왕희지(王羲之)의 작품으로 그 글씨는 후
대에 행서(行書)의 본보기가 되었는데, 진적(眞跡)은 전해지지 않고 다수의 탁본이
전한다. 조맹부는 왕희지의 〈난정기〉 탁본을 얻어 이를 임서하였고, 또 〈난정십삼발(蘭
亭十三跋)〉을 짓기도 하였다.

얻게 됩니다. 그렇지 않고 곁에 두고 임서하기만 할 뿐이라면 끝내 그 필세(筆勢)를 터득할 수 없으니, 반드시 영윤(令胤 윤헌(尹瀗))으로 하여금 영모를 시도해 보게 함이 어떻겠습니까.

〈예천명(醴泉銘)〉[27]을 이별한 지 10년 만에 보게 되어 참으로 기쁩니다.

《사소절(士小節)》[28] 3책을 보내 드립니다. 이 책은 그 집안에만 있는 단일본이며, 또 세상에 통행되고 있는 것은 모두 주석(注釋)이 없는 본입니다. 그렇다면 이 책은 그 집안의 단일본일 뿐만 아니라, 세상에 없는 별본(別本)인 셈입니다. 그 이야기에 턱이 빠질 만큼 재미있는 것이 많아서 이 책을 본 사람들은 반드시 한 번 다 읽어보고자 합니다. 하지만 끝내 작자의 본의(本意)에는 도움이 없고 점점 본의가 막히는 데 이르기 쉬우니, 남들에게 보여주지 마시고 급히 옮겨 쓰는 일을 시작하시는 것이 어떻겠습니까.

---

26 영모(影摹) : 원본 글씨를 바닥에 놓고 그 위에 밑이 비치는 얇은 종이를 덧대어 원본 글자의 획을 따라 그대로 베껴 쓰는 것을 말한다.

27 예천명(醴泉銘) : 당나라 구양순(歐陽詢)의 〈구성궁예천명(九成宮醴泉銘)〉을 말한다. 구성궁(九成宮)은 중국 섬서성(陝西省) 인유현(隣遊縣)에 있던 고궁(古宮)으로, 당 태종(唐太宗)이 수(隋)나라 때의 인수궁(仁壽宮)을 수리한 뒤 구성궁으로 개칭하였다. 그리고 이곳에 피서하러 갔을 때 궁궐 정원 한 모퉁이에서 단맛이 나는 샘물이 솟자 이를 기념하여 비석을 세웠다고 한다. 비석의 내용은 시중(侍中) 위징(魏徵)이 지었고, 글씨는 구양순이 해서(楷書)로 썼다. 글씨는 총 50자이며 구양순의 대표작으로 꼽힌다.

28 사소절(士小節) : 1775년(숙종1)에 이덕무(李德懋)가 저술한 수신서(修身書)로, 선비·부녀자·아동들이 일상생활에 지켜야 할 예절과 수신에 관한 교훈을 예를 들어 가며 당시 풍속에 맞게 설명한 책이다.

어제 편지를 써놓고 의동(義僮)을 기다렸으나 와서 가져가지 않아 아직도 책상머리에 있으니 이상한 일입니다. 《사소절》은 모두 284엽(葉)이니 백저(白楮 흰 종이) 일곱 속(束)을 준비하면 등사할 수 있습니다.

그 주석은 바로 아정(雅亭 이덕무)의 아들 광규(光葵)가 단 것이니, 그 아들 역시 이처럼 박식하고 고상합니다. 책머리에 가끔 찌를 붙여 놓은 것과 고증하고 분변한 두주(頭注)의 말 또한 반드시 빠짐없이 기록하여 본래의 면목을 보존하는 것도 무방합니다.

윤사연에게 보내는 편지 7[29] 정묘년(1867, 고종4)

又 丁卯

형께서 저의 편지를 받으실 것이 언제쯤일지 모르겠습니다. 저는 여러 차례 형의 편지를 받고서도 지금껏 한 번도 답신을 보내지 못하였으니, 노쇠한 병으로 나태해졌음을 여기에서도 알 수 있습니다. 어쩌면 좋겠습니까.

청풍(淸風)의 뛰어난 산수(山水)가 단양(丹陽)에는 매우 미치지 못하지만, 거룻배를 타고 강물을 거슬러 올라가면 도원(桃源 무릉도원(武陵桃源))과 무이(武夷)[30]가 곳곳에 즐비하니 꼭 경계를 나누어 논할 것은 없습니다. 이것은 형의 청복(淸福)[31]이 아니라 바로 이 아우의 기이한

---

29 윤사연에게 보내는 편지 7 : 1867년(고종4)에 쓴 편지로, 당시 환재는 평안도 관찰사로 재직하고 있었다. 또 윤종의는 이해 5월 14일에 청풍 부사(淸風府使)에 임명되었는데, 편지 내용에 '청풍에 이미 부임하였을 것으로 생각한다.'는 말이 있으므로, 5월 말경에 쓴 것으로 생각된다. 《眉山集 卷13 工曹判書淵齋尹公行狀》《承政院日記 高宗 4年 5月 14日》

윤종의가 청풍 부사로 임명되었다는 소식을 들은 환재는 정사를 잘 처리하기를 당부하면서, 자신이 관직에서 물러난 뒤 배를 타고 청풍으로 찾아가고 싶다는 소망을 전하였다. 또 경기도 두릉(斗陵)에 한 채의 집을 사두었는데 그곳이 서유구(徐有榘, 1764~1845)가 만년에 머물던 집임을 밝히면서, 윤종의에게도 청풍에 집을 한 채 마련하여 서로 이웃으로 사는 것이 어떻겠느냐고 하였다. 또 경상도 암행어사로 나간 아우 박선수(朴瑄壽)가 별 탈 없이 임무를 완성한 것에 대한 안도의 마음도 전하였다.

30 무이(武夷) : 주희(朱熹)가 무이정사(武夷精舍)를 짓고 강학하던 무이산(武夷山)으로, 복건성(福建省) 무이산시(武夷山市) 서남쪽에 있다. 빼어난 경치로도 유명하며 주희는 〈무이구곡가(武夷九曲歌)〉를 짓기도 하였다.

인연입니다.

저의 계획으로는 관직을 버리고 돌아오는 날, 두릉(斗陵)[32] 강가에 있는 저의 집에서 작은 조각배를 탈 것입니다. 닻줄을 풀고 돛을 펼쳐 한벽루(寒碧樓)[33]에 도착하면 주인(主人)은 책을 안고 낮잠을 자다가 꿈에서 화들짝 놀라 일어나 크게 웃으며 맞이하여 불을 지펴 보리밥을 짓고 강의 생선회를 내놓을 것이니, 그 즐거움이 어떻겠습니까. 이런 광경을 상상할 때마다 훨훨 날아가고 싶습니다.

이미 부임하였으리라 생각하는데, 요사이의 생활은 어떠신지요? 그곳은 일이 많고 이곳은 한가로우니 크게 다를 것으로 생각됩니다. 하지만 가난한 고을은 당연히 폐단이 많고 풍속 역시 남방(南方)과는 완전히 다를 것이니, 다스리는 방도도 훌륭한 의원(醫員)이 증세에 맞게 약을 쓰듯이 온량(溫涼)을 적절히 해야[34] 하지 않겠습니까.

저의 시위소찬(尸位素餐)하는 부끄러움은 이미 말할 것도 없습니다. 지난번에 한 번 병에 걸려 경외(京外)를 놀라게 했고, 비록 즉시 낫기는 했지만 이른바 '완쾌되었다〔蘇完〕'는 것도 끝내 옛 모습을 회복한

---

31 청복(淸福) : 맑고 한가로움을 누리는 복을 말한다.

32 두릉(斗陵) : 현재의 경기도 남양주시에 속하는 곳으로, 여기서는 환재가 존경하며 따랐던 서유구(徐有榘)가 만년을 보낸 곳을 말한다. 이 편지의 뒷부분에 서유구가 살았던 두릉의 별장을 환재 자신이 구입했다는 말이 나온다.

33 한벽루(寒碧樓) : 현재의 충청북도 제천시(堤川市) 청풍면(淸風面)에 있는 누각이다. 1317년(충숙왕4)에 청풍현이 군으로 승격되자 이를 기념하기 위해 세운 관아의 부속 건물이었으며, 원래 청풍면 읍리에 있던 것을 충주댐을 건설할 때 현재의 위치로 옮겨 세웠다. 보물 528호로 지정되어 있다.

34 온량(溫涼)을 적절히 해야 : 정사(政事)를 행할 때 너그럽게 다스릴 일과 엄하게 다스릴 일을 잘 조절하라는 말이다.

것이 아니니, 바로 이것이 '남쪽으로 건너가서 한쪽 구석에서 편안하다는 여기는'[35] 꼴입니다. 일신의 성쇠가 천하의 대세와 크게 비슷합니다.

　저의 아우가 영남에 있으면서[36] 포옹(圃翁 정몽주(鄭夢周))이 어느 곳에 남긴 제영(題詠) 한 편을 적어 보여주었는데, 그 시에

뱃속에는 도리어 나라 그르칠 글만 있고	腹裏有書還誤國
주머니 속에는 목숨 이어갈 약이 없네	囊中無藥可延年

라는 구절이 있었습니다.[37] 이 구절을 읽자니 흐르는 눈물을 금할 수가 없었습니다. 제 아우의 걸음이 이미 북으로 올라왔다는 것은 들었

---

35 남쪽으로……여기는 : 원문은 '南渡偏安'인데, 원래의 모습을 온전히 회복하지 못하고 그저 눈앞의 편안함에 만족한다는 의미이다. '남도'는 남천(南遷)과 같은 말로, 진(晉)나라 원제(元帝)와 송(宋)나라 고종(高宗)이 양자강을 건너 남쪽으로 천도한 것을 일컫는 말이다. 또 '편안'은 하나의 왕조가 중국 전역을 통일하지 못하고 한 지역에 머물러 편안함을 얻는다는 말인데, 제갈량(諸葛亮)의 〈후출사표(後出師表)〉에 "선제께서, 한나라와 역적은 양립할 수 없고 한쪽 구석인 촉(蜀)에서 왕업을 편안히 할 수 없음을 염려하였습니다.〔先帝慮漢賊不兩立, 王業不偏安.〕"라고 한 데서 나온 말이다. 《古文眞寶 卷1》

36 저의……있으면서 : 당시 환재의 아우 박선수는 경상도 암행어사의 임무를 수행하고 있었다.

37 포옹(圃翁)이……있었습니다 : 포은 정몽주(鄭夢周)의 7언 율시인 〈언양에서 구일날 느낌이 있어, 유종원의 시에 차운하다〔彦陽九日有懷 次柳宗元韻〕〉의 함련(頷聯)이다. 정몽주는 1376년(우왕2) 성균관 대사성으로서 이인임(李仁任)·지윤(池奫) 등이 주장하는 배명친원(排明親元)의 외교방침에 반대하며 논핵(論劾)했다가 언양(彦陽)으로 유배되어 1377년 3월까지 생활했는데, 이 시는 그 당시에 중구일(重九日)을 맞아 언양의 반구대(盤龜臺)에서 지은 것이다. 《圃隱集 卷2》《高麗史 卷117 鄭夢周列傳》

지만, 아직도 언제 서로 만날지 모르겠습니다. 일 년이 넘도록 오래 이별한 것은 평생 처음 있는 일이며, 게다가 아우가 수많은 고초를 겪고 수많은 비방을 받는 것을 생각하자니, 머리털이 모두 셀 지경입니다. 그렇지만 아우가 조치한 여러 일을 들어보니 이 형보다 훨씬 나아서 왕명(王命)을 욕되게 하고 성은(聖恩)을 저버리는 데 이르지 않은 듯하니, 이 또한 다행입니다.

지난가을에 형의 가권(家眷)들이 화추(華楸)[38]에 가서 우거한다는 것을 들었는데, 올해 초에 영윤(令胤 윤헌(尹瀗))의 편지를 받아 보니 아직도 돌아오지 않은 듯하였습니다. 그 뒤로 소식을 듣지 못한 것이 오래되었는데, 지금은 이미 서울에 돌아와 잘 지내고 있는지 모르겠습니다.

청풍은 궁벽해서 취할 만한 곳이 없으나 강을 따라 오르내리다보면 살 만한 곳이 없지 않으니, 이때에 그 일을 도모해 보시는 것이 어떻겠습니까.

제가 평소에 습관처럼 생각하던 것이 운수(雲水) 간에서 마음껏 살아가는 것이라서, 꿈속에서도 맑고 시원한 아름다운 곳을 상상해 왔습니다. 지난번에 두릉(斗陵)에 낡은 집 하나를 얻었는데 이곳은 바로 서풍석(徐楓石)의 옛집[39]이니, 스스로 한 번 마음에 꼭 드는 일이었다

---

38 화추(華楸) : 화성(華城), 즉 수원(水原)의 선영(先塋)을 의미하는 듯하다. 윤종의 집안의 선영이 수원에 있었고, 윤종의 역시 훗날 수원 토진면(土津面) 고좌회리(高坐會里)에 묻혔다. 《眉山集 卷13 工曹判書淵齋尹公行狀》

39 서풍석(徐楓石)의 옛집 : 서풍석은 서유구(徐有榘)로, 풍석은 그의 호이며, 본관은 달성(達城), 자는 준평(準平)이다. 1790년(정조14) 문과에 급제한 뒤, 전라도 관찰사·병조 판서·대제학 등을 지냈다. 서유구는 현재의 강북구 번동 부근에 자연경실(自

고 생각합니다. 저와 함께 뽕나무 심고 삼 기르며 닭 잡고 기장밥 먹는 이웃[40]이 되는 것이 어떻겠습니까? 짬을 내어 쓰니 회신해 주시기 바랍니다.

然經室)이라는 서실을 마련하여 이곳에서 그의 역작 《임원경제지(林園經濟志)》를 완성하였으며, 1842년경 두릉(斗陵)으로 옮겨 만년을 보냈다.

40 닭……이웃 : 진정으로 믿는 벗을 의미하는 말이다. 후한(後漢) 때 범식(范式)이 태학(太學)에서 유학을 마치고 고향으로 돌아가면서 자신의 벗인 장소(張劭)에게 2년 뒤 그 시골집으로 찾아가겠다고 약속하고 날짜까지 정하였다. 그리고 약속한 날에 장소가 닭을 잡고 기장밥을 지어 놓고 기다리자 과연 범식이 찾아왔다고 한다. 《後漢書 卷81 范式列傳》

윤사연에게 보내는 편지 8[41] 정묘년(1867, 고종4)

又 丁卯

연재(淵齋) 존형(尊兄) 지기(知己) 각하(閣下)께.

천리의 관산(關山)에 설색(雪色)이 그윽할 제 갑자기 서신을 받았으니, 그 놀라움과 기쁨이 어떠했겠습니까. 맹현(孟峴)의 계당(桂堂)[42]에서 세모에 서로 만난다한들 어찌 이보다 더 마음이 위로될 수 있겠습니까.

형께서 다스리는 고을의 읍치(邑治)는 수많은 산으로 둘러싸인 가운데에 있으니 이맘때의 광경이 가장 쓸쓸하겠지만 또한 본래 그 쓸쓸함

---

41 윤사연에게 보내는 편지 8 : 1867년(고종4) 연말에 쓴 편지로, 환재가 평안도 관찰사로 재직할 때이다.

윤종의로부터 편지를 받은 기쁨과 함께 자신은 아우 박선수를 비롯하여 온 가족이 평양에 머물고 있다는 소식을 전하였다. 두릉(斗陵)에 집을 마련한 사실을 다시 상기하며, 윤종의에게도 두릉 부근에 집을 마련해 보도록 권하였다. 경상도 암행어사의 임무를 마친 박선수에 대한 영남 지방의 여론이 어떤지를 묻고, 사직 상소를 올렸다가 오히려 융숭한 비답을 받고 더 잉임하게 된 사실도 전하였다.

한편, 명나라 석성(石星)의 후손인 석태로(石泰魯)가 석성의 화상을 들고 평양으로 찾아와 무열사(武烈祠)에 걸린 석성의 화상과 비교하려 한 일을 전하고 석태로가 가져온 화상이 진본임이 분명하다고 하였다. 또 북경의 자수사(慈壽寺)에 있는 명나라 효정태후(孝定太后)의 화상을 개수하는 일을 동문환(董文渙, 1833~1877)이 맡아서 처리한 사실과 그 화상의 탁본을 배접 중이니 얼마 뒤에 함께 참배할 수 있을 것이라는 소식도 전하였다.

42 맹현(孟峴)의 계당(桂堂) : 박지원(朴趾源)의 옛 집인 계산초당(桂山草堂)을 말한다. 맹현은 한양 가회방(嘉會坊) 북쪽에 있던 높은 고개이다. 270쪽 주4 참조.

속에 정취가 있습니다. 관아에서 빚은 술은 사람을 취하게 할 만하고 꿩이나 토끼를 안주로 삼을 만하지만 마주앉아 마음껏 담소할 사람이 없을 것이니, 그 점이 안타까울 뿐입니다.

아전들이 처리하는 사무는 어떻습니까? 다행히 크게 눈썹 찌푸릴 만한 것이 없으신지요? 메추라기와 고니, 다람쥐와 원숭이 같은 자들과 더불어 성기(聲氣)를 고달프게 하지는 않으신지요? 지금의 이와 같은 일은 가장 어쩔 수 없으니, 그저 한가하게 세월을 보낼 뿐 손을 댈 수가 없습니다. 한 군(郡)이 이러하다면 한 도(道)가 다 이러할 것입니다. 평생 책을 읽으며 했던 이런저런 생각들이 모두 어디로 갔을까요. 서글픈 마음 더욱 어찌할 수 없습니다.

이 아우는 심히 쇠약하기는 하지만 다행히 별다른 병이 없고 가권(家眷)들이 아직 관아에 있으며 온경(溫卿 박선수(朴瑄壽))이 곁에서 화목하게 지내고 있으니 모든 일이 사람들에게 부러움을 사고 있습니다. 하지만 제 마음에는 한벽루(寒碧樓) 위에 홀로 앉아 있을 늙은이 생각 뿐입니다.[43]

보강(寶康)[44]에서 오는 편지가 매우 드물다가 근래에 돌고 돌아온 한 통의 편지를 받는데 남의 청탁에 수응(酬應)한 것에 지나지 않았고 필체가 몹시 쇠약하고 지친 듯했기에, 염려스러운 마음 더욱 간절해졌습니다.

서울의 온갖 물가가 치솟아 부자든 빈자든 간에 모두 곤란을 겪고

---

43 한벽루(寒碧樓)……뿐입니다 : 당시 윤종의가 청풍 부사로 있었기 때문에 이렇게 표현한 것이다. 한벽루는 청풍에 있는 누각이다. 285쪽 주33 참조.

44 보강(寶康) : 지명으로 보이는데 미상이다.

있으니, 어떤 방법으로 이들을 구제할 수 있을지 모르겠습니다.

영윤(令胤 윤헌(尹瀗))은 아직도 수원(水原)에 오래 살 계획을 하고 있는지요? 이 또한 좋은 방도가 없이 부득이한 상황에서 나온 것이기에, 생각하자니 마음이 답답합니다. 제가 한강(漢江) 상류에 이미 한 채의 집을 마련해 두었는데,[45] 그 집을 본 사람들은 모두 '머리가 닿을 만큼 비좁은 집인 데다가 무너질까[46] 걱정스럽다.'라고들 합니다. 집을 수리할 힘이 없어 그대로 버려둘 뿐이니, 이 또한 낭패스러운 일입니다. 그렇긴 하지만 제가 평생 동안 꿈속에서도 그리워한 것이 단지 한강 상류의 아름다운 곳일 뿐이니, 형께서 만약 집을 마련할 재물이 있다면 또한 반드시 이 부근을 생각하시는 것이 좋을 것입니다. 근처의 바닷가나 골짜기에 비하면 즐길 만한 곳이 매우 많습니다.

형께서 다스리는 곳은 영남에 가까우니 온경(溫卿 박선수(朴瑄壽))이 돌아간 뒤에 응당 영남의 여론을 들은 것이 있을 것인데, 온경에 대한 여론의 평가가 어떤지 모르겠습니다. 두루 겪은 사람이 아니면 평가할 수 없긴 하지만, 제가 보기에는 이 형의 기대와 바람을 저버리지 않은 듯합니다. 어렵고 어려운 일이니 참으로 다행입니다. 토호(土豪)들의 선동과 비방, 오리(汚吏)들의 부추김을 면치 못했을 것이니, 말해 무엇 하겠습니까.

---

45 한강(漢江)……두었는데 : 두릉(斗陵)에 있는 서유구(徐有榘)의 옛집을 구입한 것을 말한다. 285쪽 주32 참조.

46 무너질까 : 원문은 '巖墻'인데, 담장이 무너지는 것을 말한다. 《맹자》〈진심 상(盡心上)〉에 "그러므로 정명을 아는 사람은 위험한 담장 아래에서 서지 않는다.〔是故知命者, 不立乎巖墻之下.〕"라 하였고, 주희(朱熹)는 《집주(集註)》에서 "암장은 무너지려고 하는 담장이다.〔巖墻, 墙之將覆者.〕"라고 하였다.

저 역시 근래에 겪은 일이 기괴(奇怪)하여 일세(一世)를 시끄럽게 했습니다만, 또한 한 번 웃고 말았습니다. 하지만 어쩔 수 없이 병을 핑계대고 사직소를 올렸는데,[47] 도리어 융숭한 비답을 받고 또한 대신들의 진청(陳請)을 통해 1년간 잉임하게 되었으니 부끄럽고 황공함이 갈수록 더욱 심합니다.

온경이 이곳으로 올 때 현임 서흥(瑞興)의 서사군(徐使君)[48]을 만났는데, 그가 형께서 남쪽에 계실 때 만년의 계회(契會)를 약속해주었다고 자랑하기에, 매우 탄복했습니다. 서사군은 저와 아는 사이가 아닙니다만, 그가 선을 좋아하는 점이 또한 이와 같아 얻기 어려운 사람인데 만나볼 길이 없어 한스럽습니다.

현임 괴산 군수(槐山郡守) 이우 경함(李友景涵)[49]과는 만나 보신 적이 있으십니까? 그 사람 역시 지취(志趣)가 소탈하고 순수하여 반드시 형과 의기가 맞을 것이니, 적막한 생활에서 서로 즐길 만합니다.

석변(石弁)이 천 리 밖에서 석 상서(石尙書)의 화상을 짊어지고 와서 무열사본(武烈祠本)과 비교하려고 하기에,[50] 제가 직접 살펴보았더

---

47 병을……올렸는데 : 평안도 관찰사를 사직하는 상소를 말하는데, 《승정원일기》 고종 4년 12월 15일 기사에 그 대략의 내용이 실려 있다.

48 서흥(瑞興)의 서사군(徐使君) : 황해도의 서흥 도호부사(瑞興都護府使) 서원보(徐元輔, 1807~?)를 말한다. 서원보는 1865년(고종2) 10월부터 1869년 10월까지 서흥 도호부사를 지냈다. 《外案考 卷5 黃海道 瑞興府使》

49 이우 경함(李友景涵) : 이승경(李承敬, 1815~?)으로, 경함은 그의 자이다. 이승경은 1867년(고종4) 1월부터 괴산 군수를 지냈다. 《承政院日記 高宗 4年 1月 10日》

50 석변(石弁)이……하기에 : 석변은 석씨(石氏) 성을 가진 무변(武弁)이라는 의미인데, 본 권 뒤에 나오는 〈여러 벗들에게 주어 석 상서의 화상에 대해 논하다[與知舊諸公 論石尙書畵像]〉에 붙은 김윤식의 논의에 따르면 석 상서의 후손인 석태로(石泰魯)

니 진본(眞本)임은 전혀 의심할 여지가 없었습니다. 이 일은 끝내 어떻게 처리해야 하겠습니까?

제가 지난겨울에 심군 중복(沈君仲復) 등 여러 벗에게 구련(九蓮)의 불상(佛像)을 개수(改修)하기를 부탁했었습니다.[51] 봄에 사신이 돌아

를 지칭한 말이다.

석 상서는 석성(石星, ?~1599)으로, 자는 공진(拱辰), 호는 동천(東泉)이다. 임진 왜란 때 명나라 병부 상서(兵部尙書)로서 전쟁에 참여하였고, 일본과의 강화를 선택했다가 측근 심유경(沈惟敬)에게 속아 강화가 실패하자, 그 책임을 지고 1599년 처형되었다. 석성이 처형된 후 그 후손들이 석성의 유언에 따라 조선으로 귀화하였고, 선조(宣祖)는 그들에게 땅을 주어 해주(海州)에 정착하게 하였는데, 이들이 바로 해주 석씨(海州石氏)이다. 무열사(武烈祠)는 임진왜란 때 평양성 전투에서 승리한 뒤 조정에서 이여송(李如松)의 공적을 기리는 송덕비를 세우고 건립한 생사당(生祠堂)이다. 무열사에는 이여송과 그의 동생 이여백(李如栢), 석성, 도독(都督) 양원(楊元) 등 명나라 장수 6명의 화상이 걸렸다.

이 편지를 보낼 당시 석태로는 석씨 가문의 가승(家乘)을 새로 만들고 석숭의 화상을 세상에 내놓았는데 사람들이 의심하여 믿어주지 않자, 평양 무열사에 보관된 석성의 화상과 비교하기 위해 찾아온 것이었다.

51 제가……부탁했었습니다 : 심군 중복은 심병성(沈秉成, 1823~1895)으로, 중복은 그의 자이며, 호는 우원(耦園)이다. 한림 편수(翰林編修)·시강(侍講)·시독(侍讀)을 거쳐 광서 순무(廣西巡撫)·안휘 순무(安徽巡撫)·양강 총독(兩江總督) 등을 역임하였다. 환재는 1861년(철종12) 열하 문안사로 북경에 갔을 때 심병성과 교분을 맺은 바 있다.

구련의 불상은 북경 자수사(慈壽寺)의 후전(後殿)에 모신 명나라 신종(神宗)의 생모 효정태후(孝定太后)의 영정을 말한다. 효정태후가 불교 신자였기 때문에 궁중에서 태후의 영정을 구련보살(九蓮菩薩)로 그렸다고 한다. 환재는 1861년 연행 때 자수사를 방문하여 효정태후의 영정을 참배했는데, 영정이 낡은 것을 안타깝게 여겨 성금을 기탁해 보수하게 하고 싶었으나 뜻을 이루지 못했다가 1867년(고종4) 평안도 관찰사로 있을 때 중국의 지인들에게 백금 오십 냥을 보내 영정 보수 사업을 완수하였다. 그리고 1872년(고종9)에 청 동치제(同治帝)의 혼인을 축하하는 진하 겸 사은사(進賀兼謝恩使)의

왔을 때 답서를 받아보았는데, 모두들 말하기를 "동연추(董硏秋)가 그 일을 담당하였다.[52]"라고 하였습니다. 일전에 역사(曆使)[53]가 돌아오는 편에 동연추의 편지를 받고서 형에게 몹시 보여드리고 싶었지만 진실로 손에서 놓기가 어려웠습니다. 이에 주변 사람을 시켜 규식대로 베껴서 기록하여 한 본을 올리도록 하였으니, 보시면 대략 알 수 있을 것입니다. 불상은 -바로 비석의 탁본(拓本)이다.- 지금 배접(褙接) 중이니, 뒷날 함께 참배할 수 있을 것입니다.

이남원(李南原) 집안의 소년은 제가 아직 만나보지는 못했으나, 소년의 부친은 형제가 본래 네 사람으로 지금 세 사람만 남아 있으며 그 중에 한 사람이 임시로 부옹(婦翁 장인(丈人))의 향화(香火)를 받들고 있습니다. 형께서 이런 부분까지 신경 써 주시니 감사한 마음 이루 말할 수 없습니다.

정사로 북경에 갈 때 〈효정황태후화상중선공기(孝定皇太后畵像重繕恭記)〉를 지어서 가지고 갔는데, 《환재집》 권4에 수록되어 있다.

한편, 환재가 심병성에게 효정태후의 영정을 보수할 것을 부탁한 내용은 《환재집》 권10 〈중복 심병성에게 보내는 편지 4〉에 보인다.

52 동연추(董硏秋)가……담당하였다 : 동연추는 동문환(董文煥)으로, 연추는 그의 호이고, 자는 요장(堯章)·세장(世章)이다. 진사 급제 후 한림검토(翰林檢討) 등을 거쳐 외직으로 나가 감숙성(甘肅省)의 감량병비도(甘凉兵備道) 등을 지냈으며, 저서로 《연초산방시집(硯樵山房詩集)》, 《연초산방문존(硯樵山房文存)》 등이 있다. 환재는 1861년(철종12) 연행 때 그와 교분을 맺었다.

동문환이 효정태후의 화상 보수를 담당해 이를 마무리하고 환재에게 편지를 보내 알리자, 환재가 이에 감사하는 마음을 전한 내용이 《환재집》 권10 〈연추 동문환에게 보내는 편지 5〉에 보인다.

53 역사(曆使) : 동지사(冬至使)를 일컫는 말인데, 동지사의 주요 임무가 황제에게 책력(冊曆)을 받아오는 일이었기 때문에 이렇게 불렸다.

저는 인편으로 소식을 전하기가 매우 어렵습니다. 이곳에 온 뒤로 이제껏 안부를 묻는 서신 한 통 보내지 못했으니, 시골 사람들의 마음이 분명히 저를 참으로 무정한 사람이라고 여길 것입니다.

함종(咸從)의 고묵(高默)을, 기교(譏校)[54]를 보내 증산(甑山) 땅에서 겨우 잡아 압송해 왔습니다. 이에 청풍(淸風)의 기교에게 딸려 보내고, 중도에 도망칠까 걱정스러워 다시 군졸 하나를 뽑아 함께 보냈는데, 다른 실수가 없었는지는 아직 모르겠습니다. 그가 달아난 것에 대해 혹자(或者)는 불쌍히 여길만하다고 말합니다만, 도망친 기간이 해를 넘겨 그의 형을 대신 가두었는데도 여전히 돌아와 나타나지 않았으니 그의 죄는 이미 용서하기 어렵습니다. 참으로 한 번 징계한 뒤에 보내고 싶었지만 천리 길이 앞에 있음을 생각하여 우선 참았습니다.

끝으로 형의 건강에 만복이 깃들기를 기원합니다. 새해에는 백성과 함께 복을 누리십시오. 이만 줄입니다. 인편을 찾으시면 때때로 편지를 보내 주시기 바랍니다.

별지

세모에 형에게 가는 인편이지만 보낼 만한 물건이 하나도 없습니다. 교졸(校卒)에게 물어보니 약간의 물건을 들고 갈 수 있다기에 어초(菸草 연초(煙草)) 쉰 개와 연지(聯紙) 열 축을 딸려 보냅니다.

---

54 기교(譏校) : 포도청(捕盜廳)에 소속되어 죄인의 탐정 수사를 맡아보던 벼슬로, 기찰포교(譏察捕校)의 준말이다.

윤사연에게 보내는 편지 9[55] 무진년(1868, 고종5)

又 戊辰

겨울인데도 날씨가 매우 춥지는 않습니다. 삼가 연재 존형의 체후(體候)가 만전하실 것으로 생각합니다.

　패강(浿江 대동강)에는 눈이 덮였습니다. 멀리서 대관령(大關嶺)을 상상해 보건대[56] 길이 막히고 인편이 끊어졌을 것이니, 저의 이 편지를 언제나 보시게 될는지요. 지난번에 받은 서신을 지금까지 자리 곁에 놓아두고 있습니다. 때때로 그 글 속에서나마 형을 만나는 것도 멀리 떨어진 이곳의 생활에 큰 위안이 됩니다.

　부탁하신 편자(扁字)와 문액(門額)[57]의 글씨에서 '예(藥)' 자는 참으로 저의 졸렬한 솜씨를 감추기 어려웠습니다. 연판(鉛板)에 몽당붓으로 몇 번이나 써보고 그나마 괜찮은 한 글자를 얻게 되면 그때마다

55　윤사연에게 보내는 편지 9 : 1868년(고종5) 겨울에 쓴 편지로, 당시 환재는 여전히 평안도 관찰사로 재직 중이었고, 윤종의는 청풍 군수에서 이해 윤4월 15일 강릉 부사(江陵府使)로 옮겼다. 《承政院日記 高宗 5年 閏4月 15日》

　강릉 부사가 된 윤종의가 환재에게 강릉 관아에 걸 편액의 글씨를 부탁하자 환재는 평안도 강동(江東)의 관아에 있는 주자(朱子)의 필적을 베껴 와서 거는 것이 좋겠다고 하면서, 그 주자의 필적은 해악(海嶽) 이명환(李命煥, 1718~1764)이 연경에서 가져온 것이라는 사실을 전하였다.

56　대관령(大關嶺)을 상상해 보건대 : 이 편지를 보낼 당시 윤종의가 강릉 부사로 부임했기 때문에 한 말이다.

57　편자(扁字)와 문액(門額) : 편자는 편액(扁額)의 글자이고, 문액(門額)은 문 위에 거는 액자이다.

옮겨서 베껴 써 모았습니다. 괴상망측한 것이 없지 않습니다만 그래도 혹 새겨서 걸만 합니다. 당(堂)의 편액은 강동(江東)의 관청에 주자(朱子)의 필적이 있다고 들었으니, 모사(摹寫)해 오는 것이 아주 좋겠습니다. 이것은 해악(海嶽) 이명환(李命煥) 공이 연경(燕京)에서 가져온 것인데 그 사실에 대해 따로 기록한 글이 있으니,[58] 지금 함께 적어 올립니다. 이 세 글자를 새겨서 거는 것이 어떻겠습니까? 또 제가 지은 소기(小記)를 이 편지 끝에 차례로 적었으니, 이대로 새기는 것이 매우 좋을 것입니다. 중국에 이러한 예(例)가 많이 있습니다.

지난번에 보내 주신 청풍(淸風)의 기석(奇石)을 의자로 만들어 밤낮으로 완상하고 있습니다. 강릉(江陵)의 진기한 물건 중에도 응당 이러한 것이 있을 것입니다. 또 조개와 소라껍질은 기괴한 것이 가장 많으니, 부디 보시는 대로 거두어 보내 주시기 바랍니다. 마음을 편안하게 하고 본성을 잘 배양하는 것으로는 이보다 나은 것이 없습니다.

---

58 이것은……있으니 : 이명환의 본관은 전주(全州), 자는 사회(士晦)·사휘(士輝)이며, 해악(海嶽)은 그의 호이다. 선조(宣祖)의 열두 번째 왕자인 인흥군(仁興君) 영(瑛)의 4세손이다. 1752년(영조28)에 문과에 장원으로 급제하였고, 교리(郊理)·수찬(修撰) 등 청요직을 역임하였으며, 암행어사로 해미현(海美縣)을 안렴(按廉)하기도 하였다. 문집으로 《해악집》이 전한다. 환재가 말한 사실을 기록한 글은 이명환의 〈회암선생 목애당 서액기(晦菴先生牧愛堂書額記)〉로, 《해악집》 권3에 수록되어 있다. 그런데 이 기문에 의하면, 주자의 필적은 이명환이 북경에서 가져온 것이 아니라 그 선조가 가져온 것이며, 이명환이 평안도 강동(江東)에 부임했을 때 이 글씨를 써서 편액을 삼았다고 하였다.

윤사연에게 보내는 편지 10[59] 기사년(1869, 고종6)

又 己巳

생례(省禮)합니다.[60]

지난번에 패상(浿上 평양)에 있을 때 길에서 보내 주신 위장(慰狀)[61]을 받았고 곧바로 또 세 통의 서신을 받았습니다. 슬픈 저의 마음을 위로하신 정이 말씀에 흘러 넘쳤습니다. 수없이 많은 슬픔을 어떻게 모두 말할 수 있겠습니까. 붓을 잡아 답신을 보내려고 하였으나 눈물이 먹물보다 먼저 흘렀습니다. 이 몸에 무슨 재앙이 쌓였기에 마침내 아무 죄 없는 아이를 이처럼 요절하게 만들었는지 모르겠습니다.

그 아이의 재능이 성취를 기대할 만하였으니, 이 말은 실로 제가 자식 사랑에 눈이 멀어 하는 것이 아닙니다. 근래에 기업(器業 재능과

---

59 윤사연에게 보내는 편지 10 : 1869년(고종6) 5월 말경에 쓴 편지이다. 환재는 이해 3월에 양자 제정(齊正)의 상을 당하여 4월에 평안도 관찰사에서 해임된 뒤 서울로 돌아왔는데, 편지 내용 중에 5월 20일에 서울로 돌아왔다는 언급이 있다.

환재는 부인 연안 이씨(延安李氏)와의 사이에 자식이 없자 아우 박선수(朴瑄壽)의 아들 제정을 양자로 들였지만, 이해 3월 22일 요절하고 말았다. 조금씩 학문이 진보되어 선대의 사업을 이을 것으로 기대하던 차에 갑작스러운 자식의 죽음을 맞이한 슬픔을 전하고, 평양에서 방탕한 생활을 하다가 몸을 망쳐 죽었을 것이라는 소문에 억울함과 원통함을 하소연하였다. 또 일족 중에 적당한 사람을 골라 종손 한 명과 손자 한 명을 세울 것이라는 계획도 전하였다.

60 생례(省禮)합니다 : '생례'는 상중(喪中)에 있을 때 편지 앞에 붙이는 인사말을 생략한다는 말이다. 이때 환재는 양자 박제정의 상을 당하였다.

61 위장(慰狀) : 상을 당한 사람에게 보내는 위로 편지를 말한다.

학식)이 점점 진보하여 크게 볼 만한 점이 있었으므로 선인(先人)의 사업을 단절시키지 않고 벗들의 기대를 저버리지 않을 것으로 기대했는데, 옥이 부서지고 난초가 꺾이듯 하루아침에 가버릴 줄이야 누가 생각이나 했겠습니까. 아비가 부절(符節)을 잡고 있는 고을이 본래 번화한 곳이라서 세상 사람들이 간혹 젊은 사람이 주색(酒色)에 빠지는 것을 면치 못해서라고 의심하기도 하니, 이것은 진실로 억울한 말이기는 합니다만 또한 누가 그것을 알아주겠습니까. 원통하고 원통합니다.

우리 형제가 서로 부둥켜안고 면려한 것은 '죽은 이를 어찌하랴[逝者已矣]'라는 말에서 벗어나지 않습니다. 그러나 종사(宗祀)를 의탁하고 문호(門戶)를 맡기는 것도 오직 목숨을 보존한 연후에야 가능한 것이며, 이 일을 잘 처리하고 지하에서 선인(先人)을 뵙는 것이 사람의 도의(道義)입니다. 달관(達觀)하라는 말과 감정을 잊는 도리[62]에 대해 어찌 이런 이치를 모르겠습니까만, 어느 곳 어느 때건 문득문득 막힌 듯 맺힌 듯 가슴이 두근거림을 없애려야 없앨 수가 없습니다. 대개 날이 가면 잊혀진다고 하지만, 아마도 죽을 때까지 어쩔 수 없을 듯합니다.

성곡(星谷)과 도현(桃峴)에는 모두 묘터를 쓸 만한 자리가 없고 계절은 점점 더워지고 있으며 아우도 아직 돌아오지 않았기에, 우선 서쪽

---

62 감정을 잊는 도리 : 원문은 '忘情之道'인데, 망정은 '태상망정(太上忘情)'의 준말이다. 《세설신어(世說新語)》〈상서(傷逝)〉에 "최고의 경지에 오른 사람은 감정에 동요되지 않으며, 최하의 사람은 정을 이해하지 못한다.[太上忘情, 最下不及情.]"라고 한 데서 나온 말이다.

성곽 10리 쯤 되는 곳에 임시로 매장했으니, 장차 묘지를 구하여 제대로 장례하려고 합니다. 그리고 5세조를 같이하는 종족 중에 항렬이 맞는 데가 몇 곳 있으니 종손(宗孫) 하나와 손자 하나를 세우려 합니다. 조금 서늘한 기운이 생기기를 기다린 뒤에 제가 직접 기호(畿湖)로 달려가 이 일을 도모하려 하는데, 형께서 멀리서 걱정하고 근심하실까 염려되어 대략 이렇게 알려드립니다.

형께서 이질(痢疾)을 앓으신 나머지 아직 몸이 완쾌하지 않았을 것으로 압니다. 그런데 또 영윤(令胤 윤헌(尹瀗))이 요사이 근행(覲行)했다는 소식을 들었으니 아마도 형께서 병이 났다는 소식을 듣고 떠난 듯합니다. 그래서 저의 마음 역시 늘 걱정이 되어 잠시도 놓이지 않습니다.

큰 산이 하늘에 맞닿았으니 거의 이역(異域)과 같을 텐데, 바닷가에 외로이 계시니 정황이 염려스럽습니다. 이것이 절로 걱정하는 말이 나오는 까닭입니다. 하지만 어찌 이럴 리가 있겠습니까. 형께서 평생하신 학문의 힘으로 가는 데마다 유유자적 하실 것입니다. 다만 얽히고 설킨 걱정을 잘라버릴 수 없는 폐단이 있을 것입니다. 지금 앓고 계신 병도 여기에서 연유하였을 것입니다. 부디 마음에 맞지 않는 모든 것을 다 털어버리시고 잊는 것에 주력하심이 어떻겠습니까.

저는 4월 초2일에 체직되어 한 달 남짓 기다렸다가 5월 20일에 도성으로 들어와 옛 집에 누워 아직도 문 밖으로는 한 걸음도 나가지 않았습니다. 다행히 잠시 몸에 지닌 직명(職名)이 없어 휴식할 수 있었는데, 오는 동안 혹독한 더위에 고생하여 그 고통이 아직도 몸에 남아 안팎으로 증세가 드러나 자연히 쇠약해졌으니 또한 걱정스럽습니다.

윤사연에게 보내는 편지 11[63]

又

신절(愼節 질병)이 있다는 소식을 듣고 마음을 놓지 못하고 있다가 형의 답신을 받고나니 크게 위안이 되었습니다. 사삼고(沙蔘膏)로 효험을 보았다니 매우 다행입니다.

이른바 '사삼'은, 우리나라에서 사용하는 종류는 모두 만초(蔓草 덩굴풀)인데, 그 뿌리를 단지 속의 장에 담갔다가 오래 지난 뒤에 먹으면 품질이 좋습니다. 그러므로 인가마다 울타리 사이에 심습니다. 그러나 이것은 실제로 사삼이 아닙니다만 그 효능이 사삼과 같기 때문에 그것을 복용해도 효과가 없지 않았던 것입니다. 그러나 분명히 진짜 사삼에는 미치지 못합니다.

제가 말하는 진짜 사삼은 바로 세속에서 이름 붙인 '만삼(蔓蔘)'이라는 것입니다. 이 식물은 곧은 줄기가 뻗어 나오는 것이니, 본래 넝쿨로 자라는 것이 아닙니다. 그런데 '만(蔓)'이라는 이름을 얻었으니 이상합니다. 우리 형제가 오래전에 이것에 대해 변별한 것이 있고 사람들을 대할 때마다 입이 닳도록 누누이 이야기 하였는데, 혹시 형께서도 들어 보셨는지요?

《본초강목(本草綱目)》에 나오는 사삼에 대한 제가(諸家)의 설과 도

---

63 윤사연에게 보내는 편지 11 : 1869년(고종6) 여름경에 쓴 편지로 보인다. 당시 윤종의는 강릉 부사로 재직 중이었다. 윤종의가 병이 생겼다가 사삼고(沙蔘膏)로 효험을 얻었다는 편지를 받고, 사삼에 대해 평소 자신이 생각하고 조사해서 알게 된 사실들을 전해주었다.

본(圖本)을 살펴보아도 넝쿨로 자란다는 증거는 전혀 없고, 다만 싹이 높이 솟아나 자라는 것으로 되어 있었습니다. 그 모습은 우리나라에서 만삼이라고 부르는 것과 같아 차이가 없었습니다. 지금 단지 만삼을 구하여 복용하였으니, 곧 사삼을 거둔다면 진짜 효과를 얻게 될 것입니다. 형께서 시험해 보시기 바랍니다.

이 식물은 곳곳에 있습니다. 그 뿌리는 세속에서 사삼이라고 말하는 것과 서로 비슷합니다. 7, 8월에 두 송이씩 서로 마주보고 자주색 꽃이 핍니다. 그 아래에는 마치 방울 같고 등롱(燈籠) 같은 것이 달리기 때문에 초동(樵童)들이 '촉롱화(燭籠花)'라고 부릅니다. 꽃이 큰 것도 있고 작은 것도 있지만 실제로는 한 종류입니다. 캐서 씻은 다음 볕에 말리거나 그늘에 말려도 모두 좋습니다. 경기도 골짜기에서는 가평(加平)에서 나는 것이 좋은데, 듣자하니 강릉(江陵)의 오대산(五臺山)에서 나는 것이 가장 좋다고 합니다.

제가 일찍이 가평에서 생산된 것을 먹어 본 적이 있는데 설사가 쏟아졌습니다. 설사가 그친 뒤에 다시 복용하니 또 설사가 나왔고 이렇게 한 것이 세 번이나 되었기에 체질에 맞지 않는가 걱정하여 마침내 다시 복용하지 않았습니다. 그런데 온경(溫卿 박선수(朴瑄壽))이 나와 의논하지 않고 다섯 냥쯤을 취하여 부자(附子) 한 냥과 삶은 질경이 두 냥을 넣어 푹 달여서 한 대접을 만들어 세 번에 나누어 마시고서 크게 효험을 보았습니다. 이때부터 여러 차례 복용하여 효과를 본 것이 이루 말할 수 없습니다. 저도 역시 다시 시험해 보고자 하였습니다만 부자(附子)가 두려워 아직 해보지 못했습니다. 이 식물은 필시 성질이 차기 때문에 부자와 섞어 먹어야 효과가 있는 것이겠지요.

그런데 진보(眞寶)의 김주교(金周敎)[64]는 한 번도 다른 식물을 넣지 않고 매일 이것만 3, 4전(錢)을 먹었는데도 효과가 매우 많았다고 합니다. 사람에 따라 체질이 달라서 맞는 사람도 있고 맞지 않는 사람도 있어서일 것입니다. 바라건대 형께서 이번 가을 늦게 사삼 꽃이 피었을 때 많이 거두어서 직접 복용해 보시고 또 그 남은 것을 제 아우에게도 주시는 것이 어떻겠습니까.

때마침 한 자루의 붓이 우연히 손에 잡혔으나 붓이 뜻대로 되지 않아 이처럼 어지럽게 써졌습니다. 온 편지에 사삼 이야기만 하느라 다른 것은 언급하지 못했으니 지루합니다. 다 버리십시오.

---

64 김주교(金周敎) : 1802~1860. 본관은 청풍(淸風), 자는 범수(凡秀), 호는 고산(古山)이다. 매산(梅山) 홍직필(洪直弼, 1776~1852)의 문인이다. 1850년(철종1)에 진보 현감(眞寶縣監)에 부임하여 선정을 베풀었으며, 1856년에 진보를 떠나게 되자 백성들이 송덕비를 세워 그의 공을 기렸다. 효성이 뛰어났는데, 죽은 지 2년 뒤에 그의 효성이 알려져 효자로 정려되었다.

윤사연에게 보내는 편지 12[65]

又

지난번에 풍악산(楓岳山)을 유람하려다가 도중에 발길을 돌리셨으니, 매우 안타까운 일입니다. 한 번 탄식하고 설악산(雪嶽山)에서 단풍을 감상하신 것으로 그 빚을 보상받으셨는지요?

계조암(繼祖菴)[66]의 동굴 벽에 왕고(王考 박지원(朴趾源))께서 이름을 새겼다는 일은 듣지 못했습니다. 선친(先親)[67]께서 왕고를 모시고 직접

---

65 윤사연에게 보내는 편지 12 : 1869년(고종6) 가을 이후에 쓴 편지로 보인다. 환재는 이 무렵 서울에서 강관(講官)으로 진강하고 있었으며, 윤종의는 강릉 부사로 재직 중이었다.

내용으로 보아 윤종의가 금강산(金剛山) 유람을 떠났다가 뜻을 이루지 못하고 설악산(雪嶽山)에서 단풍 구경을 했던 듯하다. 윤종의가 설악산 계조암(繼祖菴)에 박지원이 글씨를 새긴 사실이 있는가를 물은 듯하며, 환재는 들은 적이 없다고 답하였다. 박지원이 금강산을 유람하며 만폭동(萬瀑洞)에 이름을 새긴 일은 있다고 하면서, 이정리(李正履, 1783~1843)가 그 제명(題名)을 직접 보았다는 말도 전하였다. 또 종손(宗孫)과 양손(養孫)을 세우기 위해 목천(木川)에 갔다가 목천에 은거해 있는 홍양후(洪良厚, 1800~1879)를 만나고 홍대용(洪大容, 1731~1783)의 묘소에 참배한 사실도 전하였다. 임시 매장한 양자 제정(齊正)의 묘터를 잡는 일을 겨울이 되기 전에 마무리 짓겠다는 계획도 전하였다.

66 계조암(繼祖菴) : 652년(진덕여왕6)에 자장율사(慈藏律師)가 창건한 사찰로 설악산의 흔들바위와 울산바위 중간 지점에 있으며 석굴 안에 만들어져 있다. 원래 자장율사가 석굴에 머물면서 향성사(香城寺)를 창건하였고, 그 뒤로 동산(東山)·각지(覺知)·봉정(鳳頂)에 이어 의상(義湘)·원효(元曉) 등 조사(祖師)의 칭호를 얻을 만한 승려가 연이어 머물렀다는 뜻으로 계조암이라는 이름이 붙었다고 한다.

67 선친(先親) : 환재의 부친인 박종채(朴宗采, 1780~1835)로, 자는 사행(士行), 호

수레를 몰며 유람한 사실은 들은 적이 있습니다. 왕고께서 소싯적에
풍악산을 유람하면서 만폭동(萬瀑洞)에 이름을 새긴 일[68]은 왕고의 문
고(文稿)에 이런 말씀이 있습니다. 지난번에 순계(醇溪)[69]가 만폭동에
이르렀을 때에도 그 제명(題名)을 보았다고 합니다. 그런데 지금 계조
암에 이름을 새겼다는 일은 처음 듣습니다. 유학금(兪學錦)이라는 이
는 유한줍(兪漢緝)의 일족으로 역시 문식(文識)이 있었으며, 면양(沔
陽 면천(沔川))에서부터 왕고를 따라 양양(襄陽)으로 갔던 사람입니다.[70]

는 혜전(蕙田)·연재(研齋)이고, 초명은 종간(宗侃)이다. 박지원의 둘째 아들로 1829
년(순조29)에 음보(蔭補)로 선공감 감역(繕工監監役)이 되었고, 경산 현령(慶山縣令)
을 지내다가 그곳에서 세상을 떠났다. 저서로 《과정록(過庭錄)》이 있는데, 박지원에
대한 신상과 생활주변으로부터 교우·출처·저작 등에 이르기까지 모든 내용이 상세히
기록되어 있어 박지원 연구의 중요한 기초자료가 된다.

68 만폭동(萬瀑洞)에……일 : 박지원은 29세 때인 1765년(영조41)에 유언호(兪彦
鎬)·신광온(申光蘊) 등과 함께 금강산 일대를 유람하였다. 그때 금강산 만폭동(萬瀑
洞)에 이름을 새겼다고 한다. 《김윤조, 역주 과정록, 태학사, 1997, 31~32쪽》

69 순계(醇溪) : 이정리(李正履)의 호로, 본관은 전주(全州), 자는 심부(審夫)이다.
그의 조부 이보천(李輔天, 1714~1777)은 박지원의 장인이며, 부친 이재성(李在誠,
1751~1809)은 박지원의 처남이자 지기(知己)였다. 이정리는 1835년(헌종1)에 문과에
급제하였고, 춘추관 기주관(春秋館記注官)으로 《순조실록》의 편찬에 참여하였다.
1839년 동지사(冬至使)의 서장관(書狀官)이 되어 북경에 다녀왔으며, 북청 부사(北靑
府使)로 재직하던 중에 세상을 떠났다.

70 유학금(兪學錦)이라는……사람입니다 : 유학금과 유한줍이 박지원을 따라 양양
으로 간 사실은 박종채의 《과정록》에 기록이 보인다. 유학금의 신상은 자세하지 않은
데, 《과정록》의 사본에 따라 유윤림(兪允霖)으로 기록되어 있기도 하다. 유한줍은 본관
은 면천(沔川), 자는 경지(慶之), 호는 취초(翠茗)이며, 《대동시선(大東詩選)》에 시
한 수가 실려 있다. 이들은 박지원이 면천에 부임했을 때 인도해 주었던 제자들로서
박종채와도 교유하였다. 《김윤조, 역주 과정록, 태학사, 1997, 170~171쪽》

원주(原州)와 횡성(橫城) 사이는 산수가 맑고 수려하여 살 만한 곳이라고 선배들이 말하였는데, 과연 그런지 모르겠습니다. 홍천(洪川) 같은 곳이 아마 그곳보다 조금 더 나을 듯한데, 김우 재중(金友在重)[71] 집안이 대대로 살고 있습니다. 그의 지친(至親) 가운데 독서하는 선비가 있는데 혹시 만나 보셨는지요? 장계(長溪)의 높은 절벽에도 살 만한 곳이 있는데, 아직 두루 살펴보지 않았으리라고 생각합니다.

제가 근래에 목천(木川)으로 가서 친척을 방문하여 손자뻘 되는 아이 둘을 보았는데, 모두 보통 아이들과 같았습니다. 다만 아직 두진(痘疹)을 겪지 않았으므로 말을 하지 못하고 돌아왔습니다. 또 종자(宗子)를 아직 세우지 못했으니[72] 이것이 시급한 일입니다. 두 아이가 있는데 아직 결정을 내리지 못하여 이 일로 고민하고 있습니다. 결국에는 그들 중 한 사람을 세우게 될 것입니다. 이들 모두 저의 고조(高祖)[73]의 방손(傍孫)들입니다.

목천에서 돌아오는 길에 홍일능(洪一能)[74]을 방문했는데 연못의 누

---

71 김우 재중(金友在重) : 1804~?. 본관은 광산(光山), 자는 치홍(稚弘)이다. 1837년(헌종3)에 진사시에 급제한 기록이 보인다.

72 종자(宗子)를……못했으니 : 환재의 아우인 박주수(朴珠壽, 1816~1835)의 양자를 세우지 못했다는 말이다. 박주수는 박종채의 둘째 아들로 태어나 박종채의 형인 박종의(朴宗儀, 1766~1815)의 양자가 되었다. 박종의가 박지원의 장남이므로 박주수가 종가(宗家)의 양자로 나간 것이다. 그런데 박주수는 1835년에 20세의 나이로 요절하였으므로, 그 양자를 아직 세우지 못했던 것이다.

73 고조(高祖) : 박필균(朴弼均, 1685~1760)으로, 자는 정보(正甫)이다. 어려서 종숙부인 박세채(朴世采, 1631~1695)에게 수학하였고, 1725년(영조1)에 문과에 급제하였으며, 병조와 호조의 참판, 대사간과 동지중추부사 등을 지냈다. 시호는 장간(章簡)이다.

각과 임원(林園)은 모두 담헌(湛軒 홍대용)의 유적이었기에 마침내 담헌공의 묘소를 참배하고 돌아왔습니다.

현재는 또 한강 상류에 있는 작은 전장(田庄)으로 가서 그 근처에 묘터를 구하려 하고 있습니다. 날씨가 추워지기 전에 영박(嬴博)의 일[75]을 마무리 하려고 생각하고 있는데, 쉽지 않을 듯합니다. 이 몇 가지 일이 마음대로 되지 않기 때문에 밤낮으로 고민하여 마음 편히 쉴 수가 없으니 참으로 답답합니다.

---

74 홍일능(洪一能) : 홍양후(洪良厚)로, 일능은 그의 자이며, 호는 삼사(三斯)·문사(文斯)·관거(寬居)·감목(甘木)·수전(壽田) 등이다. 홍대용의 손자이다. 1831년(순조31)에 진사시에 급제하였고, 1840년경 음직(蔭職)으로 의령 현감(宜寧縣監)·천안 군수(天安郡守) 등을 지냈으며, 1850년대 이후에는 세거지인 충청도 천안군 수촌(壽村) 장명(長命) 마을로 낙향하여 조부 홍대용이 살던 집과 묘소를 지키며 은거 생활을 했던 것으로 보인다.

75 영박(嬴博)의 일 : 자식의 장례를 치르는 일을 말하는데, 여기서는 환재의 양자 박제정의 묘터를 구하는 일을 지칭한다. '영박'은 춘추 시대 제(齊)나라의 지명인데, 오(吳)나라 계찰(季札)이 제나라에서 돌아오다가 아들이 죽자 이곳에 장사 지냈던 데서 나온 말이다. 《禮記 檀弓》

윤사연에게 보내는 편지 13[76] 경오년(1870, 고종7)

又 庚午

보내 주신 편지를 받아보았더니, 12월 보름날 아침에 쓰신 것이었습니다. 매년 이날이 되면 술을 들고 서로 만나는 것이 노년의 한 가지 즐거운 일이었지요. 그런데 지금은 호남(湖南) 땅 천 리 밖에 계시니, 눈 속에 비친 달이 그윽하고 관청에서 빚은 술이 아무리 향기로워도 그 누구와 대작하시겠습니까. 그리워하는 마음을 가누기 어려울 것으로 생각됩니다.

보내 주신 두 편의 기(記)는 탄복할 만했습니다. 형께서는 나이가 높아질수록 문장의 기세가 평탄하고 활달해져서 더 이상 이전처럼 자잘한 법도에 구애받지 않으시니, 이것이 문장을 짓는 올바른 법도입니다. 문자(文字)가 종순(從馴)하여 각자 그 쓰임에 합당하니[77] 매우 성대합니다.

기대중(奇大中)[78]의 편지를 읽어보니, 도가 있는 사람은 기상이 평

---

76 윤사연에게 보내는 편지 13 : 1870년(고종7) 연말에 쓴 편지이다. 윤종의는 1870년 12월 24일 옥구 현감(沃溝縣監)에 임명되었다. 《承政院日記 高宗 7年 12月 24日》

윤종의가 기(記) 2편을 지어 보낸 듯한데, 환재는 이 글에 대해 문장의 법도에 맞는 작품이라고 칭찬하였다. 또 노사(蘆沙) 기정진(奇正鎭, 1798~1879)의 편지를 읽었다고 하며, 기상이 범상치 않은 사람이니 찾아가서 만나볼 것을 권유하였다.

77 문자가⋯⋯합당하니 : 원문은 '從馴識職'인데, 한유(韓愈)가 〈남양번소술묘지명(南陽樊紹述墓誌銘)〉에서 번종사(樊宗師)의 문장을 칭찬하며 "문자가 종순하여 각자 그 쓰임에 합당하였다.〔文從字順各識職.〕"라고 한 데서 나온 말이다.

78 기대중(奇大中) : 기정진(奇正鎭, 1798~1879)으로, 대중은 그의 자이며, 본관은

범하지 않다는 사실을 더욱 느끼게 됩니다. 형께서 바쁜 일을 제쳐두고 한 번 찾아가 약속을 저버리지 않는 것이 마땅할 듯한데, 어떻게 생각하시는지요?

행주(幸州), 호는 노사(蘆沙)이다. 조선 후기 대학자로 위정척사파의 정신적 지주였으며, 성리학에 대한 독자적인 궁리와 사색을 통하여 이일분수(理一分殊) 이론에 의한 독창적인 이(理) 철학을 수립하였다. 저서로 《노사집》, 《답문유편(答問類編)》 등이 있다.

윤사연에게 보내는 편지 14[79] 경오년(1870, 고종7)

又 庚午

《개국방략(開國方略)》[80]은 어제 이미 펼쳐 보았습니다. 《명사(明史)》의 사공(史公) 본전(本傳)을 살펴보면, 사공이 성(城)이 무너진 날에 죽은 사실이 이미 정사(正史)에 기록되어 있습니다.[81] 그러니

---

79 윤사연에게 보내는 편지 14 : 1870년(고종7) 연말에 쓴 편지로 보인다. 윤종의가 명말(明末)의 충신 사가법(史可法)과 관련된 책을 읽고 그의 죽음이 명쾌하지 않으므로 《개국방략(開國方略)》에서 그 내용을 확인해 알려달라고 부탁하자, 환재가 이에 대답한 것인 듯하다. 환재는 사가법의 죽음의 이유가 명쾌하지 않더라도 위대한 절개를 세우고 순절한 것이 분명하므로 의심할 필요가 없다는 뜻을 전하였다.

80 개국방략(開國方略) : 원래 제목은 《황청개국방략(皇淸開國方略)》이다. 건륭제(乾隆帝)의 칙명을 받아 아계(阿桂, 1717~1797) 등이 편찬한 책으로, 청나라의 시조에서부터 1644년 북경에 입성하기까지의 사실을 연대순으로 정리한 역사서이다. 이책은 병자호란을 전후한 시기에 조선과 청의 관계를 자세히 다루고 있고, 특히 병자호란 때 심양(瀋陽)으로 끌려간 이른바 '삼학사(三學士)'의 순절과 관련된 내용이 기록되어 있다.

81 명사(明史)의……있습니다 : 사공은 명말(明末)의 충신 사가법(史可法, 1601~1645)을 가리킨다. 자는 헌지(憲之), 호는 도린(道隣)이다. 양주 도독(揚州都督)으로서 청나라 군대에 맞서 싸우다가 성이 함락되어 포로로 잡혔으나 끝내 굴복하지 않고 버티다가 죽었다. 저서로는 《사충정공집(史忠正公集)》이 있다. 《명사》 권274에 수록된 〈사가법열전〉에 "청나라 병사들이 성 아래로 근접하여 성의 서북쪽 모퉁이를 포격하자 성이 마침내 격파되었다. 사가법은 스스로 목을 매달았으나 죽지 않았다. 참장(參將) 하나가 사가법을 끌어안고 소동문(小東門)으로 나왔다가 결국 적에게 잡히고 말았다. 이에 사가법이 크게 소리치며 말하기를 '내가 사독사다.〔我史督師也.〕'라고 하였고, 마침내 피살되었다."라고 기록되어 있다.

두주(頭註)에 이 말을 기록할 필요가 없습니다. 아울러 보내드리니, 살펴보시면 자세히 아실 것입니다.

대개 사공 본전에 이런 말이 실려 있고 《개국방략》에 또한 '군대의 앞에서 절개를 세웠다.〔軍前立節〕'라고 하기는 했지만,[82] 두 기록 모두 어지러운 접전 중에 피살된 듯하고, 붙잡혀 굴복하지 않은 채 적을 꾸짖으면서 죽은 것 같지는 않습니다. 그러므로 끝내 명쾌하지 않습니다.

사가법이 크게 소리치며 "내가 사독사다.〔我史督師也〕"라고 했다지만, 이런 경우는 문산(文山)의 부하(部下) 중에 두(杜)·김(金) 같은 이들이 앞다투어 '내가 문승상(文丞相)이다.'라고 일컬어 문산의 죽음을 면하게 한 일[83]이 있는 것과 같습니다. 그러니 "내가 사 아무개다." 라고 크게 소리쳤던 것이 그런 경우가 아니라고 어찌 장담할 수 있겠습니까?

요컨대 사공은 전쟁의 와중에 죽은 것이 아니라면 강에 투신하여 죽은 것이지만, 그가 위대한 절개를 세웠다는 것은 참으로 분명합니다. 그의 죽음이 명쾌하지 않다하여 의심할 필요는 없습니다.

---

82 개국방략에……했지만 : 《개국방략》의 어느 부분을 말한 것인지 분명하지 않다.

83 문산(文山)의 부하(部下)……일 : 문산은 송말(宋末)의 충신 문천상(文天祥, 1236~1283)의 호로, 자는 이선(履善)·송서(宋瑞)이다. 덕우(德祐) 초에 원(元)나라가 침입해 오자 가산을 털어 군사를 일으켜 근왕하여 신국공(信國公)에 봉해졌고, 그 후 원나라 장군 장홍범(張弘範)에게 패하여 3년 동안 북경의 감옥에 갇혔으나 끝내 굴복하지 않고 죽었다. 문천상의 부하 두(杜)와 김(金)은 의병을 함께 이끌었던 두호(杜滸)와 김응(金應)을 가리키는데, 이들이 문천상의 목숨을 건지기 위해 문천상을 자칭한 일은 미상이다. 《宋史 卷418 文天祥列傳》

윤사연에게 보내는 편지 15[84]

又

소문에 석부(舃鳧)가 조만간 도성에 들어올 것이라고 하기에,[85] 잔뜩 기대하고 있습니다. 지금 편지를 받고 형께서 건강하심을 알았으니 매우 다행입니다.

수원(水原)에서 면례(緬禮 이장(移葬))를 하실 곳이 선영(先塋)의 구역 안에 있는 듯합니다. 그런데 본래 이것은 중대한 일이니, 묘터가 풍수(風水)에 잘 어울리는지, 날을 가려 길일을 얻으셨는지, 십분 믿을 만한 지관(地官)이 있어서 면례를 행해도 의심할 것이 없으신지 모르겠습니다.

불안한 마음 금할 수 없는 것은, 진실로 길흉(吉凶)과 회린(悔吝)은

---

84 윤사연에게 보내는 편지 15 : 1871년(고종7)에 쓴 편지로 보인다. 윤종의가 1870년 12월 24일에 옥구 현감에 임명되었고, 이 편지의 다음 편지가 1872년(고종9)에 쓴 것이라는 점, 또 윤종의의 행장에 1870년 옥구에 부임한 뒤 기근에 시달리는 백성을 구휼하여 안정시켰고, 어떤 일로 인해 벼슬을 그만두고 서울로 돌아왔다는 기록 등을 감안하여 추정한 것이다. 면례(緬禮)를 행하려는 윤종의에게 풍수(風水)와 택일(擇日)을 했는지 믿을 만한 지관(地官)을 구했는지를 묻고, 신중히 행할 것을 당부하였다.

85 소문에……하기에 : 윤종의가 서울로 돌아온다는 소식을 들었다는 말이다. 석부(舃鳧)는 '오리 신'이라는 말로 '부석(鳧舃)'이라고도 쓰며, 대개 수령을 일컫는 말인데, 여기서는 윤종의를 지칭한다. 후한(後漢) 때 하동(河東) 사람 왕교(王喬)가 섭현(葉縣)의 수령으로 있으면서 자주 도성에 드나들었는데, 그가 도성에 올 때 수레나 말이 전혀 보이지 않고 오직 두 마리의 오리만 날아오자, 사람들이 이상하게 여겨 그물로 오리를 잡아보니 그물 속에 왕교가 섭현의 수령으로 부임할 때 조정에서 하사한 신발 한 짝만 있었다는 고사에서 나온 말이다. 《後漢書 卷82 王喬列傳》

'행동'에서 생겨나는데 길(吉)은 하나고 흉(凶)과 회(悔)와 린(吝)은 셋이나 되기 때문입니다. 비유하자면 밤에 험한 길을 가는 것과 같으니, 발길 닿는 대로 간다면 물도 아니고 돌도 아닌 평탄한 길만 밟을 수 있으리라고 어찌 장담할 수 있겠습니까. 그러므로 '행동'은 어떠한 상황이건 어렵게 여기고 신중히 하지 않아서는 안 됩니다. 더군다나 묘소를 이장하는 것은 더욱 신중해야 할 일입니다. 금기에 저촉되는 일은 그 설이 수도 없이 많으니 지관의 말에 모두 구애될 필요는 없다고 해도, 십분 자세히 살펴 신중히 하지 않아서는 안 됩니다.

윤사연에게 보내는 편지 16[86] 임신년(1872, 고종9)

又 壬申

연재(淵齋) 존형(尊兄) 각하(閣下)께.

지난 6월 22일 보내신 편지를 패강(浿江 대동강) 서쪽으로 가는 도중
에 받아보고, 도체(道體)가 진중(珍重)하심을 대략이나마 알았습니
다. 종이 가득 종횡으로 써 내려가며 경사(經史)에 대한 생각을 하나하
나 거론하신 몇 조목이 끝없이 교차되고 있으니, 정신이 충만하고 기운
이 화평하여 주묵(朱墨)에 뜻을 빼앗기지 않고 있음을[87] 알았습니다.
참으로 성대하니, 기쁩니다.

저는 이제 막 압록강을 건넜습니다. 고개 돌려 조선의 구름을 바라보
니 그리움은 고릉(觚稜 대궐)에 맺히고, 그 다음은 형제들과 붕우들이

---

86 윤사연에게 보내는 편지 16 : 1872년(고종8)에 쓴 편지이다. 환재는 청나라 동치제
(同治帝)의 혼인을 축하하는 진하 겸 사은사(進賀兼謝恩使)의 정사(正使)로 임명되어
1872년 7월에 북경으로 출발하였는데, 이 편지는 내용으로 보아 압록강을 건넌 뒤에
바로 쓴 것이다. 《환재집》 권8에 수록된 7월 23일자 〈온경에게 보내는 편지 34〉에
"다음 달 3, 4일쯤 강을 건너게 될 것이네."라는 언급으로 미루어 8월 3일이나 4일 무렵에
지은 것으로 보인다.

환재는 사행단이 압록강을 막 건넌 사실과 차후 귀국 일정까지 대략 전하였다. 이어
위원(魏源)의 《증자장구(曾子章句)》라는 책을 구하고 싶다는 뜻을 전하면서, 위원의
《황조경세문편(皇朝經世文編)》에 〈증자장구서〉가 실려 있는 것으로 보아 《증자장구》
역시 위원의 저작일 것으로 확신하고 있다.

87 주묵(朱墨)에……있음을 : 벼슬살이를 하고 있지만 학문에 대한 의지를 빼앗기지
않았다는 말이다. 주묵은 주필(朱筆)과 묵필(墨筆)로 장부를 정리하는 것으로, 대개
관리가 되어 직무를 처리하는 것을 말한다.

그립습니다. 저의 이번 걸음이 한더위를 만나기는 했지만 다행히 다른 괴로움은 없습니다. 성상의 은총에 힘입어 아무 걱정 없이 강을 잘 건넜으니, 염려하지 마십시오.

두 가지의 하례(賀禮)를 겸하여 가는 길이니, 10월 7일 이후에야 비로소 돌아올 것입니다. 그래서 도성에 들어오는 것은 지월(至月 11월) 그믐쯤이 될 듯합니다. 그 때 형께서 만약 댁에 와 계신다면 서로 만나 중국에서 있었던 일을 이야기할 수 있을 것입니다. 돌아오는 시기가 조금 늦어진다면 북경(北京)에서 벗들과 만나 연회를 펼치고 안부를 묻는 여유도 조금 넉넉해 질 것이니, 이 또한 즐거워할 만한 일입니다. 오직 형께서 음식으로 조절함이 평상시보다 나아지고, 공사 간에 태평하기만을 바랍니다.

위묵심(魏默深)이 〈증자장구서(曾子章句序)〉를 지었는데, 이 글이 《경세문편(經世文編)》에 수록되어 있으니,[88] 《증자장구》는 필시 그가

---

88 위묵심(魏默深)이……있으니 : 위묵심은 청나라 위원(魏源, 1794~1857)으로, 묵심은 그의 자이다. 청나라 금문학파(今文學派)의 지도자로, 당시 유행하던 고증학풍(考證學風)에 반대하여 경세치용(經世致用)의 학을 제창하였다. 《증자장구(曾子章句)》는 1821년에 위원이 편찬한 책으로, 《대대례(大戴禮)》 중의 〈증자(曾子)〉 10편과 《효경(孝經)》을 합친 것이다. 위원은 〈증자장구서〉에서, 〈증자〉 10편이야말로 《논어》, 《맹자》, 《중용》과 더불어 사서(四書)의 하나로 추숭되어야 한다고 역설하였다. 《경세문편(經世文編)》은 《황조경세문편(皇朝經世文編)》으로 역시 위원의 저작이며, 청나라 초 이후 1820년대 전반까지의 시무경세론(時務經世論)을 집대성한 책이다. 당대의 시무(時務)에 관계되는 실용적인 글만을 수록한다는 원칙에 따라, 고염무(顧炎武, 1603~1682)를 비롯한 600여 명의 글 2천여 편을 엄선하여 1827년 간행하였는데, 총 120권에 달하는 방대한 책이다. 《경세문편》 권5 학술5에 〈증자장구서〉가 수록되어 있다. 《경세문편》은 1840년 이정리(李正履)에 의해 처음 조선에 들어온 것으로 추정되며, 이후 많은 학자들의 반향을 불러 일으켰다. 특히 제주도에 유배 중이던 추사 김정희

편찬한 책일 것입니다. 구하려고 하면 방법이 있을 것입니다.

가 자신의 문인 이상적(李尙迪)이 《경세문편》을 구해 준 것에 감격하여 〈세한도(歲寒
圖)〉를 그려주기까지 하였다. 《김명호, 환재 박규수 연구, 창비, 2008, 262~272쪽》

윤사연에게 보내는 편지 17[89] 계유년(1873, 고종10)

又 癸酉

온경(溫卿 박선수(朴瑄壽))이 어제 쑥뜸[艾熨]을 시험해보았고, 또 말린 고추[番椒]를 가지고 오늘 아침에 와서 스스로 말하기를, "조금씩 효험이 나타나는 듯한데, 아직 과연 그런지는 장담할 수는 없습니다."라고 하였습니다.

모과나무 지팡이는 당연히 늙은이를 부축할 힘을 취하는 것인데, 모과나무에 습증(濕症)을 제거하고 가래를 없애는 효능이 있다고 생각하시는 듯합니다. 손에 잡는다고 해서 어찌 오장(五臟)에 침투하고 살갗에 스며드는 신기한 효능이 있겠습니까.

지난번 병인양요(丙寅洋擾) 때 너도나도 앞다투어 정공등(丁公藤)[90]으로 만든 지팡이를 구하면서 모두 말하기를, "흑귀자(黑鬼子 흑인(黑人))는 이 나무를 가장 두려워한다. 한 번 힘을 다해 사납게 때리면

---

89 윤사연에게 보내는 편지 17 : 1873년(고종10)에 쓴 편지인데, 정확한 날짜는 미상이다.

환재가 병이 생기자, 윤종의가 모과나무 지팡이를 보내 주면서 습증(濕症)을 제거하고 가래를 없애는 효능에 대해 이야기하고, 《성명규지(性命圭旨)》라는 책을 보내 주며 도가(道家)의 양생법을 한 번 써보라고 말한 듯하다. 이에 환재는 모과나무 지팡이에 대한 속설은 믿을 수 없다고 말하고, 양생법에 사용되는 도가의 용어를 알기 쉬운 의가(醫家)의 용어로 다 번역하고 싶다는 뜻을 전하였다. 또 주희(朱熹)가 《참동계(參同契)》에 주석을 달 때 도가의 용어를 풀이하지 않은 점이 아쉽다고 하였다.

90 정공등(丁公藤) : 마가목을 말하는데, 장미과에 속한 활엽 교목으로 높이는 6∼8미터 정도이다.

즉시 죽지 않는 사람이 없기 때문에 감히 가까이 다가오지 못한다." 라고 하였지요. 지금 모과나무 지팡이로 가래를 다스리고 통증을 없 앤다는 것은 아마도 저 일과 서로 비슷한 듯하니, 매우 우습습니다.

이 지팡이는 구불구불하며 딱딱하고 매끄러우며, 노인성(老人星)마 냥 사람 이마 높이 정도가 되어 참으로 훌륭한 물건이니, 감사하기 그지없습니다.

《성명규지(性命圭旨)》[91]에 대해 들어본 적은 있지만 보지는 못했었 습니다. 지난번에 형께서 "《만신규지(萬神圭旨)》는 아마 별도의 한 책 일 것이다."라고 말씀하셨는데, 그 책이 바로 《성명규지》군요. 단가(丹 家 도가(道家))의 서적 역시 많은데 그 책에서 '용호(龍虎)'니 '연홍(鉛 汞)'이니 '정로(鼎鑪)'니 '오토(烏兎)'니 하는 것들은 모두 비유한 말입 니다. 이를 부연하여 설명하고 그림을 그려 형상을 묘사하기는 했지만, 실제로 의가(醫家)에서 '기신(氣神)'·'정혈(精血)'·'음양(陰陽)'·'한 온(寒溫)' 등으로 직접 표현한 말이 간략하고도 알기 쉬운 것만 못합니 다. 그래서 늘 단가의 이러한 어투를 모두 의가의 말로 번역하여 사람 들이 쉽게 알고 쉽게 행하여 더 이상 모호하고 맹랑한 의혹에 빠지지 않게 하려고 했었습니다. 공동산인(崆峒山人)이 《참동계(參同契)》에 주석을 달 때[92] 미처 이런 점을 생각하지 못하였으니 후학으로서 아쉬

91　성명규지(性命圭旨) : 원나라 윤지평(尹志平)이 내단(內丹)의 이론과 방법을 서 술한 책으로, 원래 제목은 《성명쌍수만신규지(性命雙修萬神圭旨)》이다. 어려운 용어 와 문장으로 된 종전의 단경도서(丹經道書)들을 당시의 지식과 용어를 사용하여 설명 하였고, 각 편마다 삽화를 활용하여 수련의 미묘한 과정을 보여주고 있다. 특히 불교의 교리와 유교의 명언까지 흡수함으로써 삼교(三敎) 일치의 사상을 실현시킨 책이라는 평이 있다. 《규장각한국학연구원, 性命圭旨 解題》

움이 없을 수 없습니다. '세심퇴장(洗心退藏)'[93]에 대해 일찍이 홍노장(洪老丈 미상(未詳))으로부터 들었는데, 지금 이 책에서 그 내용을 잘 알게 되었습니다.

그러나 이런 형의 성대한 뜻은 음식을 조절하고 약을 잘 먹으면 병을 적게 할 수 있다[94]는 것에 있음을 잘 알고 있습니다. 장생불사(長生不死)하는 것[95]이라면 저 조화옹(造化翁)에게 맡길 뿐이니, 몇 권의 책을 읽은 우리들이 어찌 이것을 구구하게 논할 수 있겠습니까.

92 공동산인(崆峒山人)이······때 : 공동산인은 주희(朱熹)를 지칭하는데, 주희가 《참동계》의 주석서인 《참동계고이(參同契考異)》를 짓고 나서 그 발문(跋文)에 자신의 이름을 "공동도사 추흔(崆峒道士鄒訢)"이라고 쓴 것에서 유래하였다. 《참동계》는 《주역참동계(周易參同契)》로, 후한(後漢)의 위백양(魏伯陽)이 지었는데, 도교의 연단(鍊丹) 경전 중 하나이다.

93 세심퇴장(洗心退藏) : 《주역》〈계사 상(繫辭上)〉에 "성인은 마음을 씻어 은밀한 곳에 감추어 둔다.〔聖人以此洗心, 退藏於密.〕"라고 한 데서 나온 말로, 남의 눈에 띄지 않도록 자신의 재능을 숨기면서 홀로 수양하는 것을 의미하는 말이다. 여기서는 《성명규지》 권2에 〈세심퇴장도(洗心退藏圖)〉와 함께 나와 있는 내용을 두고 한 말이다.

94 음식을······있다 : 원문은 '差可少病'인데, 신선술에 의지하지 않더라도 음식을 조절하고 약을 잘 먹으면 병을 적게 할 수 있다는 말이다. '차가'는 '자못 가하다', '오히려 가능하다'는 뜻이다. 한(漢)나라 무제(武帝)가 말년에 신선술에 미혹된 자신을 스스로 탄식하며 말하기를, "천하에 어찌 신선이 있겠는가. 모두 요망한 것일 뿐이다. 음식을 조절하고 약을 먹으면 오히려 병이 적을 수 있을 것이다.〔天下豈有仙人? 眞妖妄耳. 節食服藥, 差可少病而耳.〕"라고 한 고사가 전한다. 《資治通鑑 卷22 漢紀14》

95 장생불사(長生不死)하는 것 : 원문은 '長存久視'인데, 장생불사와 같은 말이다. 《노자(老子)》 59장에 "나라를 다스리는 근본이 있으면 오래갈 수 있다. 이것을 일러 뿌리가 깊고 받침이 단단하여 오래 살고 오래 보는 도라고 한다.〔有國之母, 可以長久. 是謂深根固柢, 長生久視之道.〕"라고 한 데서 나온 말이다.

윤사연에게 보내는 편지 18[96]

又

서리 내린 날 아침 햇살이 따뜻해서 좋은 때, 절하며 건강하시기를 기원합니다. 저는 여전합니다.

온경(溫卿 박선수(朴瑄壽))은 아주 잘 지내고 있습니다만, 고개를 숙인 채 편방(偏旁)과 성음(聲音)에 골몰하고 있어[97] 걱정스럽습니다. 이 일에 대해 이미 정밀하고 깊은 경지에 나아갔으니, 만약 《예(禮)》와 《춘추(春秋)》와 경세제민(經世濟民)의 문자로 공부를 옮겨간다면 분명히 볼 만한 것이 있을 것인데, 여전히 《설문(說文)》에서 손을 떼지

---

96 윤사연에게 보내는 편지 18 : 편지를 쓴 시기가 기록되지 않아 정확하지 않지만, 시기가 기록된 앞뒤의 편지를 감안하면 1873년(고종10)에서 1874년 사이에 쓴 것으로 보인다.

박선수가 《설문해자익징(說文解字翼徵)》의 저술에 골몰해 있으므로 경세제민(經世濟民)할 수 있는 공부에도 힘썼으면 좋겠다는 뜻을 전하였다. 또 윤종의가 보내준 《성명규지(性命圭旨)》의 〈세심장밀(洗心藏密)〉에 대한 내용을 등사하고 싶다고 하며, 이 내용을 유추해 나가면 치도(治道)와도 연관시킬 수 있을 것이라고 하였다. 또 증국번(曾國藩)의 문집을 구입하고 싶은 뜻을 전하며, 그의 업적에 대해 조선 사람들이 모르고 있음을 한탄하였다.

97 편방(偏旁)과……있어 : 박선수가 《설문해자익징(說文解字翼徵)》의 저술에 골몰하고 있다는 말이다. 《설문해자익징》은 총 14권 6책으로 이루어진 책으로, 허신(許愼) 의 《설문해자》를 금석문(金石文)을 통해 수정하고 보완한 것이다. 《김혜경, 박선수의 설문해자익징에 대하여, 동북아문화연구 제20집, 동북아시아문화학회, 2009》. 환재는 《설문해자익징》이 완성되자 이를 중국의 벗에게 보여주고 또 중국에서 출판하고자 하였으나 뜻을 이루지 못했다. 여기에 대해서는 《환재집》권8에 수록된 〈온경에게 보내는 편지 34, 35, 36〉 참조.

못하고 있습니다. 바라건대 형께서 이 점을 이끌어주고 권면해 주시는 것이 어떻겠습니까.

《성명규지(性命圭旨)》의 '세심장밀(洗心藏密)'[98] 한 단락은 반드시 베끼고 싶어서 우선 이곳에 두고 있습니다. 이것을 의가(醫家)의 이치와 참고하여 바로잡는다면 크게 유익할 것이며, 유추해 적용한다면 치도(治道)에 대해서도 어찌 합치되지 않겠습니까. 그러니 '한 때의 담소거리'라고 말할 필요는 없습니다.

증집(曾集)[99]은 오래지 않아 반드시 전부 판각될 것입니다. 구할 방법이 없지 않지만 실어 오기가 쉽지 않을 것이니, 이것이 걱정스럽습니다. 반드시 마음 맞는 사람이 사신으로 가게 된 연후에야 도모할 수 있습니다. 이 공(公)에게 이처럼 큰 훈업(勳業)과 위대한 학술이 있는데, 우리나라 사람 중에는 그를 알아주거나 좋아할 수 있는 사람이 없어 다만 이것이 부끄럽지만 어찌하겠습니까.

---

98 성명규지(性命圭旨)의 세심장밀(洗心藏密) : 앞의 〈윤사연에게 보내는 편지 17〉 내용 참조.

99 증집(曾集) : 증국번(曾國藩, 1811~1872)의 《증문정공전집(曾文正公全集)》을 가리키는 것으로 보인다. 증국번의 자는 백함(伯涵), 호는 척생(滌生), 초명은 자성(子城), 시호는 문정(文正)이다. 청나라 말의 정치가로, 호남에서 상군(湘軍)을 조직하여 태평천국운동을 진압하는 데 큰 공을 세웠다. 이후 양강총독(兩江總督) · 직예총독(直隷總督) · 영무전 대학사(武英殿大學士) 등을 지냈다.

윤사연에게 보내는 편지 19[100]

又

사공(史公)의 답서가 내각(內閣)의 진귀한 소장품이 되었고, 어제(御製) 서문까지 있습니다만,[101] 이 문자의 진적(眞跡)을 볼 수 없는 것이 한스럽습니다. 천하의 주인이 된 이가 충절(忠節)을 포장(褒獎)하고 명교(名敎)를 붙잡아 세우는 것은 본래 당연한 것입니다. 그러니 우리가 말하는 '청나라의 여러 황제들도 명나라의 유민을 교화해야 된다.'는 것이 아니겠습니까.

100 윤사연에게 보내는 편지 19 : 앞의 편지와 마찬가지로 1873년(고종10)에서 1874년 사이에 쓴 것으로 보인다.

명말의 충신 사가법(史可法)이 청나라 예친왕(睿親王)에 보낸 답서가 건륭제의 서문까지 받은 사실을 언급하며 그 진적을 볼 수 없어 한스럽다고 하였다. 또 빌려서 보관하고 있는 정약용(丁若鏞)의 《목민심서(牧民心書)》와 안정복(安鼎福)의 《임관정요(臨官政要)》를 다시 열독하겠다는 뜻을 전하며, 노년에 뜻을 두어야 할 책이 목민(牧民)에 관련된 책임을 밝히고 있다.

101 사공(史公)의……있습니다만 : 사공은 명말(明末)의 충신 사가법(史可法)을 지칭한 것인데, 그의 행적에 대해서는 〈윤사연에게 보내는 편지 14〉의 내용 참조. 사가법은 충절을 인정받아 명나라와 청나라에서 각각 충정(忠靖)과 충정(忠正)이라는 시호를 받았는데, 1775년에 청나라 건륭제(乾隆帝)가 사가법에게 시호를 내리자 사가법의 후손들이 그 유문(遺文)을 모아 《사충정공집(史忠正公集)》을 편찬하였다. 유문 중 사가법이 청나라와 대치할 때 청의 예친왕(睿親王)에 보낸 〈복섭정예친왕서(復攝政睿親王書)〉가 있는데, 명나라 신하로서의 의리를 밝히고 전의를 다지는 내용이다. 이 편지가 환재가 말하는 사공의 답서이다. 그 답서에 건륭제가 서문을 써서 〈어제서명신사가법복서예친왕사(御製書明臣史可法復書睿親王事)〉라는 제목을 붙였다. 답서는 《사충정공집》 권2에 실려 있다. 《규장각한국학연구원, 史忠正公集 解題》

《목민(牧民)》과 《정요(政要)》[102]를 올려 보내야 하겠지만 서둘러 본
래 주인에게 돌려줄 필요가 없으니, 우선 제가 보관하면서 다시 한
번 자세히 열독하고자 합니다. 도가 행해지느냐 마느냐에 상관없이
우리들이 노년에 마땅히 마음에 두어야 할 것은 오직 이러한 책들이고,
그 나머지는 모두 일에 전혀 보탬이 되지 않습니다.

---

102 목민(牧民)과 정요(政要) : 정약용(丁若鏞, 1762~1836)의 《목민심서(牧民心
書)》와 안정복(安鼎福, 1712~1791)의 《임관정요(臨官政要)》를 가리키는 듯하다.
《목민심서》는 지방관을 각성시키고 농민 생활의 안정을 이루려는 목적으로 지방관으로
서 지켜야 할 준칙을 자신의 체험과 유배 생활의 견문을 바탕으로 서술한 책이다. 《임관
정요》 역시 조선 후기 대표적인 목민서로서 우리나라 중세 향촌 사회의 실상을 파악하
는 데 중요한 자료이다.

윤사연에게 보내는 편지 20[103]

又

영윤(令胤 윤헌(尹瀗))의 글씨는 매우 훌륭합니다만 세간의 필법에 물든 듯합니다. 그렇게 된 이유는 추옹(秋翁 김정희(金正喜))을 모방하기 때문인데, 그렇게 할 필요가 없습니다.

추옹은 확실히 대가(大家)이긴 하지만, 여러 사람의 장점을 모아 녹여내어 자신의 서법(書法)을 이룬 사람입니다. 만약 추옹이 학습한 과정을 거치지도 않고 그 찌꺼기만 모방하려 한다면 너무나도 어리석은 생각입니다. 지금 경외(京外) 서리(胥吏)와 창부(傖夫 시골뜨기)를 보니 추옹을 모방하지 않는 사람이 없는데, 저는 이것을 몹시 안타깝게 생각합니다.

우선 송설(松雪 조맹부(趙孟頫))의 글씨체를 학습하여 중세(中世) 이전 선배들의 전형(典型)에 근접해 가는 것만 못합니다. 부디 소홀히 여기지 않는 것이 어떻겠습니까.

---

103 윤사연에게 보내는 편지 20 : 앞의 편지와 마찬가지로 1873년(고종10)에서 1874년 사이에 쓴 것으로 보인다. 추사(秋史)의 글씨만 모방하는 당시의 세태를 비판하고, 윤종의의 아들로 하여금 중세 서체의 전형인 송설체(松雪體)를 우선 학습하게 하도록 권유하였다.

윤사연에게 보내는 편지 21[104] 을해년(1875, 고종12)

又 乙亥

이당(頤堂)의 묵총(墨叢)[105]이 산일(散逸)되지 않은 것을 더욱 기쁘게 생각합니다. 이전에 보내온 《난고(亂稿)》[106]에 분명 이것과 중첩되는 것이 있을 것으로 생각합니다. 문자(文字)가 전해지느냐 마느냐 하는 것에도 운수가 존재하니, 지금 이 집안에 회록(回祿)[107]이 있었음을 생각할 때 더욱 믿을 수 있습니다.

우리들이 힘을 합하고 입이 닳도록 만류하는 것은 처량하게 교외로

---

104 윤사연에게 보내는 편지 21 : 1875년(고종12)에 쓴 편지이다. 이당(頤堂) 황윤석(黃胤錫)의 묵첩(墨帖)이 발견되었다는 소식을 듣고, 그 집에 화재가 있었는데도 이 유묵이 세상에 전해지게 되어 기쁘다는 뜻을 전하였다.

105 이당(頤堂)의 묵총(墨叢) : 이당은 황윤석(黃胤錫, 1729~1791)의 호로, 본관은 평해(平海), 자는 영수(永叟), 다른 호는 이재(頤齋)·서명산인(西溟散人)·운포주인(雲浦主人)·월송외사(越松外史) 등이다. 1766년(영조42)에 은일(隱逸)로 천거되어 익찬(翊贊)과 전의 현감(全義縣監) 등을 지냈다. 묵총은 묵첩(墨帖)을 모은 것을 말한다.

106 난고(亂藁) : 황윤석의 유고를 모은 《이재난고(頤齋亂藁)》를 말한다. 10세 때인 1738년(영조14)부터 1791년(정조15) 세상을 떠나기 이틀 전까지 54년 동안의 생활을 기록한 것으로, 총 57책이다. 내용으로는 기후, 농사, 비망, 독서 및 학습내용, 시문, 토론, 견문, 교유, 편지, 기행(紀行) 등에 이르기까지 그날그날의 일상을 사실적으로 기록하고 있어 영·정조 시대의 사회상을 알려주는 자료일 뿐만 아니라, 그의 문학과 학문, 그리고 후에 문집 간행과도 중요한 관계를 가진 자료이다. 이 책을 바탕으로 그의 문집인 《이재유고(頤齋遺稿)》가 간행되었다. 《한국문집총간 해제 頤齋遺藁》

107 회록(回祿) : 불을 주관하는 신의 이름으로, 화재가 났음을 의미하는 말로 쓰인다. 《春秋左氏傳 昭公18年》

나아가려는 계책을 견디지 못해서이니, 결코 좋은 계책이 아닙니다. 만약 이렇게 되면 해장(海藏) 형제[108] 집안의 일을 다시 물을 수 없으니, 부디 형께서는 남의 일이라고 하여 소홀히 하지 마시기 바랍니다. 어떻게 생각하시는지요?

---

108 해장(海藏) 형제 : 신석우(申錫愚, 1805~1865)와 신석희(申錫禧, 1808~1873) 형제로 환재와는 평생지기였다. 해장은 신석우의 호로, 본관은 평산(平山), 자는 성여(聖汝)이며, 다른 호는 금천(琴泉)·이당(頤堂)·맹원(孟園)·난인(蘭人) 등이다. 시호는 문정(文貞)이다. 1834년(순조34)에 문과에 급제한 뒤 형조와 예조의 판서에까지 올랐고, 1860년(철종11)에 동지 정사(冬至正使)로 청나라에 다녀왔다. 문집으로 《해장집》이 있다. 신석희의 자는 사수(士綏), 호는 위사(韋史)이다. 1848년(헌종14)에 문과에 급제하였고 형조·이조·예조의 판서와 수원 유수(水原留守) 등을 지냈다. 시호는 효문(孝文)이다.

윤사연에게 보내는 편지 22[109]

又

눈밭에 달빛 비치는 좋은 밤에 대작(對酌)하지 못했습니다. 형께서 여러 잔을 드실 동안 저는 부질없이 한 잔도 입에 대지 못했으니,[110] 너무도 운치가 없었습니다.

《궐여산필(闕餘散筆)》[111]을 아직 자세히 보지 못했는데 지금 이 책

---

109 윤사연에게 보내는 편지 22 : 편지를 쓴 날짜는 미상이다. 김매순(金邁淳)의 《궐여산필(闕餘散筆)》을 다 읽지 못했는데 다른 분의 책을 또 받게 되어 감회가 인다는 뜻을 전했다. 다른 분이 누구인지는 미상이다.

110 부질없이……못했으니 : 원문은 '空負頭上巾'인데, '부질없이 머리 위위 두건을 저버렸다'는 뜻으로, 술을 마시지 못했다는 말이다. 도잠(陶潛)의 〈음주(飲酒)〉 제20수 마지막 구절에 "만일 다시 유쾌히 마시지 않는다면, 공연히 머리 위의 두건을 저버리게 되리라.〔若復不快飲, 空負頭上巾.〕"라고 한 데서 나온 말이다. 도잠은 항상 갈건(葛巾)을 쓰고 다니다가 술을 만나면 즉시 갈건을 벗어서 술을 걸러 마시고는 다시 그 갈건을 썼다고 한다. 《陶淵明集 卷3》

111 궐여산필(闕餘散筆) : 김매순(金邁淳, 1776~1840)이 자신의 독서를 바탕으로 선배들에게 견문한 내용과 자신의 의문점을 채록한 다음, 이를 종류별로 논변한 책이다. 김매순의 본관은 안동(安東), 자는 덕수(德叟), 호는 대산(臺山)이며, 1795년(정조19) 문과에 급제하여 예조 참판과 강화 유수(江華留守) 등을 역임하였다. 당대의 문장가로 홍석주(洪奭周, 1774~1842)와 함께 이름이 높았고, 창강(滄江) 김택영(金澤榮, 1850 ~1927)의 《여한십가문초(麗韓十家文鈔)》에 그의 글이 수록되었다. 환재의 부친 박종채(朴宗采), 척숙 이정리(李正履) 형제와 절친했으며, 환재를 후배 중에서 가장 식견이 뛰어난 인물로 인정하고 아껴주었다. 문집으로 《대산집》이 있는데, 《궐여산필》은 권 15~20에 걸쳐 수록되어 있다. '궐여'는 《논어》〈위정(爲政)〉의 "많이 듣되 의심스러운 것을 빼놓고 그 나머지만을 신중히 말하면 허물이 적을 것이다.〔多聞闕疑, 慎言其餘則

을 얻으니, 두 분 공(公)의 저록(著錄)과 사본(寫本)에 대해 감회가 일어 서글픔을 금할 수 없습니다. 오직 이 한 권만 형의 손에 이르렀는지요? 전부 다 가지고 계신다면 한 번 보고 싶습니다. 이 책은 우선 이곳에 두겠습니다.

손부인(孫夫人)의 일은 무엇 때문에 후인을 기다리고자 하십니까?[112] 진실로 말할 만하다면 어찌 말하지 않으시겠습니까.

寡尤.]"라는 공자의 말에서 취하였다.

112 손부인(孫夫人)의……하십니까 : 정확한 내용은 미상인데, 어떤 이가 윤종의에게 손부인의 묘지명이나 행장 등을 부탁하자 윤종의가 이를 사양했던 것이 아닌가 한다.

윤사연에게 보내는 편지 23[113]

又

아침에 저를 위로하기 위해 보내 주신 지본(紙本 종이에 그린 그림)을 받았습니다. 뜻에 따라 먹을 묻혀 글씨를 쓰되, 잘라서 각각 두 폭으로 만들어 쌍행(雙行)으로 한 편의 시를 써 이렇게 세 벌의 대구(對句)를 만드는 것이 좋을 듯합니다. 만약 전폭(全幅)에 글씨를 쓰면 다만 다락문(多樂門)에 붙이기에 맞을 뿐이니, 매우 운치가 없습니다.

이 지본에 그려진 물고기는 바로 팔대산인(八大山人)[114]의 작품입니다. 산인이 누구인지 형께서도 아실 것입니다. 이 사람은 명나라 종실(宗室)로, 나라가 망한 뒤 미친 체하며 인간 세상을 제멋대로 떠돌아다닌 사람입니다. 지금 중국 사람들은 모두 이 사람의 그림을 존중하여 부청주(傅靑主)[115]와 매한가지로 공경하고 중시하는데, 그림 솜씨가

---

113 윤사연에게 보내는 편지 23 : 윤종의가 명말(明末)의 종실(宗室) 팔대산인(八大山人) 주답(朱耷)의 물고기 그림을 보내오자, 그 그림이 부산(傅山)의 그림과 함께 사람들에게 존중받는 것은 그림 솜씨보다 그의 명절(名節) 때문이라는 뜻을 전하였다. 《환재집》권4 〈맹낙치의 화국첩에 쓰다[題孟樂癡畵菊帖]〉라는 글에도 부산과 주답의 그림에 대해 이와 같은 뜻을 밝힌 내용이 보인다.

114 팔대산인(八大山人) : 명말의 종실(宗室) 주답(朱耷, 1626~1705)의 호로, 자는 설개(雪个)이다. 명나라가 망하고 부친이 순절하자 26세의 나이로 승려가 되었다. 서화에 뛰어났는데, 특히 그가 그린 물고기는 모두 백안(白眼)이고 새는 외다리였다. 백안의 물고기는 청나라를 백안시(白眼視)한다는 의미이고, 외다리 새는 나라를 잃은 슬픔을 표현한 것이라고 한다.

115 부청주(傅靑主) : 부산(傅山, 1607~1684)으로, 청주는 그의 자이며, 호는 석도

뛰어나기 때문이 아니라 그의 명절(名節)을 중시해서입니다. 이 지본
은 한 조각씩 소첩(小帖)으로 장정(裝幀)하고 발어(跋語)를 지어 두고
두고 완상하는 것이 좋을 듯합니다.

인(石道人)·단애자(丹崖子) 등이다. 명말청초의 의원이자 화가로, 명나라가 망한 뒤
황관(黃冠)을 쓰고 주의(朱衣)를 입은 채 평생 청나라 조정에 반항하였으며, 벼슬도
거절하였다. 저서에 《상홍감집(霜紅龕集)》이 있다.

윤사연에게 보내는 편지 24[116]

又

| 벗이 남긴 원고 일가의 말씀 | 故人遺艸一家言 |
| 그 반은 술잔 나누며 옛날 함께 논한 것[117] | 半是朋樽昔共論 |

이 시는 분서(汾西) 선조께서 《계곡집(谿谷集)》을 교정하며[118] 그 느
낌을 기록하신 말씀입니다. 지금 저도 해장(海藏 신석우)의 원고에 대

---

116 윤사연에게 보내는 편지 24 : 편지를 쓴 정확한 날짜를 알 수 없지만, 환재가
《해장집海藏集》을 교정한 것이 1874년(고종11)이므로, 그 무렵에 쓴 편지로 보인다.
　　먼저 세상을 떠난 벗 해장(海藏) 신석우(申錫愚)의 유고를 교정하며 생긴 감회를
전하면서, 자신의 7대조인 분서(汾西) 박미(朴瀰)가 계곡(谿谷) 장유(張維)의 문집을
교정할 때의 감회를 읊은 시를 적어 보내었다.

117 벗이……것 : 분서(汾西) 박미(朴瀰, 1592~1645)의 7언율시인 〈세상을 떠난 벗
계곡의 원고를 읽고 느낌을 술회하다〔讀亡友谿谷稿感述〕〉이라는 시의 수련(首聯)이
다. 시 원문의 '朋樽'이 《분서집》에는 '朋尊'으로 되어 있는데, 두 말 들이 술통을 의미한
다. 《汾西集 卷6》

118 분서(汾西)……교정하며 : 분서는 박미의 호로, 자는 중연(仲淵), 시호는 문정
(文貞)이다. 박동량의 아들이자 환재의 7대조이다. 선조(宣祖)의 다섯째 딸인 정안옹
주(貞安翁主)와 혼인하여 금양위(錦陽尉)에 봉해졌다. 백사(白沙) 이항복(李恒福,
1556~1618)의 문인이다. 《계곡집》은 장유(張維, 1587~1638)의 문집으로, 장유의 본
관은 덕수(德水), 자는 지국(持國), 호는 계곡(谿谷)이다. 인조(仁祖)의 장인이자,
효종(孝宗)의 비인 인선왕후(仁宣王后)의 부친이고, 김장생(金長生, 1548~1631)의
문인이었으며, 박미와는 평생지기로 지냈다. 문장에 뛰어나 이정귀(李廷龜, 1564~
1635)・신흠(申欽, 1566~1628)・이식(李植, 1584~1647)과 함께 조선 중기 문장사대가
로 불렸다. 《계곡집》은 박미의 교정을 거치고 서문을 받아 1643년(인조21) 간행되었다.

해 눈 닿는 곳마다 생기는 비감을 금할 수 없습니다. 늙어가며 마음
이 황량해 지는 것이 눈이 침침해 지는 것보다 심합니다. 한 번 펼쳐
보고 돌려 드리고자 합니다. 만약 어리석으나마 저의 견해를 말씀드
릴 곳이 있다면 어찌 감히 사양하겠습니까.

윤사연에게 보내는 편지 25[119]

又

이주(梨洲)의 비기(碑記)에 기록된 서목(書目) 가운데 《명이대방록
(明夷待訪錄)》이 있습니다.[120] 그런데 이 책의 첫머리에서 왜 '황종염
(黃宗炎)'[121]이라고 했을까요? 황종염은 이주의 아우인데, 또 무엇 때

---

119 윤사연에게 보내는 편지 25 : 환재는, 청나라의 섭명침(葉名琛)이 간행한 《해산
선관총서(海山僊館叢書)》에 황종희(黃宗羲)의 《명이대방록(明夷待訪錄)》이 수록되
어 있는데 그 저자가 황종희의 아우 황종염(黃宗炎)으로 기록된 것을 이해할 수 없다고
하였다. 또 《명이대방록》을 윤정현(尹定鉉)이 가지고 있는데, 돌려받으면 보내 주겠다
는 뜻을 전하였다.

120 이주(梨洲)의……있습니다 : 이주는 황종희(黃宗羲, 1610~1695)의 호로, 자는
태충(太沖), 다른 호는 남뢰(南雷)이다. 명나라가 망하자 화남(和南) 지방에서 마지막
저항자들과 함께 청나라에 대항했으나 실패했고, 낙향하여 학문에 몰두했다. 수학·지
리·역법·문학·철학에 두루 능통했고, 특히 역사가로서 유명하여 절동사학파(浙東
史學派)의 창시자가 되었다. 저서로 《명이대방록(明夷待訪錄)》, 《명유학안(明儒學
案)》, 《송원학안(宋元學案)》 등이 있다. 《명이대방록》은 중국사에 나타난 전제 정치를
비판하는 내용이다. 비기(碑記)는 〈이주선생신도비문(梨洲先生神道碑文)〉을 말하는
데, 청나라 학자 전조망(全祖望, 1705~1755)이 지었으며, 그 내용 중 황종희의 저술
에 대한 언급에 '《명이대방록》 2권〔明夷待訪錄二卷〕'이라고 기록되어 있다. 《鮚埼亭集
卷11》

121 황종염(黃宗炎) : 1616~1686. 명말 청초(明末淸初)의 학자로, 자는 회목(晦木)
또는 입계(立溪)이고, 자고선생(鷦鶘先生)으로 불렸으며, 그의 형 황종희, 아우인 황
종회(黃宗會)와 함께 '절동삼황(浙東三黃)'으로 일컬어졌다. 《주역》에 밝았고, 전서
(篆書)에 뛰어났으며, 저서로 《이회집(二晦集)》, 《주역상사(周易象辭)》, 《육서회통
(六書會通)》 등이 있다.

문에 '황종염 이주가 짓다.〔黃宗炎梨洲著〕'라고 한 것일까요?

《명이대방록》은 황왕(皇王) 세계의 책으로, 고정림(顧亭林)[122]도 탄복한 바이며, 지금 그 각본(刻本)이 《해산선관총서(海山僊館叢書)》[123] 가운데 들어 있습니다. 이 총서는 섭명침(葉名琛)[124]이 광동 총독(廣東總督)이었을 때 그의 부친 동경(東卿)[125]이 서문을 쓰고 판각한 것인데, 어찌하여 이러한 착오가 생겼을까요? 참으로 이해할 수 없습니다. 《명

---

122 고정림(顧亭林) : 고염무(顧炎武, 1613~1682)로, 자는 영인(寧人)이고, 정림은 그의 호이다. 명말의 대학자로, 당시의 양명학(陽明學)이 공리공론을 일삼는 것을 비판하며 경세치용(經世致用)의 학문에 뜻을 두었다. 명나라가 망한 후 만주족의 침략에 저항하는 의용군에 참가했으나 패한 뒤로, 죽을 때까지 청나라를 섬기지 않았다. 경학(經學)·사학(史學)·문학 등 다양한 분야에 걸쳐 뛰어난 업적을 이루었으며, 저술로 《일지록(日知錄)》, 《천하군국이병서(天下郡國利病書)》, 《음학오서(音學五書)》 등이 있다.

123 해산선관총서(海山僊館叢書) : 청나라 반사성(潘仕成, 1804~1873)이 1849년에 편찬한 책이다. 반사성의 자는 덕여(德畬)이고, 관직은 병부 낭중(兵部郎中)에 이르렀다. 해산선관은 반사성의 별장 이름이다. 반사성은 당시의 장서가로 명성이 있었는데, 자신의 장서 가운데 후세에 알릴 필요가 있는 전현의 유편(遺篇)들을 선별하여 《해산선관총서》로 명명하여 간행하였다.

124 섭명침(葉名琛) : 1807~1859. 자는 곤신(昆臣)이다. 청나라의 장군으로, 관직은 양광 총독(兩廣總督)·체인각 대학사(體仁閣大學士)에 이르렀다. '해상의 소무〔海上蘇武〕'로 불리는데, 소무는 한(漢)나라 때의 이름난 장군이자 충신이다.

125 동경(東卿) : 섭지선(葉志詵, 1779~1863)으로, 동경은 그의 자이고, 호는 수옹(遂翁)·담옹(淡翁)이다. 관직은 병부무선사낭중(兵部武選司郎中)에 이르렀다. 청나라의 대학자 옹방강(翁方綱, 1733~1818)의 제자이자 사위로, 김정희(金正喜)와도 교분이 깊었다. 금석학에 조예가 깊었다. 저서로 《간학재문집(簡學齋文集)》, 《평안관시문집(平安館詩文集)》, 《영고록(咏古錄)》, 《금산정고(金山鼎考)》, 《신농본초전(神農本草傳)》 등이 있다.

이대방록》은 지금 침계(梣谿)¹²⁶ 어른에게 있는데, 돌아오면 보시도록 올리겠습니다.

---

126 침계(梣谿) : 윤정현(尹定鉉, 1793~1874)의 호로, 본관은 남원(南原), 자는 계우(季愚), 시호는 효문(孝文)이다. 윤행임(尹行恁, 1762~1801)의 아들로, 51세 때 출사하여 이조・예조・형조의 판서를 두루 거치고, 1856년(철종 7) 9월 판의금부사를 겸직하였으며, 1858년 이후 지중추부사・판돈녕부사가 되었다. 환재와 평생에 걸쳐 교유한 벗으로, 경사(經史)에 박식하고 문장으로 명성이 높았는데 특히 비문(碑文)에 능하였다. 문집으로 《침계유고》가 있다.

윤사연에게 보내는 편지 26[127]

又

제가 초7일부터 어제까지 겪은 것은 한가롭고 청량함, 놀랍고 괴로움, 기쁨과 즐거움이었습니다. 사나흘 사이에 이런 일을 모두 겪었으니, 무엇을 먼저 말해야 할지 모르겠습니다. 자연히 고달픔이 많아 아직도 이처럼 피곤합니다.

　보내 주신 원고를 어제는 아예 보지 못했고 오늘에야 비로소 한 번 읽어보았습니다. 대체로 근래에 본 법도에 맞는 작품이라 《동문선(東文選)》에 넣을 만하니, 어찌 형께서 연세가 높아질수록 경지가 진보되었기 때문이 아니겠습니까. 또한 정(情)에서 온 것, 뜻[志]에서 온 것, 정신에서 온 것, 기운에서 온 것[128]에서 이처럼 감격스러운 글이 나온 것입니다. 글을 짓는 것은 반드시 이러한 경지가 있은 뒤에야 훌륭한 작품이 나오게 됩니다. 그렇지 않고 억지로 찾으려고 한다면 끝내 이런 문장을 지을 수 없습니다.

127　윤사연에게 보내는 편지 26 : 《해장집》을 교정할 무렵인 1874년(고종11)에 쓴 편지로 보인다.

　윤종의가 보내준 문장에 대해 《동문선(東文選)》에 넣을 만큼 훌륭하다고 칭찬하면서, 마음과 뜻과 정신과 기운에서 자연스럽게 우러나온 글이라고 평가하였다. 또 신석우(申錫愚)의 문집을 교정하는 중에 다시 10책을 추가로 얻어 문집에서 누락됨을 면하게 되었다고 감사하는 마음을 전하였다.

128　정(情)에서⋯⋯온 것 : 당나라의 은번(殷璠)이 《하악영령집(河嶽英靈集)》을 편찬한 뒤 그 서문에 말하기를, "무릇 문장에는 신(神)에서 온 것이 있고, 기(氣)에서 온 것이 있고, 정(情)에서 온 것이 있다.[夫文有神來氣來情來.]"라고 한 구절이 있다.

해장(海藏 신석우)의 원고는 한 본(本)을 완전히 베껴 쓰고 난 뒤에야 남길 것과 산삭(刪削)할 것을 논할 수 있습니다. 지금 다시 10책을 얻어 크게 누락됨을 면했으니, 매우 고맙습니다.

윤사연에게 보내는 편지 27

又

새벽에 보내 주신 편지를 받으니, 위로되는 마음 더욱 깊습니다. 〈원도(原道)〉[129]는 참으로 그 뜻이 성대합니다. 가슴 속에 풀무를 품고 팔뚝 끝에 필묵을 잡아 반드시 남다른 정채(精彩)를 갖추어야, 읽는 이로 하여금 정신이 번쩍 나게 할 수 있습니다. 만약 강학가(講學家)의 난숙한 언어에만 의거한다면 달리 기이한 곳이 없을 것입니다. 글을 쓰실 때 반드시 이 경계를 먼저 마음속에 두시는 것이 어떻겠습니까. 한 책을 싸서 보내니 절대 다른 사람들에게는 보여주지 마십시오.

---

129 원도(原道) : 당나라 한유(韓愈)의 글을 말하는 것인지, 윤종의가 지은 글의 제목인지 불분명하다.

윤사연에게 보내는 편지 28[130]

又

보내 주신 편지를 받고 위로가 되었습니다. 보내 주신 한 책은 잘 도착했습니다.

　서로 헐뜯고 욕하니 그들의 마음을 복종시킬 수 없다고 하신 말씀은 매우 옳습니다. 그러나 저는 '기교는 정교하여 세밀한 곳에 들어갔지만 학술은 비속하고 엉성하니, 비속한 설을 가지고 정교한 자취에 대해 논증하는 것은 자신을 믿는 것이 독실할수록 남을 미혹시키는 것이 더욱 깊기 때문이다.'라고 생각합니다. 어리석은 백성을 속여 유인하는 것으로 말하면 또한 그 방법이 하등(下等)이라서 적을 잡다가 먼저 잡히는 꼴입니다. 본디 급히 서두를 일이 있으니, 만약 한갓 괴색죽반(壞色粥飯)[131]과 함께 나의 변설(辨舌)을 번거롭게 한다면 이 또한 소루하게 될 뿐입니다.

130　윤사연에게 보내는 편지 28 : 윤종의가 편지를 보내 중들을 복종시키기 어렵다고 하자, 이에 대해 환재가 중들과 쓸데없이 논변을 벌이지 말라는 뜻을 전한 것으로 보인다.

131　괴색죽반(壞色粥飯) : 승려를 말한다. 괴색은 중의 얼굴빛을 말하며, 죽반은 죽반승(粥飯僧)으로 죽만 먹고 지내며 수도하지 않는 중을 말한다.

윤사연에게 보내는 편지 29[132]

又

서풍이 불어 짙은 구름을 흩어버리고 이로부터 맑게 갠다면 매우 좋겠습니다. 조정에서 물러나오자마자 보내 주신 서찰을 받고서, 비 내리는 날씨에도 형의 안부가 편안하심을 알게 되어 매우 기뻤습니다.

여사서(女四書)[133]는 저에게 한 본을 등사해 둔 것이 있습니다. 원래 다른 사람 집에 예전부터 보관하던 것을 얻었고 한 권이 빠져 항상 채우지 못함을 한스럽게 여겼는데, 얼마 전에 비로소 전질(全帙)이 제 수중에 들어왔습니다. 먼저 영윤(令胤 윤헌(尹瀗))에게 한 질을 베껴 가도록 하여 뒷날 다시 등사할 계획을 세우십시오. 지금 새로운 본은 제목을 붙여 올릴 것이니, 며칠 뒤에 빌려 가시는 것이 어떻겠습니까.

채록(蔡錄)과 장시(張詩)[134]를 온경(溫卿 박선수(朴瑄壽))에게 주어 교

---

132   윤사연에게 보내는 편지 29 : 여사서(女四書)의 전질을 입수했다고 하며 한 부 베껴 가도록 권하였다. 환재가 아우 온경을 시켜 교정하게 했다는 채록(蔡錄)과 장시 (張詩)가 무엇을 지칭하는지 미상이다. 또 한유(韓愈)의 〈조주자사사상표(潮州刺史謝 上表)〉의 내용을 두고 운양(雲養) 김윤식(金允植)이 '임금에게 영합했다'는 평을 내린 것에 대해, 김윤식의 지기(志氣)는 볼 만하지만 젊은 혈기에 의한 평이라는 뜻을 전하 였다.

133   여사서(女四書) : 여인들이 읽어야 할 네 가지 책으로, 명나라 성조(成祖)의 후비 인 문황후(文皇后) 서씨(徐氏)가 지은 《내훈(內訓)》, 한나라 반표(班彪)의 딸이자 반고(班固)의 누이 동생인 반수(班昭)가 지은 《여계(女誡)》, 당나라 덕종(德宗) 때 송분(宋棻)의 딸로 여학사(女學士)를 지낸 송약소(宋若昭)가 지은 《여논어(女論語)》, 명나라 때의 왕절부(王節婦)인 유씨(劉氏)가 지은 《여범(女範)》을 말한다. 또 유씨의 아들 왕상(王相)이 여사서를 주해(註解)하였다.

정하게 했는데, 그의 생각은 분량이 많다고 좋은 것은 아니라고 여기는 듯한데, 그 말도 옳은 것 같습니다. 조금 기다려 주신다면 만나 뵙고 자세히 말씀드리겠습니다.

운양(雲養 김윤식(金允植))이 한공(韓公 한유(韓愈))의 〈조주표(潮州表)〉를 논한 글[135]을 보니, 이 사람이 필시 이천(伊川)의 정론(定論)[136]을 못 보진 않았을 터인데도 '한공(韓公)이 영합했다.'고 평하였으니, 젊은이가 붓을 내달려 써내려가다가 아마 이런 말을 한 듯합니다. 합당한 평가는 아닐지라도 그 지기(志氣)만큼은 볼 만합니다. 나이가 들어 고생을 겪다보면 또한 모나고 날카로운 기상이 닳아 원숙하게 될 것입니다.

계전(桂田)[137]이 막 편지를 보내와 울리는 냇물 소리를 함께 듣자고

---

134 채록(蔡錄)과 장시(張詩) : 미상.

135 운양(雲養)이……글 :《운양집(雲養集)》권14 〈팔가섭필(八家涉筆) 한문(韓文)〉에 수록된 두 번째 글을 말한다. 한공의 〈조주표(潮州表)〉는 한유가 조주 자사(潮州刺史)로 좌천되었을 때 당나라 헌종(憲宗)에게 올린 〈조주자사사상표(潮州刺史謝上表)〉를 말한다. 한유는 52세 때인 819년에 〈논불골표(論佛骨表)〉를 지어 올렸다가 불교를 신봉하던 헌종의 노여움을 사서 조주 자사로 좌천되었는데, 조주에서 이 표문을 올려 헌종의 공덕을 찬양하고 자신의 잘못을 반성하면서 너그러이 용서해 줄 것을 청하였던 것이다. 김윤식은 〈팔가섭필〉에서 당송팔대가(唐宋八大家)의 글을 뽑아 비평을 붙였는데, 한유의 〈조주자사사상표〉에 대해 '임금의 뜻에 영합하였다.〔迎合上心.〕'라고 혹평하였다.

136 이천(伊川)의 정론(定論) : 이천은 정이(程頤, 1033~1107)의 호이다. 정이가 한유의 〈조주자사사상표〉에 대해 내린 정론은 무엇을 말하는지 불분명하다.

137 계전(桂田) : 신응조(申應朝, 1804~1899)의 호로, 본관은 평산(平山), 자는 유안(幼安), 다른 호는 구암(苟菴)이며, 시호는 문경(文敬)이다. 1852년(철종3)에 문과에 급제하여 형조와 이조와 예조의 판서를 지냈다. 임오군란(壬午軍亂) 이후 재집권하

하니, 그곳에서 뵐 것으로 생각합니다.

게 된 흥선대원군(興宣大院君)에 의하여 우의정에 임명되었으나 끝내 출사하지 않았다. 뒤에 좌의정에 올랐으며, 퇴임한 뒤 기로소에 들어갔다. 저서로 《구암집》이 있다.

윤사연에게 보내는 편지 30[138]

又

삼가 편지를 받고 근래 형의 체후(體候)가 건강하심을 알게 되어 매우 기쁩니다. 저 역시 조금씩 나아지고 있는 형편이지만, 노인에게 병이 생기면 하루아침에 시원히 낫지 않는 것이 당연한 이치입니다.

《동호소권(東湖小卷)》중에 저의 〈산거도(山居圖)〉에 붙인 발문[139] 이 있는 것을 보고 옛 일에 대한 감회로 서글픈 마음이 몇 번이나 일었는지 모르겠습니다. 이 발문은 제 그림을 돌려주실 때 미처 써서 보내지 않으셨던 것이니, 그 굳센〔蒼勁〕글자를 그림 뒤에 붙이지 못한 것이 한스럽습니다. 우선 한 통을 베끼고 돌려드립니다.

이주(梨洲 황종희(黃宗羲))의 선거론(選擧論)[140]은 과연 저의 소견으로

---

138 윤사연에게 보내는 편지 30 : 환재 자신의 그림인 〈연암산거도(燕巖山居圖)〉에 윤종의가 붙인 발문을 《동호소권(東湖小卷)》에서 보았다고 하며 그 감회를 전하였다. 황종희(黃宗羲)의 선거론(選擧論)에 대해 환재 자신도 확신할 수 없노라고 말하며 깊이 생각해 보겠다고 하였다. 윤종의가 황초당(黃肯堂)과 〈화망건선생전(畵網巾先生傳)〉 및 이세웅(李世熊)에 대해 물은 듯한데, 환재는 윤정현에게 물어보면 알 수 있을 것이라고 하였다.

139 저의……발문(跋文) : 〈산거도〉는 〈연암산거도(燕巖山居圖)〉를 가리키는데, 젊은 시절에 환재가 조부 연암이 은거했던 황해도 금천(金川) 연암협(燕巖峽)의 풍경을 그린 것이다. 또 이 그림에 붙인 발문은 신석우(申錫愚)의 〈연암산거도발(燕巖山居圖跋)〉을 지칭하는 듯하다. 이 발문에서 신석우는 "〈연암산거도〉는 나의 벗 박환경(朴瓛卿)이 그린 것인데 거처는 환경의 조부 연암 선생이 자리를 정해 집을 지은 곳이다."라고 하였다. 《海藏集 卷8》

140 이주(梨洲)의 선거론(選擧論) : 이주는 황종희(黃宗羲)이다. 황종희에 대해서는

도 감히 확신하지 못할 부분이 있습니다. 중국과 해외의 풍속이 같지 않을 뿐만 아니라 필시 많은 사람들의 구설을 불러올 폐단이 있으니, 이글은 곰곰이 생각해 봐야 할 듯합니다. 이런 부분은 처사(處士)의 대언(大言)이라고 하여 들을 때마다 시험해보는 것은 옳지 않고, 분석하고 비평해 보는 것이 진실로 좋으니, 한가한 틈을 타서 생각해 보겠습니다.

황초당(黃肖堂)의 이름은 지전(之傳)이고, 관직은 자세하지 않습니다. 전씨(全氏)의 문집에서는 다만 〈황초당묘판문(黃肖堂墓版文)〉이라고 했습니다.[141] 〈화망건선생전(畵網巾先生傳)〉은 어떤 책에 있습니까? 이세웅(李世熊) 역시 누구인지 자세하지 않습니다.[142] 침장(枕丈 윤정현(尹定鉉))에게 물어보면 알 수 있을 것입니다.

333쪽 주120 참조. 〈선거론〉은 《명이대방록(明夷待訪錄)》에 수록된 〈취사(取士)〉 상·하(上下)를 의미하는 듯하다. 〈취사 상〉에서 황종희는 인재 선발 방식에 대해 논하였다.

141 전씨(全氏)의……했습니다 : 전씨는 전조망(全祖望, 1705~1755)을 가리키는데, 자는 소의(紹衣), 호는 사산(謝山)이다. 건륭 원년(1736)에 진사가 되어 한림원 서길사(翰林院庶吉士)에 뽑혔다가 이듬해 고향으로 돌아가 평생 저술에만 몰두하였다. 그의 문집은 《길기정집(鮚埼亭集)》인데, 권22에 〈황장초당묘판문(黃丈肖堂墓版文)〉이 수록되어 있다.

142 화망건선생전(畵網巾先生傳)은……않습니다 : 〈화망건선생전〉은 명말 청초의 학자 이세웅(李世熊, 1602~1686)의 작품으로, 그의 문집인 《한지집(寒支集)》 초집(初集) 권9에 수록되어 있다. 또 황종희가 편찬한 《명문해(明文海)》 보유(補遺)에도 수록되어 있다. 이세웅은 영화(寧化) 사람으로, 자는 원중(元仲), 호는 한지(寒支)·괴암(愧庵)이며, 색지도인(塞支道人)이라고 자호하였다. 어려서부터 시문에 뛰어났고, 과거에 급제하지 못했지만 경사자집(經史子集)은 물론 의학서에까지 두루 능통했다고 한다. 저서로 문집 이외에 《전신지(錢神志)》, 《본행록(本行錄)》, 《경정록(經正錄)》, 《영화현지(寧化縣志)》 등이 있다. 《淸史稿 列傳288 遺逸二 李世熊傳》

윤사연에게 보내는 편지 31[143]

又

제가 굽이굽이 왕복한 길이 3백 여리나 되기에 몹시 피곤합니다. 명손(螟孫)은 다행히 문호를 맡길 만하였기에 단단히 결정짓고 돌아왔습니다.[144] 데리고 오는 절차는 우선 신년이 될 때까지 기다리기로 했습니다. 그 아이가 부모와 이별하고 떠나오는 과정에서 생길 마음이 염려스러워 약간 시일을 늦추는 것이 좋을 듯했기 때문입니다.

돌아올 때 족사(簇舍)[145]에서 사흘을 머물렀는데, 계전(桂田 신응조(申應朝))의 새 거처가 이곳과 활 세 바탕 거리[146]로 가까웠기에 모두 네 차례 다녀왔습니다. 돌아올 때 계전이 정중히 문에 서 계시기에 제가 말하기를, "청산(靑山)은 차마 두고 떠나가지만, 녹수(綠水)를

---

143 윤사연에게 보내는 편지 31 : 환재가 양손(養孫)을 구했다고 한 말로 미루어, 1876년(고종13) 1월에 쓴 편지로 보인다. 환재는 양자로 들인 제정(齊正)이 요절하자, 70세 때인 1876년 1월에 일족 박제창(朴齊昌)의 아들 희양(羲陽)을 양손으로 들였다. 《김명호, 환재 박규수 연구, 창비, 2008, 765쪽》

144 명손(螟孫)은……돌아왔습니다 : 환재가 양손(養孫)으로 들일 자를 결정하고 돌아왔다는 말이다. '명손'은 '양손(養孫)'이라는 말이다. 앞의 주143 참조.

145 족사(簇舍) : 본 권 뒤에 나오는 〈신유안에게 보내는 편지 5 · 27〉에 '석림(石林)의 족계(簇溪)'라는 표현이 보인다. 석림은 경기도 광주(廣州)의 퇴촌면(退村面)에 있는 석촌(石村)을 가리키는 것으로 보이며, 계전 신응조가 만년에 이곳에 우거했다고 한다. 《苟菴集 再續集 附錄, 家狀, 平山申氏文集 第7輯》이를 통해 추정해보면, 족사(簇舍)는 경기도 광주의 퇴촌면 석촌리의 족계 부근에 있는 집이라는 말로 보인다.

146 활……거리 : 원문은 '三帿地'인데, '후'는 '사후(射帿)'로 활을 쏘아 살이 미치는 거리를 의미하며, 우리말로는 '바탕'이라고 한다.

어찌하오리까. 지금 나는 녹수와 청산 사이에 다시 늙은 상서까지 보태었으니, 참 이별하기가 어렵습니다."라고 하고, 함께 껄껄 웃었습니다.

부(附) 윤공이 환재의 간독 뒤에 적은 글[147]

附 尹公題瓛齋簡牘後

환재(瓛齋)는 타고난 자질이 매우 높아서 범상하고 비루한 것을 보면 마치 자신을 더럽힐 것처럼 여겼다. 비록 즐겁게 놀고 담소하는 때일지라도 아름다운 문채가 사방에 앉은 사람들을 비추었으니, 그 마음을 돌아보면 본래부터 빼앗을 수 없는 지조와 헤아릴 수 없는 재주로 버려지면 여유롭고 등용되면 감당하지 못하는 것이 없었다.

그의 문장은 일은 논하는[論事] 데에 뛰어나니, 참과 거짓을 변별해 내고 지적과 진술이 정확하고 적절하며 거침없고 투명하여, 끊임없이 이어져 마치 구슬이 쟁반에 굴러가는 듯하였다. 관화(官話 백화체(白話體))와 이언(里諺 속어(俗語))도 모두 가다듬어 아름다운 말로 승화시켰으니, 손가는 대로 집어왔지만 모두 고아하고 깨끗하게 되었다. 평범한 한묵(翰墨)도 환하게 빛나한 점의 티끌도 없었으니 팔뚝 사이의 빼어나고 밝은 기상을 저절로 가릴 수 없었으니, 사람들은 도저히 공을 따라갈 수 없었

---

147 부(附)……글 : 윤종의가 환재에 대해 논평한 내용을 모아놓은 부분이다. 윤종의는 환재의 문장에 대해 일을 논하는[論思] 데 특장이 있다고 하였으며, 관화(官話)와 이언(里諺)도 모두 가다듬어 아름다운 말로 승화시켰다고 평하였다. 환재에 대한 만시(輓詩)에서는, 역대의 관료 중 외로운 충정과 훌륭한 명망에서 사암(思菴) 박순(朴淳)에 필적할 만하다고 칭찬하였다. 또 논사하는 글은 당나라의 육지(陸贄)와 같고, 지적과 진술의 정밀함은 주희(朱熹)의 문장과 같다고 평가하였다. 이 글은 환재의 문장과 관료로서의 능력을 적절히 평가한 글로 주목할 필요가 있다.

다. 붕우에 대한 혈성(血性)과 나라와 백성에 대한 고심은 뒷날 공의 유집(遺集)이 나오게 되면 저절로 알게 될 것이다. 대개 근세 이래로 세상에 쓰인 인재 중에 환재와 같은 학문과 식견을 지닌 이가 그 누구인지 모르겠다. 그리고 환재가 세상을 떠난 뒤에는 환재와 같은 이가 또 누구일지 모르겠다. 이 점이 바로 위대한 이유이다.

또 추모하는 만시(輓詩)는 다음과 같다.

공은 논하기 쉽지 않고 알기도 어려우니	論公未易識公難
구·범의 사이[148]가 편안한 자리이네	歐范之間得所安
북촌(北村)의 벗이 애사와 뇌사 지었으니	北里友生哀誄罷
적막한 하늘 한 마리 학을 다시 누가 보랴[149]	寥天一鶴更誰看
역대의 대사 꼽아보면 박공과 가까우니	歷數台司幾朴公
사암이 떠난 뒤엔 환옹이 있었네[150]	思菴去後有瓛翁

---

148 구(歐)·범(范)의 사이 : 훌륭한 문장과 뛰어난 행정 능력을 겸비하였다는 말이다. 구·범은 송나라의 구양수(歐陽脩)와 범중엄(范仲淹)을 가리키는데, 구양수는 당송팔대가(唐宋八大家)의 한사람으로 뛰어난 문학적 역량을 발휘하였으며, 범중엄은 송나라의 여러 가지 폐단을 제거하는 개혁정치를 펼친 것으로 유명하다.

149 북촌(北村)의……보랴 : 환재가 세상을 떠났으므로 이제 그를 볼 수 없다는 말이다. 북촌의 벗은 윤종의 자신을 가리키고, 한 마리 학은 환재를 가리킨다.

150 역대의……있었네 : 환재가 의정부(議政府)에서 직임을 수행한 공적이 박순(朴淳, 1523~1589)과 유사하다는 말이다. 대사(台司)는 의정부이다. 박공(朴公)과 사암(思菴)은 박순(朴淳)을 지칭하는데, 사암은 그의 호이고, 본관은 충주(忠州), 자는 화숙(和叔), 호는 사암(思菴), 시호는 문충(文忠)이다. 1540년에 사마시에 합격하고, 1553년(명종8)에 문과에 장원한 뒤 우의정과 좌의정을 거쳐 영의정에까지 올랐다. 저서로 《사암집》이 있다.

외로운 충정과 훌륭한 명망 고금이 같고 孤忠雅望符今古
금수와 노원이 한 길로 통하네[151] 金水蘆原一路通

또 다음과 같이 말한다.

"환재의 문장에서, 일을 논하는 것은 육선공(陸宣公)과 같고,[152] 지적과 진술이 정밀하고 알차서 사람을 감탄하게 만드는 것은 왕왕 자양(紫陽 주희(朱熹))의 문장과도 같으니, 이것은 그의 식견이 투철하고 뜻이 간절하여 저절로 표현과 내용이 서로 부합했기 때문이다."

---

151 외로운……통하네 : 벼슬살이를 하는 과정에서 정적들의 수많은 견제를 받으며 외로운 충정을 바치고 훌륭한 명망을 얻은 점에서 박순과 환재가 통한다는 말이다. 금수는 경기도 포천(抱川)에 있는 '금수정(金水亭)'으로, 박순은 벼슬에서 물러나 포천에 은거하다가 세상을 떠났다. 이 지역 유림들이 사우(祠宇)를 만들어 박순을 봉향했으며, 1713년(숙종39)에 '옥병서원(玉屛書院)'이라는 사액을 받았다. 서원 곁에는 박순의 신도비가 있다. 노원(蘆原)은 환재의 묘소가 있었던 곳으로, 지금의 노원구 하계동을 말한다. 원래 환재의 묘소는 이곳에 있었으나, 1989년 아파트 개발로 인해 충청북도 보은군 외속리면 불목리 산34번지 손좌(巽坐)의 언덕으로 이장되었다.

152 일을……같고 : 육선공(陸宣公)은 당나라 육지(陸贄, 754~805)로, 선공은 그의 시호이며, 자는 경여(敬輿)이다. 당나라 덕종(德宗) 때 한림학사(翰林學士)로서 국정에 참여하여 재상처럼 국사를 좌우하였으므로 내상(內相)이라고 일컬어졌다. 그가 건의한 글을 모아 놓은 《육선공주의(陸宣公奏議)》는 당 태종(唐太宗)의 《정관정요(貞觀政要)》와 함께 정치가의 필독서로 꼽힐 만큼, 육선공은 주의(奏議)의 문장에 뛰어났다. 윤종의의 이 표현 역시 환재의 주의(奏議)를 염두에 둔 말인데, 대표적인 것으로는 진주 안핵사(晉州按覈使) 때 지은 〈사포장계(査逋狀啓)〉, 〈사계발사(査啓跋辭)〉, 〈강구방략 이정환향적폐소(講究方略釐整還餉積弊疏)〉 등을 들 수 있다. 이들 장계의 자세한 내용에 대해서는 《김명호, 환재 박규수 연구, 창비, 2008, 535~553쪽》을 참조하기 바란다.

윤침계에게 올리는 편지[153]

上尹梣溪

손잡고 이별한 지 1년이 지나도록 끝내 문안하지 못했으니 이는 경황 없이 바빴기 때문이지만, 참으로 무심함이 끝내 이 지경에 이르고 말 았습니다. 자책하고 스스로 가여워하고 있으니, 하량(下諒)하여 용 서해 주시기 바랍니다.

한 해도 다 지나 추운 계절이 다가오니 우러러 그리워하는 마음 더욱 이기지 못하겠습니다. 이즈음에 보내 주신 편지를 받으니 몹시 기쁘고 감사합니다. 삼가 요사이 안찰하는 체후(體候)[154]가 신의 가호를 입어 편안하다는 것을 알았으니, 위로되는 마음 가눌 길 없습니다.

북녘 땅은 지대가 높고 날씨가 서늘하여 그곳 샘물이 사람이 마시기

---

153 윤침계에게 올리는 편지 : 윤침계는 윤정현(尹定鉉, 1793~1874)으로, 침계는 그의 호이며, 환재와 평생에 걸쳐 교유하였다. 윤정현에 대해서는 335쪽 주126 참조.
　이 편지는 1852년(철종3) 연말에 쓴 것이다. 당시 함경도 관찰사를 지내던 윤정현이 황초령(黃草嶺)에 있던 진흥왕 순수비(眞興王巡狩碑)를 탁본하여 환재에게 보내오자 여기에 답한 편지이다. '진흥'이 시호인지, 재위(在位) 시의 명칭인지에 대한 논란에 대해, 환재는 여러 가지 근거를 들며 시호일 것으로 판단하였다. 또 구례(求禮)의 화엄사(華嚴寺)에 있던 '화엄석경(華嚴石經)'이 왜구에 의해 파손된 뒤 전혀 수습되지 않고 있는 실정을 개탄하였다. 이 편지는 앞의 〈윤사연에게 보내는 편지 5〉와 함께 금석 고증에 관심을 기울인 환재의 학문적 성향을 잘 보여주는 글로 주목할 필요가 있다.
154 안찰하는 체후(體候) : 윤정현은 이 당시 함경도 관찰사를 지내고 있었는데, 1851 년(철종2) 9월 16일에 임명되어 1853년 3월까지 임무를 수행하였다. 《哲宗實錄 2年 9月 16日, 4年 3月 5日》

에 적당할 것인데, 마시지 못하는 이유가 있다고 하니 무엇 때문입니까? 예전에 서쪽 고을을 유람했을 때 사람들은 모두 수토(水土)가 매우 좋다고 말했지만 저만 잘 맞지 않아 지금에 이르도록 각혈(咯血)하는 증세가 생겼으니, 체질이 각기 달라서 이처럼 잘 맞는 사람도 있고 그렇지 않은 사람도 있음을 비로소 알았습니다.

시생(侍生)은 다행히 큰 질고(疾苦)는 없지만 쇠약해가는 모습이 부쩍 많아져 의관을 정제하여 조정으로 달려가는 것도 늘 힘에 겨우니, 이러한 상황이 나아지지 않는다면 끝내 어떤 모습이 될지 모르겠습니다. 어찌하면 좋겠습니까.

여러 물품을 보내 주시니 감사한 마음 그지없습니다. 진흥왕비(眞興王碑)를 탁본하신 일을 얼마 전에 다른 사람들로부터 듣고 한 본(本)을 내려 주시기를 기다렸는데, 이번에 다행히 얻었습니다. 수없이 자세히 완상해 보니, 우선 서법(書法)이 힘차고 아름답고 엄격하고 위엄이 있어 우리나라의 옛 비석 글씨 중에 이것과 비교할 만한 것은 보기 드뭅니다.

'진흥(眞興)'이 시호(諡號)인지 재위(在位) 할 때의 호칭인지는 여태껏 고증한 기록이 없습니다. 그런데 비문(碑文)에 이미 '태왕(太王)'이라는 표현이 있으니, 아마도 이것은 존숭(尊崇)하는 말이지 재위 할 때의 호칭은 아닌 듯합니다.[155] 또 신라(新羅)가 고구려(高句麗)를 병

---

155 진흥(眞興)이……듯합니다 : 환재는 황초령(黃草嶺)에 있는 진흥왕 순수비의 탁본을 통해 '진흥'이라는 호칭이 재위 시의 명칭이 아니라 시호일 것으로 판단하였다. 그러나 추사 김정희가 〈진흥이비고(眞興二碑攷)〉와 《금석과안록(金石過眼錄)》을 통해 고증한 바에 의하면, 진흥왕비는 진흥왕 29년(568년)에 건립되었으며 따라서 진흥은 시호가 아니라 생존 시의 칭호임이 분명한 것으로 보인다. 아마 환재가 김정희의 연구

탄한 것은 진흥왕이 세상을 떠난 뒤 6세(世) 92년이 지난 문무왕(文武王)의 때에 이르러서이니, 당나라 고종(高宗) 총장(總章) 원년[156]입니다. 진흥왕의 치세에는 신라의 국경이 지금의 함흥(咸興)까지 이르렀을 리가 없습니다.

그러므로 이 비를 세운 것은 아마도 고구려를 병탄한 이후일 것이며, 그 첫머리에 '진흥태왕(眞興太王)'이라 일컬은 것은, 아마도 선왕(先王)의 훌륭한 사적을 추모하여 기록하려면 이렇게 하지 않을 수 없어서인 듯합니다. 그러나 그 아래 문장이 전부 마멸되어 판단할 수 없습니다. 비록 이 비가 진흥왕 당시에 세운 것이 아닐지라도 역시 우리나라 금석(金石)의 시조(始祖)가 되는 데는 아무 문제가 없습니다.

지난해 가을 호남(湖南)에서 과거시험을 주관할 때[157] 구례(求禮)의 화엄사(華嚴寺)에 들렀는데, 화엄사는 신라 시대의 뛰어난 건축으로서 우리나라의 조사(祖師)들 중 이곳에 머물지 않은 분이 없었습니다. 본래 '화엄석경(華嚴石經)'[158]이 있었으나 왜구(倭寇)가 망치로 깨부수

성과를 접하지 못한 상태에서 황초령 진흥왕 순수비의 건립 시기를 추정한 것으로 보인다.《김명호, 환재 박규수 연구, 창비, 2008, 676쪽》

156 당나라……원년 : 서기로는 668년이다.

157 호남(湖南)에서……때 : 환재는 1851년(철종2) 9월 6일에 전라좌도 경시관(京試官)에 임명되었다.《哲宗實錄 2年 9月 6日》

158 화엄석경(華嚴石經) : 화엄사 장륙전(丈六殿)의 사방 벽에 새겨져 있었다는《화엄경》을 가리킨다. 신라 정강왕(定康王) 원년(886)에 선왕인 헌강왕(憲康王)의 명복을 빌기 위해 조정의 대신과 종친들이 화엄경사(華嚴經社)를 결성하고《화엄경》석각(石刻)을 추진했다고 한다. 그런데 임진왜란 때 사찰 전체가 병화를 겪으면서 화엄석경 역시 파괴되어 1만여 점에 달하는 그 파편들만 현재까지 전하고 있으며, 보물 제1040호로 지정되어 있다.《한국민족문화대백과사전》

있는데, 지금까지도 깨진 조각들이 쌓여 있습니다. 그 서법이 몹시 아름다우므로 만약 중국인들이 이를 본다면 비록 이처럼 파손되었을지라도 반드시 탁본하여 보물로 전할 것이지, 이렇게 매몰되도록 하지는 않을 것이니, 몹시 한스럽습니다.

종이가 짧아 이만 줄입니다. 새해를 맞이하는 즈음에 나라를 위해 자중(自重)하시기를 삼가 기원합니다.

신치영에게 보내는 편지[159]

與申稺英

몇 해 전에 제가 연경(燕京)에서 귀안(歸安 지금의 호주(湖州))의 중복(仲復) 심병성(沈秉成)과 교유하며[160] 매우 친하게 지냈습니다. 그가 나에게 절서(浙西) 지방 산수의 아름다움을 이야기해 주고 《육노망집(陸魯望集)》[161]을 선물로 주면서, 나에게 증서도(贈書圖)를 그려달라고 요청했습니다. 그림을 완성하고 제가 시를 써 주기를,

---

159　신치영에게 보내는 편지 : 1875년(고종12) 4월 15일에 쓴 편지이다.

　신치영(申稺英)은 신기영(申耆永, 1805~1884)으로, 치영은 그의 자이며, 본관은 평산(平山), 호는 산북(汕北)·율당(律堂)이다. 환재의 절친한 벗으로, 동양위(東陽尉) 신익성(申翊聖, 1588~1644)의 9대손이다. 순조(純祖) 때 학행(學行)으로 감역(監役)에 천거되었으나 벼슬하지 않고 평생 은거했다. 시인으로 이름이 있었으며, 시문집으로 《율당잡고(律堂雜稿)》가 전한다. 환재는 신기영의 부친 신교선(申敎善)의 묘지명을 지었다.

　환재는 신기영으로부터 편지와 함께 막걸리와 생선을 선물 받고, 과거 북경에서 교분을 맺은 심병성(沈秉成, 1823~1895)에게 《육노망집(陸魯望集)》을 선물 받고 시를 써 준 일을 회상하였다. 또 두릉(杜陵)에 집을 한 채 얻었으니 그곳에서 만년을 함께 보내고 싶다는 뜻을 전하였다.

160　몇 해……교유하며 : 1861년(철종12) 환재가 열하 문안사(熱河問安使)로 북경에 있을 때 심병성과 교분을 맺은 것을 말한다. 심병성에 대해서는 293쪽 주51 참조.

161　육노망집(陸魯望集) : 당나라 시인 육구몽(陸龜蒙, ?~881)의 소품문(小品文)을 모은 책이다. 노망은 육구몽의 자이고, 호는 천수자(天隨子)·강호산인(江湖散人)이다.

하늘 넓고 강은 비어 풍경이 여유로운데   天濶江空境有餘

증서도 이루니 무엇을 하시려는지   贈書圖就欲何如

훗날 조그맣게 솔가지로 집을 엮어   他年小築松毛屋

추풍 속에 함께 입택의 물고기 낚으려하네[162]   伴釣秋風笠澤魚

하였더니, 중복이 탄식하였습니다.[163] 이는 그저 부질없는 말로 뜻을 붙인 것일 뿐이지, 어찌 입택(笠澤)에서 어울려 낚시할 방법이 있겠습니까.

평소 언덕과 골짜기를 꿈에서도 그리워하며 오직 한강 상류의 아름다운 곳만을 염두에 둔 것은, 맑은 물과 높은 봉우리가 서로 비쳐 그윽할 뿐만 아니라 아침저녁으로 왕래하는 사람 중에 본심을 간직한 사람이 가장 많기 때문입니다.

서생(書生)이 요행히 산을 구입할 돈이 생겼고 이미 이 사이에 집을 마련해 두었는데,[164] 계곡에 살고 시냇가에 살며 강에 사는 즐거움까지

---

162 하늘……낚으려하네 : 이 시의 제목은 〈손수 그린 증서도에 써서 심중복과 작별하며 주다〔題手畵贈書圖 贈別沈仲復〕〉이고, 《환재집》 권3에 수록되어 있다. 그런데 위에 인용된 시와 글자에 약간의 출입이 있는데, 참고로 번역문과 원문을 소개하면 다음과 같다. "강은 트이고 하늘은 아득해 풍경이 여유로운데, 증서도 그리니 마음에 어떠하실지. 훗날 조그맣게 솔가지로 집을 엮어, 봄바람 맞으며 입택의 물고기 함께 낚았으면.〔水濶天長境有餘, 贈書圖就意何如? 他年擬築松毛屋, 伴釣春風笠澤魚..〕" 입택은 태호(太湖) 또는 오호(五湖)로 오군(吳郡) 서남쪽에 있다.

163 중복이 탄식하였습니다 : 탄식한 이유가 정확하지는 않으나, 입택 근처에 있던 심병성의 고향이 당시 태평천국군(太平天國軍)의 활동으로 큰 피해를 입고 있었기 때문인 듯하다. 《김명호, 환재 박규수 연구, 창비, 2008, 411쪽》

164 이미……두었는데 : 두릉(斗陵)에 있는 서유구(徐有榘)의 옛 집을 구입한 일을

겸하였으니, 조각배 타고 짚신 차림으로 여유 있게 방랑할 만한 적소(適所)를 얻었다고 하겠습니다. 강의 남쪽과 북쪽에서 흰머리를 서로 마주보고 두세 늙은이가 이곳에서 만년을 즐기며, 방공(龐公)의 닭과 기장밥을 재촉하고[165] 일소(逸少)의 뽕나무 열매를 심는다면,[166] 옛날과 다름없는 참된 흥취가 어찌 한둘 뿐이겠습니까. 평소의 뜻이 거의 이루어질 것입니다.

　지난번에 또 사람을 보내 복숭아씨를 많이 심었으니 봄이 무르익어 꽃이 피면 붉은 노을이 골짜기에 가득할 것입니다. 아름다운 경치가 이와 같을 것인데도 아직 식구들을 이끌고 한 번 살아보지 못했으니 무엇 때문에 그렇게 되었는지 모르겠습니다. 바람 속에 마음이 울적해지니 또한 입택에서 고기 낚겠다는 부질없는 생각과 무엇이 다르겠습니까.

말한다. 285쪽 주32 참조.

165　방공(龐公)의……재촉하고 : 벗 사이의 격의 없는 생활을 말한다. 방공은 삼국 시대 위(魏)나라의 은자인 방통(龐統)을 가리킨다. 사마휘(司馬徽)가 자신의 벗인 방통을 찾아갔는데, 마침 방통은 선친의 묘소에 제사 지내러 가고 집에 없었다. 사마휘는 곧장 방 안으로 들어가 방통의 처자를 불러 기장밥을 지으라고 재촉하며 말하기를, "서원직(徐元直)이 곧 와서 방덕공과 이야기를 나눌 것이다."라고 하였다. 잠시 후 방통이 집으로 돌아온 뒤에 서원직이 뒤따라 들어와 세 사람이 함께 만났는데 격의 없는 행동에 누가 주인인지 모를 정도였다고 한다. 《三國志 蜀志 卷7 龐德列傳 注》

166　일소(逸少)의……심는다면 : 가족들과 함께 즐겁게 지내는 것을 말한다. 일소는 진(晉)나라 왕희지(王羲之)의 자이다. 왕희지가 말하기를, "지난번 동유(東遊)에서 돌아와 뽕나무를 심었더니, 그 지엽(枝葉)이 한창 무성하게 자랐다. 이에 여러 아들과 손자들을 거느리고 거기 가서 노니는 사이에 한 가지 맛있는 음식이라도 골고루 나누어 주면서 즐겼다.……그 마음에 드는 낙(樂)을 어찌 다 말하랴."라고 한 고사가 전한다. 《晉書 卷68 王羲之列傳》

이러한 때에 갑자기 안부를 묻는 편지를 받았고 향긋한 막걸리에 맛있는 생선까지 보내 주시어 이처럼 정중하게 대하시니, 입택에서 함께 낚시하는 것보다 풍미(風味)가 못하지 않습니다. 이런 상황을 말미암아 느낌이 일어 종이를 찾아 붓을 내달렸으니, 이것을 만약 병풍으로 꾸민다면 작은 책상자에 접어 넣어 보관하는 것보다 나을 듯합니다. 어떻게 생각하십니까? 크고 성대한 은전(恩典)을 향리(鄕里)에서 자랑하는 것도 원래 있는 도리임은 말할 필요가 없습니다.

상자를 뒤져 붉은 실〔紅條〕을 올려 뒷날 조각배 타고 함께 노닐 적에 큰 자랑거리로 삼으려 하니, 웃으며 받아주시면 합니다. 이만 줄입니다.

을해년(1875, 고종12) 맹하(孟夏) 보름에, 세강제(世講弟)[167] 박규수가 머리를 조아립니다.

---

167 세강제(世講弟) : 대대로 함께 공부한 양가의 후손으로서 아우뻘이 되는 사이라는 뜻이다. 환재와 신치영은 그 선대에 신흠(申欽)·신익성(申翊聖) 부자와 박동량(朴東亮)·박미(朴瀰) 부자가 교의를 나눈 이후 대대로 세교(世交)가 있었으므로 이렇게 표현한 것이다.

홍일능에게 보내는 편지[168]

與洪一能

삼사(三斯) 존형(尊兄) 지기(知己) 각하께.

존형의 고향에서 오는 사람을 만날 때마다 근래의 안부를 물어보니,
모두들 "근년에 쇠락함이 몹시 심해졌고, 또한 비문의 글씨를 쓰다가
팔에 병이 생겨 글자를 쓰지 못한다."라고 하였습니다. 생각건대 이것
은 노년에 으레 나타나는 증세로 누구나 다 겪는 것입니다. 다만 이
벗의 심정은 이 때문에 서글퍼지니 어찌하겠습니까. 만약 영락한 벗들
이 설령 오늘 모두 세상에 살아있어서 아침과 저녁을 함께 지낸다고

---

168 홍일능에게 보내는 편지 : 1872년(고종9) 4월 12일에 쓴 편지이다. 이때는 환재
가 청나라 동치제(同治帝)의 혼인을 축하하기 위한 사행에서 막 돌아왔을 시점이다.
　홍일능(洪一能)은 홍양후(洪良厚, 1800~1879)로, 일능은 그의 자이며, 호는 삼사
(三斯)이다. 홍양후에 대해서는 307쪽 주74 참조.
　환재는 북경을 통해 들어온 서양 그림에서 부인의 치마를 보았는데 조선 부인의
치마와 흡사해 놀랐다고 하면서, 그 이유로 서양과 조선이 원나라 지배를 받았을 때의
풍습이 남아 있는 것이라고 진단하였다. 또 이런 누습을 개혁하기 위해 젊은 시절에
《거가잡복고(居家雜服攷)》를 저술한 적이 있음을 언급하였다. 홍양후는 그의 외숙인
신재식(申在植, 1770~1843)이 1826년(순조26)에 동지사의 부사(副使)로 연행했을 때
자제군관(子弟軍官)의 자격으로 북경에 다녀온 일이 있는데, 연행을 앞두고 환재에게
편지를 보내 글을 청한 바 있다. 이에 환재가 홍양후에게 답한 편지에서도 원나라의
누습을 따른 부인의 복식을 개혁하기 위해 중국 고유의 부인 복식을 자세히 조사해
올 필요가 있음을 언급한 바 있다. 《瓛齋叢書 5冊 藏弆文稿, 與洪一能書, 성균관대
대동문화연구원, 1996, 295~299쪽》 한편 북경 자수사(慈壽寺)에 걸린 명나라 효정태
후(孝定太后)의 화상을 개수(改修)한 자세한 내막도 전하고 있다.

하더라도, 지금부터 2, 30년이 지나도록 흠결 없이 단란히 만날 리가 없으니, 또한 '태상(太上)은 감정에 동요되지 않는다.〔太上忘情〕'169라는 말에 붙이는 것이 좋을 것입니다. 어찌하겠습니까.

과거에 응시하는 유생들이 모여들어 참으로 괴롭게 대하며 아무런 재미가 없었는데, 갑자기 어떤 객이 소매에서 형의 편지를 꺼내주기에 두 눈이 번쩍 뜨였습니다. 비록 글자는 남의 손을 빌려 쓴 것이지만 그 내용은 형께서 불러주신 것이니, 기쁘고 위로됨이 얼굴을 마주한 것에 맞먹을 만하였습니다.

또 따로 경제(經濟)와 이용(利用)과 후생(厚生)의 도구에 대해 말씀하셨는데, 이것은 양가(兩家)의 선덕(先德 선조(先祖))께서 평생토록 고심하며 연구하던 것이었으니, 어찌 한두 가지 시험을 통해 효과를 확인한 것이 없었겠습니까.

그러나 고루한 세속에서 끝내 본받지 않고 모두 시렁 위에 쌓아놓았으니, 조정에서 국가를 위한 계책을 세울 때 이런 것들을 급하지 않은 것으로 여긴 듯합니다. 무릇 연사(年使 동지사(冬至使))가 갈 때 급급하게 생각할 물건과 일이 따로 있어, 끝내 여기까지 생각이 미칠 겨를이 없었던 것입니다. 종전에도 이와 같았으니, 누가 이 의혹을 풀고 이 길을 열 수 있겠습니까. 젊은 시절에는 이런 탄식을 할 때마다 '한 번 변해서 노나라에 이르는 것'170을 직접 보고 싶다고 생각했지만, 지금은

---

169 태상(太上)은……않는다 : 태상은 최고의 경지에 오른 사람으로 성인(聖人)을 가리킨다. 《세설신어(世說新語)》〈상서(傷逝)〉에 "최고의 경지에 오른 사람은 감정에 동요되지 않으며, 최하의 사람은 정을 이해하지 못한다.〔太上忘情, 最下不及情.〕"라고 하였다.

170 한 번……것 : 고루한 풍속을 변화시키는 것을 말한다. 《논어》〈옹야(雍也)〉에

뜻과 기운이 쇠퇴해져 마침내 한쪽 구석에 밀쳐두었습니다. 이 뿐만
아니라 많은 일을 겪다보니 끝내 어쩔 방법이 없을 뿐이니, 지금 성대
한 논의를 받들고도 그저 긴 탄식만 할 뿐입니다.

부인(婦人)의 복식으로 말하면, 이 또한 가정에서 일찍부터 강론하
고 익혔던 것입니다. 제가 약관이었을 때 이미 한 부를 저술한 것이
있습니다.[171] 고증(考證)해 낸 것이 제법 자세합니다만, 이것은 한 사람
한 집안에서 사사로이 행할 수 있는 것이 아니므로 그저 종이와 먹
사이에서 혼자 즐긴 것일 뿐입니다. 전에 북경에 갔을 때 또한 중국의
제도를 목도했으며, 교분을 맺은 여러분에게 남방과 북방의 풍속의
차이를 물어 자세하고 정확하게 알게 되었지만, 역시 공언(空言)에
그치고 말았습니다.

근래에 또 크게 놀랄 만한 일이 있었습니다. 연경(燕京)에서 들어온
서양 그림에서 저 오랑캐 여인의 복식을 보았더니, 무슨 이유에서인지
우리나라의 복식과 매우 흡사하였습니다. 젊은 사람들의 짧고 좁은
저고리가 흡사했으며, 큰 치마가 채붕(綵棚 아름다운 장막)처럼 펼쳐진
것이 흡사했으며, 노인의 저고리는 조금 길고 치마는 조금 짧은 것

"공자께서 말씀하시기를 '제나라가 한 번 변화하면 노나라에 이르고, 노나라가 한 번
변화하면 선왕의 도에 이를 것이다.[子曰: 齊一變, 至於魯, 魯一變, 至於道.]' 하였다."
라고 하였다.

171 제가……있습니다 : 환재와 아우 박주수(朴珠壽)가 공동으로 저술한 《거가잡복
고(居家雜服攷)》를 말한다. 이 책은 사대부가에서 입는 각종 평복(平服)을 중심으로
고례(古禮)와 부합하는 이상적인 의관(衣冠) 제도에 관해 논한 저작이며, 예학에 조예
가 있었던 박주수가 환재에게 의관제도의 개혁에 관해 저술할 것을 제의함으로써 이루
어졌다. 원고의 집필은 환재가 맡았다. 이 책은 3권 2책으로 구성되어 있는데, 사대부
부인의 복식을 논한 부분은 권2의 〈내복(內服)〉이다. 《瓛齋集 卷4 居家雜服攷序》

역시 우리나라 시골 노파의 복식과 다름이 없었습니다. 머리를 싸매는 것도 완연하여 조금도 차이가 없었으니, 만 리 밖의 절역(絶域)이나 동서(東西)의 차이를 논할 것도 없이, 무엇 때문에 우리나라와 이처럼 비슷한 것일까요?

제 생각으로는, 몽고(蒙古)의 태조(太祖)가 일찍이 구라파(歐羅巴)의 각국을 병탄하고 자신의 아들들에게 나누어 봉해 주었으므로 원(元)나라가 망한 뒤 구라파 각국이 차례로 몽고의 왕을 축출하기는 했지만, 풍속은 여전히 부인의 복식에 몽고의 제도를 따랐기 때문인 듯합니다. 지금 우리나라 부인의 복식이 이런 것도 원나라 공주가 우리나라로 왔기 때문인데, 세속에서 고려조의 궁궐 복식을 그대로 따른 것입니다. 그러므로 동양과 서양은 경계가 만 리의 절역이고 사는 곳도 떨어져 있고 풍속도 다르며 한 번도 서로 오간 적이 없었는데, 같기를 기약하지 않고도 이와 같이 저절로 같아진 것입니다. 이 어찌 놀라 구역질하며 견딜 수 없는 것이 아니겠습니까. 사대부들이 만약 이런 이유를 안다면 하루라도 인습하면서 개변(改變)하기를 생각지 않아서는 안 되는 것입니다.

그러나 이런 논의를 감히 경솔히 입 밖에 내지 못하는 것은, 진실로 개변하는 것이 옛 법도와 완전히 합치되도록 하지 못할까 염려되며, 개변하는 과정에서 잘못을 반복하는 경우를 많이 보았기 때문입니다. 이 때문에 묵묵히 입을 다물고 다만 이러고 있을 뿐이니, 어쩌겠습니까.

장춘사(長春寺)의 유태후(劉太后) 초상[172]은 저도 참배한 적이 있습

---

172 장춘사(長春寺)의 유태후(劉太后) 초상 : 장춘사는 북경에 있던 절이고, 유태후 는 명나라 의종(毅宗)의 모후인 효순태후(孝純太后) 유씨를 말한다. 환재는 1861년(철

니다. 이를 받들어 모신 상자를 보니 그 안에 새로 모사하여 마치 어제 완성된 듯한 그림이 있었습니다. 이상히 여겨 주지 스님에게 물었더니, "구본(舊本)이 바랬으므로 다시 모사(模寫)하여 공양(供養)하고 있습니다. 그런데 지금 참배하러 찾아온 동국(東國)의 대인(大人)을 만났으므로, 구본을 꺼내 게시한 것입니다."라고 하였습니다. 그 말이 감동적이었을 뿐만 아니라, 이를 통해 중국 사람의 마음이 아직도 명나라 황실에 있음을 볼 수 있었습니다.

부성문(阜成門)을 나가면 팔리장(八里庄)에 자수사(慈壽寺)가 있습니다. 이 절은 본래 만력(萬曆) 연간에 창건된 것이며 수황태후(壽皇太后)-신종(神宗)의 모후(母后)이다.-의 초상을 봉안하고 있는데, 세월이 오래되어 그을리고 낡았으므로, 가경(嘉慶) 연간에 미신(味辛) 조회옥(趙懷玉)[173]과 오문(梧門) 법식선(法式善)[174]이 다시 장정하였습니다. 그런데 지금 다시 낡아버렸으므로 제가 돌아온 뒤에도 잊을 수 없었습

종12) 연행 당시 장춘사를 방문하여 참배한 일이 있었다.

173 미신(味辛) 조회옥(趙懷玉) : 1747~1823. 자는 회손(懷孫)·인천(印川)이고, 미신은 그의 호이며 다른 호는 목암(牧庵)이다. 강소성(江蘇省) 무진(武進) 사람으로, 등주(登州)와 연주(兗州)의 지부(知府)를 지냈으며, 장서가(藏書家)로 이름이 있었다. 저서로 《역유생재문집(亦有生齋文集)》이 있다.

174 오문(梧門) 법식선(法式善) : 1752~1813. 원래의 성은 오요(伍堯)씨이고 이름은 운창(運昌)인데, 건륭제(乾隆帝)가 그의 재주를 칭찬하며 '법식선'이라는 이름을 하사했는데, 만주어로 '힘을 떨쳐 큰일을 하라'는 의미라고 한다. 자는 개문(開文)이고, 오문(梧門)은 그의 호이며, 다른 호는 시범(示帆)·도려(陶廬)·소서애거사(小西涯居士) 등이다. 건륭 45년(1780)에 진사가 되었고 관직은 시독(侍讀)에까지 이르렀다. 저서로 《존소당집(存素堂集)》, 《오문시화(梧門詩話)》, 《도려잡록(陶廬雜錄)》, 《청비술문(淸秘述聞)》 등이 있다.

니다.

제가 패번(浿藩)에 있을 때[175] 동문환(董文煥)[176]과 왕헌(王軒)[177] 등 여러 사람들에게 편지를 보내고 백금(白金) 50냥을 보내 다시 장정할 것을 요구하였고, 그 두 사람이 마침내 저를 위해 뜻을 이루어 주었기에 이어 시문을 짓고 그 사정을 기록했습니다.[178] 중원의 사우(士友)들이 먼 곳의 벗을 위해 이 일을 처리해 주었으니 거듭 감탄할 만하며, 저 역시 그 일에 참여하는 영광을 누렸습니다. 이 일은 이전에 지우(知友)들과도 이야기하지 않은 것이니, 이는 본래의 의도가 뒤집히는 데서 그치지 않고 이런저런 말들을 만들어 낼까 걱정했기 때문이니, 저는 이것이 몹시 두려웠습니다. 그런데 지금 형의 편지에 장춘사에서 화상을 배알한 일을 언급하셨기에 그저 여기에 적는 것이니, 형께서도 다른 사람에게는 말씀하지 말아 주십시오.

---

175 패번(浿藩)에 있을 때 : 패번은 평안도를 가리키며, 환재가 평안도 관찰사로 재직할 때를 말한다.

176 동문환(董文煥) : 294쪽 주52 참조.

177 왕헌(王軒) : 1823~1887. 자는 하거(霞擧), 호는 고재(顧齋)이다. 병부 주사(兵部主事)를 역임했고, 굉운서원(宏雲書院)·진양서원(晉陽書院) 등의 주강(主講)을 지냈다. 시문에 뛰어났고 문자학(文字學)과 수학(數學)에 밝았다. 저서로《고재시록(顧齋詩錄)》등이 있다. 환재는 1861년(철종12) 연행에서 왕헌과 교분을 맺었다.《환재집》권10에 왕헌에게 주는 편지 7통이 수록되어 있다.

178 그 사정을 기록했습니다 : 환재가 지은 〈효정황태후화상중선공기(孝定皇太后畫像重繕恭記)〉를 말한다. 이 글은 환재가 1872년 청 동치제(同治帝)의 혼인을 축하하는 진하 겸 사은사에 임명되어 북경으로 갈 때 지어서 갔다.《瓛齋集 卷4》한편, 환재가 명나라 신종의 모후 효정태후(孝定太后)의 화상을 보수한 일에 관해서는 앞의 〈윤사연에게 보내는 편지 8〉참조.

윤아(尹雅)[179]가 돌아갈 때가 되었기에 이처럼 황급히 대략 적어 안부를 전합니다. 바빠서 드리고 싶은 말씀 다하지 못합니다. 오직 도체(道體)가 시절에 따라 맑고 평안하시기를 기원합니다.

임신년(1872, 고종9) 4월 12일.

179 윤아(尹雅) : 윤씨(尹氏) 성을 가진 고상한 선비〔雅士〕라는 말인데, 누구를 지칭한 것인지는 미상이다.

신사수에게 보내는 편지[180]

與申士綬

백묘(白描) 인물화[181]는 화가들이 가장 그리기 어렵다고 일컫는 것인데, 이 그림은 신품(神品)으로서 쉽게 얻을 수 없는 것입니다. 정봉선(鄭逢仙)은 화공입니까, 감상가(鑑賞家)입니까? 양면(兩面)의 인장(印章)을 자세히 살펴보니 다른 종이에 새긴 것을 풀로 붙여 놓은 것인데, 이 또한 이상합니다. 그리고 그림 속의 왕(王)은 어느 시대 왕의 어떤 일을 그린 것인지도 자세하지 않습니다.

온경(溫卿 박선수(朴瑄壽))이 "이 사람은 제요씨(帝堯氏)입니다."라고

---

180 신사수에게 보내는 편지 : 신사수(申士綬)는 신석희(申錫禧, 1808~1873)로, 사수는 그의 자이다. 본관은 평산(平山), 호는 위사(韋史)·혜사(蕙史)·패위재(佩韋齋) 등이다. 신석우(申錫愚)의 아우이다. 1848년(헌종14) 문과에 급제한 뒤 철종·고종 연간에 순천 부사(順天府使)·도승지·이조 판서 등을 지냈다. 환재와는 같은 해에 급제한 동방(同榜)으로 나란히 관직에 진출하여 가까이 지냈다.

환재가 '정봉선(鄭逢仙)'이라는 인장이 찍힌 백묘(白描) 인물화를 신석희에게 보내면서, 아우 박선수와 그 그림에 대해 나눈 이야기를 전하였다. 또 그림 속의 인물들이 착용한 복장을 자세히 관찰한 뒤 하나의 그림에 여러 시대의 복식 제도가 뒤섞여 있음을 발견하고, 이에 대해 개탄하였다. 이 편지 바로 앞에 나온 〈홍일능에게 보내는 편지〉가 부인(婦人)의 복식을 주로 논하였는데, 이 편지에서는 학식이 있는 사람들이라도 옛 복식 제도에 어두운 현실을 개탄하였다.

181 백묘(白描) 인물화 : 백묘는 색채를 가하거나 선의 농담과 굵기 등에 변화를 주지 않고 흔들림 없는 윤곽선만으로 그리는 기법을 말하는데, 일반적으로 정밀한 묘사가 중시되는 인물화나 화훼 그림에 쓰인다. 북송의 화가 이공린(李公麟, 1049~1106)이 이 기법에 뛰어났다고 한다. 청나라 조익(趙翼)의 〈제구련보살화상(題九蓮菩薩畫像)〉 시에 "백묘의 신필 이공린.〔白描神筆李公麟.〕"이라는 구절이 있다.

하기에, 제가 어떻게 알았는지 묻자, 온경은 "공부자(孔夫子)의 이마는 요(堯) 임금과 비슷한데, 지금 이 그림 속 임금의 이마가 세간의 공자 화상(畫像)과 몹시 닮아 있습니다. 주름살이 이마에 가득한 것은 성인 (聖人)으로서의 걱정이 분명 서로 비슷했기 때문일 것입니다."라고 하였습니다. 이 말이 아주 우습기는 하지만 전혀 일리 없는 말은 아닙니다. 화가가 그림을 구상할 때 꼭 이런 생각을 하지는 않았을지라도, 그림의 대상이 성인이므로 또한 우연히도 자연스럽게 이 모습을 본받았을 수 있기 때문입니다.

온경이 말하기를, "하나의 증거가 또 있습니다. 지금 그림 속 궁전 계단에 심겨진 네 떨기의 화훼는 난초와 국화가 아니며, 다른 여러 꽃들은 궁전 계단을 장식하기 위해 심지 않습니다. 그리고 그 잎이 반드시 모두 15개씩인 것은 무엇 때문이겠습니까? 이것은 분명히 명협 (蓂莢)[182]입니다. 한 떨기는 섬돌 곁에 가려져 있어 15개의 잎을 다 그리지는 않았지만 역시 다른 세 떨기처럼 분명히 잎이 15개일 것임은 의심할 것이 없습니다."라고 하기에, 그림을 가져다 세어보니 과연 그 말과 같았습니다. 온경의 감상 능력 역시 보기 드문 수준입니다.

왕을 모시고 선 환관(宦官)의 모자는, 초약후(焦弱候)의 《양정도(養正圖)》[183] 가운데 당대(唐代)의 고사(故事)를 그린 그림에 이런 모양이

---

182 명협(蓂莢) : 요 임금 때 조정의 뜰에 났다는 서초(瑞草)의 이름이다. 그 잎이 모두 15개인데, 초하루부터 매일 한 잎씩 나서 자라다가 보름이 지난 16일부터는 매일 한 잎씩 져서 그믐에는 다 떨어지기 때문에 이것으로 날을 계산하여 달력을 삼았다는 고사가 전한다. 《竹書紀年 卷上 帝堯陶唐氏》

183 초약후(焦弱候)의 양정도(養正圖) : 초약후는 초횡(焦竑, 1540~1620)으로, 약후는 그의 자이다. 《양정도》는 초횡이 편찬한 《양정도해(養正圖解)》를 말한다. 일종의

있습니다. 그리고 여의(如意)[184]를 잡고 있는 사람은 송(宋)나라 때의 복두(幞頭)[185]를 쓰고 있는데, 그 전각(展角)[186]이 옛 제도와 같지 않습니다. 계단 아래에 공손히 서 있는 사람의 두건은 당나라 제도이고 허리띠는 명(明)나라 제도이니, 후대의 관점에서 논하자면 고대의 제도와 근래의 제도가 서로 뒤섞인 것이라고 말할 만합니다.

왕이 쓰고 있는 것은 면류관(冕旒冠)이 분명한데 꿰어놓은 술의 숫자가 12개가 되지 않을뿐더러[187], 요 임금 시대에 어찌 면류관이 있었겠습니까. 그러니 후세의 의장(儀仗)과 관복으로 삼대(三代)의 고사를 그린 것입니다. 화가들에게 늘 이런 폐단이 있으니, 일일이 지적할 수 없습니다.

게다가 중국의 의관은, 한 번 홍모(紅帽)와 마제수(馬蹄袖)[188]로 변

몽학(蒙學) 서적으로 초횡이 태자의 강관(講官)을 지낼 때 교재로 활용하기 위해 만든 것인데, 주나라 문왕(文王) 대부터 송나라 때에 이르기까지의 전설(傳說)과 전고(典故)를 채록한 뒤 그림 60폭을 붙이고 그림마다 해설을 붙였다. 초횡의 자서(自序)와 축세록(祝世祿)의 서문이 있으며, 그림은 정운붕(丁雲鵬)이 그렸고, 해설은 오계서(吳繼序)가 한 것이다.

184 여의(如意) : 중이 설법(說法)이나 법회(法會)를 할 때 위엄을 나타내기 위해 지니는 막대 모양의 것으로, 모든 것을 뜻대로 행할 수 있다는 데에서 그 이름이 유래되었다. 원래 뿔이나 대나무 등을 사람의 손 모양으로 만들어 신체의 가려운 부분을 긁는 데 사용했던 도구였다.

185 복두(幞頭) : 관모(冠帽)의 한 가지로, 절상건(折上巾)이라고도 하며, 후주(後周) 무제(武帝)가 처음 만들었다고 한다.

186 전각(展角) : 관모 뒷부분에 뿔처럼 솟아 있는 부분을 말한다.

187 꿰어놓은……않을뿐더러 : 면류관의 술의 숫자는 신분에 따라 다른데, 천자의 면류관은 12개의 술이 달려 있다.

188 홍모(紅帽)와 마제수(馬蹄袖) : 청나라 왕조가 한족(漢族)에게 강요한 만주족

한 뒤부터 연희(演戲)의 소품(小品)[189]에서나 겨우 비슷한 모양을 따르고 있을 뿐, 나날이 잘못 변하여 전혀 옛 제도가 아닙니다. 그러니 이용촌(李榕邨) 같은 노숙한 선비라도 그가 면복(冕服)을 논한 것[190]은 사람을 어리둥절하게 만드는데, 하물며 화가들이야 말해 무엇 하겠습니까. 단지 자신이 보고 들은 것에 따라 제멋대로 '옛 제도가 모두 이와 같다.'고 여기는 것일 뿐입니다. 지금 만약 이 그림의 의관이 괴이하고 우리나라에 흘러 들어온 지 오래되었다고 해서 해외 다른 나라에서 그린 그림이 아닐까 의심한다면 전혀 옳지 않습니다.

그림의 족자가 완벽하여 손길가는 대로 이렇게 한 단락의 글을 써 보았습니다. 다시 살펴보고 잘 다듬어서 한 편의 발문을 지어야 하겠으니, 보시고 돌려주시기 바랍니다. 무료하여 이런 일을 하고 있습니다.

고유의 모자와 예복이다. 홍모는 모자의 정수리 부분을 붉은 실로 짠 고깔 형태의 모자이며, 마제수는 소맷부리에 모피를 달아 추울 때는 펼쳐서 손을 덮고 춥지 않을 때는 걷어 올리는데 그 생김새가 말굽과 같다고 하여 붙여진 이름이다.

189 소품(小品) : 원문은 '砌抹'로 되어 있는데, 연극에 사용되는 간단한 소품을 이르는 말이다. 보통 '체말(砌末)'로 쓴다.

190 이용촌(李榕邨)……것 : 이용촌은 이광지(李光地, 1642~1718)로, 자는 진경(眞卿)이고, 용촌의 그의 호이며 다른 호는 후암(厚庵)이다. 강희제(康熙帝)의 총애를 받은 저명한 성리학자로 《주역》에 조예가 깊었으며, 저서로 《주역통론(周易通論)》, 《상서해의(尙書解義)》, 《용촌집》 등이 있다. 《淸史 卷263 李光地列傳》 면복(冕服)은 왕이 종묘와 사직에 제사 지낼 때에 입는 면류관과 곤룡포(袞龍袍) 등의 정복을 말하는데, 이광지가 면복을 논한 부분이 어떤 글인지는 분명하지 않다.

남자명에게 보내는 편지 1[191]

與南子明

이역(異域)에서 돌아와 보니 집안이나 나라가 태평하여 참으로 기쁘기 그지없으니, 매우 자랑할 만합니다. 연이어 가제(家弟)의 편지를 받을 때마다 "친척과 벗들이 모두 이처럼 평안합니다."라고 하였으니, 삼가 부모님을 모시는 사이 모든 일이 편안하시며 형제들도 건강하고 평안하리라 생각됩니다. 경하드리며 또 보고 싶습니다.

기하생(記下生)[192]이 사신의 명을 띠고 갔다가 돌아오기까지 이미 반년의 세월이 걸려 이렇게 한여름이 되었습니다. 다행히 불 같은 더위

---

191 남자명에게 보내는 편지 1 : 1861년(철종12) 6월 1일에 쓴 편지로, 열하 문안사의 임무를 마치고 막 압록강을 건너왔을 때 보낸 것이다.

남자명(南子明)은 남병철(南秉哲, 1817~1863)로, 자명은 그의 자이고, 본관은 의령(宜寧), 호는 규재(圭齋)·강설(絳雪)·구당(鷗堂)·계당(桂塘) 등이다. 영조 때 대제학을 지낸 남유용(南有容, 1698~1773)의 아들이며, 남공철(南公轍, 1760~1840)이 그의 종고조(從高祖)이다. 1837년(헌종3)에 문과에 급제하였고, 헌종의 총애를 받아 규재라는 호를 하사받았다. 특히 수학(數學)에 뛰어나 수륜지구의(水輪地球儀)와 사시의(四時儀)를 제작하였다. 저서로는 《해경세초해(海鏡細草解)》, 《의기집설(儀器輯說)》, 《성요(星要)》, 《추보속해(推步續解)》, 《규재유고(圭齋遺稿)》 등이 있다.

환재는 편지의 서두에서 자신의 귀국 일정이 늦어진 사실을 설명하였다. 또 심양(瀋陽)을 지나올 때 여관의 주인이 어떤 별을 보고 '소적성(掃賊星)'이라 하며 비적(匪賊)들이 소탕될 것으로 기대하고 있다는 이야기를 전하면서, 이런 사실을 통해 중국이 태평천국군(太平天國軍)에게 몹시 시달리고 있는 상황을 충분히 감지할 수 있다고 하였다.

192 기하생(記下生) : 서로 잊지 않고 기억하는 사이의 사람에게 자신을 낮추어 이르는 말로, 기말(記末)이라고도 한다. 여기서는 환재 자신을 지칭한다.

나 진창길을 걷는 고생 없이 잘 갔다가 잘 돌아왔으니, 실로 성상의 은혜 덕분이며 또한 애초에 생각지도 못했던 바입니다.

　열하(熱河)로 상주(上奏)하는 것은 번번이 열흘 이상 걸렸고[193] 여러 부서에서 거행하는 일에 대해서도 강기(綱紀)를 엿보느라 회답이 돌아오는 길이 오래 지체되기는 했습니다만, 제가 유람하며 벗들과 어울리는 즐거움을 얻기에는 편하였습니다. 다만 교분을 맺을 만한 사람들이 반 넘게 회적(回籍)[194]하였고, 또한 목란(木蘭)[195]으로 따라간 사람도 많았으므로 너무도 적막했다고 할 만하였습니다. 많은 이야기는 얼마 있다가 만나서 하루 종일 유쾌하게 말씀드릴 것이니, 지금은 말씀드리지 않습니다.

　심양(瀋陽)을 지나온 지 하루가 되었을 때 여관에서 밤에 정원을 거닐다가 하늘을 올려다보니 한 필의 흰색 비단 같은 것이 있기에 주인에게,

　"이것이 무슨 별이냐?"

라고 물었더니, 여관 주인이 말하기를,

　"이것은 소적성(掃賊星)입니다."

라고 하였습니다. 내가,

193　열하(熱河)로……걸렸고 : 환재가 열하 문안사로서 북경에 도착했을 때, 청나라 함풍제(咸豐帝)가 건강상의 이유로 사신을 접견할 수 없으니 열하의 행재소까지 오는 것을 면제한다는 칙유(勅諭)를 내렸다. 그런데 당시 북경사변(北京事變)으로 인해 열하로 공무를 상주하러 가는 데 많은 시간이 소요되었던 것이다.

194　회적(回籍) : 원적지(原籍地)로 돌아가는 것을 말한다.

195　목란(木蘭) : 열하(熱河)에 있던 황실 사냥터인 목란위장(木蘭圍場)을 말하는데, 여기서는 열하를 뜻하는 말로 쓰였다.

"어떻게 저것이 소적성임을 아느냐?"

라고 했더니, 주인이 말하기를,

"몇 년 전에 이 별이 나타났을 때 성경(盛京 심양)의 장군이 방(榜)을 붙여 민간에 보여주었는데, '소적성이 나타났으므로 오래지 않아 마땅히 천하의 비적(匪賊)들이 소탕될 것이니, 백성들은 두려워하지 말라.' 라고 했습니다. 그래서 이 지역 사람들은 모두 저 별이 적을 소탕할 조짐임을 알고 있습니다."

라고 말하더군요. 그 장군이 누구인지는 모르겠지만 일시적이나마 사태를 진정시키는 방법으로는 그런 말 역시 문제될 것이 없으니, 오로지 아첨하기 위한 말만은 아닐 것입니다. 저곳의 상황이 대략 이러하니, 실정을 잘 탐지하는 사람이라면 이 한마디 말로 추측해보아 나머지 것들을 알 수 있을 것입니다.

오늘 압록강을 건너왔습니다. 오랫동안 나그네 생활을 한 나머지 모두들 이틀 길을 하루에 바삐 내달려서라도 얼른 도성에 도착하기를 생각하고 있지만, 제 생각은 꼭 그렇지 만은 않습니다. 이번 이 사행이 다른 일 없이 잘 갔다가 돌아왔다는 것을 먼 곳에서 보고 있던 사람들이 어떻게 알겠습니까. 수레를 달려 일정을 재촉한다면 아마도 견문에 방해가 될 것이니 관례에 따라 역참(驛站)에서 쉬어가는 것이 더 나을 듯한데, 동행들이 제 말을 따르려 할지 모르겠습니다.

오래지 않아 만나 뵙게 될 것이니, 우선 남겨두고 격식을 갖추지 않습니다.

신유년(1861, 철종12) 6월 초1일.

남자명에게 보내는 편지 2[196]

又

요사이 몇 차례 댁으로 찾아갔다가 출타 중이기에 그냥 돌아왔습니다. 즐거운 소리와 온화한 기운에 봄 햇살이 참으로 화창하니, 합하(閤下)께서 책을 던지고 출타하신 것을 몹시 기쁘게 여기며 실망하지 않았습니다.

엷은 구름에 비가 내리려 하여 외로운 마음 울적하던 차에 보내 주신 편지를 받고, 요사이 건강에 별다른 손상이 없음을 알았고 또한 새로 베껴 쓴 선본(善本) 책까지 얻었으니, 참으로 다행입니다. 손가는 대로 펼쳐 눈으로 마음껏 읽으며 설니(雪泥)의 옛 자취[197]를 헤아릴 듯하였으니, 그 기쁨과 서글픔을 어찌 말로 표현할 수 있겠습니까.

글자를 쓴 솜씨도 매우 뛰어납니다만 오자(誤字)가 적지 않은 듯한데, 원본 글씨가 너무 잘아서 자세히 비교할 수 없었기 때문입니까? 이 점은 한시바삐 문리(文理)를 좀 아는 사람에게 대조해 읽으며 한

---

196 남자명에게 보내는 편지 2 : 1861년(철종12) 사행에서 귀국한 뒤 쓴 편지로 추정된다.

197 설니(雪泥)의 옛 자취 : 흔적 없이 사라진 옛 자취라는 말이다. '설니'는 '설니홍조(雪泥鴻爪)'의 준말로, 눈밭의 기러기 발자국을 의미하는데, 눈이 녹으면 바로 사라지듯이 모든 사물이 덧없음을 비유하는 말이다. 소식(蘇軾)의 시에 "인생이 가는 곳마다 그 무엇과 같을까, 응당 눈 위에 발자국 남긴 기러기 같으리. 눈 진창에 우연히 발자국을 남겼지만, 기러기 날아가면 어찌 다시 동서를 알리오.[人生到處知何似? 應似飛鴻踏雪泥. 泥上偶然留指爪, 鴻飛那復計東西?]"라고 한 데서 온 말이다. 《蘇東坡詩集 卷3 和子由澠池懷舊》

번 비교해보도록 해야 할 것입니다. 또 다시 한 본을 베껴 쓸 생각이
있으시다면 곧장 착수하는 것이 좋을 것이기에, 바로 돌려 드립니다.
부디 비교하며 베껴 쓰게 하시고, 베껴 쓴 뒤 되돌려 주시는 것이 어떻
겠습니까. 이 책은 혼자 읽어서는 제맛을 느끼지 못하는데, 온경(溫卿
박선수(朴瑄壽))이 오늘 숙직하러 가서 수십 일 뒤에나 돌아올 것이니,
아무런 읽을 맛이 없을 바에야 공연히 가지고 있을 필요가 없습니다.

　'이목(耳目)과 심지(心志)의 즐거움을 다 누리는 것[窮耳目心志之
樂]'[198]과 '하늘에 국운의 영원함을 비는 도를 실천하는 것[行祈天永命
之道]'[199]은 분명히 이런 이치가 있습니다. 그런데 용을 그리고 보불(黼
黻)을 수놓은 옷을 입고,[200] 가득한 물고기와 흰 새를 감상하는 것[201]은

198　이목(耳目)과……것 : 극단적으로 욕망을 추구하는 것을 말한다. 진시황(秦始
皇)의 아들 2세가 승상 조고(趙高)에게 "사람이 세상에 사는 것은 비유하면 여섯 필의
기마(驥馬)를 달려 작은 틈을 지나가는 것과 같이 빠르다. 나는 귀와 눈의 좋아하는
바를 다하고 마음과 뜻의 즐거워하는 바를 다하여 나의 수명을 마치고자 하니……이것
이 가능하겠는가?"라고 물었던 것에서 나온 말이다. 《史記 卷87 李斯列傳》

199　하늘에……것 : 주(周)나라 성왕(成王)이 낙읍(洛邑)으로 도읍을 옮기려고 소공
(召公)을 시켜 먼저 터를 보게 하였다. 새 도읍이 완성된 후에 소공이 왕에게 폐백을
올리며 소고(召誥)를 지어 아뢰기를, "왕은 빨리 공경하는 덕을 행하소서. 저는 왕을
위하여 하늘에 빌어 명(命)을 길게 하겠습니다.[祈天永命]"라고 하였다. 《書經 召誥》

200　용을……입고 : 이목(耳目)과 심지(心志)의 즐거움을 다한 일을 말한 것이다.
보불은 임금의 옷에 화려하게 수놓은 문양이다. 순(舜) 임금이 우(禹)에게 이르기를
"신하는 바로 나의 팔다리요 귀와 눈이 되어야 하니……내가 옛 사람의 상(象)을 관찰하
여 해와 달과 성신(星辰)과 산(山)과 용(龍)과 화충(華蟲)을 그려 넣고 종묘의 술그릇
과 물풀과 불과 흰쌀과 보(黼)와 불(黻)을 수놓아 오채(五采)로써 오색 비단에 드러내
어 옷을 만들고자 하면, 그대가 그 대소(大小)와 존비(尊卑)의 차등을 밝히도록 하라.
〔臣作朕股肱耳目.……予欲觀古人之象, 日月星辰山龍華蟲, 作會, 宗彝藻火粉米黼黻,

모두 참으로 중요하여 폐기할 수 없는 일이 아니며, 이로써 유추해보면
그런 것들이 헤아릴 수 없이 많습니다. 그런데 순(舜) 임금과 문왕(文
王)이 이 일을 한 데 대해 사람들은 아무 말도 하지 않으니, 여기에는
필시 그 이유가 있을 것이지만 어찌 다 말할 수 있겠습니까. 만약 이렇
게 하지 않았다면 살갗이 마르고 발이 부르트며 밥 먹을 겨를도 없이[202]
어찌 이처럼 당신의 몸을 괴롭힐 수 있었겠습니까. 참 우습습니다.

그러나 또 한 가지 의심스러운 점이 있습니다. 지난번에 원명원(圓
明園)[203]과 창춘원(暢春園)[204] 등 여러 곳을 관람했는데, 부서진 자갈과
깨진 벽돌로는 원래의 모습을 짐작할 수 없었지만, 만약 건장궁(建章
宮)의 천문만호(千門萬戶)[205]와 비교한다면 아마 비교조차 되지 않을

絺繡.〕"라고 하였다. 《書經 益稷》

201 가득한……것 : 이목과 심지의 즐거움을 다한 일을 말한 것이다. 《시경》〈영대
(靈臺)〉시에서 문왕(文王)의 덕을 찬양하며 "왕께서 영유(靈囿)에 계시니 사슴들이
그곳에 엎드려 있도다. 사슴들이 살찌고 윤택하며 흰 새는 깨끗하고 희도다. 왕께서
영소(靈沼)에 계시니, 아, 물고기가 가득히 뛰노는구나.〔王在靈囿, 麀鹿攸伏. 麀鹿濯
濯, 白鳥鶴鶴. 王在靈沼, 於牣魚躍.〕"라고 하였고, 《맹자》〈양혜왕 상(梁惠王上)〉에서
이 시를 인용하여, 문왕이 백성들과 더불어 이런 즐거움을 누렸음을 예찬하였다.

202 밥……없이 : 《서경》〈무일(無逸)〉에서 문왕의 덕을 찬양하며 "해가 중천에 뜨고
다시 서쪽으로 기울 때까지 한가하게 식사할 겨를이 없이 노력하여 만백성을 모두 화합
하게 하였다.〔自朝至於日中昃, 不遑暇食, 用咸和萬民.〕"라고 하였다.

203 원명원(圓明園) : 청나라 때의 이궁(離宮)의 하나로, 북경 서직문(西直門)에 있
는 동산이다. 강희제(康熙帝) 때 건설하기 시작하여 건륭제(乾隆帝) 때 완성되었다.
옹정제(雍正帝)가 세자로 있을 때 하사받았으며, 옹정제 이후로 매년 첫봄에 이곳에서
임금이 정사를 듣는 것이 상례였다.

204 창춘원(暢春園) : 청나라 때 이궁의 하나로 북경 서쪽 20리 지점에 있다.

205 건장궁(建章宮)의 천문만호(千門萬戶) : 건장궁은 한(漢)나라 장안(長安)에 있

듯한데, 혹시 조대(措大 독서하는 선비)의 식견이 너무 우활한 것입니까?
또한 우습습니다.

연경(燕京)의 기별을 들은 바가 있으신지요? 남비(南匪 태평천국군(太
平天國軍))의 소란이 아직 그치지 않은 듯하여, 그 때문에 걱정스럽습니
다. 마침 손님이 많아 분주하여 대략 쓰고 이만 줄입니다.

던 궁전이며, 천문만호는 그 규모의 거대함을 나타낸 말이다. 《사기(史記)》권12〈효무
본기(孝武本紀)〉에 "이에 건장궁을 지었는데, 그 규모가 천문만호였다.〔於是作建章宮,
度爲千門萬戶.〕"라고 하였다.

남자명에게 보내는 편지 3[206]

又

지금 막 몇 권의 책을 논단(論斷)하신 답장을 받아보았는데, 《총목제요(總目提要)》[207]로 만들어도 될 만하니 어찌 통쾌하지 않겠습니까.

이씨(李氏)[208]의 학문은 정림(亭林 고염무(顧炎武))의 학문과는 서로 합치되지 않습니다만, 그의 열렬한 굳은 절개는 후세에 환히 빛날 것입니다. 그러므로 정림이 비록 자신과 학문이 합치되지 않지만 〈광사(廣師)〉편에서 "고통을 견디며 배움에 힘써[堅苦力學] 스승 없이도 성취

---

206 남자명에게 보내는 편지 3 : 1861년(철종12) 사행에서 귀국한 이후에서 남병철이 사망한 1863년 7월 이전에 쓴 편지로 추정된다.

환재가 심병성(沈秉成)에게 기증받은 몇 권의 책을 남병철에게 보여주며 평가를 부탁하자 남병철이 편지를 통해 알려온 듯하다. 이에 환재가 그 평가에 대해 《사고전서총목제요(四庫全書總目提要)》로 만들어도 될 만큼 훌륭하다고 칭찬하였다. 또 이옹(李顒)의 책에 대해서는 학술적인 면모보다 명나라 조정에 절의를 지킨 것을 더 높이 평가할 인물이라고 하면서, 고염무(顧炎武)의 〈광사(廣師)〉편을 인용해 보였다. 묘기(苗夔)의 책에 대해서는 실용에 도움이 적다는 점에서 높이 평가하지 않은 남병철의 견해에 동조하였다.

207 총목제요(總目提要) : 《사고전서총목제요(四庫全書總目提要)》를 말한다.

208 이씨(李氏) : 이옹(李顒, 1627~1705)으로, 명말 청초(明末淸初)의 인물이다. 자는 중부(中孚), 호는 이곡(二曲)·토실병부(土室病夫) 등이다. 이학(理學)에 조예가 깊어 '해내대유(海內大儒)'로 일컬어졌으며, 강희제 때 박학홍사과(博學鴻詞科)에 천거되었으나 절식(絶食)으로써 항거하고 종신토록 두문불출하였으며, 오직 고염무(顧炎武)가 찾아오는 것만 반겼다고 한다. 주자학과 양명학(陽明學)의 어느 한쪽을 주장하지 않고 양자의 장점을 취해 조화시키고자 했지만, 실은 양명학에 치우친 학자로 평가된다. 저서로 《사서반신록(四書反身錄)》, 《이곡집(二曲集)》이 전한다.

한 점에서 나는 이중부(李中孚)만 못하다."라고 인정했습니다.²⁰⁹ 이와 같은 인물은 학술(學術)이 어떠한가를 논할 필요가 없지만, 그의 남아 있는 책과 글을 얻게 되었으니 모두 매우 귀중하게 여길 만합니다. 심군(沈君 심병성(沈秉成))이 이 책을 기증한 것도 아마 이런 뜻에서 일 것입니다.

묘씨(苗氏)의 책²¹⁰에 대해서는 저의 소견도 그대와 같습니다. 침계 (梣溪 윤정현(尹定鉉)) 어른이 예전에 그 책을 보고 뒷날 저와 만나 장단점을 논하였는데, 저는 멍하니 무슨 말씀을 하는지 몰랐습니다. 침계 어른은 아마 이 사람의 학문에 대해 아는 것이 있는 듯했습니다. 하지만 제가 망양(望洋)의 탄식을 하지 않았던 것은²¹¹ 그것이 '용을 잡는

---

209 〈광사(廣師)〉편에서……인정했습니다 : 〈광사〉는 고염무의 《정림문집(亭林文集)》 권6에 수록되어 있는데, 《환재집》에서 인용한 것과 글자의 출입이 있다. 《환재집》 원문에는 '堅固力學'으로 되어 있는데, 《정림문집》에는 '堅苦力學'으로 되어 있고, 《환재집》 원문에는 '李仲孚'로 되어 있는데, 《정림문집》에는 '李中孚'로 되어 있다. 《정림문집》에 의거해 수정하여 번역하였다.

210 묘씨(苗氏)의 책 : 묘기(苗夔, 1783~1857)의 《모시운정(毛詩韻訂)》을 가리키는 듯하다. 묘기는 허신(許愼)의 《설문해자(說文解字)》와 고염무의 《음학오서(音學五書)》에 영향을 받아 소학(小學), 특히 음운학(音韻學)에 치력한 고증학자로서, 도광(道光) 말에 북경에서 하소기(何紹基)·장목(張穆)·증국번(曾國藩) 등과 친밀히 교유했다. 저서로 《설문》 중의 800여 자를 정정한 《설문성정(說文聲訂)》, 《음학오서》 중 《고음표(古音表)》를 수정한 《설문성독표(說文聲讀表)》, 《모시(毛詩)》의 고음(古音)을 규명한 《모시운정》 등이 있다. 특히 《모시운정》은 고대 자서(字書) 연구의 탁월한 저술로 손꼽힌다. 《김명호, 환재 박규수 연구, 창비, 2008, 660~662쪽》

211 망양(望洋)의……것은 : 자신의 학문이 크게 부족하지만 그것을 한탄스럽게 생각하지 않았다는 말이다. 망양은 '망양지탄(望洋之歎)'의 준말로 바다를 보고 탄식한다는 의미인데, 도저히 넘볼 수 없는 위대한 경지를 접하고서 자신의 역량이 부족한 것을

재주[212]이므로 쓰일 데가 없다고 여겼기 때문입니다. 우습습니다. 이만
줄입니다.

한탄함을 비유한다. 《장자(莊子)》〈추수(秋水)〉에, 황하(黃河)의 신(神)인 하백(河
伯)이 끝이 보이지 않는 북해(北海)에 처음 이르러서 자신의 좁은 소견을 탄식했다는
고사에서 나온 말이다.
212　용을 잡는 재주 : 원문은 '屠龍之技'인데, 재주는 훌륭하지만 실용에는 아무 도움
이 되지 않는 것을 비유하는 말이다. 《장자》〈열어구(列禦寇)〉에, 주평만(朱泙漫)이
지리익(支離益)에게 용 잡는 기술을 배우면서 천금의 재산을 다 허비하고 3년 만에
기술을 터득하게 되었으나, 그 묘법을 써볼 곳이 없다고 한탄한 고사가 전한다.

새로 부임한 평안도 관찰사 모공에게 주다[213]

與新箕伯某公

소문에 듣자니, 본영(本營)의 군기 별장(軍器別將)[214] 자리를 변통하여 신연(新延)한 통인(通引)을 예차(例差)하는 자리[215]로 만들었다고 하는데, 과연 그런지 모르겠습니다. 이 일은 관계되는 것이 가볍지 않으니, 감히 월조(越俎)의 혐의[216]를 생각지 않고 이처럼 우러러 말

---

213 새로……주다 : 1869년(고종6) 4월에 환재가 평안도 관찰사에서 해임된 뒤 후임으로 임명된 한계원(韓啓源, 1814~1882)에게 준 편지이다.

한계원의 본관은 청주(淸州), 자는 공우(公佑), 호는 유하(柳下)이며, 우의정에까지 올랐다.

환재는 신임 관찰사 한계원이 부임한 뒤, 군기고 별장(軍器庫別將) 자리를 신연(新延)한 통인(通人)에게 내려주는 자리로 삼았다는 소식을 들은 듯하다. 이에 관찰사에게 편지를 보내, 군기고는 군영의 군수품을 보관하는 곳이므로 온갖 부정과 비리가 발생할 소지가 크고, 나아가 국가 방어에도 결정적 영향을 미칠 수 있으므로, 결코 통인에게 내맡겨 두어서는 안 된다고 역설하였다.

214 군기 별장(軍器別將) : 군기고(軍器庫)의 별장으로, 여기서는 군기고를 지키는 고지기에게 별장이라는 명칭을 부여한 듯하다. 별장은 조선 후기 각 지방의 산성과 나루터를 지키기 위하여 설치한 종9품의 임시 관직을 말한다.

215 신연(新延)한……자리 : 신연은 도(道)나 군(郡)의 장교나 이속(吏屬)들이 새로 부임하는 감사(監司)나 수령(守令)을 그의 집으로 가서 맞이해 오는 일을 말한다. 통인(通人)은 지방 관아에 소속되어 수령의 잔심부름을 하던 사람을 일컫는 말이다. 또 예차(例差)는 선발 과정을 거치지 않고 의례적으로 차임(差任)하는 것을 말한다. 따라서 통인이 신임 수령을 맞이해 오면 그를 으레 군기고 별장에 임명해 주도록 하였다는 말이다.

216 월조(越俎)의 혐의 : 분수를 넘어 직분 밖의 일을 간섭하는 것을 말한다. 《장자》

씀드립니다.

대개 이른바 '통인'은 잿빛 수염에 손자(孫子)를 안은 이가 있다고
하더라도, 본래 동자(童子)들이 맡는 직역입니다. 신연하여 맞아온 뒤
에 우대하는 자리를 주는 것은 원래 가소로운 일입니다만, 여러 고을에
서 이렇게 하고 각 군영에서도 이렇게 하여 하나의 관례가 되었으니
더 논란할 필요는 없습니다. 하지만 만약 다시 더 우대해 준다면 너무
나 터무니없는 일이 됩니다.

평안도 감영에서는 보선고(補膳庫)의 별장(別將)과 색리(色吏)[217]
자리가 본래 가장 우대해 준 직임인데, 애초에 언제부터 통인이 신연한
노고를 보상하기 위해 만들어졌는지 모르겠습니다. 최근에는 또 집사
(執事) 자리까지 더해 주고 있으니, 그들에게는 후하고 후한 것입니다.
그런데 지금 우대하는 자리를 더 달라고 요구하고 있으니, 진실로 이것
은 전혀 만족할 줄 모르는 것이며 지극히 무엄한 행태입니다.

군기고 별장의 경우, 안으로는 온 군영의 군수품을 관리하므로 그
임무가 가볍지 않고, 밖으로는 여러 고을의 월과(月課)[218]를 마련하고
준비하므로 그 책임이 가볍지 않습니다. 돈과 재화를 거두어들이고
총기(銃器)와 화약(火藥)을 나누어 주는 등 수많은 일이 지극히 긴요
하고 중요하지 않은 것이 없습니다. 그 과정에서 농간을 부리고 폐단을

〈소요유(逍遙遊)〉에 "요리하는 사람이 주방에서 일을 잘 처리하지 못한다고 해서, 시동
이나 축관이 제기를 뛰어넘어 와서 그 일을 대신해 줄 수는 없는 일이다.〔庖人雖不治庖,
尸祝不越樽俎而代之矣.〕"라고 한 데서 나온 말이다.

217 색리(色吏) : 일정한 일을 맡았거나 또는 책임을 맡은 아전을 말한다.

218 월과(月課) : 매달 보이는 시험을 말한다.

만들면 뒤따르는 문제가 한두 가지가 아닐 것이니, 아무리 성실하고 능력 있는 노련한 군교(軍校)[219]를 십분 잘 가려 뽑았다고 해도 그가 하는 대로 맡겨둔 채 규찰하지 않아서는 안 됩니다. 그러므로 언제나 단속하고 신칙(申飭)하여, 조금이라도 신중히 하지 않는다면 곤장을 쳐서 쫓아내고 용서하지 말아야 합니다. 이런 뒤에야 일이 닥쳤을 때 낭패를 면할 수 있으니, 이 직임은 온 군영 안에서 가장 마음 놓기 어려운 자리인 것입니다.

그런데 지금 신연한 통인의 수고를 보상해 주는 자리로 만든다면, 그저 순서에 따라 수행했을 뿐 본래 선발을 거친 자들이 아니고 모두 주색잡기에 빠진 몰지각한 자들인 이 무리들이, 한편으로는 사환(使喚)으로서 좌우에서 바쁘게 뛰어다니고 한편으로는 수직(守直)으로서 군기고의 일을 총괄하여 살피게 될 것이니, 형편상 제대로 처리할 리가 없을 것입니다.

그렇게 되면 틀림없이 그 자리를 팔아먹거나 또는 자신의 지속(支屬 친척)들로 하여금 대행(代行)하게 할 것이니, 그 누가 폐단이 없을 것이라고 장담할 수 있겠습니까. 가장 중요하면서도 가장 폐단이 생기기도 쉬운 군기고의 임무를 이들 동자(童子)들의 직역으로 내맡긴다면 온 군영의 군교들 또한 어찌 마음으로 복종하겠습니까. 아무리 생각해도 타당한 일인지 모르겠습니다.

더군다나 현재 군수품과 관련된 일은 나라 안에서 가장 시급하고 가장 중요한 일이며, 본영은 또한 평안도 일대의 근본이 되는 땅으로서

219　군교(軍校) : 각 군영 및 지방 관아의 군무에 종사하던 낮은 직급의 벼슬아치를 통틀어 이르던 말이다.

수많은 군수품이 번다하여 종전의 온갖 폐단을 이루 다 말할 수 없습니다. 근래에는 또 군영에서 총(銃)을 만들어 월과(月課)의 성적에 따라 나누어주니 돈과 재화의 출납이 이전에 비해 훨씬 많아졌습니다. 돈이 적지 않은데 연한(年限)을 느슨하게 하면, 중간에서 재물을 취하는 자들이 이익이 생기는 소굴로 여길 것입니다. 이것이 감영의 이속(吏屬)들이 군기고 별장 자리에 침을 흘리는 이유입니다.

제가 돌아올 무렵 차임한 별장 최모(崔某)는 늙은이인데 그는 이름만 빌린 것일 뿐입니다. 그의 아들 최지악(崔志岳)이라는 자가 손재주가 아주 정밀하여 여러 가지 금은(金銀)과 동철(銅鐵)로 된 기물을 만들 줄 알고 또한 자초(煮硝)[220]에도 뛰어나 일하는 양은 남들의 반밖에 안 되지만 그 공은 배나 되며 사람됨도 세심합니다. 그래서 온 군영에서 군기(軍器)의 일을 맡길 만한 사람을 찾아봐도 이 사람보다 나은 사람이 없는데, 상중(喪中)에 있었으므로 그의 아비를 차임해 놓고 그 아들에게 일을 담당하도록 한 것입니다. 이런 복잡한 사정을 아마 살피지 못하시고 마침내 통인에게 인정(仁政)을 베풀려 하시는 듯합니다.

제가 지금 이처럼 자세히 말씀드리는 것은 최모(崔某)를 다시 차임하기를 바라기 때문이 아닙니다. 최모가 아니더라도 온 군영의 노련한 군교와 군무(軍務)에 숙련된 자들 가운데 어찌 쓸 만한 사람이 없겠습니까.

한마디로 말씀드리면, 서쪽 관문의 자물쇠 같은 곳이자 울타리로서 비상사태에 대비해야 할 곳을 통인에게 맡겨 순서대로 돌아가며 예차

---

220 자초(煮硝) : 염초(焰硝)를 구워 화약을 만드는 것을 말한다.

(例差)하는 자리로 만든 것은 결코 다른 나라에 알려지게 해서는 안 되는데, 하물며 제가 체직된 뒤 뒤이어진 일이니 말해 무엇 하겠습니까. 앞으로 군기고의 물자가 탕진되어 큰 탈이 생기면 그저 '기사년 (1869, 고종6)부터 포흠(逋欠)이 시작되었다.'라고 말할 것입니다. 그렇게 되면 제가 장차 그 죄를 뒤집어 쓸 것이니,[221] 누가 시일의 전후를 따져보기나 하겠습니까. 이것은 명공(明公)을 위해서 힘써 말씀드리는 것일 뿐만 아니라, 저도 역시 제 자신을 위해 훗날을 염려하는 것이기도 합니다. 부디 천 번 만 번 각별히 헤아려서 변통하는 일을 급히 거두어 주시기를 간절히 바랍니다.

별지

제가 올 때 차임했던 여러 군교들을 한 사람도 바꾸지 않으셨으니 인수인계 할 때의 후의(厚意)에 진실로 감사드립니다. 이 점은 과분하게 생각해 주신 일이라고 말할 만하니, 차차 바꾸신다고 해도 무슨 문제가 있겠으며, 저 또한 이것에 대해 뭐라고 할 수 있겠습니까. 그러나 군기고에 대한 일만은 군대와 국가에 관련된 중요한 일이므로 이처럼 감히 장황하게 말씀드린 것이니, 부디 깊이 헤아려 주시기 바랍니다.

---

221 기사년부터……것이니 : 환재가 평안도 관찰사에서 물러난 해가 기사년이므로, 사람들이 그 전후 사정을 따지지 않고 환재 자신에게 책임을 돌릴 것이라는 말이다.

여러 벗에게 주어 석 상서의 화상에 대해 논하다[222]

與知舊諸公 論石尙書畫像

고국을 떠나 타국에 와서 사는 된 종족들이 쇠락한 지[223] 오래되면 스스로 자신의 종족이 대대로 명문(名門)이었음을 밝혀 뭇 사람들의 의심을 해소시키고 싶어하니, 이 또한 인지상정입니다.

그러나 늘 이런 사람들을 보면 근거 없이 견강부회하는 폐단이 없지 않습니다. 보계(譜系)와 가승(家乘)의 기록이 짧은 몇 글자에 불과할지라도, 만약 그것이 사실이라면 스스로 그 기록을 믿고 염려하지 않아도 됩니다. 그런데 어설픈 식견으로 번번이 그것이 소략함을 걱정하여

---

222 여러……논하다 : 석성(石星)의 후손인 석태로(石泰魯)가 석씨 가문의 가승(家乘)을 새로 편찬한 뒤 석성의 화상을 세상에 내놓자 사람들이 의심하였으므로, 석성의 화상을 들고 평양으로 가서 무열사(武烈祠)에 보관된 석성의 화상과 비교하려 한 일이 있었다. 이와 관련한 내용이 앞서 나온 〈윤사연에게 보내는 편지 8〉에 실려 있다. 윤사연에게 편지를 보낸 날짜가 1867년(고종4) 연말이므로, 이 글도 그 무렵에 지어진 것으로 보인다. 당시 환재는 평안도 관찰사로 재직하고 있었다. 석성에 대해서는 292쪽 주50 참조.

환재는 석씨 가문의 가승은 믿을 수 없는 것이 분명하지만 그 화상은 진본임이 틀림없다고 판단하고 벗들에게 편지를 보내 의견을 물었던 것으로 보인다.

223 쇠락한 지 : 원문은 '式微'인데, 《시경》〈식미(式微)〉에 "쇠할 대로 쇠했거늘, 어찌 돌아가지 않으리오.〔式微式微, 胡不歸?〕"라고 한 데서 나온 말이다. 이 시는 약소국인 여(黎)나라 임금이 오랑캐에게 나라를 빼앗기고 위(衛)나라에 가서 구원을 기다리며 오래도록 무료한 세월을 보냈으나, 위나라에서는 군사를 풀어 여나라를 찾아줄 기미가 보이지 않으므로, 이에 그 시종신(侍從臣)들이 임금에게 돌아갈 것을 권고하여 부른 노래이다.

마침내 거칠고 졸렬한 문장으로 멋대로 늘리고 부연(敷衍)하니, 진실과 거짓이 뒤섞이고 병폐가 백출(百出)하여 한두 가지 믿을 만한 자취와 사실마저도 황탄(荒誕)한 말에 다 가려져 똑같이 거짓으로 귀결되고 맙니다.

지금 이 석씨(石氏)의 가승[224]은 바로 그러한 것들 중에서 더욱 심한 것이어서 차마 볼 수 없게 만들었으니, 모두 거짓으로 꾸민 것이라 해도 과언이 아닐 것입니다.

그렇지만 한마디로 단정 지을 수 없는 것은 그 집안에 전해지는 석상서의 화상이 결코 남몰래 베끼거나 위조할 수 있는 것이 아니기 때문입니다. 아마 상서의 아들과 손자들이 한 번 우리나라로 건너온 뒤에 조심조심 숨어 지내다가 학문할 기회를 잃고 우둔하게 되었을 것이니, 이것은 이치상 당연합니다. 그리고 증손(曾孫)과 현손(玄孫)에 이르러 동방의 누추함을 배태(胚胎)하여 문아(文雅)함을 회복하지 못한 채 스스로 선조의 훌륭함을 드러내 보이려다 결국 이처럼 된 듯합니다. 이와 같다면 그 거짓되고 망령된 내용 가운데 간혹 한두 가지 믿을 만한 참된 면모가 섞여 있을 수도 있으니, 이 점은 안목을 갖춘 군자가 공정한 마음으로 천천히 규명하기를 기다리지 않을 수 없습니다.

윤식(允植)이 살피건대, 상서 석성은 우리나라에 큰 은혜를 베풀었

---

224 석씨(石氏)의 가승(家乘) : 임진왜란 때 일본과의 강화에 실패한 책임을 지고 석성(石星)이 처형된 이후, 그 후손들은 석성의 유언에 따라 조선으로 귀화하였다. 선조(宣祖)는 그들에게 땅을 주어 해주(海州)에 정착하게 하였는데, 이들이 석성을 시조로 하는 해주 석씨(海州石氏)이다. 석성의 아들 석담(石潭)은 수양군(首陽君)에 봉해졌다. 아마 이 후손들이 석씨 가문의 가승을 만들었던 듯하다.

지만,[225] 참소를 당해 천수(天壽)를 누리지 못하였고, 《명사(明史)》에 열전(列傳)이 없으며 남은 후손들이 이리저리 흩어졌으므로, 선생께서 개탄하고 앙모(仰慕)해마지 않으셨다. 이때에 석씨(石氏)의 가승(家乘)과 화상(畫像)이 석태로(石泰魯)[226]의 집안에서 나오자 세상 사람들이 모두 의심하였다. 선생께서는 '가승에는 근거 없이 끼워 맞춘 말이 많지만, 화상은 가짜가 아닌 진짜이다.'라고 생각하고 여러 조목을 논변한 것이 매우 많은데, 다 기록할 수 없으므로 다만 그 첫 편만 기록해 둔다.

---

225 석성(石星)은……베풀었지만 : 석성은 임진왜란 때 병부 상서로서 명나라의 원군을 조선에 파견하게 하는 데 결정적 도움을 주었다. 또 조선에서 "이성계(李成桂)는 이인임(李仁任)의 아들이다."라고 기록된 《대명회전(大明會典)》의 기록을 바꾸기 위한 종계변무(宗系辨誣) 주청 사행 때에도 예부 시랑(禮部侍郎)으로서, 조선의 뜻을 성취하는 데 큰 도움을 주었다고 한다. 《燃藜室記述 別集 事大典故 譯舌》

226 석태로(石泰魯) : 자세한 행적은 미상이나, 《승정원일기》 고종 14년 4월 6일, 14년 5월 25일, 17년 5월 12일, 29년 1월 24일, 30년 7월 28일 기사에 각각 부장(部將) · 부사과(副司果) · 훈련 주부(訓鍊主簿) · 웅천 현감(熊川縣監) · 전라도 병마우후(全羅道兵馬虞候)에 임명된 기록이 있다.

신유안에게 보내는 편지 1[227] 무진년(1868, 고종5)

與申幼安 戊辰

자전(慈殿)의 수명이 무강(無疆)하여 성대한 존호(尊號)로 융성함을
더했으니, 이전에 없던 경사스런 잔치에 중외(中外)의 사람들이 기뻐
손뼉을 치고 있습니다.[228] 섣달 날씨가 봄과 같으니, 삼가 대감의 체후
(體候)[229]가 신명(神明)의 보호를 받아 화락할 것으로 생각합니다.

청계(淸溪) 한 구역은 외지고 그윽한 좋은 별천지이니, 입을 막고
주렴을 드리운 채[230] 조섭(調攝)하고 보양(保養)하심이 어떻겠습니까.

227　신유안에게 보내는 편지 1 : 1868년(고종5) 섣달에 쓴 편지이다. 당시 환재는
평안도 관찰사로 재직하고 있었다.

　신유안은 신응조(申應朝, 1804~1899)로, 본관은 평산(平山), 자는 유안(幼安), 호
는 계전(桂田)·구암(苟菴)이며, 시호는 문경(文敬)이다. 1852년(철종3)에 문과에 급
제하여 형조와 이조와 예조의 판서를 지냈다. 임오군란(壬午軍亂) 이후 재집권하게
된 흥선대원군(興宣大院君)에 의하여 우의정에 임명되었으나 끝내 출사하지 않았다.
뒤에 좌의정에 올랐으며, 퇴임한 뒤 기로소에 들어갔다. 저서로 《구암집》이 있다.

228　자전(慈殿)의……있습니다 : 자전은 익종(翼宗)의 비(妃)인 조대비(趙大妃)를
지칭한다. 1868년에 회갑을 맞이하자 '효유헌성 선경정인 자혜홍덕 순화문광 원성 대왕
대비(孝裕獻聖宣敬正仁慈惠弘德純化文光元成大王大妃)'라는 존호가 올려졌다. 고종
(高宗)이 조대비에게 존호를 올리며 내린 교서(敎書)에서 "아! 대왕대비전께서 회갑을
맞이하신 것은 우리나라 500년 중 여덟 번째 있는 경사이므로 존호를 올리고 윤음을
반포한다."라고 하였다. 《高宗實錄 5年 12月 6日》

229　대감의 체후(體候) : 원문은 '台體'인데 '대감의 건강'이라는 말로, 편지를 받는
사람이 2품의 벼슬에 있을 때 쓰는 말이다. 이 당시 신응조는 종2품인 홍문관 제학을
지내고 있었다. 《苟菴再續集 附錄 曾王考議政府君家狀, 平山申氏文集 第7集》

230　입을……채 : 입을 막는다는 것은 외물에 대한 욕망을 절제하는 것이며, 주렴을

하지만 논두렁 넘고 밭두렁 건너 서로 안부를 물으려 해도[越陌度阡 枉用相存]²³¹ 전혀 그럴 사람이 없음은 또한 견디기 어려운 것이니, 이 점은 조금 걱정스럽습니다.

저는 말씀드릴 만한 좋은 일이 없고 풀기 어려운 번뇌만 있다는 점은 편지로 말씀드리지 않더라도 묵묵히 헤아리시리라 생각합니다. 이처럼 세밑이 되니 서울에 있을 때의 생각을 절로 금할 수 없습니다. 마주 앉아 회포를 말하며 한 번 웃을 날도 멀지 않을 것이니, 나머지는 모두 줄입니다. 오직 새해에 만복이 깃들기를 기원합니다.

드리운다는 것은 한가로이 유유자적하는 것을 말한다. 《노자(老子)》 52장에 "입을 막고 문을 닫으면 종신토록 수고롭지 않게 된다.〔塞其兌, 閉其門, 終身不勤.〕"라고 하였다.

231 논두렁……해도 : 위 무제(魏武帝) 조조(曹操)의 〈단가행(短歌行)〉에 나오는 표현이다. 《文選 卷27 樂府》

신유안에게 보내는 편지 2[232] 이하는 신미년(1871, 고종8)

又 以下辛未

며칠 동안 제법 온화하고 따뜻하더니 오늘 아침에 짙은 구름이 잔뜩 끼었습니다. 한 번 비가 내리고 나면 연기 같은 버들잎[233]이 둑을 감싸는 광경을 보게 될 것입니다.

이런 즈음 벗들을 그리워하는 마음을 참으로 풀기 어려웠는데, 대감의 편지가 손에 들어왔으니 생각지도 못한 일이라 기뻤습니다. 대감의 체후(體候)가 직무를 수행하는 중에도[234] 맑고 왕성하시다니 더욱 위로됨이 그지없습니다. 관청의 장부와 문서를 정리하는 것은 또한 차차 하실 일이니 무엇을 말할 필요가 있겠습니까.

청문(靑門)[235]에서 사람을 전송하는 것은 본래 마음 가누기 어려운

---

232 신유안에게 보내는 편지 2 : 1871년(고종8) 1월 말경에 쓴 편지이다. 환재는 1869년(고종6) 4월 평안도 관찰사에서 해임되었고, 이 편지를 쓸 당시 서울에 있었다.

강원도 관찰사로 재직하고 있던 신유안을 방문해 금강산을 유람할 계획을 세웠던 듯한데, 아우 박선수가 이천 부사(伊川府使)로 부임하게 되어 그 계획을 이루지 못하게 되었다는 소식을 전하고 있다.

233 연기 같은 버들잎 : 원문은 '柳煙'인데, 버들잎 가지가 무성해지면 그 모양이 마치 연기가 낀 것처럼 보이는 것을 표현한 말이다.

234 대감의……중에도 : 신응조는 1870년(고종7) 12월 15일에 강원도 관찰사에 임명되어, 당시 임무를 수행하고 있었다. 《高宗實錄 7年 12月 15日》

235 청문(靑門) : 원래는 한나라 장안성(長安城) 동남쪽에 있는 문의 이름인데, 서울의 성문을 뜻하는 말로 쓰인다. 백거이(白居易)의 〈권주 십사수(勸酒十四首)〉 중 〈하처난망주 칠수(何處難忘酒七首)〉의 제2수에서 "어디서도 술 잊긴 어려운 건데 청문에서 송별이 많기도 하네.〔何處難忘酒, 靑門送別多.〕"라고 한 데서 나온 말이다.

일인데, 이미 형을 전송하고 제 아우까지 전송하고서[236] 빈 집으로 돌아오니, 봄날의 길이가 하지(夏至) 때보다 갑절이나 되는 듯합니다. 하릴없이 지내는 것이 이와 같습니다.

온경이 부임한 것이 이달 초7일이라 내달 보름 뒤에나 집으로 돌아오려 하는데, 정리(情理)나 사세(事勢)로 볼 때 그렇지 않을 수 없을 것입니다. 그러니 봉래산(蓬萊山 금강산)의 연못가 누각에서 만나는 것은 아마 올봄과 여름에는 도모할 수 없을 듯하니, 이것이 아쉬운 일입니다.

혁제(赫蹏)[237]로 주고받는 것이 가장 편리하고 좋으니, 하늘 끝이라도 가까운 이웃이나 마찬가지입니다. 인편이 있을 때마다 이 방법을 쓰시기 바랍니다.

송석(松石)[238]이 술을 마련하여 초대하기에 지금 가려고 하니, 편지지를 펴놓자 더욱 서글픈 마음이 듭니다.

---

236 제 아우까지 전송하고서 : 환재의 아우 박선수는 1871년(고종8) 1월 13일에 이천 부사(伊川府使)에 임명되었다. 《承政院日記 高宗 8年 1月 13日》

237 혁제(赫蹏) : 원문에는 '赫蹻'로 나와 있으나, 문맥을 고려하여 '赫蹏'로 바로잡아 번역하였다. 혁제는 '赫蹄'로도 쓰는데, 옛날에 글씨를 쓰는 데 썼던 폭이 좁은 비단을 말하며 종이를 칭하는 말로 전용되어 쓰인다. 전하여 아주 작은 종이에 작은 글씨로 쓴 편지를 말한다.

238 송석(松石) : 김학성(金學性, 1807~1875)으로, 본관은 청풍(淸風), 자는 경도(景道)이고, 송석은 그의 호이다. 1829년(순조29)에 문과에 급제한 뒤, 예조 판서·평안도 관찰사·판중추부사 등을 역임하였다. 편서로 《청풍김씨세보(淸風金氏世譜)》가 있다.

신유안에게 보내는 편지 3[239]

又

송계중(宋季重)이 직(直)에서 풀려나 돌아와[240] 봉래산(蓬萊山 금강산)의 연못가 누각에서 만난 일을 신나게 이야기하는데, 맑은 정취가 끝이 없어 저로 하여금 몹시도 그리워하게 하였습니다.

4월의 열기가 자못 괴로운데 삼가 순찰하시는 체후(體候)가 더욱 강녕하시기를 바랍니다. 쓸쓸히 발 드리운 누각에서 책을 펼칠 여가가 많으신지요? 우러러 그리운 마음 금할 길이 없습니다.

저는 노쇠한 모습이 날로 더해져 털끝만큼도 만족스러운 일이 없는 데다 형제 간에 떨어져 있자니, 노년의 회포로 날을 보내기가 더욱 어렵습니다.

지난번에 보내 주신 편지에서 사방이 첩첩 산봉우리라 하루 종일 꾀꼬리 소리만 들릴 뿐 속세의 자취는 하나도 눈에 보이는 것이 없다고 하셨으니, 더욱 부러움을 금할 수 없습니다.

---

239 신유안에게 보내는 편지 3 : 1871년(고종8) 4월경에 쓴 편지이다. 당시 환재는 서울에서 벼슬하고 있었다.

240 송계중(宋季重)이……돌아와 : 송계중이 누구인지는 정확하지 하다. '직(直)'은 '직관(直官)'으로 잠시 동안 다른 임무를 수행하는 관원을 말한다. 여기서는 송계중이 신응조가 근무하는 강원도에 어떤 직무를 띠고 갔다가 돌아왔다는 말로 보인다.

신유안에게 보내는 편지 4²⁴¹

又

어느덧 여름이 깊어지려하여 5월의 더위가 한창인데, 편지를 받고서 요즈음 대감의 순찰하시는 체후(體候)가 신명의 도움을 받아 화락하시다는 것을 알았으니, 그 기쁨이 어떻겠습니까.

질병으로 치도(治道)를 비유한 것은 본래 매우 적절한 것이지만, 손을 쓸 수 없는 것이 어찌 유독 대감이 계신 곳만 그렇겠습니까. 그러나 치도는 마침내 망한 것을 부흥(復興)시키는 이치가 있지만 우리에게는 끝내 환소단(還少丹)²⁴²의 처방이 없으니, 이것이 가장 서글픕니다. 포로(圃老 정몽주(鄭夢周))께서 "주머니 속에는 목숨 이어갈 약이 없네.〔囊中無藥可延年〕"라고 말한 것²⁴³은 흡사 우리들을 두고 한 말인 듯합니다.

저는 서양 선박의 소란이 일어났을 때²⁴⁴ 가장 낭패스러웠던 점이

---

241 신유안에게 보내는 편지 4 : 옥수(玉樹) 조면호(趙冕鎬)가 장악원 정(掌樂院正)에 임명된 일을 거론하고 있는 것으로 보아, 1871년(고종8) 5월에 쓴 편지로 보인다. 조면호는 1871년 5월 3일에 장악원 정에 임명되었다. 《承政院日記 高宗 8年 5月 3日》 당시 환재는 서울에서 벼슬하고 있었다.

242 환소단(還少丹) : 젊음을 되찾는 단약이라는 말로, 한의학에서 양(陽)이 허(虛)하고 진기(眞氣)가 쇠약한 경우에 쓰이는 처방이라고 한다.

243 포로(圃老)께서……것 : 정몽주의 〈언양에서 구일날 느낌이 있어, 유종원의 시에 차운하다〔彦陽九日有懷 次柳宗元韻〕〉의 함련에 나오는 구절이다. 286쪽 주37 참조.

244 서양……때 : 1866년(고종3) 9월 프랑스 함대가 침입하여 발생한 병인양요(丙寅洋擾)를 말한다.

있었으니, 감히 휴가를 청하여 이천(伊川)과 안협(安峽)으로 가지 못한 것[245]이 첫 번째였고, 그래서 녹홍(鹿紅)[246]을 마실 수 없는 것이 두 번째였으며, 포수(砲手)를 징발해 가는 바람에[247] 뒷날에 쓸 반룡(斑龍)의 정주(頂珠)[248]까지 얻을 수 없었던 것이 세 번째였으니, 주머니 속에 약이 없는 것이 또한 이와 같다고 껄껄 웃었습니다.

노우(老友) 옥수(玉垂)가 악정(樂正)이 되었을 때[249], 오색(五色)의 사립자(絲笠子)[250]를 쓴 총각(總角)들을 인도하고서 대로를 횡횡하는 것에 대해 왜 부끄러워하는 뜻을 가졌을까요. 숙사(肅謝 사은숙배(謝恩肅拜))하는 날 나에게 와서 이 의식을 갖추는 것이 옳은지를 묻기에, 제가

---

245 이천(伊川)……것 : 정확한 의미는 불분명하나, 뒤에 나오는 내용으로 미루어 이천과 안협으로 사슴 사냥을 가지 못했다는 말인 듯하다.

246 녹홍(鹿紅) : 녹혈(鹿血) 즉 사슴피를 말하는 것으로 보인다.

247 포수(砲手)를……바람에 : 1866년(고종3) 9월 병인양요가 일어났을 때 평안도 관찰사로 재직 중이었던 환재는, 평안도의 포수 1천 명을 시급히 뽑아 보내라는 순무사(巡撫使) 이경하(李景夏)의 전령을 받고 포수들을 모집하여 강화도로 급파하였다. 《김명호, 초기한미관계의 재조명, 역사비평사, 2005, 94~96쪽》

248 반룡(斑龍)의 정주(頂珠) : 반룡은 사슴의 별칭이고, 정주는 정수리에 있는 구슬이라는 의미로 녹용(鹿茸)을 가리키는 말이다. 한의학에서 녹용을 반룡주(斑龍珠)라고 부르기도 한다.

249 옥수(玉垂)가……때 : 옥수는 조면호(趙冕鎬, 1803~1887)의 호로, 본관은 임천(林川), 자는 조경(藻卿)이고, 다른 호는 이당(怡堂)이다. 김정희(金正喜)의 문인으로, 1837년(헌종3)에 진사시에 합격하였고, 음보(蔭補)로 삼등 현령(三登縣令)·평양 서윤(平壤庶尹)·의성 현령(義城縣令) 등을 지냈다. 저서로 《옥수집》이 있다. 악정(樂正)은 장악원 정(掌樂院正)을 말하는데, 조면호는 1871년 5월 3일에 장악원 정에 임명되었다. 《承政院日記 高宗 8年 5月 3日》

250 사립자(絲笠子) : 명주실로 싸개를 하여 만든 갓을 말한다.

그 의식을 폐기할 수 없다고 힘주어 말해 주었습니다. 이로 인해 숙배하러 나갈 때 잠시 머뭇거렸다가 문을 나서지 않았습니다.[251] 보내 주신 편지를 옥수에게 전해주겠습니다. 나머지는 등불 아래에서 눈이 침침하여 이만 줄입니다.

---

251 숙배하러……않았습니다 : 조면호는 스스로 관직에 연연하지 않았는데, 1883년 (고종20)에 두 차례 동지의금부사에 제수되었을 때 사흘이 지나도록 숙배를 하지 않아 조정에서 그에 대한 추고를 논의한 일도 있다.《承政院日記 高宗 20年 8月 13日》조면호 의 삶과 문학에 대해서는《김용태, 19세기 조선 한시사의 탐색, 돌베개, 2008》을 참조하 기 바란다.

신유안에게 보내는 편지 5[252]

又

장마철 무더위가 잠시 걷혀 가을 햇살이 숲속에 들고 푸른 갈대에 흰
이슬 내리는 즈음[253] 꿈속에서 자주 그대를 봅니다. 그러나 이곳은 해
오라기며 갈매기와 짝하는 강호(江湖)라서 아마도 연침(燕寢)의 맑
은 향기가 나는 곳[254]과 꼭 맞지는 않을 듯합니다. 그렇다면 그저 "화
현이라 그대가 행락할 곳이요, 송방이라 내가 좌선할 때라네.〔花縣當
君行樂處 松房是我坐禪時〕"[255]라고 할 수 있을 터이니, 어떻게 생각하

---

252 신유안에게 보내는 편지 5 : 1871년(고종8) 초가을에 쓴 편지이다.

253 푸른……즈음 :《시경》〈겸가(蒹葭)〉에 "갈대 푸르고 푸르니, 흰 이슬이 서리가
되었네. 이른바 그 사람이 물 저편에 있도다. 물길 거슬러 올라가지만, 길이 험하고
멀다네.〔蒹葭蒼蒼 白露爲霜 所謂伊人 在水一方 遡洄從之 道阻且長〕"라고 한 데서 나온
표현인데, 이 시는 보고 싶은 사람이 물 가운데 있기에 물길을 오르내리면서 한번 만나
려고 애를 쓰지만 끝내 만나지 못함을 한탄한 노래이다.

254 연침(燕寢)의……곳 : 연침은 한가한 잠자리를 말하는데, 성어로 '연침청향(燕寢
淸香)'은 주로 지방관의 관아나 군재(郡齋)의 한가한 생활을 뜻하는 말로 쓰인다. 강원
도 관찰사로 있는 신응조를 두고 한 말이다.

255 화현(花縣)이라……때라네 : 백거이(白居易)의 〈정월십오일야 동림사학선 우회
람전양주부 인정지선사(正月十五夜東林寺學禪偶懷藍田楊主簿因呈智禪師)〉의 함련
(頷聯)이다.《백씨장경집(白氏長慶集)》권16에는 환재가 인용한 시의 출구(出口)가
'花縣當君行樂夜'로 되어 있다. 그런데 이 시가《세시잡영(歲時雜詠)》에는 원진(元稹)
의 작품으로 수록되어 있고, '花縣當君行樂處'로 되어 있다. 화현(花縣)은 지방 수령으
로 있는 고을을 뜻하는데, 진(晉)나라 반악(潘岳)이 하양 영(河陽令)이 되었을 때 온
고을에 복사꽃을 심어 백성들이 "하양 온 고을이 꽃 세상일세.〔河陽一縣花〕"라고 한
데서 나온 말이다.《白氏六帖 卷21》송방(松房)은 주위에 소나무를 심은 승려의 방사

실지 모르겠습니다. 원·백(元白)[256] 당시에 이것은 평범한 말이었을 테지만 지금은 오히려 그렇지 않으니, 세상의 조롱을 해명할 글[257] 한 편이 없어서는 안 될 듯한데, 또 어떻게 생각하실지 모르겠습니다. 매우 우습습니다.

석림(石林)[258]의 족계(簇谿)는 인가(人家)가 서로 맞닿아 있는 곳인데, 이 사이에 집을 마련하실 것이라고 들었습니다. 어부와 나무꾼과 이웃이 되실 터이니 어떤 즐거움이 이만하겠습니까. 푸른 갈대에 흰 이슬 내리는 것을 본분으로 여기는 분이 바로 이 사람이니, 또한 어찌 저의 꿈을 진실로 번거롭게 하지 않을 수 있겠습니까.

요사이 순찰하시는 체후(體候)가 강녕하신지, 장부와 문서를 제대로 처리하시는지는 번거로이 여쭙지 않겠습니다. 다만 '번잡하여 책과 이별했다.'라고 하셨으니, 제가 드린 말씀이 허언이 아님을 점차 깨닫게 될 것입니다.[259]

(房舍)를 일컫는 말이다.

256 원·백(元白) : 당나라 시인 원진(元稹)과 백거이(白居易)의 병칭이다. 백거이의 시 구절을 인용하였으므로 이렇게 말한 것이다.

257 세상의……글 : 원문은 '解嘲文字'이다. 한나라 양웅(揚雄)이 《태현경(太玄經)》을 지을 때, 권세에 아부하여 출세한 자들이 그의 담박한 생활 태도를 비웃자, 이를 해명하는 글을 지어 〈해조(解嘲)〉라는 제목을 붙인 일이 있다. 《漢書 卷87下 揚雄傳》

258 석림(石林) : 경기도 광주(廣州)의 퇴촌면(退村面)에 있는 석촌(石村)을 가리키는 것으로 보인다. 신응조의 가장(家狀)에 따르면 만년에 광주의 석촌에 우거했다고 한다. 《荀菴集 再續集 附錄, 平山申氏文集 第7輯》

259 번잡하여……것입니다 : 평안도 관찰사를 지냈던 환재가 아마 강원도 관찰사로 나가는 신응조에게 책 읽을 여가가 없을 정도로 바쁠 것이라고 말한 듯하다. 그런데 신응조의 편지에 책과 이별했다는 말이 있었으므로, 환재 자신의 말이 허언이 아니었음

때마침 믿을 만한 인편을 만났기에 대략 이렇게 써서 안부를 전합니다.

을 점점 깨닫게 될 것이라는 말이다.

신유안에게 보내는 편지 6[260]

又

청계(淸溪)의 푸른 절벽 아래에서 갑자기 용이 승천하듯 구름이 솟아오르는 것을 보았으니, 매우 기이한 일이었습니다. 며칠이 지나도록 그 현상을 이해할 수 없다가 오늘에야 깨달았습니다. 하늘 가득한 저녁노을 속에 봉래산(蓬萊山 금강산)에서 술에 취해 시를 쓰실 것임을, 어찌 길조(吉兆)를 통해 먼저 보여준 것이 아니겠습니까.[261] 이를 두고 참언(讖言)이라고 한다면 그 말이 바르지는 않지만, 기약하지 않고도 그렇게 된 것은 이런 이치가 없었던 적이 없습니다.

대개 어지러이 번뇌하는 즈음이라도 평소의 함양(涵養)이 깊으면 나오는 말과 글이 저절로 화평(和平)하여 즐거워할 만합니다. 만약 기상(氣像)이 좋을 때 좋은 일이 몰려든다고 말한다면 이 또한 속된 것입니다.

영손(令孫)[262]이 돌아가 모신 지 이미 오래되어, 지금을 영광으로 여기고 옛날을 슬퍼하는 회포가 끝이 없으실 것으로 생각하니, 우러러 그리움을 잊지 못하겠습니다.

가을의 서늘함이 갑자기 생겼으니, 삼가 대감의 체후(體候)가 맑고

---

260 신유안에게 보내는 편지 6 : 1871년(고종8) 가을에 쓴 편지이다.

261 하늘……아니겠습니까 : 신응조의 편지를 받았는데, 그 내용 중에 봉래산에서 술에 취해 시를 지었다는 내용이 들어 있었다는 말인 듯하다.

262 영손(令孫) : 신응조의 손자는 신일영(申一永, 1845~?)이다. 1872년(고종9)에 문과에 급제하여, 홍문관 부수찬·승정원 동부승지·성균관 대사성 등을 역임하였다.

왕성하고 묵은 병이 날로 물러나며 음식으로 조섭함이 평상시보다 좋아지시기를 기원합니다. 그 밖의 많은 이야기는 본래 글로 다할 수 있는 것이 아니니, 이만 줄입니다.

신유안에게 보내는 편지 7[263]

又

편지를 보내신 것이 가을 그믐날이었는데 온경(溫卿 박선수(朴瑄壽))이 왔다는 것에 대해 아무 말씀 없으시니, 그날까지 아직 인사 올리지 않았던 것으로 생각됩니다. 삼가 보내 주신 편지를 받고서, 대감의 체후(體候)가 편안하시어 동쪽 울타리의 누런 국화[金英]와 오만하게 서릿바람을 다툴 수 있음을 알았으니, 참으로 대단하십니다.

부끄러운 저의 시구(詩句)를 누가 200리 밖까지 읊어 전했던가요? 분명 옥수(玉垂 조면호(趙冕鎬))가 소일하는 방법이었을 것이니, 우습습니다.

저는 며칠 동안 방이 썰렁하고 날씨가 추워지는 바람에 감기에 걸려 지금 신음하느라 괴롭습니다. 이천(伊川) 수령[264]은 어제나 오늘 이곳으로 들어왔을 것인데 아직 소식을 듣지 못했으니, 더욱 답답합니다.

---

263 신유안에게 보내는 편지 6 : 1871년(고종8) 가을에 쓴 편지이다.
264 이천(伊川) 수령 : 이천 부사로 있던 아우 박선수(朴瑄壽)를 지칭한 말이다.

신유안에게 보내는 편지 8[265] 임신년(1872, 고종9)

又 壬申

지난달 그믐에 보내신 편지를 받고 아직까지 지체하며 답신을 올리지 못한 것은, 쓸데없이 바쁜 일이 꽤 있었던 데다 게으른 습관이 더해져서 그렇게 된 것입니다. 5월의 더위와 매우(梅雨)[266]가 내리는 이때에 대감의 체후(體候)가 요사이 더욱 편안하시고, 신은(新恩)[267]과 신부(新婦)가 같은 날 문에 이르렀다고 하셨으니, 그 영광과 기쁨이 예사로운 경우와 비교할 바 아니라고 생각합니다. 노년에 뜻에 맞는 일을 얻어 마음이 즐겁고 정신이 편안한 것이 바로 양생(養生)의 묘법이니, 이 또한 우러러 경하 드립니다.

온경(溫卿 박선수(朴瑄壽))은 저와 몇 달 동안 함께 있다가 며칠 전에 출발하여 이진(伊珍)[268]으로 돌아갔으니, 아마 오늘 아침쯤 고을에 당

---

265 신유안에게 보내는 편지 8 : 1872년(고종9) 5월에 쓴 편지이다. 이때 환재는 청나라 동치제(同治帝)의 혼인을 축하하는 진하 겸 사은사로 임명되어 있었다.

편지의 내용을 통해 환재가 사은사로 임명된 것이, 흥선대원군에게 직접 청원하여 성사된 일임을 확인할 수 있다. 또 북경으로 건너가 중국의 벗들을 만날 기대에 설레고 있는 환재의 모습도 짐작할 수 있다.

266 매우(梅雨) : 매실이 누렇게 익을 무렵에 내리는 비를 말하는데, 보통 초여름부터 시작되는 장맛비를 가리킨다. 이 기간 동안에는 공기가 음습하여 곰팡이가 쉽게 슬기 때문에 매우(霉雨)라고 부르기도 한다.

267 신은(新恩) : 과거에 새로 급제한 사람을 일컫는 말이다. 신응조의 손자인 신일영(申一永)이 1872년(고종9)에 정시 문과에 병과 8위로 급제하였는데, 이를 두고 한 말로 보인다. 《文科榜目》

도했을 것인데 중도에 필시 비를 만나 고생했을 것이므로 안타깝고 염려됩니다.

사슴뿔이 자라는 것은 바로 지금이 적기(適期)이지만, 작년에 한 가닥의 녹용도 보지 못했기 때문에 이로 미루어보면 올해도 그러할 것임을 알 만합니다. 또한 온재가 떠난 것이 이 일을 제때에 처리하기 위해 간 것이 아니라, 공무를 비워둔 것이 오래되었기 때문입니다. 아무리 한가한 고을이라도 어찌 적체된 일이 없겠습니까. 게다가 이 형이 국경을 나설 때가 멀지 않았으므로[269] 형편상 장차 이천(伊川)에 잠시 갔다가 제가 떠날 때에 맞추어 또 도성으로 들어와야 하기에, 지금 그 고을로 돌아간 것이니 부디 헤아려 주십시오. 그때 다시 말미를 허락해 주심이 어떻겠습니까.

어느 날 맑은 아침에 무료하여 중국 사람들과 주고받은 서신을 꺼내 보다가 갑자기 다시 연경(燕京)의 객사에서 노닐고 싶다는 생각이 일었습니다. 급히 먹을 갈아 편지를 써 석파(石坡) 어른에게 올렸더니 한마디로 즉시 허락해 주셨기에[270] 드디어 사신의 직함을 얻게 되었습

---

268 이진(伊珍) : 강원도 이천현(伊川縣)의 옛 지명으로, 고구려 때의 지명이 이진매 (伊珍買)였다. 《新增東國輿地勝覽 卷47 江原道 伊川縣》 당시 박선수는 이천 부사를 지내고 있었다.

269 이 형이……않았으므로 : 환재가 청나라 동치제(同治帝)의 혼인을 축하하는 진 하 겸 사은사의 정사로 임명되어 북경에 가게 된 것을 말한다. 환재는 1872년(고종9) 7월 북경으로 출발하였다.

270 급히……주셨기에 : 석파(石坡) 어른은 흥선대원군(興宣大院君) 이하응(李昰 應, 1820~1898)을 가리키는데, 석파는 그의 호이다. 환재가 흥선대원군에게 청나라 동치제의 혼인 행사에 참석하게 해 달라고 청원 편지를 올려 허락을 받아 사행을 떠나게 된 정황을 알 수 있다.

니다.

어떤 이들은 노인의 망령된 행동이라고 의아해하기도 하지만 이것은 전혀 그렇지 않습니다. 멍하게 집안에 앉아 세월을 허송하는 것이 가벼운 수레를 타고 익숙한 길을 걸어 옛 친구들을 많이 만나 회포를 나누며 담소하는 것만 하겠습니까. 그 즐거움은 이루 말할 수 없을 것입니다.

게다가 늦은 더위와 이른 추위가 없지 않겠지만, 모두 우리 국경 안에서 보내게 될 것이니 전혀 문제될 것이 없습니다. 이런 이유로 몸을 떨쳐 용감하게 가려는 것인데, 태형(台兄)께서는 어찌 생각하실지 모르겠습니다.

7월 초2일에 배표(拜表)[271]하면 돌아올 날짜는 11월 20일쯤이 될 것입니다. 온경은 분명 6월 상순쯤 집으로 돌아와 저의 행장(行裝)을 점검해 줄 것이고, 저를 전송한 이후에는 아마 헌신짝 버리듯 벼슬에서 물러나 집에 있을 생각인 듯합니다. 남은 빚이 걱정스럽고 청산할 방법도 없어 이것이 고민입니다만, 또한 따져볼 겨를이 없습니다. 제가 떠나기 전에 또 반드시 몇 차례 서신을 왕복할 것이니, 이번 편지에는 우선 번다한 이야기는 줄입니다.

---

271 배표(拜表) : 황제에게 올릴 표문(表文)을 받들고 떠날 때 표문에 대해 절하는 것을 말하는데, 사행의 출발을 의미한다.

신유안에게 보내는 편지 9 이하는 갑술년(1874, 고종11)

又 以下甲戌

새해에 보내신 첫 번째와 두 번째 편지가 나란히 이르렀기에, 삼가 대감의 체후(體候)가 복을 받고 기거와 음식으로 조섭함이 작년보다 훨씬 좋아졌음을 알았습니다. 이는 서도(西道) 백성들의 복이니,[272] 경하드리는 마음을 무엇으로 비유하겠습니까.

별지(別紙)에 있는 돈의 폐단에 대한 논의[錢弊論]는 계전옹(桂田翁) 문집의 잡저(雜著)로 삼을 만하니, 참으로 성대하며 참으로 감복(感服)합니다. 문자 밖의 필묵에 넘쳐나는 정력도 이와 같으니, 늘 노쇠하고 병들어 억지로 힘쓸 수 없다는 말씀을 들었지만, 이제부터는 더 이상 걱정하지 않겠습니다.

저야말로 정말 나이 들고 노쇠함이 더해진 데다 현재의 상황이 더욱 한가할 겨를이 없으니 고달픔을 말로 표현하기 어렵습니다.

편지를 받고도 바빠서 답신을 못했다가 지금 늙은 별배(別陪)[273]가 와서 답장을 달라하기에 급히 쓰고 이만 줄입니다.

---

272 서도(西道) 백성들의 복이니 : 서도는 평안도(平安道)를 가리키는데, 이 당시 신응조는 평안도 관찰사를 지내고 있었다. 신응조는 1873년(고종10) 12월 6일에 평안도 관찰사에 제수되어, 1874년 9월에 체직되었다. 《高宗實錄 10年 12月 6日, 11年 9月 14日》

273 별배(別陪) : 벼슬아치 집에서 사사로이 부리던 하인을 말한다.

신유안에게 보내는 편지 10[274]

又

며칠 전에 보낸 답신은 이미 보셨으리라 생각합니다. 지금 대감의 안부 편지를 받고 이미 많은 위로를 받았는데 다섯 장의 가르침까지 주셨습니다. 우러러 이즈음의 번뇌하시는 상황이 전에 없던 것으로 생각되는데, 정리되고 치밀한 글씨에다 해학과 기발함까지 띠고 있으니, 여기에서 군자는 어떠한 상황에서도 자득(自得)하지 않음이 없음을[275] 알게 되었습니다. 정력이 더욱 왕성해지셨고 수양함은 평소부터 해 오시던 것이니, 흠앙하여 탄복함을 어떻게 다 적을 수 있겠습니까.

여러 조목들에 대해 별도로 답변하며 장황하게 필묵을 놀릴 수 없기에 외람되이 각 구절마다 옆에 평(評)을 붙여서 올리니, 어찌 마주앉아 토론하는 것과 다르겠습니까. 보신 뒤에 돌려주시면 첩(帖)으로 만들어 때때로 얼굴 뵙는 것을 대신할 자료로 삼으려 합니다. 어떻게 생각하시는지요.

---

274 신유안에게 보내는 편지 10 : 1874년(고종11)에 보낸 편지이다. 당시 환재는 우의정의 직책을 맡고 있었다.

275 군자는……없음을 : 《중용장구》 제14장에 나오는 말이다.

신유안에게 보내는 편지 11[276]

又

삼가 보내 주신 편지를 받고 요사이 대감의 체후(體候)가 아주 좋다는 것을 알았으니, 우러러 마음이 위로되고 또 송축드립니다. 봄추위가 아무리 매섭다한들 계절은 절로 흘러 강가의 버들이 마을에서 흔들리고 맑은 물이 성곽을 에워싸니 점차 난간에 기대어 멀리 바라보고 싶은 생각이 생기는데, 대감 역시 이런 여가를 낼 수 있는지 모르겠습니다.

사람들이 말하기를, "감사(監司)는 몸가짐이 중요하니, 잠깐 동안이라도 영외(營外)로 옮겨 다녀서는 안 되며 마땅히 엄중함을 지키며 마치 소상(塑像)처럼 하루 종일 단정히 앉아 있어야 한다."라고 합니다.

하지만 저는 본래 조급하고 망령된 행동을 참지 못하는 사람인지라 도임한 지 3일 만에 이미 동산의 정자와 연못가의 누각을 두루 돌아보았습니다.[277] 그 이후로 바람과 햇살이 조금 좋다싶으면 즉시 발길 닿는 대로 북정(北庭)의 장미 덤불 곁을 따라 곧장 걸어 일섭문(日涉門)을 나섰고, 기생과 인동(印童)[278]들이 줄줄이 뒤를 따랐습니다. 어떤 때는

---

276 신유안에게 보내는 편지 11 : 1874년(고종11) 봄에 보낸 편지이다. 당시 환재는 우의정의 직책을 맡고 있었다.

277 도임한……돌아보았습니다 : 환재 자신이 평안도 관찰사로 부임했을 때 그렇게 했다는 말이다. 환재는 1866년(고종3) 2월에 평안도 관찰사에 임명되어, 1869년 4월까지 재직하였다.

하루에 몇 번씩 이렇게 한 적도 있었지만, 사인(士人)들이 이것으로 저를 비난했다는 말은 듣지 못했습니다. 명공(明公)께서는 어떻게 생각하실지 모르겠습니다. 우습습니다.

---

278 인동(印童) : 관인(官印)을 담은 상자를 들고 따라다니는 하인을 말한다.

신유안에게 보내는 편지 12[279]

又

삼가 요사이 대감의 체후(體候)가 건강하시다는 소식을 받고서 기뻤습니다. 영손(令孫 신일영(申一永))이 돌아가 모시는 것이 아마 오늘쯤될 듯하니, 기쁘고 즐거워하시리라 생각됩니다.

강가의 성에 봄이 가득하여 온갖 꽃이 일제히 피었으니, 아무리 공무 수행에 바쁘시더라도 한두 번쯤 누각에 기대 멀리 바라보며 소요하는 즐거움이 있어야 할 것입니다.

하지만 가만히 헤아려보건대 쓸쓸히 풍류를 누리지 못하는 것이 제가 당백전(當百錢)에 곤란을 겪을 때와 흡사하리라고[280] 생각됩니다.

대개 우리들은 가슴 속에서 '돈'이라는 한 글자를 버리지 못하니, 이것은 무엇 때문일까요. 지난번 공무의 자리에서 호조 판서와 기백(畿伯 경기도 관찰사)이 영상(領相) 앞에 나아가 아뢸 일이 있었는데 또한 우상(右相)에게 옆에서 자신들의 말을 도와달라고 요청하였습니다.

---

279 신유안에게 보내는 편지 12 : 1874년(고종11) 봄에 보낸 편지이다. 당시 환재는 우의정의 직책을 맡고 있었다.

280 하지만……흡사하리라고 : 《고종실록》 11년 5월 7일 기사에, 평안도 관찰사 신응조가 평안도의 형편상 화폐 운반 경비로 쓸 20만 냥을 그대로 도에 남겨둘 것을 청하는 상소가 수록되어 있는데, 편지에서 신응조가 풍류를 누리지 못할 것이라고 말한 것이 이와 관련된 것으로 추정된다. 환재가 평안도 관찰사로서 당백전(當百錢) 때문에 곤란을 겪은 일은 정확하지 않다. 당백전은 홍선대원군 집권기 때 중앙정부의 급증하는 재정을 충당하기 위하여 발행된 고액의 화폐로, 1866년(고종3) 11월부터 6개월 동안 유통되었다.

이에 우상이 옷깃을 여미며 말하기를, "사대부는 평소에도 오히려 입을 열어 돈과 재물에 관련된 일을 말해서는 안 되는데, 지금 조정에서 날마다 강론(講論)하는 것이 오직 돈과 재물의 증감에 관한 것일 뿐이니 참으로 개탄스러움을 이기지 못하겠소."라고 하자, 모든 사람들이 크게 웃었습니다. 지금 패상(浿上 대동강)의 풍물을 생각하며 또 그 때문에 한바탕 탄식합니다. 그러나 어쩌겠습니까.

신유안에게 보내는 편지 13[281]

又

강가의 성에 봄이 깊어 온갖 꽃들이 나무 가득 피어 아름다운 기생과 음악 소리로 즐거워할 만한 것이 없지 않을 것이니, 무슨 인연으로 난간에 기대 먼 곳을 구경하며 세상일을 잊은 듯 하고 계신지 모르겠습니다. 이것은 저도 일찍이 경험한 적이 있으니, 지금 계전(桂田) 상서(尙書)의 눈앞에 있는 광경도 그와 같으리라 생각됩니다. 그러니 종이 가득 깨알 같은 글씨로 내 온몸의 가려운 곳을 긁어 본들 끝내 그 일에 무슨 보탬이 되겠습니까.[282]

일전에 막객(幕客) 편에 부친 답신에서 한 구절의 망발을 하였고 아울러 불쾌한 소식까지 아뢰었는데, 이 편지보다 먼저 보셨을 것입니다.

방금 보내 주신 편지를 받고 요사이 도체(道體)가 건강하시다는 것을 알았으니 송축 드립니다. 나머지는 별지에 갖추었습니다.

---

281 신유안에게 보내는 편지 13 : 1874년(고종11) 봄에 보낸 편지이다. 당시 환재는 우의정의 직책을 맡고 있었다.

282 종이……되겠습니까 : 훌륭한 경치를 아무리 시로 읊더라도 실제로 구경하는 것만 못할 것이라는 의미이다.

신유안에게 보내는 편지 14[283]

又

욕불(浴佛)[284] 다음날 보내신 편지를 11일에 받아 보았는데, 대감의 사직 상소[285]가 승정원에 도착했음을 알았기에 비답(批答)과 하교(下敎)를 본 뒤에 답신을 보내려고 했습니다.

지금 정중한 유지(諭旨)가 내렸음을 보았으니 비록 영광을 함께하는 마음 간절하지만, 대자(大資)[286]의 입장에서는 갈수록 난처하실 것입니다.

---

283 신유안에게 보내는 편지 14 : 1874년(고종11) 5월경에 보낸 편지이다. 당시 환재는 우의정의 직책을 맡고 있었다.

284 욕불(浴佛) : 4월 초파일을 말한다. 석가가 탄생할 때 제석천(帝釋天)과 용왕(龍王)이 향탕(香湯)으로 목욕시켰다는 설화에서 유래한 말로, 불탄일(佛誕日)이 되면 불상(佛像)에 향수를 끼얹는 의식을 행한다. 이를 관불(灌佛)이라고도 한다.

285 사직 상소 : 신응조는 평안도 관찰사로 재임 중이던 1874년(고종11) 5월 7일에 상소하여, 청전(淸錢)을 보충해 줄 것과 자신이 병이 들었으므로 사직시켜 줄 것을 요청하였다. 청전은 청(淸)나라의 쇠로 만든 돈을 말하는데, 당시 당백전의 사용을 금지하고 청전을 수입하여 재정의 안전을 도모하였던 것이다. 신응조의 사직상소에 대해 고종이 비답을 내려 말하기를, "실제로 병이 들었다고 하더라도 중임(重任)을 어찌 갑자기 해임할 수 있겠는가? 환전(還錢)을 획급(劃給)해 주기를 청한 일은 처분이 있을 것이다. 경은 사직하지 말고 몸조리를 하여, 더욱 조정의 명을 펴는 일에 힘쓰라." 라고 하였다. 《高宗實錄 11年 5月 7日》

286 대자(大資) : 대감(大監)과 같은 말로, 여기서는 신응조를 지칭한다. 대자는 원래 송(宋)나라의 추밀원 복야(樞密院僕射) 이상의 직급을 지닌 사람을 일컫는 말이었는데, 우리나라에서는 자헌대부(資憲大夫) 이상을 지칭하는 말로 '대감'이라는 말과 같은 의미로 쓰였다고 한다. 《俛宇集 卷80 答李善載 戊戌》

앉아서 특별한 예우(禮遇)만 받고 그 은혜에 보답할 방법이 없다면 이와 같이 해서는 안 됩니다. 이것은 더욱 불성실한 일이 되고 말 것입니다. 제 생각으로는 이번 상소를 이어 반드시 사직하고야 말겠다는 뜻을 다시 아뢰는 것이 당연한 도리일 것입니다. 부디 도모해 주시기 바랍니다.

신유안에게 보내는 편지 15[287]

又

많은 비에 더위까지 겹쳐 여름이 한창입니다. 삼가 편지를 받아보았는데, 대감께서 병으로 사직 상소를 올리기까지 하셨다니 어찌 편안하십니까라는 등의 말을 편지의 인사말로 삼을 수 있겠습니까. 걱정스럽고 염려스러운 마음 간절합니다.

삼가 생각건대, 성상의 비답 중에 거듭 상소한 것을 의아해 하시는 뜻이 있었으니 더욱 송구함을 금할 길 없습니다만, 또한 어쩌겠습니까.

지금 사람들의 견해는, 단지 이곳에서 좋은 쪽을 따라 처리한다는 말로 남의 공격을 막는 구실로만 삼을 뿐 성주(聖主)를 위해 한 마디 말을 하는 사람이 없습니다. 이 일은 천신(賤臣)부터 먼저 시작되었으니, 어찌 그 죄과를 벗어나겠습니까. 이만 줄입니다.

---

287 신유안에게 보내는 편지 15 : 1874년(고종11) 여름에 보낸 편지이다. 당시 환재는 우의정의 직책을 맡고 있었다.

신유안에게 보내는 편지 16[288]

又

비가 끝없이 쏟아지고 열기가 푹푹 쪄 전혀 하지(夏至)의 기후가 아니니, 밀보리에 해가 될 것이 분명합니다. 가을 수확을 점치는 것은 보리가 익는 것으로부터 시작한다고 하는데, 만약 그것이 아니라면 늙은 농부의 말을 어떻게 생각하십니까.

삼가 편지를 받고 대감께서 편안하시다는 것과 해직을 요청한 소장이 또 승정원에 이르렀음을 알게 되었습니다. 비록 은혜로운 비답이 정중하긴 합니다만, 묘당(廟堂)에서 계획한 것을 또 그대로 따를 수도 없습니다.

이 일이 갈수록 어려워지는데, 장차 어떻게 처리해야할지 모르겠습니다. 분통이 터지고 한탄스러워 말하고 싶지 않습니다.[289]

288 신유안에게 보내는 편지 16 : 1874년(고종11) 여름에 보낸 편지이다. 당시 환재는 우의정의 직책을 맡고 있었다.

289 이……않습니다 : 전후의 내용이 없어 '이 일'이 무엇을 가리키는지 분명하지 않다. 다만 환재가 이 편지를 보냈을 무렵인 1874년 6월에, 일본에서 보내온 서계(書契)가 종전의 격식에 벗어난다고 하여 조정에서 접수를 거부하려 하였고, 환재는 서계의 접수를 주장하며 홍선대원군을 설득하기 위해 노력한 일이 있었는데, 이것을 말하는 것이 아닌가 한다. 《환재집》 권11에 수록된 총 5편의 〈대원군께 답해 올리는 편지〉와 9편의 〈좌의정에게 답해 올리는 편지〉는 모두 일본의 서계 접수 문제와 관련하여 보낸 편지로, 1874년(고종11)에서 1875년 사이에 지은 것이다. 서계 접수와 관련해서는 《손승철, 조선시대 한일관계사 연구, 경인문화사, 2006》, 《孫炯富, 朴珪壽의 開化思想硏究, 一潮閣, 1997》, 《김홍수, 한일관계의 근대적 개편과정, 서울대학교출판문화원, 2009》 등을 참고하기 바란다.

신유안에게 보내는 편지 17[290]

又

어제 돌아가는 파발(擺撥) 방기홍(方基弘) 편에 한 통의 편지를 부쳤으니 받아 보셨으리라 생각합니다. 제가 장황하게 말씀드린 것은 모두 어리석은 사람의 잠꼬대 같으니 우습고 부끄럽습니다.

대자(大貲)[291]께서는 평생 독서하며 지내셨는데, 상유만경(桑楡晚景)[292]에 제가 대감에 대해 '수용할 곳이 생겼다.'라고 생각하였으니, 이것은 벗으로서 제가 잘못한 것입니다.

어찌 이 일이 더욱 어렵고 골치 아파져서 이처럼 손쓸 곳도 없게 될 줄 생각이나 했겠습니까.[293] 저의 어리석은 생각을 말씀드릴 방도도 없으니 어찌하겠습니까. 더군다나 이것은 모두 제가 차지하지 말아야 할 자리를 차지한 데서 생긴 허물입니다.

---

290 신유안에게 보내는 편지 17 : 1874년(고종11) 여름에 보낸 편지이다. 당시 환재는 우의정의 직책을 맡고 있었다.

291 대자(大貲) : 대감(大監)과 같은 말로, 여기서는 신응조를 지칭한다. 411쪽 주286 참조.

292 상유만경(桑楡晚景) : 인생의 말년이 된 것을 말한다. 상유(桑楡)는 해가 질 때 햇빛이 뽕나무와 느릅나무의 꼭대기에 비치는 것으로, 《태평어람(太平御覽)》 권3에, "해가 서산으로 떨어질 때 햇빛이 나무의 꼭대기에 비치는 것을 상유라고 한다."라고 하였다.

293 어찌……했겠습니까 : 전후의 내용이 없어 '이 일'이 무엇을 가리키는지 분명하지 않은데, 당시 일본의 서계 접수 문제를 말하는 것으로 보인다. 414쪽 주289 참조.

신유안에게 보내는 편지 18[294]

又

12일에 보내 주신 편지를 받고, 이날 전후로 부친 여러 통의 편지를 다 받아보셨다는 것을 알았습니다. 비가 너무 잦고 더위도 일찍 찾아온 즈음에 삼가 대감의 체도(體度)가 대체로 편안하시다는 것을 알았으니, 송축드립니다.

보내 주신[295] 수백 마디의 끝없는 가르침과 가지런한 필획에서 언제나 정력(精力)이 도저(到底)함을 우러릅니다. 목전의 일처리가 매우 고민스러울 만한데도 눈썹 찌푸리는 기색을 볼 수 없으니, 저처럼 조급히 동요하는 사람으로서는 이를 수 있는 경지가 아니기에 이 기쁨을 문자로 다 기록할 수 없습니다. 군자는 어떠한 상황에서도 자득(自得)하지 않음이 없기 때문에[296] 이와 같을 수 있는 것입니다. 제가 감히 아첨으로 드리는 말씀이 아니라 곧 이 말로 저 자신을 면려하려는 것입니다. 어떻게 생각하시는지요.

---

294 신유안에게 보내는 편지 18 : 1874년(고종11) 여름에 보낸 편지이다. 당시 환재는 우의정의 직책을 맡고 있었다.

295 보내 주신 : 원문에는 '협(夾)'으로 되어 있는데, 문맥을 고려하여 '래(來)'로 수정하고 번역하였다.

296 군자는……때문에 : 《중용장구》 제14장에, "군자는 어떤 상황에서도 자득하지 않음이 없다.〔君子無入而不自得焉.〕"라는 말이 보인다.

신유안에게 보내는 편지 19²⁹⁷

又

극심한 더위로 마치 화로 속에 있는 듯하다가, 보내 주신 편지를 받아 읽고서 주렴 드리운 누각에 바람이 일고 두 겨드랑이가 너울거림을 느꼈으니, 한 첩의 청량산(淸涼散)²⁹⁸이라는 말로는 비유할 수 없습니다.

나아가고 물러나는 데 중도(中道)를 얻고자 하는 것은 붕우와 강마(講磨)한 것이어서 예로부터 그 방법이 있었으니 모두 그렇지 않은 사람이 없었습니다. 그러나 이것은 또한 쇠퇴한 세상 사람들의 일일 뿐이니, 성대히 논하신 "이 사이에 지극한 정성으로 슬퍼하고 상심하는 마음²⁹⁹의 경지가 있으니 다만 눈물만 흘릴 뿐이오."라는 말씀은, 굴대부(屈大夫)³⁰⁰의 뜨거운 마음을 쏟아낸 듯하니, 어쩌면 이렇게도 곡진

---

297 신유안에게 보내는 편지 19 : 1874년(고종11) 여름에 보낸 편지이다. 당시 환재는 우의정의 직책을 맡고 있었다.

298 청량산(淸涼散) : 기분을 맑게 해주고 답답한 속을 뚫어주는 약재를 말한다.

299 지극한……마음 : 원문은 '至誠惻怛'이다. 《논어》〈미자(微子)〉의 "미자는 떠났고 기자는 종이 되고 비간은 간언하다가 죽었다. 공자께서 '은나라에 세 명의 인자가 있었다.〔微子去之, 箕子爲之奴, 比干諫而死. 孔子曰殷有三仁焉.〕'라고 한 구절에 대해, 주희는 《집주(集註)》에서 "세 사람의 행동이 같지 않으나, 모두 지성측달한 뜻에서 나왔다.〔三人之行不同, 而同出於至誠惻怛之意..〕"라고 하였다.

300 굴대부(屈大夫) : 굴원(屈原)으로, 이름은 평(平)이다. 전국(戰國) 시대 초나라의 충신으로, 모함을 당해 추방된 뒤 〈어부사(漁父辭)〉, 〈이소(離騷)〉 등의 작품을 통해 자신의 심정을 표출하였다. 결국 멱라수(汨羅水)에 몸을 던져 자결하였다. 주희

하단 말입니까.

평소에 제 자신이 이러한 경지에 처했을 때를 가정하여 이러한 생각을 해 본 적이 많았습니다만 모두 진경(眞境)과 실제(實際)가 아니었습니다. 하지만 지금 이런 상황을 몸소 겪다보니 또한 전혀 어찌해야할지 모른 채 불안하게 왔다 갔다만 할 뿐 스스로 잘 처리하지 못하였습니다.

그런데 지금 보내 주신 한 편의 글에서 어떻게 하는 것이 도리인지를 자못 알게 되었으니 참으로 다행스러우며, 또한 형의 독서가 진실로 유용한 학문이었음에 깊이 탄복하였습니다.

편지를 받들어 읽은 뒤 책상머리에 두고 날마다 답장을 쓰려고 했습니다만, 아침에 서늘할 때는 빈객들이 많이 찾아온 탓에 쓰지 못했고, 늦은 저녁에는 온 몸에 땀이 흘러 붓을 잡을 수 없었습니다.

지금 또 인편이 와서 답서를 달라하기에 바삐 이렇게 대략 쓰고 하고 싶은 말을 다 하지 못합니다. 복이 깃들고 도체(道體)가 편안하시기를 바라며 날마다 더욱 왕성하시기를 기원합니다.

(朱熹)는 《초사집주(楚辭集註)》 서문에서 "굴원의 행동과 뜻이 중용(中庸)에서 벗어난 것이 있지만 모두 충군(忠君)과 애국(愛國)의 성심(誠心)에서 나온 것이었다."라고 하였다.

신유안에게 보내는 편지 20[301]

又

입추(立秋)가 지났는데도 비는 동이로 퍼붓듯 내리고 열기는 솥 안에 들어있는 듯하여 아직도 맑고 서늘한 바람 한 점 볼 수 없으니, 평생 처음 보는 일입니다. 사람이 한 번의 추위와 한 번의 더위를 겪으며 늙어온 지 오래되었는데, 만약 매년 여름이 모두 올해 여름 같다면 지금의 칠십 노인은 다들 35세도 넘기지 못하고 이미 죽었을 것입니다. 몹시 우습습니다.

삼가 편지를 받고 대감의 체후(體候)도 이 무더위를 견뎌내지 못하고 계심을 알았습니다만, 글자의 획이 무쇠 같고 문리(文理)가 단정하고 여유가 있으니 이 점을 우러러 경하드리며 부러워해마지 않습니다. 제가 거칠게 내달려 쓴 저의 글씨를 보면서, 땀을 뻘뻘 흘리며 쓰다 보니 이렇게 된 것이라 용서해 주고 싶을 정도이니, 쇠약하고 피로하며 잔뜩 고생한 탓이라 헤아려 주십시오.

---

301 신유안에게 보내는 편지 20 : 1874년(고종11) 가을에 보낸 편지이다. 당시 환재는 우의정의 직책을 맡고 있었다.

신유안에게 보내는 편지 21[302]

又

가을의 서늘함이 점점 심해지는 즈음에, 삼가 대감의 체후(體候)가 신의 도움을 받으리라 생각되니 우러러 그리며 송축드립니다. 여러 가지 일이 차례로 합당하게 처리되고 가을바람이 움직이니 순로(蓴鱸)의 그리움[303]에 어찌 사람의 외로운 회포가 흔들리지 않겠습니까.

저는 이즈음에 심신(心神)과 육체가 편안할 만한 것이 전혀 없고 다만 투핵(投劾)하고 추판(抽版)할 생각[304]만하고 있음은 아마 알고계실 것입니다.

302 신유안에게 보내는 편지 21 : 1874년(고종11) 가을에 보낸 편지이다. 당시 환재는 우의정의 직책을 맡고 있었다.

303 순로(蓴鱸)의 그리움 : 순채국과 농어회에 대한 그리움이라는 의미로, 고향에 대한 그리움을 의미한다. 진(晉)나라 장한(張翰)이 가을바람을 맞고는 고향의 순채국과 농어회의 맛이 생각나 벼슬을 그만두고 고향으로 내려간 고사가 있다. 《晉書 卷92 張翰傳》

304 투핵(投劾)하고 추판(抽版)할 생각 : 벼슬을 그만두고 물러나려는 생각을 말한다. 투핵은 자신을 탄핵하는 소장을 올리고 벼슬을 그만두는 것이며, 추판은 벼슬아치들이 지니는 판(版), 즉 홀(笏)을 뽑아버리는 것을 말한다.

신유안에게 보내는 편지 22[305]

又

갈대에 서리가 내리고 돌아오는 기러기가 하늘을 가로지르는데, 삼가 이즈음에 대감의 체후(體候)가 호연(浩然)하여 가슴속에 아무 걱정이 없을 것이라 생각하니 어찌 즐겁지 않겠습니까. 오직 합환(閣患)[306]이 나아지는 기색이 있어 5백리 고생길을 걱정하는 데 이르지 않는다면 다행 중 어떤 것이 그만하겠습니까. 이 때문에 마음이 편치 않습니다.

저는 일전에 상소하여 퇴직을 요청하였는데, 아직 윤허하는 비답이 내려오지 않았기에, 오늘 아침에 이전에 내었던 사직 상소를 거듭 올리고 유음(兪音)이 내리기를 기다리고 있습니다.

---

305 신유안에게 보내는 편지 22 : 1874년(고종11) 9월에 보낸 편지이다. 당시 환재는 우의정의 직책을 맡고 있었다.

306 합환(閣患) : 상대방 부인의 병을 높여서 부르는 말이다.

신유안에게 보내는 편지 23[307]

又

23일에 보내신 편지를 25일에 받았으니 또한 귀신처럼 빠르다고 할 만합니다. 서릿바람이 높고 깨끗한 때에 대감의 체후(體候)가 신의 도움으로 편안하다고 하니 기쁩니다. 다만 합환(閤患)[308]이 아직 쾌유되지 않았으니 500리의 여정에 장차 어떻게 어려움을 겪으며 집으로 돌아오실지 걱정스런 마음 금할 수 없습니다.

저는 26일에 다섯 번째의 사직소를 올려 다행히 은전(恩典)을 입었으니[309] 이 마음의 감격을 어떻게 형용할 수 있겠습니까. 태형(台兄)께서도 멀리서 저를 위해 기쁨을 금치 못하시리라 생각합니다.

---

307 신유안에게 보내는 편지 22 : 1874년(고종11) 9월 26일에 우의정을 사직하는 상소를 올려 윤허를 받은 뒤 보낸 편지이다. 《承政院日記 高宗 11年 9月 26日》

308 합환(閤患) : 상대방 부인의 병을 높여서 부르는 말이다.

309 저는……입었으니 : 환재는 1874년 9월 2일, 9월 7일, 9월 12일, 9월 23일, 9월 26일 등 총 다섯 번에 걸쳐 우의정을 사직하는 상소를 올렸고, 결국 9월 26일에 윤허를 받았다. 《승정원일기》해당 날짜에 모두 박규수의 상소가 실려 있다. 또 9월 7일과 9월 12일에 올린 상소는 《환재집》권6에 〈우의정의 면직을 청하며 올린 소[乞解右議政疏]〉라는 제목으로 수록되어 있다.

신유안에게 보내는 편지 24[310]

又

편지를 받은 지 열흘 가까이 되었지만 아직 답장을 보내지 않은 것은 직접 만나 뵐 날이 머지않았으므로 한 번의 답장을 생략한다고 해도 별 문제가 없을 것이라고 여겼기 때문입니다. 그런데 지금 인편이 와서 답장을 달라고 하기에 몇 구절 써서 안부를 아룁니다.

편지를 받은 후에 추위가 매서워졌는데 대감의 체후(體候)는 어떠하신지요? 교대를 기다리는 것이 가장 괴로운 일이므로 공연히 많은 날을 허비할까 이것이 염려되었는데, 모든 가족들이 평안히 댁으로 돌아오셨다고 하니, 경하드립니다.

저는 그럭저럭 지내며 좋은 흥미도 없지만 다만 벼슬에서 벗어난 것만도 다행으로 생각하고 있습니다. 진퇴(進退)하는 사이에 미련과 슬퍼하고 상심하는 마음이 있다고 하신 대감의 가르침은 진실로 저의 마음을 깊이 헤아리신 것입니다. 그러나 그날 즉시 강호(江湖)로 가지 않았으니, 또한 어찌 이것에 대해 논하겠습니까.

---

310 신유안에게 보내는 편지 22 : 1874년(고종11) 초겨울에 보낸 편지로 보인다.

신유안에게 보내는 편지 25[311] 이하는 병자년(1876, 고종13)

又 以下丙子

일찍 조정에 나아갔다가 날이 저물고서야 돌아오니 돌아올 때마다 피곤에 지쳤는데, 이미 열흘 남짓 지나는 동안 하루도 그렇지 않은 날이 없었습니다. 어제 보내 주신 편지를 받았으니 어찌 즉시 답장을 보내지 않겠습니까마는, 이미 마음속에 대감의 확고한 가르침을 받들어 행하고 있는 데다 일이 시급하여 결국 피곤함 때문에 붓을 잡을 수 없었습니다. 그런데 지금 다시 편지를 받으니 부끄럽고 송구함을 이기지 못하겠습니다. 다만 대감의 체후(體候)가 편안하심을 알았으니, 마음의 위로가 어찌 끝이 있겠습니까.

저의 상황은 말하지 않아도 알고 계시리라 생각되어, 번거롭게 붓을 적시지 않습니다.

---

311 신유안에게 보내는 편지 25 : 1876년(고종13)에 보낸 편지이다. 환재의 나이 70세 때이다. 환재는 이해 12월에 세상을 떠났다.

신유안에게 보내는 편지 26[312]

又

계전(桂田) 대인(大人) 태형(台兄) 각하(閣下)께.

어제 산북(汕北)[313] 노형께서 지나는 길에 들러주셨기에 그 편을 통해 근래의 안부를 알게 되었고 또 보내 주신 편지까지 받았으니, 오랫동안 적조(積阻)하던 끝의 소식이라 매우 반가워 몹시 기쁘고 위로되는 마음 어찌 형언할 수 있겠습니까. 봄바람이 매우 사나운 데도 도체(道體)가 건강하심을 송축드립니다.

꽃이 환하고 버들이 짙어 참으로 좋은 강촌의 경치를 지팡이 짚고 바라보지만 대작(對酌)할 사람이 없습니다. 이러한 즈음에 제가 용감하게 결단하지 못함을 많이 꾸짖으시리라 생각하니, 저 또한 어찌 감히 제 스스로를 용서하겠습니까.

---

312 신유안에게 보내는 편지 26 : 1876년(고종13) 2월경에 쓴 편지이다. 환재의 나이 70세 때이다. 환재는 이해 12월에 세상을 떠났다.

귀천(歸川)에서 은거하고 있는 신응조의 생활을 부러워하였고, 1766년(영조42) 북경에서 반정균(潘庭筠)이 홍대용(洪大容)에게 써 주었던 시를 인용하며 70세의 나이에도 아직 벼슬에서 벗어나지 못하는 자신의 신세를 한탄하였다. 당시는 조일수호조규(朝日修好條規)가 조인되는 등 일본의 압박이 강해지던 시점이며, 원로대신인 환재로서는 조정을 떠날 수 없었던 것이다. 한편 이때 환재가 기로소(耆老所)에 든 사실과 양손(養孫)을 구한 사실을 확인할 수 있다.

313 산북(汕北) : 신기영(申耆永, 1805~1884)으로, 산북은 그의 호이고, 본관은 평산(平山), 자는 치영(稺英), 다른 호는 율당(聿堂)이다. 신기영에 대해서는 354쪽 주159 참조.

우리 집 서호 주변의 나무엔	我家西子湖邊樹
연녹색 잎과 붉은 꽃, 때는 이월이라네	淺碧深紅二月時
이와 같은 강남으로 돌아갈 수 없으니	如此江南歸不得
꽃가루 날리고 봄꿈 어수선하네	軟塵如粉夢如絲

이것은 반향조(潘香祖)의 시입니다.[314] 반향조는 꽃가루 날리고 어수선한 꿈을 꾸던 사람임에도 오히려 이러한 말을 하였는데,[315] 저는 무엇 때문에 미련에 얽매여 머뭇거리다가 마침내 마음먹은 대로 하지 못하게 되었을까요. 후회와 한탄이 어찌 끝이 있겠습니까. 아마 말씀드리지 않더라도 이 괴로운 마음을 헤아리실 것으로 생각합니다.

정월(正月) 이후로, 아뢰고서 울적함을 물리칠 만한 일이 없지 않았지만 글 쓰는 일이 갈수록 더욱 너무 어려워져 전혀 그렇게 하지 못했으

---

314 이것은 반향조(潘香祖)의 입니다 : 반향조는 청나라 문인 반정균(潘庭筠, 1742
~?)으로, 자는 난공(蘭公), 향조는 그의 호이고 다른 호는 덕국원(德國園)이며, 항주
(杭州) 전당(錢塘) 사람이다. 회시(會試)와 전시(殿試)에 급제하고 내각중서(內閣中
書)를 거쳐 한림원(翰林院)에 들어갔으며, 섬서도 감찰어사(陝西道監察御史)를 지냈
다. 다수의 조선 문인들과 교유하였으며, 박지원의 문인인 이덕무(李德懋)·유득공(柳
得恭)·박제가(朴齊家)·이서구(李書九) 등 4인의 시를 묶은 《한객건연집(韓客巾衍
集)》의 서문을 쓰기도 하였다. 저서로 《가서당집(稼書堂集)》이 있다. 본문에 인용된
시는 반정균이 홍대용(洪大容)에게 지어 준 시인데, 1766년(영조42) 홍억(洪檍)이 서
장관(書狀官)으로 북경에 갔을 때 홍억의 조카인 홍대용이 자제군관(子弟軍官)의 자격
으로 수행하여 북경에서 반정균을 만났으며, 반정균이 복숭아와 버드나무 그림을 그린
뒤에 이 시를 써서 주었다고 한다. 《熱河日記 避暑錄》
315 반향조는……하였는데 : 나이도 젊고 벼슬살이에 뜻을 가진 사람이었는데도, 고
향을 그리워하며 돌아가지 못하는 안타까운 심정을 시로 표현했다는 말이다. 반정균이
이 시를 지어줄 때는 북경에 머물며 과거 준비를 하고 있던 때였다.

니, 또 너무 무심함을 이상하게 여기실 것입니다.

이미 수각(壽閣)에 들었고[316] 또 어린 손자도 거느렸으니[317] 이제부터 마침내 노인 명부(名簿)에 이름을 올려 다시 소년이 될 수는 없습니다. 다행히 이 손자에게 제법 기대할 만한 점이 있어 그 아이에게 집안의 문헌(文獻)을 맡길 수 있으니 또한 유감은 없습니다. 지금 이처럼 성대하게 자랑하자니 마음속의 기쁨이 어떻겠습니까.

산우(汕友 신기영(申耆永))가 몇 차례 다녀가서 산중이 적막하지는 않은 듯하니 이것은 다행입니다. 귀천(歸川)에서 만년을 보내는 광영(光榮)은 또 일찍이 보기 드문 것입니다. 휘장 친 수레와 작은 배로 마음껏 손님을 만나고 맞이하니, 이것은 편안히 수양하며 본성에 맞게 사는 것이 될 수 있습니다.

늘 보면 노인들의 걸음걸이가 불편한 것은 대부분 고요하고 편안하게 앉아있는 것에만 익숙하여 하체에 힘이 없어 그렇게 된 것입니다. 대자(大資)[318]께서도 아마 이러한 걱정이 없지 않을 것이니, 모름지기 때때로 여기저기 지팡이 짚고 옮겨 다니셔야 할 것입니다. 이것도 양생(養生)의 한 가지 방법입니다. 어떻게 생각하십니까?

---

316 수각(壽閣)에 들었고 : 기로소(耆老所)에 들어갔다는 말이다. 수각은 영수각(靈壽閣)으로, 70세가 된 자의 화상(畫像)을 걸어두는 곳이다. 환재는 1876년(고종13) 1월에 70세의 나이로 기로소에 들어갔다. 《瓛齋集 卷1 節錄瓛齋先生行狀草》

317 어린 손자도 거느렸으니 : 환재가 1876년(고종13) 1월에, 요절한 양자 박제정(朴齊正)의 후사를 잇기 위해 일족 박제창(朴齊昌)의 아들 희양(羲陽)을 양손으로 들인 것을 말한다. 《김명호, 환재 박규수 연구, 창비, 2008, 765쪽》

318 대자(大資) : 대감(大監)과 같은 말로, 여기서는 신응조를 지칭한다. 411쪽 주286 참조.

저는 다만 점차 쇠약해져 가고 있습니다. 몸에 병은 없습니다만 때때로 마음의 병이 일어나는데 치료할 방법이 없습니다. 이것은 오형(吾兄)께서 저를 몹시 사랑하실지라도 경계하고 일러줄 것이 없을 것이니, 어찌하겠습니까. 산우(汕友 신기영)와 맑고 온화한 4월에 강물 빛이 깨끗해지면 간혹 흥을 타고 물길을 거슬러 올라가 며칠이고 함께 만나자고 이야기하였습니다만, 또한 쓸데없는 생각이요 쓸데없는 말일 뿐입니다. 할 말은 많지만 모두 제쳐놓고, 이만 줄이며 답신을 올립니다.

신유안에게 보내는 편지 27[319]

又

초여름의 초목들이 집을 무성하게 에워싸니 참으로 누워서 《산해경
(山海經)》과 주왕(周王)의 전(傳)을 읽을 때인데,[320] 시상촌(柴桑
村)[321]에도 문 앞에 깨끗한 맑은 강이 있어 오늘날 석림(石林)[322]의 족
계(簇溪)와 같았는지 모르겠습니다. 그리운 사람을 찾아 물길을 거
슬러 올라가는 것은 굳이 흰 갈대와 이슬〔蒹葭白露〕이 사람의 의지를
북돋울 필요까지도 없는데[323], 하물며 다시 복사꽃 흐르는 물과 한창

---

319 신유안에게 보내는 편지 27 : 1876년(고종13) 여름에 쓴 편지이다. 환재의 나이
70세 때이다. 환재는 이해 12월에 세상을 떠났다.

320 초여름의……때인데 : 도잠(陶潛)의 〈독산해경(讀山海經)〉 시 첫 수(首)에 "초
여름 초목이 자라나서, 오두막 빙 둘러 나무들 무성하네.……주왕의 전을 훑어보고,
《산해경(山海經)》 그림을 대충 살펴보네.〔孟夏草木長, 遠屋樹扶疏.……汎覽周王傳,
流觀山海圖.〕"라는 구절이 있다. 도잠의 시는 총 13수 연작으로 이루어져 있다. 《陶淵明
集 卷4》 주왕(周王)의 전(傳)은 주나라 목왕(穆王)의 서유(西遊)에 관련된 고사를
기록한 《목천자전(穆天子傳)》을 일컫는다.

321 시상촌(柴桑村) : 도잠이 팽택 영(彭澤令)으로 있다가 〈귀거래사(歸去來辭)〉를
읊고 돌아와서 마지막으로 은거했던 고을 이름이다.

322 석림(石林) : 경기도 광주시 퇴촌면에 있는 석촌(石村)을 가리키는 것으로 보인
다. 신응조는 만년에 광주의 석촌에 우거하였다. 396쪽 주258 참조.

323 그리운……없는데 : 그리운 사람을 찾아가는 것은 그곳에 훌륭한 경치가 없어도
괜찮다는 말이다. 《시경》〈겸가(蒹葭)〉에 "갈대가 희니, 이슬이 서리가 되도다. 이른바
저분, 이 물가 한쪽에 있도다. 물결을 거슬러 올라 따르려 해도, 길이 막히고 멀며,
물결을 따라 내려가 따르려 해도, 완연히 물의 중앙에 있도다.〔蒹葭蒼蒼, 白露爲霜. 所謂
伊人, 在水一方. 溯洄從之, 道阻且長. 溯游從之, 宛在水中央.〕"라고 한 구절이 있다.

살이 오른 쏘가리가 있는 곳에 계신 분을 찾아가는 것이야 말해 무엇 하겠습니까.[324] 마을 서쪽에서 지팡이 짚고 다니더라도 탄식하며 우두커니 서있는 괴로움이 있을 것이라고 생각되니, 도체(道體)가 편안하고 건강하시기를 기원합니다.

저는 한가하여 아무 일도 없으니 어찌 마음고생에 견줄 몸 고생이 있겠습니까. 그래서 피곤하고 괴로움에는 이르지 않은 것 같지만, 늙어서 이마저도 스스로 감당하지 못하겠습니다.

---

324 하물며……하겠습니까 : 당(唐)나라의 은자인 장지화(張志和)가 잠시 벼슬살이를 하다가 물러나와 강호에 노닐며 '연파조도(煙波釣徒)'라고 자호하고 낚시로 소일하였는데, 그의 〈어부가(漁父歌)〉에 "서쪽 변방 산 앞에 백로가 날고, 복사꽃 흐르는 물에 쏘가리가 살졌도다.〔西塞山前白鷺飛, 桃花流水鱖魚肥.〕"라는 표현이 있다. 《新唐書 卷196 張志和列傳》《全唐詩 卷29》

신유안에게 보내는 편지 28[325]

又

인편을 통해 베껴 보내신 글을 받아 음미하는 동안 저도 모르게 소리 높여 크게 읽었습니다. 이런 글은 다른 사람의 작품에서도 많이 봤었지만, 지금껏 이런 기력(氣力)과 이런 신운(神韻)과 이런 의리와 이런 구성이 있는 글은 없었습니다. 온 힘을 다해 짓지 않으신 글이 없지만, 어찌 유독 이 글만 이러하단 말입니까.

이것은 다른 이유가 아니라, 평소 기력과 신운을 추구하지 않고 그저 남김없이 서술했기 때문에 저절로 이렇게 된 것입니다. 그러므로 붓을 잡고 글을 지을 때 기필코 허다한 가차(假借)와 생색(生色)을 추구한다면 그것은 참다운 글도 아닐뿐더러, 그 문장 역시 결코 아름답지 않습니다.

저는 글빚이 산더미 같아 날마다 사람들에게 시달림과 독촉을 당하니, 이 또한 늙은 뒤에 일이 많아진다는 하나의 증거입니다. 마을에 살고 있어도 결코 자유롭지 못하니, 하물며 비 내렸다 갰다하는 날씨에 어찌 관심을 가질 수 있겠습니까.

돌아가는 인편에 답신을 보냅니다. 도체(道體)가 편안하시기를 기원합니다.

---

325 신유안에게 보내는 편지 28 : 1876년(고종13)에 쓴 편지로, 앞뒤 편지의 내용으로 추정하면 여름에 보낸 것으로 보인다. 환재의 나이 70세 때이다. 환재는 이해 12월에 세상을 떠났다.

신응조가 보내온 어떤 글에 대해, 의도적인 수식을 가하지 않고 뜻을 남김없이 서술했기 때문에 기력(氣力)과 신운(神韻)이 뛰어난 작품이 되었다고 극찬하였다.

신유안에게 보내는 편지 29[326]

又

조금 서늘해짐을 느끼자마자 한 척 배로 물길을 거슬러 올라가고 싶다는 생각이 더욱 간절해졌는데, 아침에 일어나 보내 주신 편지를 받으니 봉투를 열기도 전에 기쁨이 앞섰고, 삼가 대감의 체후(體候)가 강녕하고 왕성하심을 알고서 더욱 기뻐 다행으로 여겼습니다.

지난여름의 광경은 칠십 평생에 처음 겪어 본 것이었으니 말하자면 지루합니다. 이질(痢疾)을 앓고 남은 증세는 지금 이미 말끔해져 걱정이 없으신지요? 거듭 염려가 됩니다.

저는 한결같이 기력이 떨어져 고달픈 데다 걱정과 번뇌 때문에 피곤하여 즐거움으로 삼을 만한 일이 없으니, 이것이 무슨 신세인지도 모르겠고 왜 이렇게 얽매이는지도 모르겠습니다. 온갖 일을 모두 감당할 수 없음은 아마 말씀드리지 않더라도 아실 것이니, 이 역시 말하자면 지루할 뿐입니다.

---

326 신유안에게 보내는 편지 29 : 1876년(고종13) 초가을에 쓴 편지이다. 환재의 나이 70세 때이다. 환재는 이해 12월에 세상을 떠났다.

신유안에게 보내는 편지 30[327]

又

일전에 보내 주신 편지를 받고도 병이 심해 답장을 보내지 못했음을
학관(學官) 편에 아뢰었으니 용서해 주시리라 생각합니다. 방금 또
편지를 받고서 궁음(窮陰 음력10월)에 대감의 체후(體候)가 건강하고
왕성하심을 알았으니, 삼가 송축드립니다.

저의 병은 열기와 습기가 쌓인 것이 빌미가 되어 생긴 것입니다.
노인들은 늦가을이 되면 아주 가벼운 증세가 아니면 병자(病者)가 이
미 스스로 의심합니다. 화성(華城)[328]에 평소 아는 의원(醫員)이 없어
서 급한 마음에 한 늙은 의원을 만났는데 제법 노련하여 믿을 만하였습
니다. 그러나 그는 저를 두고 칠십 세의 노인이라 신중해야 하고, 지위

---

327 신유안에게 보내는 편지 30 : 1876년(고종13) 11월 3일에 쓴 편지이다. 환재의
나이 70세 때이다.

환재는 이해 8월에 수원 유수(水原留守)로 부임한 뒤 병이 생겼는데, 수원에 있던
의원이 환재의 신분이 높고 나이도 많은 점에 부담을 느껴 함부로 처방하지 못했던
모양이다. 이에 환재는 애초에 치료할 시기를 놓쳤다는 사실과 서울로 돌아와 이런
저런 처방을 받았으나 차도가 없다가 겨우 조금 좋아졌다는 소식을 전하였다. 또 신응조
가 보낸 편지 마지막 부분에 '오직 저승사자가 찾아오기만 기다린다.'는 불길한 말이
있자, 환재는 신응조가 '끝내는 말〔了局語〕을 많이 하는 것이 재앙을 넘기고 장수하는
최고의 방법이다.'라는 속설 때문에 이런 말을 했을 것이라고 하며 미혹되지 말기를
당부하였다. 그런데 환재는 이해 12월 27일 세상을 떠난 반면, 신응조는 1899년까지
생존하였다.

328 화성(華城) : 수원(水原)을 말하는데, 환재는 1876년(고종13) 8월에 원임(原任)
대신이 맡는 수원 유수에 임명되었다. 《高宗實錄 13年 8月 9日》

와 관직이 높아서 또 신중해야 하며, 평소의 체질을 알지 못하니 다시 신중해야 한다고 생각하였기에, 마침내 감히 병을 다스릴 처방을 내리지 못하고 그저 꾸물거리며 미봉(彌縫)하다가 결국 열흘을 넘겨 이미 시기를 놓쳤습니다.

집으로 돌아오니 평소 신임하던 의원을 또 경대(經臺)[329]가 데리고 가버렸더군요. 이에 여러 의원들의 논의에 갈래가 많아 이것저것 시험해 보았지만 나을 조짐이 없었습니다. 이어 인삼과 부자(附子), 계피(桂皮)와 생강(生薑)을 연이어 써보았습니다. 저는 마음속으로 그것이 옳지 않다는 것을 알았지만 또한 저 스스로 주장할 수 없었던 것은, 대체로 일시에 액운이 모여들면 벗어날 수 없는 것이 있기 때문이었으니, 우습습니다. 지금은 제법 차도가 생겼지만 말끔해졌다고 감히 장담할 수는 없습니다.

병중에 붓을 잡았기에 애초에는 몇 글자만 쓰려고 했는데 어느새 이렇게 늘어져 장황하게 되었으니, 이 또한 병 기운 때문입니다. 이렇게 거칠고 잡다하니 매우 부끄럽습니다.

대자(大資)[330]께서 보내신 한 폭 화전(花箋)[331]의 마지막 부분에 관주

---

329 경대(經臺) : 김상현(金尙鉉, 1811~1890)의 호로, 본관은 광산(光山), 자는 위사(渭師), 시호는 문헌(文獻)이다. 환재의 절친한 벗이며, 정약용(丁若鏞)·홍석주(洪奭周)·김매순(金邁淳)의 문인이다. 1859년(철종10)에 문과에 급제하였고, 대사성·이조 참판·공조 판서·예조 판서·경기도 관찰사·평안도 관찰사 등을 역임하였다. 문장에 능하였으며, 저서로 《경대집》이 있다.

330 대자(大資) : 대감(大監)과 같은 말로, 여기서는 신응조를 지칭한다. 411쪽 주286 참조.

331 화전(花箋) : 화전지(花箋紙)로, 산수(山水)·화조(花鳥) 등을 그려 인쇄한 편

(貫珠)마냥 가늘게 쓴 해서(楷書)를 보았습니다. 보내 주신 편지를 들고 백번이나 자세히 살펴보았지만 부도(符到)할 시기[332]가 전혀 보이지 않는데, 번번이 "오직 부도하기만 기다린다."라고 쓰신 것은 어째서입니까.

대저 이 말은 상서로운 말이 아닌데, 속설에 '끝내는 말〔了局語〕을 많이 하는 것이 재앙을 넘기고 장수하는 최고의 방법이다.'라는 말이 있으니, 태형(台兄)의 생각도 이것에서 나온 것이 아니겠습니까. 미혹된 것이라 생각하니, 부디 다시는 이런 말을 하지 마십시오. 또 우습습니다.

지금 막 측간(厠間)에 갔다 와 틈이 생겨 급히 쓰느라 다 갖추지 못하였습니다. 아우 규수가 삼가 답장을 올립니다. -병자년(1876, 고종13) 11월 초3일-

지지이다. 시전지(詩箋紙)라고도 한다.

332 부도(符到)할 시기 : 죽음을 의미한다. 부도는 저승사자가 찾아온다는 말이다.

지은이 박규수(朴珪壽)

1807(순조7)~1877(고종14). 19세기 역사적 격변기의 한가운데서 활동한 실학자이자
개화사상의 선구자이다. 본관은 반남(潘南), 자는 환경(桓卿)·예동(禮東), 호는 환재
(瓛齋)·환경(瓛卿), 시호는 문익(文翼)이다. 연암 박지원의 손자로, 어린 시절 외종
조 유화(柳訸), 척숙 이정리(李正履)·이정관(李正觀) 형제에게 수학하였다. 24세 때
효명세자가 요절하자 충격을 받아 18년 동안 은둔생활을 하며 학문에 몰두하였다. 1848년
5월 문과에 급제해 벼슬길에 나선 이후 평안도 관찰사·대제학·우의정 등 고위 관직을
역임하였다. 안동 김씨 세도 정권을 뒤흔든 진주농민항쟁(1862), 최초의 대미 교섭과
무력 충돌을 야기한 제너럴셔먼호 사건(1866), 전면적 대외개방을 초래한 일본과의
강화도 조약 체결(1876) 등 민족사의 향방을 결정지은 중대한 사건들에 깊숙이 관여했
다. 1861년과 1872년 두 차례에 걸친 연행을 통해 중국 인사들과 널리 교분을 맺었고,
이를 통해 동아시아를 중심으로 급변하는 세계정세에 대해 식견을 넓혔다. 영·정조시
대 실학의 성과를 충실히 계승하여 당대의 문학과 사상에도 상당한 영향을 끼쳤으며,
김윤식·김홍집·유길준 등 개화운동을 주도한 인물들이 그의 문하에서 배출되었다.
저서로 《상고도회문의례(尙古圖會文義例)》《거가잡복고(居家雜服攷)》 등이 있으며,
문집으로 《환재집》이 있다.

옮긴이 이성민(李聖敏)

1970년 부산에서 태어났다. 동아대학교 한문학과를 졸업하고, 성균관대학교 한문학과
에서 문학석사 및 문학박사 학위를 받았다. 한국고전번역원의 전신인 민족문화추진회
부설 국역연수원에서 연수부 과정을 이수하였다. 한국고전번역원 전문역자를 거쳐 현
재 성균관대학교 대동문화연구원에 재직하고 있다. 공역서로 《동유첩》《향산집 4》
《논어주소 1》《연경재 성해응의 초사담헌》 등이 있고, 번역서로 《채근담》《월사집 9》
《환재집 4》가 있다.

권역별거점연구소협동번역사업 연구진

연구책임자　안대회(성균관대학교 한문학과 교수)
공동연구원　이희목(성균관대학교 한문학과 교수)
　　　　　　진재교(성균관대학교 한문교육과 교수)
　　　　　　이영호(성균관대학교 HK 교수)
책임연구원　김채식
　　　　　　이상아
　　　　　　이성민
선임연구원　서한석
　　　　　　이승현

교열　　　　정태현(한국고전번역원 명예교수)
윤문　　　　이상수

환재집 3

박규수 지음 | 이성민 옮김
2017년 12월 29일 초판 1쇄 발행
편집·발행 성균관대학교 출판부 | 등록 1975. 5. 21. 제1975-9호
주소 (03063) 서울시 종로구 성균관로 25-2
전화 760-1252~4 | 팩스 762-7452 | 홈페이지 press.skku.edu
조판 김은하 | 인쇄 및 제본 영신사
ⓒ한국고전번역원·성균관대학교 대동문화연구원, 2017
Institute for the Translation of Korean Classics · Daedong Institute for Korean Studies

값 25,000원
ISBN 979-11-5550-264-8　94810
　　　979-11-5550-206-8 (세트)